U0878607

大鱼

有爱的青春陪伴者

小温暖

鹿随 著

（上）

北方联合出版传媒（集团）股份有限公司
春风文艺出版社
·沈阳·

图书在版编目（CIP）数据

小温暖 / 鹿随著. — 沈阳 ：春风文艺出版社，
2021.5
ISBN 978-7-5313-5888-6

Ⅰ. ①小… Ⅱ. ①鹿… Ⅲ. ①长篇小说－中国－当代
Ⅳ. ①I247.5

中国版本图书馆CIP数据核字(2020)第203330号

小温暖

责任编辑： 王晓娣
助理编辑： 孟祥鹭
特约编辑： 娄　薇
责任校对： 陈　杰
封面绘画： Dear寻
封面设计： 颜小曼
版式设计： 西　楼
幅面尺寸： 880mm×1230mm
字　　数： 620千字
印　　张： 16
版　　次： 2021年5月第1版
印　　次： 2021年5月第1次

出版发行： 北方联合出版传媒（集团）股份有限公司
春风文艺出版社
地　　址： 沈阳市和平区十一纬路25号
邮　　编： 110003
购书热线： 024-23284402
印　　刷： 长沙鸿发印务实业有限公司

ISBN 978-7-5313-5888-6　　　　定价：66.00元（全2册）

目录（上）

目录（下）

第一章
他回来了

高三（9）班。

上课铃打过十分钟了，班主任还没露面，教室里交头接耳声音不断。

温颜塞着耳机练习英语听力，身后两个女生窃窃私语。

一个短发女生说：“我刚才去厕所，好像看到韩江了。”

另一女生低声惊呼：“啊，他不是出国了吗？什么时候回来的？”

“不知道是不是呢，就一侧影，看着像。”

“你怎么不叫我啊，帅吗？”

短发女生压低身子偷笑：“帅。”

耳机里传来纯正优美的女声发音，最后一题完毕，温颜唰唰唰写好答案，摘掉耳机。同桌江嫣睡得正酣，迷迷糊糊换了个方向趴着，咕哝一声：“我刚才好像听到有人在说韩江。”

温颜已经开始做选择题：“哦。”

在这所学校，有人谈论韩江是很正常的一件事。

不止因为他长相帅气，还因为他那些“光辉历史”。

据说当年他曾一个人单挑隔壁学校七个男生，替被欺负的哥们儿讨回了公道。

这种骨子里透出的痞劲儿和狠劲儿本就招女孩儿喜欢，偏偏他学习又好。

高考时他以比第二名多出十几分的绝对优势获得了省状元的头衔，不知多少高校明里暗里来抢人，最后他却选择了本市的C大。

C大也不错，985重点学校，但跟首都的清华北大比，知名度还是略低一级。

他根本不理世俗眼光，只做自己想做的。

三年过去，学校再没出现过省状元，所以迄今为止，他的照片还挂在校门口的橱窗里，白色的衬衫，利落的短发，眉眼中透出一股低调的、若隐若现的痞气，精致干净的少年，永远吸引小学妹们的目光。

教室门忽然被推开，砰的一声，直接把江嫣震醒。班主任老徐依旧风风火火，走路带风，往讲台一站，手里又是一套英语卷子。

"睡，睡，都清醒清醒，哪来那么多觉，困了去后面站一会儿。"老徐把手里的卷子利落分成几份，往前排一甩，"往后传。"

教室里安安静静，只有传动卷子的声音。

老徐的眼神瞬息万变，扫过班里每个角落："最近我发现班里有人按捺不住，偷偷摸摸搞小动作，有早恋的倾向。你们自己回头看看黑板，还有几天高考？有心思搞这些有的没的，不如多做几张卷子，考不上大学哪个人愿意跟你在一起？还做梦呢。考完试爱怎么恋怎么恋，让我抓住，自己想想后果。"

老徐一向厉害，班里的同学一声不敢吭。

说完她拽了把椅子坐下，开始看早上收上来的卷子。

江嫣瞄了老徐一眼，扯张草稿纸写了几个字，碰了碰温颜，挪过去一张字条。

你们家韩江是不是今天回来？

温颜看着字条上"你们家韩江"几个字，想了想，没有反驳。

在别人眼中，她跟韩江的确是一家人。

自从六岁那年温颜被妈妈送到韩家寄养，到现在已经过了十一年，韩江读大学之前那些年，每天生活在一个屋檐下，虽然他不怎么乐意，嫌小姑娘娇气又麻烦，还是被老妈逼着跟她一块儿上学放学，打球时间都被剥夺不少。

但温颜乐此不疲。

起初是因为他很厉害，顶着一张正太脸每天凶巴巴，谁都不敢惹，跟在他身后没人敢欺负她，后来渐渐长大，她发现还有另外的好处。

跟着他总有零食吃。

高年级的小姐姐们笑靥如花，经常偷偷塞给她一堆好吃的，让她帮忙转交粉红色的信封。她吃人嘴软，每次都按时完成任务，虽然那些信韩江看也不看直接扔掉。

温颜低头看着韩江的名字，铅笔在下唇抵着，有些出神。

下午一点的飞机，静姨去接，这会儿应该到家了吧。

想到这里，她微微蹙眉，忽然记起昨晚应该收拾一下，把自己的东西搬回房间的，后来做题做得太晚，直接睡着，就忘了。

隔壁房子装修，大概在赶工期，每天很晚才消停，电钻声跟温颜房间只一墙之隔，嗡嗡嗡跟在耳边一样。

韩江的老妈施静怕影响她复习，让她暂时搬到对面韩江房间住。

噪音消失后，她本来要搬回去，但那些复习资料啰啰唆唆一大堆，施静说反正韩江也不在家，不让温颜来回折腾，就一直拖到现在。

字条又来回几次。

江嫣：不是六月才回来吗，为什么忽然提前？

温颜：说没意思，腻了。

江嫣：这什么理由。状元就是任性，交换生这么随意的吗，可以提前回来？对学业有影响吗？

温颜：他说没影响，我也不太清楚。

江嫣：法国多好啊，我也想去。

韩江这次提前回国，的确很意外。

原定两年的交换生，今年六月期满，回来读大四，可前段时间忽然说要提前回来，他一向有主见，决定的事谁都劝不动，连他老妈都没辙，只能随他。

前头老徐拿尺子敲了敲讲台，递给两人一个眼色，略有责怪。

老徐舍不得批评温颜。

漂亮的女孩子本就招人喜欢，何况还是学习好的。温颜成绩不错，在班里名列前茅，是重点大学的好苗子，一向受老师们的偏爱。

温颜没有再回字条，视线集中在卷子上。

离下课还有十五分钟，老徐起身收拾东西先走，目光往后一扫，看了眼平时那几个刺儿头：“都消停点儿做题，别给我惹事。”

天台。

高三一共十八个班，被学校安排在这栋三层小楼里。这楼年代久远，外表翻新过，打眼一看还不错。

可一看天台就原形毕露，很多废弃物料堆得乱七八糟，角落立着几把旧铁锹，沾满灰尘。

韩江已经在这里站了半个小时，跟身后的萧条景象格格不入。

他斜靠在栏杆上，似乎有些无聊，低着头在手机上打了一串字，想了想又删掉，锁了屏放回兜里。

再过一会儿，高三就下课了。

天台又上来一个人。

一个男生，高高壮壮，默默走到栏杆旁往下看，嘴里念念叨叨。

韩江看了对方一眼，这人不会要跳楼吧？

过了会儿，男生终于说话："还挺高。"然后退回几步，在韩江身后的空地来回打转。

发现韩江在看自己，男生不好意思地笑了下。

看这神情不像要跳楼，韩江没再注意那男生。

手机里有哥们儿陆非的信息：在哪儿呢，给你接风？

韩江慢腾腾地点几下：过两天吧。

那边很快回复：行，地方我定，到时给你电话。穿得时尚点儿。后面跟了个眉飞色舞的表情。

韩江习惯了他不正不经的说话方式，无声地笑了下，把手机揣回兜里。

没过两分钟，旁边的男生自己凑过来："哥们儿，有点儿眼熟，哪个班的？"

韩江说："从这儿毕业的。"

男生"哦"了一声："学长。"他似乎有点儿焦躁，不停地找话说，"学校规定，学生不许随便上天台。"

韩江看他一眼："那你还来？"

男生憨笑，接着挥舞两条胳膊，像给自己鼓劲儿："我要干大事。"

"什么大事？"

"表白。"

韩江笑了下，还挺浪漫。

他随口问："高几的？"

“高三。”

“高三还有时间谈恋爱？”

男生挠头：“没谈。她学习好，都不怎么理我的，但我想试试，再不说就毕业了。”

他畅想未来：“她要是答应我，我们俩就一起努力，一起复习考大学，她学习好，我得使劲儿了，我不喜欢异地恋。”

韩江：“……”

男生自来熟：“学长，你跟人表白过吗？”

“没有。”

男生点头：“也是，你长得帅，女生肯定乌泱泱自己往上扑，轮不到你表白，不像我们，得自力更生……啊，还有五分钟。”

男生紧张，不停地跟韩江讲话。

韩江不爱管闲事，也不爱看热闹，但对方热情似火，他揉了揉眉间，有些疲惫地应对。

十一个小时的飞机，很累。

男生长得又高又壮，可提起他喜欢的女孩儿却一脸娇羞，跟他的块头很不匹配。

“她笑起来很甜，尤其是眼睛，我都不敢跟她对视。”

为了今天的表白大计，他准备了好几天，身边狐朋狗友给他出谋划策，成功后去哪儿庆祝都想好了。

韩江恍神，想起那丫头笑起来时也甜。

男生又问他：“学长，你来我们学校干什么，找人吗？”

韩江“嗯”了一声。

“找谁，高几的？说不定我认识。”

“高三。”

男生扭头：“也上高三啊，几班？高三的我差不多都认识。”

下课铃声比韩江的话先一步响起。

男生赶紧拿出手机，又看韩江：“学长，一会儿……”

韩江明白，表白现场，有外人在不方便。他拍拍男生的肩膀：“祝你成功。”

韩江转身往消防楼梯口走，同时拿出手机，准备打个电话。

身后，男生深呼吸，手心冒汗，电话终于拨通。

“喂，温颜，你能来天台一下吗？我有话跟你说。”

韩江一顿，脚步停下。

韩江回头，漆黑锋利的眼睛盯着男生，但那男生这会儿没心情注意他的表情。

因为电话那头的人根本不是温颜。

班主任老徐骇人的嗓音从手机里传出来，像地府幽灵：“蒋旭，你要跟她说什么，先跟我说说。”

蒋旭心里一突突，只觉得脑仁儿疼：“徐、徐老师。”

“你现在立刻马上给我滚到办公室来！”

吼完这句话，电话被挂断。

人生中第一次表白被腰斩，蒋旭摸了摸额头，准备“慷慨赴死”。

刚一转身，看到身后不远处的韩江，他叹了口气：“哥，为我默哀吧。”

韩江盯着他：“怎么？”

蒋旭掩饰不住地懊恼：“她怎么跟我班主任在一起呢，我这命……”

韩江说：“在办公室？”

“是啊。”

韩江转身就走。

这学校韩江待了三年，闭着眼睛都能摸到办公室。老徐当年也是他班主任，高一带温颜这届时，正是刚送走韩江那届高三，教出了一个省状元，是最得意风光的时候。所以她看到温颜的家长是施静时非常惊喜，表示一定好好照顾温颜。

后来文理分班，温颜学理，依旧是她带。

温颜和韩家亲戚不亲戚，养女不养女，老徐心里也弄不明白，却有分寸，从不细问。

蒋旭给温颜打电话时，她正被老徐叫到办公室说话。温颜成绩不错，在全年级能排前三十名，唯一的短板就是英语。

这让老徐这个教英语的班主任很苦恼。

如果温颜的英语能像其他科目一样优秀，年级前十名是没问题的。

以前勉勉强强还凑合，可前些天一模考试，温颜发挥失常，英语分数比平时周测低了十几分，年级排名差点儿掉出前五十。

现在眼看就要二模，老徐怕温颜压力大，正和温颜说这事，温颜手里的手机就响了，老徐眼尖，一下就看到蒋旭的名字。

手机铃声不小，老徐听得清清楚楚，刚强调完不准早恋，一小时不到就约人家女生上天台？

天台是什么地方，小情侣约会圣地，一逮一个准。

老徐火冒三丈，夺了电话冲蒋旭一顿吼。

挂电话后，她看了眼温颜："他要干什么，你知道吗？"

温颜摇摇头。

虽然班里早有传言，江嫣也说过蒋旭好像对她有点儿那个意思，但人家从没明说过，温颜也不好表示什么。

老徐盯着温颜，开始怀疑她成绩下降会不会跟早恋有关。

"你一向懂事，知道什么该做什么不该做，现在正是关键时候，可不能分心，知道吗？"

温颜无奈，只能点头。

韩江站在窗外，看到老徐点着桌子跟温颜说话，小姑娘背影纤细，扎着蓬松洋气的小辫子，似乎比以前长高了些。

蒋旭随后赶到，没敢直接进去，在门口探头探脑看了两眼，自责又心疼："完了，老徐是不是骂她了，都怪我。"

谈话结束，温颜转身走出办公室，一眼就看到走廊里的韩江。

她愣了愣，这会儿他应该刚下飞机不久，在家里舒舒服服洗澡睡一觉，怎么跑这儿来了？

她很快笑出来，快走几步到他跟前，一张脸红扑扑的："你怎么来了？你从家来还是机场？静姨呢？"

离得近，韩江才发现刚才觉得她长高了都是错觉，她依旧只到自己肩头。

小矮子。

"顺路，接你回家。"没有久别重逢的喜悦，韩江冷冷淡淡，一张扑克脸，甚至还有点儿生气？

莫名其妙。

温颜早习惯了他这副鬼样子，韩江开心或不开心的时候表情都差不多，最多扯扯嘴角。

温颜怀疑他面部少长了两根神经。

蒋旭站在两人边上，看看这个，再看看那个，挠挠脑袋：“学长，你认识温颜啊？”

韩江没理他，转身就走。

蒋旭想跟温颜说话，但她没顾上看他，跟着跑出去。

蒋旭纳闷，刚才还拍着自己肩膀说“祝你成功”的学长怎么忽然变脸了？

他还没想出个所以然，也来不及对温颜无视自己感到失落，办公室里老徐的声音震出来：“蒋旭，还不给我进来！”

这所高中是市重点，韩江家是学区房，离得近，步行只有十五分钟的路程。

两人并排走在石板路上，路灯已经亮起，地上有两道细长的影子。

一个他的，一个她的。

温颜攥着书包带跟在他身边，两人没什么交流，却也不显尴尬。路过水果摊，她脚步慢了一拍，一直盯着那串晶莹的大葡萄，想买一些。

“家里有。”韩江说。

“哦。”温颜跟上他，“你到家了？”

“嗯。”

“出来干吗，怎么顺路顺到我们学校了？”

韩江转头看她一眼，过两秒，说：“你话真多。”隔一会儿又丢下一句，“回学校一趟。”

温颜又“哦”一声，C大的方向，确实顺路。

她没再说什么，在路边买了两根烤肠，递给韩江一根。韩江没接，说：“你吃吧。”

她很快吃掉一根烤肠，又扒开另一根烤肠的纸袋。

韩江一直看着她，忽然噎她一句：“都胖了，还吃。”

温颜愣了下，下意识地舔舔嘴唇：“没有啊，我最近瘦了三斤呢。”

“看着比以前胖，脸，”他目光往下，“还有腿。”

他的嘴太毒，成功地让温颜没了吃东西的欲望。她瞪他一眼，把烤肠塞进书包侧袋，越走越快。

韩江腿长，很快追上，目不斜视：“真出息，敢早恋，你静姨知道吗？”

温颜忽然停下，扭头看他：“我没有，你怎么知道？”

“你仰慕者给你打电话时，我就在边上。”

“我没有。”温颜又说一遍。

韩江手插兜，忽然转了话题：“一模英语卷子带没带？”

温颜愣一下，回答：“没有，干什么？”考试过去几星期了，谁还带那个。

“周测呢？”

“周测有。”

韩江停下：“拿来我看看。”

“现在？”

“现在。”

温颜虽然搞不清状元的脑回路，但还是打开书包给他拿了两张周测英语卷子。

韩江借着路灯翻几下，表情没波动，温颜却觉得四周空气忽然凉飕飕。

“英语学成这个样子，别在外面说你认识我。”韩江把卷子塞回给她，示意她继续走。

一模成绩出来到现在，虽然老徐和施静都着急，却顾忌女孩子的自尊心，从没对她说过重话。

但韩江敢。

这话戳到温颜痛处，她又想起一模的英语成绩，心情一下掉到谷底。

韩江走前面，看她站在原地不动，回头等她：“走啊。”

温颜不情不愿地跟上去，闷闷地说：“你怎么知道我一模的成绩？”

“你静姨说的。”

施静不敢对温颜说重话，怕影响她情绪，老公又忙，只能在跟儿子视频时念叨两句。

两人先后进家门时，施静刚挂掉老徐的电话。

客厅里堆着两个巨大的行李箱，挂着托运的标签，还没来得及收拾，韩江跟施静打了声招呼，转身进卫生间。

施静现在没工夫纠结两人为什么会一起回家，她满脑子都是老徐刚才的电话。

让她注意点儿温颜最近的动向，尤其早恋方面。

高考前的家长通通一个样，听到“早恋”二字如临大敌，生怕孩子走错路，但她没跟温颜提这事，只问温颜晚上吃了什么，还要不要再吃点儿。

因为有晚自习，温颜一向在学校吃晚饭，她摇摇头：“跟江嫣吃的面，吃不下啦。”她放下书包，“我收拾东西去。”

施静“嗯”了一声：“水果放你房间了，记得吃。”

“好。”

温颜去自己房间的卫生间里洗了手，然后跑到对面房间的桌子旁发愁。

高三学生的书本资料，多到吓死人。

温颜做事一向有条理，书本习题都按科目分门别类放着，但她小东西多，女孩子喜欢的漂亮本子，各种各样的笔和小玩意儿，堆得桌子上五颜六色。

韩江不知什么时候进来，抱着肩膀靠着门，看她忙来忙去。

花花绿绿的小东西都被收到大盒子里，桌子失了颜色，只有那盆多肉生机勃勃。

但她要把多肉也拿走。

“那个给我吧。”韩江说。

温颜本来已经把多肉放进箱子里，听了他的话又拿出来摆回原位。

她转头：“我那儿还有几盆，要吗？”

“一盆就行。”

他走过来，翻了翻桌上的几摞卷子，把英语卷子都留下，其他的摞一块儿。她准备搬三趟的书本和资料，他一趟就搬完。

温颜指着被留下的英语卷子：“这个呢？”

“留着糊墙。”

“…………”

他不好好说话，温颜也不理他，把小沙发上自己的几件衣服收好，捧着箱子回房间。

晚上十一点，施静照例给温颜送一杯牛奶。

看着温颜把牛奶喝光，施静趴在床上眼皮打架，很累的样子。

温颜爬到床上戳戳她的腰：“你怎么啦？”

“腰疼。”

温颜在她腰间揉几下：“你去睡吧，不用陪我。”

施静翻了个身，推了推温颜：“去看书，别管我。”

相处十一年，施静跟温颜亲妈没两样，温颜有时甚至想，是不是施静其实是她亲妈，自己只是被妈妈抱养又送回本家。

但这也是儿时的胡思乱想，自从初中时一次体检，她知道了自己的血型后，就彻底灭了这念头。

温颜坐在她的腿上："我给你捏捏吧。"

施静"哎哟哎哟"两声："小祖宗，能不能好好看书了？"

"我眼睛累了，想歇一会儿。"

施静转了转脑袋，换到另一侧趴着："行吧，就五分钟。"

施静是作家，出过书，销量很好，作品还被改编过电视剧，但这职业一坐就是几小时甚至一天，总是腰疼。温颜技术不错，是个合格的小棉袄，以前就经常给施静捏腰。

温颜把施静的衣服推上去，露出细腻紧致的皮肤。

腰左侧，是一块拳头大的伤疤。

丑陋，骇人。

昔年火灾，施静捡回一条命，每每摸到腰间这块疤，都能瞬间将她拉回那痛苦绝望的十几分钟。

那年韩江八岁，亲眼看见施静从火海中被人背出。

温颜小心避开施静的疤痕，只是触摸，也能感受到当时她的痛楚。

"静姨，我在网上看到有种祛疤膏，听说挺好用的，要不要试试？"

施静半边脸闷在被子里："不试了，又不是没试过，你韩叔不嫌弃就行。"她想起个事，"你们老师说二模后有个训练营，一星期封闭培训，专门突击高考的，怎么没听你说过？"

温颜手指柔软又有力量："没来得及说呢。"

"徐老师说效果不错，到时把名报上。"施静费力地扭头，"别担心钱，你妈给我的钱足够供你上学，听到没？"

温颜捏着施静的腰的手渐渐停下，过了会儿，忽然像小时候一样趴到施静背上，闷闷地说："她是不是不要我了？"

施静拍温颜的屁股："傻孩子，胡说什么。"

"那她怎么不来找我？"

"她工作性质特殊，你不是知道吗？别瞎想。"施静翻身起来，揉了揉温颜的脑袋，"我走了，你累了就睡，别熬夜。"

门被关上。

温颜在床上坐了一会儿。她知道什么呢？

妈妈是个警察，妈妈在云南工作，不可以对外人说妈妈是警察，不可以给妈妈打电话，只能等妈妈联系自己。

除此之外，她什么都不知道。

而这几年，连电话都没有了，只有为数不多的短信。

她甩甩脑袋，把头发随便团了个团子，继续看题。

施静从温颜房间出来后，直接进了儿子的房间。

韩江的房间不小，空地上两个大箱子都被打开，他还没收拾完行李。

施静对儿子一向实行散养政策，才不会帮他收拾东西，嫌弃又艰难地从衣服杂物的空隙中迈过去，火急火燎地说："儿子，你猜今天徐老师跟我说什么了？"

韩江坐在地上拣衣服，头都没抬："说什么了？"

"说学校有男生在追求颜颜！"

"哦……"

施静皱眉："你哦什么哦，怎么这么不上心？眼看还有两个多月高考，那个小兔崽子打扰我们颜颜，这不是害人吗？"

韩江沉默一会儿，抬头："所以呢？"

施静瘦，蹲在地上小小一坨："你是不是说过这阵子先不回学校住？"

"是。"

"那你每天接颜颜放学吧。我怕小兔崽子缠着颜颜，你给我盯死了，千万不能让她早恋！"

之后的几天，韩江每天吃完早饭就一头扎进卧室，不知道是睡觉还是在干吗。

施静不管他，给温颜准备好早餐后就回书房忙，她的新书临近交稿，时间紧迫。

温颜依旧泡在题海里，时间过得很快，早没了新内容，只有卷子，卷子，卷子，搅得人头昏脑涨。

不知道老徐跟蒋旭说了什么，反正这几天蒋旭异常乖顺，从头到尾没跟温颜说一句话，也不像以前一样上厕所都要绕到前门。

周六没有晚自习，下午放学铃声一响，温颜接到韩江的电话。

"校门口等你。"

她走到校门口时，看到韩江正靠在一棵大树下，手里拎了半瓶水。

她小跑着到他跟前。

韩江看着她："你跑什么？"

"我怕你着急。"

她头发被风吹乱，韩江看了一会儿，转过头："走吧。"

温颜跟在他后头，能感受到四周女生们热烈的目光。

无论在哪儿，韩江都是最瞩目的那个。

她快走几步，跟他并排："你怎么又来接我了？"

这几天放学，每天他都过来，温颜不知道他又顺路还是什么。

头顶声音飘过来："上级命令。"

温颜愣了下："静姨让你来的吗？"

"嗯。"

"是不是老徐跟她说什么了？"

"我哪知道。"

"其实没事的，蒋旭——"

韩江转头看她。

温颜说："我同学没再找我了。"

韩江哼一声："是吗？"

温颜点头："所以不用特意来接我。"

韩江没说话，走了一会儿手机响了，施静的声音传出来："我晚点儿回家，你带颜颜在外面吃。"

挂了电话，韩江脚步停下，拧开水瓶喝一口，想了想，问她："带你玩，去不去？"

温颜盯着他的水瓶，忽然觉得口渴。

韩江递给她。

里面还有小半瓶，温颜犹豫一下，还是喝了。

嘴唇饱满，沾着水珠，蹭着瓶口的样子，很可爱。

韩江看一眼，喉咙发紧，转头看向别处。

温颜喝了一些，韩江接过来，把剩下的全都喝光，走到一旁把空瓶扔进垃圾桶，回来时温颜问他："去哪儿玩？"

"同学聚会，先吃饭，可能还去打球。"

"啊，那我不去了。"

韩江说："你都认识，陆非他们。"

韩江高中同学，以前他们一帮哥们儿出去玩，温颜跟着去过。

温颜笑："陆非啊，那应该叫上江嫣。"

"随你。"

虽然她很想去，但想到即将到来的高考，似乎不允许这样浪费时间。温颜犹豫，韩江一眼就看出来，他说："放你玩一天，明天以后都听我的。"

温颜抬头："啊？"

"晚上给你个东西。"

"什么东西？"

"回家再说。"

他不愿浪费时间，抬手打车，把人推进后座。

到"大世界"的时候，那帮人已经到齐了。看到韩江，大家先是炸庙起哄一番，以示对留学归来人士表示欢迎，接着他们看到跟在韩江身后的温颜。

瘦瘦的小姑娘，牛仔背带裙，两根洋气的小辫子，很乖地站在韩江身边。

柔软又水灵的模样跟这群人实在格格不入。

众人又炸庙一回。

上次见温颜还是两年前，那时温颜才高一，脸上稚气很浓，小孩儿一样。

如今再见面，大姑娘了，长得自然是美的，但更多是舒服，没有攻击性，让人不自觉想亲近。

以陆非为首，一群人立马把留学归来人士晾到一边，围着温颜嘘寒问暖，零食饮料都堆到她面前，很是殷勤。

这帮人就爱瞎闹，都没恶意，韩江坐一旁，开了瓶啤酒边喝边四处瞧。

没一会儿，陆非凑过来，手里的啤酒瓶跟韩江的碰一下："怎么着韩少爷，回国可还习惯？"

韩江依旧惜字如金："还行。"

陆非穿着花里胡哨却价格昂贵到离谱的定制小西服，胳膊一抬搭到桌子上："我可听我爸说了，小山楼又在搞什么融资，摊子越来越大，你想好了吗？坚持学你的法语，还是回家帮你爸？"

韩江没答。

韩家祖上几代经商，到了他爷爷这辈，处理掉其他产业专做连锁酒店，如今小山楼开遍全国，光本市就有五六家。

韩江的老爸韩雪淞年轻时是个非常随性的人，跟妻子施静两人整天诗情画意，风花雪月，家里有多少存款心里都没数，不食人间烟火，对经商毫无兴趣。

韩老太爷身体不好，韩雪淞被迫接手酒店产业后竟也经营得有模有样，可这么多年过去他依旧不喜欢经商，早些年他就曾放话，五十岁就退休，把小山楼交给儿子，自己带着老婆周游世界，享受人生。

韩雪淞二十二岁就结婚生子，到现在也不过四十出头，正当壮年，长相同样英俊不凡，跟韩江站一起像哥俩似的，他五十岁时，韩江二十七八岁，正是立业的好年华。

但韩江高考那年，能上清华北大他却不去，跑去C大学法语，说以后要当翻译。

韩雪淞倒也不急，反正还早，他还有很多时间跟儿子磨。

陆非见韩江满不在乎的样子，也不追问，呵呵笑两下，转了话题："人家申请回国手续怎么也要两三个月，你这从头到尾一月不到，加急办的吧，你急个什么劲儿？"陆非坏笑，"是不是在那玩过头了，急着回国躲清静？"

韩江不爱跟他瞎扯："管好你自己吧。"

陆非在别人那儿大爷一样，整天颐指气使得意得很，在韩江面前还真没脾气。他摆摆手："得，我不招你。"

饭局行至一半，已经有人喝高了，捧着麦克风不撒手，好多人聚在显示屏那头点歌，餐桌这边冷冷清清。

韩江家的妹子自然备受宠爱，温颜盘子里堆得满满的，她吃不下，坐在韩江旁边小口喝饮料。

桌上有烟，韩江摸了一根出来。

温颜手边有打火机，她拿起来，顺手摁了下，凑到他嘴边。

韩江眯着眼睛，胳膊搭在她身后的椅背上，脑袋往她那头偏了偏，就着她的火点燃。

两人都不觉得有什么，很自然的举动，但陆非看在眼里，总觉得莫名和谐。

韩江很少吸烟。

只有非常放松或非常烦躁时才吸几根。

韩江隔着烟雾看了温颜一会儿：“想喝酒吗？”

温颜眨眨眼：“我可以吗？”

韩江给她倒了半杯 RIO：“彩色小酒，度数低，跟饮料似的，喝几口没事。”

温颜很高兴，施静从不让她碰这些，说女孩子在外面要保持清醒。但今天有韩江在，似乎没什么危险系数。

她两口就喝光，舔舔嘴唇，还想要。

韩江不给了：“过过瘾得了。”

这局结束，有人提议打台球，这是他们每回聚会的必玩项目。

时间还早，韩江低声问她：“想去吗，还是回家？”

温颜今天有点儿放纵，玩野了：“想去。”

韩江点头，拎着她的书包走在前面。

这家台球厅他们经常过来，老地方，老位置，很快开了几个台子。温颜说是来玩，其实她只负责看，顺便帮大家看东西。

韩江打桌球姿势非常漂亮，很专业，她目光一直围着他转。

隔壁几桌都是年轻小伙子，叫叫嚷嚷，声音很大，打球时挤到这边一哥们儿，两伙人差点儿起冲突，被陆非摁下。

有温颜在，韩江不想惹事，叫了她准备回家。

“我去一下卫生间。”温颜把怀里他的外衣递给他，出了大厅拐进一条走廊。

有人递给韩江一个文件袋：“差点儿忘了给你，我昨儿就打印好了，答案在后面，单独装订的。”

韩江把东西塞进温颜书包里，跟那人碰了个拳：“谢了。”

温颜从卫生间出来时，在走廊迎面碰上一人，她往左，他也往左，她往右，他也往右。对面的人笑了声：“小美女，走哪边？”

温颜抬头，对面男人看着年龄不大，跟韩江差不多，身穿拉风的皮衣，在室内还戴着墨镜，嚼着口香糖，歪着脑袋看她。

一身酒气味道呛人，温颜皱皱眉，往一边闪，想让他先走。

谁知对方竟后退一步，挡住她的去路：“小姑娘哪桌的，交个朋友？”

温颜不想跟他讲话，冷着脸：“对不起，我不认识你。”

男人脸上带着让人讨厌的笑，直接拉住她胳膊。

温颜条件反射般想甩掉他，但力气没他大，她立刻涨红了脸。

“你放开我——韩江！”她下意识地大叫。

听到韩江这个名字，男人似乎愣了下。

不等那男人反应，走廊很快闪出一人，几步蹿到两人中间，直接拉开男人拽着温颜的手，将人扯到身后，阴冷骇人的眼睛盯着男人：“你找死吧！”

那男人看到韩江，挑了挑眉：“真是你，我还以为重名。”他上下打量韩江，“韩少爷，什么时候回来的？也不通知我，好给你接风。”

韩江面无表情，那股不把人放在眼里，轻视一个人的情绪表现得很明显。

“阴戚，别找事。”

当年韩江一人单挑七个，对方领头的就是阴戚。

那次约架，阴戚输得很惨，非常丢人。本来这事已经撂下，偏偏后来阴戚一直追求的女孩儿喜欢韩江。

两人就此结下梁子。

后来几年，阴戚多次明里暗里找碴儿生事，都没能把韩江怎样，直到韩江出国，他才消停。

没想到刚回来就能遇见。

阴戚是地道小人，坏在表面，从不遮掩自己，家里很富有，少爷脾气大，想怎样就怎样。

他偏头看了眼韩江身后的温颜，眼神下移。

韩江一把扯下温颜的胸牌攥在手心，上面有她的班级和名字。

阴戚嘴角勾着笑：“你女朋友？”

韩江目光生寒：“我警告你，别惹她。”

大厅的人听到动静，呼啦啦出来二十几个小伙子，走廊里站满了人，声势浩大。

陆非带了一伙人挤到韩江身边，撸胳膊挽袖子，手里还拎了个空酒瓶：“没事儿吧？”

他一看阴戚，再看阴戚身后那群人，原来刚才厅里那些不知好歹的混混是阴戚的人。

陆非冷笑：“怪不得。”

阴戚变脸：“你什么意思？”

气氛一下拉紧。

台球厅老板娘生怕出事，赶紧说好话，周围全是看热闹的。

陆非是个不怕事的，他们俩那点儿过节他清楚得很，刚要上前，韩江拦住他：“算了。”

这么多人如果闹起来，一定会惊动警察。

他们之间的“恩怨”，他不想连累别人。

韩江手背过去，拉住温颜的手腕，对阴戚说：“以后见到我，你最好绕道。”他给自己人使了个眼色，带着温颜率先挤出人群。

身后，阴戚盯着那道纤细的背影，想起韩江明显维护的姿态，忽然觉得，事情仿佛变得好玩起来。

打球的地方离家很远，韩江打了车。路上两人没有说话，但快到家的时候，韩江让司机停车，两人提前下来。

温颜跟着他往湖边走：“我们去哪儿？”

“头晕，吹吹风清醒一下，”他转头看她，“身上酒味散一散再回去，不然你静姨知道我喝酒还带着你，会杀了我。”

温颜低头笑了：“也是。”

两人坐在湖边。

小风吹着。

韩江说：“刚才怕了吗？”

温颜摇头：“没怕。”

“胆子不小。”

“你不是在吗？”温颜也看他。

两人对视一会儿，都笑了。

温颜嘴角还翘着，视线往下，忽然低声惊呼，他手上有血迹，有些已经干涸。

他手心里，还攥着带有锋利细针的，她的胸牌。

胸针很细，伤口虽然不大，但他力气大，戳进肉里，扎得很深。

当时没感觉，其实现在也没太大感觉，血迹已经干涸，伤口都快好了。

但温颜着急，脸色都变了：“你怎么不说啊！”

韩江觉得好笑：“说什么？”他晃晃手，“都看不见，跟容嬷嬷扎针差不多。”

温颜生气：“还笑。”

她从书包里拿出湿巾，抽了一张出来：“擦擦吧。”

“别碰伤口，擦边上。”她叮嘱。

韩江接了，照做。

温颜看着他有一下没一下擦得敷衍，问：“那个人是谁啊？”

韩江把用过的湿巾塞进她书包的侧兜，两手撑在身后，微微仰着身子，盯着天上仅有的几颗星星。他回答：“阴戚。”

温颜对这个名字不熟悉，但从刚刚他们的对话里听过这个名字。

韩江三言两语讲完他们那点儿事。

温颜恍然大悟。

原来那年跟韩江打架的人就是他。

她印象很深，那年她初二，韩江高二。

初中下课时间比较早，温颜有时会在附近的书店等韩江放学，然后一起回家。

但那天韩江迟迟没有来找她。

后来温颜去学校才知道他跟人打架了，还是一打七。当时他额头、脖子和手臂都有血，在学校对面的小诊所处理伤口。

她站在门口不敢进去，泪眼汪汪地看着韩江，那眼神好像韩江身负重伤要死了。韩江钩钩手指让她过来，凶她：“不准告诉我妈，听见没。”

小姑娘点头，一串眼泪随着动作掉下来。一旁的陆非说：“瞧把人吓的，你就不能好好说句话？”

韩江看她似乎真的很着急，声音到底软了些：“别哭了，这点儿小伤不算什么。”

伤口处理完，他没事人一样随手把棒球帽扣脑袋上：“回家我妈问起来，就说不清楚，记住没？”

温颜眼睛红红的：“那你怎么说？”

“我自有办法。”

后来不知韩江怎么解释的，反正施静没有追究下去。

一阵风吹过，迷了温颜的眼睛，她揉了揉，转头看他：“他以后会不会还找你麻烦？”

韩江冷笑：“我怕他？”顿了下，他把胸牌还给她，“以后别戴了，或者只在学校戴。”

温颜接了，点头答应。

她手指蹭了蹭胸牌：“你要给我什么东西？”

“回家再说。”韩江扭头，“先说说，你一模怎么回事？”

以前英语再不行，也没考过那个分数。

温颜愣了下，没想到他忽然提起这个。她说：“我也不知道。”

“身体不舒服，还是马虎？”

温颜不想给自己找借口：“没有，就是没考好。”

“觉得哪里困难？”

“语法吧，一直挺弱的。”

韩江淡淡笑了下，觉得她对自己的短板认识得很清晰。

两人看了会儿天，刚刚那仅有的几颗小星星也不见了，都被暗暗的云遮盖。

韩江说：“其实你现在这个成绩，考重点大学没问题。”

言外之意，不要给自己太大压力。

她的英语只是相对其他科目比较弱，拿到别人的成绩单里，照样漂亮。

温颜说：“考不上C大。”

空气很安静。

韩江慢慢转头，目光扫过她长长的睫毛，低声说：“你想考C大？”

温颜闷闷的，低着头没看他，也没回答。

“还没被我欺负够？”

温颜看向他，不知道是不是错觉，总觉得他嘴角含笑。

她小声说：“不是因为你。”

“是吗？”韩江没再追问，说着很欠揍的话，“就你那分数，确实够呛。”他站起来，拍拍裤子上的灰，顺带把她拉起来：“回家吧。”

进家门的时候九点多，施静已经休息，两人默契地压低声音收拾，各自回房。

温颜冲了个澡，把内裤洗了，换了一条带黑色小花猫图案的森女系小内裤，都是施静帮她准备的。

施静是很浪漫的人，非常喜欢打扮小姑娘。

温颜的衣服从里到外都是施静给买的，施静眼光好，选的东西温颜都喜欢，连温颜那蓬松洋气的小麻花辫也是她教会怎么扎的。

“松一点儿，用指甲钩出来一些碎头发，麻花辫扎得土气还是洋气，全指着这撮儿碎头发啦。”施静经常这样强调。

温颜在脸上拍了一些乳液，坐在桌前准备做题。

手机亮了一下，江嫣的头像闪动，她发来一张照片，另外配一句话：这题选什么？

温颜放大图片看了一眼，拿张白纸写写画画，两分钟后回复她：A。

顺带把演算草稿拍了张照片发过去。

半分钟后，江嫣发来信息：我憋了二十多分钟，你这么快算出来，确定对吗？别忽悠我！

温颜给江嫣发了个翻白眼的表情，随后说：晚上我跟韩江出去吃饭，陆非也在。

江嫣的电话直接打过来：“你怎么不带我去？”

“我给你打了好几个电话，打不通啊。”

江嫣想起晚上跟表姐去她学校的图书馆地下一层看书，那里确实没信号。

她懊悔不已。

江嫣虽贪玩，但她也有自己心仪并且非去不可的学校，所以也很拼命，两人只简单聊几句就结束话题，各自学习。

敲门声响起。

韩江递给她一个笔记本：“看十遍，再把你书包里的题一天做一套，写完给我看。”说完转身走了。

温颜听得莫名其妙，门关好，坐回书桌前开始翻笔记本，越翻越惊讶。

是韩江的笔迹。

高一到高三，所有英语科目的重要考点、语法短句，按照难易程度和类型依次列出，条理清晰，是一张完整有序的知识网。

有些地方用红笔标记，边上还画了重点符号。

韩江有这种总结笔记，温颜一直是知道的，她自己也有，只是没这个做得好。

很多考点跟三年前已有不同，他应该是做了调整，重新写了一本。

后面还有根据她的错题单独列出的知识点。

他是什么时候搞出这些东西的？

温颜立刻去翻自己的书包。

书包里多了一个文件袋，里面是某重点高中内部的模拟考试卷子，一共十套，据说不外传，很难搞，同样不知道他是什么时候搞到手的。

温颜心里热热的。

男孩子长大后都会变得这样贴心吗？

她不太懂，身边也没有比他更熟悉的男孩儿。

这一晚，她睡得很好。

星期一，韩江回C大报到。

系主任一向器重他，这次出国交流只有两个名额，他在那边也一直表现很好，知道他申请提前回来，主任还埋怨了一番。

但毕竟是学生的个人选择，主任也不好说什么。

见到韩江后，主任好一顿叮嘱，什么大学还有最后一年，一定不要再像以前那样任性，要为自己的前途考虑云云。

韩江一一应下。

他跟系里打了招呼，下学期才回来住校，然后回寝室找点儿东西。

这会儿寝室没人，室友们估计都去图书馆了。这所学校的学生都很上进，寝室四个人都有考研计划。

韩江在书架上找到两本英语工具书装进包里，又简单擦了擦桌子和衣柜。

他的专业是法语，研究生专业方向早已定好，高翻学院复语同传，专攻法英汉。

他的英语，同样优秀。

C大出来的复语同传专业人才，进入首都商务部外交部工作的比比皆是，他们出入各种国际性重要会议，是所有翻译从业者的终极梦想。

韩江对此志在必得。

接下来的几天，温颜每天做一套英语卷子，做完送韩江房间，他不用提前批改，看一眼就知道答案，直接给她指出错误。

他很严厉，有错就说，一点儿面子都不留，温颜经常被他批评到一句话都不想跟他讲，有时被他滞留在房间到半夜十二点。

这种训练很有效果，温颜本身掌握的词汇量是够的，这些繁杂琐碎的知识点被有效串联后，让人有种堵塞的思路瞬间通畅的感觉。

二模那天，她比任何一次考试都紧张。

从韩江回来到现在，突击了不到一个星期，时间上看其实是不够的，但如果这次英语成绩能好一些，之后几十天的复习心情也会轻松很多。

一天考试下来，语文和数学发挥正常。

第二天中午，从理综考场出来，温颜和江嫣去学校对面的面馆吃饭。

江嫣很爱吃辣，重庆小面本来就有辣椒，她又另添了两勺，吃得嘴唇红红的。温颜递给她一瓶水："你少吃一点儿，下午还考试呢，别闹肚子。"

江嫣用手扇风："好爽。"她喝一口纯净水，"待会儿英语考完，在一楼等我。"

"干吗？"

"班长生日，说请咱们去游泳。"

"游泳？"

"嗯，他说这是在学校过的最后一个生日了，正赶上考完试，大家可以暂时放松一下。就城南那个温泉山庄，他爸给他弄了七八张贵宾券，咱俩，还有班里几个人。"

温颜抬眉："我不会游泳。"

"我教你啊，或者找个帅哥教你。你这身材不穿泳衣多可惜，前凸后翘大白腿。"

江嫣一向口无遮拦，隔壁桌都是人，温颜慌忙往她嘴里塞了一口小拌菜："你小点儿声！"

江嫣忍不住笑："还不好意思。"

温颜又说："我还是不去了，没带泳衣。而且韩江今天下午只有一节课，大概会过来等我一起回家。"

"我也没带，到那儿再买呗。"江嫣很不满，"韩江最近怎么回事，阴魂不散的，真把自己当你哥了，还有没有点儿私人空间了？"

她补了一句："我哥都不这么管我。"

江嫣磨人，而且班长确实对大家很好，快毕业了，集体活动没剩几次，温颜不想扫兴，考试前她给韩江发了一条信息：待会儿不用等我，我有点儿事，晚点回家。

城南的温泉山庄规模比较大，很多人会从外地慕名而来。

下午不到六点，几个年轻人先后走进大堂，个个一米八以上的身高，英俊帅气，穿着不凡，很吸引其他人的目光，其中看起来最帅的那个把一张VIP黑卡递给服务生："还有一人马上到。"

大堂经理亲自接了卡去专区办手续。

过了几分钟，韩江出现在大堂门口，陆非在休息区那边招手："这儿呢。"

韩江走过去，摘了墨镜坐到他边上。

陆非说："不是说要陪你家丫头复习，不来吗？"

"她不在家。"

"哦，所以退而求其次，想起我了？"

韩江斜他一眼："废什么话。"

大堂经理拿了几套手环送过来，毕恭毕敬："陆少，三楼请。"

陆非接过来，笑呵呵地说："陈经理，麻烦替我转告徐总，我爸说得空请他喝茶。"

陈经理立刻赔笑："好，我一定转达。"

这个时间人不多，韩江一行人换了泳装，直奔游泳区。

他们都是会游泳的，几个人扑通扑通跳进深水区，比起赛来。

韩江游了两圈，手臂一撑坐在泳池边上，拧开瓶水喝。

年轻的身体，坚实的肩膀，干净青春的帅气面庞，眉眼间的骄傲与不屑。

喝水时滚动的喉结。

胸口偶尔滑落的几滴水珠。

腿部结实的肌肉，让人忍不住遐想。

无论从哪方面看，都是一道秀色可餐的风景。

很快有年轻女孩儿来搭讪，但韩江一丝笑意也没有，一点儿机会都不给，她们很快知难而退。

陆非在水里扑腾几下，脑袋钻出来，抹了把脸上的水，喘着气说："别让她们走啊，你不喜欢发给我。"

韩江扯了条浴巾披身上：“还没走远，给你叫回来？”

陆非摆手，蹿上来坐到韩江的边上：“得了吧。”他环顾四周，“这不行啊，美女不多。”

视线定在右前方，他愣了愣，手臂碰了碰韩江：“哎，那是不是你们家小丫头？”

韩江微怔，随他的目光看过去。

浅水区那边，温颜穿着性感可爱的泳衣，纤细的腰和白净纤细的腿全露在外面。

她的小脚丫涂着花花绿绿的指甲油，正在踩水玩。

某个晚上，他看到施静给温颜配色并涂了脚指甲，她跟温颜涂一样的。

温颜正跟旁边的男生聊天，似乎很开心，一直在笑。

韩江看了一会儿，压下嘴角的不悦，扑通一声钻进水里。

第一次对老妈的审美产生了怀疑。

那指甲油的颜色，真难看。

温颜没想到，班长也叫了蒋旭。

自那天后，蒋旭没再跟她说过话，但偶尔会看她一眼。

温颜不会游泳，坐在泳池边，只把小腿伸进水里来回划着玩，没一会儿，蒋旭走过来坐在她身边，递给她一瓶水。

他挺不好意思的，挠着头：“对不起啊，上次我太冲动，给你添麻烦了。”

蒋旭是班里很活跃的男生，积极参加活动，运动会全靠他拿名次，很少这样低声下气。

温颜摇摇头：“没事。”

蒋旭说：“老徐跟我聊了挺多，我知道现在不是时候。你放心，我不耽误你，你好好复习。”

他懂分寸，知进退，这样的男生不惹人讨厌。

而且经过那天，温颜有没有这个意思也表现得很清楚，他知道自己没戏。

两人气氛轻松地聊了一会儿，蒋旭很幽默，温颜几次被他逗笑。

水底有团影子潜过来，忽然有人捉住温颜的脚，温颜吓一跳，轻呼一声。

江嫣猛地从水里钻出来，白净的脸上全是清亮的水珠。她长得非常漂亮，身材尤其好，班里的舞蹈节目都是她排的，很多人都说她有明星相，可以去考北影或上戏，但她想去的学校只有一个。

她摘下泳镜，意味深长地盯着蒋旭：“跟我们颜颜说什么呢？”

蒋旭一向怕她，支吾几句就溜之大吉。

她又拉温颜的脚：“下来玩啊，坐着有什么意思。”

温颜往后缩了缩：“不行，我在水里站不住。”

“这儿就一米深，白长这么长腿，快点儿，有我呢。”

温颜下了好一会儿决心，终于迈进水里，但手臂依然架在池边不敢离开。

稳定了一会儿，好像也没那么可怕。

江嫣说：“先学换气吧。”她边说边做，“深吸一口气，憋住。”她脑袋钻进水里，隔几秒又出来，大口呼气，“这样多试几次，慢慢感受一下全身在水里的感觉。”

温颜直摇头：“我不敢，耳朵进水怎么办？”

“憋住就不进水。”

“我有深海恐惧症。”

江嫣被逗笑：“恐惧什么，咱俩还泡过木桶呢，你快点儿！”

老师太凶，温颜做了好久心理建设才敢试一次，不过蜻蜓点水，一秒就从水里冲出来。

她戴着黑色的泳帽，有几根碎发没有绾进去，贴在脸颊旁。

配套的泳镜也是新买的，有点儿松，她摘下来控了控水，调整松紧。

池边忽然出现一双男人的脚。

视线往上，是两条劲瘦有力的腿，再往上是黑色泳裤，结实的腹肌，胸肌，喉结，最后是——韩江的脸。

两个姑娘一时都没反应过来，愣愣地看着他。

韩江蹲在她们面前，看了温颜一眼，却对江嫣说话：“你看那边。”

江嫣回头，顺着他的目光看过去——深水区，陆非正手把手教一位漂亮的姑娘游泳。

不出所料，江嫣杏眼圆睁，三两步登上岸，直奔那边杀过去。

韩江往温颜脸上撩水，让她回神：“发什么愣呢？”

温颜眨眨眼：“你怎么在这儿？”

韩江居高临下地看她，表情严肃，一副随时要发火的模样：“我还想问你。说有事，就是来游泳？”

温颜像做坏事被抓住一样不安，作为一个只剩几十天就高考的人来说，好像任何娱乐活动都是奢侈，但韩江没提这个，甚至没问她今天考试的情况，只说："不是一直不要学吗，怎么又想学了？"

温颜看着他跳下水，站在自己身边。她说："江嫣非要教我。"

韩江"嗯"了一声，有点儿敷衍，好像本来就是随便问问，没指望她回答。

"深呼吸几次。"他说。

温颜下意识地照做。

韩江靠近她，虚扶着她的后腰，教她怎样换气，声音很轻："入水后别紧张，双臂伸平，身体会慢慢浮起来，如果忍不住就立刻出来，我在边上不用怕。"

他靠近，莫名有种安全感，温颜慢慢放松身体，照他的话做。

也是奇怪，刚才明明一副要骂人的样子，忽然莫名其妙地开始教她游泳。

她脑袋浸在水里，透过泳镜能看到池底，她感觉到自己的身体真的慢慢浮起来。

目光一偏，就看到韩江劲瘦结实的双腿。

真长啊……

一个分神，温颜呛了一口水，手不自觉地拍打两下，水花四溅，立刻有双大手掐住她的腰，半抱着把她从水里拎起来，让她站稳。

她咳了几声，死死攥着他手臂，大口呼吸："吓死我了。"

那人没一句安慰，只说："继续。"

温颜忽然找到一种深夜做英语卷子的感觉。

他无论做什么都要做到极致，对自己的要求更是严格到近乎变态。

他跟她从小一起学小提琴，但到后来他已经能做她的老师。

另一边，肤白腿长的美女娇软柔弱，一个动作来来回回学不会，岸边忽然鬼魅一样冒出个人，抱着手臂，女战士一样盯着水里的美女，管人家叫大姐，几句话就快把人气死。

陆非习惯了一样，看热闹，也不帮腔，那肤白腿长的美女骂了句神经病，脚一划，姿势娴熟，一下游到对岸。

陆非上岸，绕着江嫣走。

江嫣气不过，堵住他："你干吗去？"

“太吵，找个安静的地儿。”

“你看不出来她是装的吗？她哪用你教，显你能耐是不是？”

陆非忍着笑：“我乐意。”

“你就是故意的！”

她声音大，陆非赶紧捂她的嘴：“你小点儿声，别人以为我把你怎么着了呢。”

江嫣一口咬在他的手背上。

这一口结结实实，陆非觉得可以去打狂犬疫苗了，他痛得龇牙咧嘴。

“姑奶奶，我怕了你了。算我求你，放过我成吗？我就是色。”

江嫣都要气哭：“陆非，我有心脏病，你少气我。”

陆非说：“巧了，我也有心脏病，你以后离我远点儿，保证咱俩都健健康康活到九十九。”

这么一闹，江嫣不想游泳了，拉了温颜就走。温颜身上还滴着水，泳衣的小裙子贴在臀上，是女孩儿最美的曲线。

韩江目不转睛。

温颜回头看了眼还在水里的人：“我一会儿过来。”

过了温泉区，那边就是休息大厅，江嫣说要去卫生间，温颜站在外面的过道等她。

温颜靠边站着，很局促。

这件泳衣实在有点儿超出她的接受范围。

刚刚挑泳衣，普通款式只剩大码，三点式她绝对不穿，只有这个还勉勉强强，虽然露腰，但好歹臀围有一圈布料，堪堪遮住腿根。

她其实还挺保守的。

过道上来来往往不少人，一个阿姨抱着一堆衣挂挤过来：“来来，让一下。”

温颜侧身让阿姨过去，忽然身上一紧，接着又一松，她下意识地抱住前胸，一根带子在身侧晃来晃去，她的心怦怦跳，衣挂钩子竟然把身后的衣带刮开了。

这带子很难系，刚刚还是江嫣帮她穿的。

脖子上还有绳子，虽然不至于走光，但胸前衣料松松垮垮，她还是很难受，没有安全感，自己试着反手拽两下，没系上，想去卫生间找江嫣，刚迈出两步，肩上忽然多出个东西。

韩江不知什么时候出现在她身后，拿白色的浴巾裹住她，一直围到前面，把她整个人包进去，恨不得一丝皮肤都不露。他蹙着眉，一双漆黑的眼睛盯着她："赶紧去换掉。"

温颜站在他面前，他手掌的温度透过浴巾传到肩头，那里莫名发烫。

她小声说："嗯。"

江嫣从卫生间出来，韩江一看她眼睛红红的样子就知道她肯定又在陆非那儿受气了，告诉她温颜在更衣室后就去找陆非了。

晚上八点多，两拨人先后出了大厅。

高中生的班长安排男生送女生，蒋旭想送温颜，温颜拒绝了："有人跟我一起走。"

江嫣也没让人送："我家离得近。"

陆非点烟，狠狠吸两口，看了眼远处只剩个人影的江嫣，扭头对韩江说："我先走了，回见。"

有人想搭顺风车，陆非扔下一句"不顺路"，扬长而去。

那人又笑嘻嘻地看向韩江，韩江跟他对视。

几秒后，对方败下阵："得，我自个儿打车。"

韩江转头找温颜。

同学都走光了，只剩她一个人站在门口。

他示意一下，两人同时往停车场的方向走。

韩江是有车的，但不常开。

这车是他满十八岁时韩雪凇送他的生日礼物，七位数的价格，拉风又炫酷，但他一向不喜张扬，去学校从来不开，只偶尔技痒时去郊外跟陆非一起赛个车兜风。

温颜坐过几回他的车，中考时，他刚拿到这车不久，驾照也新鲜热乎，开车送她去考场。

当时施静抱着温颜坐后面，安全带系得牢牢的，十分后悔这种重要的日子竟然让他来送。

他喜欢开快车，越快越爽。

但那天他的车出乎意料地稳，平平安安把人送到考场，考完试又来接人。

温颜轻车熟路地坐上副驾驶，安全带扣上，回头一看，后座有一个透明的文件袋。

韩江启动车辆，单手打方向盘，目视前方：“给你的。”

温颜拿过来一看，是新的一套押题卷子。

上一套还没做完呢……

韩江将车驶上主路，看了她一眼：“今天的题难吗？”

温颜收起卷子：“还行。”

“什么时候出分数？”

“周二吧。”她有点儿难受，吸了吸鼻子。

韩江看她一眼：“要感冒？”

她摇头：“不知道。”

“怕凉还穿那么少游泳。”

“…………”

施静不在家，家里黑灯瞎火，韩江开了灯，看到餐桌上扣着饭菜，还有张字条：热一下再吃。

他忽然想起之前手机有未读信息，一直没看。

施静给他发了消息：我去你爸那边有点儿事，明天回。你照顾颜颜，早上给她做个早餐。

韩雪凇这几天一直在北京出差。

韩江已经习惯爸妈这样黏糊，没多想。

两人年轻时恋爱就谈得轰轰烈烈，儿子就像赠品，可有可无。虽然在韩江八岁那年两人差点儿离婚，但和好后感情更甚，刀切不开斧砍不断。

他把菜热了，叫温颜过来吃饭，又给她冲了一杯姜茶。

饭后温颜要洗碗，被韩江轰走：“考完试不用做题了？”

温颜只好乖乖进房。

温颜翻了几下新入手的英语题，觉得那些英文字母似乎比以前可爱了些。写完一张卷子，温颜伸个懒腰，躺在床上短暂休息。她手里握着电话，食指蹭了几下手机壳，最后还是点开屏幕，编辑信息。

飞鸿，我今天二模考试，考得还不错。

向飞鸿，是她妈妈的名字。

静姨说，信息里不可以叫妈妈，但可以这样叫她的名字。

温颜侧躺着，等了一会儿，没有收到回复。

以前妈妈虽不常主动给她发信息，但回复还是很及时的，今天却没有。

可能又在忙吧。

温颜从床上坐起来，揉了揉脸蛋，准备继续做题。

门被敲响。

韩江说：“你有东西落在我那儿。”

温颜站起来：“什么东西？”

“自己拿。”韩江说完，转身回房间。

温颜跟过去，韩江指了指衣柜的方向，然后出门走去厨房。

温颜看着他的背影纳闷了一会儿，转身跑到柜子旁。

左侧一排三个抽屉，中间那个被拉开。

只看一眼，她的脸腾地就红了。

抽屉里，是她之前落下的内衣。

小小的，嫩绿色，两块鼓鼓的面料中间，还有一朵小雏菊。

温颜简直落荒而逃，回到房间脸还在烧。

其实两人从小一起长大，像家人一样相处，温颜见过韩江不修边幅穿着大花裤衩在家乱晃，韩江也见过温颜早上起床时凌乱无序的怪异发型。

但那时毕竟还小，这次韩江从国外回来，温颜觉得他除了那个臭脾气没变，其他方面倒是有不小的变化。

肩膀宽了，身体壮了，眉眼间除了干净帅气，还多了些锐利锋芒。

像个男人了。

这样想着，温颜笑起来，如果韩江知道她这句评价，大概会过来揍她。

其实也没错，以前韩江至多算男孩儿吧，不到二十岁的年纪，脾气不好还幼稚，凶过她也欺负过她，施静为此不知揍过他多少回。

温颜关了台灯，在床上打了几个滚，被子缠住半边身子。

那层遮光窗帘没有拉，外面的月色渗进来，打在一排书架上，宛如琴键。

温颜手里还握着手机。

这一晚，她没有等到妈妈的回复。

直到第二天下午，韩江才接到电话，原来韩雪淞胃病复发，下飞机直接被送进医院，施静怕两个孩子担心，昨晚没有说实话，自己在医院照顾了一夜。

韩雪凇年轻时因胃病做过手术，每次他出差施静都要担心，一天早中晚三次叮嘱他按时吃饭，但外面不比家里。这次出差，跟合作方吃了几次饭，免不了喝酒，上飞机那会儿就不舒服，飞机落地时已经直不起腰，直接被秘书送进医院。

模拟考试后的星期六，照样要上课。

韩江给温颜发了信息，让她晚上一个人回家，厨房里有他从C大食堂带回来的她喜欢的黑椒牛排饭。

温颜是半小时后才看到这条信息的。大概昨天受了凉，她从早上开始嗓子就不舒服，午饭没吃，下午自习课破天荒地睡着了。

江嫣摸了摸她的额头，有点儿热。

老师让她去医院，她坚持上到最后一节课。放学时，江嫣又来问她，她只说自己好多了，回家吃点儿药就好。

但跟她们分开后，她一个人去了学校对面的诊所。

现在这种紧要关头，她生不起病，再也不敢像以前一样硬挺，随便吃吃药，时间本就紧迫，她很怕病情严重，会影响复习进程。

本来打算放学后去医院看韩雪凇，但现在只能先打针，不然家里弄出两个病号，也够麻烦。

她不想给家里添麻烦。

诊所人不多，温颜安静地坐在角落等医生配药。

她提前去了卫生间，回来又把韩江给她的英语笔记拿出来放在膝间。

医生拿着两个药瓶过来，挂在她上方的钩子上："哪只手？"

温颜伸出左手："这个吧。"

医生看到她右手拿着笔记，还在看书，边拆一次性针头边问："高三的？"

温颜点头："嗯。"

"我儿子要像你这么努力，我能多吃一碗饭。"

温颜笑了笑没作声。

医生给她的手背擦酒精棉，拍了拍她的血管："生病了就歇歇，不差这一会儿。"

利落地扎完针，医生转身把电视的声音调小了些。

温颜心里一阵暖："谢谢。"

"不客气，你怎么一个人来，家里人呢？"

"他们有点儿忙，我家离得近，没事的。"

医生点头："有事喊我。"

前面还有患者在等，她转身去忙了。

这笔记温颜已经完整看过，但有些地方还是记得不牢，后面的错题知识点最近又增加了新类型。

她觉得时间太少，恨不能一天有四十八小时。

医院里，韩江从医生办公室出来，回到病房时看到施静正给韩雪凇擦手。

韩雪凇的病情已经稳定，他因这胃病进了不止一次医院，对自己的身体情况心里有数，觉得施静小题大做，紧张过度。

韩雪凇问韩江："颜颜晚上吃什么？"

"我给她买了，放心吧。"

韩雪凇点头："行，别让她来医院，这地方能少来就少来，你也走吧。"

韩江没动："今晚我在这儿，让我妈回去吧。"

韩雪凇住高级病房，配有专门的护士和护工照顾，但施静不放心别人，贴身的事都是亲自做。

她说："我不走。你之前不是说学校有什么活动吗？没时间就回去住校吧，天天折腾，也挺远的。"

C大最近搞校庆，选一男一女两个学生做形象海报，男生毫无疑问是韩江。

"过几天呢，不急，"他把小桌板上的垃圾收了，"下学期再住校。"

倒完垃圾，他没回病房，靠在走廊尽头的窗口给温颜打电话。

没有人接。

连续打三次都没人接，他皱眉，握紧手机很快走回病房，刚触碰到门把手，听到里面父母说话。

韩雪凇压低声音："她姑联系我，说房子的事。"

施静不太高兴："这事我们不能替她做主。你跟那边说，再急也等过了这段时间再说，别影响她。"

"嗯。"

谁姑？韩江没有姑姑。

他没时间细想，推门进去："妈，我回家一趟，一会儿回来换你。"

施静赶紧说："我不用你换，你别回来，听到没？"

门口早没了人影。

温颜从没有不接电话的时候，韩江赶到楼下，看一眼就知道她不在家，客厅和她房间的窗子都是暗的。

回家一看，厨房里的菜没动。

她根本没回来过。

他捞起车钥匙就下楼，跑到车库时终于打通她的电话。

他有点儿忍不住，语气很凶："你在哪儿，怎么不接电话？"

那边的人"啊"了一声："在家啊。"

"我刚刚从家出来。"

那头的人静了一下，韩江等不及："问你呢，在哪儿？"

温颜只能实话实说。

挂了电话，她抬眼看瓶子里的药水，第一瓶已经下去大半，还有一瓶在同一个钩子里挤着。

对面看动画片的小孩儿已经睡着，躺在爸爸怀里。另外一面是两个女孩儿，穿着校服。

只有她一个人孤零零地坐着。

她低头继续看笔记。

过了五分钟，还是八分钟，头顶的光亮被一个阴影遮住，她抬起头，看到韩江那张阴郁的脸。

她撒了谎，已经做好挨骂的准备，但他什么都没说，只扯走了她手里的笔记本扔到一边，半蹲在她面前，抬手摸了摸她的额头。

依旧滚烫。

他皱眉，带一丝责备："生病为什么不告诉我？"

温颜跟他平视，静静看着他，小声说："韩叔还在医院呢。"

"以后生病要告诉我。"韩江把手放在她膝盖上，目光沉沉。

他的情绪一向不爱外露。

知道高考分数时，身边所有人都欢呼雀跃，只有他淡定得像个局外人。

他打架惹事，被学校通报批评，同样无法引起他任何波动。

对什么都一副无所谓的模样，这一点似乎继承了韩雪淞的基因。

但现在，温颜分明在他漆黑深沉的目光中看到认真与焦虑。

他真的在担心她。

没有给温颜反应的时间，韩江很快站起来，坐到她身边，伸手一搂，强势地把她的脑袋摁到自己肩上："闭眼睛。"

温颜怔了怔："我看笔记呢。"

"看什么看！"他把笔记卷起来扔她包里，"我的东西我说了算，病好再看。"

真凶啊。

温颜默默想着，忽然觉得很疲惫，真的闭上了眼睛。

换药的时候，韩江挪动不便，扬手示意诊所医生。医生很快过来，看到温颜已经睡着，笑了下："哟，男朋友来了，怪不得没让家长陪。"

温颜头昏昏的，其实没有睡着。

她听到医生的话，心跳了跳，周围安静，韩江为什么还没反驳？

看不到他的表情。

等了一会儿，终于听到他的声音："她严重吗？"

医生把乳白色的粗针头换到另一个药瓶里："没事，普通感冒，明天再打一针，按时吃药，几天就好了。"

韩江道谢，又说："麻烦您帮我把那个毯子拿一下。"他指了指对面的椅子。

医生帮他拿过来，笑着说："小伙子真细心。"

韩江把毛毯盖在温颜身上，抬头看时间，时针已经指向七点。

第二瓶药打完时，温颜真的睡着了。

韩江没有叫医生，自己给她拔了针，稍一动，她就醒了，他还按着她针口的医用胶带。

男生的手总是那样热，轻轻握着她。

温颜手指动了动，没有说话。过了会儿，韩江松开她："自己摁着。"

"哦。"

韩江去付钱，又拿了一些退烧药和消炎药，拎着她的书包，开门让她先走。

天已经黑透，晚风阵阵，韩江脱掉自己的外套，不太温柔地扔到她身上。

温颜下意识地抱住飞来的衣服："我不冷。"

"我热。"韩江把副驾驶门打开推她坐进去。座椅不用调，副驾驶从没坐过别人，一直保持着温颜觉得最舒适的角度。

她系好安全带，把韩江的衣服反着穿，细细的胳膊套进男生宽大的衣袖里，像件睡袍。

周身萦绕着他身上的味道，干净清爽。

她有些上瘾似的，把自己整个人缩进衣服里，慢慢闭上眼睛。

家离得不远，她刚有些困意就到了。

家里没什么吃的，韩江让她先去躺着，自己去厨房鼓捣半天，做了一碗热汤面，还加了一个鸡蛋。

小时候，只要生病，施静首先会做一碗热汤面。

热热的一碗面下肚，病能好一半。

她不喜欢给他们吃药，在喝热水、热汤面或者物理退热贴这些措施都不管用时，才会找药吃。

这个晚上，韩江没让温颜看书，吃过面，直接让她躺到床上去，盖上厚被子。

后半夜他又来看，发现被子已经被踢到床脚，掉下去一大半，只有一点堪堪盖住小腿。

还这样不老实。

他走到床边把被子重新给她盖好。

温颜不喜欢遮光窗帘，总是只拉薄的那一层，月光透进来，映着她的脸有些苍白。

他摸摸她的额头，已经退烧了。

韩江手臂撑在她两侧，压低身子，仔细看她的脸。

她睡着的样子比平时更乖，更安静，似乎有些难受，眉头微微蹙着。

韩江伸出手，想抚平她的眉。

指尖在即将触碰到她皮肤时停下，韩江低头，喉结滚了滚，无声地笑了下，起身准备离开。

转身那一刻，温颜忽然牵住他的手。

她没有意识，还在熟睡。

不知道身边是谁，只恍惚觉得周身温暖，安全感袭来，潜意识里不想让那个虚无的人走掉。

她想妈妈，也想爸爸，生病时尤其脆弱。

书桌最下面的抽屉里，有她五岁那年一家三口的合影，可惜，已经是最后一张。

韩江没有动，慢慢地坐在她床边，就这样安静地待着。

手还被她攥着。

他缓了几秒，反手轻轻地握住她的手。

第二章
笔尖上，他的名字

施静是第二天早上回家的，温颜放假没有去学校，韩江正在厨房里煮粥。

听说温颜病了，施静先进房间摸了摸她的额头，确认不烧了才放心，随后又回自己卧室给韩雪淞拿换洗衣服。

韩雪淞还得住几天院，需要准备这些。

温颜在喝粥时终于收到妈妈的回复：

真棒，好好复习，注意身体。

温颜想说“妈妈我病了，你能回来看看我吗”，但打了几个字，又全部删掉。

韩江把她的手机拿走：“吃饭。”

施静抱着几件衣服从卧室出来，又在储物柜里找出个纸袋装好。

门铃响了，韩江去开门，外面是江嫣的老妈。

以前住胡同时，韩家和江家是邻居。

那是一段非常美好恬淡的时光，每家一个种满花草的院子，有家人和两三知己相伴，夏天的时候大家会聚在院子里烧烤，冬天孩子们在胡同里堆雪人打雪仗，日子过得很慢。

所以即便那时韩家的小山楼酒店已经开遍全国，房产也置了不知几套，韩雪淞夫妻也没搬家，依旧住在胡同的温馨小院里。

后来那地方拆迁，大家各奔东西，两个妈妈没断联系，时常跟以前一样串门聊天。

韩江、温颜跟江嫣的老妈打了招呼。

江妈妈笑眯眯的，来找施静拿东西。

两人进房间鼓捣半天，施静不知道又要给她什么，女人总是喜欢把自己的东西和闺蜜一起分享。

她们聊天的声音传出来。

两年没见，江妈妈毫不掩饰地夸韩江："你儿子越长越好了。"

施静笑意盈盈："还行。"

"我看两人处得还不错，韩江还给颜颜剥鸡蛋呢。"江妈妈知道温颜不是韩家亲生的女儿。

施静说："是，咱在胡同那时候，我儿子皮，老欺负人家小姑娘，我揍几顿才好些，现在大了，两人可好了，比亲兄妹还亲。"

其实温颜不是一直住在韩家。

十三岁那年，一向对她冷淡，几乎没什么走动的姑姑温立慧忽然找上门，说要把她接走自己抚养。

温颜没有爸爸，人家姑姑是至亲，施静虽然舍不得，也没有强留的道理。

那段时间，韩江没了小尾巴，忽然多出许多自由时间。

终于不用接她放学，不用给她辅导功课，不用替她处理尾随的调皮孩子，他觉得痛快极了。

但渐渐地，他觉得有些不习惯。

没人在他打球时替他看衣服，没人在他闯祸时给他打掩护，也没人在众多桃子里，挑出最大最甜的那个留给他。

转年，施静去县城看温颜。

小姑娘还穿着去年的衣服，皮肤黑了一些，整个人怯生生，变得不爱说话。

施静心疼死了，在那个小县城耗了三天，终于又把她带回韩家。

也是从那个时候开始，韩江忽然有了大哥哥的样子。

不再凶她，也不再欺负她。

偶尔在路上看到她喜欢吃的小零食，也会买给她。

江妈妈说："你也算尽心了。闺女被你养得多好，漂亮水灵，学习又好，是不是还会拉小提琴？"

韩江和温颜都是从小就学小提琴。

施静还单独给温颜报了舞蹈班，她说不需要温颜跳得多好，但要培养自信优雅的气质。

“对，我儿子也会，两人一块儿学的。”

江妈妈开玩笑道：“费这么大心思，我看别便宜别人，这两个小孩儿就挺好，你就当给自己培养个儿媳妇。”

温颜一口水险些呛到，憋着不敢咳。

韩江低头吃粥，脸上没什么表情，但吃东西的速度明显变慢。

施静压低声音：“别瞎说，他们两个从小一起长大，跟亲兄妹一样的。”

江妈妈说：“你不要留着给我。我看颜颜跟我儿子也挺配，我儿子也不错啊，未来大律师，婚后房、车都写颜颜名字，不跟公婆一起住，嫌我碍事我还可以早点儿死……”

说到后来，江妈妈已经开始没正行，逗得施静捂着肚子笑。

韩江筷子停下，抿着唇，抬眼看温颜。

温颜都要把头埋进碗里。

记忆很深刻。

出国前的一个周末，韩江亲眼见证从小一块儿长大的发小，江嫣的哥哥江振，在自家小区花园对温颜表白。

温颜在这方面毫无经验，小脸儿通红，无措地低着头，不知如何回应。

韩江不知哪根筋搭错，在一旁冷笑：“挺好一个人，年纪轻轻就瞎了。”

江振一脸正经，想把他推走：“你别捣乱。”

韩江转身就走，走前撂下一句话：“我妈让我叫你回家吃饭，话我带到了，你爱回不回。”

温颜像抓住救命稻草，终于找到脱身理由，跟着韩江就跑。

那表白也就不了了之。

江振跟韩江同年同月同日生，据说两人出生那天半个胡同都跟着乱套，热情的邻居们两头跑，直言这两个小子有缘，应该结拜成兄弟。

江振成绩优异，也考上了C大。

两人聊完闺蜜私房话，从房间出来。江妈妈手里拎着包装好的盒子，走到门口穿鞋：“颜颜，有空去阿姨家玩，阿姨给你做糖醋排骨。”

温颜起身送到门口：“谢谢阿姨，江嫣呢？”

“家里看书呢。”

江妈妈走后，施静很快收拾了要带的东西，拎上保温饭盒去医院，温颜一定要跟去看看，她拦不住，只能带着。

韩江要回一趟学校，所以没去医院，今天要和学校的宣传小组开会，商量校庆海报拍摄的事。

温颜虽不是韩家亲生的女儿，但地位比韩江还高，只在医院坐了五分钟就被韩雪凇赶走：回家休息也好，看书也好，找同学玩也好，就是别来医院。

温颜的病来得快去得也快，退烧后只剩嗓子还有点儿痒，诊所医生说今天要再打一个消炎针巩固一下，接下来只需按时吃药就好。

时间还早，温颜打车去了一个地方。

在老城区，有一片已经拆迁的老旧胡同。

当时拆迁分两期，一期就是韩江家那片，现在已经原地盖起高楼，不远处的二期工地，房子都被拆成废墟，工程却迟迟未能开始。

因为这片有家顽固的钉子户，给多少钱都不搬。

户主是个年逾八十的老爷子，惹不起，撵不得，一句重话都不敢说，生怕他老人家有什么闪失。

这里拆得一片凌乱，出租车进不去，温颜拎着一堆水果和蛋糕，七拐八拐，步行快十分钟，终于走到地方。

大白天他还锁着门，温颜敲了半天没人应。她左右看看，轻车熟路地踩了低矮的墙头跳进院子。

老头儿戴着老花镜，坐在一张老旧木桌前，对着几根铜丝敲敲打打。

桌子像个工作台，右侧不常用的一块区域上，放着一个铁架子，上面架了一顶精致的凤冠。

花丝镶嵌的纯手工凤冠，金碧璀璨，美艳绝伦。

戴上这个，便是最美的新娘。

是老爷爷一辈子的心血。

温颜推门进来：“钟爷爷。”

钟阎压下眼镜，觑着温颜：“小温丫头来了。”

当年胡同里一堆小孩子，经常走街串户各家玩，钟阎这里尤其受欢迎。他年轻时是个中医，妻子去世后忽然转行，拜师学习花丝镶嵌技艺，再也没碰过中药。家里一整面墙的中药木匣子成了摆设，小孩儿们最喜欢在里面藏东西玩。

那时小温颜乖巧又听话，钟阎最喜欢她，时常跟施静说要收她做孙女。

温颜把窗子和门都打开，让阳光照进来。

“这么暗，对眼睛不好。”

这里早就断水断电，老爷子自己找人接了根电线，水也得从外面接回来，生活很不方便。

认识的人都劝他，施静那些老邻居也劝过，他不听。

不搬。

他总说，美芝不认路，我走了，她找不到我。

美芝是他已故美丽妻子的名字。

两人话不多，温颜照例坐在另一张小桌子上摆弄她未完成的作品。

她想亲手做一个腰带扣。

工艺很复杂，钟阎已经教过她，但她时间不多，零零碎碎弄了几个月，现在差不多要做完了。

在两人极有节奏的敲打声中，温颜说：“钟爷爷，韩江回来了。”

钟阎：“我知道，他来过了。”他指了指墙角四桶水，“扛了四桶过来，够我用一阵子。”

温颜“啊”了一声，她没听韩江提起过，也不知道他什么时候来的。

过了会儿，她忽然抬头：“您没跟他说吧？”

钟阎扭头：“说什么？”

温颜指了指自己的作品。

钟阎哼一声：“没说，我管你们年轻人那闲事。”

温颜从没说过腰带扣要给谁，但款式一看就是男人用的，老头儿活了八十多岁，什么看不透？只没戳穿罢了。

温颜嘬嘬嘴，低头自顾摆弄自己的。

她在这里待了大半天，把屋子全都收拾一遍。天刚擦黑时，韩江给她打电话，问她在哪儿。

温颜说：“在钟爷爷家呢。”

韩江皱眉，那一片他前两天刚去过，路不好走，住户少，晚上还没路灯。

他很快说：“等着，我去接你。”

挂了电话，温颜在屋里坐了一会儿。十分钟后，她准备边走边迎韩江，如果他开车，应该会在很远的地方停车走进来。

屋子里亮起昏暗的小灯泡。

温颜说："钟爷爷，考试前我不知道还有没有时间过来，如果来，我给您带桃酥。"

老头儿还保持着几十年前的口味，喜欢吃甜甜的桃酥。

他说："不等臭小子了？"

"只有一条路，我应该能看到他。"

这次她走正门，并细心地帮钟爷爷把门关好。

天还没黑透，但已经有些看不清，地上都是绊脚的碎砖块和水泥石板，很不好走。

温颜点开手机电筒，照亮前方的路。

走了几分钟，路程还不到一半，前方忽然有个人影。温颜下意识地觉得应该是韩江，她叫了他的名字，但对方没回应。

两人离得近一些，才发现是个陌生的中年男人。

这个月份还穿着冬天的厚棉服，一些黑掉的棉花已经从破洞里露出来。

温颜的手电筒晃过那人的脸，然后心里一惊。

对方胡子拉碴，神情有些呆呆的，精神不太好的样子。

温颜心里紧张，已经后悔不等韩江就一个人出来，但她现在只能硬着头皮继续往前走。

两人擦身而过，那人并没有什么异常举动，温颜稍稍放下心。

但随后，温颜听到身后人幽幽说了句："小姑娘。"

她下意识地回头。

那人露出诡异的微笑，忽然一把掀开自己的棉大衣。

温颜的心狂跳，表情慢慢变得恐慌呆滞，那人更觉得刺激得意，故意还晃了晃腿。

温颜觉得自己的脸现在一定很苍白，她没碰见过这种事，只觉得头皮发麻，她想大叫，想跑，但一步也挪不动。

这时忽然有双大手从身后绕过来蒙住她的双眼，然后用力握住她的肩膀，直接把她扳了个方向，下一秒她整个人就落入一个无比舒适的怀抱里。

那人摁着她后脑将她扣在自己肩窝，一股熟悉的味道袭来。

她听到韩江带着怒气的低沉嗓音："滚。"

韩江这个人，不生气时最常见的表情就是没有表情，这已经够生人勿近了。

生气时，更可怕。

整张脸都带着冷峻锋芒，尤其眼神，凶到让人不敢直视，明晃晃告诉别人：你在找死。

对面的人很快拎起裤子跑得没影。

韩江揉了揉温颜的脑袋，松开她："没事了。"

温颜胸口还在起伏，本来病就没好透，现在出了一身冷汗，大概又要反复。

韩江让她抬起头，发现她的脸红得不像话，他伸手摸她的额头："吓着了？"

温颜摇头，有些不自在地低下头，满脑子都是刚刚那个拥抱。那样贴近，好像能听到他的心跳声。

韩江原地站了一会儿，随后捏着她手腕在前面带路，还不忘训她："不是说了等我过来，就不听我话是吧？"

温颜也有点儿后悔，那画面还时不时在脑海中闪现，她使劲儿甩了甩脑袋，想把讨厌的画面赶跑。她支吾着："我想着你车也进不来，就想让你少走一点儿，我又不知道会遇到这种人。"语气委屈。

韩江回头看她一眼，到底不忍再说什么。

他带温颜又打了一针才回家，这一晚，温颜没再早睡，坚持做了一套卷子。

躺下后，温颜给妈妈发了一条信息。

似乎已经习惯那边不及时回复的节奏，温颜边等边刷手机。新闻里，看到某地发生火灾，整栋大楼黑烟缭绕，火光冲天。

所有人都在往外跑，只有戴着荧光色头盔的消防员逆向而行，冲进火海。

那样坚定，那样无惧。

是天底下最美的背影。

温颜闭了闭眼睛，幼时记忆浮上心头，似有温厚的男人声音唤她的小名。

她心里一阵发闷，很快关掉界面，不再看下去。

脑袋昏沉间，有人将她摇醒。

温颜迷迷糊糊，看到韩江蹙着眉，正在拍她的脸。

"醒醒。"

"嗯？"她无意识发出的声音，猛一听像哑了一样。

“我听到你房里有声音，做噩梦了？”他怕今晚的事吓到她。

温颜还不太清醒：“好像是吧。”

梦见那个消防员冲进火海，再没出来。

她猛然想起什么，打开手机想看看向飞鸿有没有回复。

韩江看到火灾新闻的界面，知道她又胡思乱想，手覆上她的额头，把她刘海下的潮汗擦掉：“以后别看这种新闻。”

手机上向飞鸿已经回复，依旧让她好好学习，注意身体。

温颜并不想看到这些，她想和妈妈聊生活，聊她喜欢的美食，聊她的小秘密。

看着温颜闭上眼睛，韩江给她留了小夜灯，轻轻将门关上。

二模成绩是三天后出来的，温颜年级排名第三十一，英语又恢复到上学期的水平，但还没达到她的目标。

老徐在公布成绩后马上宣布隔天开家长会，据说历年来二模成绩最贴近高考，所以这次大家都很重视。

那天正是韩雪凇出院的日子，韩江主动要求替施静去开家长会。

施静想了下，答应了，一来她给韩雪凇办出院走不开，二来如果涉及报考志愿方面，韩江确实比她懂。

家长会开始前十分钟，大部分人已经到位，韩江坐在温颜的位置上，非常显眼。

人家都是爸妈来，就他一个半大小子。

边上江嫣妈妈四处宣扬：这是当年的高考状元，特厉害！出国留学，刚回来！

很快，韩江就被几个家长团团围住，讨教学习方法。

韩江没有卖弄，也没高冷，礼貌耐心地回答家长们的问题。

外面也围了一堆人。

听说校门口的“橱窗男神”来了，女孩子们跑来凑热闹，看到真人，都说比照片还上眼，但没多久就被老徐赶走。

老徐捧着一摞成绩单进来，跟家长们打招呼，然后把成绩单分发给大家。

家长会正式开始。

韩江第一次给人开家长会，感觉新鲜。老徐说的都是陈年旧词，大家都懂，只是有人做得到，有人没毅力。

温颜的桌子布置得很小女生，每件东西都收拾得干净整齐。桌子上立着书立，夹了十几本书，有几个小清新的书签只露出上半截儿，侧边贴了几片亮闪闪的小星星。

桌斗里塞满了卷子习题。

韩江抽出最上面的演算本。

她字迹清秀，就算在草稿纸上也写得清晰干净，这一点韩江就不行，他草稿纸上的字龙飞凤舞，没人能看懂。

往后翻两页，他看到几行字。

两种字迹，他猜应该是她跟江嫣上课传的字条。

待会儿吃什么？

不知道，你说呢。

大侠烧烤、勾魂凉皮、五爷拌面，三选一。

勾魂。

韩江认识温颜的字迹，最后的“勾魂”两字写得飘飘忽忽，仿佛饿晕了。

他笑了下，又往后翻几页，笑意渐渐凝固。

她的字迹。

韩江。

孤零零两个字，没有前言后语，混杂在大半张密密麻麻的化学元素中，十分不起眼。

他抿着唇，盯着那两个字看了好久。

家长会开完，家长们陆续撤退，也有不少家长围在前面跟老徐研究自家孩子的情况。

韩江没走，等了大概二十分钟，老徐终于脱身，她冲韩江招手。

韩江拿着成绩单走过去：“徐老师。”

老徐许久没看到韩江，高兴得很：“你什么时候回来的？没听温颜提起过。”

“前些天刚回，您最近身体还好吗？”

他记得老徐有跟韩雪凇一样的毛病，经常胃痛。

两人聊了一会儿，韩江把成绩单展开，提起温颜的成绩。

老徐意外地发现，韩江虽然这两年不在国内，但他对温颜各科成绩了如指掌，包括强项和弱项，温颜每次都出问题的地方、马虎的地方，他通通知道。

“徐老师，我不太了解今年的形势，您看她这个成绩，如果高考时还能提高二十分左右，上C大稳吗？”

“专业呢？”

“室内设计。”他知道温颜第一喜欢的专业。

老徐推了推眼镜，斟酌回答：“如果确保能提高20分到25分，C大室内设计专业应该没问题，但现在还有不到两个月，我认为很难有这么大的提升，当然如果超常发挥，还是有希望的。”

得到老徐的回答，韩江心里已经有数，他们又聊了一些别的。

下午老徐还要上课，韩江不多做打扰，出去后给温颜打电话，她正在操场跟江嫣瞎溜达。

“我下午有课，不找你了。”韩江边说边往校门口走。

温颜立刻看向校门口，但操场跟那边中间有铁栅栏和树挡着，她看不到。

“嗯，你怎么这么晚出来？”

“跟老徐聊了几句。”

“聊我吗？她说什么了？”

“说你又傻又笨。”

“啊……”温颜知道他又在胡说，老徐才不会这样说她。

韩江似乎笑了下，低声说：“她说你一定能上C大。”

温颜的眼睛顿时亮了，声音里都带着兴奋：“真的吗？”

“真的。”

温颜一手握着手机，低着头，脚尖一点儿一点儿蹭着地面，嘴角不住往上翘。

江嫣凑近了看她：“你笑什么？”

温颜立刻收起表情：“没事。”

挂了电话，两人回到教室，温颜看到桌上她的演算本摊在那里，一块橡皮压在上面。

纸上有一行字，是韩江的笔迹。

他愿意好好写的时候，字还是非常漂亮的。

笔不错，我拿走一支。

温颜抿唇笑了，翻了翻笔袋，少了一支黑色的签字笔。

这个晚上，温颜是在江嫣家住的。

江嫣新买了一台桌面打印机，可以彩印，打题非常方便，温颜早就想去看看。

自从施静知道那个对温颜有意思的男孩儿不是缠人的浑小子后，已经放心很多，也不逼着韩江每天来接人了，但韩江有空的时候还是会来接。

今天他下午满课，不会过来，所以温颜没有特意告诉他。

江妈妈以前就对温颜特别好，知道她要来，还做了她喜欢的糖醋排骨。

意外的是，江振今天也在家。

之前江嫣再三保证，她哥最近很忙不会回来住，温颜才答应过来，没想到这么快就被打脸。

江振看着江嫣身边的温颜，很意外，但笑容坦荡："来了？"

"嗯。"温颜扯扯书包，也笑了。

那年表白后不久，韩江就出国了，后来江振又说过一次，温颜明确拒绝了他。

江振生性温和有礼，从不勉强人，从那以后真的没再私下找过她，这两年中唯一见过几次面也是因为两家人偶尔的家庭聚会和发小们的聚餐。

江嫣妈妈不知道孩子们以前那些事，在餐桌上不停地给温颜夹菜，一顿饭下来气氛融洽，饭后两个女孩儿回到江嫣的房间。

打印机不错，可以把知识点在文档上编辑好，标记各种颜色打印出来，清晰又便捷，温颜考虑要不要也买一台。

晚上八点，两人做完白天剩下的半套卷子，躺在床上稍作休息。

江嫣搂住温颜的脖子，把腿也搭在她身上，撒娇一样，两个小姑娘叽叽咕咕说着各自的小秘密。

江嫣嘻嘻笑着："我这次考得不错，老徐说上工大没问题。"

工业大学，就在C大隔壁那条街。

也是陆非的学校。

温颜扭头看她："你真要去？"

"那当然了。"

"我记得以前你说过想学表演的。"

江嫣翻了个身，背对温颜："那是以前。"

温颜看了她一会儿："你真那么喜欢陆非吗？"

江嫣立刻奓毛，腾一下从床上坐起来："谁喜欢他，别瞎说。"她白了虚空中的某个人一眼，"烦他还差不多，"她愤愤地又补充一句，"最烦人的就是他。"

温颜赶紧拉了江嫣一把，把人拽回床上："好好好，他最烦人，你小点儿声。"她换了个问法，"那你有喜欢的人吗？"

江嫣哼了一声："没有。"

温颜不戳穿她。

江嫣反问："你呢？"

温颜顿了下，脑海里划过一道人影，但她很快清醒："没有。"

江嫣凑近温颜，小声问："我哥呢，你真不考虑一下我哥吗？我哥到现在还没女朋友呢，我觉得他还是有点儿喜欢你。"

温颜摇摇头，没说话。

江嫣叹了口气，把手机摁亮又摁灭："人家都说，哥哥有女朋友，妹妹会吃醋。不知道我以后会不会那样。"

"吃醋？"温颜不太懂。

"对呀，从小到大只宠你的人，忽然对另外一个女孩儿特别好，比对你还好，心里肯定会有落差吧。"江嫣翻了个身面对温颜，"这么说吧，如果韩江以后有女朋友，你会吃醋吗？"

会吗？

温颜认真想了很久，也没有想出答案。

韩江身边几乎没有走得近的女生，要好的同学朋友都是男生，施静甚至曾经怀疑他这种不解风情的性子以后能不能找到媳妇儿。

无法想象他有女朋友是什么样子。

温颜没有意识到，其实是她自己不愿意去想，他会怎样温柔对待其他女生。

今晚韩江也没有回家住。

下课很晚，课后又去系里开会，折腾到后来已经天黑，他给施静打电话说不回家。

施静说："你们约好的吧，你爸不回家，颜颜不回家，现在你也不回家，就我一个人，我还做什么饭？”

韩江抬眉：“她去哪儿了？”

“临时去上海出差，后天回来。”

“我说温颜。”

施静“哦”了一声：“去江嫣家了。”

韩江握着手机好一会儿没动静，直到里面传出施静惊天动地的“喂喂喂”他才回神：“知道了。”

挂掉。

晚上韩江回到寝室，只有对床张俊扬在，看到韩江还很惊讶。

“你今天怎么回来住了？”

韩江扔给他一瓶水，转头去柜子里找衣服：“太晚不回家了，他们呢？”

“张泽约会，赵家明——图书馆。”

韩江嗯了声，拿牙刷去水房洗漱。

水房人不多，只有对面两个男生在洗衣服，韩江认识他们，是江振的室友。

刚路过的时候他看了眼，江振不在寝室。

他把杯子放洗漱台上，转身去厕所，出来的时候两人还在。

男孩子洗衣服总是很粗糙，随随便便揉几下，用水冲冲就完事。

在同一层寝室楼住着，大家都认识，韩江跟两人打了招呼，刷牙洗脸。

洗杯子时，他随口说了句：“刚才没看见江振。”

对面的男生说：“哦，他今晚回家住。”

韩江的手顿住，水龙头的水很急促，一点儿也不温柔，奋力冲刷他手背的皮肤。

他抬眉，表情已经变了：“你说什么？”

温颜被一道数学题难住时，接到了韩江的电话。

他连开场白都没有，上来就说：“你去我房间看看，床头有没有本《时间简史》。”

温颜坐直身子：“我没在家。”

电话那头的人静了一下：“去哪儿了？”

“江嫣家呢。”

大概有五秒钟，韩江没说话，温颜刚要开口，听到他说：“现在回家，帮我把书送学校来，打车。”

“现在吗？”

“现在。”

“可是已经八点多了。”

“打车过来吧，我在校门口等你。这本书今天一定要还，过期要罚款，图书馆九点半闭馆，”他看了眼手机上的时间，“你还有一小时十分钟。”

温颜立刻站起来，手里还拿着手机，单手收拾书本：“我知道了。”

听他的话，似乎已经成为一种习惯。

小时候，为了做一名合格的跟屁虫，她经常被韩江支使干这干那，捡球买冰棍、关灯拿遥控器，她一点儿没有不耐烦，总是乐颠颠地跑来跑去。

江嫣看她收拾东西：“你干吗？”

“我有点儿事，要回家了。”

江嫣从床上跳起来，挥舞着拳头：“不是吧你？说好在我家住的。”

温颜已经装好书包，单肩背上：“真有急事，改天你去我家，我给你做水果沙拉。”

她转身出门，匆忙跟江妈妈和江振打了招呼，下楼打车。

江振不放心，追下去一直陪到她上出租车。

在车上，温颜收到韩江的信息：出租车牌号给我。

她看了眼副驾驶前面的立牌，把车牌抄下，给他发过去。

温颜带着《时间简史》到C大门口的时候，已经是九点整。

韩江站在校门口的垃圾桶旁等她。

真奇怪，与垃圾桶为伴，他依旧帅气亮眼，让人不能忽视。

温颜气喘吁吁地跑到他跟前，扬了扬手里的书：“来得及吗？”

韩江看了她两眼，接过书，顺手把她书包也接过来拎着：“走吧。”

她紧跟着他：“我也去吗？”

“嗯。”

C大的图书馆她去过，很大，她以前就经常拿韩江留下的学生卡溜进去看书，周末偶尔也去自习。

临近闭馆，大家都在往外走，两人逆流而行，碰见几个韩江的同学，他打招呼，同学看到温颜，一个劲儿给他使眼色：这是谁？

韩江把那人的手拨开：“别闹，我妹。”

几个男生恍然大悟，早就听说韩江有个亲戚家的漂亮小妹在念高中，从没见过，今天一见，果然名不虚传。

已经有人跃跃欲试准备搭讪，但一见韩江那要杀人的眼神儿马上就萎了，干笑两声：“我回寝，要打热水不？”

“不用。”

时间不多，韩江刷卡进馆。

一卡只能进一人，韩江回头看了温颜一眼，她心领神会，快走两步紧跟在他身后一起进来。

还了书，已经是九点十分。

空位很多，韩江随便找两个，过去坐下，温颜跟着他：“我们不走吗？”

他看了眼时间，还有二十分钟闭馆，抬头：“带英语卷子了吗？”

温颜愣了愣：“带了。”

“做吧。”

“…………”

二十分钟，能做多少呢？

韩江似乎能看穿她，起身绕了半圈坐在她旁边：“你做，我看着，做到闭馆。”

“……”压力很大好吧。

大魔头盯着，她觉得自己下不去笔。

但没办法，这人决定的事，她拗不过，只能拿出卷子，认命般翻到新的一套，从头开始。

温颜好学生的品格很快显现出来，虽然身边坐着个气场强大的魔头，但她很快投入进去。

这套卷子难度不大，她速度很快，偶尔偷瞄身边的人，他随便在桌上拿了别人留下的书翻看，很专注。

这个角度看过去，他侧脸的轮廓十分清晰，线条硬朗又恰到好处，偏挪一分都会觉得破坏美感，鼻梁高挺，十分适合架一副眼镜。

她想起他飙车时喜欢戴墨镜，又帅又酷。

很难想象这样的人嘴里说出流利又浪漫的法语是什么模样。

韩江很有学习语言的天赋，早在上大学之前，他就对法语十分感兴趣，上了几节入门课后就买书自学，大一时已经能跟法国留学生日常交流。

韩江靠在椅子上，坐得舒适闲散，手里的书搭在桌沿，偶尔翻一页。

温颜专心做题。

不知过了多久，身边的人忽然靠近。

她心跳骤然乱了节奏，因为韩江摁住了她的手。

“就到这里吧。”

他离得很近，漂亮的睫毛一根根都看得很清楚。

为什么男孩子的睫毛也可以这样好看？

见温颜有些呆呆的，韩江打了个响指，把她的思绪拉回来，沉声说：“认真听。”

他已经开始给她讲题。

他声音很轻，一只手臂习惯性搭在她身后的椅背上，这是他惯用的姿势，每次他这样，她都需要努力集中精神才能听进去他的话。

总觉得再近一点儿就要抱到她。

不知是巧合还是他真的计算精准，最后一题讲完，闭馆音乐正好响起。

两人收拾东西，随着其他学生一起出去，外面空气很好，不远处的篮球场还有人在打球。

韩江站在那儿没动，问：“还去江嫣家？”

温颜摇头：“太晚了，不去了。”

背着光，看不清韩江脸上的表情，他淡淡“嗯”了一声，拎着温颜的书包往校门口走：“那回家吧。”

温颜跟在他身边：“我自己打车可以的。”

“跟你一起回。”

温颜转头看他：“你不是说今晚不回去吗？”

韩江没说话，但瞥了她一眼。

温颜乖乖闭嘴。

放江嫣鸽子的下场很严重，需要请她吃一顿麻辣香锅仙女才能消气。

第二天放学，两人跳了操场东边的铁栅栏抄近路跑去吃麻辣香锅，吃饱喝足后慢慢晃到学校门口准备送江嫣上公交车。

在公交车站点等车的时候，江嫣碰了碰温颜，让她看校门口。

“什么人啊那么大排场？”

温颜看过去，四辆豪车并排堵在校门口，几个年轻男人扎堆站在一辆黑色卡宴前面说笑，似乎在等什么人。

其中一人很面熟，但一时间想不起是谁。

过了会儿，学校里跑出个人，不知说了什么，那个面熟的人掐了烟，烟头就那么扔地上。他摆摆手，其他几个人各自回车上，很快开走。

温颜没有细想这件事。

但当第二天放学她又看到那几个人堵在校门口时，她终于想起，那个面熟的人好像是阴戚。

上次在台球厅碰到的无赖。

温颜不知道他们在等谁，也不敢贸然出去，躲在石雕后观察了一会儿，犹豫要不要给韩江打个电话，可万一人家不是来找她呢？只见过一次，没准人家早把她忘了。

正举棋不定，忽然有人在她背后出声："躲什么呢？"

温颜吓一跳，拍着胸口回头，是班里的罗迹。

罗迹这个人，是老师们的头号心病。

倔、不服输，谁都不放在眼里。

打架不要命。

韩江毕业后，能在这所学校里引起什么风浪的人物也就只有他了。

罗迹没穿校服，外套敞开，帆布书包有点儿皱，松松垮垮地搭在肩上，眼尾微翘，是标准的桃花眼，却丝毫没有感情，莫名给人一种疏离感。

温颜看到他，松了口气，摇头："没事。"

罗迹看向不远处校门口的方向，下巴抬了抬，示意那几个人："找你的？"

温颜说："我不确定是不是找我，我只见过他们一次，但他们跟我哥有点儿过节。"

从小的习惯，面对不了解她和韩家关系的人，温颜一向直接称韩江"哥"，简单省事。

不用多说，罗迹也猜到她的顾虑："没事，跟着我，我带你出去。"

温颜拦住他："他们不是好惹的，你别掺和，我先从球场走好了。"

罗迹看她一眼，她今天穿的裙子："你这副样子怎么跳墙？"

温颜没话了。

罗迹一副无所谓的样子："别啰嗦了，走吧。"

有他在，温颜稍稍放心。两人走到校门口，将要转弯的时候，阴戚果然迎了过来。

几个人把他们团团围住。

阴戚想查一个人是很简单的事，温颜的姓名和学校他早就拿到手，只不过前些天遇到些麻烦，最近才能出门。

他冲温颜笑，非常友好："小美女，又见面了。"

温颜面无表情道："不好意思，我跟你不熟。"

"没关系，多见几次就熟了。"他往前走，却被罗迹拦下。

罗迹年龄比阴戚小，身高却占优势，微低着头轻蔑地看阴戚一眼："站远点儿。"他停顿一下，"还有，让让，别挡路。"

阴戚根本没把罗迹这种高中没毕业的毛小子放在眼里，只挑了挑眉，看向温颜："你很厉害，到哪儿都有护花使者。"

阴戚已经知道，温颜不是韩江的女朋友。但那天韩江的表现，让他对温颜产生了极大的兴趣。他意识到，想挽回颜面，想让韩江那种眼高于顶的人屈服，也许可以从她这里下手。

阴戚示意一下，身边几个男人立刻去拽温颜的胳膊，想把她带走。

罗迹挡在温颜前面，一挥手就把他们推到一旁，根本没把这些人放在眼里。他冷笑一声，似乎不屑动手："这是我们学校的地盘，两条腿的人要多少有多少，我劝你们趁早走人。"

阴戚一根一根地活动手指："同学，这事儿跟你没关系，该干吗干吗去，怎么样？"

罗迹纹丝不动："不怎么样。"他拿出手机点开拨号界面，"我们班男生三十五个，这会儿应该还有十来个在球场，一分钟就到。学校保安室电话5876，哦对了，还有一个110，您说——"他看向阴戚，"我先打哪个？"

阴戚没说话，目光定在他脸上。

罗迹与阴戚对视，毫不退让。

片刻后，阴戚嘴角挑着笑，转向温颜："本来想请你吃饭，看来今天时机不太对，改天吧。"

他伸出几根手指晃了晃，算作告别，转身上车。

不到半分钟，几辆车消失在路口。

架没打起来，围观的人还觉得挺扫兴，没一会儿就四散而去。

温颜松了口气，转身对罗迹说：“谢谢你。”

“没事。”

两个人站在原地，好一会儿没说话。

最后，罗迹没有忍住，还是问出口：“她最近还好吗？”

温颜知道他在问谁。

罗迹这种性格的人，愿意管温颜的闲事，完全因为温颜是他女朋友最好的朋友。

准确来说，是前女友。

高中三年，罗迹唯一老实上课的那段日子就是跟许沐在一起的半年。

许沐是标准的美女学霸，年级第一。

两人闹得惊天动地，轰动全校，那时全校老师轮流找他们谈话，让“坏学生”罗迹别耽误人家的远大前程，让原本乖巧的许沐“迷途知返”，专心读书。

但两人死扛着，谁都没松口。

那段时间，许沐成绩没下降，罗迹也不再惹是生非。

谁承想，那么大压力都没能拆散的两个人，在高三上学期突然分手，据说是许沐提的，还干脆利落断了跟罗迹的所有联系，并在不久之后转学回原籍。

罗迹非常伤心，病了很久，再回学校时已经恢复成往日那个不把任何人放在眼里的罗迹。

性格也更孤僻，更冷漠了。

温颜不忍见罗迹这个样子，但她真不知道许沐的近况。

“她家里好像管得很严，都不让她用手机，我们最近也没有联系。”

罗迹露出失望的神色，很久都没出声。最后他垂着头沉声说：“知道了，谢谢。”他又抬头，“你往哪儿走？”

温颜立刻说：“我回家，我家很近，没事的。”

罗迹点头：“那我先走了。”

温颜一直看着他的背影消失在转角。

其实她曾问过许沐，当初为什么忽然分手，但许沐什么都不肯说。

许沐临走那天，温颜和江嫣去送，在车站，她哭得很伤心。

也许每个人的青春，都有自己的遗憾吧。

温颜一个人走在回家的路上，想到刚刚发生的事，还是有些后怕，如果今天没有罗迹，不知道阴戚会怎样。

如果以后他还来呢？如果下次他去堵韩江呢？

阴戚曾经做过七打一这样的事，能指望他多君子？

她考虑再三，还是把这件事告诉了韩江。

电话里，韩江的声音瞬间变了："你没事吧？你现在在哪儿？"

温颜赶紧说："我没事，我快到家了，你别担心。"她握着手机上楼，"我只是觉得这事好像还没完，不知道他会不会哪天又去找你的麻烦。韩江，你要小心一点儿。"

电话那边有呼呼的风声，韩江似乎在外面，他的声音十分严肃，阴沉得不像话："这事我来处理，以后如果他再来学校，你不要出门，马上通知我，知道吗？"

温颜答应了。

挂了电话，韩江立刻给其他人打过去，转了好大一圈才打听到阴戚现在的位置。

他从温颜学校离开后，去了 ONE 酒吧。

阴戚今天没得逞，却不生气，反倒觉得有趣。他端着红酒，还在跟身边人讨论这件事。

眼前忽然出现一道人影，他抬起头。

韩江一双黑眸死死盯着阴戚，周身散发着极低的气压，让人不自觉想要后退。他不等阴戚有任何反应，抄起手边的空酒瓶狠狠砸向阴戚面前的矮桌。

响声巨大，吸引了酒吧里所有人的注意。

玻璃碎片四溅，他手中，只剩带有锋利豁口的半个瓶子。

他攥紧瓶口，用尖锐的那一边指着阴戚："我有没有跟你说过，别招惹她。"

阴戚紧盯着韩江，这一刻，他断定自己的想法没错。

那女孩儿的确是韩江的软肋。

阴戚挑了挑眉："韩少来了，坐，我请你喝酒。"

说完他便要招手叫服务生，被韩江打断：“不用了。”韩江冷眼看他，一句废话不想说，“痛快点儿，你到底想怎样？”

阴戚说：“韩少是不是对我有什么误会？我又没做什么，只是想请她吃个饭而已，怎么就拿我当洪水猛兽了？”

“如果你以后再去骚扰她，阴戚，你是知道我的。”

不止阴戚知道，所有认识韩江的人都知道，他想做的事，想收拾的人，没人拦得住。

以前阴戚不断挑衅，韩江只是不屑理他，两人并没深仇大恨，说白了，青春期的男孩儿，谁没打过架？

至于阴戚追求的女生喜欢他，他更觉得无聊，那女生长什么样子他都没记住。

但阴戚动温颜，不行。

只是想想，也不行。

阴戚来了兴致，跷着二郎腿靠在皮质沙发椅上：“我真的很好奇，那女孩儿到底跟你什么关系？”

“这跟你没关系。”

阴戚虽然还在念大学，但很少去学校，他只对找女朋友和飙车感兴趣，他哥不知给他收拾了多少烂摊子，最近更是放话，再惹是生非，就滚到国外刷盘子去，再也别回来。

但这家酒吧他有股份，等于是他的地盘，此时便肆无忌惮起来。

他忽然想知道韩江能为这姑娘做到哪一步。

他打了个响指，让服务生端来十杯烈酒，列成两排整齐摆放在矮桌上，杯子边上，还有刚刚韩江砸出的玻璃碎片。

阴戚说：“韩江，我一向好说话，你把这十杯酒喝完，我保证不再去找她，怎样？”

酒吧的客人渐渐围过来。

韩江扫了一眼桌上的酒杯。

这一秒，他甚至已经计算好砸掉这家酒吧需要赔偿的金额。

如果触犯到他的底线，他不介意用打一架的方法解决问题。

可以后呢？

阴戚一定会变本加厉没完没了，他可以应付，但温颜呢？

温颜马上就要高考，不能受到一丝一毫的干扰，他不可能时刻陪在温颜身边。如果因为阴戚影响到温颜的高考，他觉得自己可能会把阴戚的皮扒了。

韩江决定让阴戚得意到六月八号。

这些念头在他脑中盘旋，其实只过了几秒钟。

韩江一个眼神都没给其他人，扔掉那半个啤酒瓶，走到桌前，弯腰拿起一杯，一饮而尽。

十杯，他几乎没有停顿，只想速战速决。

喝到最后，已经有人低声惊叹：

“我去……”

“真牛。”

“这人是谁啊这么刚？”

喝完第十杯，韩江直接扔掉酒杯，拇指在唇边蹭过，抹掉那一滴残留的烈酒，抬眼盯着阴戚：“希望你像个男人，言而有信。”

他转身就走。

再不走，他大概会吐在阴戚脸上。

路过走廊，韩江看到一排椅子上坐着五六个年轻姑娘，浓妆艳抹，低着头玩手机。

刚才过来的时候，他还看到舞池里人们跳得疯狂，有人眼神涣散迷离，骨瘦如柴，但现在已经不见踪影。

韩江步子大，快速离开。

到了酒吧外，韩江找了个巷口，走到没人的角落，直接就吐了。

什么破酒，这么上头。

他反应强烈，直接把晚饭给吐出来了。

昏昏沉沉中他还在想，温颜那个死丫头，要是考不上C大，都对不起这十杯酒。

清空了胃，并没舒服很多，刚才喝得实在太快，现在只觉得浑身的血都在乱窜，他怀疑自己会不会酒精中毒。

韩江没有走远，直接在几百米外的马路边坐下，垂着头揉太阳穴。

他酒量其实不怎么样，陆非都比他强。

何况跟兄弟尽兴而饮和这种毫无感情的灌酒有本质区别。

迷糊中他接到了温颜的电话，也不记得自己说了什么，风一吹，头像要炸掉一样。

二十分钟后，温颜从急速而来的出租车上跳下来。

她一直很不安，韩江说他来解决，怎么解决？

她纠结死了，不告诉韩江，怕以后出什么事他没有心理准备；告诉了，又怕他冲动。

韩江那个性格，不爱麻烦别人，什么都习惯自己解决，肯定也不会找陆非帮忙。

看到韩江的时候，他整个人坐在地上，背靠大树，脸红得不像话，一身酒气。

这才多大一会儿，怎么还喝酒了呢？

还醉成这样。

温颜半跪在他面前，使劲儿摇他，叫他的名字。

韩江尚有些清醒，眯着眼睛看她，也说不出什么话。温颜手臂伸到他身后，想把他搀起来，却被他一把拉坐在地上，撞进他怀里。

温颜整个人僵了一下。

他滚烫的手掌还贴在她背上，呼吸凌乱，酒气吹在她额间，每一下都让她浑身的毛孔紧张不已。

她很快挣扎着坐起来，拍他的脸："你怎么喝成这样？快点儿起来，我们回家。"

韩江手臂揽着她肩膀，用力握住，不让她乱动，吐字已经有些不清："不回家。"

被施静看到他这个样子，又要念叨半天。

他费力地从裤兜掏出钱夹，扔给温颜："附近有小山楼，开间房，我醒醒酒再说。"

温颜慌乱地接住钱夹，终于把他弄起来，打车到了最近的小山楼酒店。

距离其实不远，一个起步价就到了，温颜先把韩江弄到大堂沙发上坐着，然后从他钱夹里找出小山楼贵宾黑卡和他的身份证办理入住手续。

韩江虽是小山楼的少东家，但也只有各地酒店的总经理和高层在年会一桌吃饭时见过他，底下的员工几乎不认识，所以前台只把这两人当成在外过夜的大学生。

前台提出需要温颜的身份证，温颜脸红了红，解释说："我不住，我一会儿就走。"

前台见多了害羞的女孩儿，也不追究，再说这是黑卡顾客，小山楼全国也没发过几张黑卡，这种客户大多有来头，得罪不起。

办好手续后，温颜扶着韩江上电梯。

这酒后劲儿太大，韩江已经站不住，整个人的重量都交给温颜，压得她不得不靠墙站着。

好不容易把人弄上床，温颜累得一头汗。

韩江趴在床上，几乎一秒就睡着了，温颜小心地把他的鞋和外套脱掉，又打电话跟前台要了一杯蜂蜜水。

一切忙完，温颜在落地窗前的沙发上坐了一会儿。

韩江依旧熟睡。

这种情况，把他一个人留在这里实在不放心，斟酌再三，温颜还是给施静打电话，说今晚在江嫣家住，不回去了。

温颜打开台灯，随便找了本酒店的英文杂志看。

讲世界各地人文风景的杂志，很多词温颜看不懂，边看边用手机搜翻译，同时默记生词。

没有卷子的晚上，她如果什么都不看，会有负罪感。

韩江的手机响。

他毫无反应，温颜走过去看了一眼，来电人叫赵心瑶，她不认识，应该是他的同学。

温颜犹豫一下，没有私自接他的电话。

电话响了几声就停了，没有继续打。

快十二点的时候，韩江又吐了两次，趴在马桶上，难受至极。

温颜蹲在他身边，从上到下轻抚他的背："怎么办，要不要去医院？"

韩江闭着眼睛，摆摆手。

他撑在洗手台上勉强漱口，眼睛都是红的。

到了后半夜，韩江再次醒来的时候，看到自己身上盖着大床房的双人被，目光一转，温颜侧躺在窗边的沙发上，窗帘没有拉，夜色笼罩在她身上，打下一层朦胧的银色。

她侧影线条起伏柔和，是女孩儿到女人之间的青涩曲线，腰间深深陷下一个窝，韩江没有再往下看。

她身上只盖了他的外套。

韩江下床，赤脚走在地毯上，站在沙发前，弯腰盯着她看了一会儿。

温颜的脸在沙发扶手和靠背的夹缝转角处，被挤压变形，成了嘟嘟脸，饱满的唇蹭在靠背上，睡得很熟。

对他这样不设防。

韩江伸手探进她腿弯处，将她抱起来，转身轻放在床上，重新给她盖好被子，自己躺在沙发上。

他没有继续睡，手臂垫在脑后，看着外面的夜色。

这会儿已经不想吐了，倒是有些清醒，也有点儿饿。

今天这样一闹，阴戚大概会安分一段时间。

他默默想着，以后还是尽量接温颜下课好了。

那边有点儿细微的响声。

韩江转头，看到温颜正睁着两只圆溜溜的大眼睛盯着他看。

像小猫咪，很可爱。

他心跳了跳，脸上却不动声色："吵醒你了？"

温颜整个人缩在被子里，小小的一团。她问："你还难受吗？"

"好多了。"他说。

"你为什么喝那么多酒？"

韩江没有回答，翻了个身，面对她侧躺着。

两人隔着床与沙发之间的距离，看得到对方的眼睛。

夜色温柔，两人不自觉沉默，似乎都不想打破此时的气氛。

最后还是韩江开口："阴戚欺负你没有？"

"没有，我正好有同学在边上，他就走了。"

他没说话。

温颜盯着他的眼睛看。

韩江说："睡吧。"

"嗯。"她乖乖闭上眼睛。

可几秒后，韩江忽然又开口："温颜。"

温颜很快睁开眼睛："嗯？"

韩江沉默一会儿，似乎有话要说，但又止住："算了。"他闭上眼，压下心口躁动不安的情绪，"等你高考完再说吧。"

宿醉的结果，是第二天上午快十点才醒，并且头疼、浑身虚弱无力。

韩江睁开眼睛，看到头顶一片雪白，不是寝室，也不是家里的房间，他胡乱揉了把头发，从沙发上坐起来。

意识渐渐清晰，他想起昨晚一下干了十杯烈酒，也想起温颜喂他喝蜂蜜水。

小姑娘手软软的，扶着他的头。

温颜呢？

他很快站起来，又感觉一阵眩晕，但他顾不上，翻了一通才在床上找到自己的手机。

一夜没充电，手机已经关机，他想打电话给前台要一根充电线，门口"嘀嘀"两声，温颜推门进来。

她的头发还有些湿漉漉，大概是洗过澡，脸庞白白净净，手里拎着两个外卖盒子。

看到韩江站在电视柜那儿，她笑了："你醒啦？"

今天周末，她不用上课，知道他也没课，所以没有叫醒他，早上洗过澡后就下楼买了早餐带上来。

韩江松了口气："嗯。"看到她手里的东西，"买了什么？"

"香菇蔬菜粥、鸡蛋饼，还有一根油条。"她很快又说，"油条是我的，你先别吃油腻的吧。"

韩江又应了声，把手机扔床上，去浴室洗了把脸。

温颜看到他的手机，忽然想起昨晚的电话，跑到卫生间门口说："昨天你睡着时有人给你打电话，我没接。"

"嗯。"

"你看看吧，万一有事呢。"

"没电了，去要根充电线。"

温颜转身去打电话。

五分钟后，客房阿姨送来一根充电线，温颜道了声谢，韩江接过来插在手机上，开机后先查了下未接来电，脸上没什么表情，又看了几条未读信息。

他眉头锁起来。

忘了今天上午要拍校庆海报，那些人估计找他找疯了。

他刚想给负责人打过去，电话又来了，是宣传部的小学弟周侃。

周侃急得都要冒烟：“学长，你跑哪儿去了？不在寝室还关机，这边马上就开始了！”

韩江很抱歉：“对不起，我临时有点儿急事，手机刚充上电。”

之前定的是上午十点，韩江默默计算时间：“我半小时到，可以先拍别人吗？”

“可以可以，我跟摄影师说一下先拍学姐单人的，学长你可不能再关机了啊，我这小心脏受不了。”

韩江笑了下，再次抱歉：“对不起，我尽快。”

挂掉电话，韩江直接下摆一掀把T恤脱了，边往浴室走边把衣服扔床上，走两步又转回来，捞起衣服一起带进浴室。

温颜看着他转来转去：“你有急事吗？”

韩江已经把浴室门关上，声音从里面传出来：“你先吃，我洗个澡马上就得走。”

时间紧迫，韩江只简单冲了一下，昨晚醉成那样，睡觉衣服都没脱，整个人都不太精神，冲个澡能好一些。

有温颜在，他在浴室里就把衣服穿好，吹风机潦草地吹了几下头发就出来。

他收拾东西。

温颜说：“你不吃吗？”

“不吃了，没时间。”

温颜站起来：“你现在就走吗？我也走。”

韩江检查了一下，确定没有遗漏物品，看着她：“你回家吗？”

“你去哪儿？”

“去学校附近的一个摄影棚，拍校庆海报。”温颜刚吃过油条，嘴角还有一块亮亮的地方，韩江看了一会儿，没忍住，扯了张纸巾在她嘴角蹭了蹭，“你想不想去？”

温颜有些不好意思，接过纸巾：“我能去吗？”

“有什么不能的，一个小时也差不多了，拍完一起回家。”

“那我去。”

韩江看了眼时间：“吃完了吗？”

“吃完了。”温颜转头把给他留的那份鸡蛋饼拎着，“你路上吃。”

韩江伸手拍了她脑袋一下：“走了。”

两人赶到摄影棚的时候，正好半个小时，韩江总是能计算精准。

他需要简单化妆，弄一下头发，温颜拿着他的外套站在工作人员身后看热闹。

人群里最中心最亮的地方，一个女生在拍照。

因为是校庆海报，所以这次拍摄走青春范儿，女生非常漂亮，很有气质，扎着清爽的丸子头，笑容灿烂。

摄影师似乎很满意，不停地说“好”“漂亮”“换姿势”，闪光灯不停地闪。

从身旁几个学生会成员的谈论中，温颜知道这女生叫赵心瑶。

赵心瑶……有点儿耳熟，好像是昨晚给韩江打电话的那个人。

那么晚还打电话，一定很熟吧。

正想着，韩江从后台走出来，视线在人群中扫过，最后定在温颜身上几秒，随后走到人群前面跟另一个人低声交谈，抱着肩膀也看向台上的女生。

温颜只看得到他的背影。

她没注意他换的衣服，甚至觉得他化妆都多余。

韩江是标准的衣架子，穿什么都好看。很多人说，他要是多笑一笑就好了，现在这个样子有些严肃，让人不好亲近。

但更多女生觉得，他那张寡淡不苟言笑的脸，更能让人产生某种冲动。

女生部分拍完，开始拍两人合照。

摄影师要求诸多，不停地提醒韩江的面部表情，希望他笑的时候能更自然一些，不要太冷。

韩江本没什么耐心，但今天他迟到，险些打乱拍摄计划，觉得很抱歉，所以一直尽力配合。

聚光灯下，青春靓丽的男生女生，只是看着，就觉得养眼。

旁边有人悄声说韩江帅，温颜听了，心中莫名骄傲。

大概觉得跟他关系比一般人亲近，他被别人肯定，自己也与有荣焉吧。

身旁两个女生的话题渐渐跑偏，说起赵心瑶。

“我听说，赵心瑶大一时就追求韩江来着，韩江没答应。前阵子韩江回国，她还找过他呢，估计是没死心。”

“他们两个还挺配的。韩江连赵心瑶都看不上，眼光是有多高啊。”

“谁知道了。”

“韩江有女朋友吗？”

“没听说，没有吧。”

“在国外也没有？法国那么浪漫的地方，又背井离乡孤单寂寞的，说没有，我是不信的。”

两人又说了一会儿，话题转向别处。

台上的人还没拍完。

温颜看了一会儿，忽然觉得没什么意思，悄悄退后，在摄影棚不起眼的角落找了个凳子坐着，低头摆弄手机。

她怀里，还有韩江的外套。

其实温颜一点儿都不意外。

从小到大，韩江身边从来不缺桃花，在她手中过掉的情书不知有多少封，韩江从来不看，连对方的名字都懒得听。

他感兴趣的，只有篮球、飙车和法语。

以前韩江打篮球时，温颜喜欢坐在球场旁边的石阶上，捧着本书，有时看他，有时看书，等他玩完一起回家。

她身边放着两个人的书包，有时也有几瓶矿泉水。

一些外班的女孩子会脸红心跳地给他买水，却不好意思直接给他，通通由温颜这个小跟班转交。

最后全被他分给了其他男生。

韩江只喝温颜的水。

眼前出现一双小白鞋。

温颜抬头，是赵心瑶。她看向那边，双人照拍完了，现在在拍韩江的单人照。

赵心瑶清纯又精致，真的很漂亮。大概是很多男生的梦中情人。

她问："你是韩江的女朋友？"她看到他们两个一起进来。

温颜抬头对上赵心瑶的眼睛，赵心瑶调皮地指了指她怀里韩江的衣服。

温颜顿了下："不是。"

"那是……妹妹？"

"算是吧……"

不知道是不是错觉，温颜总觉得赵心瑶似乎松了口气。她神情放松，整理一下裙子，坐在温颜身边："以前好像没听说他有妹妹呢。"

温颜不知道说什么，"嗯"了一声。

赵心瑶说："你也是C大的吗？"

温颜摇头："附中的。"

"啊，高几的？我妹妹也在附中。"

"高三。"

"呀，要高考了。"

赵心瑶很开朗健谈，几句话就把气氛弄得很轻松。两人聊了几句，她看向聚光灯下的韩江，歪了歪头："哎，能问你个事吗？"

"什么事？"

赵心瑶声音小了些，凑过去："你哥有女朋友吗？"

温颜抱着韩江的衣服的手紧了紧，看向赵心瑶。

女生有些腼腆，手指绕着衣服上的两根带子："最近他除了上课都不怎么在学校的，也没住寝室，我打电话也不接，他……是有女朋友了吗？"

温颜心里有一丝异样的感觉，她说不出那是什么。

只是忽然觉得，胆大又勇敢的女生，挺好的。

她说："没有吧。"

赵心瑶的眼睛亮了一下："真的吗？"

温颜低头，没有看赵心瑶："我没听他提起过。"

赵心瑶的脸色顿时轻松许多，嘴角的笑似乎有些控制不住，像达到目的一样，没有再多说什么，很快站起来说再见，走的时候脚步轻快，像要飞起来。

温颜看向不远处的韩江。

配合摄影师的要求，韩江笑得灿烂。

温颜第一次觉得，他这张脸真的造孽，实在让人无法忽视。

韩江的目光寻过来，看到温颜，若有似无地笑了下。

摄影师很激动："对！对！就是这种感觉！"

温颜忽然有些生气。

你笑什么笑啊，觉得自己很好看吗？

整天招蜂引蝶。

她站起来，头也不回地走了。

韩江："……"

接下来的拍摄很顺利，结束后，韩江去后台换衣服洗脸，出来时没看到温颜。

他问周侃："跟我一起来的人呢？"

周侃说："好像出去了。"

他走到过道那边，看到温颜站在楼梯口，抱着他的衣服，脚尖一下下蹭着地面，画圈圈。

这是她的一个小习惯。

以前因为各种原因等他的时候，她就会这样在地上画圈圈，从没催过他。

韩江叫了她一声。

温颜看过来。

但她没像以前一样跑到他身边，而是点了个头，示意自己看到他了，随后转身下楼。

韩江莫名其妙，搞不懂女生忽冷忽热的情绪，快步跟过去。

这条路是单行线，要走到下个路口才能打车。

两人走了一会儿，谁都没说话。

后来还是韩江没忍住："你怎么了？"

"没有啊。"她若无其事。

韩江皱眉："等久了，生气？"

"不是，有点儿困了。"

"昨晚没睡好？"

"嗯。"

韩江略放心："回家补个觉。"

他说完，发现温颜没跟上来，蹲在地摊边看什么东西。

韩江走过去，地上铺了张一米见方的破布，上头凌乱地摆了一堆药膏，旁边一张黄色纸壳上用黑色记号笔歪歪扭扭写了四个大字：祖传祛疤。

温颜听那老头儿忽悠了一阵，说了一堆不知真假的东西，反正把他的祛疤膏夸到天上有地上无，一抹见效二抹疤痕去无踪。

最后她挑了两管。

韩江双手插兜站在她旁边，看她付钱，把药膏放口袋里："她都放弃了，这么多年什么样的没抹过。"

"看到就试试。"

韩江不太信地摊上的东西，但也没打消她的积极性，走到前面要拦出租车。

温颜说："坐公交车吧，有直达的，只有六站地。"

韩江无所谓，跟着她往公交车站走。

现在不是上下班高峰期，车上还有空座，两人一前一后坐在靠窗的单人位置上，窗口吹进来的风把她披着的头发吹散。

她早上洗过澡后，没有扎头发。

韩江看得有些出神，用的什么沐浴露，这么香？

改天问问小山楼。

两站路后，上来一个大爷，温颜刚一动就被后头的韩江按住，他招招手，让大爷坐在他那儿。

韩江挪到温颜旁边，两条手臂随意撑在她头顶的窗沿上，把她整个人围起来。

韩江靠得很近，温颜一转头，视线正好落到他腹部上。

温颜脸一红，很快装作若无其事看向窗外。

她想起给他做的腰带扣。

还剩一些收尾细节就可以完工了，过些天是他的生日，本想等他七月回国再送，现在他提前回来，正好可以当天给他。

韩江的腰带一向都是最简单的款式，不知道会不会喜欢这种工艺复杂的图案。

但它真的很漂亮。

温颜扭头看了眼后排，跟他说："后面还有座。"

韩江没动，懒懒地说："快到了。"

温颜继续看窗外。

两人到家后，看到施静正给温颜收拾东西，她从明天开始就要参加为期七天的封闭培训。

这家培训机构已经开办三四年，推出的这个针对高考的培训效果非常好，据说曾经押中过两次数学大题和一次语文作文题目。

培训期间吃住都在基地，不可携带手机及其他电子设备，不可擅自离开基地，授课老师都是聘请的各大高校的顶级资历的教师，还有专门的营养师为学生搭配餐食。

这样的配置，价格自然十分昂贵，名额有限且不多，但每年还是有很多人争相报名。

临近高考，学校对这些准考生也十分宽容，只要能提高成绩，拿了机构的证明就可以一星期不来学校。

“衣服多带两套，换下来就扔箱子里，等回来我洗。”施静不忘斟酌款式，无论在哪里，都想让温颜成为最夺目的姑娘。

温颜跪在地板上，压了压满满的箱子：“不用带啦，一个星期用不了这么多。”

施静一惊一乍：“啊，小皮筋多带几个，小东西最容易丢。”她忙忙叨叨，又往温颜的包里塞了一小包扎头发的皮筋。

温颜盖上箱子，忽然想起什么：“我得跟我妈说一声，下星期都不能用手机。”

温颜翻出手机，编辑短信给向飞鸿发过去。

施静看东西收拾得差不多了，叉着腰站起来：“行了，你跟你妈聊吧，我回屋睡个午觉，待会儿还得去趟出版社。”

温颜答应一声，施静出去把门带上。温颜倒在床上闭了闭眼睛，一分钟后手机响了一声，向飞鸿回复：好的，不要太辛苦，尽力就好，注意身体。

她每次回复，最后都会带上“注意身体”这四个字。

温颜看了一会儿，手指向下滑动，把向飞鸿寥寥无几的回复又看了几遍，默默想着，高考的时候，她会不会回来？

手摸兜，忽然想起新买的祛疤膏，温颜去敲施静的门。推开后，看到施静正往枕头底下塞什么东西，她摇了摇手里的药膏：“路过看到的，你试一试吧，听说很管用。”

施静已经躺下，扭头看她："行，搁那儿吧。"

温颜回房补了一觉，醒来时已经是下午三点，她去厨房找了点儿东西吃，然后坐在桌子前开始复习。

在学习上，温颜属于勤奋型的，成绩单上很容易就能看出她这段时间是否努力，她也知道这一点，所以从来不敢懈怠，高三后，很多课余时间都拿来复习。

最近一次英语周测，她的分数比二模还要高一些。她兴奋地告诉韩江，本以为那人能夸夸她，结果他扫了一眼卷子，用手指弹了弹某道错题，卷子被他弄得咔嚓响："这题型之前不是给你讲过？"

如果韩江是个老师，那温颜毫不怀疑他将是某个倒霉班里最烦人的老师。

当然也许一些小花痴会被他的颜短暂迷住，但时间久了肯定烦。

学习方面，韩江跟她不一样，他跟很多人都不一样。

他有自己的一套标准及规则，该有的娱乐项目、课外活动一样不耽误，也没见他怎么熬夜，大概跟智商也有一定关系。

有一点，他从不逃课。

他没上过补习班，所有的知识来源要么在课堂，要么自学。

但他有时会在数学课背英语，英语课看化学，老师点到名字时他竟然也能对答如流，没人知道他是怎么做到的。

高中三年，韩江只逃过一次课。

那段时间温颜频频被隔壁班一男生骚扰，那男生人小鬼大，小嗑一套一套的，爱你爱到天荒地老，山无陵天地合也不能跟你绝，三天两头送情书，放学还跟着温颜说要当护花使者。

韩江知道了，第二天下午就翘了两节课，去温颜学校接她放学。

看到那个嚣张的浑小子，手指一钩，眼神给到位，扯着肩膀把人拎到旮旯胡同，不知跟人家说了什么。

从那天起，那男生再也没敢来烦温颜。

这事传开后，很多对温颜有意思的男生都不敢轻举妄动，整个初中部都传开了，三年二班温颜有个特厉害特牛的哥，千万别惹她。

第二天一早，韩江送她去基地。

郊区那边他以前常去，跟陆非一起飙车兜风，也带过温颜，但她胆子小，每次从他的车上下来都要缓半天。

江嫣胆子大，有一回她非要跟着，陆非故意飙得飞快，少见地赢了韩江，江嫣面不改色，还说他菜，陆非被气得半死。

基地是套别墅，应该是培训机构临时租用的房子。

地方很好找，门口立了牌子，韩江拎着温颜的拉杆箱走在前面，把证件递给工作人员登记。

一楼大厅已经摆上桌椅，这是精英小班，为了保持质量，名额非常少，所以也不需要多大的地方。二楼是卧室，两人一间，温颜到得晚，只剩一间最小的，但她一个人住，没有人打扰，也还好。

韩江环视一圈她的房间，走过去打开窗子透气："环境不错。"

温颜眨眨眼："这么贵，能不好吗？"

韩江回头看她一眼："好好改造，争取早日重新做人。"

温颜笑开了，顺手捡了床上的枕头去砸他胸口。

韩江一把抓住枕头，低头看她："这里不能用手机，你有事就借老师手机打给我。"

"嗯。"

"我的号码记得住吗？"

"知道。"

"说一遍我听听。"

温颜抬头，抿着唇乐："你考我啊？"

韩江松手，不语。

温颜很快说了一串数字。

他才松了紧绷的脸，有点儿笑容，看她几秒："到时我来接你。"

"嗯。"

楼下有嘈杂的声音，多了不少人的样子，大概是授课的老师们到了。家长不能久留，温颜送韩江下楼。

韩江意外发现，其中一个老师他竟然认识。

是当年他高中时的化学老师，姓吴，水平非常高，后来调到省重点高中授课，市长还听过她的公开课。

吴老师也认出韩江，很意外："你怎么在这儿？"

韩江揽着温颜，把她往前推了推："我妹妹温颜，今年高考。"

温颜大方地说："老师好。"

那边已经开始集合，温颜打过招呼就跑过去。吴老师送韩江出门，两人叙旧几句，韩江认真地说："麻烦老师多多照顾她。"

吴老师摆摆手让他放心："没问题，交给我。"

韩江站在门口，往温颜那边看了一眼，意外看到一个熟人。

他坐在温颜边上，两人表情一致，认真地听老师讲话。

韩江不记得对方的名字，但对那张脸印象深刻。

温泉山庄，泳池旁，她身边的那个男生。

时间再往前倒，回国第一天，在天台上，他顶着一张跟身材块头十分不匹配的羞涩脸提起喜欢的姑娘：她笑起来很甜。

别墅大门慢慢合上，里面的画面渐渐只剩一道缝隙。

韩江看到温颜微微侧着头，听蒋旭低声说着什么，心里忽然很烦躁。

这门一关，一个星期。

手比脑快，他一下抵住即将关闭的大门。吴老师奇怪，又将门打开一点儿："还有事吗？"

"老师，麻烦问一下，"韩江说，"这里还缺助教吗，任何科目都可以，免费的那种。"

如果是别人问，吴老师一定当场拒绝，这个培训班没有设置助教这个岗位。

但韩江不一样。

他是当年的省状元，有他参与，就算作用不大，说出去也十分好听。现在不是流行搞噱头吗，看起来师资力量又提高一个档次。

吴老师虽没权力直接留下韩江，但她觉得培训班一定同意，何况韩江还免费。

要知道，状元补课市场价是很贵的，怎么看都是只赚不赔的买卖。

她让韩江先找个位置坐下，随后去办公室那边跟负责人商量。

于是韩江光明正大地从温颜身边走过，在她诧异的眼神中坐到最后一排角落的空位，还抬眼瞥了她一下，但没什么表情。

等老师终于讲完培训期间的规定及注意事项后，温颜迫不及待地跑到韩江面前："你怎么没走？"

韩江站起来整理袖口：“这星期我都不走。”

“啊？”

这种好事培训班自然愿意，韩江如愿留下，工作人员为他安排了房间，晚上他想住下或回家都可以。

忽然多了个帅哥助教，女生们似乎都振奋许多，甚至对即将到来的“地狱周”都有些期待。

但仅仅一天过去，她们的期待值就已经被消磨光。因为韩江跟她们想象中的温柔家教小哥哥实在相差甚远。

冷、面瘫、话少，除了讲题几乎跟同学们零交流。

但大家又对他无比佩服，听说是临时参加进来的助教，一点儿准备都没有，但面对这些增加了难度的题跟玩似的。

要知道，连老师都要备课，研究题型。

按流程，每节强化课后都会发一套卷子，要求大家当场做完，考试时间比高考缩短半小时，考试后立刻由老师讲解，不会留到明天。

明天还有明天的任务。

傍晚，韩江站在二楼阳台打电话请假。

理由当然没说他莫名其妙跑来当助教，只说家中有事。系主任宠着他，痛快答应。

挂了电话，他靠在栏杆上看了会儿天。

乌云密布，空气闷闷的，是暴雨将至的味道。

今年的第一场雨，特别早。

温颜上来找他。

不知为什么，每次看到他的背影，都觉得他很孤单，但他明明有亲人，有兄弟朋友，他身边从来不缺小伙伴。

在任何地方，只要他想，就能立刻融入当前的环境中。

温颜走到他身边站定。

韩江早已察觉，但没说话，也没看她。两人这样安静待了一会儿，韩江忽然开口：“我考考你。”

温颜：“什么？”

“地壳中含量最多的金属元素是什么？”

这是干什么？

韩江转头看她：“答不出来？”

温颜很快地说：“铝——你问这个干什么？”

“免疫活性物质有什么。”

“淋巴因子、抗体、溶菌酶。”

“物种的定义。”

温颜一字不落地说出来。

他又问了几个数学公式，随机挑学科，想到哪儿问到哪儿，温颜对答如流，毫无错漏。他问了五六道，停下来，笑着看她：“还行。”

温颜瞥他一眼：“什么还行，是非常行了好吗？”

“嗯。”他注视她，“非常行。”

温颜低头笑了，趴在栏杆上，歪着脑袋看他：“韩江，你怎么忽然留下当助教，之前没听你提过。”

韩江温淡的眼睛看了她一会儿：“CH3COOH，是什么。”

温颜一秒答出：“醋。”她以为他在出题。

她还在等韩江回答她上一个问题。

韩江抿着唇，转过头不再看她：“吴老师提的，我正好没事，就答应了。”

温颜点点头，没说什么。

回到一楼餐厅，大家正在吃饭，两人找位置坐下，蒋旭就坐温颜对面。

自从上次在天台见面后，蒋旭还没跟韩江说过话，他是自来熟，十分热络，把手旁一双多出的筷子递给韩江：“学长，这没人用过。”

韩江一贯冷淡：“谢谢。”接过筷子。

蒋旭神经大条，也不介意，只顾跟温颜说话：“你跟江嫣形影不离的，她这次怎么没来？”

“她去了另一个班。”今天的菜都是温颜不爱吃的，她用筷子挑了几下，兴趣不大，只吃几口便放下。

蒋旭说：“是钟老师那个吗？罗迹也在那边。”

他吃得满头大汗，温颜顺手递过去一张纸巾，他擦了擦汗：“谢谢。”

罗迹会主动补课，在以前肯定算一桩奇闻，现在大家却见怪不怪。

当初许沐在的时候，他还能勉强翻开书本应付一下；许沐走后，他就迅速恢复成以前吊儿郎当的模样，不逃课便睡觉，到学期末书桌里塞满了崭新的卷子。

可这学期，他忽然开始疯狂学习。

找来高一的书从头开始，午饭都在班里解决，球也不打，晚自习一天没落过。

大家都知道，他想考首都的大学。

而许沐，一定会去北大。

罗迹本就聪明，对学习上心后成绩很快提高一截儿，他跟蒋旭是兄弟，曾跟蒋旭说过，只要是首都的大学，哪个都行。

蒋旭本想问问温颜，如果罗迹和许沐以后真的同在首都，还有没有复合的可能，但想了想，还是没有问出口。

他转了话题，说起下午的一道物理题。

韩江坐在一旁吃饭，好像很专注，但在某一刻他忽然插嘴，一语点破两人都没注意到的一个地方。蒋旭愣了愣，反应过来后，忽然一拍大腿："对啊！我怎么没想到，谢了，学长！"最后两口饭也没吃完就跑回去翻那套卷子。

温颜对韩江这种随时戳重点的技能并不意外，刚想说什么，隔壁桌的一个女生忽然一阵干呕，捂着嘴跑去卫生间。

女生叫张怡然，是五班的，温颜认识，但没说过几句话。

卫生间里呕吐的声音传出来，很快有别的同学小声讨论。

"她怎么了？这两天一直没怎么说话，病了？"

有人低语："不会那个了吧？"

另外一个女生很快推了推她："别瞎说，她就是压力大，吃不进东西，听说来这儿的前一天还发烧来着。"

"那还补课，太拼了吧？"

"有什么办法，她妈非要她来，这个班结束，下星期还有别的呢，连口气都不让喘。"

温颜皱眉看了一会儿，起身走过去，拍拍张怡然的背，弯腰问她："撑得住吗？"

张怡然垂着头，面色苍白，用手接了一捧水漱口，小声地说："还好，谢谢。"

她没有再停留，避开同学们探究的目光，一个人快速上楼，把自己关在房间里。

直到晚上九点多，大家也没再看到她。

楼下翻卷子的声音不绝于耳。

晚上九点对即将高考的人来说，是复习的黄金时间，没人去休息。

温颜做了半张卷子，忽然听到楼上有人叫她。

韩江站在楼梯转角，他钩钩手指："过来一下。"

温颜放下笔，上楼后韩江指了指她房间："先进去等我。"

她不知道他要做什么，但很听话地进去了。

半分钟后，韩江端了一盘蛋炒饭出现在她房间门口。

温颜有些意外。

印象中，韩江喜欢吃，喜欢玩，喜欢闲适懒散地待着，是最会享受的大少爷。

以前每次两人单独出门，施静都要千叮咛万嘱咐："你是男孩子，要懂得照顾妹妹。"他总是答应得很随意，然后照样把她当小跟班一样跑腿用。

韩江走进来，把蛋炒饭放她桌子上："饿着肚子怎么看书？"

温颜说："你看到啦。"

"你不爱吃海带和西蓝花。"

温颜摸摸肚子，笑了："是没吃饱。"

她挪了桌子，盘腿坐床上，吃得很香。

韩江很会做菜，但不常做。以前在法国，什么都要自己来，中餐、西餐都会一些。

刚刚在厨房，他翻了翻冰箱，没剩什么食材，就简单做了蛋炒饭，还放了一点儿虾米。

他记得以前给她做过，她说很好吃。

大半盘很快被温颜消灭掉，韩江又从兜里摸出一瓶矿泉水放她桌上。

矮粗胖那种小包装的，憨憨的，很可爱。

温颜看到他拇指上有个一厘米不到的伤口。

红红的一道，好像还没愈合。

温颜眼睛都瞪圆了："你这怎么了？"她去拽他的手。

韩江没动，任她拽着，挺无所谓地说："刮到灶台了，没事。"

温颜一下站起来：“我去拿个创可贴吧。”不等他说话，就噔噔噔跑下楼。

一阵风一样。

韩江盯着门口看了一会儿，扶着额头，想笑。

这么小的一道口子，他都没什么感觉，用什么创可贴呢。

小女孩儿一个，总是大惊小怪。

两分钟后，温颜拎了个药箱子上来，那阵仗，好像他被谁捅了一刀。

韩江想笑她两句，但看她认真紧张的模样，那几句话，怎样都说不出口。

等她把韩江的手指包完，他的目光才从她脸上挪开：“吃饱了吗？”

“嗯。”她点头，收拾药箱，几秒后又抬头，“你晚上别洗澡了，别沾水。”

“好。”

韩江留在这里是临时起意，什么都没带，隔天晚上回了趟家，准备换身衣服，再带几条换洗的内裤和袜子。

韩雪凇在书房，施静在浴室洗澡。

韩江从房间出来，听到父母房间施静的手机一直在响，他敲了敲浴室的门，告诉施静。

施静的声音传出来：“你帮我接一下！”

韩江只好走过去，看到床上两部手机，一部屏幕亮着，是她的责编打来电话；另一部款式老旧，像她几年前用过的那个。

没等韩江接起来，电话声断了，那边没再打过来。

他目光转向那部旧手机。

印象中施静好像说过，以前那部手机丢了。

手机没有密码，一摁就亮。屏幕上，是锁屏前的界面。

手机短信。

最后一条，是对方两天前发来的：

飞鸿，我下星期参加封闭培训班，不能用手机。

第三章
为你心跳

韩江没有问施静。

对于向飞鸿，韩江知道得并不多，他跟温颜一样，只知道她工作性质特殊又危险，不方便与家人联络。

他也曾猜测分析，但没有跟施静确认过。

温颜一直跟向飞鸿联络的电话号码在施静手里，有很多种可能性。

也许现在向飞鸿连发短信也不方便，又怕温颜担心，所以由施静暂时替她跟温颜联系。

不一定是最坏的那个方向。

但如果是，温颜一定会崩溃。

这些年，温颜在韩家生活，虽然韩雪凇和施静对她视如己出，但韩江依旧能察觉出温颜不经意间流露出的小心谨慎与敏感。

水果只剩一个时，她从来不吃。

她会主动做家务，即便施静说过不需要她做那些。

就连前阵子生病，都没告诉家里，一个人孤零零去打针。

她很害怕。

怕自己不够优秀，惹人讨厌，怕施静对她不满意，把她送回姑姑家。

她很不喜欢姑姑家。

其实有时韩江有些看不透温颜。

不知道她表现出的乖巧听话是她本来的模样，还是她想让施静看到的模样。

她一直在等妈妈回来，给她一个真正的家。

韩江一路开快车，赶在下雨之前到达郊区别墅。

憋了两天的暴雨倾盆而下，天空雷鸣闪电，似乎在咆哮，沸腾沉重的雨滴砸在大地上，毫无连绵细雨的温柔美感。

一楼没人，同学们都各自回房休息，小黑板上还留着满满的数学演算过程。

韩江的房间在一楼，他把带来的换洗衣服随便扔柜子里，听到外面巨大的雷鸣声。

这场雨，大概要下一整晚。

他换了拖鞋，去卫生间洗漱，出来时又看向窗外。

闪电劈下，将别墅院子照成白昼。

几秒后，又一声雷鸣。

韩江靠在床上翻了几页带来的书，又打了几局游戏，很烦躁。

温颜最怕打雷，每次雷雨天，施静都会陪她睡。

几分钟后，他扔掉书，拿了手机上楼，敲开温颜的门。

温颜开门时整床被子都裹在身上，韩江看一眼就确定了，她刚刚一定是整个人缩在被子里躲着。

他看了眼房里："睡了？"

温颜眨眨眼："啊，躺下了。"

"才几点就睡觉？"

"…………"

"你是不是觉得来补课，我的卷子就不用做了，这两天做了吗？"

确实没做。

补习班安排得很满，没有时间。

韩江侧身进去，走到桌前翻了翻摞着的几张卷子："带了吗？"

"带了。"温颜把门关上，走过来，"要做吗？"

外面雷雨交加更甚，没有停下的意思，韩江坐在一旁的椅子上："做吧。"

温颜非常听话，很快找出一套卷子开始做。

比起一个人缩在被子里听雷鸣闪电，她宁可被大魔头逼着做英语卷子。

最近她英语成绩有明显的提高，很多以前觉得模糊的定义逐渐变得清晰，她做英语题越来越得心应手，韩江能挑毛病的地方也越来越少。

但他几乎没夸过她。

这人在学习上几乎达到了吹毛求疵的程度，一点儿小问题都要放大来说。

他说："少 0.5 分，你就有可能去不了 C 大。"

这是事实。

所以温颜从不讨厌他的严格。

时间接近深夜一点。

外面的雨渐渐小了，也不再打雷。

温颜已经坚持不住，写到一半趴在桌上睡着了，韩江合上手里的书，漆黑的眼睛望着她。

她眼睫毛一抖一抖，睡得并不踏实。

细腻的皮肤在温和的灯光下显得越发莹白。

他忽然想起施静手机里，温颜认真告诉向飞鸿，这个星期都不能用手机。

带着小女孩儿的雀跃，即将闭关，不想让妈妈担心。

即使她知道，说与不说几乎没什么区别，因为向飞鸿主动给她发消息的次数实在太少。

韩江忽然伸手悬在她头顶，停顿几秒，还是落下，轻轻揉了揉她的头发。

带着心底一腔柔软。

温颜睡得晕乎乎，睁开眼睛，随即有点儿自责："我睡着了。"

韩江不动声色地收回手："晚了，睡吧。"

"不讲题了？"

"明天再讲。"

韩江拿起手机站起来，走到门口又停下："我明天上午去摄影棚看成片，中午和同学一起，不回来吃饭。"

"哦。"

韩江开门，又回头："你有想吃的东西吗，我带给你？"

温颜认真想了一下，摇头："没有想吃的。"

韩江看了她一会儿："那我随便买吧。"

韩江是早上八点多出的门，那时温颜早已经起床并背了一会儿题。吃过早饭，她准备回房间换本书，忽然发现阳台的门开着，有细微的声音从那边传过来。

好像有人在哭。

她犹豫一下，还是走过去看了看，发现张怡然坐在墙角的地上，脑袋侧趴在膝盖上，眼睛红肿。

张怡然看到温颜，很排斥，像不愿意见人一样，把脸转向墙的那一侧。

温颜大概听别人说过她的事，所以并不介意她的态度。

温颜走过去，挨着张怡然也坐在地上。

地上很凉，温颜用手臂碰碰边上的人："好凉啊，你不凉吗？"

没有回应。

温颜又说："我拿个垫子，我们一起坐，行吗？"

等了会儿，张怡然终于转过头，红肿的眼睛看了温颜一下，瓮声瓮气地说："你不去看书，跑到这里来干什么？"

温颜笑了笑，没有接她的话，轻声说："其实家长都没恶意，现在确实是咱们最关键的时候，他们也是为咱们好。"

张怡然摇头："可我实在太累了，每天被压得喘不过气，她考不上清华，就来逼我。她也不想想，清华对我来说实在太难考了，我就是二十四小时连轴转也考不上。"

温颜的手指慢条斯理地拉扯鞋带："你知道吗，其实我挺羡慕你的。"

张怡然抹了抹眼睛："羡慕我？"

"嗯。"温颜低着头，有点儿苦涩，"你起码有人在耳边唠叨，但我已经有很多年没见过我妈了。"

张怡然有些诧异："她去哪儿了？"

"她在一个很远的地方。"温颜说，"我特别想她能在我身边，像所有普通妈妈一样唠唠叨叨，督促我学习，给我做早餐，帮我搭配要穿的衣服，可她工作太忙了，没有时间管我。"

温颜转头看她："其实不管考到什么学校，尽力就好，多跟她沟通，她会理解你的。"

已经到上课的时间，温颜把她拉起来："走吧，别让老师等。"

摄影工作室那边还比较顺利，按摄影师的说法，帅哥美女，都没怎么修图，效果就已经很好。

学校的工作人员确定了照片，就没韩江什么事了。临走前，摄影师叫住他："上次跟你一起来的小姑娘，可以要一下她的联系方式吗？"

韩江目光扫过他：“有事？”

摄影师摆手：“别误会，我只是觉得她气质不错，想约她拍一组杂志照片。”

“她没空。”韩江说，“她要高考。”

摄影师推了推眼镜，笑说：“没关系，时间好商量，高考完也没问题。”

韩江想了一下，没有替温颜拒绝：“想不想拍，还得问她，到时你联系我。”

他把自己的号码留给摄影师。

韩江出门，边走边拿车钥匙对着不远处摁了一下。

最近他的活动范围在郊区，开车比较多。

赵心瑶今天也在，结束后她约韩江吃饭，被拒绝，她也不生气，大大方方地跟朋友走了。

韩江没跟同学一起吃饭，半路掉转方向，直接开车回家。

施静没在家，韩雪淞倒是在家。

他一向很忙，白天在家的时候非常少，大概是刚招待完客人，他面前的茶台还没收起，对面摆着一只用过的茶杯。

韩江把车钥匙扔桌上，坐在韩雪淞对面。

想问施静的事，问韩雪淞也一样，反正他们夫妻俩穿一条裤子，什么秘密都没有。

韩雪淞性格慢热，对茶道研究颇深，生活中离不开两样东西：老婆和茶。

他眼皮都没抬，继续手上的动作：“有事？”

韩江开口：“爸爸。”

他平时喊“爸”或者“老韩”，只有十分认真时才会正经叫一声“爸爸”。

他提起昨晚的电话号码，提起温颜的妈妈，但韩雪淞似乎并不想跟他解释这件事，几句话就把他打发，不再继续这个话题。

简短的谈话没有得到答案，但韩江已经心里有数。

一定出了什么事。

多年来父母一直对向飞鸿的事三缄其口，如果她的职业真如自己所想，又是在边境那一带，牵扯的案件类型不言而喻。

非常非常危险。

只是看每年电视新闻里的相关报道，就很恐怖。

回郊区的路上，有消防车在后面鸣笛，韩江打了一把方向盘，给消防车让路。

他还在想这件事，以至于错过了一个路口，他懊恼地砸了一下方向盘，又开出好远才找到可以掉头的路口，转回去，找到那条小路，又开进去很远，才看到一家野生栗子专卖店。

这家店很有名。

温颜特别爱吃栗子。

韩江买了足足两大包，路过蛋糕店又买了几个杧果蛋挞，全部放在一个纸袋里，才转回大路，开车去别墅。

离得很远就看到别墅区有漫天黑烟，隐隐还有嘈杂的人声和车声，看方向，正是补习班那边。

韩江莫名紧张，紧蹙眉头，深踩油门，车都快飞起来了。

仅仅几秒的工夫，他额头已经渗了一层细汗。

真的是补习班那栋别墅。

两辆消防车停在一旁，火已经灭了大半，但浓烟未消，一群人站在路对面的安全地带。

有围观群众七嘴八舌，说有个女学生被烧伤，已经送往医院。

韩江挤进人群，眼睛搜索温颜的身影，心跳得很快。

他看到她。

温颜跟老师同学站在一起，侧脸有些脏，白色外套上满是烟尘，很狼狈。

她紧紧抱着他送她的英语笔记本，一脸紧张地盯着前方忙碌的消防员。

刚刚别墅突发火灾，所有人都往外跑，只有温颜第一时间冲回房间，她什么都没拿，只抢出这本英语笔记。

老师吓到半死，幸亏温颜没事。

韩江站在两米外看着她，她神色如常，似乎没有受伤。

他努力平复心跳。

过了会儿，韩江侧身挤过人群，走到她身边：“怎么回事？”

温颜本来聚精会神注意前方，猛然听到他的声音吓了一跳：“你回来啦。”

“嗯。”

温颜简单讲了几句经过。

是张怡然。

本来上午上课时还好好的，中午吃过饭后，张怡然借老师的手机给家里打电话，后来不知怎么吵起来了。张怡然情绪激动，回到房间把所有书本卷子全都给烧了，不小心烧到床单，引发火灾。

老师赶紧打 119，让同学们往外撤离。幸好那时大家都在一楼，撤离很及时，但这栋别墅却被烧得不轻，张怡然也受了伤，被送到医院。

温颜在说这些的时候，眼睛一直盯着那些消防员，刚刚听说还有一名消防员没有出来，她很紧张。

好在后来有惊无险，那名消防员只是崴了脚，被队友安全背出来。

韩江静静地看着她，揽了一下她的肩膀。

他知道她在怕什么。

温颜的父亲温绍军在世时，是一名非常优秀的消防队长，立功无数，可惜在她五岁那年因公殉职，死在火场。

向飞鸿也因此消沉许久，转年便申请调职去往云南，自愿执行危险任务，把年仅六岁的女儿交给韩家照顾。

那场火灾改变了温颜的整个人生。

但这已经是很久很久以前的事，她不常想起。

如果没有照片，她甚至对父母的相貌都很模糊。

吴老师刚刚没拉住温颜，十分后怕，看到韩江，忍不住再次抱歉："幸好没事。"

她又有些责备温颜，不过是个笔记本，也值得冒着危险跑回去，万一出事怎么办？现在的孩子真的不知轻重。

韩江抿了抿唇，选择先宽慰老师："没关系，她没事就好。"

吴老师走后，韩江转头看温颜，本想说她两句，但看她脸还脏着，心便软下去。他抬手用拇指把她鼻尖上的黑灰蹭掉，声音很轻："笔记没了就没了，我再给你写一本就是了，你那样多危险。"

温颜嘴角动了动："你写了几个晚上呢。"

他虽没说过，但温颜后来已经意识到，韩江刚回国那几天每天把自己关在房间都在做什么。

他已经不熟悉近两年的考点，一定把她的书和解析题册都翻过一遍。

韩江静静看她一会儿，胸口有点儿热，拉住她手臂："伤着没？"

同学们都干干净净，只有她，衣服被浓烟熏到变色。

温颜赶紧伸伸胳膊腿，怕他不信似的：“没事儿！”

温颜这副样子也不敢直接回家，怕吓着施静，韩江带她去小山楼开了间房，在她洗澡时开车去附近的商场给她挑了一套衣服，脏衣服直接送去了干洗店。

韩江没给女生买过衣服，有些拿不定主意，店员是个可爱的小姑娘，说话嘎嘣脆：“帅哥，你女朋友什么类型的？”

韩江想了下：“安静吧，很漂亮。”

店员说：“那就这款。”

她把韩江带到另一边，给他看墙上挂着的一套裙子：“这款很显气质，适合文静的姑娘穿。”

裙子不错，颜色低调，是温颜常穿的那种宽松舒服的款式，韩江点头：“就这个吧。”

他又选了搭配的薄外套。

店员又问：“她穿什么码？”

韩江想了想，以前倒是知道，现在……他脑子里不可控地想到那次她落在自己房间的内衣。

他比画自己胸口稍往上的位置：“这么高，人很瘦，你帮我看看，穿什么码比较合适？”

店员很有经验，立刻给他拿了一件：“那就这个，不合适你再过来，可以换。”

韩江点头：“行，刷卡吧。”

温颜收拾干净后，两人去一家川菜馆吃饭。

她点了干锅牛蛙，韩江又加了她喜欢的虾和两个清淡的菜。

把菜牌还给服务生，韩江说：“大麦茶麻烦快一点儿，谢谢。”

温颜最喜欢这家的大麦茶，免费的一壶，她每次都能喝三大杯。

等菜的工夫，两人没什么话聊，各自摆弄手机。

隔壁桌一男一女，讲话的声音不断传过来。温颜不是故意，但也听到不少，她抿着唇，觉得有些新奇，低头给韩江发消息。

温颜：隔壁桌好像在相亲。

韩江手指灵活，打字很快。

韩江：你怎么知道？

温颜：那个帅哥说，你比照片漂亮很多。

韩江眼神闪了闪，转头看一眼那边的男人。

韩江：他哪里帅？

温颜无语，这不是重点好嘛……

两人又来回发了几条，温颜觉得这样很有趣，相对而坐，却用手机沟通，所有人都不知道他们两个在聊天，忽然有种隐秘的快乐。

只属于他们两个的秘密。

别墅的火灾直接影响到补习班接下来的进程，房东向补习班追责，补习班向张怡然家长追责，其他家长又向补习班追责。

事情变得乱糟糟，补习班负责人最终决定终止补习，并退还全部费用。

一星期的封闭培训，只参加了三天，原本其他班名额已经满了，但江嫣那个班有个男生得了急性肠炎，临时退出，空出的名额被江嫣眼疾手快摁下，赶紧通知温颜让她顶上。

中途换班，补课的节奏和进度都不一样，温颜需要一点儿时间调整，江嫣把这几天她的笔记都给温颜复印了一份。

这个班不需要封闭训练，温颜还是在家住，韩江也不需要再做助教。

几天下来，那边的补习也结束了。

短短一个星期的补课，弄得稀碎。

因为这次补习班的意外，学校也决定从今往后不允许出校补课，毕竟出了事故，谁都担不起责任。

所有学生全部回到学校上课。

放学时，韩江来接她。

虽然上次阴戚答应以后不再骚扰温颜，但他的人品，韩江信不过。

两人在路边买了几根烤串，一路吃回家。

进门时，施静在厨房切水果，听到声音往外探头："回来了？"

她拎着水果刀走到门口，小声跟韩江说："有人找你，说是你朋友，在你屋呢。"她挥舞着水果刀，"是个女的！"

韩江伸出一根手指把水果刀往远处推了推："谁啊？"

"赵什么，没记住，不过蛮漂亮的。"施静还想问，韩江已经换了鞋走去房间。

看到赵心瑶时，她正把玩桌上温颜留下的那盆多肉。

韩江皱眉，没有客气：“放下。”

他忽然出声，赵心瑶没有心理准备，手一松，多肉摔在地上，声音不大，但小花盆碎成几瓣，土撒了一地。

赵心瑶连连道歉：“对不起，我不是故意的。”

她弯腰想收拾，被韩江喝住：“别动，我自己来。”

他一声不吭，小心将根部还带着泥土的多肉捡起，放到桌上他的空水杯里。

他脸色很不好，赵心瑶私自来找他，待在他的房间里，还动他的东西，他已经很不高兴，现在又摔了那盆多肉。

韩江扔下一句“出去说”，转身又去门口换鞋。

赵心瑶有点儿尴尬，跟在他身后，但没忘记礼貌地跟施静和温颜道别。

门关上。

温颜走到韩江房间门口，看到地上的碎片和泥土，她原地站了一会儿，随后去卫生间拿了扫把把碎片收拾掉，出来后看到施静鬼鬼祟祟躲在窗口那儿往下看。

她走过去，看到韩江和赵心瑶并排走在鹅卵石铺的小路上，在凉亭附近停下，两人面对面说话。

韩江背对着这边，看不到他的表情，但赵心瑶一直在笑。

施静像个侦察兵：“那女孩儿是谁？”

“他同学吧。”

施静猛一回头：“你认识？”

温颜不知道算不算认识：“见过一次。”

施静问：“是他女朋友？”

温颜下意识地抠了抠裤边：“我不知道。”

施静又转头看下去，两个人还在说话，她自顾自分析：“都找到家里来了，八成是。这个臭小子谈恋爱也不告诉我，这才回来几天？”她一拍大腿，“难道出国之前就谈了？怪不得一开始还不愿意去。”

大一那年，韩江有机会去法国做交换生，本来是不想去的，后来温颜跟大家一起劝了几句：去吧去吧，对未来发展比较好，履历丰富，开阔视野。

大家都这样说啊，这是事实。

就这么几句话，不知触到他哪根神经，怼一句：“丫头片子，懂什么？”之后两天没跟温颜讲话，很快交了申请表，顺利拿到出国名额。

他改变主意，施静特别高兴，一直在说，别看两个小孩儿平时闹得厉害，实际这小子最听温颜的话。

施静又扭头：“你给我打听打听。”

温颜回神：“什么？”

“探探口风，问问这姑娘是不是他女朋友？”施静回想了一下赵心瑶，“长得倒是挺漂亮，就是没什么亲和力，精致过头也不好，我比较喜欢自然美。”

说完，她转身回了书房。

其实今天赵心瑶不请自来，也是鼓足勇气的。

她长得漂亮，一向受男生追捧，感情方面从没栽过跟头。

除了韩江。

大一时她就明确表示对韩江有意思，暗示他来追自己，但他什么表示都没有。她生平第一次对人表白，也没得到回应，这一度让她觉得很没面子。

后来韩江出国，她也交过其他男朋友，但都淡淡的，没什么感觉，几个月就分手。

女人的征服欲有时也是很强的，尤其是对韩江那种眼高于顶的男生。

所以这次韩江回来，赵心瑶一直很积极。

韩江脸色不太好，赵心瑶笑了笑，有点儿撒娇：“你干吗啊，我真不是故意的。”

她还在为那盆多肉道歉。

韩江说：“以后有事可以给我打电话，不要到我家来。”

“我听说你做助教的补习班失火了，有点儿担心，想来看看你，你犯得着对我这么凶吗？”

面对这样的场景，韩江一向不爱浪费时间，他不是什么暖男，不会怜香惜玉，有时甚至很刻薄。

他不会给女生留面子。

按照以往的经验，讲话稍软一些，就会有人觉得还有希望。

所以他宁可落一个铁石心肠的罪名，也不愿拖泥带水。

何况他根本不在乎别人怎么看他。

“我记得以前我说过，我们没可能。”

赵心瑶不动声色地绕圈子：“我知道啊，我记得，可我现在又没逼你跟我谈恋爱，只是好朋友来看看也不行吗？”

韩江不会跟着她游船，一针见血：“我对谈恋爱没兴趣，你在我这是浪费时间。”他难得多说几句，“我现在没兴趣，以后也不会有，有很多人追你，你可以随便挑一个比我好的，会比现在开心许多。”

赵心瑶收起笑容，眼睛盯着他的下巴看。

“没人比你好。”

话似乎说不通，韩江没了耐心：“总之我不会喜欢你，以后也请别来我家，我不想被我妈烦。”他看了眼手机，“不早了，这里有直达学校的公交车，也可以打车。”

赵心瑶抬起头，看到他那张淡漠的脸。

送都不送一下吗?

这个人的心大概是石头做的。

赵心瑶走后，韩江转身，看到楼上窗口那道小小的身影。

不知道温颜在那里看了多久。

韩江冲温颜钩钩手指，温颜装作没看到，扭头走了。

他电话打过去：“下来。”

几秒后，温颜又出现在窗口，手里握着手机：“干什么？”

“带钱下来，我在这儿等你。”他不给她拒绝的机会，挂了电话。

温颜只好从钱包里翻出点儿零钱，拿了家里的钥匙，又去换鞋。

她没告诉施静，施静创作的时候不喜欢被打扰。

韩江带着温颜七拐八拐，走到小区后门不远处的花鸟市场。

他在一家多肉植物店前停下，蹲在地上翻了翻几个小花盆，抬手拽了温颜一把：“哪个好看？”

温颜也蹲下：“你要买吗？”

“废话。”

温颜看了一圈，指了指一个橘黄色花纹的小花盆，上面还有一个小太阳，只有他拳头大小。

“那个。”

韩江拿过来，没怎么看就站起来，下巴一点：“去付钱。”

温颜眨眨眼，韩江说：“看什么，我没带。”

“哦。”

温颜付了钱，两人走在路上，韩江在左边，手里拎着小花盆和一袋老板送的花土，他的胳膊偶尔蹭到她的手臂，她磨磨蹭蹭，默默往里挪了一点儿。

身后有调皮的小孩儿冲过来，撞了温颜一下，韩江顺手搂住她肩膀，把人往自己身边拢了拢。

他很快松手，两个人都没说话。

路过一家重庆小面，韩江说：“身上还有多少钱？”

温颜想了下：“五十多元。”

“够了，进去吃碗面。”他推开门，让了一点儿位置等她先进去。

这家店已经经营几年，他们以前经常来吃，两人要了两碗面，一碟小拌菜，两罐珍珍饮料。

等餐的时候，韩江才拿起花盆仔细端详。

他也觉得蛮好看，但一想到之前那盆，还是觉得心烦，刚刚没有细看，不知道小多肉有没有摔坏。

温颜摆弄面前的筷子：“一会儿给静姨带回去一份吧，韩叔好像不回来吃饭。”

“行。”他没抬头，拿手机给花盆拍照打发时间。

没多久，面端上来，韩江似乎饿了，吃得很快。

他一句都没提刚才的事。

温颜看了他一会儿，憋了半天的话终于问出口：“那个赵心瑶——”她咬咬牙，“是你女朋友吗？”

韩江沉默一会儿，放下筷子，一下掰开易拉罐的拉环，冰爽带气，吱吱冒响，听声音就很诱人。

他喝了一口，喉结滚了滚，抬眼看着她：“是我妈想知道，还是你想知道？”

温颜被他问住。

她有点儿紧张，也有点儿心虚，好像多说一个字，多给一个眼神，就会被人看破秘密。

她垂着头搅拌几下碗里的面，小声说："静姨让我问你。"

韩江没有说话。

过了会儿，他不再看她，继续吃面："她想知道，让她自己问。"

温颜觉得韩江好像不太高兴。

也对，他那样的人，最不喜欢别人打听他的事，尤其这种隐私问题。

他不说话，温颜也就没说话，两人回到家，韩江把那株多肉移植到新花盆里，又喷了些水。

施静给温颜使眼色，温颜摇摇头，用眼神告诉她：没办法，问不出来。

回到房间，桌子上放着半包栗子，他那天买的，还没吃完。

她做题到半夜一点。

三模考试如约来临，这次温颜心里很踏实，出考场后跟同学对了对题，觉得英语分数应该比周测还要高一些。

从学校出来去了钟爷爷家，最后鼓捣两个小时，腰带扣终于完工。

明天周末，C大校庆，又是韩江生日，这时候送给他，时间刚刚好。

花丝镶嵌技艺十分复杂，从选材到成品，几十道工序，也难为钟爷爷有那个耐心一点点教她。不过这种技艺多半用来做女人的头饰，避免成品看起来太娘，温颜特地换了另一种色泽保守的材料，花纹也尽量不要太复杂。

最终呈现出的效果很好。

皮带是订购的，黑色基本款，跟腰带扣镶到一起，卷几圈，往高级黑的小礼盒里一放，非常大气。

她收拾工作台，又把地扫了，发现破旧的沙发脚边有几个烟头。

温颜问："钟爷爷，他们又来了？"

钟阎只抽旱烟，用烟袋锅子，从不抽盒装烟。

钟阎咳几声，点了一锅，吧嗒抽一口："天天来。"

估计上级部门追得紧了，拆迁办的人一拨又一拨，不敢轻举妄动，把钟阎当祖宗哄着，但他依旧不为所动。

温颜把他装着烟叶的麻布袋子收走："少抽一点儿吧，您今天咳了很多次。"

老爷子对她没脾气，嘟囔两句也就罢了。

温颜想了想，试探着说："其实，这里没有水也没有电，买东西也不方便，他们给的条件挺好的，如果您不喜欢住楼房，可以找个山清水秀的地方再买一个平房，小院子种种菜，晒晒太阳，也挺好的。”

钟阎把烟袋锅子往桌上一磕，身子向后仰，靠在竹椅上：“这里也能种菜晒太阳。”

“可是——”

“别处没有美芝。”说完，他眼睛一闭，翻向里侧不再说话。

每次听到这句话，别人就不好再劝。

一辈子有多长？

很短，白驹过隙，跟茫茫宇宙相比，我们的一生，比尘埃还不如。

一辈子也很长。

仿佛看不到尽头，但曾经有个人温柔了你的青春，从此放在心底，怎样思念都不够。

周末这天，是C大校庆。

满校园挂着各种横幅、条幅，到处都是人，某某领导是二十年前的老校友，某某董事长当年就坐在那张椅子上晨读。

媒体记者，一个不少，阵仗很大。

温颜背着双肩包，手里拿着正方形礼盒，礼盒有些大，她堪堪握住。

她仰着头，看到那张最大、最惹眼的主打海报。

海报中洋溢着满满的青春气息，眉眼干净的少年和漂亮精致的少女靠在一起，非常和谐。

温颜第一次觉得，他们两个看起来很配。

校园主路上，路边一排宣传桌椅，各学院分发小纪念品和宣传单。温颜跟着人群往前走，碰到一个男同学，她不认识，但那人认识她：“你是不是韩江的妹妹？”

她愣了下，点点头。

男生看着她迷茫的样子笑了：“估计你不记得我，有回在图书馆外头我看见你了，你来找韩江？”

温颜点头：“嗯，我没看到法语系。”

男生指了指路尽头：“那边呢，我们系在第一个。”

温颜道了谢，男生估计还有事，一溜烟又跑得没影。

法语系边上就是十字路口，这会儿聚集了不少本系学生，已经五月，温度很舒适，他们穿着印有C大法语系字样的纯白色短袖，也有配套的遮阳帽。

韩江和几个学生会的站在一起，他在最里侧，靠在宣传桌旁垂着头按手机。

今天是他的生日，大家一直在研究下午去哪儿庆祝。

气氛热热闹闹，有人说："韩江生日，赵大美女没点儿表示，不像话哦。"

赵心瑶喜欢韩江，全系都知道。

她大方地表态："行啊，怎么表示？"

同学看热闹不嫌事儿大，并且对帅哥美女的结合喜闻乐见，拍着手起哄："赠送香吻一枚！"

这本是个玩笑，但大家的兴致被拱上去，都开始起哄。韩江不接话茬，站直身子，想去别处转转。

大家闹来闹去，声音很大。有同学使坏，把赵心瑶往韩江怀里推，赵心瑶也不躲，欲拒还迎，有些腼腆的模样，手顺势扶住他的胸口，站不稳似的。

韩江脸色非常差，握住她的手腕把人从怀里拽出来，不想让她难堪只低声说："你别太过分。"

赵心瑶脸变了变，但身边人太多，她要面子，还保持微笑，头一偏，看到不远处的温颜。

她记得温颜，给自己找台阶下，示意韩江："你妹妹来了。"

韩江迅速回头。

温颜个子小小的，站在人群中很不起眼，肩头不断被往来路过的行人撞到，但她依旧站在原地，没有过来。

她一双眼睛清澈透亮，内里有掩饰不住的慌乱。

她很无措，好像进也不是，退也不是。

韩江立刻走到她身边，垂着头低声叫她的名字："颜颜。"

他很少叫她颜颜，直呼大名的时候比较多，或者干脆直接说事。

他心跳有些快，知道她一定看到了。

温颜低着头，觉得自己来这一趟是不是错了，明明晚上在家也可以给他。

或者，他根本不需要她的礼物吧。

她握着礼盒的手悄悄往身后藏。

韩江注意到她的小动作，又去看她眼睛："来找我吗？"

见她一直不说话，韩江忍不住解释："刚才——"

话还没有说完就被人打断，江振和法学院几个同学走过来，一行人浩浩荡荡，把路口堵得更加拥挤。江振走在最前面，先跟韩江打了个招呼，随后转向温颜："来了怎么不告诉我，不是说好十点吗？"

他面色温和，淡淡笑着，目光向下，看到她手里的礼盒："送我的吗？"

温颜微怔，这才记起，江振跟韩江同一天生日。

很多人都在看温颜，她心里非常难受，知道江振在替她解围，只能用力捏了捏礼盒，慢慢拿出来递给他。

江振接了，当面打开，是一款非常精致的复古腰带。

市面上都没有见过。

韩江脸色铁青。

法学院的男生露出别样笑容，推了推江振："你美了你，什么时候藏了个这么漂亮的小师妹，不给我们介绍介绍？"

江振神色如常，合上盖子对温颜说："谢谢，我很喜欢。我们系那边很热闹，过去看看？"

温颜觉得胸口发闷，缓了一会儿，低声说："嗯。"

从头到尾没有看韩江一眼。

人群散开，那里只剩韩江一人。他眼眶发红，眉宇像要凝成冰。

有没眼色的同学拉了他一把："干什么呢，过来啊？"

韩江站在那儿，树影晃动，看不清他的表情。他沉声说："对不起，我现在心情很不好，麻烦不要跟我讲话。"

大家不知道发生什么事，疑惑地看着他，只有赵心瑶看着温颜离开的方向，心底隐隐察觉出什么。

江振一行人还没走到法学院的摊位前，他就停下，转身对同学说："你们先去，我一会儿到。"

男生们拉着长声："哦——嫌我们碍事，理解理解，去吧，不回来也行。"

等他们闹嚷嚷走掉，江振看着温颜："去那边走走？"

温颜点头，跟着他走了条林荫小路，那边人比较少。

江振在一张观赏石桌旁停下："坐一会儿吧。"

温颜一路都没说话，江振说什么，她就做什么，不知道在想什么。

江振拿出礼盒放在石桌上，往温颜那边推了推：“这应该不是给我的，还给你。”

温颜愣了一下，摸了摸礼盒，将它放在膝盖上：“刚才谢谢你。”

江振盯着她瞧了一会儿：“我的呢？”

温颜抬头：“什么？”

“好歹我们也是一个胡同长大，生日礼物只准备他那份，你是不是太偏心了点儿？”

温颜才反应过来江振在说什么。

江振看着她有些抱歉的神情，笑了笑：“行了，逗你呢，我没那么小气。”

江振又说了一些别的，对刚才发生的事，一句都没有问。

他看到了全部，猜也能猜到七八分，当时温颜紧张无措，他没考虑许多，只想找借口把她带走。

和江振这样的人相处起来很舒服，没有压力。他说：“没有生日礼物，陪我吃顿饭总可以吧。”

温颜立刻点头：“嗯，我请你。”

江振笑：“你有钱吗？”

“有。”

“那行，你请。”

校庆这种热闹，陆非怎么能错过，上午的课完事儿就一溜烟从工大跑出来，绕到C大侧门那条街准备抄近路钻栅栏进去。

他一边走一边给韩江打电话，打了三次才接通：“在哪儿呢？我快到你学校了。”

“没在学校。”

陆非停下：“大校庆的你跑哪儿去了？”

韩江很不耐烦：“有事说。”

陆非奓毛：“你怎么跟老子说话呢！你生日老子比你还上心，包厢都订好了，取消取消！”

韩江沉默一会儿：“不过生日。”

“啥？”

“再也不过生日了。”

“…………”

陆非在他们常去的那家拳击俱乐部找到韩江。

看到他的时候，他额头脸颊都是汗，洗了澡一样，整个人充满戾气，生人勿近的架势。

一拳接一拳狠狠砸向沙袋，不知疲倦。

陆非纳闷，穿一件艳丽的粉衬衫在他身边转来转去，絮絮叨叨："怎么了你？

"谁惹你了？

"大生日的别跟自己过不去。

"包厢不取消，逗你玩呢。

"我多叫几个朋友来啊，热闹热闹，把你家丫头也叫上。"

韩江一下摁住沙袋，喘着粗气，说了见面以来的第一句话："别提她。"

陆非啧啧两声："怎么个意思，吵架了？"

还以为什么大事，陆非松了口气，拎着一瓶水靠墙坐下："你一大老爷们儿跟人小家姑娘置气，丢不丢人？那小丫头性格多软啊，什么都顺着你依着你，你还不知足。要我说，甭管谁对谁错，你老老实实道个歉就完了，一年一次的生日你别扫兴。"

韩江没有说话，一瓶水只喝两口，剩下的直接朝自己头上浇，空瓶砸墙上，吓得陆非一哆嗦，他鬼叫一声："毛病啊你？"

今天的事，韩江意外，也不意外。

那年江振表白没多久，他就出了国，他不在的两年，江振有没有再跟温颜说什么，他不知道，他们是不是经常见面，他也不知道。

发小的群里，大家偶尔聚餐，有人会把照片传上去，每次他们两个都在。

她年纪小，思想单纯，感情上没见过什么世面，很容易被一些小温馨小细节感动。

也许他们的关系比自己想象中要好。

前几天温颜去江嫣家住，江振不是也回去了？

莫名想起回国不久后的那个晚上，他们两个坐在江边，他知道温颜想考C大，带着几分玩笑说："还没被我欺负够？"

当时她的回答是："不是因为你。"

韩江自嘲般冷笑一声，所以是为谁，为江振吗？

陆非盯着韩江看了一会儿，觉得他非常不对劲：“到底怎么回事，你这脸臭得像要世界末日？”

韩江沉默片刻，把事情说了一遍。

听韩江说完，陆非一下乐了：“所以是因为她给别人准备了生日礼物，没给你，你生气？大哥你几岁，幼不幼稚，因为这生气？”

韩江心里有火，不知道陆非是智障还是真那么纯情，索性头一扭，一句话都不想跟他说，呼吸同一片空气都烦。

陆非笑够了，捅了捅他的胳膊：“我可告诉你，你这情绪不对啊，很像吃醋，你不会喜欢她吧？”

韩江面色冷峻，压着嘴角。陆非一直观察韩江的表情，越看越不对劲儿，忽然一拍大腿：“我去，你真喜欢她？”他讨嫌地挪到韩江另一侧，“看不出来你是这种人，吃窝边草？你们俩从小一起长大，那可是你妹！”

“什么妹妹，我妈就生了我一个。”韩江不悦。

陆非惊呆：“真喜欢啊？”

韩江不说话。

陆非伸直长腿，两手撑在地板上，饶有兴致地挤对韩江：“所以现在的情况是，咱们这位引得无数美女竞折腰的韩大少，玩起了暗恋——哦不，应该是单恋。”他特想笑，以前觉得这种事根本不可能发生在韩江身上，“估计你俩太熟了，左手摸右手，她真拿你当亲哥了，没准儿还拿你当亲姐——”

越说越扎心，韩江真想揍陆非，眼瞧着韩江脸色又变了，陆非知趣地打住：“说正经的，你喜欢就说出来啊，本来你出国两年，天高皇帝远，人家两个随时能见面，你已经很吃亏了，现在还磨磨蹭蹭，想什么呢？”

韩江薄唇紧抿，眉头锁着：“本想等她高考完再提这事。”

“这就是你太理智的结果，让人捷足先登了吧。”陆非再扎一刀。

韩江不想说话。

过了会儿，陆非忽然问：“那个江振，是江嫣亲哥？”

韩江潦草敷衍地应了一声。

陆非心里不知道琢磨什么，身边的韩江利落地起身，他正想打一场，也跟着站起来，韩江却脱了手套扔他怀里：“替我收着。”

眨眼间韩江已经推门出去，陆非拎着手套喊：“晚上怎么个意思？”

“你们玩，我不去了。”扔下这句话，韩江消失在视线里。

这一晚，韩江没有回家。

他给施静打电话，说在寝室住，施静挂电话的时候还嘟囔两句，说做了他的饭，回头又喊：“老公，你儿子说不回来了！”

韩雪凇身价数亿，在老婆面前一点儿架子都没有，只要在家，两人必定黏在一起。

这会儿他在厨房帮施静看着火上的汤。

施静不喜欢外人动家里的东西，从不请阿姨。

这套房子临江，是学区房，买的时候就是为了两个孩子上学方便，小区单价贵到离谱，从客厅直接能看到江对岸，视野非常好。

晚饭的时候温颜就没怎么说话，施静以为温颜三模没考好，也不敢深问，不停地勾起别的话题。她讲话很风趣，也喜欢上网，一点儿也不脱离年轻人的世界，总能把韩雪凇逗笑。

饭后，温颜回到房间学习。

看了一会儿物理和数学，她把学校发的英语资料拿出来铺在桌上。

之前补习班失火，她的房间就在张怡然隔壁，也跟着遭殃，烧掉不少东西。

韩江给她弄的英语卷子一张都没留下。

她盯着面前的英文字母发了会儿呆，抬手在书架上抽出一本漂亮的记事本。

很小，比手掌大一点儿，也不是什么日记本，只是她随手记东西的本子。

她翻到最后一页，写了日期，在纸的正中间，一笔一画写了几个字。

温颜盯着那行字看了很久，心底有莫名的感觉渐渐蔓延，在眼睛湿润之前合上了笔记本，继续无休止地看书、复习。

记得江嫣曾问过她：如果有一天，韩江有了女朋友，你会吃醋吗？

那时她想了很久也没想出答案。

现在她依然不确定赵心瑶是不是韩江女朋友，但看到他们那样亲密，她承认了。

很难受。

韩江连续三天没有回来住。

第四天的时候，三模成绩出来，温颜考到历史新高，年级排名第十六。老徐兴奋异常，觉得她有潜力成为一匹黑马，因为很少有年级排名靠前的学生在三模时还能有这种幅度的提升。

要知道，年级前五十这些学生，每一个都咬牙往上冲，一分都不会放过。

能保持稳定已经很不错了。

从上午第四节课开始，就有陌生号码不停给温颜打过来，她手机静音，看到的时候已经有三个未接来电，她把手机放在一旁，继续上课。

午休后，她才回拨电话，打了那么多，应该不是拨错。

是医院的电话。

护士说钟阎晕倒在外面，而老人的通话记录里，第一个就是温颜的电话。

温颜连饭都没吃，打车赶往医院。好在医院不远，十分钟后，她在住院部下车，乘电梯到五楼。

一个个门牌看过去，钟阎在530病房。

她推开门，迎面撞到要出门的韩江。

他手里拿着两个苹果，下意识地拉住温颜，往自己身边扯了一下。

两人三天没有见面，彼此眼神都有些不自在，韩江垂着头看她，松了手，侧身走出去，没有说话。

她并不意外，钟阎没有儿女，也没其他亲人，他的老人机里只存了两个人的电话号码。

一个温颜，一个韩江。

之前温颜的电话打不通，医院一定会联系韩江。

其实不是什么严重的病，老年人心脏不好，血压也高，一个人出门确实危险。

现在他已经醒了，还嘴硬说没事，要出院，估计是怕拆迁办的人趁他不在把房子拆了。

温颜陪钟阎聊了会儿天，韩江从外面进来，拿着两个洗好的苹果。

他坐在床边的另一张椅子上削苹果。

韩江一向话少，钟阎说他比自己还闷，接过他递来的半个苹果，又说："给温丫头一块。"

韩江垂着头，用水果刀切了一半递给她。

温颜接了。

两人各怀心事，苹果也没吃出什么滋味。

过了会儿，韩江开口："成绩出来没有？"

“出了。”她顿了下，“十六。”

韩江抬眼看她，一双眼睛漆黑深沉，想夸夸她，最后却只说了句：“挺好。”

有人给韩江打电话，他接起来，说了两句就挂掉，跟钟阎说：“我出去一趟，一小时回来。待会儿温颜要回去上课，你一个人不要随便乱跑，想出院也等我回来，知道吗？”

他哄小孩儿一样的语气，钟阎闭着眼睛装睡，含糊答应。

韩江俯身，手臂撑在床头，又重复一遍：“不许自己出院。”

钟阎见糊弄不过去了，开始赔笑脸：“知道，知道。”

老小孩儿一个。

得到钟阎的明确回答，韩江才放心，他走到门口，又停下，转头看向温颜：“回学校吗？”

温颜愣了一下，随即站起来，跟钟阎道别，收拾东西跟他走。

他先送她回学校，过了一个十字路口，他把车停到路边，去超市买了一些面包和牛奶，还有一些小零食，拎着满满一袋东西回来，上车后直接扔她膝盖上。

温颜一下抱住：“给我的吗？”

“嗯。”他没过多解释，从她赶到医院的时间来算，一定没吃午饭。

温颜转向窗的另一侧，看着不停后退的树影，几天来心底的烦闷莫名消散不少。

这个晚上，韩江回家住。

医院那边，他给钟阎请了二十四小时的护工照顾，应该还要住两天院观察一下。

晚上八点多，韩江敲开温颜的门，手里拿着一摞卷子，晃了晃：“要做吗？”

温颜接过来，是之前在补习班烧掉的那些，看来他又找人复印了几套。

韩江撑着门板，扭头示意她：“去客厅吧。”

温颜带笔出来，看到餐桌上已经铺了一个笔记本、一台MP3、一盒烟和打火机，还有韩江偶尔戴的细黑框眼镜。

韩江坐到另一侧：“一起吧，我最近结了几门课，也要考试。”

温颜坐到他对面。

两人没有多余的话，很快投入到各自的复习中。

但韩江似乎有些沉不下心。

这很不像他，看书时，他一向头脑清醒，不会被外界打扰。

但今晚，他几乎每隔半小时都要起身去阳台抽烟，散了味道再回来。

当他第三次去碰烟盒的时候，温颜忽然按住他的手。

柔软微凉的触感覆在他手上，她的语气带着一点儿强硬："别抽了，你已经抽了好几根了。"

换作以前，不需要她啰唆，他本身烟瘾不大，一盒都要抽很久。

韩江的手在烟盒上停顿两秒，指尖动了动，到底没再碰。

他垂着头沉默一会儿，随后站起来："我去拿水，你喝什么？"

温颜说："凉白开。"

他走到厨房倒了两杯水，高挑透明的玻璃杯，被他骨节分明的手指稳稳捏着，放到她面前。

韩江喝了半杯，看了眼她的卷子："还有多少？"

"一点点。"

他没说什么，坐在对面，耳机重新塞进耳朵里，点开 MP3 听法语资料。

他修长的手指噼里啪啦，打字很快，听到音频的同时脑中翻译成中文，并打在文档里。

这对专业水平要求非常高。

但他似乎不费什么力气。

韩江偶尔翻一下手边的书，眼睛在书和电脑屏幕间来回转。

过了会儿，他看到温颜又把卷子翻回第一页，便摘了耳机，起身走到对面，在她身边抽出把椅子坐下，低声讲题。

他身上有股淡淡的烟草味，但不浓，还隐隐有些别的味道。

不是香水，很清新，有点儿像那晚他们在小山楼酒店房间时，浴室里沐浴露的味道。

小山楼注重细节，酒店所有一次性物品，包括洗发护发、沐浴露这些小东西，一向质量上乘，包装精致，不会糊弄顾客。

韩雪淞从不在这方面节省开支。

韩江讲英文时很好听，发音纯正。温颜听得有些走神，忽然被人敲了一下脑门，韩江又敲敲桌子，嗓音低沉：“注意力集中。”

话音刚落，桌上温颜的手机响了一声。

她拿起手机，是江嫣发来消息：JAY 又要发新专辑了！

温颜回她：什么时候？

江嫣：听说是光棍节那天。

温颜：那还有半年呢。

江嫣发了个狂点头的表情包，又跟了一个桃子爱心表情，说一定要第一时间去买 CD。

随身听已经很少人用，以后大概不会出磁带了。

温颜想起，以前她有整套的正版磁带和 CD，后来搬家弄丢了，她还郁闷了好一阵，现在有些已经绝版，再也买不到。

两个小姑娘又说了几句，温颜放下手机。

韩江说：“聊完了？”

她有点儿抱歉，他那么严格，应该没什么耐心。

温颜点点头，听到韩江说：“拿三模卷子给我看看。”

这一次，他没有只关注英语，在她继续做题时把她的语文、数学和理综都过了一遍，随后把她所有错题都讲解一遍。

韩江现在的专业偏语言学，不知道他是怎么做到三年后还能不费什么力气对付这些令人头疼的题。

大概真有学习方面的天分吧。

第二天依旧是紧张忙碌的复习，老徐从别处搞来几套卷子，宝贝一样发给大家，已经到了这个时刻，没人敢怨声载道，发什么做什么。

铃声一响，江嫣就跳起来，用最快的速度收拾书包，并且少有地没等温颜，问她去哪儿，她还神神秘秘：“不告诉你。”

学校对面，陆非那辆拉风的跑车十分显眼，他坐在驾驶位，一手搭在方向盘上，一手撑在窗沿，看到小跑出来的江嫣，他降下车窗。

陆非很少主动联系江嫣，接到他的电话，江嫣兴奋了整个一下午，过马路时速度很快，气得陆非狠狠地拍了两下喇叭，冲她吼：“看车！”

江嫣绕到副驾驶那边直接坐进去：“你喊什么喊？”

陆非努力平复心跳，这姑娘总有本事在两句话内把他惹毛。

陆非手臂撑在她身后的靠背上，觑着她：“大小姐，您要找死能不选今天吗？到时你家再赖上我。”

江嫣把书包扔到后座，一本正经地说：“你找我就是为了跟我吵架吗？我告诉你，我可有心脏病，经不起刺激。”

陆非听她说过八百遍心脏病，早听出免疫：“您过马路能看看车吗？别害人家无辜的司机成吗？”

“我看路了，没有车，下个问题。”

陆非说不过她，深呼吸：“行，安全带系上。”

江嫣立马系安全带，又开始兴奋：“我们去哪儿？”

“请你吃饭，想吃什么？”

江嫣立刻说出一大串，乱七八糟的：“都想吃。”

陆非没忍住，偏头笑了下：“当心吃成小肥猪。”

他刚启动车子，江嫣忽然使劲儿抓了抓他的手臂：“颜颜怎么了？”

陆非顺着她的目光看向校门口，看到温颜一边听电话一边往外跑，神色焦急。

陆非再次降下车窗，喊了她一声。

温颜跑过来，陆非问：“怎么了？”

“医院打来电话，说钟爷爷不见了。”

“那你现在去哪儿，医院？”

“去他家，他一定偷偷回家了。”

陆非下车，替她打开后车门，镇定地说：“别慌，我送你去。”

他改变方向，掉头往钟阁家开。

江嫣跟他说了一遍路线，又回头问温颜：“钟爷爷住院了？”

“嗯。”温颜一直给老人打电话，但打不通。

江嫣说：“韩江呢，怎么没来？”

陆非从后视镜里观察温颜的表情，她微微低了头：“他这几天很忙。”

江嫣奇怪：“是吗？我昨天好像还看见他来着。”

温颜很快抬起头：“在哪儿？”

“就校门口啊，放学那会儿，他走你后面来着，你不知道吗？”

第四章
你为什么提前回国

温颜怔了怔。

她不知道。

昨天之前，他们已经三天没见，晚上放学时他也没有来。

学校离家很近，温颜一直说不用他来接，但自从阴戚找过她后，韩江每晚都会接她。

这几天没来。

后视镜里有双眼睛一直在偷瞄温颜。

陆非心里嘲笑韩江，表面装高冷，还不是担心人家，偷偷摸摸送人回家。

改天一定好好糗糗他，搞什么深情人设，要放自己身上，直接把温颜扯过来一通强吻，你喜不喜欢我？不喜欢？再亲！亲到喜欢为止。

还收拾不了你个丫头片子了。

其实他今天找江嫣吃饭，就是为了那个不争气的兄弟，想看看能不能从江嫣嘴里套点儿东西出来，问问那个什么江振跟温颜到哪一步了。

正想着，右侧车道有辆车忽然加速，开到前面强行插队，陆非猛踩了一脚刹车，差点儿追尾。

他忍不住爆了句粗口，看到前面是一辆黑色卡宴，还在加速，很是嚣张。

陆非看准机会，方向盘一转，把车驶到旁边车道，追平那辆车，滑下车窗想看看司机是什么人。结果一看，他心底暗骂一声。

竟然是阴戚。

真是冤家路窄。

阴戚发现陆非，也很意外，两人眼神交汇几秒，阴戚忽然挑了挑嘴角，冲陆非伸出中指。

陆非是个火暴脾气，哪受得了这种挑衅，瞬间火了，指着他：“你有种停车。”

阴戚却不再看他，升上车窗，加大油门开得飞快。

陆非被激怒，冲两个女孩儿甩了一句“系好安全带”，便迅速跟了上去。

两辆跑车在主路上加速疾驶，引擎声吸引了路人的注意，陆非不停变换车道，紧追不舍。

在十字路口，阴戚忽然掉头，陆非下意识跟着打方向盘，车速太快，几乎漂移，车轮在地上打滑，蹭出刺耳刹车声。

他的车冲上马路，撞到绿化带。

两个姑娘吓得尖叫。

车子被逼停，不远处，阴戚将手伸出车窗，比了个“拜拜”的手势。

陆非猛捶方向盘：“以后别栽老子手里！”

这时江嫣忽然解开安全带朝后喊：“颜颜，你没事儿吧？”

同一时间，韩江刚从政教楼办公室出来。

今天系里开会，时间很长，已经来不及接温颜，他握着手机，想给温颜打一个电话。

走廊迎面碰到江振，两人对视一眼，谁都没说话。

擦身而过的一瞬，韩江忽然开口叫住他：“江振。”

江振停下脚步，偏头等他继续。

韩江视线往前，压住心底复杂的情绪，只挑重点：“温颜马上就要高考，不能受任何干扰。”

韩江攥紧拳头，不甘心，也生气，酸透了。

“所以你别打扰她，有什么事——”他顿了顿，“也等高考完再说。”

江振沉默片刻，嘴角微微挑起，淡淡说：“好。”

他没问什么事，也没对那天有任何解释，等于默认他和温颜特殊的关系。

仿佛高考后，他真的会有什么举动，去“打扰”她。

韩江想起那条精致的复古腰带，一看就是手工制作，颇费功夫。他下意识地瞥了江振腰间一眼，但江振穿着外套，看不到。

韩江心口发堵，一秒也不想待在这里，刚迈出两步，手机响了。

他接起来，刚听了两句，脸色瞬间变了。

温颜伤得并不重。

她系了安全带，但车速太快，掉头时她没稳住，身子向右侧斜，脑袋撞上车门。

磕破了一块皮，出了一点儿血。

这会儿她已经包扎完，在医院走廊的长椅上坐着。

江嫣陪在她身边，陆非在俩姑娘面前来回踱步。

他抱着手臂，一边咒骂阴戚，一边为自己的人身安全担心。

毕竟是他一时没控制住情绪，争强好胜，结果把韩江的小心肝儿弄伤了。

他有些担忧，一会儿韩江来了可能会把他当场揍一顿并宣布绝交。

正琢磨着怎么负荆请罪，就听到"叮"一声，韩江从电梯里跑出来。

"老韩，我——"陆非刚开了个头，想道歉，谁知韩江一阵风一样从他身边掠过，压根没看他。

陆非："……"

韩江微喘着站在温颜面前，看到她右侧太阳穴附近贴着三厘米见方的白色纱布，差一点儿就碰到眼睛，纱布里层隐隐有些颜色，不知道是药水还是血迹。

他全身的血直往脑门上冲，一句话没说，掉头就走。

几人急了，齐齐喊他：

"韩江！"

"老韩！"

温颜猛地站起来，死死拽住他的衣服："韩江！"

韩江脚步停下，太阳穴跟着突突地跳。

小姑娘满眼都是焦虑担心："别打架。"她拽了拽他的袖口，"我没事。"

韩江缓了几秒，冷静后，慢慢松开攥紧的拳头，握着温颜的肩膀，把人按在椅子上坐好。

他冲陆非使了个眼色，两人走到几米外。

韩江压低声音，眉宇阴沉："怎么回事？"

刚刚在电话里，陆非三言两语，说得并不清晰。

陆非把整个经过讲了一遍，又说："也怪我，忍一忍就好了。"他咬牙切齿，“但那王八蛋也太欠揍了，我实在忍不住。”

韩江很久都没说话，下意识摸了摸兜，想抽一根烟，但想到这是在医院，到底没拿出来。

陆非看他一眼：“这事你打算怎么办？”

韩江眼睛里的寒意渐渐浓重：“我自己解决。”

陆非急了：“你怎么解决？我可告诉你，你想怎样都行，只一条，无论干什么，你得带上我，你一个人肯定吃亏。”

韩江回头看了眼温颜，跟她的目光撞了个正着，他收回视线：“放心，我不动手。”

“那你要干吗？”

韩江没回他，又问：“刚电话里你说什么，谁不见了？”

那通电话那么着急，他脑子里只听到温颜，没注意其他。

陆非一拍脑袋，猛然记起：“怎么把这茬儿给忘了，医院说钟老爷子不见了。”

韩江倒没多担心，猜也能猜到，钟爷爷没别的地儿去，百分之百回家了，守着那一亩三分地，生怕人家给他铲了。

韩江回到温颜身边，低着头，摸了摸她伤口附近的头发，轻声说：“陆非会送你回家，钟爷爷那边你别担心，他肯定回家了，我去看看。”

温颜乖乖点了头，又很不放心他：“我真的没事，你不要去找人麻烦。”

她太了解他，知道他一定咽不下这口气。

韩江没说什么，跟陆非对视一眼，一个人先走。

韩江先去钟阎家，老头儿果然在，正优哉游哉地躺在摇椅上听评书。

看到韩江，钟阎特别心虚，将收音机调了个流行音乐频道，又从地上一堆水果里挑了几根香蕉塞给他。

韩江拿他没办法，又不能对老人说重话，只告诉他下不为例，千万别再自己偷溜掉，非常危险。

钟阎答应了，又从樟木箱子里拿出个布袋子，从里面拿出张银行卡递给他：“你去银行帮我取出三千块钱来，把你给我交的住院费留下，剩下的给我拿回来，密码你知道。”

韩江没接：“不着急，我有钱。”

钟阎使劲儿塞给他："我着急，你还没毕业有什么钱，还不都是你爸的，再说就算你有，我也用不着，你又不是我孙子。"

韩江只得接了："行，您了不起。"他看了眼地上一堆食品、水果、保健品，"这是谁买的？"

钟阎说，是那个房地产的老总，听说他身体不好，亲自过来探望，还带了不少东西。

老爷子直叹气："话说回来，这个阴总为人还不错，挺稳重，一句没提房子的事，只问我身体。"

韩江偏头看他："怎么着，内疚了？"

老爷子吧嗒抽两口烟，眯着眼睛没出声。

时间已经不早，韩江从院子出来后，回到车里，哪儿都没去，直接给阴戚打了电话。

接到韩江的电话，阴戚并不意外："韩大少，今儿这事儿可不赖我，碰巧遇见，算你那哥们儿倒霉。"

他并不知道，车后座还坐着温颜。

韩江冷冷地说："不提今天的事。"

阴戚挑了挑眉："那你这电话是？"

"阴戚，咱们做个了断吧，所有事情一次解决。"

"怎么解决？"

韩江滑下车窗，手指轻点方向盘，声音里听不出一丝情绪："赛车或者别的，你随便选一个。你赢了，我任你处置；我赢了，你我以往的恩怨一笔勾销，你不要再来骚扰我，也不准动我身边的人。怎么样，敢吗？"

电话另一边的人安静许久，随后响起一阵笑声，很轻蔑："实话讲，跟你玩，有挑战，我很喜欢，还没玩够。"

韩江面无表情："你考虑清楚，你赢了，可以向我提任何条件，而我的要求对你来说几乎没有任何损失。其实你心里明白，这几年你没少折腾，但你没办法拿我怎样。"他的嗓音寒气逼人，"阴戚，我如果想玩，你玩不过我。"

阴戚不愿承认，却不得不承认，韩江所说全是事实。

抛开韩江自身的狠，他是小山楼的少东家，韩雪凇为人看起来虽与世无争，但也是个很有来头的人，各行各业的朋友有很多，所以才可能把小山楼做到如今的规模。

说白了，在韩江眼里，根本没把阴戚当回事，不值得动用家里的“资源”让老爸出面解决他们这些孩子的矛盾。

况且那些所谓矛盾，在成年人眼中，根本不值一提。

其实当年的事早已过去，只落执念，他不就是想看韩江低头认输吗？

阴戚沉寂许久，最终一字一顿：“赛车，谁先躲谁输。你输了，当着所有人的面给我下跪道歉，叫一声戚哥，你我的事，就算了结。”

韩江没有一丝犹豫，也不废话，落窗启动车子：“明晚七点，崇冥广场。”

而家里那边，温颜只说不小心摔倒磕到了头，施静又担心，又埋怨，心疼得不得了，弄到后来，还要温颜反过来安慰她。

韩江很晚才回家，客厅里没有人，温颜从房间里出来，看到他在玄关那里换鞋。

两人目光碰了一下，韩江很快移开，车钥匙扔到五斗柜上，去冰箱里拿了罐啤酒，转身走去阳台。

温颜犹豫一下，还是跟过去。

阳台面积不小，当初装修的时候被施静改造成玻璃阳光房，种了很多花草，有一半的面积是露天的，韩江靠在那里吹风，手中的啤酒已经喝掉一小半。

温颜看了一会儿他的侧影，觉得他心情好像不太好。

不止今天，最近他都是这样，比以前更不爱说话，也很少笑。

她走过去，站在他身边。

暖风拂面，温颜侧脸线条柔美，有几根头发贴在纱布上。

韩江垂目看了她一会儿，没有忍住，伸手把那几根头发拨开，手却没离开，犹豫一下，还是贴在她头发上，轻轻碰了她的伤处。

“还疼吗？”

男生的手，带了一丝温度。

温颜下意识地缩了下，随即转头看他。

韩江没有躲，两人目光交织几秒，温颜忍着心跳，轻声说：“韩江，你在担心我吗？”

韩江的手指在她额间停下。过了会儿，他收回手，嘴角有不太明显的弧度，眼睛望向远处平静的江面：“你这么问了，就当是吧。”

他又转头看她，几秒后，两人同时笑起来。

温颜有浅浅的梨窝，不仔细看几乎看不出来，但她每次笑，韩江都能轻易捕捉到。

她将头垫在手背上，没再看他。

视线里，是许久不见的晴朗星空，江面的观景船还没有停，在夜色中挂着满身亮闪闪的彩灯缓慢穿梭。

风渐渐凉了，韩江没有穿外套，风从领口灌进衣服里面，不太舒服。

他转过头："回去休息吧，今天别看书了。"

温颜点头，顺从地进房休息。

韩江却很晚才睡。

明晚的崇冥广场，一定很热闹。

这条江从南到北贯穿整座城市，崇冥广场在北郊一个很偏僻的地方。这里大多是工厂，居民不多，一到晚上，几乎天一黑就寂静一片，连跳广场舞的人都没有，只偶尔有饭后遛弯的健壮老头儿沿江走一段。与市中心的繁华江边对比鲜明，像两个世界。

但今晚不太一样。

刚过七点，广场周边便聚集了七八辆跑车，横七竖八停了几辆改装后的重型机车，一群年轻人聚集在一起玩笑聊天，也有穿着超短裙的长发美女与男人们调笑。

几分钟后，郊线公路方向响起重重的引擎声，眨眼间已经有几辆跑车行至眼前。为首的那辆没有靠边停，而是穿过狭窄的空间，直接停在广场中央偏右的位置。

韩江利落下车，他身后，陆非带着几个哥们儿走过来，站在他身边。

韩江不想张扬，但陆非不同意，打了一通电话，叫来一帮哥们儿撑场，这些人中有些也跟韩江玩得好，有些是陆非自己的狐朋狗友。

话说回来，万一真起什么冲突，也不至于吃亏。

两伙人对立而站，硝烟无声弥漫，假模假样地客套几句。韩江没了耐心，只想速战速决，头一歪："开始吧。"

阴戚把烟头摔在地上，一脚碾上去："垫子我都替你准备好了，一会儿膝盖不会疼。"

韩江没理他，嘭的一声关上车门，挂倒挡，把车向后移了几米。

这场游戏，在韩江看来其实非常无聊幼稚，但如果能有效解决问题，他愿意奉陪。

阴戚随后上车，调整位置，正对韩江车头。

众人分作两拨站在几米外，屏住呼吸，气氛陡然紧张起来。

赛车这种游戏阴戚以前玩过多次，从没输过，所以自信满满。

韩江也赛过车，但都是跟身边亲近的朋友随便跑着玩，都在安全速度范围内，这种比赛性质，还是第一次。

两辆车同时从起跑线出发，经过一段直线路程后大转弯掉头，整个路线基本是个闭环，谁先回到起点谁赢。

引擎声渐渐轰鸣。

长发短裙美女手握一顶棒球帽做信号，站在两辆车中间那条线的安全位置，猛一挥手，两辆车同时蹿了出去。

韩江握紧方向盘，眼神锋利且冰冷，抿紧嘴角，整个人冷静淡定到可怕，一脚油门踩到底，与经验丰富的阴戚不分伯仲。

两辆车渐渐拉开距离，阴戚暂时领先，他心中得意，持续加速，跟韩江比，他不敢随意松懈。

到了第一个弯道时，韩江突然加速，猛打方向盘，甩出一个漂亮的漂移，地面尘土飞扬，刹车声刺耳，两秒不到的工夫他便成功追上，两辆车几乎持平。

路程的后半段，阴戚占不到丝毫便宜，油门都要踩碎，他故意偏离车道，企图将韩江逼停，两辆车贴身擦过，发出刺耳的剐蹭声，可韩江毫不在意，不避不躲，根本不把他放在眼里。

最后一个弯道后，韩江成功将阴戚的车甩在身后。

陆非那一侧的人看到韩江遥遥领先，开始疯狂欢呼尖叫。

两辆车停稳，阴戚先下车，几步走到韩江车旁，狠狠踹了一脚驾驶门，疯狂大骂："你不要命了！"

韩江滑下车窗，依旧一副淡定到令人想揍他的模样，扫了阴戚一眼："你输了。"

阴戚指着他："你这个疯子！"

韩江无所谓，甚至没对阴戚的评价表现出一丝情绪。他启动车子，逐渐后退，找到一个方向掉转车头。临走前，他最后一次看向阴戚："你最好言而有信，我不太想看到你出现在我和我身边人面前，另外——"他淡淡道，"垫子你自己留着用吧，我还不缺。"

阴戚脸色煞白，感到无比屈辱，但他已经提前放话，此刻当着这么多人的面不好反悔，只能僵硬地站在原地。

陆非表面虽淡定，但刚刚那几秒韩江险胜后，他也是一手心的汗。韩江这人狠的时候从不手软，会不惜一切代价达到目的，万一出个什么事儿，还真不知道怎么跟他那小心肝交代。

一行人正要驱车离开，忽然几辆警车将他们团团围住。

原来有附近居民看到这里聚集这么多人，怕出事，报了警。

两方人，一个没落，全被带走。

因为现场并没有打斗的痕迹，也没有居民受到骚扰，所以事情倒是不严重。

民警给他们挨个做了笔录，到阴戚的时候稍微注意了一下，他们对阴戚有印象，前段时间因为别的事也来过。

这件事以一顿严厉的批评教育并罚他们把广场的卫生清理好作为终结。

就算不是闹市，也不可以当街聚众哄闹，更不能玩赛车那样危险的“游戏”，众人连连点头，折腾到很晚才出来。

大门外，除了几辆跑车，还停了一辆灰色宾利。阴戚一看到，就知道自己又少不了一顿骂。

人群渐渐四散，他走过去，站在宾利车前面。

车上的男人一身黑色高定西装，眉黑鼻挺，目光炯炯，胸口的口袋里露出一小截折叠整齐的灰格手帕。

西装男人打开车门，走到阴戚面前站定，没有给他说话的时间，直接扇了他一巴掌。

动作利落凶狠，没留余地。

阴戚虽早有心理准备，但也疼到不行，捂着一侧火辣辣的脸：“哥！”

对这个不争气的弟弟，阴博已经一忍再忍：“你一天不给我惹事，就不舒坦，是吗？玩赛车，你以为自己是赛车手吗？”

阴戚一向怕他哥，此刻一声不吭。

阴博说：“上次之后，他们已有所察觉，你还敢惹是生非，闹到公安局，生怕人家不来查你，不来查公司，是吗？”

阴戚顶了一句：“你卖房子是生意，我开酒吧也是生意，还不都是靠老爸留下的那条线，区别很大吗？”

阴博气道：“你的酒吧小打小闹，不成气候，整天招摇过市，赶紧给我处理掉。”

阴戚今天输得丢人，已经很不爽，现在又被骂，就没怎么控制自己的情绪，小声嘟囔：“对，你成气候，你牛你厉害，你有能耐怎么这么多年还没找到那个女人……”

他话还没说完，就被阴博骤变的眼神吓到，他顿时闭嘴，一句话不敢说。

阴博不再说话，转身离开，上车前他说：“明天我联系程叔，这书你也别念了，给我滚到美国去，别在这里给我丢人现眼。”

这个夜晚不太平静，出来后，大家提议吃饭唱歌，庆祝韩江今晚大获全胜。

最后研究来研究去，吃饭太费时间，直接去 KTV 弄个大包间，也能点东西吃，一举两得。

赢了阴戚，韩江似乎并不高兴，起码没表现出很兴奋的样子。大家玩得很嗨，陆非拎了几罐啤酒过来，打开一罐递给他：“喝吧，给你惯的，还得小爷伺候你。”

韩江接过来，喝了几口。

陆非把一罐啤酒当麦克风举到他嘴边：“来，英雄，我采访采访你，今天怎么想的，你怎么笃定阴戚一定会先躲？”

韩江抿了抿唇：“我不确定。”

“那你就不怕真撞上？”

“撞就撞吧。”

陆非琢磨了一会儿，忽然骂了一声：“你够狠。”

其实稍微想一下就能明白，今天韩江参与这场赛车游戏，只设想了两个结果：阴戚输掉或者两车相撞。

阴戚输了，两人的账一笔勾销，阴戚虽是小人，但也要面子，一定不会再去骚扰温颜。

而且，两车相撞，以那个车速，阴戚一定会受伤，伤筋动骨一百天，不管怎么折腾，出院最早也是高考后的事了。

韩江真是算了一笔好账。

陆非忽然特别后怕：“万一真撞了，你不是也要受伤？”

韩江似乎没把这件事看得很重：“我有分寸，不会多严重，顶多住几天院，我又不高考，怕什么。”

“…………”

玩到后来，陆非忽然变得很兴奋，不停地喝酒，还要韩江跟他一块儿喝。韩江酒量本就一般，六七罐下去就有些发晕，后来直接靠在最里侧的沙发眯起眼睛休息。

陆非偷偷把他的手机拿出来，走到外面给温颜打电话：“韩江喝醉了，你要是方便就过来接一下他。”

温颜果然着急，问了地址就挂掉电话。

二十分钟后，温颜出现在包间门口。这些人中，有的认识温颜，热情地叫她过来一起玩，被陆非轰走：“你们少趁老韩喝醉就企图勾搭人家小姑娘，不早了都散了散了，都回去吧。今天谢了哥几个，改天我好好请你们一顿。”

时间确实已经很晚，有些人回学校还要跳窗户才能进寝室，大家三三两两，收拾了东西走人，一时间，包厢里就剩他们三个。

陆非推推温颜：“你看着他，我去结账。”

温颜走去韩江身边，轻轻叫他的名字。

包厢外，陆非把门一关，抱着肩膀，门神一样守在那里。

过了一会儿，有服务生过来收拾房间，被陆非拦下，他坏笑着说：“小妹妹，稍等片刻，一会儿再来。”

陆非长相英俊，女服务生的脸唰地红了，她小声说：“这个包间已经结账了，现在不收拾，待会儿有其他客人就来不及了。”

原来有同学已经把账结了。

陆非保持笑容，从钱包里抽出几张粉红色的纸币：“再给我加一小时，谢谢。”

小姑娘接过钱，红着脸低头走了。

韩江确实喝醉了，脸颊和耳朵都是红的，温颜连叫了几声他都没什么反应。

她耐心温柔，不想让他难受，继续轻唤他的名字。

韩江终于睁开眼睛。

恍惚间好像看到温颜，他脑子有些不清醒，下意识地去摸她的脸。

掌心滚烫，贴在她细嫩白净的脸上，他轻声问了句：“你没事吧。”

温颜知道他醉了，不好挣扎，只用双手去抓他的肩膀，想把他弄起来，可韩江好像变了个人一样，眼睛红红的，又嘟囔一句：“你没事就好。”

他没有犹豫，将温颜拉进怀里，捧住她的脑袋，头一偏，找到她湿软的唇，用力亲下去。

再次醒来已是清晨。

韩江被窗外刺眼的光线晃醒，他头疼，胃也难受，伸手揉了揉额间。

他睁开眼睛，是陌生的陈设和环境，一扭头就看到眼前有一张大脸。

韩江没有心理准备，吓了一跳，仔细一瞧，那张大脸属于陆非。

他摁着脑门把人往后一推，掀开被子，有些艰难地撑着身子坐起来，没好气道：“你有病吧。”

陆非笑得不怀好意，声音幽幽：“醒了？”

韩江揉了一把脸，终于清醒些：“这是哪儿啊？”

陆非坐在床边的椅子上，跷着二郎腿，一只手撑着下巴，冲他眨眨眼睛：“知道你昨晚都干了些什么吗？你这个禽兽。”

韩江莫名其妙。

他看了眼自己身上，衣服都穿得好好的，又抬头：“怎么着，难不成我饥不择食把你怎么着了？我口味应该没那么重。”

陆非蹬了他一脚：“滚蛋，你想我还不乐意呢。”他摇着头，啧啧两声，“看不出来，平时一副高冷模样，不近女色，有美女追我看都不带看一眼的人，不仅爱吃窝边草，还趁着醉酒，抱着人家小姑娘又搂又亲，你不是禽兽谁是禽兽？”

昨晚，陆非刚把女服务生打发走，随便回头瞄了那么一眼，就看到那位神志不清的人士，把人家小姑娘整个人搂进怀里，抱得死死的，正在亲人家。

动作不太温柔。

陆非赶紧背过去，用身子挡住包厢门上的小窗口，心里有点儿感慨：这得憋成什么样了。

听完陆非的叙述，韩江愣了很久，陆非说的这些，他毫无印象。

他抬眸看向陆非：“你少趁我喝醉在这里胡说八道，昨晚她在家，怎么可能出现在那儿？”

陆非睁着一双无辜的大眼睛：“你让我找她的呀！你喝得七荤八素一直喊人家名字，让人家来接你，你一点儿都不记得了？”

韩江不知道说什么好。

过了会儿，他又揉了揉额头，觉得脑袋比刚才还疼：“后来呢？”

“后来？吓跑了呗，出来的时候脸红得不像话，让我好好照顾你。”陆非掰着手指头算了算，“从她进包厢到出来，你抱了人家整整十分钟。”

“…………”

陆非又说：“我给你续了一小时包厢费，还有这酒店钱，我都记小本本上了，以后等你结婚从份子钱里扣。”

韩江脑子嗡嗡的，什么话都听不进去。

回到家已经快中午，客厅里没有人，施静在厨房煲汤。

韩江走到厨房倒了一杯凉白开，施静看他衣服有些褶皱，问：“怎么弄成这样，昨晚在哪儿睡的？”

果然是作家风范，一句话就戳到重点。

韩江顿了顿，说：“跟陆非他们喝了点儿酒，睡觉没脱衣服。”

施静没再追问，只说：“少喝酒，你爸那胃就是喝酒闹的，换下来放洗衣机边上那个白色的脏衣篓里，待会儿我给你洗了。”

“嗯。”韩江舒了口气，还是忍不住开口，“颜颜呢？”

“在房里。”今天周末，温颜不上课。

施静说：“早上就奇奇怪怪，叫她吃饭说不饿，一直没出来，问是不是不舒服，说没有，就是有点儿累。你说，是不是快高考了，她有点儿焦虑？”

韩江做贼心虚，没敢看她，端着水杯回房间：“我哪知道。”

温颜整个上午都窝在被窝里，没睡觉，也没看书，眼睛一闭就想起昨晚的画面。

他好像控制不住一样，亲了她好久，后来也抱了她好久。

直到他真的睡过去，她才敢从他怀里挣脱出来跑掉。

也顾不得接他回家了，反正陆非不会让他睡大马路。

温颜觉得脑子很乱，一边可耻地回味他唇齿的温柔，一边又在想他是不是把自己当成了别人。

想来想去，她眼睛一闭，猛地把自己蒙进被子里，烦躁地发出哼哼唧唧的声音。

温颜翻来覆去都不舒服，又猛地坐起来，伸手摸了摸自己的嘴唇。

她想了几秒，脸又红了。

突然有人敲门，“砰砰砰”几声，把温颜吓到死。

“啊？”

门外是施静的声音：“颜颜，你是不是不舒服？”刚刚听到温颜房间里有声音，不知道是难受还是什么。

温颜忙跳下床，光着脚去开门：“静姨。”

施静看她脸都红了，不放心地摸了摸她的脑门：“是不是发烧了啊，怎么还出汗了？”

温颜摇摇头，没敢说是刚才蒙被子焐出来的汗，她往别处扯：“我有点儿饿了。”

施静忙说：“汤快好了，你先吃点儿饼干垫垫肚子。”

温颜跟着走出去，无聊地在客厅里转了一圈，忽然看到玄关门口韩江的鞋。

他在家吗？什么时候回来的？

温颜暂时还不知道拿什么表情面对他，想了一下还是觉得回房间比较安全，可刚一转身，就看到韩江拿着两本书站在她身后，刚刚从房间出来。

两人都愣了一下，猝不及防地没了表情。

过了几秒，还是韩江先开口：“醒了。”

温颜不敢看他，低着头，一只脚很不自在地蹭着自己的小腿：“嗯。”

又没话了。

其实完全清醒后，韩江对昨晚的事已经有些印象，陆非没有骗他，甚至没有夸张，他确实亲了她，也抱了她。

如果现在装死不认账，他自己都觉得自己浑蛋。

想了很久，他还是决定先道歉，一句话翻来覆去打了半天草稿，刚开口，温颜放在房间的手机适时响起来，小姑娘一秒没耽搁，冲刺一样逃离现场。

韩江微微皱眉。

她在躲他。

生气了吗？他心里越来越不舒服，不知道她会不会从此把他当成随便又轻薄的人。

喝酒真的误事，他想过，亲就亲了，没什么大不了的，但喝醉的时候亲她，总感觉有些借机要流氓的嫌疑，不像带着真心的样子。

而且……糊里糊涂的，都没好好感受一下。

她那样听话又乖的人，不知道会不会被他吓到。

房间里传出温颜轻柔的声音："姑姑。"

韩江转头看过去。

印象中，自从那年温颜被施静从她姑姑家接回来后，她姑姑几乎没有联系过温颜，亲情非常淡薄。温颜也只在逢年过节时给她打一个电话，一般说不了几句就挂了。

为什么她姑姑会忽然打来电话？

施静叫他们去餐厅吃饭，看到客厅里只有韩江，问："颜颜呢？"

韩江说："在房间。"他停顿一下，"在跟她姑姑讲电话。"

施静的表情明显有些变化，手里用过的餐巾纸都来不及扔，转身快步走去温颜的房间。

施静听两人说了几句话，冲温颜示意一下，把电话接过来。开头几句是正常的寒暄，她边说边往书房走，随后关上了书房的门。

几分钟后她出来时，电话已经挂掉了，她把手机还给温颜："你姑姑有事先挂了。"

温颜答应一声，跟着施静去餐厅吃饭。

三个人安安静静，餐桌上只有轻微的餐具碰撞声音，施静又给温颜盛了一碗汤。

还没吃完，韩雪淞穿着藏蓝色的蚕丝睡衣从卧室走出来。他双手按在施静肩上："光天化日，你们三个背着我偷吃东西。"

施静乐了："饭菜已经留了，我给你端过来。"

韩雪淞昨天半夜才下飞机，到家时已经是后半夜，施静想让他多休息一会儿。

他按住想起身的施静："我不太饿，待会儿再吃。"他摸摸自己肚子，"我减肥呢，一天两顿。"

施静看看他的肚子，伸手拍了拍："好像是瘦了点儿。"

人到中年，身材难免走形，韩雪淞年轻时腹肌胸肌一应俱全，最近腹肌有消失的迹象，肚子刚凸起来一点儿，没等施静发表意见，他自己就开始加强运动，嚷嚷着要减肥。

施静逗他："对，减吧，减完了好去勾搭二十岁的小姑娘。"

韩雪淞嘴角含笑，轻拍了一下她的腰："我能勾住你就行了。"

在家里，他们说这种话从来不背着两个孩子，温颜每次看到他们感情这么好，都会忍不住想，如果当年没有那场火灾，爸爸没有死，妈妈也没调职，那她的父母，应该也会这样恩爱吧。

吃过饭，韩江和温颜，一个往左，一个往右，分头进了各自房间。

温颜又撂倒在床上，翻来覆去折腾了一会儿，爬起来给江嫣发了一条信息：嫣儿。

她喜欢带着儿化音叫江嫣。

不到一分钟，江嫣回复：嗯，怎么啦？

温颜愁眉苦脸，不知道该怎么说，两条腿倒立在床头，手机举在头顶，打了几个字：我被人亲了。

删掉。

换成：我初吻没了。

再删。

最后发出去的是：没事。

江嫣发过来一串翻白眼的表情，说：撩闲是不是，你遛傻小子呢？

对面房间，韩江在床上躺了一会儿，又起来拨弄了几下吉他，擦了擦他那把跟温颜一模一样的小提琴，打开窗子透气，又回到电脑前面敲了几个字。

他瞎忙活半天，最终还是给陆非打了个电话。

只响了一声陆非就接起来："你说咱俩是不是心有灵犀，我正想给你打呢。"

"什么事？"

"想问问你今天见着人家小姑娘有没有羞愧而死。"

韩江跷着腿坐在椅子上，吉他一头搭在桌角，一头抵在腰间，手指有一下没一下地拨弄琴弦。

"她躲我。"

陆非笑得没心没肺："躲你就对了，你还指望人家跟你说谢谢啊。"

韩江抿着唇沉默一会儿，随后说："昨天……她后来有什么反应吗？"

陆非说："我不是说了吗，跑了。"

“不是，”韩江艰难地措辞，“跑之前，有没有——”

陆非一点即通：“你想问她有没有回应，抱没抱你，亲没亲你，是不是？”

韩江沉沉地舒了口气，默认。

陆非笑到失声，说话都跟着抖：“怎么了你？”

韩江咬着牙，直接把电话摁了。

两秒后，陆非又打过来：“别生气啊，不逗你了，我说还不行吗？”

韩江一句话没有，等着他说。

陆非说：“抱了。”

韩江立刻坐直：“是吗，怎么抱的？”

还要描述一下吗？好吧。陆非组织语言：“就搂着脖子，在你怀里趴着呗。”

搂着脖子，在他怀里趴着。

韩江想象了一下那个画面，如果在他怀里趴着是被他抱住不能动，那搂着他的脖子，应该是一个主观动作吧？

他兀自琢磨了一会儿，忽然反应过来，对着电话冷冷地说：“你看了多久？”

陆非气不打一处来：“没你这样的吧，啊？卸磨杀驴不要太明显，再说我能不盯着吗？你喝得醉醺醺万一干出什么出格的事儿，我好及时拦着你啊。你竟然质疑我？你有什么好看的，有电影好看吗？”

他控诉起来没完没了，韩江直接挂掉电话。他再打过来韩江也不接了。

高考前的日子好像过得特别快。

从教室后面黑板上的倒计时变成“20”开始，19，18，17……转眼间，已经到了六月一日。

早已过了孩童时期，但同学们还是很欢喜，班长听说西郊公园有棵许愿树，很多考生都慕名去许愿，希望自己能考到一个理想的成绩。

今天是高中生涯最后一个周末，班长跟老徐打了招呼，组织班上的同学一起去西郊公园。

大家在公园门口集合，天气晴朗，温度适中，风也适中，好像很久没有这样呼吸过新鲜空气，也没有这样放松过。

许愿树看起来有些年头，大概也有人修剪，枝丫都很规整，上面挂了很多红绸和风铃，风一吹，可以听到清脆纯净的铃音。

有男同学调侃：“这是许愿树还是月老树啊？”

立刻有女生回应：“你要是想许愿早点儿娶老婆也没人管你。”

大家哄笑起来，班长拿班费买了很多风铃，分给大家一人一个：“注意态度！虔诚啊，虔诚虔诚！”

有人笑班长迷信，班长乐了：“没办法，都到这时候了，看书也没用，只能迷信一下，给他们宽宽心。”

江嫣拿到笔，毫不犹豫，直接在风铃下坠着的许愿签上写了一行字：考上工大，打倒陆非！

温颜实在忍不住，笑得身体直抖：“估计他这会儿狂打喷嚏呢。”

江嫣撇撇嘴，又看了一遍：“写得好难看啊，不过正好，丑丑的字配丑丑的陆非，绝配！”

她把笔递给温颜：“你不懂，他的名字能登上我的许愿签，是他上辈子修来的福分。”

温颜之前已经想好，但下笔前忽然停下，过了会儿，她稳稳写了几个字：希望妈妈早点儿回来。

江嫣行动迅速，已经挂好，温颜随后踮起脚，认真地把风铃挂在所及之处最高的地方。

风渐渐大了，铃音更甚，像午夜梦回将她惊醒的声音，也像遥远记忆中，向飞鸿跟她一起过的最后一个儿童节，妈妈给她买了一串小铃铛，复古铜色，有漂亮的花纹，现在还挂在她的书架旁。

大家都挂好后，班长拍拍手，将众人聚集在一起。

他视线缓慢扫过班里每一个人，似乎想将他们深深印在脑海里：“兄弟姐妹们，现在是咱们高中生活的最后几天。”

这句开场白，让大家渐渐熄了声音。

“咱们一起奋斗三年，一起笑过，哭过，运动会上咱班拿过年级第一，篮球赛、板报设计大赛、知识竞赛，咱们都是最强的。这次高考，我相信咱们班也一定是最强的，我们每一个人都能去自己心仪的大学，我们不为漂亮的分数，不为别人，只为自己，为了将来能随心所欲，想说‘不’就可以说不。我希望，不管将来大家混成什么样，都能像现在一样好，不要……”他情绪有些不稳，难掩哽咽，“不要疏远，不要断了联系。”

气氛低沉，有女生已经眼眶湿润。蒋旭不愿意这样，故意拍拍他的肩膀："班长你想得美，你这么大方，我肯定天天跟着你蹭吃蹭喝。"

蒋旭一说话，大家又笑起来。班长也觉得自己娘气得很，刚刚差点儿哭出来，他从兜里掏出几张百元纸币递给蒋旭，那是最后的班费，说："帮我买点儿吃的吧，今儿天气好，在这里野餐得了。"

蒋旭痛快收下，随口问了句："行，买多少？"

班长沉默一会儿："都花了吧，反正以后也用不到了。"

有女生已经哭出来，嚷嚷着控诉："你干吗呀，总说这话。"

蒋旭好不容易压下的伤感氛围又有回起的架势，他赶紧说："这点儿哪够啊，我出一百块，加只烤鸭！"

很快有男生附和："烤鸭一百块不够，我再加一百块。"

"我也加！"

"我也出一百块！"

最终，这顿临时起意的野餐分外丰盛，大家很克制地没有喝酒，并把所有垃圾都带走了。

钱没有花完，还剩下一些，几个班干部买了很多吃的准备给老徐送过去。

本来只是过来许愿，没想到一直玩到下午才走，韩江一小时前就给温颜打过电话，问她什么时候可以结束，她说不太确定。

大家走后，许愿树另一侧才默默走出一个孤寂的身影，他微微仰着头，看了一会儿大家挂的风铃，随后走到风铃摊位前，借了一支笔，默默写了几个字。

带着一腔温柔与思念。

末尾署名：罗迹。

罗迹个子高，他小心地将风铃挂到很高的位置，确保不会掉下来，才后退几步，长久地凝视那个方向。

看够了，他准备离开，却发现脚边的地上静静躺着一个破碎的风铃。

玻璃碎片散了一地，大概是被风吹下来的。

他捡起来，看了看上面的文字，是很娟秀漂亮的女生字迹。

看到署名，他微微皱了眉。

思考后，罗迹决定不将这件事告诉她，许愿这种东西，心诚则灵，其他的随风去吧。

西郊公园外，温颜送走江嫣，准备打车回家，对面有车鸣笛，她看过去，是韩雪凇的座驾之一，韩江坐在驾驶位，冲她招了招手。

那次撞车后，韩江的车被送去修理，还没拿回来，对家里他只说在路上不小心被人蹭了一下。

自然又落了施静一番埋怨，说他开车不小心。

温颜坐上副驾，先去拽安全带："什么时候到的？"

韩江说："刚到。"

之前他说要带她去一个地方。

温颜没有问是什么地方，路上陆非给他打电话，他接了车载公放，陆非的声音传出来："六一儿童节，有没有陪你家小丫头一块儿过？"

韩江瞥了温颜一眼，不自在地清了清嗓子，怕陆非不小心说漏什么："我跟温颜在一块儿，我在开车。"

意思是我在公放，你讲话注意些。

自从温颜上次在 KTV 被他亲过后，两人别扭了两天，后来就默契地谁都不提这件事。

高考就像一个符号，一个标志，人们很喜欢说，等考完试就怎样怎样，好像高考一过，就可以解除封印，为所欲为。

陆非毕竟跟韩江六年兄弟，马上反应过来："啊，我没事，就问问你干吗呢，顺便告诉你一声，阴戚好像被他哥送美国去了。"

韩江对这件事并没太大反应，阴戚去哪儿、做什么，跟他没关系，只要阴戚不来烦自己，去火星都没人管。

他应了一声，两人又说了些别的，有温颜在，陆非好多话说不出口，憋憋屈屈地挂了电话。

温颜倒是有些好奇："阴戚怎么走了？"

自从上次陆非跟阴戚在路上遇到后，温颜再没听到过他的消息。

韩江偏头看了温颜一眼，她额头上的伤已经好了，只留些印记，不知道多久能消掉。

他目光往下移了些，注视她的眼睛："你还有心思管别人，考试的东西准备好了吗？"

“还没，明天跟江嫣一起买。”高考前，大家都会多准备一些中性笔、铅笔之类，以备不时之需。

韩江专心看路，到一个十字路口转了个弯，说：“拿一下后面的文件袋。”

温颜转头看过去，有一个黑色的文件袋躺在后座，她回身拿了过来，打开一看，愣了愣。

崭新的两盒中性笔，是她常用的牌子。还有一些铅笔、橡皮、直尺和三角板之类。

韩江说：“多买了一些，你用不完就给江嫣吧，省得你们两个折腾一趟。”

温颜拉上文件袋的拉链，忍不住笑了一下，很高兴似的：“你什么时候准备的？”

“来的时候路过文具店，就买了。”

他轻描淡写，但温颜知道他花了心思。这个人一定偷看了她的文具袋，买的牌子跟她现在用的都是一样的。

一般人都有这个习惯，尤其重要的考试，换了牌子，有的人会觉得不舒服。

温颜没想到，韩江绕了半天路，把她带到这家店里。

这是家经营了很多年的蛋糕店，小时候每次儿童节，施静都会带他们来这里，给他们一人买一块蛋糕。

温颜喜欢草莓味，韩江喜欢杧果味。

韩家条件那样好，买下十个店都是分分钟的事，但儿童节来这里吃一块蛋糕，像个仪式一样，改不掉，也就不改了。

施静是很注重仪式感的浪漫女人。

两人在店里找了位置坐下，韩江点了草莓味的蛋糕和两杯咖啡。

温颜亮着眼睛看他：“你不会要给我过儿童节吧？”

韩江懒懒地靠在椅背上，长腿放不下，伸到对面去，把温颜圈到自己的控制范围内，用一种很懒很少爷的语气说：“今年勉强够得上，等明年上了大学，想都不要想。”

温颜长久地看着他。

这段时间，她心底一直隐隐有种感觉，那种感觉是什么，她不敢确定，也不愿意深思，很怕是她自我感动，自作多情。

今天，那感觉尤为强烈。

温颜试图平息心底的冲动，但最终没有成功。她抬起头，用一种很轻柔的声音问他：“韩江，你为什么提前回国？”

这话她以前曾问过。

那时韩江说，没意思，腻了。

如今再问，温颜已不是当初单纯的随口一问，韩江明白这一点。

他没有躲避温颜直白温柔的目光，而是遵从内心，说：“为你。”

温颜的心怦怦一跳。

她抿着唇，手指一下下抠着膝盖上搭着的墨绿色桌布：“是因为我成绩下降，所以特地回来给我补课吗？”

韩江看着她的眼睛：“对。”

这答案在意料之中，她却没想好要怎么回应。

还要问下去吗？

可他好像也没有继续解释的意思。

好在这时蛋糕送来了，温颜用小勺挖了一小块吃掉，味道一点儿都没变，她又抬起头：“你不吃吗？”

韩江的目光一直没从她身上移开过：“你吃吧，一块够吗？”

“够。”

这之后，他们没再继续这个话题。

高中生活的最后一个星期，被各种活动填满，毕业典礼、毕业照、写同学录、看考场，大家热烈又仔细地感受最后几天，很怕日子太快过去，再也回不来。

江嫣在本校考，温颜被分在很远的学校。巧的是，学校附近就有一家小山楼酒店，韩雪淞早已打过招呼，让酒店留出一间楼层和位置最好的套间，今晚施静就会陪温颜一起住进去，免得明早匆匆忙忙，还会堵车。

事实上，自从知道几个考点的地址后，韩雪淞就已经在每个考点附近都订好了酒店房间，有小山楼自然方便，没有的地方，也会让秘书提早订好房间，以备不时之需。

当年韩江高考的时候都没有这个待遇。

要在那边住两个晚上，收拾东西的时候，温颜塞了好多笔记和书进去，施静看到了，说：“颜颜，明儿就考了，晚上咱就不看了吧，好好休息。”

韩江站在房间门口，手里拿了两把伞：“让她带吧。”

这种感觉他了解，就像上台演讲，要脱稿的，但手里攥着稿子，就算不看心里也踏实。

他走过来，把伞一块儿扔进去：“明天有雨。”

施静一边整理箱子，一边发牢骚：“邪了门了，年年高考都下雨。”

温颜一直注意自己的手机，没有亮过。

韩江觉得她情绪不太好，大概能猜到原因，偏施静一直在忙，似乎没有想起这回事。

收拾好后，三个人围着餐桌吃水果，韩雪凇打来电话问情况，施静跟他聊了十分钟。挂掉后，韩江看向温颜：“阿姨给你发信息没？”

温颜微微低着头，难掩失落：“没有。”

施静脸上并无异样，但没过多久她就站起来，打开窗子看天气，又说有点儿累，先回房躺一会儿。

韩江将这一切看在眼里，没说什么，和温颜打过招呼就离开回学校。

下楼后去停车场，他刚坐进车里就收到温颜的消息：我妈给我发信息啦！

韩江嘴角微微勾着弧度，很快打了几个字：说了什么？

温颜：让我好好考试！

韩江有些心疼，这么简单的几个字，她也要高兴成这个样子。

他回复：嗯，那就好好考。

温颜刚看到有信息，手机忽然关机，最近总是这样，明明还有很多电，下一秒就忽然黑屏，大概是电池不行了。

施静看到：“又关机了？”

“嗯。”温颜急着看韩江的下一条信息，跑去找充电器。

施静说：“明天带我的手机进去吧，考完试人太多免得找来找去，我先用你韩叔那部私人手机。”

手机不允许带进考场，但考场外有专门放考生物品的地方。

温颜口里答应着，充上电，按了开机键。

她看到韩江的信息：明早我去酒店接你，送你去考场。

温颜很快回复过去：好，我等着你。

其实从那个小山楼酒店走到考试的学校，只有六七分钟而已。

但温颜没有像以往一样体贴懂事地拒绝。

韩江盯着那行字看了一会儿，身后有车鸣笛催促，他很快收起手机，驱车离开。

韩雪凇派来的人将施静和温颜接到酒店，分店总经理亲自出来迎接，吩咐大堂经理把东西接过去，随后引两人进入大厅。

施静穿衣喜欢素雅纯净的风格，有书卷气，气质非常好。跟满身奢侈品堆积出来的贵妇区别很大，很是端庄大方。

董事长夫人来了，酒店方面不敢怠慢，恭敬地将她们带进准备好的房间。

是一间江景商务套房，最好的楼层，朝阳，有两个房间和一个大客厅，基础设施不必说，一应俱全，酒店也提前预设了叫早服务，早餐不用下楼，会有专人送到房间。

这个晚上，施静本想陪温颜一起睡，又怕打扰到她，最终还是一人一间。

刚过十点，韩雪凇来了，说家里一个人没有，他待着也没意思，不如过来一起陪温颜。

高考第一天果然下雨，而且雨还不小，从后半夜开始，有点儿没完没了的感觉。

吃过早餐，温颜看了几次时间，韩江还没有来。

直到施静开始催促，她才最后检查了一遍要带的东西，准备下楼。

韩雪凇去办公室那层有事，施静跟温颜一起走，打算把她送到学校门口。

电梯下到一楼，她们在大厅看到韩江，他拿着一把黑色的伞，身形挺拔，立在侧边的玻璃门旁。

韩江的视线在温颜身上停了两秒，转头看向施静："下雨了，我送她去吧。"

这么重要的日子，施静是想亲自送她到考场的，但看到外面的雨，校门口人又多，一人撑一把伞，推推挤挤，她去了也是碍事，就同意了。她交代："颜颜，那我在酒店等你，你一出来就给我打电话，知道吗？"

温颜冲她大大地笑了一下，上前抱住她："知道了静姨，我会好好考。"

施静摸了摸温颜的头发，今天早上她特意给温颜扎了一个蓬松的马尾，说这样不会扯到头发，大脑会很放松。

她对温颜的好，已经超出了应有的范畴，比亲生女儿还要上心。

走在街上，两人撑一把伞。

路口已经堵死，很多赶考的学生已经下车准备走过去，如果现在从空中俯瞰，一定有很多色彩斑斓的雨伞像小蘑菇一样向校门口缓慢移动。

韩江没有跟着人群挤，把她带到靠边一点儿的地方：“东西带齐了吗？”

温颜点头：“齐了。”

韩江垂着头，目光扫过她漂亮的眼睛：“以前我给你的题都是很难的，高考没有那么难，放松心态，当作正常周测就可以了。”

这话老徐和施静已经说过多次，但从他嘴里说出，莫名让人心安，她抬起头，看到他把伞都撑在她头顶，自己肩上湿了一片。

温颜眉头皱了皱，抓住他手臂往自己身边拉了一下：“淋到了。”

两人距离拉近，身高差更明显，温颜眼前就是他衬衣扣子，能清楚看到他微微起伏的胸口。

头顶的声音飘过来：“我今天有结课考试，不能在这里等你。”

看到她没有反应，韩江又说：“如果下午你给我打电话我没有接，应该是还没考完。”

温颜这次轻声应了：“嗯。”

“我今晚会在酒店住。”

温颜抬起头看了他一眼，又马上错开目光：“嗯。”

韩江把文件袋递给她：“进去吧。”

“好。”她答应一声，想撑开自己的伞，又被韩江拦住：“等下。”

他还是不放心，拿过她的文件袋仔细检查，看到证件和需要的东西都在，才把东西还给她：“去吧。”

他今天好像格外温柔。

直到校园里温颜的身影消失在楼门口，韩江才离开。

他上午和下午各有一门考试，上午的考试九点半开始，已经快来不及。

韩江一整天都不怎么在状态，但对付这种简单的结课考还是很轻松。下午，外面的雨终于停了，地面湿漉漉，树叶的颜色被雨水冲刷得格外鲜嫩。

从考场出来后，他看了一眼静音的手机，上面没有温颜的未接来电，倒是有一个施静的，他回过去，意外听到温颜的声音，想起早上是温颜带走了施静的电话。

“在哪儿？”他没有问发挥得如何，考得如何。

温颜说：“我和静姨在酒店楼下吃饭，你什么时候来？”

韩江已经快步下楼：“很快，你们先吃，不用等我。”

他用比正常时间缩短十几分钟的速度赶到小山楼酒店。餐厅里，施静和温颜坐在角落，已经快吃完了。

施静冲韩江招手，温颜回头看了一眼，随即起身：“我想去卫生间，先回房间。”

韩江盯着她背影看了一会儿，坐在施静对面：“怎么了，不好吗？”

施静摇头：“也不是，说是有一道分数挺多的大题，不太确定做得对不对，跟同学对答案也没对出来。”

韩江皱眉，觉得她还是有些焦虑，考都考完了，对什么答案呢。

晚上，施静在浴室洗澡，温颜靠在沙发上，安静地翻着韩江给她的英语笔记。

韩江站在咖啡机旁看了一会儿，放下杯子，走过来把笔记抽走了：“别看了。”

温颜抬起头，对上他的眼睛，看到他拿了总控灯光遥控器按了一下，把客厅的灯关了，房间顿时变得昏暗，只有隐隐月色从窗子透进来。

温颜不太明白：“你干吗呀？”

韩江坐到她对面，握住肩膀把人的身子扳正，随后两只手落在她耳侧，轻轻捂住她的耳朵：“嘘，闭上眼睛，别说话。”

温颜下意识照做。

他的手常年都是热的，贴在温颜的耳朵上，没有多久，就觉得她的耳朵也跟着热起来。

韩江说：“现在听我的，什么都不要想，把脑子清空。”

温颜觉得耳朵痒痒的，忍不住笑起来：“清空了，我明天就打零蛋啦！”

她眼睛还闭着，韩江肆无忌惮地在她脸上瞧：“我让你清空杂念，谁让你清空知识了。”

温颜想笑却憋着，忍得很辛苦，肩膀一颤一颤。

韩江讲话很慢，从比较基础的东西问起，慢慢引导，带着她梳理了一遍相对重要的知识点，那张网越来越清晰，她的心也越来越沉静。

后来他们改变姿势，两个人都盘着腿，膝盖对膝盖，一问一答，韩江看了她一会儿，伸手摸了摸她的头发。

温颜睁开眼睛。

安静的环境，银白的月光打在两人身上，温颜看到他挺拔的轮廓，下颌线条完美，是她梦里的模样。

两人长久对视。

温颜咬了咬唇瓣，壮着胆子问："你看什么？"

韩江不动声色地收回手，把笔记本捏在手里："明天你考完，有东西送你，毕业礼物。"

温颜立刻把两只眼睛笑成一弯月牙，冲他伸出手："是什么，现在就给。"

韩江没犹豫，直接拍了她手心一下："给什么给，快去睡觉。"

高考的第二天，天空格外晴朗。

昨天刚下过雨，空气清新很多，也很凉爽。

韩江和施静早上把温颜送进考场，中午接她吃饭，下午他学校有事，回去一趟再回来，紧赶慢赶，还是没赶上她入场。

左右没事，他便跟着陪考的家长一样守在学校外面，靠在不远处的一棵树下，无聊地打游戏。

和其他这个年龄的男孩儿一样，韩江也喜欢打游戏。

上线后，意外看到陆非的号，他正在跟一个女网友聊天，韩江私聊陆非：有完没完。

陆非：在哪儿呢？

韩江：烈日下。

陆非：真陪考去了？啧啧。

韩江：你不陪考？

陆非：我陪谁？

韩江：别装。

陆非：别搞事，我俩可一点儿关系没有。

韩江：你跟谁？我可不知道。

陆非：滚！

闲扯了一会儿，陆非聊起正事：之前你说本来打算高考完提那事，现在还提吗？

隔了几秒，韩江回：提。

陆非发过来一串哈哈大笑的表情，末了说：这就对了，你是谁啊，C大高岭一枝花！什么女人拿不下，放心吧，我投你一票。那个江振，你就看他有江嫣那么个不靠谱的妹妹，就知道他什么德行了，温颜肯定不选他。

韩江没再回复，两人分别退出私聊，开了一局。

韩江这个人，要么不投入，要投入就会做到极致，不管是学习、乐器，还是游戏，他受不了任何一个排行榜上他的名字不在第一的位置。

所以只要跟他一个战队，陆非的积分就会噌噌噌往上涨。

一个多小时后，有个别提前交卷的考生出来，不知是胜券在握，还是就地放弃。

韩江退出游戏，专心注意校门口的方向，但他不那么急，温颜应该不会提前交卷。

虽然这样想，他还是绕过人群，慢慢挪到了校门口，站在边上不碍事的地方。

几分钟后，施静过来跟他会合。

时针指向五点，考试结束的音乐响起。

周围的家长们开始躁动，不停拥向门口，没一会儿就把出口堵得严严实实。

韩江站在两米外的台阶上，他个子高，站在那里更显眼。

大批考生不断拥出校门，表情各异，有欢喜，有失落，但韩江没时间观察他们。

十分钟后，考生已经差不多走完，还没看到温颜。

施静说：“打个电话。”

韩江给她拨过去，没有人接。

直到所有学生全都走光，温颜还没出来。

第五章
我等你一晚上，知道吗

韩江隐隐觉得不对，快步走进学校，到后来，直接用跑的。

楼里已经没有几个人，多数是本校老师和学生在打扫卫生归置桌椅。

韩江找到温颜的考场，里面空无一人。

他在每一间教室迅速扫过，甚至连消防楼梯和老师办公室都找过一遍。

其间他不停地打电话，但一直没有人接。

跑过一楼卫生间的时候，他猛地停下，女厕所里有熟悉的铃音传出，隐隐还有抽泣的声音。

他的心怦怦跳，顾不得那是女厕所，叫着温颜的名字，试探性地走进去。

最终，在洗手台下面的狭小空隙里找到温颜。

她缩在里面，脑袋埋进膝间，手臂抱着双腿，手里握着还在响铃的手机。

她肩膀在抖动。

她在哭。

韩江的心被狠狠揪起，蹲在地上握住她的肩膀："颜颜。"

温颜猛地躲了一下，抬起头，看到韩江。

她已经不流泪，有几根头发凌乱地贴在脸颊上，脸全都花了，可以想象刚刚哭得有多凶，她呆呆地望着韩江。

韩江拿起她的手机，看到短信界面，是她姑姑温立慧给施静发的一条：今天颜颜就考完了吧？房子的事不能再拖了，她妈都死几年了，那房子是我们温家的——

后面还有几句，韩江没有看，直接去看收到信息的时间。

开考前十分钟。

韩江把手机放进自己兜里，想把温颜从洗手台底下抱出来，但刚一碰到她的身体，温颜忽然就哭得汹涌。

她眼泪如流水一样，看着眼前模糊不清的韩江，哑着声音说：“韩江，我没有妈妈了。”

韩江瞬间红了眼睛，一把将人拉出来搂进怀里，手掌不停地轻抚她的背。

他一个字都说不出，心里难受。他掉下眼泪，为温颜，也为那位素未谋面的，母亲最好的闺蜜。

韩江一直怀疑向飞鸿出事，也曾想过是不是人已经没了，但真正确认这件事，他第一反应是：温颜以后怎么办？

她还那样小，每天都在期待见到母亲。

有人要用厕所，刚进来便发现洗手台旁，一个年轻男人半跪在地上，紧紧搂着一个女孩儿，来人愣了一下，觉得还是不要打扰比较好，又退出去。

韩江低头，嘴唇轻碰了一下她的头发，低声哄她：“没事了，我在呢。”

温颜渐渐平静下来，眼泪将他的胸口浸湿，依旧没有睁开眼睛。

没过多久，施静急匆匆找过来，看到两个人都坐在地上，心里一惊：“怎么了这是？”

她以为温颜没有考好，但韩江给了她一个眼神，让她先别说话，他把手机递给她。

施静看到短信，愣在原地。

她后悔把手机给温颜用，同时又憎恨那个女人，竟这样心急，多一天都等不了。

韩江钩住温颜的腿窝，将人抱起来往外走。

温颜靠在他胸口，一直抓住他的衣领不放。

他没回酒店，直接把人带回家。一躺到自己床上，温颜就将被子拉过来盖在头上，一直到晚上，也没有说一句话。

其间韩江进来看过几次，但没强迫她起来，想给她时间消化这件事。

他也从施静口中得知整件事的真相，终于知道，为什么那年温立慧忽然善心大发要把温颜接回去，又为什么施静在去看过温颜后非要把她带回来。

韩江坐在温颜床边，静静看着被子里那个小小的姑娘。

她真傻啊，为什么从来不说呢？

如果施静那年没有去看温颜，没有把她接回来，这几年，她会过着怎样的日子？

韩江不敢想。

施静站在门口冲他招手，把人叫出来后，她忧心忡忡："接下来要怎么办？她不吃不喝，身体也受不了。"

韩江抿着唇，眼眸很深："我想办法。"

"还有，"施静想起最着急的一件事，"你说，她是考试前看到的，还是考完看到的？"

到现在为止，没人知道温颜有没有参加最后一科考试。

韩江没有说话，过了会儿低低开口："不知道，随便吧，如果没考，复读就是了。"

如今最重要的，是她的情绪，她的身体。

接下来的两天，温颜吃不进东西，又发了烧。她不去医院，施静只好请了医生到家里给她打针。第三天烧退，她终于愿意起来走动。

她敲开了施静书房的门。

施静表情有一丝惊讶，以为她还在睡觉，又特别心疼，只过了两三天而已，她已经瘦了一圈，眼睛还有些红肿。

施静上前抱住她。

温颜慢慢伸出手臂，回抱住施静："静姨。"

那些掩藏在无忧光阴下的秘密，终究要浮出水面。

在温颜的房间，两个人靠在床头，施静搂着温颜，将这些年知道的、经历的所有事，都讲给温颜听。

她有权知道这些。

韩江靠坐在她房间的飘窗上，一条长腿蜷起，手臂搭在膝盖上，眼睛看着窗外。江面水波平稳，船只移动缓慢。

关于向飞鸿，其实施静能说的不多。这几年向飞鸿的行踪、位置，施静不知道，也不可能知道。只是在温颜十三岁那年，有一位姓宋的警官找到她，告诉她向飞鸿殉职的消息，并把一张电话卡交给她。

向飞鸿有一封提前写好的遗书，在她出事后才被队里打开。

里面所有的交代都跟她唯一的女儿有关。

队里每一个参与到前线工作的人，都有这样一封遗书。

施静说，那封遗书在宋队手里，宋队如今在外地公差，手机号码全换了，她也联系不上。等他回来，施静会带温颜去见他。

她紧紧握住温颜的手："你不要怕，无论怎样，我们都会陪着你。"

温颜沉默好久。

随后，温颜垂着头，目光向下："所以，我妈妈五年前就去世了。短信也是您在替她发。"

她忽然抬起头："那现在呢？我妈妈她现在在哪儿？"

施静顿了下，摇头："我问过，宋队没有告诉我，那个案子似乎还没完，我想，她所葬之处应该也是要保密的，可能不会在普通墓园。等以后见到宋队，你亲自问他吧。"

温颜再次沉默，随后看向施静："姑姑那时忽然接我回家，也是因为这个，对吗？"

接下来的话，她没有说出口，但大家都明白，一向没有来往的温立慧这样做，只是为了抚恤金。

只有扶养温颜的人才有资格在她十八岁之前保管那些钱。

那年温颜被接走后，施静很想她，第二年去看她时，映入眼帘的是杂乱破旧的房间、毫无家教的男孩儿和一个随时会发火动手打人又酗酒的姑父。

温颜就缩在房间角落的木头书桌旁，穿的衣服还是去年施静给买的。

施静当时就红了眼，说什么都要把温颜带走，在那个小镇子里跟温立慧一家纠缠了三天，最终提出抚恤金全留给温立慧，她一分不要，才能顺利将温颜从那个可怕的地方带出来。

韩江再次听到这些话，心被重复碾压，他不想听，起身走出房间。

温颜的目光追着他，一直到房间门口。

她低下头，心里不知在想什么。

等成绩的日子是难熬的。

施静没有问过温颜，但心里着实着急。如果最后一科温颜没考，那势必要复读，这一年的心血就白费了。

韩江正式进入考试月，课程陆续结束，他每天的自由时间很多，一般都是待在家里看书，有时会故意拉温颜出门散心，偶尔去很远的那家栗子店给她买新鲜的野生栗子。

钟阎又住院了，但这次韩江没告诉温颜，请了人照顾他，自己也常去医院。

江嫣来找温颜玩时，施静委婉地告诉她，温颜的妈妈出了事，于是这朵解语花就时常陪吃陪喝陪聊陪睡。有江嫣在，施静放心不少，因为温颜的心情看起来似乎真的好转许多。

出成绩那天，温颜还在房间睡觉，施静把韩江拉到书房。电脑桌面上，已经调出了查分界面，但她不知道温颜的准考证号。

韩江曾见过，号码很好记，他一眼就记住。

其实他也有些紧张，之前说随便、无所谓，但说到底，温颜这一年这么努力，如果复读，真的可惜，白白浪费一年。

而且……再过一年，他大学毕业，研究生院在分校区，那时温颜再考C大，两人也不会在同一个地方上课。

这有点儿让他不能接受。

韩江输入号码，按了回车键，可能查询的人数过多，网络繁忙。

韩江刷新几次，再次输入准考证号。

窗口弹出来。

一排分数，倒数第二个，英语项下不是零分，而且非常高。

总分比温颜最好的三模分数还要高。

稳上C大。

施静差点儿尖叫出来，激动到把韩江的手臂都抓红了。

韩江一颗心也终于放下，才发现自己手心全是汗。

本以为知道分数后温颜会很高兴，但她表情平淡，好像并没多兴奋。

这个晚上，温颜睡不着，她躺不住，半夜的时候一个人悄悄穿了衣服下楼，沿着小区花园的石板路走了一圈又一圈。

她其实胆子很小，从不敢看恐怖片和恐怖小说，也不太敢走夜路。

但今晚她一点儿都没有觉得害怕。

六岁前的记忆已经很模糊，她没有多少一家三口一起享受天伦之乐的画面可回忆。

唯一印象深刻的是，爸爸和妈妈工作都很忙，经常不在家，但感情非常好。

邻居家的阿姨说：“你爸爸和妈妈都是很了不起的人，是为国家做贡献的人。”

那时候，她不知道“为国家做贡献”代表什么，只知道他们很厉害。

身后有声音。

她下意识地回头，看到韩江站在几米外的地方，不知道什么时候跟过来的。

他的脸映在月光下，并不是很清晰。

被发现，韩江没有犹豫，很快走到她身边，打量她的眼睛和神情：“你房间门开着，我没看到你。”

温颜没有说话，韩江说：“我陪你走。”

他们沿着小路走了一段，月光渐渐被云遮住，离小区路灯很远，已经有些看不清前面的路。

“在想什么？”韩江说。

隔了一会儿，温颜才开口：“在想钱。”

韩江愣一下，他以为她在想向飞鸿。

温颜说：“这些年，我的学费、生活费，吃穿用度，用的都是你们家的钱。除了这些，还有静姨、韩叔，还有……”她顿了顿，“还有你，你们对我的照顾，我在想，我真的欠了你们家很多。”

她声音依旧柔软，说了这些话后，很久都没有听到回音。她看向韩江，发现他紧抿着唇，冷脸，眉眼暗沉。

温颜停住脚步，拉了他的衣袖：“韩江？”

“你一口一个‘你们家’，怎么，这么急着跟我们划清界限，你大半夜不睡觉，就是在想这些东西？”

有点儿凶。

温颜脸色变了变，眼眶瞬间湿了。这些天，她有时并不想哭，但眼泪会不自觉流下来。

她垂着头站在他面前，低声说：“我不是这个意思，你不要生气。”

韩江喉结滚了滚，觉得自己刚才语气有些重。他犹豫一下，单手握住她一边肩膀：“我没有生你的气，只是，”他不知道该怎样形容，“我不喜欢听你说这些。”

他低头看她的眼睛，最近她表面正常，但可以从她偶尔微肿的眼睛猜到前一晚又哭过。

刚刚查完分数，她本该兴高采烈地准备填报志愿，筹备假期去哪儿玩。

不应该是这个样子。

韩江手掌用力，把她带进怀里，摸了摸她的头发：“这些不是你该考虑的东西，知道吗？”

温颜的脸靠在他胸口，他的拥抱很暖，让人心安，但有些事还清楚摆在眼前。

“怎么能不考虑呢？我上大学还需要很多钱，韩家没有义务供我念书。”

韩江蹙着眉，拉开两人距离：“我说过，这不是你该考虑的东西，韩家还不缺那点儿钱。”

“不是钱的问题，”她说，“我知道韩家不缺钱，供十个我都绰绰有余，但凭什么呢？我跟韩家一点儿关系都没有，我心理压力会很大。”

韩江第一次不希望她这样懂事，更不愿意看到她为钱发愁。

他压着情绪，用尽量平和的声音说：“那你想怎样，不上学了？”

温颜很快摇头：“要上学的。”

“我想去找姑姑，”她说，“要回我妈留给我的抚恤金。”

自从知道成绩，她就一直在想这个问题。

让她再像以前一样毫无顾忌地用韩家的钱，她做不到。

母亲用生命换来的钱被别人拿走，她也不甘心。

韩江长久地看着她。

他忽然觉得，温颜好像有一些变化，但具体是什么，又说不出来。

沉默一会儿，他开口：“好，我陪你去。”

随后，他拉过她的手，从兜里摸出一条白金项链放进她手心。

项链上，坠着一颗精巧的钻石。

是他早就答应过的，她的毕业礼物。

温颜有一瞬是蒙的。

随后才记起，高考时，在酒店的那个晚上，韩江说过考完试会送她礼物。

这些天她情绪一直不好，早忘了这件事。

韩江喜欢简单的东西，他的衣服大多是单色调，黑白灰，款式不会太复杂。

这项链也是。

很细的一条链子，除了一颗钻石，什么都没有。

不得不说，他品位不错。

温颜仔细捧着，一颗心也跟着怦怦跳："送我的吗？"

他语气清淡："不送，就给你看看。"

她一下笑出来，知道他又在逗自己。

这一笑，韩江的心情也跟着好起来："就问些废话，不送你送谁，这里还有别人吗？"

温颜将链子在纤细的手指上绕了几圈，钻石悬空坠着，来回悠荡："好漂亮。"

他看着她："喜欢吗？"

"喜欢。"她抬头，"很贵吧？"

"不贵，"韩江声音清淡，"钻石很小，不值多少钱。"

温颜仔细将链子收好，想起他刚刚说的话："你要跟我去吗？"

韩江问："你准备什么时候动身？"

"越快越好，大概明天或后天吧，我想在填志愿之前处理好这件事。"

韩江点头："我明天有考试，后天开始大概一个星期都不用去学校。"他替她做了决定，"后天吧，我陪你去。"

隔天，知道温颜要回去后，施静起初是要跟着一起的，按她的话说，温立慧一家面相都很凶，温颜一个小姑娘，怕是还没开口就会被吃掉。

但温颜拒绝了，家里那些乱糟糟的事，她想自己解决，而且跟钱有关，施静也的确不好插手。

后来韩江说会陪温颜，施静也就同意了。韩江毕竟是小辈，跟她去意义不一样。

简单收拾了一下，两人在一天后动身。

温颜的老家在岳城下面的一个小镇，坐大巴车需要三个小时。

那里本是个很普通的地方，近些年开始搞旅游业，发展得不错，有些名人故居经过宣传包装，知名度越来越高，很多人慕名来游玩。

大巴车已经行驶半个小时。

车的最后排，温颜坐在靠窗的位置，耳朵里塞着耳机，韩江挨着她坐，低头玩手机。

后排五个座位，另一侧有两个很壮的男人，弄得位置很拥挤，温颜觉得韩江有些不舒服，自己往边上挪了挪，拉他的袖子：“你过来一些。”

韩江坐过去一点儿，长腿伸进前面位置底下，总算舒服些。

两人几乎紧贴着。

温颜递过去一只耳机：“要听吗？”

她手里是一部新手机，之前那部电池不行，总是自动关机，施静给她买了新的。

韩江接过耳机戴上，是周董的《星晴》。一点儿都不意外，温颜的歌单一向很单调。

大巴车速度快，却很平稳，温颜很快晕乎乎睡过去。

她脑袋靠在玻璃窗上，似乎不是很舒服，脸上表情一直绷紧。韩江往她那边看了好几次，最终没忍住，把她的头扶过来，让她靠在自己肩上。

可刚靠上，温颜的眼睛就睁开了。

韩江的手还没放下，一时间有些尴尬。

本以为温颜会坐起来，但她没有，顺势调整了个更舒服的姿势靠着他，又闭上眼睛。

韩江的表情起了微小的变化，嘴角上扬，有些控制不住。

窗外光秃秃的山似乎都好看起来。

又过了半个多小时，路况不太好，大巴车猛地颠簸一下，温颜被惊醒，韩江偏头看她：“再睡会儿吧，到了叫你。”

温颜醒了，却懒懒的，不爱动，看韩江玩游戏。

游戏界面暗暗的，一堆小人跑来跑去，不知道谁跟谁一伙，也不知道哪个是韩江，炮火连天，刀光剑影，温颜看一会儿就没兴趣了。

她想继续睡，但韩江的手机界面忽然变了，有人来电。

“赵心瑶”三个字在屏幕上一闪一跳。

那边只是晃了一下，响一声就挂掉。

温颜愣了一下，这个名字已经很久没出现在她脑子里，校庆那次后，她再也没见过赵心瑶。

她从他肩上起来，坐直了，靠在自己的椅背上。

韩江的好心情一下被破坏得干干净净。

校庆那件事后，他直接把赵心瑶的社交账号从好友里删掉了，只留手机号，因为系里偶尔有事需要沟通。

赵心瑶也很久没有找过他，不知道今天又在搞什么，忽然晃他一下。

韩江看向温颜，想说点儿什么，但她已经靠着椅背，头转到窗外那侧，再次闭上眼睛。

韩江很烦躁，直接把赵心瑶的手机号从通讯录里也删了，关掉手机，不再玩游戏。

大巴车进入小镇后，在镇中心那条街上堵了一会儿，到终点时已经是下午两点。

上车前两人吃了一点儿东西，现在倒是不饿，温颜只有随身的一个小包，其余东西都在韩江的旅行背包里。

两人就近选了一家看起来比较干净的旅馆，开了两间房，放下东西就前往温立慧家。

镇子很小，去哪儿都近，打车一律五元，温立慧家是平房，老厂子的宿舍区，出租车进不去，在胡同口停下。

温颜已经很多年没有回来，这里变化不小，如果不是胡同口那棵大树还在，她可能也要仔细分辨一下才找得到。

温立慧家是暗红色的铁门。

童年某些记忆忽然窜进脑子里，她打了个冷战。

韩江注意到，蹙着眉："怎么了？"

"没事。"

胡同里偶尔有上了年纪的老人家缓慢经过，发现陌生人会多看几眼。

往里走了不到五十米，温颜看到那扇记忆中的红色铁门。

走近了，才发现那铁门竟然被白色封条封住了。

两人都很意外，施静并没提过这个事，也许连她都不知道。

仔细看，又觉得不对，封条上没有机构名称，也没印章之类的东西，好奇怪。

温颜觉得事情不太好："是怎么回事？"

"不知道。"韩江说，"你给她打个电话。"

正说着，隔壁大门被打开，里面出来一个中年女人，端着一盆水泼到对面墙根，看到这边门口站着两个人，好像习惯了一样，说："那家没人。"

那女人转身往回走，温颜忽然叫住她："周姨。"

被称为周姨的女人驻足，扭头看温颜，表情有些疑惑。

温颜走过去："我是温颜。"

周姨仔细看她的脸，忽然"哎哟"一声："颜颜啊？长这么大了，我都没认出来，你什么时候回来的？"

"刚回来，周姨，我姑呢？"

周姨说："她早不住这儿了，你不知道吗？"

温颜摇头："我没回来过。"

"他们家欠了人家几十万，天天有人来追债，后来他们一家偷偷搬走了，这房子也让人给占了。"

温颜越听越惊，他们拿了妈妈那么多钱，怎么可能欠别人钱呢？

温颜问周姨，周姨压低声音说："我也不太确定，都是听别人说的，你姑父好像丢了工作，他又爱赌，听说不到一年就把家败得差不多了，还四处借钱。说起这事我还生气呢，他把我的电话报上去了，现在天天有人给我打电话……"

从那里出来后，温颜站在十字路口，还在消化这件事。

准备了很多话要对姑姑说，但没想到是这样的局面。

韩江全程没有插嘴，但他一直在听，本以为温颜会不知所措，乱了阵脚，但她没有。

她在原地站了一会儿，忽然说："我给姑姑打个电话。"

这件事在她看来很简单，愁没用，郁闷也没用，先找到姑姑要紧。

电话很快接通，温立慧知道温颜来了，非常激动，很痛快地告诉了温颜自己的位置。

她还有事求温颜。

温绍军和向飞鸿在岳城的几年一直住单位宿舍，没有自己的房子，老家有个房子是上一辈留下来的，现在人都没了，温立慧想把那老房子收回来卖掉，但房产证在温颜这里。

所以她即使需要躲全世界的人，也不会躲温颜。

温立慧给的地址非常偏僻，几乎已经到了镇子的最边缘，再往外面就是大片的田地，她的小出租屋在一片破旧房屋的最里面。

路不好走，韩江握住温颜的手腕，低声提醒："小心。"

在那个破旧的房屋，温颜终于见到温立慧。

那不是记忆中的姑姑。

印象里，姑姑吊梢眉，烫卷发，喜欢化妆，很泼辣很厉害。但眼前的女人面色泛黄，毫无神采，头发也是随意扎在脑后，刘海凌乱。

这些年，她到底经历了什么？

温立慧在电话里很激动，但见了面，却有些冷淡，指了指屋里那张并不干净的低矮沙发：“坐吧。”

她看向温颜身边的高大男孩儿。

韩江自我介绍。

那家的孩子竟然愿意陪温颜来这种地方，倒让温立慧很意外。

但她没心情研究这些。

这么多年，姑侄两个的关系并不亲近，两人都不想做戏，也没那个心情寒暄。

温颜没有去坐那张沙发，直奔主题：“姑姑，我妈殉职了，您知道吧。”

听到这句话，温立慧脸色骤然变了。这些年，她知道不用自己操心，那个韩家也一定会把温颜照顾得非常好，他们心软又愧疚，倒省了她不少事。

她过了几年清闲日子，以至于忽然被温颜问到这件事，竟然不知道该怎么回答。

说什么呢？说我知道，并且拿了抚恤金。

温立慧忽然意识到，温颜这次来，也许并不是因为她三番五次联系施静。

她承认：“知道。”

温颜直视她的眼睛，掷地有声：“我妈五年前因公殉职，您把我要回来，也接手了那笔抚恤金。”

温立慧没有说话。

温颜说：“姑姑，我要上大学了，需要那笔钱。”

温立慧原地站了一会儿，忽然转身去推里屋那扇小门。

她用手撑住那扇门，示意温颜过去。温颜刚迈步，韩江拉住她，他牵着她的手，走在前面。

小屋里，是一个并不大的空间，一个土炕，几床被褥又脏又旧，炕的最里面，有一个人面向里侧躺着。

那人蜷缩着身体，身体瘦到可怕，脚脖子露出来，跟小孩子一样细。

他双手双脚都有绳子绑着。

温颜满面疑惑，温立慧说：“你姑父。”

温颜震惊，眼前这个骨瘦如柴、手脚被捆绑的人是姑父？

温立慧很平静：“他精神失常了。”

温立慧让他们出去，如果吵醒睡着的人大概又要闹一阵。

过了好一会儿，温颜才平静下来，虽然刚刚已经在邻居那里知道这件事，但亲眼看见，还是非常震撼。

温立慧说：“颜颜，你看到了，现在你姑父这个样子，我们还欠着别人几十万，你那笔钱，我是一分都拿不出来。”

她说这些话时，带着恬不知耻的勇敢。

一路上，温颜打了很多腹稿，甚至如果姑姑严词拒绝，她要怎样据理力争，都已经想好。

但面对如今的场面，她发作不出来。

就算发作，有什么用呢？杀了姑姑，姑姑现在也没钱。

可温立慧比温颜想象中还要让人无法忍受，她还有脸提那间老房子，但刚一开口，就被温颜打断。

“我不同意。”温颜性格一向温顺，没有必要，从不与人争执，但今天她实在忍不住，“我不卖，那是我爸妈唯一留给我的东西，你在外面欠谁的钱，欠多少钱，都跟我家的房子没关系。”

温立慧怒气上来，她没想到小姑娘能这样硬气地跟她讲话。明明印象中，温颜还是那个唯唯诺诺，吃不饱饭都不敢跟她说的小丫头。

“那房子是温家留下来的，我和你爸最起码也要一人一半，你凭什么不同意？”

“姑姑，”温颜尽量让自己表现得有教养，并没有大声理论，“光你花掉那些我妈妈的抚恤金，也不止那套房子的钱吧。我不说，不代表我不追究，因为你是我姑姑，是我唯一的亲人，所以我愿意给你时间，我妈用命换来的钱，你花得心安吗？我不会白白给你。

“就算要卖房子，你也要先把抚恤金还给我，才能继续谈这件事。”

说完，温颜头也不回，快速离开那间屋子。

韩江看都没看温立慧，转身追出去。

刚刚韩江一句话都没有说，既然温颜想一个人处理这件事，那么他就陪着，当个跟班保镖，左右他在身边，她不会吃亏就是了。

事实上，温颜也没有让他失望，她讲的每一个字都有理有据，不一味怜悯，也没把话说死。

这里半天也不过一辆车，两人就这样沿着路边走。不远处横着一条河，河水很清澈，韩江拉着她走下坡小路，两人找了块大石头，坐在河边。

韩江从包里拿出瓶水递给温颜，温颜摇头："不想喝。"

韩江自己喝了，又放回去。

"接下来打算怎么办？"

温颜眼睛盯着水流中某一个点不动，不知在想什么。过了会儿，她说："姑姑这里是一定指望不上了。"她抱着膝盖，有些烦躁，"设计系学费很高，就算我平时兼职可能也不够。我想，我可能真的要把房子卖掉了。"说完，她又有些郁闷，鼓着腮，一脸愁容："可我真不想卖。"

那房子虽然她没住过，但确实是父母在这世上唯一留给她的东西。

韩江捡起一颗小石子，用力扔进水里，轻飘飘地说："就算卖房子，也不要管其他人的事，那是个无底洞，你管不起，也没能力管，更没义务管。"

他太了解她。

会说狠话、硬气话，头头是道。但冷静下来，她不忍心这样做。

温颜做不到的。

她是世界上最好的女孩子，有一颗最柔软的心。

温颜低着头，没有说话。

她的确闪过这个念头，但姑父不是善人，落到今天这样的下场，不应该可怜他。可如果不管不顾，头都不回，她也不舒服。

她不想做烂好人，矛盾又纠结。

恶人应有恶报，做了错事应该受到惩罚。

过了会儿，韩江沉声说："其实要想不卖房子，还有一个办法。"

温颜抬起头："什么办法？"

韩江眼眸极黑，就那样盯着她的眼睛："你不想花我爸妈的钱，那我的呢？"

他没等她发出疑问，自顾自说着：“这些年，我的奖学金、杂七杂八竞赛的奖金，还有在法国时老师给联系的一些翻译工作，赚的钱我都没动过，我算过了，够你四年大学的花费。”

他补充：“不是小山楼的股份分红，是我自己的钱。”

温颜愣了几秒。

她好像明白了韩江的意思，又有些模糊：“你的钱，跟静姨的钱，不一样吗？”

韩江转头与她对视，目光笔直地看进她眼睛里：“一样吗？”

这个问题，温颜不知道该怎样回答。

如果不一样的话，哪里不一样呢？好像两人有着某种朦胧的特殊关系，与别人不同，不需要见外，用他的钱不需要有心理负担一样。

韩江盯着她看了好久，见她没说话，也不勉强，提到另一个话题：“过几天你生日，想要什么礼物？”

温颜略微紧张的神色终于放松些，笑着说：“你不是刚送过我吗？”

韩江目光向下，看到她莹白的脖颈上戴着那条项链，早上她戴出来，他就很开心。

那条链子果然很配她。

“那是毕业礼物。”

温颜说：“不用了，这个就很好了。”

韩江把她拉起来，两人往主路上走：“十八岁成人礼，一辈子就一次，你不抓紧机会坑我一下，以后我是不会补给你的。”

温颜彻底乐了，心底那点儿郁闷都被他逗没了：“这样啊，那我要好好想想。”

回到旅馆附近，两人随便找了家面馆吃饭，天已经黑了。

这个小地方晚上还算热闹，有一条很长的夜市街，各种小吃什么的不少，地摊的品类也丰富，很多小玩意。

温颜想休息，韩江怕她睡得早又胡思乱想，借口自己想逛，把她带去夜市溜达，买了几样串串给她吃，又在射击小摊赢了个毛茸茸的娃娃给她。

两人逛到晚上十点多才回旅馆，房间环境一般，好在他们也不挑剔，温颜去韩江的房间拿走了自己的洗漱包，两人各自休息。

第二天，韩江买了下午回岳城的票。

这次回来，什么问题都没解决，是否卖老房子，或是想别的办法，还需要从长计议，怎样都要先回岳城再说。

上午吃过早饭，韩江陪温颜去了一趟老房子。

温颜对那里几乎没有印象，只在父母留下的老照片中看到过，大概两三岁的自己，被爸爸抱起来摘树上的李子。

靠路边的大院子，沿街那一侧有间房子，听说以前租给别人做过小卖铺，现在已经空了很多年。

温颜背着双肩小包，扒着铁门踮脚看进去。

院子不小，常年没人住，有些破败，角落里有一棵李子树，还有一口老式的压水井。

旅馆房间已经退了，韩江背着旅行包站在她边上："想进去吗？"

温颜仰着脑袋四处瞧："进不去啊，我没钥匙。"

家里的小铁盒里有一把，但她没带过来。

韩江什么都没说，摘了旅行包放在墙角，走过来直接抱着她腰臀往上一提。温颜大叫一声，还没反应过来，身体已经高了好多，她赶紧扒着铁门保持平衡："你干吗呀！"

韩江抬高她一条腿："迈过去。"

已经上来，她只能照做，铁门另一侧有门插，她的脚蹬在上面，借力直接跳了下去。

刚稳住身体，外面就扔进来一个旅行包，紧接着看到韩江轻轻松松手臂一撑就跳进来。

温颜："……"

韩江拍拍手上的灰尘，拎起旅行包随便放到一个窗沿下，脸上带了些得逞的笑。

这里其实没什么好看的，正房的门锁着进不去，温颜趴窗子上往里瞧了瞧，左右两个房间，右边是火炕，左边是老式的双人床，还有些旧家具。

偏房的门倒是没锁，拉开时门轴嘎吱作响，是个小仓库一样的地方，里面有张单人床，但上面没有被褥，裸露的木板上摞了不少木箱子，最上面一个被里面的东西顶开一点儿缝隙。

温颜打开箱子，迎面扑来一股陈年霉味。

她皱眉扇了扇味道，看到里面全是书。

韩江翻了几本，什么类型都有，中外名著、天文地理，还有一些中学生的书本习题。

应该是温绍军的东西。

旁边的纸箱里就是一些杂物了，温颜随手翻了翻，看到一个钥匙扣。

看样子像是定做的那种，一条嘟嘴的小鱼，鱼尾巴上绣了个“鸿”字，是温颜妈妈的名字。

这种款式一看就是情侣的，估计还有另一条尾巴上绣了温颜爸爸的名字。

温颜在箱子里翻了一会儿，没找到。

小鱼还很干净，她擦了擦，随手挂到自己的背包拉链上。

院子里的李子树已经不结果了，也没别的东西可看，两人从铁门那里翻出去，打车去客车站。

下午的回程不太舒服，车上有小孩儿一直在哭，有点儿吵，睡也睡不着，韩江和温颜一人一只耳机，一起看了部电影，中途韩江接到了护工阿姨的电话，说钟阎已经出院。

到了这会儿，温颜才知道钟阎已经在医院住了挺久，他那个性子，如果不是病情严重，肯定不会安分地在医院待那么多天。

她有些埋怨韩江，但想到前些日子她的情绪也很不好，韩江是为她好，就生不起气来，一下车就直接赶去拆迁区看钟阎。

钟阎精神不错，身子骨看起来比之前还要好，正在扫院子。韩江赶紧把扫帚接过去：“您可行了吧，才刚出院，老老实实躺几天成吗？”

钟老头儿背着手，笑眯眯地看着两个年轻人给他收拾院子，脸上全是满足神色：“我老头子临了能有你们两个小东西在身边，做梦都能笑醒喽。”

“那您就先去休息，睡一觉，不然怎么做梦。”韩江把顺路带来的桶装水拎到屋里，看到桌子上常年摆放的花丝镶嵌小工具都不见了，有几张存折摊在那里。

韩江转头问随后进来的钟阎：“您的工具怎么收起来了？”

钟阎说：“用不到了，可不就收起来了。”

温颜有点儿惊讶：“完工了吗？”

她跑去看架子上那顶璀璨闪耀的凤冠。

因为所需原料以金、银、铜为主，还需各种宝石珠串点缀，所以这顶凤冠非常贵重。钟阎积蓄不多，断断续续做了半辈子，没钱了就赚，赚到钱买了原料继续做，如今，终于完工。

但正中间仿佛还缺点儿什么。

钟阎靠在摇椅上，点了一袋烟，双目炯炯，与苍老面容不甚匹配："还缺'焰离'。"

焰离。

温颜听钟阎提起过，是一枚鸽血红宝石的名字。

钟阎的妻子年轻时，是大户人家的小姐，偶然得了一块红宝石，成色纯粹，十分名贵，她很喜欢，取名"焰离"，说以后成亲时定要佩戴。

可惜后来家道中落，嫁给钟阎时那块宝石已不知下落。

钟阎寻了一辈子，如今在这顶凤冠上也给焰离留了位置。

虽然连他自己都不知道，此生是否还有机会找到那枚宝石。

钟阎望着不远处小沙发上的温颜，双眸极深，似乎想透过她，跨过时光岁月，捕捉到另一双美丽的眼睛。

"小温丫头，知道为什么当年胡同里那么多小孩儿，我唯独把那块桃酥给了你吗？"

温颜记起那年，他们一帮小孩儿在各路胡同里乱窜，钟阎拿着芭蕉扇坐在门口的摇椅上，旁边的小板凳上摆着一个白瓷盘，里头就只剩一块桃酥。

他给了初次见面的小温颜。

温颜摇摇头："为什么？"

钟阎说："因为你的眼睛，很像美芝。"

温颜以前在他的老照片中看到过他的美芝，那时还是黑白照片，年轻女人大家闺秀的模样，眼睛非常美。

钟阎从没说过这些。

今天却特别想说。

钟阎刚出院，韩江不想让他这样伤神，又没完没了地回忆过去，走到工作台那边，岔开话题："您把这些东西折腾出来干吗？"

桌子上有两张存折和一个小盒子，盒子是打开的，里面有一些玉石手串、十几块大洋，还有一些金饰品。

钟阎笑了笑："闲来无事，翻出来瞅瞅。"

他一只手端着烟袋锅子，另一只手背到身后，走到桌前，拿起一条珠串看了看，又放回去，把温颜叫过来："这盒子里是当年美芝的嫁妆，她家那会儿败了，能拿出这些已是不易。"

他又指了指那两张存折："密码你背一遍。"

温颜觉得奇怪："背那个干吗？"

钟阎咳了几声，声音不甚通透："背一遍我听听。"

温颜听话地说了一遍密码。

钟阎点点头："我年龄大了，老忘事，有你帮我记着放心些。"

钟阎把存折整齐地放进木盒里，扣上盖子，放回樟木箱，扭头说："我放在最底下，一摸就能摸到。"

老人年岁大了，难免絮叨，温颜过去帮他把箱子盖好："知道了。"她看看他手里的烟袋锅子，"您少抽些吧，说话都不停地咳嗽。"

差不多到了晚饭时间，两人陪钟阎吃过饭才回家。

施静得知温立慧的态度和境况后，既生气又感慨。那样一家人，遇到那样的事，她不想评价什么，也不屑评价，她只关心温颜。

温颜不愿意再用韩家的钱，最终决定把房子卖掉。

谁都劝不动，大家从来都不知道，一向温顺的温颜也有这样果决的时候。

卖房子的事交给韩雪淞，虽然那四年学费对韩雪淞来说实在不值一提，但他照顾女孩子的自尊心，只能随她。这件事交给他的生活助理来办，一有消息就会通知温颜。

填报志愿那天，阳光明媚。

温颜一笔一画地在志愿表的第一志愿上填上了C大的名字。

首选专业室内设计，第二广告学。

为保稳妥，又填了另一所大学的室内设计系，那所学校在杭州，全国排名也很不错。

温颜的分数不出意外上C大是没问题的，大家都松了一口气，这些天眼看她的情绪一天天恢复过来，都很欣慰。

温颜自己也清楚，比起她沉浸在悲伤中走不出来，母亲更愿意看到她快乐幸福地生活。

全家人很久没有集体活动，交完志愿表这天下午，韩雪凇带全家人去会所放松。

一到会所，韩雪凇就拉着老婆一起按摩去了，扔下两个孩子自己玩。

上次韩江教温颜游泳，教了个半吊子，这次下水，又要重新适应，温颜觉得自己一点儿这方面的天分都没有。

只要脑袋入水，胸口就有深深的压迫感。

学了一会儿，实在不上道，温颜放弃了："你去游两圈吧，我自己玩一会儿。"

韩江看她兴致不高，也不勉强："那你去游乐区转转，我游几圈就去找你。"

她答应了。

旁边的水上游乐区基本都是大人带着小孩儿在玩，温颜混在其中乐不可支，花花绿绿的滑梯前排队的都是小朋友，只有她一个大孩子。

从橙色滑梯上冲下来，温颜兴奋地尖叫，在滑梯底下站起来，抹了抹脸上的水，噔噔噔跑去泳池那边找韩江，想让他也玩一下。

这会儿深水区那边几乎没什么人，温颜没看到韩江，正想去别处找，忽然在右侧的池子里看到一团影子。

那人沉入水底，一动不动。

黑色的泳裤和泳帽。

身材跟韩江也差不多。

温颜心跳剧烈，几步跑到岸边扑通一声跪在地上，手臂撑着水岸边的砖石，拼命大叫韩江的名字，但那人依旧没有反应。

温颜真的慌了，一颗心扑通扑通跳，立刻跳起来大叫安全员，大叫救命，又冲水里喊："韩江！你会游泳，你别吓我！韩江！"

温颜已经急哭，安全员从远处跑过来，但她已经等不及，脑子一空，直接就想跳下去。

她忘了自己不会游泳。

不到一秒的时间，她刚一动，整个身体就被人从后头腾空捞起，结实有力的手臂搂着她的腰，转了大半圈，把人从水池边抱开。

温颜吓得尖叫一声，不停挣扎，耳边忽然传来韩江的声音：“是我。”

温颜喘着粗气，泪如雨下。

韩江放下她，看着哭到快要崩溃的温颜，抬手抹了抹她脸上的眼泪：“不会游泳还要跳下去，怎么这么傻。”

同一时间，安全员赶到现场，水里的人也钻出来，抹了把脸，迷茫地看着围过来的一圈人，不知道发生什么事。

只是一个陌生男人在练习憋气而已。

虚惊一场，安全员疏散了人群，随后离开。

温颜哭到停不下来。

她还没从刚刚的恐惧中抽离出来，哭得直打嗝，是真的被吓到了。

冷静下来，温颜后怕又生气，脸都红了：“所以你早看到我了，故意躲在后面不说话，看我笑话是不是！”

韩江去牵她的手，但被她甩开：“别碰我。”

温颜跑掉，韩江没有去追。

他盯着她的背影，脑子里全是刚刚她为他担心恐惧，不顾一切要跳下去那一幕。

回家的路上，施静发现不对，训儿子：“你怎么又惹颜颜生气？你比她大好几岁，就不能让着她点儿吗？”

韩江没有解释，躺平任骂。

温颜全程扭头看窗外，身子挤到门边，离韩江老远。

一进家门，温颜换了鞋就把自己关进房间里。

施静觉得有点儿不对劲，两个孩子以前也生过气吵过架，但一会儿就好了，从没这样严重过。她问韩江怎么回事，韩江目光向下，不知在想什么，过了会儿他说：“没事。”

晚上快十点，韩江躺在床上辗转反侧，在手机里给温颜编辑了一条信息，反反复复删改几次也没有发出去，最后他把手机一扔，直接去敲她的门。

敲了几声没有回应，韩江把门打开一点儿看进去，她不在房间，大概又去施静那里聊天。

她书桌的台灯亮着，韩江走过去，看到他送她的英语笔记还在。

高考后，她并没像其他人一样泄愤地扔掉所有书本习题。

大概也是因为那段时间没有那个精力管这些东西。

桌上摞着几本书，最上面是个很漂亮的小本子。

粉粉嫩嫩，是小女生喜欢的东西。

韩江随手翻看，目光一顿。

是温颜的字迹。

不是日记，看起来只是平时随手记东西的本子。

老徐今天换了发型，泡面头扎马尾，她女儿跟她一个发型。

今天沐沐走了，她哭得很伤心。

如果瘦一斤能让我的英语成绩提高 1 分，那我愿意无私贡献出我宝贵的 20 斤肉肉。

都是些日常琐事，一两句话就是一页，韩江唇边带笑，能想象出她咬着笔帽心烦气躁的模样。

又往后翻几页。

他愣住。

他说要提前回国，有点儿开心。

再翻几页。

他特地给我做了英语笔记，他好厉害。

他来当助教啦，本以为一个星期都见不到他，有点儿开心。

有个女孩儿来找他，好想问问她是谁。

腰带做好啦，不知道他会不会喜欢。

韩江翻到最后一页。

看日期，是他生日那天。

只是透过字迹，也能深深感知写字的人当时有多伤心失落。

他好像有女朋友了。

这是一行黑色签字笔的字迹。

而在这行字的下面，有一行稍小一点儿的铅笔字，显然跟上面不是同一天写的。

生日快乐，韩江。

这页往后，温颜再没写过一个字。

韩江沉默不语，一颗心被揉成万般形状，最终化成她的模样。

他没再等她，出来后，直接回自己房间。

半夜，温颜有些口渴，去厨房找水喝，看到韩江半靠在冰箱门上，拿着一罐啤酒，小口小口抿着喝。

两人对视一眼，温颜想起自己还在生他的气，表情就变得严肃了一点儿，故意板着脸说：“我想拿瓶水。”

韩江没动，眼睛直直望着她。温颜低头瞅了瞅自己，没什么不妥的地方，有点儿奇怪地问：“看我干什么，让让啊，我要拿水。”

过了几秒，韩江才慢吞吞地挪开，露出身后的冰箱门。

温颜瞪他一眼，手指刚触到边沿，韩江忽然抬手拦了一下，手往下，直接牵住她的手。

这动作有点儿莫名其妙，温颜挣了一下：“你干吗啊？”

韩江不撒手：“想喝什么？”他打开冰箱，“可乐、雪碧，还是荔枝？”

温颜用了点儿力，挣开他：“凉白开。”

韩江也不介意，把凉水壶拿出来，走去餐桌旁倒了一杯，递给她。

温颜迟疑着接过来，眼睛不时瞄他一下，这人今晚举动奇怪，难道因为白天的事，心怀愧疚，所以这会儿才这么殷勤？

夏天时温颜不爱喝热水，常温都觉得不爽，这种冰箱里刚拿出来的，冰冰爽爽的，再加点儿冰块，她最喜欢。

想到这里，她想去冷冻层拿点冰块出来，韩江又拦她：“不许加冰，肚子疼。”

没记错的话，她生理期快到了。

那么大块头挡在前面，跟堵墙一样，温颜伸手推了他一把，又被人捉住手。

韩江把人拉近一些，垂着头看她：“白天我不是故意的，别生气。”

提起这件事，温颜依旧后怕，偏过头不看他。

韩江把她往椅子上一按，蹲在她面前，手覆在她膝盖上，轻轻揉了几下，仰头看她：“还疼吗？”

那时她以为他溺水，膝盖重重跪在水池边，虽然她后来没说什么，但走路却有些不自然。

韩江注意过，那里有些红肿，大概是跪得太用力，磕到骨头了。

这姿势有些不自在，温颜下意识地捂住膝盖，脸红了红：“不疼了。”

韩江却没把手拿开，看了她一会儿，说：“我赔罪，明天请你吃饭，请你看电影。”

温颜不愿意顺着他：“不去。”

韩江忽然笑了，嘴角露出好看的弧度，心情特别好似的，抬手揉了揉她的脑袋：“那说好了，明天吃完早饭，楼下等。”

话说完，他也不等温颜答应，拿起桌上的易拉罐两口喝完，一个抛物线准确将瓶子扔进厨房的垃圾桶，转身走人。

第二天早饭后，韩江穿戴整齐，衣服和裤子一看就精心搭配过，胡子也刮得干干净净，整个人清爽极了。

施静问：“你干什么去？”

他在门口换鞋：“出去一下。”

施静白了他一眼，心说废话，我还不知道你出去一下。

他人走后，温颜的手机里就多了条信息：小区后门见。

温颜看了一遍信息，几秒后又看了一遍，有些坐不住，扭头看施静，她正在厨房研究她的新菜式。

最近施静痴迷于各种补汤，买了一堆菜谱，又在网上查了不少资料。

她说正在构思一本新书，里面的男主角是个厨师，她得提前感受感受。

她啰啰嗦嗦说了不少，温颜并没听进去几句，把桌上的碗筷收拾了，回房间找了身衣服换上。

施静看温颜要出门，没多问什么，只说回来时顺便给她买瓶蜂蜜。

温颜答应了。

等她慢吞吞走到小区后门时，离韩江给她发信息已经过去二十分钟。

韩江坐在车里，车载音乐放得很大声，一只手搭着方向盘，还饶有兴致地跟着节奏点来点去，很有耐心地等。

温颜敲了敲车窗。

韩江探身过来，把门打开，看到她身上穿着的衣服，眉头皱了皱：“不知道的还以为你要去逛菜市场。”

简单款式的宽松版米白色半袖，灰色家常短裤，小白鞋，头发散开，连麻花辫儿都懒得扎。

也太随便了。

温颜低头看了看自己："那穿什么，我又不走红毯。"
韩江无奈地叹了口气，把音乐关小声些："安全带。"
温颜把安全带扯下来："我们去哪儿？"
"先看电影吧，想看什么？"
温颜想了想："随便。"
韩江把手机扔给她："你挑一个。"
温颜接过手机，三两下滑开他的图案锁。
韩江的手机密码特别简单，就是个图形"Z"，韩江在她面前解锁过无数次。
温颜翻了翻最近上映的电影，都是赛车、科幻的类型，她不太喜欢，于是试探性地说了一个爱情文艺片。
本来没抱太大希望，但韩江很痛快就答应了。
温颜有些奇怪地看着他，他这人最不爱看爱情片，嫌肉麻，以前两人在家抢遥控器，她从来抢不过他。
韩江专心开车，并没注意她的表情。

一整天，韩江带温颜看电影，买标配的爆米花和可乐，出来后吃中饭，下午又莫名其妙坐了摩天轮。
温颜被他折腾一天，晚上才把人送回家。
到了家门口，韩江却不下车："我今晚回学校住。"
明天最后一科考试，考完开始放假。
温颜微微弯着腰看向车里："跟静姨说了吗？"
"你告诉她吧。"
温颜答应了，又嘱咐他："你慢点儿开。"
"好。"
韩江一直看着她上楼，才踩油门离开。
温颜到家才想起来，早上答应施静的蜂蜜没给她买，于是又下楼，在小区门口的超市里买了一瓶带回家。

韩江回寝室后并没着急洗漱，上到顶层系里一哥们儿寝室，把人堵到被窝：“我让你弄的东西弄到了吗？”

那哥们儿一脸苦大仇深：“老大，真不是我不帮忙，我姑妈说那口红全球都断货了，她那边也没有。”

一款巨贵无比的口红，全球限量，色号是万千少女的最爱。

韩江想买来给温颜做十八岁的生日礼物。

小姑娘终于长大了，可以涂口红了。

娇娇艳艳，任人采撷。

东西没买到，韩江心里不太痛快，好在有第二方案，回寝后，他给陆非发信息。

韩江：你是不是提过，你爸要进军娱乐圈？

陆非：注意措辞，不是我爸，是我爸公司，他进军娱乐圈？演啥，周扒皮还是吴三桂？

韩江：敢这么说你爸，我得跟陆叔唠唠。

陆非：别扯没用的，你有事？

韩江：有。

韩江：你爸公司应该有认识圈内人的吧，我想弄个签名。

出录取结果那天，是温颜十八岁生日。

温颜顺利地被C大室内设计系录取，双喜临门。

今年又是老徐得意的一年，虽然没再教出状元，但她带的班级录取率全校最高，一本和二本的比例也是历年来最高的。

她非常兴奋，班长组织大家聚餐，开庆功宴，她把自己打扮得跟嫁女儿的丈母娘一样，一身火红旗袍。

没有高考的压力，大家情绪放松，轻松惬意，玩得很疯。

老徐举杯，祝大家今后生活顺遂，说了一堆感性的话。几个女生忍不住哭了，蒋旭说：“老徐，您说点儿开心的，她们哭起来没完没了。”

老徐狠狠拍了他后脖子一下：“小兔崽子，没大没小。”

蒋旭嘿嘿嘿：“我们背地里都叫您老徐，您不觉得很亲切吗？”

众人听了赶紧摆手：

“我没叫过。”

“我也没有。”

蒋旭气得牙痒痒，这帮只同甘不共苦的白眼狼，是谁运动会上一个项目接一个项目跑到吐血，给你们弄那么多第一名？

全屋的人包括老徐狂笑不止。

后来有人提起，今天是温颜的生日，大家又给她唱了生日快乐歌。蒋旭有心，出去半天，端回来一小块奶油蛋糕："时间太紧，只能搞到这个，你别嫌弃啊。"

温颜很惊喜，接过来："谢谢。"

老徐挑了挑眉毛："你这小子贼心不死，那会儿我拦着你，是不是心里骂死我了？"

蒋旭挠挠头："哪能呢，不敢不敢。"

老徐别有意味地笑了笑："现在可没人管你了。"

同学们起哄，蒋旭赶紧求饶："兄弟们别闹，我关心同学还不行吗？普通同学！"

这顿饭，才是真正意义上的散伙饭。

这之后，有很多人大概一辈子都见不到了。

从饭店出来，江嫣看到马路对面的江振，扭头说："我哥来接我，你跟我一起走。"

温颜犹豫一下："不了，我自己打车吧。"

时间已经很晚，江嫣不同意，而且她有私心，想给哥哥制造机会，使劲儿冲江振挥手："哥！"

江振打了手势，拦下一辆出租，在前面掉个头，停在两个女孩儿面前。

江嫣抢先占去了副驾驶的位置，温颜只好和江振坐后面。

江振知道江嫣打什么鬼主意，一路上给她使了好几个眼色，但她没理解，还俏皮地眨眨眼，好像在说：你放心吧，交给我。

出租车先到温颜家，江嫣说："哥，你送送她，她家楼下可黑了。"又跟司机师傅说，"麻烦您等两分钟。"

可把她忙坏了。

江振只好去送。

两人慢慢走在小区里的石板路上，中间有段路灯坏了，倒是真的挺黑，江振让她小心，又说："江嫣瞎闹，你别放心上。"

温颜笑了笑："嗯。"

想了下，江振说："其实我和他生日那天，我就知道，我大概是彻底没戏了。"

江振说"他"，没指名道姓，但温颜知道他指的是谁。

温颜没有接话。

江振又说："缘分这个东西其实挺难得的，你要是真喜欢，就把握住。那臭小子脾气不好，但我看得出来，他对你是好的。"

温颜沉默一会儿，没有否认："知道。"

已经走到楼下，江振停下脚步，没有多说什么："上去吧。"顿了下，又说，"如果有好消息，记得告诉我。"

温颜今晚第一次正式地跟江振对视，笑着说："我会的。"

江振走后，温颜在原地站了一会儿，一直看到他走到转角处才转身回家。

她在想他最后说的话。

其实从高考后，韩江的很多举动就很奇怪，他会在她伤心时紧紧抱着她，陪她回老家，准备把自己的奖学金私房钱都供她读书，那天还带她看电影坐摩天轮。

时间往前推，也有很多。

他为她提前回国，给她补课，写笔记，有人欺负她，他会愤怒，会为她出头。

温颜猜想，韩江会不会跟自己存了一样的心思，但她不敢去问。

她赌不起。

如果猜错，以后要怎么相处？

她什么都没了，只剩静姨、韩叔和他。

她不能冒这个险。

温颜低着头，踢路上的小石子，刚走几步，听到身后有急速的脚步声，似乎有人在跑。她下意识地回头，还没反应过来，手腕就被人牵住，那人将她拉扯到墙角，她被用力推到墙上。

温颜刚想尖叫，随后就看到韩江那张充满怒气的脸。

他眼角有点儿红，胸口起伏很大，两手摁着她肩膀，她动都不能动。

韩江死死盯着她的眼睛："去哪儿了，我等你一晚上，知道吗？"

温颜惊魂未定，试着挣了一下，但没成功，只好说："跟同学聚餐——

你没说要等我。”

韩江手劲儿很大：“除了不在国内，你哪年生日我没陪你，还用说吗？”他气极，“江振送你回来的？”

温颜点头：“嗯，他去接江嫣，顺路送……”

韩江看着她的唇瓣动来动去，似乎没有耐心再听她提别的男人，躁动的心折磨得他快要炸掉，他再也忍不住，伸手捧住她的脸颊，粗暴的吻狠狠落下。

比夏日夜晚的暴风骤雨还要疯狂。

非常非常地，不温柔。

第六章
她口红的味道

温颜脑子一片空白。

一瞬间，周身感知的全是他的味道，他吻得很凶，不给她拒绝的机会。

平静后，韩江退开一点儿，转而抵住她的额头，闭起眼睛，平息自己的心跳。

他忍了太久。

温颜的手有些抖，不知从哪一刻开始紧紧攥住他的衣角，她被这突如其来的吻吓到，却没退缩。夜色中，她的眼睛很亮。

她在看他，小心翼翼的。

许久，韩江慢慢睁开眼睛，与她对视。

“看什么，很意外吗？”他嗓音极低。

温颜很想说，是的，意外，几分钟前，我甚至以为你要扑过来揍我。

那么凶。

但她什么都没说。

气氛这么好，她不想破坏。

韩江一只手撑在墙上，另一只手摸了摸她的脸颊，再次靠近。

情动心动，两人一个不退，一个不躲。

韩江轻轻碰了碰温颜的嘴角，她没拒绝。

他像受到鼓舞，闭眼吻下去。

这一次，他非常温柔，她的唇比想象中还要柔软清甜。

他细密认真地亲吻她的唇瓣，怎样都不够。

温颜的脸红到不像话，很烫，但又舍不得推开他。她第一次羞耻地发现，自己竟然很喜欢这样的亲密。

黑暗的环境，静谧的空间，晚风拂面。

对面是他。

但这静谧很快被人打破。

施静从外面回来，走到楼梯口，看到墙角树丛下有两个身影交叠，其中一个高大的背影，非常像韩江。

她的手还保持着推门的姿势，眼睛看向那边，试探性地叫了一声："韩江？"

韩江反应极快，手臂收紧，直接将温颜搂进怀里，埋下头不吭声。

温颜吓到忘记呼吸，脑袋深深藏进他胸口里。

施静又叫了几声，没得到回应，她觉得是自己看错了，边摇头边推门进楼。

她心想，现在的年轻人，真大胆，卿卿我我也不知道找个没人的地儿。

身后回归宁静，韩江松开温颜，盯着她微红的脸庞看了一会儿，牵住她的手："走走？"

温颜低着头不敢看他："嗯。"

两人绕到楼后，走了一条小路，朝小区西北角那边过去。

那里有块小小的空地，以前是个活动场所，后来健身器材被挪到小区另一侧，这边就渐渐没人来了。

边沿有一堵墙，墙的那头是个小胡同，再往西是一个临江小公园。

一路上两人都没有说话，只有彼此的呼吸声起伏，韩江牵着她沿墙边走，一下下捏她柔软的手指："我有话问你。"

温颜停下脚步。

韩江却没继续说，他沉默一会儿，忽然像上次在温颜家的老房子那里一样，上前抱住她腰臀，将她往上托。

也许是默契，温颜立刻明白他的意思。

这墙说高不高，说矮也不矮，温颜费了好大的力才骑上去，刚坐稳，韩江随后跟上来，坐到她身边。

以前从来不知道，这个角度看过去，景色也是这样好。

月亮挂在天上，左手边的江流蜿蜒而下，公园的小路上偶尔有锻炼身体的人走路。

一切那么平常，又那么刚好。

韩江没有看她，声音极低：“生日礼物，到底是不是给江振的？”

那件事，他一直耿耿于怀，每次想到心都会发堵，连觉也睡不好。

温颜没想到他会忽然提起这个，那天的事还在眼前，她心里也不舒服。看到韩江较真的模样，她微微低了头，小声说：“不是。”

韩江转过头，看着她的眼睛。

这个角度只看得到侧面，睫毛微微上翘，像油画一般柔美。

得到答案，好像一直压在心底的什么东西被卸下，韩江顿时轻松许多，脸色也比刚刚好很多。

但他还没有满足：“是给我的吗？”

温颜转过头看他一眼，又转回去，咬了咬唇：“你明知故问，我不回答你这个问题。”

韩江牵住她的手，脸靠过去：“我想听你说。”

片刻，温颜极轻地“嗯”了一声。

韩江立刻笑了，凑过去在她脸颊轻碰了一下。

温颜痒痒的，不自觉缩了缩脖子，随后转过头：“我也有问题想问你。”

韩江等她问。

“那个赵心瑶——”

“我跟她没关系，我不喜欢她，她所有联系方式我都删了。”

“…………”

韩江很平静：“还有别的要问吗？”

温颜心口跳得厉害，犹豫好久：“那、那你喜……”

“喜欢。”

温颜盯着他的眼睛：“我还没问完呢。”

韩江一字一句，清清楚楚：“我喜欢你。”说完，好像不够似的，又重复一遍，“温颜，我喜欢你。”

树叶沙沙响，江边的夜晚总是很凉。

月亮似乎也在害羞，躲在云层里不肯出来。

但温颜没地方躲，她的脸渐渐红了，韩江看得清清楚楚。

他心情很好的样子，动作利落地跳到墙外那侧，转身冲她伸出手臂：

“下来。”

墙有点儿高，温颜不太敢，韩江把自己的身体整个敞开在她面前：“没事，我接着你。”

等她跳下来站稳，韩江直接就把人抱住了。

温颜的脸抵着他结实的胸膛，有点儿闷，但她什么都没说，过了一会儿，轻轻搂住他。

韩江低着头，把脑袋埋进她颈窝，鼻息间全是女孩儿奶香奶香的味道。

“你呢？”他忽然问。

“嗯？”

“喜欢我吗？”

几秒后，女孩儿青涩的声音传到他耳畔：“喜欢。”

韩江将头埋得更深。

“温颜。”

“嗯。”

“生日快乐。”韩江侧过头，亲吻她脸颊，“以后你的生日，只准跟我一起过。”

温颜想起他说等了她一整晚，身子动了动，想说话，但韩江把人箍得更紧：“再抱一会儿。”

温颜不动了。

这里没什么人路过，放肆一下也是可以的。

温颜想。

不知过了多久，韩江终于松开她，牵住她的手：“陪我走一会儿吧。”

她很乖地跟着他，两人走到江边，沿着江岸走了很久，又转回来。

他们像以前一样随意聊天，气氛却有些不同。

好像无论说什么，都是甜的。

温颜问他：“我的生日礼物呢？”

“没准备。”

温颜使劲儿捏他的手：“骗人。”

韩江低笑一声：“回去给你。”

“是什么？”

“不告诉你。”

"还卖关子，我不要了。"

韩江拥着她走，隔绝身后的凉风，偏头冲她笑："你会后悔的。"

"我有那么没出息吗？"

"有，等你看到了，说不定会尖叫。"

"…………"

钟阎给温颜打来电话，他还记得温颜的生日。

老人不似往日般声如洪钟，气息不太稳，但还是嘱咐了不少琐事：天热了，不能贪凉，睡觉要盖被子。

入秋也要早早穿秋裤，不要"美丽冻人"。

他不知从哪里听说了这句年轻人的俏皮话。

电话又转给韩江。

钟阎说："丫头可怜，从小不在爹妈身边，你是男人，要对她好，照顾她，听到了？"

他常说这样的话，韩江不疑有他："知道，我会照顾她，您就别操心了。"

电话挂掉后，温颜说："改天我们去看他吧。"

韩江答应了。

整个晚上，韩江都没有松开温颜的手，直到施静给温颜打电话，问她怎么还没回家。

温颜说："快到了。"

两人走到楼下，韩江把她送进去："我一会儿再上楼。"

温颜"嗯"了一声，手还扯着他上衣口袋那里的扣子。

楼道很安静，几秒后，声控灯灭掉，韩江把她揽进怀里。

他又亲了她。

十分钟后，韩江上楼，客厅里，施静正跟温颜展示自己送她的生日礼物。

一支限量版口红。

是他没买到的那款。

施静很兴奋："特难买，我请朋友从国外带回来的，全球就剩这么一支了！"

好像很夸张，但韩江知道她说得没错。

温颜已经谢过一次，现在又忍不住上前抱了抱她。

施静于温颜，是长辈，是恩人，亦是朋友和闺蜜。

她像母亲一样教温颜女孩子需要了解的生理知识，包括女孩子在外面要如何保护自己，她甚至还告诉过温颜男生与女生的区别。

如今，温颜满十八岁，对于一向注重仪式感的施静来说，十八岁意味着真正成人，大姑娘了，可以化妆，涂口红，把自己打扮得漂漂亮亮去谈恋爱。

韩雪凇的礼物就很简单粗暴，直接给了她一张购物卡，想买什么买什么。

此时他正在书房参加视频会议。

他和施静有各自的书房，彼此不会互相干扰。

施静亲自帮温颜试色，温颜本就长得好，口红点缀，衬得皮肤气色更好。

施静说：“这品位，啧啧。”

一旁的韩江忍不住说：“夸人家还是夸自己呢。”

施静白他一眼，好像对他特别不满似的：“我还没问你，颜颜生日你也这么晚回来，空个手，连礼物都没有，好意思吗？”

她完全忘记，温颜说晚上有同学聚餐，她把家里的庆祝活动改到明天，就算韩江早回，也见不到温颜。

韩江没说什么，回房间拿了个盒子出来，递给温颜。

很普通的一个牛皮硬纸盒，跟口红华丽的包装反差明显，施静嫌弃地瞥一眼：“什么玩意儿？”

温颜打开盒子，看到里面的东西。

先安静两秒，她眼睛露出惊讶神色，忍不住捂住嘴巴。

她怕自己真的会没出息地叫出来，到时他又可以笑话她。

是她最喜欢的那个歌手的整套正版 CD 和磁带专辑，那张漂亮的便笺上，有歌手的亲笔签名和几行字：

有谁能比我知道
你的温柔像羽毛
秘密躺在我怀抱
只有你能听得到

一看就是歌词，施静没有怀疑，这才说：“还行吧，算你有心。”

这歌词暧昧又腻歪，温颜和韩江偷偷对视一眼，两人心照不宣，彼此沉浸在这种隐秘的快乐中。

就像有一次两人在饭店面对面发消息聊天。

只有彼此知道的秘密，会让人产生与生俱来的刺激感。

其实这套东西并不好弄，很多年前的磁带和 CD，有些已经绝版，其他的市面上倒是也有，但不敢保证是正版。

所以温颜把原来那套弄丢时，郁闷好久。

这一套，是韩江花高价从一个资深歌迷那里买来的，他手头有多余的一套，加上韩江态度诚恳，又说是买来哄女朋友开心的，那人才答应卖给他。

签名是找陆非他爸公司的人帮着要的，还得寸进尺地让人家帮忙写这么一大段歌词。

幸好那歌手脾气好，什么都没说就给签了。

看着温颜因为别的男人高兴成这个样子，韩江不知该笑还是该愁。

晚上，施静一直赖在温颜的房间不走，追忆似水年华，从温颜来到韩家那年开始，十一点多，才追忆到小学三年级。

温颜倒没什么，反而很喜欢听她讲故事。

施静身为一个作家的优势此时显现出来，语言风趣幽默，知道怎样表达能让听众欲罢不能。

但韩江没那个耐心。

他已经连续发了几条信息：

她走了吗？

走了吗？

怎么还没走？

温颜没有办法，趴在床上，捂着嘴打了个哈欠。

施静注意到："困了？"

"有点儿。"

施静终于肯结束话题："那你睡吧，我走了。"临走前，她还使劲儿拍了温颜后腰一下，咬着牙说，"臭丫头片子，偷偷摸摸都十八岁了，你再长大点儿，我都成老太太了！"

温颜在床上笑到打滚："你就算变成老太太，也是时尚的老太太。"

施静走后，没等温颜汇报情况，门口就闪进来一个人，进房间后迅速把门关严实了。

屋里只开了昏黄的台灯，温颜吓得从床上跳下来："你怎么进来了！"

韩江直接把人抱住。

两人都换了家居服，轻薄柔软的布料贴在一起，跟没有也差不多，韩江感受着怀里女孩儿身上的柔软，嘴唇贴在她脸颊上："聊什么了，怎么这么久？"

温颜一个劲儿推他："你快出去，这么晚让静姨看到！"

韩江环着她的腰不撒手，觑着她："以前比这更晚我都进过你房间，现在怎么就不行了？

"你就是做贼心虚。"

温颜红着脸去捂他的嘴："你别说啦。"

韩江捉住她的手放在自己胸口，静静盯着她看。

她唇上的口红还在，搅得他心猿意马，想按住她把口红全都吃掉。

温颜心跳得很快，跟他这样亲密依旧不太习惯，很紧张："你有事吗？整个晚上不停地催我。"

韩江冲她伸手："我的东西呢？"

温颜有点儿蒙："什么东西？"

"我的生日礼物，你就那么随便给别人了，我怎么办？"他依旧不爽。

他一直纠结这个事情，温颜莫名觉得有点儿可爱，有心逗他："哦，送都送了，怎么要回来，我就做那么一个，再没有了。"

韩江皱眉："你亲手做的？"

更不爽了。

看他表情慢慢起了变化，并且明显往不好的方向发展，温颜忽然笑出来，把韩江弄得莫名其妙："你还笑？"

温颜转身走到书桌前，从最底下的抽屉里拿出一个方形的小盒子。

韩江认识这个盒子，就是那天温颜手里的那个。

温颜挺直腰板，交作业一样递给韩江："那天我们离开后，江振就还给我了。"

韩江接过来，这才近距离看清腰带扣的纹路，他努力压着想翘起的嘴角，抬眼看她："钟爷爷教你的？"

“嗯。”

“做了多久？”

温颜想了想：“四个多月吧，我时间不多，捡零碎时间去弄的。”

“那天去哪儿了？”他忽然转移话题。

温颜愣了愣，很快反应过来他在问那天她跟江振的事。

“那天我们走后，没去他们系那边，他带我去了体育馆对面那个凉亭——”

韩江知道那里，C大占地面积大，绿化非常好，校园里随处可见小片的树林，夏天，会有穿着漂亮裙子的女生抱着书本从林荫小路上走过，是最美的风景。

韩江酸酸的：“哦，还跟人家钻小树林。”

温颜急了，语速不自觉快起来：“不是，你别瞎说，他是觉得我太尴尬才想带我走的，他也没跟我说别的，你不要误会——”

韩江轻轻把人抱住。

温颜不说话了。

韩江低头，亲了亲她嘴角：“谢谢你，我特别喜欢。”

终于尝到她口红的味道。

温颜鼻子酸了一下，随后从他怀里仰起头，一双大眼睛闪啊闪：“要不要试试？”

韩江拿出腰带，温颜自然地接过来，拿住一边，手在他腰间环了一圈，仔细帮他扣好。

韩江呼吸渐渐加重。

他低着头看那双细白的小手动来动去，脑子里很无耻地想到一些事情。

如果，他对她做那些事，会不会吓到她？

她还那么小，可能什么都不懂。

没有搭配的裤子，腰带这样系在腰上有些滑稽，但长短还是合适的，温颜看两眼就忍不住笑出来：“算了算了，明天你找一条裤子配着试吧，现在真的不好搭。”

她又去解他的腰带。

“…………”

韩江浑身僵硬，立刻按住她的手：“我自己来吧。”

“嗯。”温颜松手让他自己弄，根本不知道他脑子里在想什么。

忽然有人敲门。

施静的声音传进来：“颜颜睡了吗？我进来喽。”

温颜要吓死，使劲儿推韩江，想让他躲到柜子里。韩江一脸莫名其妙你有毛病的表情，不顾她的阻拦过去开门。

施静手里端着两杯牛奶，看到韩江：“你在这儿啊，那正好不用去你那儿了。”她把两杯牛奶都递给他，“你们两个喝完赶紧休息，你快点儿回自己屋，她都困了，你别吵她。”

韩江点头：“我找她要个东西，一会儿就走。”

温颜：“……”

好吧，大概真的是她“做贼心虚”。

韩江从温颜房间出来后，看到施静还在客厅，想起一件事：“我上次给你的书签好了吗？”

韩江一哥们儿的女朋友，特别喜欢施静的书，买了一整套想让韩江帮忙转达一下，希望施静能在书上签个名。

这是小事儿，韩江痛快地答应了。

施静坐在沙发上，还在研究她的菜谱，头都没抬：“签好了，在我书房呢，自己去拿吧。”

施静的书房和韩雪淞是对门，那边房间里传出韩雪淞流利的英文，他还在开会。

韩江转身进了施静书房。

书房整洁有序，一整面墙的组合书架上摆满了书。

韩江在一个很显眼的组合台子上看到一摞摞书，是施静这些年出版过的所有书籍。

他翻了翻，施静很有心，除了签名，还写了两句祝福语。他捧起来，不小心将一旁的纸抽刮到地上。

他蹲下去捡，无意间在书架与地面间的缝隙中看到一个白色纸盒。

纸盒表面有灰尘，上方有指印的痕迹，韩江觉得奇怪，他将纸盒拽出来。打开。

满满一盒祛疤膏。

各式各样的，各种年份的，大大小小十几管，很多已经过期。

这些年，韩雪淞、温颜，包括韩江自己，他们给施静买的祛疤膏，全都在这里。

她一管都没有用过。

韩江想不通。

她为什么从来不用这些，放任自己腰间那块丑陋的疤痕永远躺在那里？

女人都是爱美的，没有女人愿意这样做。

身后有脚步声，施静推门进来："找到了吗？"

看到韩江半蹲在地上，以及那一盒子祛疤膏，施静的表情明显僵硬一瞬，但很快恢复如常，她走过来："干什么呢，乱动我东西。"

韩江起身，顺手把白色纸盒拿到桌上："这是怎么回事？"

"什么怎么回事？你别放我桌上啊，都是灰。"她嫌弃地用手捏起纸盒边沿，又把它扔到地上。

韩江用探究的目光看着她："你为什么不用？"

"我怎么没用？"施静随便捡起一管祛疤膏，拧开给他看，"都拆了包装的，都用过，那不好使，我还天天抹吗？"

这话让人无法反驳。

施静把儿子往外推："行了，你快出去吧，来一回弄乱一回，以后不许进我书房。"

韩江被施静推出去，门关严。施静靠在门板上，两手垫在腰后，闭了闭眼睛，眉间的痛苦神色一闪而过。

这些年，每次想到那场大火，她便再也无法入睡，身边常备安眠药，连韩雪淞都不知道。

她是罪人，能活着已是万幸，怎么有脸去掉那块丑陋的伤疤？

它应该永远待在那里，时刻提醒自己，曾犯下的错。

门又被敲响。

施静的心猛地跳了跳，听到外面韩江说书没有拿。

她松了口气，走过去把那套书整理一下，放在一个小纸箱里开门给他。

韩江什么都没再问。

这件事过后，韩江偶尔会观察施静的表情神色，但一切如常，看不出她有什么不同，他便不再多想。

他很忙，太忙了，忙到没时间想其他事。

两个新晋小情侣都在放假，每天在家眉来眼去，寻找各种理由分别出门，在小区门口碰面，在城市的各个角落约会。

温颜穿着漂亮的小碎花裙子，偶尔涂口红，但无一例外全都被韩江亲掉。

每次温颜都红着脸帮他把嘴唇上的红印擦干净："你也不怕别人看到。"

他总是一副无所谓的样子："怕什么，谁爱看就让他看，看了他也亲不着。"

他们很爱看电影。

跟内容没关系，他们只是喜欢那里昏暗的环境。

买票的时候只看时间，几乎不怎么看名字，反正不管演什么都看不到两分钟，两个人就会抱到一起。

最后一排成了他们的专用座位。

今天却有些不同，电影刚开始不到十分钟，温颜手里的爆米花还没吃几颗，就频频被前排人们的惊叫声吓到。

温颜看了看银幕，普通的房间，清秀的女孩儿，好像失恋了，有低低的哭声。

她以为只是部普通文艺片。

难道是部恐怖片吗？

有了这个认知后，温颜就有点儿紧张，有意克制自己不看屏幕。

韩江察觉到，把她搂进怀里，她怀里是爆米花，套娃一样，一个搂一个。

"没事，你看我就好了，我比电影好看。"

在一起后，韩江不再克制，这样的话说得越来越顺口，不知道之前是真的高冷还是装的。

温颜真的仔仔细细看了他一会儿，看完发现这人脸皮很厚。

如果自己被人这样盯着，一定会非常不自在，但他丝毫不受影响，还微微张嘴示意她。

要吃爆米花。

温颜捏了两颗爆米花塞进韩江嘴里，他顺势咬住她指尖。

痒痒的，温颜赶紧抽出来，使劲儿拧了他胸口一下：“烦不烦人。”

“不烦人。”韩江对电影没兴趣，手伸过来扣住她的脑袋，开始亲她。

他嘴里有可乐和爆米花甜甜的味道。

两人嘴里的味道一样。

一直亲到温颜的手机振动。韩江有些不满，但还是松开她。

温颜看了一下，是韩雪淞，她转头说：“是韩叔，我出去接一下。”

五分钟后，温颜回来，韩江问她什么事。

温颜接过他递来的爆米花，声音很低：“老家的房子找到买主了，我明天要跟赵哥回去一趟。”

赵哥是韩雪淞的生活助理，卖房子的事一直是他在跑。

接下来的时间，温颜话很少，虽然她不说，但韩江能感觉到她不太高兴。

这一晚，两人照例一前一后回家。

温颜洗过澡，换了睡裙，擦头发的时候瞥到桌上的铁盒。

铁盒已经打开，里面有房产证、几张照片，还有一些老物件。

韩江敲门：“我进来了？”

温颜快速擦了几下头发，噔噔噔跑去给他开门。大概客厅里没人，韩江很放肆，看到人后直接就把人提溜起来抱在怀里，脚一钩，门就关上了。

温颜搂着他脖子被他放到书桌上。

韩江偏头看了一眼铁盒里的东西，伸手刮了一下她的鼻子：“晚上你都没怎么笑，是不是舍不得？”

温颜头发还是湿的，有水珠从刘海滑到眼睛里，她揉了揉眼睛，没有瞒他：“嗯。”

韩江看她一会儿，搂着腰把人往怀里带，温声哄她：“别卖了，我养你吧。”

温颜坐在桌子上，脸贴着他胸口，听到这话心里软了一下：“你怎么养我啊？”

“我说过，我的钱够，而且明年读研，应该也会有一些翻译工作，养你完全没问题。”

温颜搂住韩江的腰，很喜欢听他这样温声细语地讲话，但她说：“不要。”

韩江捏着她下巴让她抬头：“为什么不要？”

“花你的钱，你更有理由天天欺负我了。”

韩江被气笑：“我什么时候欺负你了？”

温颜很快摆出一副小女人的模样，心底的小账本抖搂出来，一件件说给他听。

韩江说：“那么多年前的事，你还记得。”

“多久都记得。”

韩江笑：“那行，以后换你欺负我，我让你还回来。”

韩江看了她一会儿，认真地说：“考虑一下，嗯？”

温颜很坚定，摇了摇头：“我真的有压力，以前的还不知道怎么还，我不能再用你们的钱了。”她搂住他的脖子，“我以后一定也会赚很多钱，大不了到时再买回来，你说呢？”

她坚持如此，韩江不愿意勉强，只能依她。

“明天几点？”

“上午，没具体定时间，赵哥来接我。”

“我能去吗？”

温颜说：“别去了，我想自己处理这件事，你在家等我吧。”

韩江想了一下，同意了：“什么时候回来？”

“赵哥说，还有些过户的事，具体到那儿再细说，大概会住一晚。”

韩江顿了顿：“那我还是去吧。”

放她一个人在外面过夜，不可能的。

韩江倾身过去亲温颜的耳朵，又一路亲到她的嘴角。

他接吻的时候喜欢伸舌头，温颜开始很不适应，既害羞又喘不过气，但这样的亲密又让她心中悸动，渐渐地也开始学着回应。

温颜第一次尝试回应时，韩江几乎要疯掉，马上按住她的脑袋加深那个吻，最后弄得两人都喘得不行。

温颜就再也不敢轻举妄动了。

她的手胡乱在桌上划了两下，摁在铁盒上，发出声响。韩江松开她，嗓音低哑：“嗯？”

温颜推了推他：“腰疼，我下去。”

他让开一点儿，温颜跳下去，把房产证放进小包里。

韩江随手翻看那几张老照片。

有一家三口的，也有温绍军和向飞鸿单独的，看年龄，那时应该还没有温颜。

一张旧报纸折叠得整整齐齐，是温绍军当上消防队长那年，在一场大火中立了功。报纸用了半个版面刊登这件事，上面还有他穿着消防服救人的照片。

很帅气的男人，向飞鸿也很漂亮。

怪不得温颜这样好看。

韩江把温颜单独的照片拿出来，小尺寸的百日照，小脸儿肉嘟嘟，头发很黑，照相的时候都坐不稳，小屁股那里的垫子底下明显有双手藏在里面扶着她。

照片后面，淡蓝色的钢笔字迹已经变得很旧，上面写着温颜的出生年月日。

韩江手指弹了一下照片里胖嘟嘟的小脸："我要了。"

温颜作势要抢回来："我同意了吗？"

韩江把脸凑过去："给你亲一下，算报酬。"

"不要脸。"

"不亲这点儿报酬都没了。"他自己贴过去，用脸颊在她唇上蹭了一下，"行了。"

温颜："……"

韩江揉揉她脑袋，把其他照片都收起来，盖好铁盒："收拾一下东西吧，牙刷沐浴露什么的都带一点儿。"

那个小地方最大规模的旅馆设施也不是太好。

一次性用品看起来质量不太好的样子，上次两人没经验，将就了一晚，这次他实在不想用那个旅馆的沐浴露了，洗完澡身上味道怪怪的，香精味特别重。

第二天上午九点多，赵哥来接人。私家车比客车快一些，不到一小时已经快走完一半的路程。

韩江和温颜都坐后面，两人一人一只耳机听音乐，温颜靠在韩江手臂上睡着了，两人悄悄牵着手，赵哥在前头开车，时不时聊几句。

快到目的地时，有个陌生号码给韩江打过来。

他本来不想接，一动温颜就醒了。但打电话的人非常执着，响了很多声也没挂，他只好接起来。

电话那边说了两句话，韩江的脸色顿时煞白，攥着温颜的手有些用力。

温颜醒了，有点儿迷茫地看着他："怎么了？"

韩江的声音有些抖："赵哥，掉头回去。"

钟阎是在他妻子的墓碑前被人发现的。

老人穿着整齐，身上衣服干净利落，靠坐在石碑上，很安详地闭着眼睛，第一眼看过去，谁都会觉得他只是睡着了。

但他再也不会醒了。

墓园的工作人员发现后，立刻报了警，也叫了救护车，但已经晚了，没能将人救回来。

医生说老人属于正常死亡，没遭罪，是喜丧。

他们从老人的手机里找到韩江的电话，通知了钟阎通讯录里仅有的两个人。

温颜非常难过，哭了很多次，但有些事还要去做。

钟阎没有孩子，没有亲人，韩江替他做了决定，将他跟亡妻合葬在一起。

在生命中最后的时刻，他选择待在那里，韩江相信，他不愿意离那位素未谋面的美芝婆婆太远。

也许不应该叫婆婆，她去世时，非常年轻。

葬礼是韩雪凇找人帮着操办的，请了以前胡同的老邻居们前去吊唁，是一场参加人数不多却不失隆重的葬礼，是他们能为这位孤独的老人做的最后一件事。

大家走后，温颜还跪坐在那里，她后知后觉，终于想明白生日那天钟阎那通电话是什么意思。

他在跟她告别。

她心里懊悔，这些天只顾着谈恋爱，都没去看他。如果早点儿发现他的异样，也许能阻止什么，或挽回什么。

但是，一切都来不及了。

韩江从外面进来，把她抱起来搂进怀里，轻声哄她："别难受了，钟爷爷走得安详，没受苦，他现在应该跟美芝婆婆在一起，说不定比在这边还要开心。”

是啊，他为她守了一辈子。

等得够久了。

温颜靠在他怀里，瓮声瓮气道：“会吗？”

他捏了捏她瘦小的肩膀：“会的。”

韩江带温颜出去，迎面碰到一个西装革履、戴无框眼镜的中年男人。

韩江在想这人也是老街坊吗？没见过。

没等韩江开口，对面的男人先停下，在两人面前站定，先看了韩江一眼，又转向温颜：“请问，您是温颜小姐吗？”

韩江有所警觉，替她开口：“对，什么事？”

西装男人吐字清晰，里外透着干练专业：“我是崇佳律师事务所的律师何启瑞。”他打开公文包，拿出里面的东西，“我这里有一份遗嘱和一封信，需要跟温小姐做一下宣读说明和交接。”

韩江皱眉：“遗嘱？”

何启瑞看向他：“请问您是韩江先生吗？”

“我是。”

律师点头：“钟老先生生前说过，韩先生您可以旁听。”

之后的几分钟，何启瑞宣读了钟阎的遗嘱，而温颜手里拿着那封信，脑子混乱又震撼，根本没听进去任何话。

直到面前的律师说：“温小姐，您明确了吗？”

温颜回神，十分抱歉：“对不起，您能再说一次吗？”

律师点头，重新宣读：“钟阎先生生前已经同意房屋拆迁事宜，阴氏地产许诺一套一百八十平方米房产及拆迁款六百万元，另外钟阎先生拥有一顶价值至少百万的花丝镶嵌凤冠、他名下两张银行存折上的存款共十六万元、银圆及少量玉石珠串若干，以及其他钟老先生名下所有财物资产，折合人民币共约一千一百万元。

“以上全部由温颜小姐合法继承。”

我去找美芝了。

这是这封信的第一句话，温颜看到时，几乎第一时间就开始流泪。

律师走后，韩江陪她坐在路边的长椅上，两人一起看完这封信。

小温丫头：

我去找美芝了。

别哭，你从小就爱哭。

记得我说过，你的眼睛很像美芝，所以我一见你，便觉亲切。如果美芝也在，一定也喜欢你。

年轻时，我家境贫寒，只是个穷学生，美芝不嫌弃我，嫁给我，用她的嫁妆帮我开药铺。

哦，听起来是不是像许仙和白娘子？

可惜我没许仙有福气，如果美芝是白娘子，也许她就不会死。

她病死了，我救不活她，所以我不再行医，这辈子，再没碰过药材。

只有一个遗憾，我没能找到焰离。丫头，如果你得空，替我找找。若在你结婚前找到，就镶到凤冠上，你结婚的时候戴，它很漂亮，不会给你丢人，也算帮美芝圆个梦。

韩小子，你家境好，不缺钱，所以我把财产都给了小温丫头，你不许生气。

当然，我知道你也不会生气，你是好孩子，要好好照顾温丫头，不许欺负她。

她从小一个人，怪可怜。

我太啰唆，多余的话，就不说了。

原谅我不告而别，希望不要吓到你们两个。

我活了八十三年，少时有美芝，如今有你们，我不贪，满足了，够本了。

美芝等了我五十年，我不能再让她等下去，如果，她不等我了，先去投胎，下辈子，我还怎么娶她？

所以我走了。

不要哭，我比现在幸福。

钟阎

最后“钟阎”二字，铿锵有力，是钟爷爷留在人世间的最后一笔。

跟随这封信，还有一张老旧的田字格纸，上面画了那枚鸽血红宝石的形状特征。

这个假期因母亲和钟爷爷变得悲伤，却不沉重。

温颜懂得如何调节自己，活着的人总要努力过得更好，才能不辜负离世亲人的期望与祝福。

何况她现在已经有了韩江。

温颜继承了钟爷爷的遗产，不需要再卖房子。她将这件事告诉赵哥，对他这段时间的帮忙表示感谢。赵哥挂掉她的电话后，将手里的一张卡递还给面前的韩雪凇。

是韩雪凇为温颜准备的房款。

所谓买主，其实是韩雪凇自己。

他不想让温绍军的房子落到别人手里，小姑娘又要强，只能这样。

但现在已经不需要了。

温颜不但不会卖房子，还准备买一套房子。知道这件事时，施静很着急："你要搬走吗？"

温颜连忙解释："不是，我不搬，只是钟爷爷还有些遗物需要找地方放一下。"

地产公司许诺的房子就在原址，等建起来投入使用不知道要几年。

钟爷爷私人物品不多，但整套的花丝镶嵌制作用具却不少，而且现今掌握这种工艺的人为数不多，温颜之前学了个半吊子，如今她有意深造，想留下这些工具。

房子是她跟韩江一起挑的，不大，八十多平方米的两室一厅，一间放钟爷爷的东西，一间给温颜做卧室。客厅不小，但被温颜的操作台和各类工具占用了很大一片地方，所以只买了一张两人座的小沙发，反正也不会有什么客人来。

小区环境很好，就在C大附近，一楼带小花园。

东西搬进去那天，是个大晴天。

韩江陪温颜买了新的床单被褥，还有一些洗漱用品，生活用品都备了一些。

收拾完已经是下午，两个人累得够呛，午饭都没吃，双双倒在温颜卧室那张大床上。

卧室不大，温颜本打算买小一点儿的床，但韩江不同意，说大床舒服，可以滚来滚去，最后温颜听了他的。

确实很舒服。

横着躺，滚到那边是床头，滚到这边是他怀里。

韩江转过头，看到身边的温颜，她闭着眼睛休息，额间的刘海有些乱。

韩江侧过身面对她躺着，手伸过去把玩她的一缕头发。

长大后，他还是第一次跟她躺在一张床上。

温颜睁开眼睛，看到他目光笔直地盯着自己，也转过来。两人对视了一会儿，温颜忍不住笑："你看什么？"

韩江说："累吗？"

"还行。"

"晚上去趟超市，买点儿锅碗瓢盆。"

温颜笑："你要在这儿过日子吗？"

不知道韩江是开玩笑还是什么，很认真地说："是啊，家在本市，可以申请不在寝室住。"

他坚持在这一片选房子，也是考虑到这边离C大近。

温颜愣了一下，忽然有点儿明白了，他是想跟她一起出来住吗？

她抿着唇，觉得耳朵热热的，眼睛盯着他下巴上的一点儿胡楂看，细声细气地说："不行，静姨会发现的，她有这里的钥匙。"

韩江："……"

"你给她钥匙干什么？"

"我的家，肯定要给她钥匙啊。"在温颜心里，这好像是一件理所应当的事。

韩江有些不高兴，松了手，换成平躺的姿势。天花板有一块地方受潮，变了颜色，搬东西之前应该刷一下墙的，他想。

过了会儿，温颜挪一点儿位置，贴过来躺着，脑袋靠在他肩膀的位置："你不要愁眉苦脸了，我们在学校不是天天都能见吗？再说，我想住寝室，大一就出来住，我怕跟同学玩不到一起。"

她说得没错，但韩江心里还是不太舒服，施静有这里的钥匙，那岂不是随时能进来？

想干坏事都不行。

温颜见他不说话，伸手去捏他的下巴。不知道他是早上没刮胡子还是上午累着了，胡楂明显，有点儿硬。

温颜故意用指腹蹭了蹭那里，怪痒的。

她一直觉得他的下巴特别好看。

韩江受不了她这样，忍了一会儿就忍不住了，捉住她的手迅速翻了个身，把人压住。他气息有点儿乱，嗓音低低的，特别勾人："乱碰是要受惩罚的。"

男生跟女生的力量真的没法比，他这个样子弄得温颜动都不能动，只能用嘴还击："怎么了，摸一下都不行？"

韩江近距离地盯着她看，忽然有种不真实感。

不久前他还在患得患失，愁容满面，一转眼，温颜已经是他的女朋友。

得知母亲去世的消息，钟爷爷又走了，本以为她会消沉许久，她却很快将自己的状态调整过来。

为了能上学准备卖房子，偏此时继承了一笔遗产，解了燃眉之急。

她柔弱又坚强，不幸又幸运。

好像很矛盾，但这些元素组成了如今的温颜，韩江知道，她长大了。

想到这里，他心底那块地方格外温暖柔软，握住她的手往自己心口上按："别人不行，你随便摸。"

柔软的掌心贴在温热的胸膛上，温颜感受到他有力的心跳。

韩江低头亲她。

温颜闭上眼睛。

窗外偶有路过的行人讲话，树上的小鸟叽叽喳喳，房间里新买的挂钟还在嘀嗒响。

亲她的时候，韩江还在想，选择买一楼是不是错了，以后如果做点儿什么，不知道隔音好不好，外头能听到吗？

温颜是被客厅里的开门声吓清醒的。

她反应极快，一把将韩江从身上推开。她用力过大，直接把人推到地上，韩江的手臂磕到床沿，痛到窒息。

施静进来的时候，温颜正站在床上铺被单。

施静手里拎了两个纸袋，是从家里带来的一些温颜的东西："收拾得怎么样了？"视线一转，看到站在一旁的韩江，"你就在这儿看，不知道帮个忙啊？"

韩江深吸一口气，走上前扯住被单一侧的两个角，在施静看不见的角度剜了温颜一眼，用眼神告诉她：你等着。

温颜面不改色，声音镇定：“你往那边拉一下。”

韩江心底哼一声，你脑袋上那撮毛还翘着，嘴都被我亲红了，装得倒挺像。

施静里外看了看，感觉一般：“小了点儿，洗衣机呢？没看到洗衣机。”

温颜刚要开口，被韩江抢先：“这里又不住人，要洗衣机干什么。而且学校对大一学生管得严，必须住校。”

言外之意，你不要有事没事跑来一趟，这里没人。

施静点头：“也是，颜颜一个人住这儿我也不太放心，放假就回家住，这里也没人给你做饭。”

已经收拾得差不多，施静略坐了坐就走了。

这一天，韩江虽然答应温颜住校，但还是拉着她去超市买了一些厨房用品。

钟阎的那处老房子多一天都没留。

拆迁部门那边早已等不及，温颜前脚搬走，他们后脚就把房子推了。

因为还有一些后续的事情需要处理，所以温颜去过一次那家地产公司。

跟其他公司相比，阴氏地产已经算非常绅士了，从没为难过钟阎，大老板甚至还去探望过生病中的老人，所以温颜对这家公司印象很好。

与工作人员办理相关手续时，恰巧碰到大老板阴博。

温颜只看到一个背影。

身材不错，高定西装笔挺，看得出是自律且稳重的人。

温颜忽然想起韩江，不知道他穿上这样正经的西装是什么样子。

阴博从公司出来，上了车，接到秘书的电话。

普通汇报工作，他听完，指示几句就挂掉，紧接着又来了一通电话，看到来电名字，他眉头紧了紧。

接起后，那边的人说了一句话，阴博脸色骤变，攥紧的拳头微抖，似乎迫切需要宣泄。

血液涌上眼尾，他的声音无法平静：“你再说一遍。”

对方说：“她当年转院不久就死了，上面一直对外封锁消息，所以咱们才这么难查。”

阴博闭上眼睛，一些往事从脑子里一闪而过。

他无法接受。

账还没算完，你怎么能死呢？

挂了电话好长时间之后，他才睁开眼睛，对司机说：“掉头，去机场。”

大四比大一提前一星期开学。

明天就是韩江开学的日子，晚上他和温颜在C大附近的新家吃过饭，一起去逛超市。

温颜想挑一台酸奶机。

酸奶机性能简单，功能都差不多，温颜在同一款的两种颜色间犹豫。韩江看了一眼，指了指左面那个：“这个吧，颜色淡淡的，挺好看。”

温颜拿了那个放到购物车里：“过几天大一开学，你会去接新生吗？”

韩江站在她身边，看到她领口有一处不太平整，伸手帮她理了一下：“那是大二的活儿，我们不管。”他略低了头看她的眼睛，“但我会去接你。”

温颜很高兴的样子，贴过来腻在他身上，抱紧他的手臂不放：“那我在家等你。”

韩江特别享受她这种依赖的姿态，黏人的小猫一样。

结账的时候，韩江不知怎么想的，脑子一抽，鬼使神差，趁温颜不注意，从一旁的架子上拿了两盒避孕套扔车里，混杂在一堆零碎东西里，很不显眼。

东西装了两个袋子，韩江一手全拎了，另一只手去牵温颜，温颜乖乖地让他牵。

超市离家很近，不到十分钟就走到了。

一楼倒是方便，进楼栋就到家，温颜站在门口翻包拿钥匙。

韩江盯着那道门锁。

“你说，这锁孔要是堵了，是不是就得换锁芯了？”

温颜跺了一下脚，声控灯再次亮起。

“是吧。”她转头看他，“你什么意思？”

韩江说：“换了锁芯，施静女士就进不来了。”

“哪有那么巧就堵住了。”包里乱七八糟的小东西太多，她终于找到钥匙。

可韩江按住她的手。

他眼睛扫了一圈楼道，在楼梯口角落的扫帚上拧下来一截细铁丝，三下五除二捅进锁眼。

“现在堵住了。”

温颜还没来得及阻止，锁眼已经堵得严严实实。

她目瞪口呆，说不出话。

韩江面色淡淡，好像什么事都没发生一样。他放下两个袋子，在楼道墙上的一众小广告中随便挑了一个开锁的号码打过去：“我们这里防盗门的锁眼堵住了，麻烦过来看一下。”

温颜：“……”

大热的天，两人坐在楼前的石阶上，脚边两个超市袋子，韩江两条长腿伸出去老远，手臂撑在身后，仰着头看星星。

他现在浑身通畅，心情好得不得了。

温颜有点儿无语，拧了他胸口一下，却没使劲儿：“真狡猾。”

韩江也不在意，倒很享受她猫爪子一样的力度，脸上一直挂着笑。

温颜说：“要是静姨再跟我要呢，不是白折腾了？”

“她哪有那么闲，你不主动给，她才不会要。”

温颜想了一下，觉得他说得对。

施静是很有分寸的人，不是那种对孩子控制欲特别强的人。

二十分钟过去，开锁师傅终于慢吞吞地赶到。

一看到锁眼，师傅“哎呀”一声：“谁这么缺德，一看就是有人故意堵的。”

温颜在后头憋着笑，脸都红了：“是啊，是挺缺德的。”

韩江悄悄捏她的手。

师傅检查一番，回头说：“这种程度修的话比较麻烦，不过我可以试试——”

“不用修，直接帮我们换一个锁芯。”韩江说。

师傅从没见过这么痛快的人，倒是给他省事了：“那也行，要一般的还是好一点儿的？”

“要最好的。”

师傅报了个价，韩江点头：“换吧。”

这一趟估计是赚到了，之后的时间里，开锁师傅哼着小曲儿，心情不错的样子，几下就把原来的锁拆了，手脚麻利地换上新的。他给了韩江一套钥匙，一排六把：“你挨个试试，看好不好使。”

韩江试过，都没问题，付了钱，开锁师傅挎着小包沿着小路走了。

新的钥匙韩江自己留了一把，其余的都递给温颜：“你寝室也放一把，留着备用。”

温颜接了。

时间已经很晚，但韩江没有要走的意思。

明天就开学，杂七杂八事情不少，不能像现在一样天天腻在一起。

他看到温颜一件件从袋子里往外拿东西，走过去从身后搂住她的腰，有点儿懒懒的样子：“今晚别回家了，我们住这里吧。”

温颜转过头，脸颊蹭到他的唇，韩江顺势亲了她一下。

温颜忽然紧张起来：“不，不行吧……”

韩江知道她心里想什么，有点儿好笑，抬手揉了揉她的头发：“不做别的，不欺负你，就一起躺着说说话，我明天就开学了。”

实话说，温颜也很喜欢跟韩江待在一起聊天，回家还要顾及施静和韩叔，怎么都不太方便。

犹豫一下，她点头答应了。

于是江嫣再次成为借口，温颜跟施静说自己在江嫣家住。

韩江不用找理由，他本来今晚就应该在学校。

不用回家，两人就没着急收拾东西。温颜先去洗澡，韩江靠在沙发上玩了一会儿游戏。

她出来时，换韩江进去洗。

这里有他全套的洗漱用品和换洗衣服。

怕施静来的时候发现，之前全都藏在柜子里。

温颜用吹风机吹干头发，手机在工作台那边充电，她站在那里低着头给江嫣回复消息。

江嫣已经如愿考上工大。

两人聊了几句，温颜走去餐桌旁整理买回来的东西。

水果洗了一下放冰箱，牛奶也放冰箱，一些零食还放袋子里，待会儿拿去沙发那边。

她忽然发现里面有两个黑色的包装盒，蛮精致的，她没印象买过这个东西。

韩江已经洗完澡出来，裸着上身，腰上围着白色的浴巾，正在擦头发。

他走过来。

“这是什么？”温颜将黑色盒子拿出来看，第一反应是口香糖，但又觉得不太像，等看清上面的图案时，她的脸唰地就红了，“韩江！”

她不是什么都不懂，在超市里也见过，不至于看不出这是什么。

韩江走到桌边，看到她手上拿的东西，脸色一下变了。

忘了提前拿出来。

温颜使劲儿推了他一把：“还说不打算做别的，作案工具都准备好了！”

韩江有口难言，天地良心，他真没打算今晚就用。

他第一次在温颜面前语塞：“我只是觉得以后早晚用到，先备着——”

“我要是没看到，你是不是打算硬来？”

“…………”

以前没发现，她这么厉害。

温颜烫手一样，把盒子扔到桌上，又脸红又着急：“而且我今天不行，我那个来了。”

说完的那一秒她就开始后悔，好像不来那个就可以。

韩江看她这副奓了毛的模样，哭笑不得，没想到这么两盒避孕套就能把她点燃。

还是太小。

韩江走过去把人搂进怀里，轻笑着说：“我的错，应该提前跟你商量，你同意我才买。”

他刚洗完澡，又没穿衣服，新鲜出炉，身体都是热的，似乎也没怎么擦，还有点儿湿，温颜的脸贴在他胸口，有些不自在，推了推他：“你们男生是不是每天都在想这些事？”

韩江想了一下，还是觉得应该好好跟她解释，有些东西，他想让她早点儿懂。于是他说：“正常男生都会。”

他其实还想说，像他这个年龄的男孩儿大部分都有过经验了，但最后没说出来。

温颜抬起头跟他对视一下。

韩江摸摸她的脸："那现在怎么办，住这儿还是回家？"

温颜将额头抵在他胸口，闷闷地说："你不乱动就住这儿。"

韩江彻底笑开了，答应她："行。"

这一晚，他真的没有乱动。

当然条件也不太允许，温颜身上带着"亲戚"，好像有点儿难受似的，蜷缩着身体，只用后背靠着韩江的胸膛。

韩江搂着她，手放到她的小腹上："很疼？"

她闭着眼："有点儿。"

"来这个，能洗澡吗？"

"能，我第一天，不太多。"

韩江没说话，又把人抱紧了些。

温颜睡不着，两个人聊到很晚，韩江说了一些关于学校的事，以前没跟她说过。

一食堂的烧茄子最好吃，回民餐厅的阿姨特别大方，图书馆五楼角落的位置人最少。

"到时我都带你去。"

温颜眯着眼睛笑："嗯。"

此时此刻，她特别庆幸高中时期的自己那样努力，能在最好的年岁，跟最喜欢的人在同一所学校。

可以常常看到他，比什么都满足。

温颜说，这个时候来"亲戚"正好，不然过几天赶在军训的时候，更难受。

C大传统，大一新生报到就开始军训，军训完开新生晚会，国庆节放假回来才正式上课。

韩江怀里搂着温颜，听着她温柔的声音，昏昏沉沉，有些困了。

最舒适不过如此吧。

这天后，韩江大四开学。

刚开学事情多，加上宿管大爷“新官上任”三把火，查得很严，韩江已经两天没回家。

两人每天电话联系，这让温颜觉得有些新奇，好像异地网恋一样。

但也很想他。

虽然只有短短两天没见。

隔壁工大开学早，江嫣的军训已经过半，她漂亮又活泼，多才多艺，很招老师和同学喜欢，班上已经有男同学瞄上她，暗中观察，准备下手。

烈日炎炎，站军姿的大一新生个个额头冒汗，目视前方，一动也不敢动。

教官才十九岁，跟他们差不多大，却特别严格。

半小时后，一声哨响，众人纷纷塌了肩膀，直接往地上一坐，叫苦连天。

江嫣就是在这个时候看到树荫下的温颜。

她异常兴奋，见到亲人一样，飞奔过去，一个熊抱差点儿把温颜扑倒。

“颜颜，我就知道你最好了！”

温颜把手里带着冰碴的水递给她：“我看半天了，你们教官好凶啊。”

江嫣立刻点头，一边喝水一边说：“小个不高，像个萝卜头。”她把迷彩服袖子卷起来，露出细白的手臂，挽着温颜，“你等我半小时，一会儿我带你吃我们学校食堂，可好吃了，比咱们学校那个草台班子强多了。”

温颜扯了一张纸巾让江嫣擦汗：“我还有事，不陪你吃饭了。”她从手里的白色袋子里拿出一小盒饼干递给江嫣，“这个给你，我自己做的。”

江嫣接过饼干：“大中午的你有什么事啊，陪我吃顿饭的时间都没有？”

温颜没解释，只说：“过几天我开学，没事就过来找你。”

“行吧。”

江嫣眼睛随意看向路对面，愣了一瞬。

温颜顺着她的目光望过去，看到不远处的石板小路上，陆非正往这边走。

他身边跟了个非常漂亮的女孩子。

这是江嫣第一次看到他跟别的女孩儿在一起。

陆非看到江嫣，也有些意外，早听说她考到工大，但最近两人一直没联系过。

他脚步没停，路过江嫣和温颜时像普通朋友一样打招呼，他跟两人擦身而过，随后被身后的人叫住。

陆非脚步停下，回头看过去：“有事？”

江嫣没有看那个女孩儿，眼睛只盯着陆非："我在经管学院工商管理一班。"

跟陆非同一专业，正宗小师妹。

陆非点头："听说了。"

一时间两人谁都没说话，江嫣第一次觉得面对陆非不知如何是好。

过了会儿，江嫣低声说："今晚迎新晚会，我有表演，你会来看吗？"

陆非的目光从她脸上扫过。

江嫣小心翼翼又期待的表情刺痛他，他心底忽然升起一股烦躁，江嫣一向自信又骄傲，不应该是这样的。

陆非说："我很忙，有约会。"他伸手拍拍她的头，"你好好演，我就不去了。"

说完这话，他转身走了，头都没回。

温颜扯了扯江嫣的袖口，有点儿担心："你没事吧？"

直到陆非和那女孩儿的背影从转角处消失，江嫣的目光才收回，她轻轻吸了口气，很轻松的样子："没事啊。"

哨声响起，休息时间结束，江嫣把水瓶和饼干盒放在树荫下，抬眼看温颜："我走了，你去忙你的吧。"

不远处的转角处，陆非走了几步便停下，目光笔直，似乎有心事。

身边的女孩儿说："你不是说晚上没时间跟我吃饭吗？"

"我现在也没时间跟你吃饭。"

女孩儿脸一黑："那你约谁了？"

陆非正眼都没看女孩儿："什么时候轮到你管我，趁我现在还有好话，赶紧走人。"

陆非在他们那个圈子里是出了名的少爷脾气，情绪阴晴不定，高兴时怎样都行，不高兴时，谁的面子都不会给。

他已经不听女孩儿说话，转身去了停车场。

温颜离开工大后，直接去了隔壁 C 大。

她来过很多次，已经知道哪条路最近。不巧的是，常走的那个栅栏不知什么时候被堵住了，她只好绕路从 C 大正门进去，走到教学楼时正好下课铃响。

她有韩江的课表，知道他现在在哪栋教学楼。

陆续有学生从楼里走出来，温颜躲到树后面，想吓吓他。

没有多久，看到韩江从里面出来。

跟他一块儿走的还有几个男生，其中一个温颜记得，校庆那天给她指过路。

两天不见似乎已是极限，韩江在想要不要趁中午这两个小时回家找她一下，抬头就看见不远处的温颜。

穿着白裙子，个子小小的，那么漂亮显眼，还躲呢，以为他看不到她。

韩江平静了一上午的心就这么轻易被她搅乱。

他没顾上跟同行伙伴打招呼，快步走过去，最后一点儿距离是用跑的。在她面前站定，周围人太多，他只牵了她的手，嗓音低低的："你怎么来了？"

温颜把手里的袋子提高了些，递给他看："我在家做了蔓越莓饼干，想给你尝一下。"

韩江钩着袋子往里看一眼："你还会做饼干？"

温颜笑了下："静姨教我的。"她把东西塞到他手里，"不要抱太大希望。"

本来温颜想再多待一会儿，但今天江嫣心情不太好，她决定还是回去陪江嫣吃个午饭，所以把东西给他后，就急着走。

韩江很不满："这么快就走，话都没说两句。"

他揪住温颜衣服上的飘带，一点点卷在自己食指上，声音有点儿懒懒的："那你下次什么时候来？"

他这样讲话，总给温颜一种错觉，好像在撒娇。

韩江哎，怎么可能会撒娇。

温颜仰起头看他："没有下次了。"

韩江皱眉看她。

"过几天我开学，天天在这儿，不'走'，就谈不上'来'，所以没有下次。"

胆子越来越大。

还能说会道。

不远处几个同学还在等韩江，这一幕让众人看得有点儿迷惑。

"那人谁啊？"

“没见过，女朋友？”

给温颜指过路的男生说：“不是，他妹，我见过。”

立刻有人反驳：“你见过谁跟妹妹这么亲热？还拉她的手！”

另一人小心翼翼地问：“那……咱还等他不？”

没等同伴回答，大家就看到韩江把人拉进楼里去了。

大家：“……”

这还等什么等了。

楼里，韩江握紧温颜手腕，直接把人拉进消防通道，铁门一关，空无一人。

他的手滑下去，搂住温颜纤细的腰，低头吻她。

白色的裙边被他蹭上来一点儿。

刚刚看到她，他就想这么做。

第七章
与你热恋

这一侧的楼梯很少有人走，窗口外不远是另一栋楼，遮掉不少阳光，所以门一关，楼道里的光线一下暗下去。

一墙之隔的走廊上，偶尔有脚步声响起，似乎有女生在讨论中午吃什么。

温颜被韩江亲得耳朵发热。

开始还只是仰着头，后来渐渐有些坚持不住，袋子掉在地上，她伸手环住他的脖子，身体紧紧靠着他，踮起脚，尽力配合他的身高。

也许韩江留意到她不太舒服，没有多久就放开她，身体靠在后面的扶手上，让她趴在自己怀里休息。

他还搂着她的腰，低头随意地看她微红的脸颊："再陪我一会儿吧。"

好可怜的样子。

温颜一向不太能拒绝他，小时候听他的话已经成为习惯，但今天她心里有些挣扎："江嫣心情不太好，我想陪她吃饭。"

韩江随手捉住她一缕头发缠在指尖，慢慢把玩着："她怎么了？"

温颜从他怀里抬起头："陆非是不是有女朋友了？"

韩江说："不清楚，没听他提过。"

"我们刚刚在工大那边看到他跟别的女孩儿在一起。"

韩江明白了。

这几年，江嫣什么心思大家都看得出来，他有时甚至想，如果温颜也能像江嫣一样主动勇敢就好了。

但温颜不是江嫣。

每个人都有自己的既定轨道，性格决定命运。

对于陆非和江嫣这一对，韩江并不看好。陆非家庭背景殷实又复杂，对未来儿媳的选择一定慎之又慎，江嫣那种普通家庭绝对不会在他们的选择范围内。

虽然现在说婚姻早了些，但如果他们真在一起，将来若走到那一步，必定要面对诸多考验磨难。

不一定是好结果。

这是个一眼就能看到结局的故事。

何况陆非对江嫣的态度一直不甚明朗，从没有给过回应，拒绝的成分偏多，大概只把她当成执拗又胡闹的小女孩儿，也许时间一长，就淡了。

韩江抱了抱温颜："他们两个的事，让他们自己解决吧，外人不好插手，或者，顺其自然要好一些。"

温颜也是这样想，之前也并没想插手太多，只是江嫣难受，她总想为江嫣做点儿什么。

门外又有人走动。

温颜从他身上起来，拽住他一根手指，微微仰着头："我要过去了。"

见韩江不说话，她又有点儿不忍心，很快说："我明天再来行吗？"

韩江有了反应："真的？"

"嗯。"她认真地点头，"我给你带饭好不好，用我的保温饭盒，你想吃什么？"

韩江一双漆黑的眼睛望着她："每天都来吗？"

温颜本没有这个意思，但他一说，她忽然就决定了："嗯，每天都来，你想吃什么？"

韩江心情好了一些："你带什么就吃什么。"

这答案在温颜的预料中，韩江本来对食物就并不挑剔，何况还是温颜送的，自然是有什么吃什么。

温颜心里已经想好了几样他爱吃的菜，只是有点儿发愁要怎么跟施静解释这件事。

韩江一眼看穿她："我妈那边我来说。"

温颜愣了一下，听到韩江说："就说我病了，不爱吃食堂的菜，让她给我做几天，你帮我送。"

多么名正言顺的理由。

温颜又一次觉得自己想太多。

看似很难的一件事在他眼中似乎都不算什么，就这么轻而易举地解决了。

从这天起，温颜每天中午都会准时出现在C大，有时在教学楼，有时在图书馆，她会多带一些，两个人一起吃。

饭后，韩江会牵着她在学校里散步，之后把她送到校门口。

其实大四的课并不多，但韩江已经递交了保研申请，需要准备很多东西，所以很忙。

温颜有时会像个小书童一样，安静地坐在他身边，帮他倒水，整理资料。

这样的日子持续到大一新生报到前一天。

晚上八点，客厅里，施静已经给温颜准备好了行李箱，衣服只带了应季的，其他可以周末回来换，生活用品也带了一些，但都不多。C大附近温颜的房子里有很多东西，她可以随时回去拿。

她们收拾得很快，不到九点，两人双双倒在沙发上，枕着抱枕，头对头聊天。

今晚施静似乎特别感慨，提起几年前送韩江住校。

虽然都是在本市，但住校跟住家里并不一样，好像送走了，就算彻底离开父母身边，是孩子的另一段旅程，人生的新篇章。

施静特别感性。

温颜听她说了一会儿，心里在想向飞鸿。

如果妈妈还好好活着，现在是不是也会像施静一样，为她的离家而伤感？

温颜说：“静姨。”

“嗯？”

“说说我妈吧。”

施静“嗯”了一声：“想听什么？”

“什么都行。”

施静曾说过，她跟向飞鸿是多年好友，最好的闺蜜。温颜以前从没特意从施静口中了解母亲，那时并没想过，以后再也见不到向飞鸿。

施静安静了一会儿，似乎在措辞，或者在想要从哪里说起。

“你妈妈读高中时，就很有正义感。”施静说。

施静和向飞鸿是高中同学，那年向飞鸿从隔壁小镇转学来岳城，跟她做了同班同学。

向飞鸿很厉害，记得那年女生寝室有人看到晚上对面的图书馆有手电筒的亮光，怀疑有人躲在那里偷看女寝。大家告诉了宿管阿姨和学校保安，很多女生都不敢上前，只有向飞鸿穿着拖鞋、拿着拖把，巾帼英雄一样冲在前面，帮保安大叔抓住了那个偷窥坏蛋。

“那件事后，她在全校都出名了，校长都表扬她。”

温颜听到这些时，心底有隐隐的自豪感，原来妈妈那样厉害。

她问施静：“可之前我好像没有见过你。”

向飞鸿交好的几个阿姨，温颜都记得。那时只要有空，向飞鸿都会约上朋友，带着各自的孩子去游乐场玩。

温颜对施静没有印象。

施静停顿一下，说：“我那几年有些忙，不常跟你妈妈见面，但我们关系一直很好。”

温颜没再问下去。

这一晚，施静说了很多，温颜仔细听着，默默在心里拼凑并不清晰的母亲形象。

后来不知什么时候睡着的，醒来的时候是在自己房间的床上，施静就躺在她旁边。

也是为难施静了，施静身材娇小，力气不大，不知道她是怎么把温颜弄进来的。

第二天一大早，韩江准时把温颜接走，迫不及待似的。

因为要拿行李箱，所以车直接开到楼下，温颜用的是韩江回国时用的那个黑色大箱子，被韩江一只手就拎起来塞到后备厢。

两人上车后，韩江身子直接压过去，手伸向她腰间。

温颜吓了一跳，双手抵在胸前，死命推他：“你干吗呀，这是在家！”

楼下随时有邻居路过。

韩江看了她几秒，有点儿逗弄的意思：“你知道我想干吗？”

温颜脸红了红，小声说：“一会儿出去再亲……”

韩江想现在立刻马上把她揉进怀里狠狠欺负。

他故意面色淡淡：“很期待我亲你吗？”他指了指座位侧边，“我只是想帮你系安全带。”

他这样说，温颜觉得脸上烧得烫人，恨不能找个地缝钻进去。她抿着唇，自己扯了安全带系好，不再看他。

韩江忍着笑，驱车离开小区。

本来沿江边开一分钟左右，要右转上桥，但韩江直接打方向盘左转，驶进一条人很少的小路。

温颜终于转头说话：“不去学校吗？”

韩江没有看她，利落地将车停在路边，拉手刹，解安全带，身体倾过去，伸手把她脑袋扳过来，低头咬住她的唇瓣。

车窗外是小公园的外墙，整面墙都是绿油油的爬山虎，非常漂亮。

真是个接吻的好地方。

过了会儿，韩江松开她，有点儿亲不够似的，又在她嘴角亲了一下，捏了捏她的耳朵：“不是说出来再亲吗，怎么一脸不高兴的样子？”

温颜不想理他。

韩江把她拉到自己怀里：“生气了？”

“没有。”

他捏了捏她手指，歪着头看她：“逗你一下，不许生气。”

温颜抬眼跟他对视，几秒后，两人都笑了。

她不是矫情的女孩儿，逮住一件事没完没了，而且她也没有真的生气。

温颜懒懒地靠在他肩上：“韩江。”

“嗯。”

“我最近在网上搜过不少资料，没有看到跟焰离有关的消息。”

钟爷爷的嘱托，她没有忘。

韩江揉了揉她的头发，把人扳正，整理好安全带，启动车子去学校：“慢慢来吧，我已经托人打听了，有时间我们还可以去各地的古玩市场试着找找。”

今天是新生报到的日子，校园里人很多，外地的学生家长都跟着一起过来，送孩子上学，顺便看看学校的环境。

韩江也是温颜的家长。

其实昨天就可以报到，韩江抽时间把手续都给办了，今天直接领被褥去寝室就可以。

温颜在十八号寝室楼，韩江一只手拖着拉杆箱，被褥放在箱子上面一起拉着走，空出一只手去牵她。

韩江示意右手边一条小路：“我寝室就在那边，隔两栋楼就是。”

温颜笑着说：“我知道啊，我去过。”

那年冬天，她奉命给韩江送羽绒衣，去过他寝室楼下。记得也是在那天，韩江第一次带她去C大的图书馆。

报到这两天寝室楼可以进外人，韩江把她送进去，三楼306，四人寝，配置和陈设跟男寝那边是一样的。

寝室里另外三个女孩儿都已经到了，几个人分别打了招呼，她们看起来都不错，很好相处。

韩江帮温颜把被褥铺好，又把上届学生弄坏的窗帘拉杆重新搭上。

他话不多，因为是女生寝室，也没有到处看，只忙温颜那一块地方，十点一到就去上课。

寝室的女生对韩江印象非常好。

中午韩江给温颜打了电话，那时她刚吃完饭，正和寝室其他女生一起逛学校。她们都是第一次来，温颜成了小向导，轻车熟路地带她们把图书馆、教学楼和球场都转了一圈。

到了晚上，她才有时间见韩江。两人一起在食堂吃饭，韩江在学校的超市里给她买了暖水壶和两个洗漱的盆，把人送到寝室楼下。

他从兜里摸出一瓶防晒霜递给她：“独家私藏，别晒成小黑猪。”

明天就要开始军训。

温颜低低答应一声，伸手拽了他衣服上的一颗扣子：“我明天开始要军训，起很早，不能跟你一起吃早餐。”

韩江特别享受她这双柔软的手，心里在想什么时候能让她帮自己打一次领带？

他目光没动，只略点了头：“嗯。”

其实他起得也很早，但想着刚开学，还是先让她跟寝室的人一起活动比较好。

韩江回到寝室，迎面接收到屋里三双眼睛的审视。

赵家明“啧啧”两声：“这么早回来，不用陪你的小女友吗？”

自从那天他们在教学楼门前看到温颜，一颗颗八卦的心就按捺不住，终于在一个月黑风高的夜晚，几个人把韩江堵在厕所，严刑逼供。

韩江本来也没打算瞒着他们，大方承认——

对，是我女朋友，什么亲戚？不是亲戚。

众人皆为系里的女生叹息，那么多人也没能成功地把这朵高岭之花留在系里。

男生寝室的夜聊基本都跟女生有关。

今晚的话题尤其刺激。

几个男生不敢拿温颜开玩笑，却敢调侃韩江。赵家明说："你可真够鸡贼的，打小把媳妇儿养在身边，十八岁成人立马拿下，时间统筹发挥到极致，一秒钟都不耽搁。"

对面的张泽搭腔："什么人什么命，凭什么我女朋友是个母老虎，你的像个小花猫？我不服。"

赵家明立马反驳："你拉倒吧，数数咱们几个，就你隔三岔五吃顿肉，别得了便宜还卖乖成吗？"

这倒没错，张泽呵呵两声，忽然问韩江："你吃了吗？"

怎么个"吃"，男生都懂，韩江摸黑砸了个枕头过去，张泽立马明白了：还素着呢。

他感慨："你可真能忍。"

韩江一边听他们几个瞎聊，一边给温颜发信息。

韩江：早点睡。

温颜：嗯，你也是。

韩江：明天几点起？

温颜：六点。

韩江：要我叫你吗？

温颜：不用，我们定闹钟了，统一行动，不会晚的。

韩江：嗯，睡吧。

后面跟了一个"亲亲"的表情。

韩江刚把手机放一边，就看到又来一条信息，他以为是温颜发来的，打开发现是张泽推送了一家网店。

韩江说："什么啊？"

张泽"嘿"了一声："敢情我刚才说的话你没听啊？"又补充一句，"我说这家店东西全质量又好，我有会员卡可以打折，你要用可以拿我卡。”

韩江点开链接，看到店铺名字：×× 成人用品专营店。

韩江有点儿想揍张泽，但仔细琢磨了一下，又低低笑了。

庆幸已经熄灯，没人看到他此时的表情。

韩江翻了个身，默默在屏幕右上角点了“收藏店铺”。

军训开始后，校园里到处都是朝气蓬勃的喊号声。教室里，韩江坐在靠窗的位置，前面老教授在讲课，他低头看书，偶尔看向窗外。

球场离这里很远，依稀可以听到声音，但看不到那边的情况。

阳光把桌面照得滚烫。

韩江在想，不知道温颜有没有涂防晒？又想了下，黑点儿也好，健康，反正她怎么都是好看的。

好不容易熬到课间，韩江去超市买了两瓶水，一瓶冰镇、一瓶常温，用一个小袋子装着，拎到球场。

现场气氛浓烈，第一天军训，大家都还没劳累，一个个精神饱满，恨不能把全身的劲儿都使出来。

方阵太多，不太好找人，韩江沿着跑道边缘往主席台那边走，迎面碰到新上任的校学生会主席。

这人叫邵明宇，很有能力，是韩江的师弟。

看到韩江，他很意外：“学长，你怎么来了？”

韩江说：“我来找个人。”

看到韩江手里的水和纸巾，邵明宇直觉敏锐：“女生？”

韩江笑着说：“对，我女朋友。”

邵明宇惊了一下：“你女朋友？大一的？”

韩江默认，眼睛看向正对主席台的那个方阵。

第三排第二个女生，扎着清爽的马尾，小脸儿绷得紧紧的，表情严肃，站军姿，一动不动。

韩江嘴角微微翘起。

邵明宇冲韩江竖起大拇指，学长就是学长，回国这么几个月，不声不响就有了女朋友，还是个大一的小嫩苗。

他问：“她是哪个学院的，我帮你找找。”

韩江目光没动："不用，我看到她了。"

就算所有人都穿着同样的衣服，他也能一眼看到她。

没了外表服饰的装点，大家都在同一起跑线，这时候相貌气质不同就特别容易脱颖而出。

温颜就属于那种类型。

双眼有神不怯懦，肩背挺直，一看就有舞蹈功底。精气神儿十足，身上兼备少女的清新感和年轻人的韧劲儿。

适逢中场休息，学生们立刻放松身体，叉腰踢腿活动筋骨，温颜转头跟旁边的女生说了句什么，女生一下笑出来，挽着她的胳膊，两个人很亲密。

韩江又笑了下，抬手示意温颜。

温颜看到他，眼睛顿时亮了，松开室友的手小跑过来。

天太热，她额头有细密的汗，脸庞微微发红，她很兴奋："你不是在上课吗？"

他的课表她已经看过多次，默记下来。

韩江拉过她的手，把她牵到阴凉处，扯了张纸巾给她擦汗："累不累？"

温颜使劲儿摇头："不累，很好玩。"

知道水是给她的，温颜没有客气，直接拿了那瓶带冰的水，拧开喝了一大口，又递到他唇边："好爽，你也喝一口。"

韩江喝完，把剩下那瓶一并给她："我只有十分钟，要回去了。中午你跟我吃，还是跟你的小伙伴？"

温颜把扎着马尾辫的头绳摘下来咬在嘴里，用手抓着头发重新梳理，发音不太清楚："跟程雪说好了去回民餐厅吃小炒，我跟她说那儿的小炒特别好吃。"

以前韩江带她吃过。

韩江点头："中午吃完饭回寝室睡一觉，我晚上找你。"

人太多，不好太亲热，韩江只悄悄捏了她的手，靠过去在她耳边说："乖一点儿，趁教官不注意多想想我。"

温颜脸一热，抿着唇笑不说话。

早上套了两根头绳，这会儿她只用一根，另外一根不想戴了，顺手套在韩江手腕上，仰头冲他笑，露出一排小白牙："你快去上课，我走啦！"

韩江盯着她跑回去的背影看，直到她归队。

他摸了摸手腕上的头绳，黑色皮筋儿，坠着两朵藏蓝色的布艺小花，低调又文艺，是她喜欢的风格。

韩江觉得，她好像比以前活泼了一些。

是因为没了高考的压力，还是因为新环境，认识了很多新朋友？

想到最后，他决定把功劳留给自己。

大概是因为跟自己谈恋爱了吧。

踩着上课音乐回教室，韩江坐回自己的位置，后排的张泽眼尖，一下看到他手腕上的头绳。

啧啧，一看就是刚见完女朋友，要不要这么饥渴？课间十分钟也不放过。

他踢了踢前排椅子，趴在桌上小声说："找个时间咱们寝吃顿饭吧？把你小女友也带上，大家认识认识。"

这似乎是大学校园里一个不成文的规定，寝室聚餐，带去的女朋友都算过了明路，以后见面那是要叫大嫂的，是一家人。

他们寝四个人，只有张泽有女朋友，每次吃饭只有一个女孩儿，怪没意思。

韩江没什么意见，反正温颜迟早要见他们。他点头同意："行。"

想到张泽平时那不正经又荤话连篇的样子，他说："你嘴上有个把门的，别乱讲话。"

张泽满口答应："知道，我有分寸。"

一旁赵家明看了眼韩江的手腕，酸溜溜地说："现在流行戴女朋友的头绳吗？"

这什么潮流，宣示主权？

他顺手把桌上面包袋顶端绑着的裸色皮筋儿拽下来套手腕上："我也来一个。"

张泽笑到面部抽筋，一点儿面子没给："人家那是情调，你瞎凑什么热闹，快拿下来吧，别丢人了。改天哥去批发市场给你批一卡车回来，咱想套多少套多少。"

铃声已经响过，老教授开始放法语原声电影，张泽笑完便不再出声。老教授都年过六十了，被学校返聘回来教课，大家都很尊敬他。

中午吃饭时，赵家明问去哪儿，韩江少见地提了意见："回民餐厅吧。"

大家一块儿过去，分别找到自己喜欢的档口排队。

餐厅里大半位置都被穿着绿色迷彩服的大一新生占领，韩江目光扫了一圈，在靠窗的角落看到了温颜。

她跟三个女生一起吃饭，大概是那三个室友。

韩江买了一份可乐鸡翅和一盘小炸鱼，又在水吧刷了四瓶饮料给人送过去。

在外人面前，他依旧话不多，东西往餐桌上一放，伸手揉了揉温颜的脑袋，看着她低声说：“给你们加个餐，走了。”

韩江走后，室友田晓阳推了推眼镜，花痴一样：“温颜，你这哪儿找的神仙男友？长得帅，脾气又好，说个地儿，我也去蹲一晚上，要求不高，有他一半就成。”

大家一起笑起来。

室友对韩江评价这么高，温颜特别高兴，不过还是第一次听到有人说他脾气好。

温颜有点儿想笑，那是你们没见过他生气时的样子。

中午时间充足，吃过饭，几个人回寝睡了半小时。下午的太阳比上午还毒，温颜洗过脸后涂了防晒，胳膊上也抹了一点儿，跟室友一起去球场。

一直到晚上，累了一天的新生都不像早上那么有活力，眼巴巴盼着结束哨。

最后一个环节是教唱军歌，这个还不错，大家都坐在地上，可以休息一下。

大概教官也有点儿累了，教过两遍就喊停，张罗着叫人上前表演节目。

现在的学生一届比一届厉害，大大方方，有男生唱了首歌，隔壁方阵还有长发高个子的女生跳了一支热辣的街舞，有同学在一旁用手机放伴奏，现场气氛被推向高潮，非常热闹。

这样一对比，设计系这边就显得安静了一些，教官说：“谁再来一个？”

有人把温颜推出去：“她会拉小提琴！”

温颜的小提琴被她带到学校，放在寝室里。

历年来军训的才艺展示中，跟乐器有关的数吉他最多，小提琴还真没几个。教官来了兴致，也有意跟隔壁 PK 一下，想让温颜回去取一下琴。

这不是什么难事，温颜也不想让设计系被比下去，程雪陪她回了趟寝室。

她拉了一曲《Flower Dance》。

这首纯音乐用钢琴弹出来空灵又轻盈，小提琴版本却独独带着一股缠绵劲儿，非常迷人。

温颜从小学小提琴，琴身架起的那一刻，她仿佛变了个人一样，优雅自信，吸引着所有人的目光。

渐渐地，其他方阵也安静下来，全场环绕着她一个人演奏的美妙音符。

一首曲子结束，同学们安静几秒，紧接着自发响起雷鸣般的掌声。男生们欢呼口哨不停，已经有人在偷偷打听这位漂亮的设计系妹子叫什么名字。

温颜下来后，绕到最后一排整理琴盒。

其实她刚刚也蛮紧张，这首曲子她新学不久，还不是很熟练。但她非常喜欢这个旋律，壮着胆子选了这首，还好效果不错。

她目光一抬，看到不远处看台上坐着的韩江。

不知道他什么时候来的。

温颜与他眼神交汇的那一秒，立刻笑出来。看到他就想笑，似乎是个本能。

她看到韩江的嘴唇动了动，似乎在说：好厉害。

结束后，温颜让三个室友先走，拎着小提琴快步走向韩江。

韩江没有起身，在她走近时伸手拉了一把，让她坐在自己身边。他搂住她的肩膀，目光笔直地盯着她看："拉得不错。"

温颜有点儿不好意思，但难掩兴奋，抱住他的胳膊，小脸仰着贴在他肩头："你什么时候来的？"

"有一会儿了。"

军训队伍解散后，有不少大二大三的过来跑步，操场上人很多，但韩江不管那些，手臂收紧，脑袋凑过去含住她的唇瓣。

开学这两天都没有好好亲过她。

温颜慌忙把人推开，向四周看了看："这么多人。"

"没事。"韩江离得很近，声音也低，"天都黑了，没人注意这边。"

温颜靠在他怀里。球场又多了一队踢足球的，守门员似乎认识韩江，冲这边吹了个口哨。

韩江招了招手，算是回应。

温颜说："你同学吗？"

"不是，学德语的，住我们寝隔壁。"

韩江的手刚落下，另一队的守门员忽然向这边走过来，之前两人都没注意，现在才发现，那个人是江振。

江振摘了手套，抬手胡乱拨了一下头发，小跑着过来。

温颜上次见江振还是散伙饭那天他送自己回家，记得那时江振说，有好消息要告诉他，她答应了。谁想他前脚刚走，后脚她就跟韩江在一起了，也没有履行承诺把这事告诉他。

想到这里，温颜有点儿不好意思。

两个男生倒是很自然，毕竟是发小，又是同年同月同日生，除了温颜这件事，其他方面两人关系也是非常好的。

江振刚刚看到他们抱在一起，就已经什么都知道了。这会儿不用韩江开口，他先说："你们两个太不够意思，这么大的事也不告诉我们，一会儿我就发群里，让他们好好宰你一顿。"

他说的是胡同发小的群。

韩江回国后，大家还没有聚过，他痛快地点头："好啊，想吃什么，随便点。"

男生之间，一个眼神就够了，都是光明磊落的人，追女孩儿这件事，赢了不卖弄得意，输了也不垂头丧气，兄弟还是兄弟。

不知是巧合还是什么，对温颜有好感的人，都是这样拿得起放得下，不纠缠不讨厌的人，以前蒋旭是这样，现在江振也是这样。

大概一个人本身携带的磁场也是个很玄妙的东西吧，被温颜吸引的人，也都是同样优秀的人。

那边还在等江振，他没多说什么，留下一句"电话联系"，很快跑远。

温颜看了那边一会儿，忽然被人捏住下巴，韩江把她的脸转回来："还看。"

她知道他在逗她，没忍住笑了一下，调整姿势，趴在他腿上，脸冲外面眯起眼睛休息，小风吹着，特别舒服。

两人有一搭没一搭地聊天，韩江低头，看到她空荡荡的耳垂。

也许应该带她打一对耳洞，他想。

脑子里不自觉地思考她会喜欢什么样的耳饰，或许还需要一个首饰盒？专门放耳钉耳坠什么的。

如果有了首饰盒，只放耳钉太单调，大概还需要买一些手链、项链、戒指之类。

他行动迅速，已经开始盘算哪天去商场看看。

温颜并不知道他在想这些，忽然抬起头：“韩江。”

“嗯。”

温颜坐起来，但身子还是紧靠着他：“我想问你一件事。”

韩江转头看她：“你说。”

“你高中毕业已经几年，为什么还对那些题那么熟悉？真能做到那么久都不忘吗？我觉得我现在有些题就已经做不出来了。”

韩江两手撑在身后，笑了一下：“我又不是神童，当然会忘。”

“那你怎么什么都会？”在补习班的时候，数理化他都游刃有余。

韩江伸手捏捏她的耳朵：“不会可以学啊。”

温颜反应了一下，忽然睁大眼睛：“你提前看过书吗？”

韩江没否认。

数学和物理的确提前看过，但也没花他太多时间，毕竟底子好，有些印象模糊的东西，重新翻翻书就想起来了。

本是为她准备，没想到临时决定做助教倒派上用场。

得到答案，温颜觉得整颗心都躁得不行，她不想问“你是专门为我学的吗”这种矫情又明知故问的话，只觉得越了解他，越喜欢他。

特别想使劲儿对他好。

温颜搂住他的脖子，用力在他脸上亲一下：“谢谢你，韩江。”

她很少这么主动，韩江的心立刻被她搅乱，身上有点儿热，忍不住想逗她：“口头感谢？”

温颜说：“不然呢？”

韩江把手伸过去，搂住她的腰：“听我的？”

温颜隐隐觉得他要给自己下套，随后就听他说：“那今晚别回寝室了，我们去你那儿住吧。”

韩江本以为温颜会像以前一样脸红害羞，说他不正经。

但她没有。

她定定地看了他几秒，轻飘飘地说：“好啊。”

这下轮到韩江不知所措，他预想的答案里没有这个。

韩江认真观察了一下她的表情，发现她并没有开玩笑的意思，于是再次强调：“你和我，都不回寝室。”

“嗯。”

“这次我不会像上次一样。”

“嗯。”

“我也不睡沙发。”

“嗯。”

“…………”

韩江捏住她的肩膀：“温颜，你到底知不知道我什么意思？”

温颜眨眨眼：“我知道啊，你想那个。”

“…………”

韩江觉得自己大概是要死了。

他忽然搂着她站起来，一手提起她的小提琴，三两步迈下台阶，语气已经有些不稳：“带钥匙了吗？我可能要先去请假——”

“可是，”温颜忽然拉住他的手，仰起头，“昨晚宿管阿姨查寝时说，军训期间严禁外宿，家在本市的也不行。”

韩江愣在原地。

身上的火已经被她几句话拱起来，忽然听到这话，像一大盆冷水迎头浇下，透心凉。

所以这死丫头刚刚是在逗他？

胆儿肥了。

球场人不少，韩江拼命压下想要捏死她的冲动，深深舒了口气：“温颜。”

她还是简简单单的一个“嗯”。

“知道我现在想干什么吗？”

“知道。”

韩江瞪着她。

温颜笑眯眯地说：“你想揍我。”

韩江抿了抿唇：“不对。”

温颜问：“那你想做什么？”

韩江低下头，嘴唇在她耳边轻碰，说了一句话。

温颜顿时涨红了脸，再没了刚才嚣张的气焰，一颗心被他刚刚那句话弄得怦怦跳。

果然还是不能惹他，他随时有办法把自己治得服服帖帖。

韩江抬手摸了摸她的头发，把人搂到怀里，低声说："我怎么舍得揍你呢，最多——"

温颜一下捂住他的嘴，生怕他在大庭广众下把那句让人脸红心跳的话讲出来："你快别说了。"

韩江低笑一声，不再逗她："送你回去？"再憋屈，也舍不得凶她。

温颜点头。

两人也没着急，散着步走回去。到寝室楼下，韩江把小提琴递给她："早点儿睡。"

"嗯。"

"防晒涂了吗？"

温颜说："涂了。"她闻闻自己手腕，"香味现在还有呢，你这个还挺好的。"

"用完再给你买。"

温颜没有想到，她晚上在同学面前露的这一手，很快在大一新生中传开。

很多人都知道室内设计系有个漂亮女生，小提琴拉得特别好。这事被辅导员知道，第二天就找到温颜，希望她能参加半个月后的迎新晚会。

也有学生会文艺部的找到她，希望她参加新生干事竞选。

一时间，温颜变得特别忙。

除了逃不掉的军训，还要练习表演曲目，审核通过后跟着其他同学一块儿开会、彩排，余下的时间很少，韩江常常只有晚上一小会儿时间可以见她。

有时等在她寝室楼下，像个盼望丈夫归家的小媳妇。

韩江不是没想到过这种情况，温颜虽然不爱张扬，但遇事不会退缩，该上的时候会上，这种性格讨人喜欢，在新生中脱颖而出是意料中的事。

韩江为她高兴，同时心里也隐隐有点儿发愁。

他的漂亮小妞越来越优秀，闪闪发光，不止吸引他，也吸引别的男生。

大学是一个充满青春荷尔蒙气息的地方，高中三年紧张压抑的生活结束后，很多人解放天性，迫不及待地交朋友谈恋爱，好像晚一天就亏了似的。

韩江忽然觉得危机四伏。

到处都是敌人。

温颜不知道他心里这些乱七八糟的小九九，她在为表演曲目纠结。

审核通过了两首曲子，一首是那晚拉的《Flower Dance》，另一首是《贝多芬病毒》，她需要二选一。

晚上，韩江把她带到图书馆西边的一片空地上，这里种了不少观赏花草，有一条木长廊通往学校西侧的一扇小门，出了校门不远就是游泳馆。

这个时间很少有人过来，两人坐在木板上，小腿悬空，还差一点儿高度就可以蹭到地面的小草。

温颜把两首曲子都给他拉一遍。

对于温颜的水平，韩江没有怀疑，两首都很完美，只是曲风区别很大，《Flower Dance》轻盈空灵，《贝多芬病毒》完全相反，急速震撼，难度非常高。

韩江的意思，“贝多芬”更适合演出现场，带动气氛方面会比“Flower”要强很多，而且很多人听过她的“Flower”，新鲜感不够。

温颜冲他笑一笑：“好啊，那就‘贝多芬’。”

韩江看她一会儿，抬手摸了摸她的右半边眉毛，把几根头发拨开：“这么听我的？”

“因为你说得对啊。”

得到她的肯定，韩江似乎心情特别好。这会儿没人路过，他手掌撑在木板上，身体倾过去，偏头亲她。

温颜怀里抱着小提琴，没办法抱他，她闭上眼睛，慢慢回应他的吻。

韩江亲了她好久。

直到不远处有声响，似乎有人走过来，韩江才松开她，坐直身体，两条长腿肆意晃荡，很闲适舒服的样子。

等路过的同学走远了，温颜才说：“你会来看我表演吗？”

问完，她忽然想起江嫣，那天江嫣也是这样问陆非，不知道他们两个最近怎么样了。

这几天她有点儿忙，没有联系江嫣，晚上应该给她打个电话。

韩江淡淡应了一下：“去。”

温颜上大学后第一次表演，怎么能不去？

学校礼堂很大，除了大一新生，还有一些空位，其他年级的学生有兴趣也可以来，为避免现场混乱，入场券有限，想去的可以问学生会要。

韩江早早弄来几张，到时会跟寝室几个哥们儿一起去。

“走吧。”时间已经不早，韩江把人拉起来，顺手拍净她身上沾染的灰尘。

动作太自然，他自己并没觉得有什么不妥，但温颜的脸又红了。

她真的很容易脸红。

把温颜送回寝室后，韩江接到了赵家明的电话，让他回去时带碗泡面。他转身去超市，没走几步又有电话，是个陌生号码。

电话里传出清脆的女孩儿声音："请问你是韩江吗？"

韩江说："对，你哪位？"

"我是赵心瑶的同学，她喝醉了，一直在找你，所以能不能麻烦你过来接一下她？我们在——"对方好像不太熟悉环境的样子，跟旁边的人确定了地址才继续说，"我们在蔷薇饭店。"

韩江眉头蹙起，没有犹豫："对不起，我跟她不太熟，你找别人吧。"

他想挂电话，但对方语速很快："等一下。对不起，我知道可能有点儿麻烦你，但我要赶一小时后的火车，马上就走。她来送行但没想到喝醉了，她一直在叫你的名字，我想就算你不是她男朋友，来接一下总可以吧。难道让她一个喝醉的女孩儿自己回学校吗？"

这女孩儿真的会说话，一句重话没有，但道德绑架，好像韩江不去就是任凭赵心瑶出事一样。

韩江虽对赵心瑶没什么好感，甚至因为当初她一些比较过分的举动对她比其他同学疏远很多，但毕竟是同学，这种情况如果不管，万一出事，总归不好。

挂掉电话后，他想了一下，给赵家明打过去，让赵家明帮忙通知赵心瑶的室友，让人去接。

他没有系里其他女生的电话。

几分钟后赵家明回过来，说赵心瑶寝室那边一个电话都打不通，不知道都在干吗。

蔷薇饭店的包间里，赵心瑶微醺。

其实她并没有醉得彻底，只是心里不舒服，还对韩江抱有一丝幻想，才让同学打那通电话。

现在同学已经走了，对方确实要赶火车。

自从知道韩江跟别人谈恋爱后，赵心瑶就很有挫败感。

都说女追男隔层纱，赵心瑶自认长得漂亮，条件上等，她不明白，为什么韩江看不上她？

就当这是给韩江最后一次机会吧，也是给自己最后一次机会。

二十分钟后，包厢门被打开，赵心瑶心中一动，满怀期待地看向门口。

她原本趴在桌上，待坐直身体看清来人时，心一下就凉了。

门口的人，是赵家明。

那件事，韩江并没让温颜知道，每天陪她练琴、吃饭、钻小树林、在寝室楼下腻歪，做一切校园小情侣都在做的事。

直到军训结束，在迎新晚会的现场，已经看到赵心瑶挽着别的男生入座了。

韩江心中没有丝毫波动，在想要不要找一个视野更好的位置看温颜表演。

最后他换到了一个前排的座位。

每年的节目似乎都差不多，无非是唱歌、跳舞，偶尔有个小相声或者三句半调剂一下。

温颜的节目排在后面，因为彩排时效果非常震撼，导演想用这个节目压轴，到时现场气氛一定会达到最高潮，也比较符合起承转合的规律。

这导演是个大四的，学校话剧社社长，习惯用影视效果做一切事。

别人没什么感觉，反正都是节目，先看谁后看谁都可以，但韩江就比较难受。

他一向不爱凑这种热闹，如果没有温颜，他今天根本不会来。

他只想看温颜。

但前面要煎熬一个半小时，韩江不太感兴趣，低头看手机。

之前托的人已经回话，说问了不少人，也在古董店看过，都没有焰离的相关消息。但如果韩江能提供美芝婆婆家族的一些信息，可能会好一些。民国时期的大家族没落，也许会在某些地方有记载，或者一些老人可能知道。

这倒提醒了韩江，钟爷爷确实有提过一些，美芝婆婆家当初好像产业不少，有典当行，有药铺。似乎还有个族谱，他决定抽空回温颜那边找一下，钟爷爷的遗物都被温颜好好收着。

钟阎说过，他没见过焰离，只在美芝的画上见过，形状特殊，成色极佳，很好辨认。

在上流社会，宝石取了名字后，一般是不会轻易改变的，就算易主，名字也会延续下去，但也不排除名字失传的可能，宝石也可能被当作随葬物品下葬。

钟阎找了半辈子，不是那么容易的，但韩江不想放弃。

演出过半，还有几个节目就到温颜，韩江收起手机，看向台上。

三个女生穿着牛仔裤，舞姿性感，挺胸扭臀。

音乐很吵，韩江觉得头疼，抱着手臂眯起眼睛休息。

好不容易熬到温颜出场。

上场时，并没音乐，但台下意外地响起了热烈的掌声。

这里绝大部分都是大一新生，很多人还记得军训第一天的晚上，那个拉小提琴的漂亮女孩儿。

而此时，温颜身穿一身纯白色连衣裙，裙子只到膝盖上面一点儿，两条腿细白匀称，搭配一双小白鞋，长发披在肩上，似乎做了造型，有些微微卷起，是最自然的弧度。

她化了淡妆，整个人看起来非常养眼，恬淡文静的样子。

她手里的小提琴，给整幅画面增添了一抹文艺气息。

这样的女孩儿，谁见了不喜欢？

温颜站在舞台正中央，腰背挺直，微微向台下鞠躬。没有开场白，她直接示意伴奏老师，可以开始了。

全场灯光暗下，一束光打在她身上，脚下的升降台缓缓升起，她将小提琴架起，准备开始。

《贝多芬病毒》整体基调轻快激昂，热血澎湃，像有股力量推着人不断前行，需要演奏者注入无限活力，才能成功带动气氛。

前奏一起，新一波的掌声便随之而来，整个表演过程中，没人走动，没人闲聊，整个会场气氛轰然炸掉，比彩排时效果还要好。

没人能想到，外表看似柔弱的小女生，能输出如此大的能量。

韩江看着，听着，嘴角含笑，心中骄傲。

你们鼓掌啊，尖叫啊，随便，反正名花有主，谁都别惦记。

这姑娘是我的。

一曲毕，掌声还在继续，温颜再次鞠躬，等着升降台落下退场。

这一点，她的习惯跟韩江一样，不太喜欢在台上废话。

奇怪的是，一直到大家安静下来，升降台还没反应，后台上来个男生，仰着头跟温颜比画两下，好像在说：升降台出现故障，降不下去了。

这就有点儿尴尬了。

台子很高，温颜又穿着裙子，没办法跳下去。

那男生冲她张开手臂，似乎想把人抱下去。

温颜还没有回应，大家就看到舞台侧面跳上去一个高大的男生，腿极长，人极帅。

韩江走到升降台另一侧，叫了温颜一声。温颜转头看过去，没有犹豫，直接单膝蹲下，搂住他的脖子，当着全场人的面，就这么被他抱了下去。

两人动作自然，态度亲密，一看就是情侣。

台下吃瓜群众看热闹不嫌事儿大，吹哨起哄，炸锅了一样。

这种偶像剧情节谁不喜欢？都想做女主角，来个台上那样的男生救我于危难中，顺便迎接其他女生羡慕嫉妒恨的目光。

当然，这事儿不算危难，只是韩江这样做也算昭告天下，这姑娘有主了，台下那帮藏了贼心的，可以消停了。

温颜表演完，韩江再没回观众席，两人在后台待了一会儿，看工作人员跑前跑后弄好了升降台，接下来的节目才能继续。

不知是天热还是紧张，温颜手心有汗，韩江握住她的手，用半张面巾纸擦干净，说："刚刚很漂亮。"

温颜仰起头看他，笑着说："就只漂亮吗？拉得好吗？"

韩江说："光顾看你了，没仔细听。"

又在逗她，温颜瞪他一下，又低头笑了，跟后台的工作人员打过招呼，两人离开会场。

迎新晚会结束后，紧接着是十月一日的国庆假期。

听说第二天学校还搞了个节目评比，温颜的小提琴独奏获得了"最受喜爱节目奖"，但她是后来才知道的，因为那个时候她已经回家了。

半个月不见，施静一上来就是个大熊抱。家里已经准备好很多零食和水果，韩江把温颜表演的视频给施静看，施静兴奋地转发给她的一众闺蜜：看，我们家小丫头，厉害吧？

炫女心切，也顾不得她大作家应有的端庄范儿了。

晚饭的时候，施静告诉他们，国庆假期她找了个景色不错人又少的海边，准备一家人去那边短暂地度个假。

其实这个计划早在温颜高考后就该实施的，但那时发生不少事，大家都没心情。

韩江说："十一哪有人少的地方。"

"我编辑发现的地儿，不是什么正经景点，海滩特别干净。沿海开了几个有特色的民宿酒店，晚上海边一坐，玩玩水，吹吹海风，最舒服不过。"

果然是浪漫的施静。

其实这有点儿打乱了韩江的计划，他本想借着找焰离的名义把温颜带出去玩几天，但施静兴致这么高，韩雪凇也难得有空，他不好扫兴，只能表示同意。

事情定下，最兴奋的是施静，她一下忙起来，订酒店，写攻略，准备要带的东西。

温颜跟在她后头转来转去打下手。

韩江就纳闷了，不是说只是个看海景的小地方吗，有什么攻略可做？

度假就是要慢悠清闲地过，时间安排那么满，哪舒服得起来。

韩雪凇一副见怪不怪的样子，早习惯施静这种事无巨细都要提前准备好的性格。他拍拍儿子的肩膀："什么都不用你操心还不好，不会享福。"

十一当天人特别多，高速也堵，所以他们准备二号出发。

施静在海边定了个家庭套房，三个房间，正好够住，想着在那儿还可以吃到正宗新鲜的海鲜，她就忍不住流口水。

韩雪凇穿一件酒红色的休闲 POLO 衫，摇身一变，从小山楼董事长变成家庭司机，这辆车是他平日私人时间用，副驾驶是施静的专座。

今天虽然比昨天好些，但还是有些堵，一路走走停停，所花时间比预计长一些，等到那个地方大概天都黑了。

韩江和温颜坐后面，偶尔对视一眼，韩江眼中带笑，递给她一个橘子。

温颜接了，扒开皮，又还给他一半剥好的橘子。

他悄悄握住她的手。

温颜条件反射般把手抽出，他抓了个空。

韩江眉毛皱了皱，看她一眼，没有说话。

其实这个角度前面看不到，只是温颜太小心。

之后的时间里，韩江转头看向他那一侧的窗外，不知在想什么。

温颜递给他的橘子也一直被他拿在手里没有吃。

到服务区后，大家休息了一会儿，施静在小摊上买了两条石榴石手串戴着玩，她一条，温颜一条。

回到车上后，换韩江开。

温颜坐在后面靠着施静，视线的角度正好能看到韩江的侧脸。

她一直盯着他看。

中间韩江几次偏过头，余光都能感受到温颜的注视。他抿了抿唇，刚刚心里那点儿不舒服总算缓解了一些。

施静说得没错，那地方确实好，人少，海滩非常干净，天特别蓝，像加了滤镜一样。

到地方是下午四点，民宿酒店环境意外地好，布置设施比家里还像家里，露台直接连通院子里的独立游泳池，打开窗子能听到海的声音，还有海边独有的那种湿潮空气的味道。

几人放下东西，稍微休息了几分钟，施静就迫不及待要去吃海鲜。

这时间正是饭点，大排档里几乎没有空位，大概等了十几分钟才空出一张桌子。点海鲜施静在行，菜单都不看，零零碎碎说了七八样东西。

等餐的时候，忽然有人叫施静的名字，她抬头看过去，意外地看到她的高中同学。

这真的是挺巧的，两人已经很多年没见，施静过去跟她说了几句话，知道她和老公在等位，索性带过来拼桌。

于是这顿饭变成两个家庭的会餐。

施静和女同学有很多话要聊，饭后转战其他地方，老公和孩子自由活动。

天已经黑了，海滩人不多，温颜拎着拖鞋踩在沙子里，白嫩的脚丫陷进去，又抬起来。

她用脚趾在地上画了个大大的“心”。

韩江坐在一旁，偏头笑着看她玩。

旁边是个露天 KTV，有人豪放地拿着麦克风唱“娘子，啊哈”，意外的是，除了后头一串英文唱得乱糟糟，其他方面还不错。

嗓门儿够大，自信还是很重要的。

韩江看到台子旁边有把吉他，转头看了眼温颜，她画的心被海水冲掉，这会儿低头又画了一个更大的，这次好像还在里面写了字。

韩江站起来，转身走去音响台。

温颜把拖鞋扔到一旁，用食指认真地在那颗超大的心里面写下：韩江（爱心）温颜。

想了下，她又写一句：韩江是猪。

写完她忍不住笑，想回头叫韩江，发现人不见了。她立刻站起来，四周看了一圈也没影子，刚想给他打电话，忽然听到不远处露天 KTV 那边，话筒里传出非常熟悉的一声咳嗽。

是唱歌前清嗓子的那种声音。

温颜小跑过去，挤到前面，看到韩江找了一把高脚凳，抱着吉他坐在上面，长腿撑在地上，随意交叠在一起，他娴熟地拨弄几下吉他琴弦，调整话筒的角度。

他好像只看得到温颜一个人，也没报幕和开场白，几根琴弦拨动，温颜马上听出来，是庾澄庆的《命中注定》。

吉他琴声悠扬轻快，配着韩江低沉慵懒的嗓音，是与原唱完全不同的味道。

你让我相信，有命中注定

你问我雨后可有彩虹

…………

温颜知道，韩江是唱给她一个人听的。

忽然想起六岁那年第一次见他，她被向飞鸿带到施静家，没说几句话，院子里的门咣当被脚踢开，那时他个子不高，小身板，书包不好好背，拎在手里在空中摇来摇去。

他眼睛又黑又亮，小眉头皱着，一脸警惕地盯着院子里的两个陌生人。

那时他一定想不到，那个娇小漂亮，躲在大人身后偷看他的小女孩儿，从那天开始，再没从他的人生中走出去过。

一曲毕。

韩江硬生生地把露天 KTV 唱成了慢摇酒吧的味道。

慢慢有更多的人围过来听他唱歌，他却没继续，把吉他还给老板，付了钱，走到人群里把温颜牵走。

两人在海边散步。

温颜毫不掩饰地夸他：“你唱得真好听。”

韩江笑了一下：“刚才在地上写什么了？”

“你看到啦？”

“看到写字，没看到内容。”他停住脚步，略弯了腰看她，“有我的名字吧？”

温颜笑：“有。”

“写什么了？”

温颜一个字一个字地说：“韩、江、是、猪。”

韩江愣了下，随即失笑，伸手捏住她两腮，用了点儿力气：“谁是猪？”

温颜嘴唇红润，水蜜桃一样，被他捏得噘起来：“你是猪。”

“那你是什么？”

“我是猪的女朋友。”

“谁的？”

“你的。”

两人相视而笑。

如果此时有镜头对准他们，一定是幅非常温暖的画面。

岁月静好，大抵是这样吧。

回到酒店，韩江看到厅里的灯开着，韩雪凇和施静早就回来了，这会儿两人都在房间里。

韩江觉得，再这样下去，没准哪天他会多出个弟弟或妹妹。

今天大半天都在路上，大家都有些累，温颜回房准备洗澡，但没想到韩江跟着她进来。

他用后背把门靠上，拉过温颜的手，把她推到独立卫生间的玻璃门上，说：“我亲一下。”

话刚落下，温颜的嘴巴就被他堵住。

温颜觉得韩江是太爱亲了，而且这个人有一万种亲法，有时温柔，有时凶猛，有时弄得人喘不过气，但每次都规规矩矩的。

今天他却有点儿不一样。

他似乎不太满足，亲了一会儿就抱她起来，走到房间里面，把人放到床上，压着继续亲。

温颜的拖鞋被踢掉。

他的手不可控地碰了她一下。

温颜被他亲得晕晕乎乎，但在那一刻猛然清醒，双手抵在他胸口，把人推开一些，小声说：“你出去吧，等下静姨过来找我就糟了。”

韩江垂目看了她一会儿，身子没动。他低了头，下颌紧绷，过了一会儿抬眼看她：“颜颜，我不想这样了。”

温颜愣了下。

其实这两天韩江就有些不舒服，在学校没什么感觉，一回到家就要遮遮掩掩、偷偷摸摸，刚开始他还能配合一下，但现在他不太愿意了。

韩江说：“我想告诉我爸妈，我们在一起了。”

“不行。”温颜脱口而出，说完又觉得自己反应过度，因为她明显感觉到韩江的脸色更差了。

韩江盯着她：“我们见不得人吗？”

他松开她，站起来。

温颜从床上坐起来，抬起头看他。

房间里的气压似乎有些低，温颜光着脚踩在地毯上，拉了他的衣角一下：“我们在学校也没有遮掩啊，大家不是都知道嘛。”她停顿一下，“家里这边……你给我点时间好不好。”

韩江看着她，没说话。

温颜低了头，盯着地上的瓷砖缝隙：“让我想想，怎么开口，或者找一个合适的时机。静姨把我养这么大，我还没开始报答，就先把她的儿子拐走，她会生气的。”

温颜不敢确定施静在这件事上的态度，毕竟这么多年施静都拿她当女儿养，是那种两个孩子半夜在同一个房间都不会怀疑的信任，忽然角色转换，施静能接受吗？

韩江紧抿着唇：“我是你男朋友，也照样是她儿子，这两件事有什么冲突吗？”

大概男生和女生的思维方式不同，韩江喜欢快刀斩乱麻，而温颜一向顾虑很多。她向前走一步：“你不要着急，假期就只有几天，回学校就好了。”

韩江沉默几秒，说：“要等多久，什么才叫合适的时机？”

温颜现在也说不上来，但能感觉到，刚刚安抚他的话并没起什么作用，他还是很烦躁、不高兴。

韩江没得到回应，便不再说话，原地站了一会儿，一个人离开房间。

直到第二天早上，韩江的情绪也没得到缓解，依旧是那副冷冰冰的表情。

附近有座小山，山上有个观景台，据说视野特别好。早饭后，施静就张罗着一起上山，这是她旅游攻略的一部分。

上山的路有些陡，不能开车，只能徒步，网上说要爬至少四十分钟。

韩雪凇常年锻炼，身体素质很好，牵着施静的手走在前面。

韩江和温颜一前一后走在后面。

韩江这个样子，温颜心里有点儿难受，也没什么兴致看风景，只跟着施静的指挥罢了。

爬到后半部分，温颜的体力明显跟不上，速度变慢。韩江回头看了她一眼，依旧没有说话，但脚步明显慢下来，跟她保持不远不近的距离。

在一个陡坡，他两三步蹬上去，回头把手递给她。

温颜怔了怔，伸手过去，被他拉上去后，他很快松了手。

山顶的风景确实好，这个时间，亭子下面还有穿着白色太极服的老大爷慢悠悠地打拳。

施静把手机递给老公："给我拍照。"

韩雪凇顺从地接过来，他构图不错，拍出来的效果很好，两个人头对头研究删减哪些照片。

没有一会儿，施静说："自由活动吧。我跟你爸去那边的茶庄看看，你们两个玩够了就下山，还在昨天吃饭的地方见。"

片刻后，这里只剩他们俩。

韩江往前走了几步，靠在观景台的红色柱子旁，望向海面。

温颜原地站了一会儿，随后走过去，站在他身边。

她抬起手，攥住他一根手指。

第八章
那就抱紧我

温颜攥得很紧，生怕韩江甩开她似的。

她盯着眼前起伏的胸膛看了一会儿，忽然又松手，胳膊从他腰间穿过，抱住他，脑袋贴在他胸口。

韩江身体僵硬一瞬，目光终于有波动。

怀里的姑娘先服软，这让韩江心里比刚才更难受，好像欺负了她似的。

到底还是心疼。

他什么都没说，低下头，嘴唇贴在她头发上吻了吻，手抬起来，把人抱得更紧。

“对不起。”

“对不起。”

两人同时开口。

温颜仰起头看他，韩江摸了摸她的脸，低声说：“是我不对。

“我没考虑你的感受。”

再多的话，他说不出来，但温颜都懂。她昨晚没怎么睡，韩江也一定没睡好，两人在一起后，还是第一次这样冷战。

温颜说：“你如果不喜欢，我们就说实话好了，反正他们早晚要知道。”

这是她想了一夜的结果。

她很清楚自己有这种瞻前顾后思虑太多的毛病，不想让韩江因此不舒服。

但韩江摇了摇头：“我想过了，我确实有些冲动。你说得对，我们跟别人不太一样，还是要斟酌着慢慢来。”他抱紧她，手掌扣住她后脑，揉了揉，“以后我都听你的，你说可以，我们再说，好吗？”

被他这样哄着，温颜觉得一颗心软得不行。

她窝在他怀里，闷闷地说：“嗯。”随后又补了一句，“我想，应该不会太久。”

韩江低头看她：“早上吃饱了吗？”

他有留意，温颜早饭并没吃多少。

温颜果然摇头：“没吃饱，吃不下。你不理我，我都没心情玩了。”

她这样说，韩江心里又多加一层难受，暗暗发誓以后再也不要这样冷着她了。

他松开她：“下山吧，给你买好吃的。”

温颜点头：“嗯。”

这一段小插曲过去后，两人思想达成一致，还是决定暂时保密。

施静和韩雪凇在茶庄收获颇丰，韩雪凇惊喜地发现这个名不见经传的小地方竟然有质量非常上乘的六安瓜片，买了不少准备回去送人。

舒适闲散的时间过得很快，总觉得吃过午饭没多久就到了傍晚。

这个时间沙滩旁坐了不少赏夕阳的人，也有一些专业人士带了单反相机拍照片。

施静和韩雪凇并排坐在石阶上，笑着看不远处一些年轻人玩闹。

韩江和温颜也在那边。

本来好好的，不知是谁起的头，大家开始撩水玩，认识的不认识的闹作一团。

韩江动作迅速，一捧水全泼到温颜身上，温颜兴奋地大叫，奋起回击。

她的手没韩江的大，捧起的水不够多，但架不住她勤快，一下接一下，韩江身上很快湿透，他气势汹汹地直奔她跑过去，拦腰把人抱起来，作势要把她扔到海里。

温颜吓得尖叫。

这边，韩雪凇看得直乐：“你看他们闹的。”

转过头，却发现施静盯着那边一直没出声，他问：“怎么了？”

施静说：“颜颜和儿子的关系好像越来越好了。”

韩雪凇点头表示赞同：“从小一起长大，跟亲兄妹似的，能不好吗？”

施静没再说话，还是看向那个方向，心底隐隐有种异样的感觉。

她说不太清，但总觉得有些地方跟以前不一样了。

儿子是从什么时候开始这么爱笑的？

以前竟没发觉。

韩雪淞拉她起来：“不是说还想吃海鲜吗？走吧。”

施静说：“不叫他们吗？”

韩雪淞搂着老婆的肩膀往大排档那边走：“那么大孩子了，一会儿饿了他们自己就找吃的去了，不用你操心。”

海滩那边，韩江看到父母走远了，忽然伸手按住温颜在自己身上乱闹的手，把人拉到怀里，捧住她的脑袋，用力亲下去。

大有在法国街头浪漫拥吻的感觉。

温颜大惊，慌忙推开他。

韩江低笑：“他们走了。”说完，他一手抱住她的腰，托住她的身体，把人整个竖抱起来。

温颜没有别的选择，只能搂紧他。

他往人少的地方走。

温颜的视线里只看得到越来越小的人群，忍不住问：“我们去哪儿？”

韩江没回答她，一直走到海滩的最东边。

这边礁石比较多，几乎没人，耳边全是海浪拍打岩石的声音，隐隐也能听到远处人们的玩闹声。

韩江把温颜放在一块大石头上。

巨大的石头，她坐上去，跟个小美人鱼似的。

夕阳还未尽，昏黄的光线映在她身上，有种不真实感，好像下一个浪拍打过来，她就会消失一样。

韩江是穿着沙滩拖鞋的，但温颜光着脚，此刻她一点儿也不敢松懈，地上全是坚硬的碎石。

稍微一动，身子就往下滑，她不敢撒手：“我要掉下去了。”

韩江身体压过来：“那就抱紧我。”

话音落下，吻也随之而来。

亲了一会儿，他呼吸渐渐加重，身体有了一些反应。

他有些控制不住了。

不是突如其来的念头，他已经惦记好久。

怕温颜不愿意，他亲完便伏在她肩头平息自己。

过了会儿，温颜忽然搂住他的脖子，嘴唇凑到他耳边，颤着声儿说：“我不想在外面。”

韩江脑子一炸。

他抬起头跟温颜对视，温颜的眼睛亮得像藏了两颗星星。

有紧张，也有坚定。

韩江的手不可控地加大力气：“我回去拿身份证。”

温颜的脸已经红透，她点了头。

也许这次韩江自己也心虚，所以并没让温颜跟他一起回去。回房拿了身份证和钱包，他出来就牵着她往后山走，之前闲逛的时候看到那边也有民宿和酒店。

谁知一连三家，竟然一间空房都没有。

韩江心中憋闷，不是说是个小破地方，不是什么正经景点吗？不是说人少吗？

他不太甘心，冒险把沿海那一侧的民宿也都跑了一遍，甚至连他们住的这一家也问了。

一间都没有。

真想骂人。

大国庆的在家看电视不好吗，怎么那么多人出门？

这样折腾一遍，再大的感觉也没了，两人坐在海边，都有些泄气。

韩江捏着温颜的手：“要不，我开车，我们出去？”

温颜立刻摇头。

刚才说出那句“我不想在外面”，已经耗尽了她所有的勇气，这会儿生生被切断，一时间还有些续不上。她咬着唇说：“下、下次吧。”

韩江觉得这样晃一下，还不如她一开始就不答应。

现在倒好，仿佛要心梗。

韩江烦躁得很，也睡不着觉，把温颜送回去后，又一个人出来在海边瞎转，其间接到了陆非的电话。两人互相攻击了一会儿，他心情总算稍微好些。

今晚天上没月亮，韩江两手插兜，低着头学温颜，用脚趾在沙滩上划拉。

粗糙地写了个“温”字，觉得太丑，于是直接蹲在地上，手掌一抹把原来的擦掉，重新一笔一画写了温颜的名字。

喜欢一个人真的很奇怪，只看她的名字，就很高兴。

有年轻女孩儿过来搭讪，想要他的电话。

韩江头都没抬："我有女朋友。"

女孩儿悻悻地走掉。

没有多久，眼前又出现一双沙滩鞋，天蓝色，这里每个摊位都有同款。

韩江抬起头，发现是昨天那个施静的高中同学，她手里拿着一支雪糕，已经吃掉一半，笑着低头看韩江："我觉得眼熟，刚才还不太敢认呢，你妈呢？"

韩江规矩站着："秦姨，我妈回房间休息了。"

秦女士高中时是施静的班长，那时两人关系还不错，毕业最初的两年还有些联系，后来她工作调到外地，渐渐联系就少了。

她坐下来，拍拍旁边的位置："别站着了。"

韩江依言坐下。

昨天吃饭时，秦姨看到施静一双儿女就很羡慕，她身体不太好，三十几岁才辛苦要到孩子，也只生了那么一个，觉得有点儿少，两个正好，长大了还有个伴。

两人闲聊几句，秦姨说："其实我还挺羡慕你妈，儿女双全，家庭事业都不错。"昨天吃饭时，她默认温颜也是施静的孩子，施静觉得解释起来比较麻烦，也没必要，就没否认。

韩江对这件事比较敏感，纠正对方："那个不是我妹妹。"

秦姨扭头："不是吗，我以为她也是你们家的呢。"

她特别注意过温颜，心想真是个安静乖巧的女孩儿。

韩江"嗯"了一声，想了下，又说："她妈妈也是你们班的同学。"

秦姨有些惊讶："是吗？她妈妈叫什么名字？"

"向飞鸿。"

秦姨脸上的神色明显茫然了一下，对这个名字很陌生："向飞鸿？"她仔细回忆一番，"我们班没有叫向飞鸿的人。"

韩江皱眉，很多年前施静就说过，她跟向飞鸿是高中同学，记忆不可能出错。

他问："您确定吗？可能是后面转学过来的。"

秦姨很肯定："确实没有，我们班转学的人就那么几个，我都记着呢，兴许是外班的吧。”

韩江没有继续追问。

再回去时，他看向施静房间的那扇门，脑子飞速地运转。

妈妈为什么要撒谎？

她跟向飞鸿到底是什么关系，如果不是同学，不是好朋友，为什么要无缘无故替向飞鸿抚养女儿？

也许上一辈人之间发生过什么他不知道的事。

他不敢细想。

这次的行程本来定了四天，但第二天早上韩雪凇突然接到一通电话，公司那边有急事需要处理，他决定提前回去。

他一走，施静也觉得没什么意思了，几个人商量一下，决定一起回去。

公司派车过来，当天下午就把一行四人接回岳城。下了高速，韩雪凇换乘商务车，直接去总部开会，家里的车由韩江开回家。

晚上，韩江把陆非约到酒吧。

陆非依旧一副大爷模样，甩了张 VIP 卡在桌上，点了不少好酒。

他好像到哪里都是 VIP。

打发走两拨长腿美女，半封闭的小包间只有兄弟俩。陆非看出韩江有心事，问：“这么着，约我出来又不说话，成心骗酒喝？”

韩江低着头，用吸管在鸡尾酒杯里搅弄。

海蓝色的鸡尾酒，很像他刚离开的那个海边，他想起那天拦腰抱住温颜，作势要把她扔到海里。

她那时好激动，怕死了，好像他真的会把她扔进去。

陆非看了他一会儿，抿一口手边的酒，手臂闲散地搭在后头的沙发靠背上：“你们家小富婆呢，怎么没带来？我让调酒师给她调一杯度数低的。”

记得当初知道两人在一起，陆非狠狠敲了韩江一顿饭。那顿饭就三个人，吃了四位数，温颜心疼死，可韩江刷卡时眼睛都不眨。

韩江安静得有些反常，陆非纳闷：“吵架了？”

“没有。”

“那你……”

“陆非，”韩江很少这样正经叫他，“你撒过谎吗？”

陆非说：“当然，这世界上哪有没撒过谎的人。”

“那你为什么撒谎？”

这让陆非没法回答，为什么呢？一个人选择说谎，理由千奇百怪，善意的、恶意的，谁说得清呢。

他觉得有些奇怪：“你今天怎么了，发生什么事了吗？”

韩江沉默一会儿，垂着头，用手指按压太阳穴：“没事，可能我最近有些累。”

酒有些上头。

回去时，家里空无一人。

临走前他看到施静把带回来的海鲜分装到袋子里，大概给朋友们送过去了，温颜应该也跟她在一起。

韩江在客厅的沙发上坐了一会儿，越安静，心越乱。

他抬头看了一眼墙上的挂钟，晚上八点整。

他站起来，走到门口把防盗门反锁，随后进了施静和韩雪淞的卧室。

父母的房间他不常进，面积很大，有独立浴室，记忆中施静有一个棕色的小盒子，装着家里以前的相册，他已经很多年没见过。

找遍了房间也没有。

他又去施静书房，最终在书架最顶层的拉门里翻到那个盒子。

被人推到最里侧，不仔细翻根本看不到。

他拂去盒子表面上的灰尘，打开。

最上面是毕业证和两本结婚证、独生子女证，往下还有几张他小时候得过的奖状，韩江把那些东西拿开，抽出里面的相册。

他没什么耐心，三两下翻到施静的高中毕业照，拎着相册去温颜房间把她的铁盒子翻出来，找到一张向飞鸿年轻时的照片。

一一比对，毕业照里，没有向飞鸿。

在这之前，他抱了侥幸心理，那么多年过去，也许秦姨记错了也说不定，但现在他没办法自欺欺人。

施静就是在撒谎。

他拿着相册回到书房，不愿意自己瞎猜，已经决定要当面问清楚。

他把相册放回去，又随手翻了下面的东西。

忽然发现在盒子的最底部，有一个牛皮纸信封，大概时间久远，边沿已经有磨损。

韩江把信封拿出来，里面沉甸甸的，打开一看，是一张报纸。

一张十三年前的旧报纸。

一大半版面都报道了一位因公殉职的消防队长，那位英雄的相貌让他瞬间出了一身冷汗。

就在刚才，他还在温颜幼时的照片里见过。

似乎有种预感，韩江立刻去找报纸里这场火灾的发生日期。

当看到那串数字时，他的心一沉。

那个日期，跟十三年前韩家发生火灾的日期，是同一天。

韩江彻夜难眠。

昨晚在书房，平复心情后，他将整篇报道看过一遍，终于想明白，为什么施静从来不用那些祛疤膏。

她在惩罚自己。

她在赎罪。

也许这种方式并不能将她心中的愧疚减轻一二，但如果不这样做，她一定会更煎熬。

当年那场火灾，本无人员伤亡，是施静突然重新返回火场，疯狂寻找她的丈夫。

那段时间夫妻两人感情出现问题，已经冷战分房睡很久了，韩雪凇公司有急事出门，施静并不知道。

生死一瞬间。

那天韩雪凇紧紧抱住被人从火中背出的妻子，发誓再也不要离开她。

也是同一天，温绍军因重回火场救人，再没能出来。

已经过去这么多年，也许施静对温颜的感情早已从最初的愧疚变为真正的亲情，但历史永远无法改变，因为她，温颜没了爸爸。

韩江一夜都没脱衣服，躺在床上闭着眼，用手背遮盖眼睛，觉得嗓子干得很，却一口水都喝不下。

电话闹铃响，声音刺耳，他随手按掉，手机扔在地上。

没过一会儿，房间里有窸窸窣窣的声音，一股熟悉的味道扑面而来，是温颜洗发水的味道。

她跪趴在床上，俯身看他，用一根手指戳着他的胸口："韩江？"

韩江心口一颤。

一大早，韩雪淞不在家，施静刚刚也出门了，温颜本想叫他起床，一进来就看到他穿着衣服在床上胡乱躺着。她趴在他跟前问："醒着吗？你是早就起床了，还是昨晚睡觉没脱衣服？"

韩江拿开手，疲惫惺忪的眼睛盯着她。

温颜想说"你长胡子了哎"，还没开口，韩江就把她拉到怀里，翻了个身，将她换到下面，却没吻她，只用带着坚硬胡楂的下巴蹭她的脖子。

温颜觉得有些痒，又有点儿疼，但没推开他，伸手搂了一下他的背："韩江？"

韩江没有说话。

过了好一会儿才抬起头，他眼尾发红，有些可怜的样子。他伸手摸了摸她的眼角："颜颜。"

一开口，他嗓音都是哑的。

温颜皱了眉："嗓子怎么了，生病了吗？"

韩江心口发痛，头低下，缓了一会儿才又抬头看她："我会永远对你好的。"

他忽然说这样的话，温颜有些摸不清状况，但他一脸认真，所以她很配合地点了一下头："嗯，我知道。"

"我们以后会结婚，生很多孩子。"

我会给你一个家。

温颜愣了愣，在她这个年龄，"结婚"这个词似乎特别遥远。

记得小时候特别流行芭比娃娃，眼睛大睫毛还会动，金黄色的头发，细高身材，温颜每天给芭比娃娃换不同颜色和款式的衣服。

她最喜欢那件白色的婚纱。

施静说："等我们颜颜长大嫁人了，我就给你买世界上最漂亮的婚纱。"

温颜特别高兴，却只是为了那件世界上最漂亮的婚纱。

那时她还不知道"嫁人"是什么意思。

现在她知道什么是嫁人，却从没想过，自己真正结婚会是什么样子。

她看着韩江，心里忽然有了一个画面，如果韩江做了爸爸，会是什么样子？

孩子淘气时，他会一脚踢到孩子的小屁股上，还是无限纵容把孩子宠坏？

温颜觉得前者的可能性比较大一些。

因他一句话，她联想了不少乱七八糟的东西，韩江没得到回应，却不像以前一样非要追着她说出口，他重新抱住她，吻她的前额。

这天后，韩江恢复往日模样，像什么事都没发生过一样。只是再看到施静对温颜的好，他偶尔会忍不住想，这种好，到底藏了几分愧疚，几分真心？

想到最后，他又觉得没必要。

愧疚永远不会消失，真心也没有掺假。

他不关心这些，也永远不会让温颜知道这件事。

十一长假后，大一新生开始正式上课，温颜的室内设计系课程很多，一个星期有三天都是满课。她偶尔跟韩江一起吃午饭，晚饭几乎是每天都一起吃，两个人点四个半份的菜，韩江有时会从口袋里变出一个苹果或橙子给她吃。

晚饭后，他们会一起去自习室或图书馆。韩江没有骗她，五楼角落那个位置确实人少。

也许因为这一片都是外国文献吧，大家都比较喜欢在自己专业书籍的区域自习，找书也方便，但韩江更喜欢这里。

因为没人时，他可以吻她。

摄像头拍不到这里，他早就观察好。

到了十月末，韩江的保研申请结果出来，成功地成为C大高翻学院复语同传法英汉专业的准研究生。

这样一来，他比之前的时间稍微多一些，偶尔会去温颜那边陪她上课。

多来几次，连某些科目的老师都已经认识韩江，常常开玩笑说韩江是设计系的女婿。

这就是高中和大学的区别了。

想当初，蒋旭只是约温颜上个天台就被班主任吼到怀疑人生。

所有事情似乎都往好的方向发展，除了小山楼。

国庆假期时韩雪凇被董事会紧急召回，因为新一轮的融资计划出现意外，资金链出了问题，这段时间韩雪凇忙到连轴转，已经几天没回家。

这晚他在家，洗了澡短暂地睡了一觉，准备吃完饭回公司。餐桌上，温颜将一张卡推给桌子另一侧的韩雪凇。

韩雪凇愣了一下："这是？"

温颜说："韩叔，钟爷爷留给我六百多万现金，我买了一套房子，也留了一些上学用，这卡里还剩五百万，您先拿去。我知道也许不够，但能稍微缓一缓也是好的。"

说完，她又急着解释："您别担心焰离，我想好了，如果以后找到焰离，我就把现在的那套房子卖了。如果不够，还可以把阴氏地产那套产权房卖掉，怎么都应该够了，我不会忘记钟爷爷的遗愿。"

桌上的人好一会儿没说话，韩江看向施静，施静却只看韩雪凇。

韩雪凇心里有感慨，意外又欣慰，小丫头长大了，心里记挂这件事，几乎把自己能拿的都拿出来了。

她是真把这里当家了，但他怎么能要呢？

那是钟老爷子留给她的依傍，无论如何他都不能动。

而且，这五百万也确实不够，还不如让她自己留着，免得被小山楼拖下水。

韩雪凇坚持不要，并说这件事没有外面传得那么严重，让她放宽心。

温颜只好收回来，但她说如果有需要，一定告诉她。

饭后，韩江和温颜没在家住，回了学校。

他送她回寝室。

已经是晚上九点多，韩江牵着她的手，两人走得很慢。

在这所学校里，过着快节奏生活的人有很多，每天急匆匆吃饭，急匆匆穿梭在学校的各种小路上。

韩江不愿意这样，努力没有错，但节奏也要对。

享受生活跟目标所得可以兼有。

走到一棵长得奇形怪状的松树下，韩江扣着温颜的手，把人压在树上亲。

他的身体靠得很近，温颜一呼一吸间身上的起伏变化他都能感觉到，他紧握着她手腕不让人动。

温颜脚边有一颗非常大的松塔，长得规规矩矩，漂亮得很。

亲了一会儿，韩江松手，垂着眼看她："自己的钱收好了，别随随便便拿出来，以后还有用呢。”

温颜说：“怎么叫随随便便呢？小山楼有事，如果我能帮上忙，怎么可能只看着。”

“老韩厉害得很，他不会随便让小山楼垮掉的。”

这是实话，韩雪凇最初接管小山楼那几年，董事会中不服他的人不在少数，发生的那些事，用过的那些手段，总能在不触犯法律的前提下解决问题，又让人心服口服。

温颜当然知道韩雪凇厉害，但她总想为这个家做点儿什么。

她仰起头：“你刚才说什么，以后有什么用？”

韩江看她一眼：“嫁妆啊，你以后嫁给我，难道想空手来？那我可不干。”

温颜一下就不好意思起来，眼神飘忽左摇右摆：“谁要嫁你。”

韩江捏她的下巴：“随便吧，能嫁就嫁，不嫁，我也不会让你嫁给别人。”

温颜抿着唇笑。

韩江看了她一会儿：“还有件事要跟你说一下。”

她抬起头。

“过两天我要跟几个同学和系里老师去趟北京，参加一个交流活动，大概要半个月才回来。”

温颜愣了下：“那么久吗？”

韩江点头：“这次老师只带我们三个，机会比较难得，我——”

温颜很快摇头：“我不是不想你去，就是——”她顿了下，不想让他觉得自己黏人不懂事，“就是，有点儿突然。”

她很快收起脸上那点儿不太愉快的表情，笑着说：“你去吧，反正我最近课多，你在这里我还分心。”

她捉住他衣服上的一颗扣子：“记得想我。”

韩江抱住她，嘴唇在她耳边蹭了一下：“嗯。”又说，“为什么分心？”

温颜小声说：“因为总想看你。”

韩江想，再不把她送回寝室，大概就走不成了。

三天后，韩江飞往北京。

没了他在身边的日子，温颜起初有些不习惯，但他信息和电话都很多，所以除了见不到外，别的方面都还好。韩江在参观其他学校和博物馆时，会一边给她发照片，一边配上简短的文字讲解。

他偶尔也会拍一张长发美女的背影，逗她："漂亮吗？"

温颜会不动声色地在这边拍一张同款背影，只不过这次是个帅哥。她问："帅吗？他刚刚跟我要电话来着。"

韩江："……"

自讨苦吃是什么感觉，大概没人比韩江更懂。

周末的晚上，温颜一个人在C大附近的家里住。

她开着台灯接韩江的视频请求。

视频一接通，韩江端着咖啡杯的手一下僵在那里，目不转睛。

画面里，温颜披着湿漉漉的头发，似乎是刚洗完澡，吊带睡裙松散，一根肩带滑到肩头。

锁骨往下的肌肤一片雪白。

其实睡裙并没什么不妥，该遮的地方都遮住了，只是肩带这样要掉不掉，她皮肤又白，韩江脑子里不受控地演起小电影。

身后有同住的同学路过，拿了毛巾要去洗澡，韩江啪地把笔记本电脑扣上，面无表情道："走路的时候能出声儿吗？"

同学："……"

我要睡觉了大哥，穿这种酒店的一次性拖鞋就算踢正步也没什么动静吧。

视频忽然中断，温颜检查了一下宽带信号，并没问题。她给韩江打过去："怎么挂掉了？"

韩江叹了口气："打电话吧，"说完又改口，"算了，打字吧，我躺下了。"

只听声音，也受不了。

现在就想飞回去。

温颜以为他想休息，就说："那我挂了，你睡吧。"

"哎，聊一会儿。"

"好吧……"

温颜吹完头发躺回床上的时候，韩江已经发来好几条信息。

韩江：我住19楼，从窗户那里能看到水立方。

韩江：豆汁儿真的难喝……不过，我同学特别喜欢。

韩江：怎么不说话？

韩江：人呢？？

韩江：温颜，你睡着了？？？

温颜：“……”

她回过去一条。

温颜：吹头发去了。

韩江秒回。

韩江：能提前说一声吗？我以为出什么事了，门反锁了吗？

她一个人在那儿住，他还真不太放心。

温颜：锁了。

韩江：明天干什么去？

温颜：约了江嫣。

两个女孩儿约好去看会展中心举办的一场为期三天的农机展会，据说大型机械很震撼，不比名车逊色，而且还有两个超大的变形金刚。

两人有一搭没一搭地聊天，后来温颜回复的速度越来越慢，韩江倒是越来越精神。

他掐着时间，温颜已经有五分钟没回复了。

韩江翻了个身，面对酒店的窗户躺着，很巧，那里也有一张贵妃躺椅。

跟上次他喝醉，和温颜在小山楼住的那晚一样。

他看着手机界面，打了“晚安”两个字发过去。

第二天是周末，会展中心附近堵得水泄不通，全国各地农业机械的相关制造商和经销商都来参展。

进门时，礼仪小姐给每个人发了一个手拎袋子，江嫣翻了翻里面，有一张展位地图，还有不少宣传彩页。

两人是第一次参观这种农业类的展会，不停被这些又大又漂亮的机械设备惊喜到。

只不过除了常见的拖拉机、收割机什么的，其他都不太认识。

温颜站在一块牌子前看介绍。

没有多久，江嫣从别的地方跑过来，把她拉走：“快快，我找到变形金刚了！”

展位前人太多，走不快，江嫣拉着温颜走边沿政策，很快挤到前面。

从没见过这么大的变形金刚，有十几米，还是二十米高？温颜预测不出来。

她很兴奋，用手机拍了张照片给韩江发过去：“帅吗？”

他大概在忙，没有马上回复。

变形金刚前有不少人在合影留念，两个女孩儿不爱凑热闹，而且人太多，照片里有别人也不太好看，她们只用变形金刚做背景自拍了两张。

江嫣低头按手机，给陆非发了一张。

没有等到回复。

之后的时间里，江嫣的情绪就不太高。快到中午，两人买了份又贵又不好吃的盒饭，坐在休息区那边吃，准备下午去另外一个展区转转。

人太多，桌子来不及擦，江嫣不知从哪里找出张宣传彩页铺桌子上垫着。

韩江打来电话，温颜接起来：“你忙完了吗？”

他那边杂声很大：“嗯，刚刚有校方领导在讲话，不方便接电话，你那边怎么样，好玩吗？”

“嗯，我和江嫣在吃饭，”她笑了一下，“好难吃啊。”

韩江那边安静了一些，大概是进入到室内了。他说：“展会就是那样的，一锤子买卖，先少吃一点儿，回学校再买些别的，下午还逛吗？”

“逛，还有两个区没看过，看完就走。”

“那你到学校告诉我一下。”

挂了电话，温颜看到江嫣一边吃一边看桌子上铺的彩页：“看什么呢？”

江嫣用手指戳了戳上面的图片。

从温颜的方向看过去，字是倒着的，排版一格一格，图案简洁，白底衬着一些碟子碗，还有一些耳环、戒指等饰品。

其中一张图片引起她的注意。

一条项链，下方坠着一颗红宝石，那宝石的形状颜色，跟钟阎给的那张草图很像。

温颜的心猛地一跳。

她扔了筷子，一下把碗底的彩页抽出来。江嫣吓了一跳：“怎么了？”

温颜没说话，仔细看那张彩页。

是前几天的一个展览，大概规模不大，她没有听说过。

而那张图片的下方，写了项链的名字：焰离。

还有一段简介，玄玄乎乎讲了个凄美的爱情故事，并不是钟爷爷和美芝婆婆的故事，也不知是真是假。

温颜一下从椅子上站起来，激动到语无伦次。她第一反应是给韩江打电话，说了几遍才说清楚。韩江让她先冷静下，找找彩页上有没有展览方的联系方式。

温颜翻到背面："有！"

韩江说："你先打一个，问问情况。"

温颜立刻挂了电话，马上给展览方打过去。

那边接待人员一问三不知，给了另一个电话。温颜一连打了三个电话才找对人。对方说，这件展品被人买走了，但买家姓名是顾客隐私，她不便透露。

温颜把这些话原原本本转述给韩江。

韩江安抚她："别急，我找人问。"

直到晚上，温颜还在等韩江的回复。

今天看到焰离，纯属意外。没想到这么多年过去，它辗转被人卖给当铺，又被人买走，几经转手，在这里展览。

温颜打开放钟爷爷遗物的房间，他的樟木箱子还好好地摆在那里。

温颜曾经想，一个人怎样才算真正死亡？

她记得在一本书里看过，当这个世界上最后一个记得他的人消失，那个人才算真正死亡。

钟阎一生无儿无女，到了晚年，幸而有温颜和韩江陪在身边。

他唯一的遗愿，温颜一定要替他完成。

十点多时，温颜接到了韩江的电话，朋友那边已经有了回复，买家是阴氏地产的阴博。

温颜愣了一下，记起阴博就是那个曾看望过钟阎的房地产公司老板。

世事难料，没想到钟阎寻找半生的东西，最终会落到他手里。

温颜说："我想去见一下阴博。"

韩江的意思，想等他回来陪她去。

温颜有些等不及："我觉得他人好像还挺好的，我先试着沟通一下。如果他知道焰离背后的故事，也许会同意把东西转让给我们。"

韩江知道她心急，想了一下，答应了："如果他不同意，你也别强求，等我回来想办法。"

"嗯。"

温颜见阴博，并不顺利。第一次，她被拦在公司前台，接待说阴总一整天都不会在公司。

第二次，前台的人问她有没有预约，她说没有，前台表示抱歉，没有预约不能见阴总。

温颜想了下："麻烦您帮我转告一下，就说我是钟阎的亲戚，有重要的事想跟他说。"

钟阎当时是最执着的钉子户，坚持的时间最久，是最后一户离开拆迁区的人，连阴博都亲自去过钟家。

他一定记得。

这话传过去，果然得到五分钟时间。

温颜进到阴博办公室时，他站在落地窗边接电话，背影挺拔，只穿一件白色衬衫，外搭小马甲，西装外套挂在墙边的衣架上，精英范儿十足。

听到声音，他转过头看了温颜一眼，抬手示意她坐，随后继续听电话。

温颜没坐，也没四处乱看，很规矩地站在原地等他。

几分钟后，阴博挂掉电话，见她还站着，笑了一下，再次示意她："坐吧。"

温颜坐到会客沙发上，阴博问："想喝什么？"

"不了，谢谢。"温颜知道他时间不多，开门见山，"您可能不认识我，我是钟爷爷的亲戚，他去世后，是我帮他办理的余下的拆迁手续。"

这事阴博听说过，他点了头，目光温和："你来找我有事？"

温颜说："是的，我想跟您确认一下，几天前，您是否在会展中心拍下了一条清末年间的鸽血红宝石项链？"

阴博虽不了解她为什么这么问，但很痛快便承认："对，有什么问题吗？"

那条项链，他一眼相中，花了七位数拍下。

不知为何，温颜忽然又有点儿难以开口，这毕竟是人家看中的东西，也已经花钱买下，名正言顺，她就这样跑来企图让人割爱，好像不太好。

但她没有别的办法，只能试一试。

温颜抬起头，目光笔直，讲话也很稳，虽然带一点儿小女孩儿的青涩，但不怯懦，阴博对她印象不错。

她将焰离和钟阎的故事讲给阴博听。

时间早已超过五分钟，但阴博并没不耐烦，认真聆听的样子非常绅士，也没有打断她。

温颜说完便观察阴博的表情。

他一直面带微笑，没有表现出任何不满，温颜稍稍松了口气。

阴博喝了一口面前的咖啡，抬起头说："故事确实让人感动，但是——那条项链，我已经送给合作伙伴的女儿作为生日礼物，我想，我没办法开口再要回来。"

听到这句话时，温颜眼里有明显的失望。

阴博不动声色地观察她："老人已故，就算找到了，又能怎样呢？"

温颜微微笑了下，垂目看着桌上的杯子，没有回答这句话。

如果要解释，她能说出很多，但现在已经没有必要。

温颜站起来，礼貌地道谢："谢谢您愿意见我，也很抱歉，耽误您这么长时间。"

阴博随后起身："客气，我也没帮上忙。"他还有会要开，将秘书叫进来，"送温小姐下去。"

秘书点头答应，把温颜送上电梯。

直到电梯下到一楼，温颜还是有些低落，但相比以前要好得多，毕竟知道焰离还在，并没有损毁或随葬，也许以后还有机会。

不知道可不可以问一下他把焰离送给了谁？

正想着，前台的美女小姐姐叫住她："温小姐。"

温颜疑惑着走过去，看到对方递过来一张字条，上面写了一个人的名字和电话。

"阴总说，这个人可以帮您联系到项链现在的主人，接下来，就要看您自己的运气了。"

温颜一下明白阴博的意思，她有点儿兴奋，连说了几声谢谢，整个人都活过来一样，出来第一件事就是给韩江打了电话，告诉他这个好消息。

阴博这样做，韩江倒很意外，不过焰离好歹也算找到了，东西跑不掉，就还有希望。

联系那边的事交给韩江。

一天后得到回复，项链现在的主人是阴氏地产合作伙伴的独生女，十七岁，在国外读高中，听说是个很难缠的小女孩儿。

对方放假才能回国，算算时间，还有几个月。

这件事暂且放下，韩江说等对方回来会有人通知他。

温颜稍稍放了心。

这几天设计系的老师疯掉一样，拼命布置任务，有时温颜忙到没时间吃饭。

她觉得这会儿跟高三倒有些像。

方案改来改去都不满意，韩江不在，她吃饭也有些随便，常常在图书馆用一个面包解决晚饭。

晚上两人再次视频时，韩江皱了眉："怎么瘦了？"

温颜捏捏自己的脸："瘦了不好吗，我的脸是不是小了？"

"不好，"韩江说，"你够好看了，不需要再瘦。"

以前他说这种话，温颜会觉得他是在哄她，但今天他明显没有这个意思，好像还有点儿生气。他说："你是不是没好好吃饭？"

"没有啊，一天三顿，一顿不落。"温颜有点儿心虚。

韩江并不信："好好吃饭，我回来之前必须胖回去，不然收拾你。"

温颜笑得很开心。

韩江看了她一会儿，低了一下头，几秒后又看向她："颜颜。"

"嗯？"

"我想你了。"

温颜伸手摸了摸屏幕里他的脸，小声说："我也有点儿想你。"

韩江抬眉，不太高兴："只是有点儿？"

"很多点儿……"

他满意了，继续看她，两人有一会儿没说话。

再开口时，韩江说："要不，你来找我吧。"

温颜愣了下："我去北京吗？"

"对。"韩江说，"明天周五，你下午没有课，坐飞机过来，周末我带你玩两天，晚上你飞回去，我找人接你，把你送回学校，不耽误周一上课。"

他已经安排好时间，显然不是说着玩玩。

其实正常情况下，他下周三左右也回来了，但这几天实在难熬。

温颜真的很心动。

韩江催促她："来吗？"
温颜没什么好犹豫的，随即点头："来。"
两人相视笑一下，韩江说："那先挂了，我现在买机票，订房间。"
温颜的下巴撑在手背上，歪着头看他："我住哪里，也住你们酒店吗？"
"对。"
"那你给我订一间离你近一点儿的。"
"不用，"韩江说，"哪里都行，反正我跟你住。"
计划比较突然，结束视频后，温颜就跳起来翻箱倒柜收拾东西。
只住两天，东西不用带太多，温颜很认真地选了他最喜欢的那套中长款小毛呢准备明天穿。
天气渐渐凉了，北京似乎要更冷一些。
虽然已经尽量压低声音，但还是吵醒了对面的程雪。
她迷迷糊糊地从上铺探出个脑袋，看到温颜的桌子上放着一个大号的黑色背包，正往里塞东西。
"颜颜，干吗呢？"
温颜转头："收拾东西，吵醒你了？我轻一点儿。"
"要出门吗？"
"嗯。"
"去哪儿啊，明天还有课呢。"
"明天下午去北京。"
程雪顿时清醒一些，顶着一脑袋乱蓬蓬的头发说："找你男朋友去？"
得到肯定的答复后，程雪丧气地摔回床上，一张脸生无可恋："梦里的大猪蹄子忽然不香了。"
一天天的秀恩爱撒狗粮，有完没完了？
这段时间，韩江在温颜寝室的人气越来越高，连带着隔壁寝室都在夸他。
没别的，就为吃人嘴软。
隔三岔五地往温颜寝室送零食水果，她桌子都快堆成小卖部了，左右邻居都跟着受惠，这谁扛得住？
女生都是爱吃的。
韩江还是头一回不是因为长得帅而人气变高。

第二天上午，温颜照常上课。

有了期待，时间似乎变得特别慢，好不容易熬到下课，她连饭都没吃就跑回寝室拿包。

下午两点半的飞机，坐学校附近的机场大巴，还要值机安检，时间比较紧。

背着包下楼，意外地在楼下看到陆非。

他穿一件黑色长款风衣，抱着手臂靠在对面楼的墙壁上，两条腿随意交叠，嘴角含笑，非常吸引女孩子的目光。

看到温颜，他招了招手。

温颜走过去："陆非哥，你怎么来了？"

陆非把她身上的包接过去拎着，说："你们家那位说你肯定不吃午饭，叫我过来监督你。"

温颜愣了下："来不及了，我吃飞机餐就行。"

"走吧，菜都点好了，吃完我送你去机场，晚不了。"陆非又说，"给点儿面子，任务完不成，回来他得捶死我。"

一句话把温颜逗笑。随后的时间里，陆非一直妥帖地把人送到安检口才给韩江打电话："圆满完成任务，你怎么谢我？"

"车借给你开。"那辆韩雪淞送韩江的车，他从不让别人碰。

陆非乐了："开多久？"

"随便，她东西多吗？"

"不多，就一背包——你行了啊，又不是小孩儿，至于吗？"

韩江说："等你有女朋友就懂了。"

一句话戳到肺管子上，陆非气得挂掉电话，不再搭理他。

飞机准点到达，在通道里就一股凉风，北京果然很冷。

出口人很多，但温颜还是一眼就看到韩江。他没跟人群挤到最前面，站在不远处的一根柱子旁，脖子上围了一条没见过的围巾，大概是新买的。

温颜跑过去。

韩江冲她张开双臂，一下就把人抱住。温颜使了不小力气，把他撞得往后退一步，他稳住身体，嘴巴贴在她耳边亲了一下："冷不冷？"

温颜摇摇头，额头上的刘海跟着颤："还行，你来多久了？"

"没多久。"

他松开她一点儿，仔细看她的脸，觉得她好像比视频里还要瘦一些。

他一只手接过她的背包拎着，另一只手滑下去牵住她："走吧。"

她的手很凉，韩江握住后就一同揣进自己的大衣口袋里，一股暖流从手心蔓延到心口。温颜心情大好，四处瞧着："酒店离这里远吗？"

"挺远的。"

"我们现在去哪儿？坐地铁还是机场大巴？"

"都不去。"韩江把她往停车场带，"我借了车。"

他在这边有同学。

回酒店的路上，天已经黑了。

北京夜色璀璨，霓虹闪烁，大都市的夜生活尚未开始。

温颜没来过北京，韩江沿路给她介绍一些比较有名的地方。路过东三环时，等红灯，他指着一栋高楼说："陆非他爸的娱乐传媒公司就在这儿。"

温颜转头："他家要把重心转到这边吗？"

"我觉得他爸应该有这个意思。"

"那陆非呢，他以后会来北京吗？"

绿灯亮起，韩江继续往前开："我没问过，但如果他家都过来，他应该也会过来吧。"

温颜没再说话。

随后在不远处，她又看到了小山楼北京总店，非常豪华的外饰装修，这次韩江没住这里，跟同学一起住了另外的酒店。

停好车，韩江带她回酒店房间，二十六楼，视野特别好。

进电梯后，温颜就觉得气氛有了些变化，韩江攥着她的手越来越紧，中途楼层其他人都下去后，电梯里只有他们两个人。

韩江似乎已经忍了很久似的，靠过来把她的手腕扣在墙壁上，低着头亲她。

她今天涂了口红，在机场看到她，就想亲。

温颜呼吸被他搅乱，但躲不开，也没地方躲，只能仰起头承受。

直到电梯又响了一声，他才松开她，平稳自己的气息。

电梯门自动关上，韩江抬手按了一下开门键，门再次打开，他牵着她走出去，左转路过几个房间，在2620房间门口停下，刷卡开门。

豪华双人大床房。

韩江把她的包随手扔到床上，又过来抱她："想吃什么？楼下有火锅、烤肉和烤鸭。"

温颜靠在他胸口，有点儿懒："可不可以在这里吃？我不想下楼了。"

他摸摸她的发顶："行。"

最终两个人点了酒店的餐送进来。

这顿饭，是韩江来北京后吃得最舒服的一顿饭，虽然只是酒店普通的饭菜，但对面是她，看到她吃得那么香，就很开心。

窗帘拉上，韩江把空调温度调高了一点儿，室内温度很舒适。

两个人盘腿坐在床上，做明天的攻略。

第一站自然是故宫，基本要占去半天的时间。下午温颜想去大观园转一下，她很喜欢《红楼梦》。

第二天是长城。

时间不多，只挑拣了必去和温颜感兴趣的地方。

攻略是他在做，温颜只负责听，她手里还拿着酒店送的果盘，用水果签扎着吃。

她喂给韩江一块西瓜。

韩江一口吃了，又说："'798'想去吗？"

温颜听说过，据说是文艺小青年的聚集地，她点点头："想去。"

"那后天下午去，转完直接送你去机场。"

温颜自然没意见。

韩江抬起头，看到她唇上有刚刚吃水果时留下的汁液，笑了一下，伸手用拇指蹭掉。

想起在机场时她唇上的口红颜色，好像并不是施静买的那个。

"买了新口红吗？"

"没有，涂得很薄，所以看起来浅一些。"

韩江并不知道涂口红还有那么多讲究，对那些也不感兴趣，他现在只对温颜感兴趣。

他抬手按住她肩膀，把人推到床上，压着亲。

温颜手上的果盘掉到地上。

那声音似乎成了一个开关，房间里的气氛骤然起了变化。

韩江身上也起了变化。

温颜的上衣被他扔到地上，他撑起来，双眼极黑，呼吸很重：“洗澡吗？”

温颜点了头。

这次过来，她很清楚即将要发生的事，虽然有心理准备，但还是有点儿怕。

寝室女生只有她在谈恋爱，都没什么经验，即便有，夜聊时的尺度也不会有男生那么大。

他很克制，并没跟她去浴室，老老实实等她出来后，自己才进去草草冲了一下。出来后看到温颜已经躺进被子里，韩江关上灯，掀开被子，扣住她的双手。

二十六楼的高度能看到什么？

如果此刻打开窗，会看到大半个四九城，灯火通明，车流涌动，看不到边。

夜总是不安分的。

温颜忽然想起刚到韩家那年，她六岁。

施静给她准备了单独的一间房，起初那段日子一直陪她睡，后来才让她自己睡。

有一晚天降暴雨，雷鸣闪电。

她特别怕打雷。

整个人缩在被子里，头也埋进去，怀里抱着小熊大抱枕，脑袋里全是轰隆隆的声音。

跟现在很像。

她想到小时候学跳舞，被老师压着腿，疼得想哭。

她见到了韩江的另一面，今晚的他像一只饿坏的豹子。

头顶炸开的烟花终于落下，脑子里的轰鸣声渐弱，他打开床头灯。

光线很暗，但温颜还是眯了一下眼睛，下意识地用手背去挡，韩江先她一步，头低下来，抵着她的额头挡住了亮光。

“还好吗？”

韩江睫毛颤动，扫得温颜脸上有些痒，她声音极低：“还好。”

韩江头抬起来一点儿，伸手摸了摸她的眼睛：“喝水吗？”

温颜摇头。

休息了一会儿，韩江起身，把地上的衣服捡起来放到椅子上。他看到那件嫩绿色的内衣，是以前她落在他房间的那一件。

温颜看他忙来忙去，脸有些红，扯过被子盖住眼睛。

这期间，有人给韩江打电话，大概是他同学。温颜听到韩江说：女朋友来了，今晚不回去睡。

全都收拾好，温颜感觉床边陷下去一点儿，韩江把被子拉开，看着她圆溜溜的眼睛笑："不觉得闷？"

温颜立刻摇头。

他揉了一把她的脑袋："洗澡吗？"

还是摇头。

韩江知道她不好意思，于是关了灯，重新躺回来。

这次他很老实，除了抱她，什么都没做。两人都睡不着觉，房间里只有廊灯微弱地亮着。

他们开始聊天，没什么主题，只是随意说话。亲密接触后，两人的关系似乎更近一层，韩江心情特别好的样子，话也比以前多。

他们想起许多小时候的事，那时他总欺负她，她也心甘情愿被他欺负。

就像今晚。

他们的第二次在后半夜，韩江已经睡过一觉，又醒了。

这次他经验十足，折腾很久，直到天蒙蒙亮，两人才又睡过去。

再次醒来，已经是上午十点，昨晚的攻略做了那么久，全都白费。

两人腻在房间里不想动，早饭和午饭合成一顿吃，点了一只北京烤鸭配上小米粥外卖送过来。

下午靠在床上一起看了个电影。

温颜有些后悔，怎么他稍微忽悠一下，她就脑子一热来北京了呢？

一整天，两人没踏出房门一步。

晚饭时，温颜把筷子一撂，很认真地叫他的名字："韩江。"

那个架势，好像要宣布什么大事。

韩江抬眼看她，听到她说："明天我一定要去故宫，你不许赖床。"

"好……"

韩江收拾一次性碗碟，桌上温颜的手机忽然亮起来。

施静打来电话。

温颜一下慌了，不敢接，问："怎么办？我要说我在哪里？"

韩江说："别紧张，正常说话就好。"

温颜犹豫的工夫，那边挂断了，她刚松一口气，就收到了一条短信：

颜颜，怎么不接电话？我在你寝室楼下。

温颜有一些冬天的衣服在家，施静给她送过来。

她本就是临时起意，所以也没提前说，就这么来了，昨天两人打过电话，温颜说这周不回家。

韩江拿过手机帮她回复：我跟同学在省图书馆，不方便接电话，过来怎么没提前说一声？

省图书馆在市规划局附近，离C大很远。

没过一会儿施静回复：我今天没事，把冬天的衣服给你送来，那你看书吧，我送紫金公馆去。

紫金公馆是温颜那个小区的名字。

韩江本想说“好的”，温颜按住他的手：“钥匙。”

他才想起，那个房子的锁芯被他换掉了。想了下，他回复：放我们寝室一楼的阿姨那里吧，那边门锁坏了，以前的钥匙不好使。

得到答复后，温颜总算松了口气。

她靠在椅子上觑着韩江：“骗人都不打草稿的，脸不红心不跳，很有经验哦。”

韩江长腿伸过去，轻轻踢了她一下：“别找事。”

温颜是早上七点醒的，她翻了个身，盯着他看了一会儿，觉得他好像越来越帅了。

她回忆了一下，又说不清是哪里不一样。

她伸出一根手指在他下巴上蹭了蹭，有点儿扎。

韩江似乎有所察觉，皱着眉把脑袋往被子里藏，手臂收紧，温颜像个大抱枕一样被他紧紧箍着。

她有点儿不敢喘气。

缓了一会儿，她轻轻推了推他：“韩江。”

他不太清醒，但还是下意识地应了一声：“嗯。”

嗓音带着清晨独有的沙哑。

温颜压低声音：“起来吧，我们要早点儿出发。”

他把脑袋埋得深一些，一点儿起床的意思都没有。温颜这次用了力，捏他的脸：“起来啊，你昨天答应我的。”

过了好久，韩江才睁开眼睛，第一眼看到的是温颜乱蓬蓬的头发。他忍不住凑上去亲了她一下："好饿。"

温颜无语："睁开眼睛就喊饿。"

"书上说，体力消耗过大，就容易饿。"

温颜问："书上还说什么了？"

韩江想了一下："还说运动有益健康。"

"……"竟然无法反驳。

两人又腻了一会儿，终于起床。叫餐后洗漱，收拾东西，所有事情弄完已经八点半，因为温颜下午直接去机场，所以行李一并拿着，放在后座。

韩江回自己房间拿出个箱子，说里面是他带给施静的保养品，让温颜先带回去，到时机场有人接，不用她拎。

温颜点头说知道了。

去故宫的路上，韩江说，一会儿他的一个高中同学过来找他吃饭，就是这辆车的主人，叫杜远，是个纯北京老四合院长大的小子，家就在故宫边上，四合院里破破烂烂，但一般人拆不起。

身价上亿。

当年杜远中考没考好，被家人发落到岳城姥姥家那边读高中，就这么认识了韩江。那时他们俩跟陆非，三个人跟铁三角一样，干什么都是在一起。

后来杜远争气，硬是靠自己考回了北京，再之后韩江去了法国，他们一直没见过。

两人买了票，排队进故宫。温颜说："就是那个打篮球总输给你，还要赖说自己崴脚的那个吗？"

韩江忍不住笑："对，就是他。"

温颜印象深刻，那时她经常坐在球场旁边等韩江回家，虽然不会玩，但看的时间长了，多少懂些规矩。杜远猴精猴精的，人也幽默，经常能把大家逗笑。

韩江以前参加数学竞赛时来过北京，也来过故宫，这会儿给温颜做起了临时讲解。

温颜忽然觉得，影视剧真的比较误导人。

西六宫那些嫔妃的寝殿，几步就走完，特别小，跟电视里动辄七八十平方米的大寝宫完全不一样，就连皇帝的寝殿也很小。

储秀宫里进不去，只能在外面看。韩江站在她身边，手臂环着她，挡掉后面行人的碰撞，耐心地说：“咱们现代人比较讲究明亮宽敞，古人正相反，有句话‘屋大人少是凶屋’，他们觉得房间大，人多才兴旺，像卧室这种比较私密的地方，造得小，容易‘聚气’。”

温颜听得认真：“聚集人气。”

“对，不过这是从风水的角度来讲的，实际紫禁城这样建造，保暖的功效更大一些，北京这么冷，那时又没有暖气，只有些炭火柴火什么的。”

温颜笑得很开心：“你怎么懂那么多？”

他摸摸她的脑袋：“多看书。”

沿着路线图，很快走到一条很长的甬道，这里比较熟悉，很多清宫剧都在影视城里类似这样的长街上取过景。

两个人沿着长街往北走，这边很多宫殿不开放，比较冷清。

听人说，开放的是故宫，关闭的，才是紫禁城。

一扇老旧的大红漆木门被锁链锁住，温颜顺着中间的门缝看进去，一间房，一口井，一棵树。

房已年久失修，井已干涸无水，树也已经枯枝残败。

大概这才是此时真正的紫禁城。

不知道这间别院里以前有多繁花似锦，歌舞升平？

也只有故人知道罢了。

从故宫出来，韩江给杜远打了个电话，没两分钟就收到一个定位，在地图上是个小到差点儿不计入内的小胡同。

韩江说，在北京，那些知名的美食街都是给游客逛的，真正的北京特色都在小胡同里，一般人找不到。

两人大概走了十五分钟，在一条街的胡同路口看到了正疯狂挥舞双臂的杜远。

两兄弟一见面照例先互损了一通，随后杜远目光转向韩江身边的温颜。

“哎哟！这不是温颜妹子吗？大姑娘了，漂亮了！”

那时他没事儿就爱逗温颜玩，不逗急了不罢休。

杜远拍拍韩江的胸口：“你不说接女朋友吗？你早说我妹子也来，我哪能带你来这儿啊，必须满汉全席走起啊！”

韩江面无表情地看着他，抬起牵着温颜的手在他眼前晃了晃。

杜远眨了眨眼睛，反应两秒，突然叫了一声："哎哟！"

温颜笑到肚子疼。

一直在胡同里走了三十来米，杜远还没缓过来，不停地絮叨："你俩怎么在一块儿了？妹子，你是不是对生活失去了信心，想着随便找一个凑合？可不能这样自暴自弃，你还年轻，有大好前程，大把的帅哥等着你挑，比如站在你面前的杜哥我——"

他话没说完，被韩江推了一把："到底哪家，快走到头了！"

杜远踉跄一下："哎，我去，过了过了。"

韩江无语，又想揍他，但他身子灵活，这么窄的胡同愣是躲了过去。他指了指前面一个非常寒碜的店铺："就那儿。"

是个豆汁儿店。

韩江："……"又是豆汁儿。

三个人坐下没两秒，叫了三碗豆汁儿。杜远说："你们等我一下，马上回来。"

温颜脑袋趴过去，歪着头看韩江："杜远好像比以前还活泼。"

"活泼？那叫多动症。"

快十分钟，杜远还没回来，韩江说："这人不会跑路了吧，几碗豆汁儿都要逃单。"

话音刚落，就看到杜远拎着大大小小七八个纸袋子溜达进来："我可都听见了，你一口别吃，都是给我妹子的。"说完把一堆纸袋往桌上一堆，一样样往外拿。

牛肉酥饼、小笼包、煎饼果子、糯米鸡翅、宫廷糕点，各种数得上数不上的小吃摆了一桌子。

杜远一样样给温颜介绍：

"这小笼包你别看长得一般，这可是全北京最够味的小笼包。那个谁，就那个谁你知道吧，也专门来吃过。

"煎饼果子，以前我们哥仨每天早上都得吃一个，就咱们学校东头那家，这家比那家还好吃。

"豆汁儿你听说过吧，怎么形容呢，用东北话解释比较容易理解，'腌酸菜缸的水'。

“妹子，哥给你买的可都是这附近两条街上最出名儿的小吃，有些人来北京十来回了都没找对地方。”

杜远一口正宗的京片子，这会儿架着腿，歪着脑袋滔滔不绝的样子，手里要挂一鸟笼子活脱脱就是个晚清闲散王爷。

不过他买的小吃真的是很正宗。

几人边吃边聊，韩江说刚从故宫出来，又说了一句：“你们家一拆，怎么也得上亿吧。”

杜远咽下嘴里的小笼包，抹了抹嘴：“有价无市，谁拆得起啊？说实话，我是真住够了，就现在我家院里那棵树一到夏天还往下掉毛毛虫呢。可我奶奶乐意啊，成天念叨给十个亿也不搬，皇城根儿，天子脚下，压得住邪气，保全家平安。”

杜远喝了口豆汁儿，被那味道冲得龇牙咧嘴：“这味儿，我到现在也喝不惯——她也不想想，谁花十个亿买你那一亩三分地儿啊。”

杜远话多，大部分时间都是他在说，后来话题已经延伸到皇太极和皇太极的一众福晋。

温颜居然听得津津有味，十分捧场。

这顿饭一直吃到下午两点半，时间已经不多，大观园和“798”都去不成了，韩江索性多待一会儿，听杜远胡吹总比在机场干等强。

分别时，杜远一脸悲怆，紧紧地握着温颜的手：“妹子，我为你的余生感到担忧。如果他欺负你，记得给我打电话，号码110，我的名字叫人民警察。”

温颜特别配合：“好的，号码挺好记的。”

韩江懒得搭理他，车钥匙还给杜远，杜远说：“你拿去开呗，反正我最近也不用。”

“我过两天就走了，天天跟着老师用不着。”他拍拍杜远的肩膀，“谢了，哥们儿。”

杜远一挥手：“嘿，跟我客气什么。等你俩结婚，喜糖别忘了我那份就成。”

分开后，韩江叫辆出租车送两人去机场。

其实直到这个时候温颜还没什么感觉，但到机场后，韩江把大箱子托运，小票递给她的时候，她才有点儿难受。

又要好几天见不到他。

尤其是这次，两人的关系发生质的变化，好像又跟以前的分别有点儿不同。

让她更难受的是，韩江似乎没什么感觉。在安检口分别的时候，他只抱了她一下就松开，催促说时间不多，让她快点儿走。

她有点儿不高兴，但想到他接下来还要到处忙到处走，又要做分析报告，就没多说什么，一个人一步三回头地去候机室。

这种不高兴一直延续到上飞机，因为韩江连一条信息都没给她发。

她忍不住想是不是男人都是这样的？

最后一步得手了，就不会像以前一样体贴细心。

排队的人很多，有几个在前面插队，温颜也懒得管，低着头准备机票和证件。

座位是韩江选的，里侧靠窗，可以看夜景。

她只有一个背包，比较轻便，很快走到她的位置，外侧坐着一位男士，低着头，帽子压低，看不到脸，他似乎在睡觉。

温颜礼貌开口："您好，麻烦让一下。"

没回应。

温颜又说了一遍，那人还是没反应。

她皱了皱眉，刚想轻拍他肩膀，面前的人忽然抬起头，摘了帽子，领口上还有温颜早晨弄上去的口红印。

"好巧啊，温小姐。"

有爱的青春陪伴者

鹿随～著

（下）

小温暖

北方联合出版传媒（集团）股份有限公司
春风文艺出版社
·沈阳·

第九章
可我心里，你最重要

温颜反复确定几次才意识到自己没有认错人。

这个人是怎么大变活人跑到飞机上来的？

身后有人要过去，温颜站在那里有些挡路，韩江拉了她一下，笑着看一脸蒙圈的她：“才一会儿不见就不认识了？过来坐下。”

他站起来，接过温颜的包，抬手放进头顶的行李架上，搂着温颜把人推进里面的座位上坐好。

温颜一直看着他：“你不是还有几天才回去吗？”

“本来最后几天的行程就是游一下北京，老师同意我提前回去。”

“你的行李呢？”

“不是跟你的一起托运了？”

“…………”

温颜看了眼他身上的衣服，跟刚刚那件颜色不一样，问：“这衣服是谁的？”

韩江敞开拉链，给她看里面那一侧：“系里发的两面服，好看吗？”

“…………”

温颜想到自己刚刚可怜兮兮，只潦草地抱一下就被人催着上飞机，有点儿委屈，转念一想他这样费心思也是为了我啊，又有点儿高兴。

纠结来纠结去，她心情复杂。

韩江并不知道她这些乱糟糟的心理活动，只看到她脸上并没多少惊喜的表情，跟自己的预期相差比较大，他本以为她会兴奋地扑到自己怀里的。

韩江靠近她，伸手替她系安全带，隔着很近的距离看她：“我跟你一起回去，不高兴吗？”

温颜摇摇头：“没有。”

他不太信：“那怎么不笑一笑？”

温颜侧过头，眼睛向下，没有跟他对视：“刚刚分开时，你一直在催我，也没有亲我，我以为我这次过来，给你添了很多麻烦，你急着送我走了。”

韩江愣了一下。

第一次理解到男生和女生之间脑回路的差异之大。

他只是怕自己安检来不及，想让她早点儿进去，却没注意到她的心理状态，可能这个时候女生都是比较脆弱的？刚刚跟自己的男朋友度过了甜蜜初夜，隔天就被无情地送走。

啊，真过分。

韩江有些懊恼，伸手搂住她，亲了亲她的嘴角：“对不起，我只是想给你一个惊喜。”他摸摸她的脸，“可怜死了，是不是特别委屈？”

不问还好，一问出口，温颜的眼角立刻湿了，韩江一时间不知道怎么办才好，只能抱着她，轻拍她的背，低声哄着。

温颜的委屈，来得快，去得也快。

飞机起飞平稳后，她已经趴在窗口看窗外的云层了。

天黑之后，夜景更好看。

空姐的饮料车过来，韩江要了一杯热咖啡、一杯热牛奶。

牛奶放在温颜面前的小桌板上，韩江伸手碰了碰她。温颜回过头，看牛奶一眼，又看他一眼：“我告诉你，下次再骗我，就不这么容易原谅你了。”

韩江笑了一下，顺从地回答：“好。”他把牛奶递给她，“趁热喝。”

温颜总算接过去。

牛奶香甜，这家航空公司的服务质量一贯地好。

飞机比预计时间晚点半小时，到岳城时已经是晚上，韩江一早就准备跟她一起回来，所以之前说好的陆非来接她自然也是假的。

两人打车回家，韩江说了地址：“紫金公馆。”

温颜转头：“不回学校吗？”

韩江点点手机屏幕上的时间：“到那儿都关寝了，回去也进不去。”

除去开学军训那段时间，现在寝室查得已经不是很严格，温颜家在本市，已经做过记录，施静签过字，可以不回寝室住。

今天在外一天，逛故宫，赶飞机，到家的时候温颜已经很累，换了拖鞋，想着在沙发上小小的休息一下再起来洗脸。

但没想到就这么睡着了。

她醒来的时候，房间里飘着鸡蛋面的香气。

她这里什么都没有，好在刚搬来时被韩江拖着买了一些碗碟，刚才他又出门在小区门口的超市买了鸡蛋和青菜，做了鸡蛋面。

睡觉时温颜的拖鞋已经被踢掉，她光着脚走到厨房门口，看到面还没出锅，韩江正用筷子慢慢搅拌。

锅里不断地往外散发香味。

温颜看得有些出神。

这样的韩江有种特别的烟火气，朦胧中透着真实感，居家又贤惠。

贤惠……

这个词用在韩江身上，好别扭。

想到这里，温颜又觉得自己这个女朋友是不是不太合格，男朋友在外地待了小半个月，酒店睡得也不舒服，又给自己制造惊喜，怎么着这碗面也应该她来煮。

温颜踮着脚走过去，从后面搂住他："你没休息一下吗？"

韩江抬起手臂，让她的脑袋从自己身侧探出来，低头看她："醒了？面马上好，我买了咸菜，去拿个碟子装起来。"

"哦。"

温颜照他的话做，小咸菜放桌上的时候，面也端上来了。

每个碗里都有一个荷包蛋和几片青菜叶，是他们从小吃面的标配。

这个晚上两人留宿在这里。

事实上，从这天开始，温颜就不怎么回寝室住了，一个星期有三天都来紫金公馆。这边的厨房用具越来越多，像模像样，冰箱里也总是塞满了蔬菜水果。

进入十二月，城市已经完全变成寒冬模式，今年的冬天特别冷。

这天晚饭后在自习室时，韩江接到了一个陌生电话。

当时自习室里只有他们两个，所以他就在教室里接了，对方自我介绍，原来是校庆时给他拍摄海报的摄影师。

几句寒暄后，摄影师问起温颜，想看看她最近有没有时间，有一个环保题材的平面广告，想让她试试。

韩江想起，那时这个摄影师确实提过这事，他也留了电话号码给人家。

挂了电话，韩江和温颜说起这事，她有点儿意外："平面广告？"

"对，那次你陪我去拍照，他看到你了，眼光跟我一样，觉得你很有气质。"

夸人还不忘带上自己，但温颜很受用，被他肯定，总是开心的。

但她有点儿犹豫，问："我行吗？"

韩江反问："你愿意吗？"

温颜诚实地摇头："我不知道，没想过这种事。"

韩江不愿意替她做任何决定，一切以她的意愿为主。他说："拍几张照片而已，也不是什么大事，你想去就去，多少能增加点儿经验，不想去，我就回了他，"他笑着摸摸她的头发，"反正我们小富婆不缺钱。"

最终韩雪凇还是没用温颜的钱，韩江说得对，他有的是能耐，怎么运作的不得而知，但小山楼现在似乎已经回到正轨。

只是韩雪凇这阵子实在太累，前几天又因胃病进了次医院，出院后就被施静明令禁止，以后再也不准碰一滴酒。

那个平面广告，温颜还是决定试试，就当玩了。

定的时间是周末，半年多不见，那个摄影师变化不小，两侧的头发剃得很短，中间似乎没剪过，弯弯曲曲在脑后扎了个小鬏鬏，非常有个性。

温颜没有经验，开始时动作、眼神都不是很到位，但这个摄影师特别有耐心，偶尔还亲自上前帮她整理衣服，演示动作。

韩江在后面看得有点儿郁闷。

好在温颜学习能力非常强，到了后半部分就很自然流畅了。

结束后，摄影师说过几天片子修好会通知韩江带人来看。

韩江像个经纪人一样替温颜联络这些事。

回学校的路上，前面红灯，韩江停车，手指有节奏地敲打方向盘，一直没出声。

温颜看了他一眼："你怎么了？出来后都没怎么说话。"

韩江说："也就这一次吧，没下次了。"

"嗯？"

"你要是被星探发掘，让你进演艺圈，我第一个不同意。"

温颜觉得有点儿好笑："做什么梦呢，哪儿来的星探。"

"我得把你锁家里，谁都别看，只准对我一个人笑。"

"你真霸道。"

韩江对这个词并不反感，说起别的："待会儿做什么？"

"和田晓阳约好去书店，你呢？"

"我跟陆非打球。"

韩江和陆非约在工大的室内篮球场，两人好久没一起玩过，一场球下来身上都是汗。韩江把球往地上一拍，扯了张纸巾擦汗：“我前阵子去北京，看到你爸公司了，换了办公楼，面积不小。”

陆非“嗯”了一声。

韩江看了他一眼：“以后会去北京吗？”

陆非苦笑，有点儿无奈：“我去哪儿，还不都要听人家安排，我爸那人你还不了解。”

陆非的老爸一向独断专行惯了，圈子里的人都知道。

两人闲聊一会儿，身上潮湿的衣服干了一些，套上羽绒服，准备吃饭。

跟两个女生擦身而过时，听到她们说，有个大一女生心脏病犯了，在场同学吓得够呛，七手八脚把人弄到医院去，也不知怎么样了。

陆非身子僵住，立刻退回两步挡在其中一个女生面前：“知道那女生的名字吗？”

对面的女生没反应过来：“什么？”

“犯心脏病的女生，叫什么？”

那女生摇头：“不清楚，我们不认识。”

陆非很快意识到自己有些反应过度，闪身让她们离开。

韩江将一切看在眼里，说：“担心人家，就打个电话问问。”

陆非笑了一下：“江嫣天天拿那个吓唬我，不会是她。”

两人从篮球馆出来，走了百十来米，还没到食堂，陆非忽然顿住脚步，说一声：“你先回学校吧，改天我再找你。”说完转身往北门走。

那是离学校最近医院的方向。

陆非脚步很急，边走边打电话，响了五六声江嫣才接起来：“喂？”

陆非停下脚步：“你在哪儿？”

“图书馆，怎么了？”

一瞬间，陆非像是突然从半空落到地面，一颗心被人紧紧捏住又松开。

他笑自己怎么能当真呢，江嫣从来没有一句正经话。

知道不是江嫣，陆非准备挂电话，江嫣急着问了一句：“找我有事吗？”

陆非握紧电话，撒了谎：“没事，挂了。”

温颜从书店回来后，并没回寝室，也没回紫金公馆。

最近忙着谈恋爱，回家次数实在太少，施静已经念叨好几次，再不回来就绝交。

温颜买了几本大学英语四级词汇和真题，她英语基础不好，想早点儿开始准备。

房间还是老样子，被施静打扫得一尘不染，温颜把几本书放到书桌上，忽然想起以前在这里熬夜看书的日子。

那时几乎每晚都要十二点后才睡，也常常在韩江房间听他讲题。

现在想想，那时他大概也有故意的成分，留她在他房间那么晚。

抽屉里，有上次回老家带回的一个小鱼钥匙扣，上面绣了妈妈的名字。

温颜随手将它放到包包里，准备带去学校。

施静端着一盘水果进来："饭快好了，再等五分钟。"她忽然走近一些，有点儿神秘兮兮，"颜颜，问你个事。"

温颜抬起头看施静。

"韩江那小子是不是谈恋爱了？"

温颜手上的包险些掉到地上。

她有些心虚，不敢看施静："我不知道啊。"

施静把果盘放下，抱着肩膀，在房间里来回踱步："最近我一直觉得他不对劲儿，你说他刚回国那会儿，回家回得多勤啊，还夸我做饭好吃。现在呢？能两三个星期不给我露面，肯定有问题，你在学校没碰到他跟别的女生在一起？"

温颜转身，开始收拾桌子上的书："没有啊，没看到过。"

施静走过来："那个女生呢？有一回来家里找他那个。"

这次温颜很肯定地说："那个不是他女朋友，"然后补了一句，"他说的。"

不管怎么说，施静已经笃定韩江有事瞒着自己："你看就像今天，你都回来了，他呢？也不开车送你，不知道跑到哪里野去了。"

话刚落下，温颜的手机响，韩江打来电话。

施静站在那儿不走，温颜只能硬着头皮接起来。

电话里，韩江的声音温柔得不得了，问她吃没吃饭，又说陆非把他甩了，他要过来找她。

温颜偷偷把手机调小好几个音，生怕施静听到。

她对着电话说："我在家，静姨叫我回来吃饭，你没事也回来吧。"

电话那头的人静了一下，随后说："好。"

工大。

挂掉江嫣的电话，陆非没有回篮球场，也没找韩江，漫无目的地走，不知不觉走到图书馆。

他想，应该去借一本专业书。

进去后，在江嫣常去的楼层转了一圈，没看到她。他逛到顶层，穿梭在自修桌与书架中间，忽然有些烦躁。

这是在干什么？

他随便抽了一本书出来，准备下楼，意外地在楼梯间看到正匆匆上楼的江嫣。

她似乎是跑上来的，气还没喘匀，头发披散着，一侧绾到耳后，唇色有些发白，但努力冲他笑："好巧啊。"

陆非见到人，心彻底放下，只应了声就想走。江嫣叫住他："陆非。"

陆非停下。

江嫣说："今天我生日，你能不能陪我坐一会儿，说说话？"

陆非原地站了好一会儿，最终心软。

江嫣左右看了一下，就在最上层的台阶上坐下："就这儿吧。"

顶层最偏僻的楼梯，几乎没人走这边。

陆非点头，长腿一迈，坐在她边上："你说吧，我听着。"

江嫣一向话多，今天却很沉默。两个人坐了几分钟，她才开口："其实，今天不是我生日。"

陆非看向她。

江嫣低着头："我只是想跟你说说话。"

这么久以来，江嫣对他的心思，他懂。

陆非对她的态度，她也懂。

但她就是很难受，想不开，她从没问过陆非，今天却特别想问。

"为什么我不可以？"她看他的侧脸，是她无数次梦到的样子，"我是哪里不好，能跟我说说吗？"

她转回来，低着头，眼泪已经砸在手背上："你身边那么多漂亮的女孩子，你都可以跟她们玩，对她们笑，只有我不行。"

陆非心里揪着疼，但狠下心："我说过，我花心，爱玩，不是好人，我不适合你这种乖乖女，你跟我在一起只会被我伤到。江嫣，"他不敢看她，"你是好女孩儿——"

"别给我发好人卡。"江嫣打断他。

曾经特别期待听他的心里话，但他真正说了，她却一句都不想听。

说来说去都是拒绝，有什么区别呢？

江嫣的头有些昏沉，靠在栏杆上眯起眼睛。

陆非就这么陪她坐着，两个人各怀心事，谁都没注意到闭馆音乐。

直到外面的灯暗掉，陆非才意识到闭馆了，他摁一下手机想看时间，没电。

两人走到一楼大门那里，门已经从外面锁上。敲了半天没人应，陆非说："你手机呢？"

江嫣抿着唇："没带。"

没办法，两人只能在一楼通道的椅子上坐着，等外头有人路过帮忙通知学校。

天太冷了。

江嫣不太舒服，嘴唇比刚才还白，陆非皱着眉，把大衣脱了给她穿上，站在风口替她挡着。

但江嫣似乎有些情绪，一眼都没有看他，把他的衣服脱掉扔还给他。

陆非生气了："别闹，会生病。"

他再次把衣服给江嫣裹上，却发现她脸色有些不对。

她身子在发抖。

陆非有点儿慌，弯腰握住她的肩膀："江嫣，你怎么了？"

江嫣皱着眉，右手捂着心口，一句话都说不出。

陆非愣了愣，随即脑子一炸，有个念头一闪而过，他恨不能抽自己几巴掌。

她从来没骗过他。

陆非把江嫣平放在一排椅子上，几步跑到消防报警器那里，顾不得许多，一拳砸下去。

江嫣醒来时，是两个小时之后，已经脱离生命危险。

韩江和温颜得到消息，匆匆忙忙从家里赶到医院，看到陆非坐在床边，弯着腰，手掌撑着额头。

江嫣睁开眼睛，脑袋动了动，看到床边的陆非，伸手碰了碰他的头发。

陆非抬起头，脸上是她从未见过的神色。

她忽然觉得发病也挺好的，能看到他心疼自己。

陆非抬手替她掖好被子，压低身子看她："醒了？"

"嗯。"

"你吓死我了。"

江嫣发白的嘴唇勉强笑了一下："我告诉过你，我有心脏病，可你不信我。"

陆非瞬间红了眼眶。

"对不起，"他摸了摸她的脸，"还好吗，有没有不舒服？"

江嫣摇摇头。

陆非想起刚到医院时，他去缴费，才发现江嫣早已办了入院手续，只不过几个小时前忽然自己走掉，值班护士还为此挨了处分。

下午那个犯了心脏病的学生，真的是她。

"为什么要去图书馆？"

江嫣垂着眼睛，没有看他："我想，你知道我在图书馆，可能会去找我，我……想见见你。"

陆非不忍再问下去。

怎么会有这么傻的姑娘？

这次住院，江嫣坚持不让告诉家里人，怕他们担心。她说："我不常发病，躺一躺就好了。"

不管怎样，今晚是一定要在医院了，温颜决定陪在这里。

手上的点滴还没打完，温颜回学校给她拿一些洗漱用品，江嫣推着点滴架，走到门口，听到外面两个男生说话。

"你到底怎么想的？"韩江说。

"什么怎么想。"

"别装傻，人家都为你做成这样了，你心里没想法？"

陆非沉默一会儿："能有什么想法，她小女孩儿一个，热情劲儿过去就好了，我们俩没可能。"说完觉得胸口发闷，抬手打开走廊的窗子透气。

两人原地站了一会儿，大厅那边过来个小护士。

陆非见小护士往江嫣的房间走，立刻跟过去，小护士忍不住笑："别紧张，只是拔针。"

护士推门进去，看到江嫣躺在床上，闭着眼睛，似乎已经睡着。

拔针后，她嘱咐跟进来的两个男生："状态挺好的，明天上午医生检查后就能出院了。"

韩江说谢谢，陆非已经走到床边。

他一只手撑在枕边，略压低了身子，轻声叫江嫣的名字。

江嫣没有反应，陆非又说："我不方便在这儿，先走了，你明早想吃什么？我给你带过来。"

等了一会儿，她似乎真的睡着，陆非抬手碰了碰她的脸："那我自己看着买，明天你等我一会儿，我来给你办出院。”

陆非转身的瞬间，江嫣脑袋侧过去，背对他，两行眼泪流下来。

被子里的手握成拳，微微发抖。

第二天陆非带着早餐过来时，看到的却是一张空荡荡的床，护士正收拾床铺，陆非走过去：“这床的病人呢？”

“被男朋友接走了。”

陆非以为说的是韩江：“昨天跟我一起的男生吗？”

护士说：“不是，另一个，一大早就来了，带了好大一束玫瑰花，诚心诚意表白来着，女孩儿答应了，两人一块儿走的。”

陆非的心猛地一紧：“她答应了？”

护士点头：“是啊！对了，还有昨天在这儿陪床的女孩儿，三个人一起走的。”

陆非没再停留，边跑边给温颜打电话，得知江嫣已经回寝室。

温颜还想说什么，被陆非打断：“我去找她。”

他一路跑回学校，手里还护着给她买的粥。

快到寝室楼下，他掏出手机想给她打电话，忽然看到那抹熟悉的身影站在楼门口。

一个高高帅帅的男孩子抱着她，亲她的额头，低声跟她说着什么。

她怀里还有那捧玫瑰花。

颜色绚丽，鲜红刺眼。

江嫣脸色依旧不好，听男孩儿说话的时候，脸上挂着淡淡的笑，没有看他的眼睛。

男孩儿目送她上楼。

男孩儿走时，与陆非擦肩而过，眼里全是蜜意，肩头相撞，陆非手里的早餐掉在地上，男孩儿说：“抱歉。”

陆非没有任何反应。

他抬起头，看到走廊那一侧的窗户，江嫣的身影在二楼出现，三楼，四楼……

他给江嫣打电话。

江嫣最终在五楼窗口停下，看手机时，目光似有停顿，盯着屏幕看了很久才接起来：“陆非。”

陆非看向楼上她小小的身影，低声问：“怎么不等我办出院？”

江嫣心里难受，但还是勉强回应："不想麻烦你。"

"跟我怎么是麻烦呢？"

江嫣不说话。

陆非握紧手机，眼睛酸涩："能下楼吗？我有话跟你说。"

江嫣怔了一下，随即看向窗外楼下，看到陆非。

她眼泪一下流出来，庆幸离得远，他看不到。她说："不用了，有什么话，就在电话里说吧。"

陆非沉默一会儿，问："刚才那个人，是你男朋友吗？"

隔了一会儿，她点头："嗯。"

他勉强笑着："怎么没听你提过？"

电话里很安静，过了一会儿，江嫣说："陆非。"

陆非很快应她："我在。"

"我以前……"刚开头，她已经忍不住，拼命控制自己的声音，"我以前不懂事，总缠着你，给你添麻烦。以后不会了，我不会再找你，你也不用有那么大压力。"她转过身，不再看他，"你要好好的。"

陆非不知道自己是怎么离开的，也不知道她消失在窗口后，自己在那儿站了多久。

晚上，韩江和陆非在拳击俱乐部见面。

上一次来这里，韩江还在为温颜伤神，如今角色对换，两兄弟坐在同一位置，低沉的人变成陆非。

韩江说："后悔吗？"

陆非苦笑一下："后悔什么，像我这样的人，有什么资格喜欢别人。"

尤其是江嫣，她那么好。

"我从出生到现在，一步步早已被家里安排好，身不由己。我一毕业，就要跟一个不认识的女人结婚，现在答应她，是对她不负责，到时她会更伤心。还不如不要开始。"

韩江从没听说过这事，皱眉："跟谁结婚？"

陆非一脸无所谓："不知道，没见过，听说现在在国外念书。"

两人沉默很久。

韩江忽然庆幸韩雪凇不是那样的父亲，他的人生轨迹，都是他自己的选择，包括温颜。

隔了一会儿，陆非把易拉罐里的啤酒喝光，目光望向对面墙壁的某一点："现在也挺好的，她有了男朋友，她过得好就行。"

韩江问：“如果那人对她不好呢？”

陆非将手里的易拉罐捏到变形，目光渐深：“我会打断他的腿。”

和陆非分开后，韩江回到紫金公馆。

温颜在浴室，把两个人的脏衣服塞进洗衣机里，刚按了按钮，听到外面有声音。韩江脱了外套走过来，从后面抱住她：“洗衣服？”

“嗯，你去见陆非了？”

韩江点头，嘴唇蹭着她的耳朵。

温颜转过来抱住他：“他怎么样？”

“不太好，江嫣呢？”

“也不好。”

韩江松开她一点儿，低头看她：“江嫣什么时候冒出个男朋友？”

这个人温颜以前就知道，叫郑谦，追江嫣追得很凶，但江嫣一直不理他，今早郑谦带了一大捧玫瑰花来医院，不知怎么江嫣就答应了。

温颜也很惊讶。

温颜非常不理解陆非：“我觉得陆非对江嫣是有感觉的，为什么一定要弄成这样？”

喜欢就喜欢，不喜欢就不喜欢。

非要弄得大家都不开心。

洗衣机自动运转，韩江牵着温颜走到沙发那边坐下，讲了一些陆非家里的情况。

不管陆非的做法正确与否，都是他自己的选择，韩江作为兄弟，只能在他需要的时候尽力支持，其他方面，无法插手太多。

是飞蛾扑火不管结果地疯狂爱一场，还是及时止损从此相忘于江湖？

陆非已经做出选择。

温颜靠在他怀里，听得有些难过，她仰起头：“那你呢？”

“我什么？”

“韩叔会不会也给你安排一个门当户对的富家千金。”

韩江看了她一会儿，温颜唇瓣柔软红润，他想亲了。

“那你要乖一点儿，不然我可不敢保证。”

温颜立刻搂住他脖子，身子抬高一点儿，坐在他腿上，特别认真地点头：“我很听话的。”

韩江满足地笑起来，手臂收紧，把人搂进怀里，含住她的唇。

那则环保题材的平面公益广告很快投入使用。

意外的是，效果非常好，温颜笑容温暖治愈，背景是一片茂密的森林，她坐在花丛中，像个坠落凡间的天使。

她用赚的钱给全家人都买了礼物，钱虽不多，但是她自己赚的第一笔钱，她特别开心。

阴氏地产的办公大楼，电梯间的 LED 灯箱每段时间都在轮换投放广告。

阴博十分钟后有个会，步履匆匆地走进电梯。

身边的助理还在对照今天余下的行程，阴博的眼睛却定在公益广告里那张青春洋溢的笑脸上。

有些眼熟。

他稍微回忆一下就想起来，是钟阎那个亲戚，前段时间还来问红宝石的事。

阴博抬起手腕看时间，心想不知道她有没有跟对方联系。

中午十二点，会议结束后，阴博坐在办公室里休息。

助理敲门进来，明年的新楼盘广告招商已经启动，一些广告公司的资料需要他过一遍。

阴博简单翻了翻，都跟往年差不多，没有太亮眼的方案。

翻到最后一本，是今年第一次参加竞标的广告公司，案例最后一页，是一张跟那则公益广告一模一样的照片。

照片里的女孩儿明媚动人。

他指了指那家广告公司："联系一下，问问这个女孩儿愿不愿意拍？"

助理点头："是，我这就去办。"

随后，阴戚打来电话，照样不到三句话就将哥哥惹怒。挂掉电话，阴博拉开抽屉，想抽一支雪茄。

抽屉的最上面，是一张全家福照片。

年轻的阴博和幼小的弟弟，父亲坐在正中间。

父亲身旁是个身材姣好的女人，她面部的位置被烟烫出洞。

黑乎乎的一圈。

女人膝间的背包拉链上，拴着一个小鱼钥匙扣。

上面绣着一个字。

绍。

收到阴氏地产想找她拍新楼盘广告的消息，温颜有点儿意外。

本来那个平面广告就是拍着玩玩，她并没打算在这个领域发展下去。

她有点儿拿不定主意，习惯性地问韩江。

今晚他的一帮哥们儿约着出来玩，大家在酒吧角落的位置玩骰子，有些人在舞池里跳舞。

韩江坐在沙发上陪温颜聊天。

他还是那句话，尊重她的意愿，她喜欢就可以去，但这次他告诉了她另一个消息。

“阴博是阴戚的哥哥，阴氏地产是阴戚家的产业。”

温颜特别惊讶。

其实这件事韩江也是最近才知道的。

韩江高中时认识阴戚，因为不是一个学校，所以了解不多，只知道他家境殷实，是后来跟着家人搬到岳城的，不是本地人。其他方面，他不知道，也没兴趣打听。

不过这件事他并没放在心上，阴戚已经被阴博发配到国外去了，想必也没法继续作妖，而且经过上次焰离和之前阴博看望钟阎这些事，韩江觉得阴博应该是不错的，起码成熟稳重，不会跟他弟弟一样幼稚胡闹。

温颜倒是有点儿别扭。

本来她对这件事就偏向于拒绝，又想到以前阴戚那么讨厌，总是找韩江的麻烦，就更加下定决心了：“我想好了，不去。”

韩江看着她的时候，脸上总是挂着笑的，觉得她好像还是小孩子，大概是用这种方式在为以前的自己鸣不平。

他用水果签扎了一块西瓜喂给她吃。

旁边一直在玩骰子的哥们儿忽然扭头说：“对，不去就对了。那会儿韩江跟他们家阴戚赛车……”

没等他说完，韩江就抬脚踹了他一下，眼神示意他闭嘴。

那哥们儿意识到自己说错话，连忙往别的地方打岔。

但已经晚了。

温颜听出话里的异样，皱眉问：“赛车？”

韩江拉她的手：“没事，他喝多了，我带你去跳舞。”

温颜甩开他，站起来：“我不去，赛车是什么意思？韩江，你有事瞒我？”

另外一个哥们儿看瞒不下去了，推了推韩江：“行了，你就跟她说吧，你也是为她好。”

这个男生当时是跟他们一起去的，知道事情的始末。

韩江捉住温颜的手："出去说。"

这里人太多，温颜不想让他没面子，忍着没挣开。被他带出酒吧后，她立刻一脸严肃地站在那里，等他解释。

韩江不知道她是否了解赛车具体是什么规则和操作，总之说得很隐晦："我赢了，阴戚也被送出国，现在不是很好吗？我没告诉你，是怕你担心。"

温颜不傻，知道事情肯定没他说得那么轻飘飘，那个什么所谓的赛车，一定很吓人。

她生气了，扭头就走。

韩江急了，几步跨到她前面拦住她，一下把人抱住，笑了一下，想缓解气氛："去哪儿？"

温颜推他："不用你管，反正你死活都跟我没关系，我也不需要知道。"

她那点儿小力气在韩江这里根本不算什么，被他轻轻松松困在怀里。温颜气急了，狠狠踩了他一脚。

韩江像没感觉一样，反而把人抱得更紧："就知道你会这样，所以才不告诉你。"

温颜眼眶都红了："你做那么危险的事，想没想过，万一出事怎么办，万一受伤怎么办？"

她不敢说那些更严重的话，比如，死亡。

这个词她只要想一想，就很恐怖。

"我知道，以后不会了。"他低着头给她擦了擦眼角上的一点儿湿润，嘴唇在她额头上贴了一下，"我心里，没人比你重要。"

温颜搂住他："可我心里，你最重要。"

感情上，温颜一向内敛，喜欢你、爱你这样的话，她不常说。就连两人温存情浓时，韩江哄她说出口，她都有些放不开。

这句"我心里，你最重要"，此时被她说出，分量十足。

韩江心内最柔软的地方被她反复掌控拿捏，形状由她，就像他也曾掌控她最柔软的地方。

他偏过头，吻她耳侧，不知道该怎样疼她才好。

本来这件事已经过去，但晚上温颜在寝室躺下后，一想起赛车的事，还是让她出了一身冷汗。

温颜侧躺在寝室的单人床上，脸冲着墙壁，眼前是韩江前几天抓娃娃抓来的毛绒玩具。

一只小怪兽。

《奥特曼和小怪兽》里面那个小怪兽。

他们俩现在的企鹅头像就是这对动漫人物的卡通情侣款。

韩江是小怪兽，温颜是奥特曼。

换上头像那天，韩江的各种群里都炸了，纷纷猜测他是不是被盗号了。

毕竟这个人的头像一直是千年不变的默认头像。

等发小里那些有温颜企鹅号的人看到她的头像时才恍然大悟，哦，又在秀恩爱，散了散了。

那时韩江酸死了，说愿意永远做温颜身边默默挨打的小怪兽。

他说这话，温颜并不领情，心想，他就会说好听的话哄人，哪次两人为一些事讨论她占上风后，他不是用其他方法治得她讨饶投降？

还什么默默挨打，每次先动手动脚的都是他。

温颜盯着那只怪兽小小的眼睛，抬手使劲儿拍了它脑袋一下："傻子。"

她知道韩江身上有狠劲儿，什么都做得出，但从没想过，在自己不知道的那些日子里，他还为自己做过这么危险的事。

她也想为韩江做点儿什么，但他好像什么都很顺利，什么都不缺，上天对他格外眷顾。

忽然想到送他的那条腰带，没有见他用过。

温颜给他发信息。

温颜：我送你的腰带呢？

那边很快就回复过来。

韩江：在家，怎么了？

温颜：怎么不用？

韩江：舍不得。

温颜笑了一下，已经熄灯，手机的亮光打在她脸上，有些刺眼，她把手机调暗一些，回复他。

温颜：用吧，旧了我再给你做。

隔了一会儿，韩江打来电话，温颜忘记调静音，一下按掉，给他回信息。

温颜：她们都睡了。

如果是夏天，韩江会发一句"到阳台去"，但现在太冷，洗好的衣服一挂到阳台立刻就会冻硬，他可舍不得他的小姑娘受冻。

韩江：我妈让咱俩明天回家。

明天是圣诞节，学校不会为了这种洋节放假，但因为是周末，所以正合了年轻人爱玩的心，很多人准备这天出去逛街看电影，也许学校附近的酒店旅馆也会爆满。

本来韩江和温颜也打算找部电影看，但温颜给江嫣打了电话，知道江嫣一整天都会在寝室，她想去看看江嫣。

这种外面人多的日子韩江也没什么好执着的，点头答应，自己找节目，准备晚上再跟温颜见面。

这下晚上都没独处时间了。

温颜：知道了，到时你去工大接我吗？

韩江：嗯，你陪江嫣吧。

第二天上午，温颜带着一些小零食来工大女生寝室找江嫣。

寝室里只有江嫣一个人，懒懒地在床上躺着。温颜把东西放在下铺的桌子上，洗了手也爬上床，躺在她旁边："怎么没回家？"

江嫣说："家里没人。"

"你爸妈呢？"

江嫣说："颜颜，我们家可能要搬家了。"

温颜摆弄她的小玩偶："是吗，搬到哪里？"

"武汉。"

温颜愣了下："武汉？为什么搬那么远？"

"我爸工作调动，我妈跟着去，我哥过几天就要去上海实习了，这边就剩我自己，以后放假我大概也要加入春运大军什么的跟着别人一起挤火车了。"

她把枕头压在脸上，闷闷地说："好烦。"

虽然上学时还是能看到，但放假再也不能像以前一样随时见面了，以后毕业呢？如果江嫣不留在岳城工作，大概见面的机会就更少。

温颜有点儿难过。

午饭两人叫了外卖，吃饭的时候，温颜接到广告公司的电话，问她考虑得怎么样，她委婉地将自己的决定告诉对方，回绝了拍摄邀请。

挂掉电话，江嫣说："为什么不想拍？"

温颜低头吃面，碎发绾到耳后："太耽误时间，期末事情好多。"

如果是以前，江嫣一定会喋喋不休地追问下去，但她现在话比以前少很多，听了一句解释后，便没再继续问。

温颜抬头看了她一下，还是问："今天圣诞节，怎么不跟男朋友出去玩？"

江嫣笑了笑：“太冷了，不爱动。”

理由有些牵强，温颜想起以前，每年圣诞节江嫣都是最活跃的一个。

苹果、圣诞树，一样都不能少。

在胡同住的时候，她还会号召小伙伴们堆一个大大的雪人，把自己的红围巾给雪人戴上。

温颜说：“他对你好吗？”

“挺好的。”

温颜看着她：“那……你喜欢他吗？”

江嫣沉默一会儿，吃完最后一口面：“喜欢啊，不喜欢干吗跟他在一起。”

温颜没再问下去。

下午的时候，江嫣的男朋友打来电话，两个人说了好一会儿，还没挂的时候，韩江来接人，温颜用口型跟江嫣打招呼，小声说：“我走啦？”

江嫣点头，握着手机把温颜送到门口。

回家的路上，韩江开车，温颜坐在副驾驶，低头把自己的包翻个底朝天。

韩江注意好久了：“找什么呢？”

温颜还在翻：“一个小本子，我记得放包里了，找不到呢。”

“什么本子？”

“不告诉你。”

“还保密。”

韩江笑一下，转了方向盘驶入小区，听到温颜叫了一声：“找到啦，在夹层里。”

他转头看了一眼，是个巴掌大的粉色小本，漂漂亮亮的，大概又是她入手的“新宠”。

温颜有无数本崭新没用过的漂亮本子，大小不一，什么尺寸都有，什么颜色都有，收集这种东西，大概也是她的一个小爱好。

用不用得上不一定，但一定要拥有。

韩江忽然想起她那个随手记东西的本，那次没有看完，不知道她后来是不是又写了别的内容。

他从没告诉过她自己看过那个东西。

温颜脸皮薄，容易害羞，一定不想让他知道有这么个东西存在。

家里只有施静一个人，韩雪凇本来说好要早点儿回来，但临时有事，到家可能又要很晚。

凉菜已经做好，锅里还有一条鱼，施静在准备青菜，听到声音出来看了一眼，打个招呼又回到厨房忙。

两个人各自回房间放东西，韩江先出来，往厨房那边看了一眼，施静还在忙，他转身进温颜房间。

进去时，正赶上温颜站在桌前翻看刚刚从包里找出的那个粉色小本，看到韩江，她一下藏到身后："不敲门。"

"你门都没关，藏什么呢？"韩江走近。

"没什么。"温颜后退一步，但她哪躲得过韩江呢，三两下就让人夺走了。

韩江一只手就把她控制住，另一只手拿起那本子看了一眼，发现这本不是空白的，有内容。

"情侣间必做的一百件小事……"

温颜赶紧挣脱出来去捂他的嘴："你小点儿声！"

韩江来了兴致："这是什么？"

温颜腰背挺得很直，仰起头看他："字面意思，看不懂吗？"

韩江笑了一下，觉得特别有意思，随便翻开一页，发现有些已经被她用铅笔打了钩。

一起牵手轧马路√

一起坐摩天轮√

一起去天台看星星√

一起做饭√

一起看电影√

还有很多没有打钩，比如"一起看烟火"。

韩江说："这个好办，元旦就有放烟花的，或者我一会儿出去买，我们今晚就放。"

又比如"一起划船"。

"这个现在有点儿难，太冷了，明年春天吧，我带你去。"

他特别有耐心，一条条看过去，每说一个，都会承诺她，一定会陪她做。

温颜一直怕他觉得这种东西是小女孩儿喜欢的幼稚游戏，所以没告诉他，他这么配合，她特别高兴。

韩江又念了一条："一起跟男朋友接一个长长的吻。"他偏过头看她，"这个为什么没打钩？"

温颜低着头，小声说："又没说长长的吻是多久。"

韩江眼神有点儿深："你是觉得我以前吻你的时间都不够长？"

他放下书，一下把人抱起来放在桌子上，两只手撑在她身侧："那今天完成一下这个吧，反正也不是很难。”

话音落下，他靠过去，开始吻她。

温颜最初身体僵着，不太放松，后来渐渐松开抓着他衣领的手，搂住他的脖子。

这是一个很长，很投入的吻。

长到，两个人都没发现，站在门口看着他们的施静。

吻结束时，韩江似乎还有些意犹未尽，依旧在慢慢磨蹭她的嘴角。

他有些笑意，低声问：“这次够了吗？”

偏头的瞬间，忽然看到门口一言不发的施静。

他愣了一瞬，却很快镇定，眼神里并没有被撞破的慌乱。

对这件事，他早有心理准备，只是没想到会在这种情况下被看到。

温颜的心狂跳，第一时间推开韩江，从桌子上跳下来，用力过猛差点儿磕到腿，她紧靠桌沿站着，两只手不知道往哪里放才好。

施静面色平静，盯着两人看了一会儿，摘下身上的围裙折几折捏在手里，扔下一句“韩江到我书房来”，就转身走了。

温颜特别紧张，施静的反应很不平常。她满心焦虑，扯住韩江的胳膊：“怎么办？”

韩江捏捏她的手，冲她笑了笑：“没事，我来说。”

书房门是关着的。

韩江敲了门，没听到回应，他推门进去，看到施静背对着自己站在桌前，抱着双臂，背影瘦削。

“把门带上。”施静说。

韩江照做，随后向前走几步，在施静身后一米外站定：“妈。”

施静转过身，表情是严肃的，跟刚刚在外面截然不同。

韩江一副要杀要剐随你便的模样更让她火大。

“什么时候开始的？”

韩江回答得很快：“快半年了。”

施静紧绷着脸：“谁追的谁？”

“我追她。”

施静的气息很不平静，能看出她在努力克制情绪：“你知道她是谁吗？”

韩江抬起头跟她对视：“知道，她是温颜，是从小跟我一起长大的人，是烈士英雄的女儿，是，”他顿了顿，“是我喜欢了很多年的女孩儿。”

施静紧抿着唇，眼里有深不可测的暗光："你知不知道她是——"

她欲言又止，韩江目光沉沉，等着她说。

施静深舒一口气，抬起头："你们到哪一步了？"

韩江闭口不言。

施静提高声音："我在问你话，听不到吗？"

韩江站直身子，目光向下："该做的，不该做的，都做了。"

施静勃然大怒，扬手狠狠扇了韩江一巴掌："你混账！"

力道之大，她掌心都火辣辣地疼，韩江半边脸立刻红起一片。

施静这辈子从没这样打过人。

"温颜从小跟你一起长大，是跟你亲妹妹一样的人！你怎么能对她做出这种事！"

韩江打断："她不是我妹，我们没血缘关系，为什么我不能喜欢她？"

他心头有火，秘密在嘴边绕了几圈，最终被他咽下。最后他只轻笑一声，意有所指："还是，您觉得我配不上她？还是我们家配不上她？"

韩江这样顶嘴，彻底激怒施静，桌上几百本施静即将上市的新书，她带回来准备签名。

此时，她随手捧起厚厚一摞，大概有十几本，狠狠往韩江身上砸过去。

就在那一瞬间，温颜忽然撞门进来，冲向韩江把人紧紧抱住，用后背替他挡掉那些砸过来的书。

她已经泣不成声，哭着说："我愿意的，静姨，是我自己愿意的，别打他。"

她闯进来得十分突然，韩江想抱她躲开已经来不及，那些新书包着硬纸壳封皮，砸在身上一定很疼。

韩江立刻将温颜扯到自己身后护住，双眼红透盯着施静："你不喜欢，我们走就是了，犯不着这样。"

三人对峙间，书房里静谧无声，只听得到彼此沉重的呼吸。

外面大门有响动，是韩雪凇回来了。

他知道今天两个孩子会回家，将一些工作推后，提前回来，客厅里一个人都没有，施静书房的门敞开着。

他走过去，看到满地狼藉。

"这是怎么了？"

看到韩雪凇，施静一直忍着的眼泪瞬间涌出，背过身子，双手捂住了脸，小声低泣。

韩雪淞虽猜不出原委，但施静已经很多年没有生过这样大的气，想必事情一定不小。

他给两个孩子使了个眼色。韩江牵住温颜，往外走去。

韩雪淞眼睛在两人紧紧牵住的手上停顿一下，似乎明白什么。

出来后，韩雪淞对两人说："过来坐。"

父亲面前，韩江不敢再有所隐瞒，把刚刚的事说了一遍。

他坐在沙发上，弯着腰，用手揉太阳穴。

温颜坐在他旁边，两只手规矩地放在膝间，一直低着头。

韩江想过施静可能会反对，但没想到她反应会这么激烈，他深深舒了口气，有些头疼："爸，妈她为什么会这样？"

这不合常理，既然欠了温颜，不应该尽力弥补吗？应该对温颜百倍千倍地好，他跟温颜在一起，大家变成真正的一家人，不是更好吗？

对于韩江和温颜的关系，韩雪淞并没过多表态，青春期的少男少女，青梅竹马，日久生情，他理解。

他跟施静，也是年少时就相识。

韩雪淞安抚地拍了拍儿子的肩膀："不要怪你妈，她有自己的顾虑。"

韩江抬起头，神色疲惫："什么顾虑？"

韩雪淞慢条斯理，洗杯冲茶："颜颜的母亲是怎么死的，你们应该知道。"

温颜猛然抬起头。

客厅里的艺术钟表嘀嗒作响，是施静那年出国，在国外某个展览上拍下的孤品，全球只有这一个。

时间随着羽毛钟摆按部就班地流逝，韩雪淞并不打算避开温颜说这些，有些事，温颜也需要知道，并且有所准备。

向飞鸿潜伏在当地大毒枭身边多年，其艰难危险程度自不必说，临近收网时却因队友失误，导致她身份败露。她拼死一搏，在救援队到达之前以一人之力销毁了即将交易的大批货物，与毒枭盛宗耀同归于尽。

盛家提前得到消息，人去楼空，豪宅烧毁，丝毫证据都没留下。盛宗耀的两个儿子从此失踪，再没找到，应该已经隐姓埋名，换了身份。

布线多年，任务最终失败。

盛家的两个儿子大的阴狠，小的虽心性未定，但在学校时常常欺负同学，想必以后也不会是良善之辈。

那个行当的人是报复心极强的一类人。

以上，都是宋队告诉韩雪淞的，当然只是概述，一些细节和其他重要的情报，宋队不可能透露。

韩雪淞只知道这么多，全部告诉了他们两个。

没别的意思，只是想让他们有自己的判断。

无论韩江和温颜如何选择，他都会尊重。

如果将来有一天，那些人找到温颜，会怎样？作为温颜最亲密的男友，甚至以后还可能成为丈夫，韩江会被怎样？

不敢想象。

这么多年，施静小心翼翼，不让温颜出远门，十八岁了，没让温颜出过省，最远的距离，也只有十一期间的那次海边度假。

不敢去那些著名景点，特意选了人少的地方。

韩江一直沉默不语，没有说过一句话。

这一晚，两人没有住在家里。

韩江先下楼，把车开过来，温颜坐上副驾驶座，她眼睛红肿，刚刚哭得很凶。

韩江一路猛踩油门，将车开到上次那堵爬满爬山虎的墙外，这会儿只剩下光秃秃的砖墙，一片叶子都没有。

他将车停稳，一秒钟都没有耽误，探过身子，伸手捧起她的脸，凶猛地吻住她。

直到快要窒息。

下雪了。

很大，雨刷器上很快积了小小一堆。

温颜搂住他的脖子，嘴唇贴着他的脸颊：“韩江——”

“我知道你想说什么，你一个字都不要说，我不会离开你，从小到大你都拗不过我，这次也一样，你要听我的。温颜，”他狠狠捏着她的肩膀，“我什么都不怕，我有多厉害，你知道的。”他抱紧她，“温颜，我不喜欢你懂事，以后要改掉这个毛病，我喜欢你不顾一切来爱我。”

立场已经很明确，温颜慢慢收紧手臂，咽下未说出口的话。

雪越下越大，韩江开了暖风。

温颜摸了摸他依旧发红的脸：“还疼不疼？”

韩江按住她的手，冲她笑了一下：“你帮我揉揉，就不疼了。”

温颜真的很认真地帮他揉了几下，特别心疼。

她抬起头："我会被找到吗？"

"不会。"韩江说，"中国那么大，没那么巧。"

"嗯。"不管他说的是否是真的，此时的温颜都没那么多能量思考更多了。

韩江把温颜送回学校，立刻返回家中。

他还有话没说完。

进门时，韩雪凇和施静坐在客厅沙发上，家里气氛阴霾。

韩江把车钥匙扔到玄关柜子上，站在门口将身上的雪拍掉，有条不紊地换鞋，脱外套。

他站在父母面前，从没觉得脑子如此清醒过："爸，妈。我回来是想告诉你们我的决定，我喜欢温颜，想永远跟她在一起，不管未来有多大的危险等着我，我都不怕。而且，他们也不见得能有什么作为，也许一辈子都找不到温颜，也许改邪归正，也可能早就死了。

"未来有那么多种可能，我为什么要因为其中一条不一定发生的事放弃她？"

施静站起来，依然强硬："你才多大，现在谈什么永远？"

"妈，如果您怕被连累，以后我们可以少回家。"

施静再次被激怒："你浑蛋！如果可以，我愿意为她承担所有危险！但你是我儿子！"

"妈！"韩江攥紧拳头，双眼通红，"我们欠她一个家，不能这样忘恩负义。"

一瞬间，施静整个人僵在那里，头顶像劈下一道闪电。她站不稳，韩雪凇赶紧扶住她，今晚第一次动怒："你胡说什么。"

韩江努力克制自己的声音："我什么都知道。当年如果不是因为您重返火场，颜颜的爸爸就不会死，她妈妈就不会调去云南。妈，我不想对您的行为做出评价，您是我妈，您欠的债，我来还。我会一辈子爱她，给她一个家，不管发生什么事，我都不会离开她。"

韩江退后两步："这是我唯一的态度。"

他转身换鞋开门。

而门外，是同样重返回家，手握钥匙准备开门的温颜。

韩江从没这么紧张过。

他还保持推门的姿势，眼睛一动不动盯着温颜，在场四个人，谁都没说话。

最后还是温颜打破僵局："我……没上楼，看到你回来，我怕出事。"

看她的表情，似乎没什么异样。

韩江手心有汗，没有回头："我说完了，走吧。"

他没让温颜进门，直接拉着她匆匆下楼。

地上的积雪已经很厚，两人站在车前，韩江抬手把她羽绒衣的拉链拉到最上面，帽子戴好，随后手滑下去，拉住她双手，低头看她："怎么回来的？"

温颜说："打车。"

"以后这么晚，不要一个人出来。"

温颜点头。

韩江用了些力，把她拉到怀里："别想那么多，有我呢。"

温颜窝在他胸口，瓮声"嗯"了一声，又抬起头："韩江，我想，这段时间我先不回家了，让静姨和韩叔慢慢消化冷静一下，好吗？"

"好。"

他拥着温颜回到车里，边系安全带边说："寝室楼已经封了，我们去紫金公馆。"

温颜答应了。

紫金公馆供暖不错，但因为是一楼，所以还是比楼上稍差一些。下车时，韩江从后备厢拿出一包东西，用黑色袋子装着，看不到里面是什么。

回家拆开才知道，是一张柔软的地毯，韩江把它铺在卧室床边。

温颜偶尔起夜，有时早上也不穿拖鞋在房间里来回走，他已经说过多次，但她不怎么听。

韩江蹲在地上，用手在上面轻抓了一下。

"还行，不掉毛。"他回头，"你来试试。"

温颜本来盯着他看，他一回头，两人眼神一下撞上。韩江笑了，特别温柔："看什么，过来啊。"

温颜没去踩地毯，走到他身后，弯腰趴在他背上，搂住他的脖子说："韩江，你笑得真暖，跟这个地毯一样。"

"你这个比喻真别致。"韩江把她拉坐在地毯上，伸手一推，跪上去，俯身看她，"软吗？"

温颜躺在上面，仔细感受了一下，给了评价："软。"

"舒服吗？"

"舒服。"

"那亲一下。"

今晚的气氛，本不适合这样轻松地开玩笑，但温颜知道，韩江是故意的，想让她心里好受些。

她拉住他的衣领，把人拽到自己跟前，脑袋稍微抬起来一些，亲了上去。

韩江手臂撑在地毯上，缓慢舒适地尝她嘴里的味道。清甜香软，刚刚在路上，她吃了西柚味儿的口香糖。

其实他也吃了，两个人的味道一样。

这个晚上，他们没做别的，韩江从身后搂着她，他脑子今天被塞了太多东西，不太睡得着。

到了后半夜，他感觉到温颜似乎也睡得不是很踏实。

翻来覆去几次后，温颜转身，搂住他的腰，把自己的脑袋塞进他怀里。

他胸口湿了。

无声的。

韩江抬手轻揉她的头发，低声说："颜颜？"

温颜没有说话，抱紧了他。

元旦他们没有回家，那天虽然是跨年，但因为外地的学生比较多，都等着春节回家，所以学校里依旧很热闹。

韩江送了一个礼物给温颜，挺大的包装礼盒，还打了蝴蝶结，但手法不太好，一看就不专业，估计是韩江自己系的。

温颜捧起来摇了摇，不太重："什么东西？"

"打开看看就知道了。"

她很高兴，拆开蝴蝶结："为什么送我礼物？"

"不是跨年吗？"

"人家都是情人节啊生日纪念日什么的送，哪有跨年送的。"

韩江有点儿无所谓的样子："也没规定不能送吧。"

盒子打开，是一个非常漂亮精致的首饰盒。

早就想给她买，一直拖着没去。

温颜有点儿惊讶："你什么时候买的？"最近除了上课，两人几乎每天都在一起，他没出去过。

韩江说："找人从国外带回来的。"

"…………"

一个首饰盒而已，用得着漂洋过海吗？她翻到背面，果然看到了一个品牌logo，非常贵的一个牌子。

"花那么多钱买这个干吗，我东西又不多。"温颜属于比较素净的类型，身上装饰品不多，连绑头发的头绳都是藏蓝色、黑色这类暗色系。

韩江靠坐在沙发上，看她翻来覆去地摆弄，那个样子，分明是很喜欢的。

她喜欢，他就很开心。

韩江说："里面的东西我帮你填满，算赠品。"

温颜笑了："那你这个赠品很厉害了。"

她想了下："我送你点儿什么呢？我都没准备。"

"把你送我就行了。"

"…………"

下午，两人去商场吃饭，有一家西式自助餐听说不错，他们一直想来尝尝。

排队等位的人很多，韩江把小票递给温颜："我去洗手间。"

温颜接了小票，低头跟江嫣发信息。

江嫣也在跟男朋友吃饭，不过两人不在这边，他们吃的韩餐。

江嫣说，那家的米酒特别好喝。

温颜回了一句：别喝多了，早点儿回寝室。

江嫣知道她什么意思，回了个"好"字。

对于江嫣的男朋友，温颜了解不多，但她知道江嫣一直是有些抵触的，在某些方面保持距离，男生曾提过出去住，被江嫣拒绝。

温颜不知道江嫣在这段感情里到底是什么态度，但在她的认知里，没有全心投入感情，没想好之前，不可以做那种事。

面前忽然出现一双深棕色的鞋子，一尘不染。

温颜抬起头，意外看到阴博，他今天穿了一身休闲装，和在办公室的西装革履是两种截然不同的模样，但依然面带微笑，成熟绅士气息十足。

他笑了一下："温小姐，好久不见，来吃饭？"

温颜站起来，也笑了："阴总，您怎么在这儿？"

阴博说："楼上的健身馆是我朋友开的，过来看看。"

他看着温颜："为什么拒绝我的广告拍摄？"

温颜没想到他忽然问起这个："不好意思，我期末事情太多了。再说，我不是专业的，没什么经验，怕拍不好。"

有人路过，阴博往边上让了一下："温小姐气质很好，可惜了，以后有机会再合作吧。"他看了一下时间，"上去玩玩吗？新开的，环境不错。"

温颜礼貌地拒绝："不了，我在等我男朋友。"

阴博又笑了一下："你男朋友很有福气。"

阴博离开不久，韩江回来，只看到背影，他从温颜手中抽出一张纸巾："那人是谁？”

“阴博，就是那个阴氏地产的老板。”

韩江阴阳怪气道：“哦，你们俩看起来还挺熟的，聊什么了？”

温颜捏他的脸：“不许吃醋。”

“自助餐厅醋不花钱，为什么不能吃？”

“我吃过那么多自助，没看到哪家摆一盆醋给客人吃的——人家比你大那么多。”

“很大吗？现在女生不就喜欢这种型男大叔吗？”

“是吗？那我下次要好好跟他聊聊了。”

韩江咬牙，抬手掐住她白嫩的脸蛋：“找收拾吧你？”

两人没忍住，都笑了出来。

这家餐厅是很不错，吃饱喝足，温颜说：“明天都不用吃饭了。”

韩江眉毛动了动：“不一定，也许待会儿有什么消耗体力的运动，半夜就饿了。”

“…………”总是这么不正经。

温颜狠狠掐了他的胸口一下。

她现在越来越喜欢动手，韩江特别享受，那点儿小力气根本不管用，挠痒痒一样，总让韩江生出把人按住咬一口的想法。

圣诞节到现在，差不多一个星期的时间，温颜没有回家，韩江也没回，但他跟韩雪淞通过电话，知道施静已经好了一些。

大概也在逼自己接受现实。

毕竟温颜是她真心疼爱这么多年的孩子，能做婆媳，也是两个人的缘分。

韩雪淞说，他已经问过，宋队出差办案已有大半年，最近就要回到岳城，到时他会安排温颜见一下宋队。

向飞鸿还有一封遗书在他那里。

下到一楼，韩江直接把温颜带到珠宝区，在各种“大福”中间穿梭，专门看耳饰。

温颜跟着他转了几个柜台：“要买耳钉吗？”

她记得施静最喜欢这种小东西，大概韩江想买一对哄她开心。

韩江看中了一对玫瑰金色的耳钉，是钻石侧切面的形状，下面尖尖的，镂空设计，里层是会动的一颗小心心，很有质感。

韩江让店员拿出来细看：“好看吗？”

温颜点头：“好看，挺特别的。”

韩江眼光好，他看中的总是没错的。

韩江捏起一只放到温颜耳边比了一下，挺满意，直接放回盒子里，也没多问什么，直接说：“开票吧。”

他付钱很痛快，出去时，温颜问：“今天给她送去吗？”

韩江转头：“给谁？”

“静姨啊。”

“给你买的。”

温颜眨了眨眼睛：“送我的？”

“赠品。”

温颜反应过来，上午他说要把自己的首饰盒填满。

她说：“可是我没有耳洞啊。”

“明天带你穿一个不就行了。”

温颜摸了摸自己的耳垂，以前她不是没想过，但有点儿怕疼。江嫣不怕，她有三个，左边两个，右边一个。

温颜说：“冬天不能穿耳洞，会发炎，穿耳洞都在春天或秋天。”

韩江愣了下，他没考虑过这个问题，转念又想，那就春天好了，反正只有几个月，早买晚买都一样。

他把装着耳钉的小盒子塞给温颜。

元旦假期的最后一天，温颜放了韩江鸽子，跟江嫣逛街。

两个女孩儿许久没一起出来，吃过饭后打车去了西郊公园，那棵许愿树还在原地，只是上面的风铃已经很少了。

公园定期会清理一批风铃，而且现在是冬天，挂风铃的人也很少。

温颜买了两个风铃。

写字时手冻得直发抖，江嫣说：“一年挂两回，会灵验吗？是不是太贪心了？”

温颜早已想好写什么，低着头写得很快：“现在已经一月了，跟上次不是同一年。”

也是。

挂好风铃，温颜看到旁边卖风铃的大爷拿的烟袋锅。

看到烟袋锅，温颜忽然想起钟爷爷，他最喜欢躺在他那张嘎吱作响的竹椅上，惬意地点一锅，听评书。

第十章
无与伦比的温柔

韩江回到紫金公馆时，已经是晚上八点多。

他脱了大衣挂在衣架上，看到温颜穿着睡衣，抱着双腿蜷坐在沙发上，头发半干，脸庞白白净净的，很乖地待在那里。

韩江笑说：“干吗呢，洗好等我？”

本是在逗她，但温颜看到他后，一下从沙发上跳起来，光着脚跑过来扑到韩江身上，把他撞得后退一步。他有点儿蒙：“怎么了？”

温颜搂住他的脖子，踮脚亲他，亲完低着头，要解他的扣子。

韩江捉住她的手：“颜颜？”

温颜不听，执拗地把他的衣服推上去。她这个样子，韩江自然忍不了，很快抱着她说：“颜颜，让我先洗个澡。”

温颜搂着不松手。

韩江只好先不去管一片狼藉的浴室，跟她一起躺下。

今晚的温颜像只八爪鱼。

今晚回家本想看场球赛，结果被温颜缠着，韩江什么都没做成。

本以为温颜睡着了，但他刚一动，她就睁开眼睛，伸手求抱抱。

今天她太黏人了。

韩江只好抱住她，空出一只手从身后帮她把被子盖好：“不困？”

温颜头发有点儿乱，铺得满枕头都是，光滑柔顺。

她挤在他怀里说：“韩江。”

“嗯。”

“我可以自私一点儿吗？”

他摸了摸她的头发：“什么？”

“我想永远跟你在一起，那些人也许找累了，就不找了，或者，他们也许不知道有我这个人？可能他们根本不知道我妈妈有个女儿。”

温颜翻了个身，趴在床上，一双眼睛清澈明亮：“如果是在小说电视剧里，遇到这样的事，女主一定会在某个雨夜含泪偷偷走掉，不给男主添麻烦，独自承担，但我舍不得你。”

她有点儿纠结地说：“我这个样子，是不是很自私？”

她这样说，韩江特别心疼，从小一起长大，他太了解她。

不愿意给人增加负担，不愿意给人添麻烦，更不愿意看到有人因自己而受到伤害。

如果是别人，温颜一定老早就躲得远远的，能有这种纠结，归根结底，是因为爱他。

她心理负担一定很大，得多难受啊。

怎么选都不对。

韩江略撑起身子，伸手刮了一下她的下巴：“偷偷走掉，还含泪？你想什么好事呢。就算你想，你觉得我会放你走吗？”他一把将人按到枕头上，被子盖好，“你是孙悟空，逃不出我的手掌心，睡觉。”

温颜瞪着两只圆溜溜的眼睛看他：“你不是小怪兽随时等着被我打吗？怎么把我压五指山下面去了？”

韩江关灯，在黑暗中说：“不喜欢的话，下回你压我。”

“…………”

元旦过后，C大正式进入考试月，温颜暂时收回烦乱的思绪，将精力全部集中到复习考试上，毕竟这些才是她眼前的生活，那些所谓的危险，似乎离她很遥远。

不知道什么时候到来，也许在明天，也许一辈子都不会发生。

如果不知道这件事，她不也一样照常生活吗？

这期间，温颜回了一次家，施静什么都没说，但依旧做了她最爱吃的菜。那天晚上，两个人一起睡，温颜抱住施静温暖的身体，还是忍不住流下眼泪：“静姨，谢谢你把我养大。”

她们像朋友一样敞开心扉，把这件事彻底说开。

施静知道没办法阻止他们，两个都是她养大的孩子，一个比一个重情重义，不知是该喜还是该忧。

至于她所担心的那些事，她也已经想开了。

该来的总会来，自从决定扶养温颜那天起，她就已经做好了这个心理准备。就算韩江跟温颜不是情侣，那作为把温颜抚养长大的家人，也是温颜身边最亲密的人不是吗？

真有那一天，一起面对好了。

自从想通这些事，施静的心情也逐渐好起来，但她还有件事比较担忧，那天她特地把温颜单独叫回家，问了一些话。

"你们都已经满十八岁，是成年人，所以必要的措施……懂吗？"

温颜唰地红了脸，低着头眼睛不知道该往哪里看才好，磕磕绊绊地说："有，有的。"

施静放心了："那就好。"

施静咬着牙恨恨的："韩江那个混账小子，早晚有一天我要收拾他。"

温颜立刻央求："别，静姨，我——"她憋着一口气，"他没强迫我。"

施静瞪着眼睛叹口气，这让她怎么发火？

现在她的立场已经完全从婆婆无缝切换到丈母娘，一想到自己含辛茹苦养大的水灵灵的大姑娘被韩江那个臭小子给欺负了，就想抽他。

根本忘了那位也是她含辛茹苦的杰作。

施静收拾东西准备出门："你今晚在家住，还是回学校？"

温颜站起来："回紫金公馆，我的书在那边。"

施静点头："我顺路，正好送你。"

江嫣家过几天就要举家迁往武汉，今晚以前的老邻居们有聚会，去饭店时正路过紫金公馆。

施静开车送温颜。

到紫金公馆时，时间还早，施静从家里带了几件衣服和几盒腌制的小咸菜给温颜，看她两手拎得满满的，索性直接把人送到家。

开门时，两个人都愣住了。

韩江穿着短袖短裤，露着两条大长腿，一个人惬意地坐在沙发上跷着脚，面前的小桌上摆了两罐啤酒、一碟花生米，正悠闲地看球赛。

俨然一副居家男主人的派头。

走在前面的温颜使劲儿给他使眼色，被施静瞪回去。

韩江看到施静也吓了一跳，清了清嗓子从沙发上站起来，拖鞋跟温颜也是情侣款。

施静一句话没说，先把手里的东西放地上，换了鞋在屋里来回检查。

沙发上搭着韩江常穿的外套。

卧室里并排摆着两个枕头，衣柜里一半都是男款。

浴室洗手台上，两支牙刷、男士洗面奶、电动剃须刀，衣架上甚至还夹着一条男士内裤。

施静越看越火大。

她气冲冲地三两步走回客厅，老佛爷一样的架势冲他吼："你还在这儿过上日子了！这是你家吗？寝室是不是都搬空了？"

韩江无话可说，躺平任骂。

施静用手扇风，大冷的天，都气热了："能不能收敛点儿？颜颜才大一，让邻居们看到怎么想她？你倒是舒坦了，跑到这里当大爷，是不是还得让人家给你做饭洗衣服？"

韩江稍微反驳了一下："衣服是洗衣机洗，饭是我做的。"

"还敢顶嘴！赶紧给我滚回学校去，别在这儿耽误颜颜复习，挂科你负责吗？"

"我盯着呢，不会挂科。"

施静的巴掌不轻不重地揍到他胳膊上："用你盯着，用你监督。"

温颜想挡到他前面去，被韩江推开。他知道施静这个脾气，不让她打两下心里是不会舒坦的。

最后，施静恨恨地说："你们两个气死我算了。"

时间已经差不多，她着急赴宴，临走前又跟温颜强调一遍："跟你说的话，记住了吗？"

温颜小鸡叨米一样："记住了。"

人走后，韩江问："她跟你说什么了？"

温颜头一扭："不告诉你。"

"嘶——"他有些不满，"跟我还有小秘密。"

他弯下腰伸手一搂就把人夹在腰间，走两步直接往沙发上一扔，还没等做什么，温颜就吓得嗷嗷叫："静姨还没走远，你就欺负我。"

韩江站在原地，舔了舔嘴唇："行，你现在有靠山了，她到底跟你说什么了？"

温颜的长睫毛忽闪忽闪："说不让你总欺负我。"

"不让欺负，还是不让总欺负？"

温颜觉得好像又要掉到他的语言陷阱里，但还是红着脸说了实话："不让总欺负。"

"那就是可以欺负，"韩江很欣慰，"她还不错，很前卫，有觉悟。"

“…………”

江家搬家，不止长辈聚餐，发小们也要聚。

第二天晚上，当年胡同里的十几个孩子，除了两个在外地上大学的，全部到场。

这次聚餐不止为了江家搬家，还因为江振马上要去上海实习，离开后，大概也不会常回岳城了。

他们没选豪华的饭店，而是去了以前胡同附近的一家烧烤店。

那家店不在拆迁规划范围内，界限就在那条街，街东侧全部拆光，街西侧还是原来的模样。

他们以前常常三五结伴去那儿撸串。

店很小，这帮人进去一下就被占满，没有大桌子，大家就用四张小桌子拼起来，点东西的时候，全部分成四份上桌，声势浩大，跟包场一样。

席间，韩江和温颜这一对免不了要被调侃玩笑，贡献了不少乐趣。

几家欢喜几家愁，有人笑，就有人哭。

冬子愁眉不展，大家一问才知道他刚分手。

他那女朋友是玩游戏认识的，异地，两人处得不错，冬子时常坐五个小时的火车去学校看她。

前几天他又去，身份证路上丢了，在酒店开房时，用了女朋友的身份证。

结果人家店员说，这张身份证已经累积到白金卡级别，可以打八折。

白金卡级别，得消费多少钱才能升级成这样？

这真是个悲伤的故事。

于是分了手。

发小们安慰他：“好姑娘多的是，咱们胡同就不少，温颜和江嫣就别想了，都是有主的人，还有那个谁和那个谁呢。”

说的是在场另外两个单身姑娘。

冬子苦笑：“得了，那俩比哥们儿还哥们儿，铁得能盖楼了，我可下不去手，”他转念，“不像老韩，专挑近边儿的下手。”

于是话题又转向“内部解决”的两人。

当然这顿饭的主角不是他们，众人玩笑开够了，开始轮番敬酒，江振已经喝多，连江嫣都喝了不少。

两箱啤酒都空了，一顿烧烤吃了四个小时，散伙时，没喝的送喝多的，三三两两各自回家。韩江头有点儿疼，温颜挽着他胳膊，两人在街上慢慢地走。

月亮只露出一小半，天气干冷，韩江伸手搂住她："你脸红了。"

温颜用手背碰了碰自己的脸："我只喝了一杯，你喝得多。"

大家表面上嘻嘻哈哈，其实今天到后来，气氛是有些伤感的。

都长大了，各自有各自的生活，像这样的离别，以后还要经历很多。

韩江说："前面就是咱们家以前的位置，去看看吗？"

温颜当然同意。

那片地方的楼房已经进入销售阶段，全是毛坯房，韩江勉强能认出老房子大概的位置，现在那里是一栋二十九层的高楼。

两人沿着小路绕着楼走了一圈，真是一点儿当年的影子都看不出来。

毛坯房，大门都没有，他们随便挑了一楼的一户进去，意外发现格局还不错。

韩江说："要不我们在这儿买一套？"

温颜抿着唇，把手塞进他大衣兜里："算了，买了又怎么样呢，不是以前的样子了。"

韩江回忆了一下，似乎想起什么，把人搂到怀里："还记得我第一次亲你是什么时候吗？"

温颜点头："嗯，那次在 KTV，陆非让我去接你。"

"不是。"

温颜抬起头："不是？"

韩江低头，笑着看她："在这里，在我们原来的家。"

温颜有点儿惊讶，什么时候的事？她一点儿都不记得。

韩江说："我们搬走前的那个晚上，你收拾东西，累到趴在桌上睡着。"他点点她的脑门，"我亲了这里。"

啊，现在想想，真的胆子大，如果被施静看到，大概会扒他一层皮。

温颜仔细回想那个晚上，一点儿都察觉不出有什么异样，只是第二天搬家时，韩江一反常态，没跟她实行"自己的东西自己搬"这个方针，闷头干活，没一会儿就把她的几个小箱子全都搬到车上去了。

温颜脑子里还在勾勒他小心翼翼亲她又怕被发现的样子，有点儿想笑。

她没发现，韩江此时看着她的目光，越来越热。

他低头吻住她的唇，用了些力后，刚想深吻，忽然一束手电筒的光在两人身上一通乱照。

苍劲有力的声音在夜晚格外洪亮：“干什么的！谁让你们进来的！”

韩江拽着温颜拔腿就跑。

跳窗。

外面都是碎石砖块，还有些积雪，两人磕磕绊绊，跑得并不快。

身后打更老大爷晃着手电筒，还在喊，但自知腿脚比不上年轻人，也跳不了窗，只能干着急。

没一会儿，两人没影儿了。

温颜被韩江拉着，一路跑出楼群外，两个人站在路边弯腰撑着膝盖大喘气。

好不容易平息一些，两人对视一下，同时放声大笑。

温颜的脸冻得红扑扑的，好久都没有笑得这么痛快：“我们为什么要跑？”

“不觉得很刺激吗？”

“刺激！”

韩江有点儿着迷地盯着她的脸，看到她鼻尖红红的，忽然想起那首圣诞歌曲《红鼻子鹿》。温颜小学三年级时，学校老师教了这首歌，她回家献宝一样表演给全家人看。

小小的身子站得笔直，施静给她编的小辫子一翘一翘，双手背在身后，唱得有板有眼。

他们在寒冷冬日的街头接吻。

韩江从不信命，但现在他有时会想，如果当年没有那场大火，温颜就不会被送到韩家，他也不会认识她。

那场火，带走了温颜的父亲，也把她带到韩江身边。

似乎一切都是因果循环。

一月中旬，宋队终于回到岳城。

他刚办完一件大案，还有很多后续报告要写，但听说韩雪凇找过他，便没有耽搁。两人电话联系，韩雪凇告诉宋队温颜已经知道母亲殉职的消息，有些事情，还需要他来交代。

他们约在一间茶室。

韩江陪温颜来，把人送进包间后，本想回避，但温颜拉住他：“别走。”

她不介意，宋队自然也不介意，韩江坐在她身边。

宋队长相平常，个子不高，是扔到人堆儿里立刻找不到的那种。

但在他们那个职业里，这种长相其实最安全，不引人注意，方便办事。

他眼睛不大，炯炯有神，跟他对视时，会让人不自觉地紧张起来。

“你小时候，我抱过你。”宋队说。

面对母亲昔日的战友，温颜本有些局促，但这开场白接地气，没有陌生人见面的生疏感，一下拉近两人距离。

温颜对宋队恭敬礼貌，在他口中，知道了向飞鸿这些年的很多经历，其中有些之前已经听韩雪凇说过，有些是连韩雪凇都不知道的。

向飞鸿的骨灰盒葬在一个专门的秘密地方，温颜暂时还不能去看。

宋队说：“你母亲最放不下的就是你。当年出事，那边的同事交给我两封信，一封给我，一封留给你。

“把电话卡给施女士，拜托她以自己的名义继续跟你联系，也是你母亲的意思。”

苦心安排，不过是想让温颜无忧快乐地长大。

他将桌上的信封推到温颜面前：“这封，就是你母亲留给你的信，没有打开过。”

温颜看着近在眼前的信，母亲亲手所写，虽然已经过去多年，但宋队保存得很好，没有褶皱，也没有变色。

温颜忽然有些害怕。

犹犹豫豫，不敢动。

韩江默默握住她的手，用力捏了捏，温颜跟他对视一眼，得到的是一个鼓励的眼神。

信封是淡雅的粉色，正中间是娟秀小巧的字迹：颜颜亲启。

颜颜：

当你看到这封信时，妈妈或许已经不在了。

其实，这封信我每年都会重新写一遍，因为每年都有新的话想跟你说。

希望你没有机会看到这封信，那代表我已经平安回到你身边。

今年你已经十三岁了。

妈妈爱你。

对不起，你那么小，我就扔下你去那么远的地方，你一定很孤单。不知道看到这封信时，你多大？

高考了吗？

上了哪所大学？

谈恋爱了吗？

男孩子对你好吗？

妈妈真的很想知道，想参与你人生的每一个瞬间。

我不在时，你的施阿姨给我寄过一张你的照片，你在拉小提琴，我的女儿真漂亮，真棒。

对不起，照片我没有留下，妈妈不能让别人看到你的样子。

你想爸爸吗？一定很想吧。

我也很想他。

我不是一个合格的母亲，他走了，我只会逃避，把你留在别人家，现在已经不能回头，我也不会回头。

还有很多坏人需要抓，你的爸爸是个英雄，我也不能落后。

颜颜，你的爸爸为他一生钟爱的事业而死，他无怨无悔，我知道。

我也一样。

你要好好的，做一个幸福快乐的女孩儿，我和爸爸在天上看着你，永远为你祈祷。

…………

信很长，后面还有很多对她未来的安排，字里行间，一项一项，事无巨细。

信的最后，她说：好了，就到这儿吧，也许明年我还会再写一封，到时说不定我会跟你探讨一下小提琴的问题，看到你拉得那么好，我也想学一下。

温颜流着眼泪读到最后，韩江搂住她，用纸巾帮她擦掉脸上的泪水。

这根本不像一封遗书，倒像笔友之间最普通的一封信。

温颜紧紧地攥着信纸，把它捂在心口，好像这样，就会离妈妈更近一些。

韩江轻抚她的背，知道这会儿说什么都没用，让她默默发泄就好。

他此时还关心另一件事。

韩江跟随温颜称呼宋队："宋叔。"

宋队目光转向他，韩江说："我想了解一下，盛家的两个儿子。如果他们找到温颜，会怎么样？警方对温颜会不会有一些保护措施？"

他问到重点，宋队不禁对他另眼相看："盛家的案子一直由当地警方处理，据我了解，这些年他们一直在寻找盛宗耀的两个儿子，只是目前还没有太大进展。但我觉得他们冒头是迟早的事。"他看了温颜一眼，"不过，你们不必太过担心，当年向飞鸿殉职后，消息一直封锁，我想直到现在，他们可能还对她的背景一无所知，更不可能知道她还有一个女儿。所以温颜应该是安全的。”

宋队这样说，等于给了他们一颗大大的定心丸，韩江和温颜对视一眼，都松了一口气。

从茶室离开时，温颜真诚感谢宋队，她不会说那些好听的客套话，但每一句都出自真心。

宋队看着她：“其实你长得跟你妈妈有一些像，尤其是眼睛，很漂亮。”

温颜笑得很开心。

转身时，韩江忽然叫住他：“宋叔。”

宋队回头：“还有事吗？”

“我想问问，如果，我是说如果，他们知道温颜的存在，会怎么样？”

“一定会报复。”

“以往遇到这类情况，您会怎么办？”

宋队看向韩江：“派人贴身保护，必要时，也会把人送到国外秘密监护。”

韩江面色凝重：“为什么不能直接抓人？”

“以盛家的案子为例，团伙作案，派系盘根错节，准备足够证据一窝端之前，绝不能打草惊蛇，抓人不是目的，目的是把他们背后的整个链条抽筋剥骨，完全剿灭。”

韩江微微压低了头：“谢谢。”

和宋队见面后，一连几天，韩江的心情都不错。

这些日子以来，虽然他表面一切如常，但心里一直绷着一根弦，走在大街上，总觉得会有人突然冒出来把温颜抢走。

牵她的时候，总是很用力。

考试月已过去大半，温颜的专业开始得早，今天已经是最后一科。

韩江左右无事，就坐在她考场隔壁的自习室等她。

他塞着耳机，听法语资料。

虽然已经获得保研资格，但语言类专业跟其他专业还是有些区别，几天不听不读都会生疏。

韩江这几年一直保持睡前听半小时法语或英语录音的习惯。

两人在紫金公馆时，他偶尔会一边欺负她，一边用手机放法语。

温颜说他很变态。

耳机忽然被人摘下一只。

温颜从后头搂住他：“我考完啦。”

韩江转过头，嘴唇蹭到她脸颊上，顺势亲了一下："恭喜恭喜，解放了。"

这科考完，就算是放寒假了。

温颜说："出发吗？"

"走。"

两人今天的目的地，高尔夫球场。

韩雪凇最近迷上高尔夫，经常流连在球场，冬天打不了室外，就在室内打模拟。

昨天在家就已经说好，等温颜考完试，让韩江带她过去玩玩。

温颜没有玩过，兴致很高。

这边的高尔夫球场韩江没来过，路很绕，停车场很远，韩江把车停在场馆门口："我爸在二楼，我停好车去找你们。"

温颜应了一声，拎着背包先下车。

场馆里空气舒适，有专门的工作人员带温颜去二楼。

这里是会员制，而且数量有限，又是冬天，所以人很少，显得大厅特别空旷。

路过休息区，再往里走就是被隔断成小空间的高尔夫模拟训练室。

休息区的沙发上坐着两个人，温颜原本没注意那边，但听到有人叫她的名字。

转头一看，是阴博。

他似乎也很意外，跟身边的人打了招呼就走过来："温小姐，这么巧，又见面了。"

温颜拉了一下背包带，笑着说："是啊，您也喜欢高尔夫？"

阴博有些无奈："没办法，不知道为什么那些人喜欢在这种地方谈生意。"

身后随行的助理手臂上搭着他的黑色大衣："阴总，该走了。"

阴博偏头应了，有些抱歉："不好意思，我还有事，不然可以跟你一起玩一局。"

温颜已经看到不远处的韩雪凇，他正手握球杆寻找角度。

她笑了一下："嗯，再见。"

阴博看着温颜的背影，忽然觉得，刚刚她的某一个表情，有些眼熟。

他目光向下，看到她双肩包拉链上的钥匙扣。

一条嘟嘴的小鱼。

他心脏猛地一紧，突然开口："温颜。"

温颜回头，有些疑惑。

阴博盯着她的眼睛，片刻后，嘴角挑起笑意："没事，我只是觉得，你这个钥匙扣，很好看。"

温颜背着包，看不到后面，眼睛下意识地向侧面看了一下，虽然不知道他为什么对这个普通又老旧的钥匙扣感兴趣，但还是礼貌地笑了一下："谢谢。"

阴博说："造型很特别，能告诉我是在哪里买的吗？"

"这个……不是新款，"她说，"很多年了，是我爸爸的。"

阴博闻言，便不再停留，微微颔首后，转身下楼。

楼梯口，韩江与他擦身而过。

韩江上，阴博下，错开身后，阴博脚步停下，回头看过去，只看到韩江的背影。

助理把衣服抖开罩在阴博身后："阴总，您怎么了？"

阴博顺势套进一只袖子，穿上大衣，目光变得极寒："不该你知道的，少问。"

二楼，韩江找到韩雪淞时，看到温颜刚把背包放到椅子上。

他走过去："刚到？"

"在那边碰到阴总了，说了几句话。"

韩江皱了皱眉，怎么又是阴博？

他有点儿不爽："改天再碰到，我要问问他，是不是跟踪我女朋友。"

"不要胡说八道。"

温颜说完，走到韩雪淞那边，看他打了几杆，就要自己试。

温颜协调性很好，悟性也高，稍微入个门，了解握杆姿势和力度后，就跑到另一个模拟器那边自己玩去了。

韩江自然是跟着她。

过了一会儿，韩雪淞一转头，看到一幅特别和谐的画面。

英俊帅气的儿子半环着温颜，纠正她的握杆姿势，她打空一杆，立刻不好意思地把脸埋在儿子胸口蹭了一下，随后又抢过球杆继续打。

那个一脸宠溺好脾气地看着温颜的人，是自己儿子？

当初他可是跟施静一个想法，觉得那么冷淡面瘫的儿子可能这辈子都找不到女朋友。

韩雪凇拿出手机，对准两人拍了一张。

从高尔夫球场出来后，韩雪凇带温颜回家。韩江回学校准备跟系里领导会合，法国那边来了几位老师和学生过来交流学习，今晚七点飞机落地。

韩江作为两校交换生，与他们相熟，陪学校的人去接机。

晚上接到人，先安排客人吃饭，韩江和另一个交换生都去陪同。

九点的时候，温颜接到他的电话，说晚上不回去住了，把人送到酒店后，直接回寝室。明天他们参观学校时，他还要负责翻译。

那边有点儿安静，温颜说：“你出来了吗？”

韩江声音低低：“嗯，你吃饭了？”

“早就吃过了，我在你房间。”

他笑了一下：“在干吗？”

“翻你东西，看有没有别的女生的痕迹。”

韩江一点儿都不怕：“翻吧，接受组织考验。”

温颜这会儿躺在他床上，笑了一下，小声说：“少喝酒。”

韩江应了一声：“好。”又说，“老师们会陪着喝一点儿，我们学生不喝。”

“嗯。”

温颜怕他在外面冷，赶紧说：“你快回去吧，到寝室告诉我一下。”

挂了电话后，温颜在他枕头上趴了一会儿。

被子里还有他身上的味道。

刚刚本来过来找书，他大一时有一些英语资料，温颜想翻出来看看。

接到电话后她就有点儿心不在焉，只顾得上听他讲话，在屋子里转了两圈就顺势躺到床上去了。

没有多久，施静忽然推门进来，温颜赶紧从床上跳起来，倒把施静吓一跳：“干什么你？”

温颜有点儿窘迫：“我、我来找书。”

施静说得特别直白：“找书就找书吧你慌什么，你们接吻我都看见过，还怕我看到你躺他屋吗？”

“…………”

忽然想到被施静发现那天，那个“长长的吻”，也不知道她看了多久。

找个地缝钻进去算了。

虽然温颜这边已经放假，可江嫣还没有，两个姑娘约了明天在学校附近的甜品店吃蛋糕。

第二天中午，江嫣先到，挑了个靠窗的位置。五分钟后，温颜推门进来。

江嫣已经点好了她爱吃的草莓蛋糕，挥手叫她：“这儿呢。”

外面干冷，温颜带着一身凉气进来，搓着手坐下：“来多久了？”

“没多久，点了草莓味的，还要别的吗？”

“不要了。”

店里提供免费的热水，温颜要了一杯，手捂在上面，慢慢暖和了一些。她看着江嫣：“你是不是病了，怎么脸色这么差？”

江嫣用手背贴了贴自己的脸：“是吗，可能最近一直在图书馆背题，有点儿累。”

温颜问：“你什么时候放假？”

“下星期。”说完，江嫣又愤愤不平，“你说我们学校，开学早放假晚，有这样的吗？”

“考完试就回家吗？”

江嫣点了下头：“是啊，票都买好了。”

说起来，武汉的新家她还没去过，只在妈妈发来的照片里见过，房子比这边要稍大一些，江爸爸被调到那边当分公司经理。

两个姑娘聊了一会儿，温颜说：“我去卫生间。”

江嫣低着头回男朋友的信息，说：“直走左转。”

温颜回来时，江嫣在打电话，似乎跟对方有些不愉快，她冷冷地说：“我不想跟你吵架。”

那边的人不知说了句什么，江嫣直接就把电话挂掉了。

温颜坐到对面：“男朋友吗？”

“嗯。”

“吵架了？”

“没有。”江嫣不想提他，搅拌了一下面前的果汁。

电话很快又打过来，江嫣有点儿烦躁地再次挂断，她被搅得没了心情：“颜颜，我想回寝室了。”

温颜安慰地握了握她的手：“开心点儿，有话好好说。”

和江嫣分开后，温颜回了趟学校，她随意在校园里走了一会儿，果然看到逸夫楼那边有一小撮人，韩江走在一个外国老头儿身边，正跟他说着什么。

温颜小跑了几步，跟在队伍最后。

虽然离得有点儿远，但还是能听到韩江的声音。

除了之前陪他上过几次课，其他时候很少听到他说法语。

他的嗓音很好听，发音纯正，温颜能看到他旁边系主任挺直腰板得意的模样。

系主任一向以他为荣，特别宠他。

韩江一直以来都目标明确，在未来，首都重要的国际会议中，一定有他的身影。

网上不是有什么“最帅机长”“最帅公交驾驶员”吗，如果韩江出镜，一定是“最帅翻译官”。

想到这里，温颜忽然意识到一个问题，如果他以后要在北京工作，那自己是一定会去的，室内设计专业在北京似乎也很有前景，到时说不定可以自己设计他们的婚房。

思绪飘得有点儿远，回神时，他们已经停在篮球场外面了。

韩江边讲话边回头，忽然看到温颜，他愣了一下，但很快恢复如常。介绍完这边，他低声跟一旁的同学说了句什么。那个男生点了下头，接替他的位置继续带大家走。

韩江绕过一行人走到最后，一下拉住她的手：“你怎么来了？”

温颜笑得很甜：“刚跟江嫣约会来着，顺便看你一下。”她凑到他耳边小声说，“好帅。”

虽然在一起后，她常常夸他，但韩江听了还是心情舒畅。

队伍后面是两个法国学生，韩江跟他们介绍温颜。

对方说了句法语，几个人笑起来。

温颜拉了拉他的手，小声问：“他们说什么？”

“说你很漂亮。”

温颜又笑起来，用法语说了句“谢谢”。

跟韩江待久了，几句简单的“你好”“谢谢”，她还是会的。

韩江不能提前走，温颜也不好在这里打扰他，她拍了拍自己的包：“给江嫣带的手机壳忘记给她了，我送过去。”

韩江抬手摸了摸她的头发：“去吧。”

C大和工大之间的那条小路，从前被堵住的铁栅栏不知道又被谁弄开了，不到十分钟温颜就走到工大，刚想给江嫣打个电话，就看到不远处的陆非。

他双手插着兜，一个人走得很慢。

有段时间没见，陆非似乎瘦了，整个人没什么精神的样子，帽子、围巾什么都没戴，耳朵冻得有些红。

他说：“来找江嫣？”

温颜点头：“嗯。”

“一起吧，我也回寝室。”

路上，两人随意聊天，但谁都没提江嫣。

在温颜这边，不管怎样，江嫣已经有了男朋友，再说什么都没有意义。

而陆非是不敢提，也没有立场提。

快走到女寝楼下时，听到不远处有人在吵架。

其实也说不上是吵架，因为只有一个人在大声讲话，另一个始终保持沉默。

陆非脚步停下，眉头紧蹙，眼睛死死望向那里。

郑谦觉得自己快被逼疯了。

无论怎样做，都得不到江嫣一点儿回应。

他忍无可忍：“你到底想怎样？”

江嫣抿着唇：“我没想怎样，就是有些累。你能小点儿声吗，我不想吵架。”

已经有好奇的人看过来。

郑谦压着怒气：“你累？我还累呢！有你这么当人女朋友的吗？你如果不愿意，就直说，别拿人当傻子。”他声音很大，拿手指用力戳她的肩膀，“亲一下不乐意，抱一下都扭扭捏捏，你跟我这儿装什么纯？谁不知道你跟一大四的半夜三更被关在图书馆！”

最后一下，他用了些力，江嫣被他推搡得后退一步。

忽然一道黑影闪过，郑谦左脸瞬间结结实实挨了一拳。

力道之大，他嘴角直接挂血。

围观的女生忍不住尖叫。

陆非疯了一样，直接将郑谦狠狠摁在地上，揪着郑谦的衣领，一拳接一拳，郑谦毫无招架之力，脑袋都是蒙的。

陆非火气冲上头顶，双眼猩红，用手指顶着他胸口，嗓音阴沉得可怕：“你再动她一下试试。”

郑谦眼睛已经肿了，他痛苦地摆了摆手，但被扼着喉咙，根本说不出话。

温颜跑过来使劲儿拉住陆非：“陆非，别打了，江嫣走了！”

陆非猛地抬头，只看到江嫣跑掉的背影，他立刻爬起来追过去。

江嫣跑不快，最终还是被陆非追上。

陆非扯着她的手：“你慢一点儿。”他担心她的心脏。

江嫣什么都没说，只是轻轻拨开他的手。

她低着头，哭了。

陆非从没这么心疼过，刚刚郑谦的话让他心惊，他从来都不知道，那晚他们两个在图书馆的事会被传成这样。

她一定受了很多委屈。

他靠近一步，低声说："对不起。"

江嫣摇了摇头："你没有错，不需要跟我道歉。"

"江嫣——"

"陆非，"江嫣打断他，"我跟你，一直是我在缠着你，你从没喜欢过我，是我的错。"

她眼泪止不住地流，寒风一刮，干涩难受。她说："我和他，是我不负责任，找救生圈，不喜欢还跟他在一起，也是我的错。"她抬手抹了一下眼睛，"都是我的错，我一件事都没有做好，把自己的生活弄得乱七八糟。"

她这样说自己，陆非心里非常难受，他握住她手腕，沉声说："江嫣，其实，我不是不喜欢你，只是——"

江嫣摇了摇头，自嘲地笑了一下，眼神有点儿哀伤又失望："别可怜我，求你了。你这样说，我会觉得我特别可笑。"

她再次从他手里挣开，看着他的时候，眼神依旧跟以前一样充满依恋，开口却是狠话："陆非，我这一次，是真的不喜欢你了。"

她慢慢后退两步，最终转身走掉。

再也没回头。

温颜赶到时，只看到依旧站在原地的陆非。

她从没见过这样的陆非，颓丧、失神、没有灵魂。

江嫣的电话打不通，温颜站在工大门口，不知道该往哪个方向追。

她喜欢的手机壳还没给她。

想到这里，温颜打开背包，翻到那个手机壳，意外地看到包里多了个东西。

一个信封。

她有些疑惑，这并不是她的东西，却出现在她的包里。

信封两面都是空白的，没有一个字，她想了一下，拆开信封，里面只有一张照片。

一个年轻女人。

当温颜看清那个女人的相貌时，非常震惊。

是向飞鸿。

这张照片她没有见过，不是她铁盒里的任何一张。

她的手有些抖，立刻看向左右，并没异样。

她迎着寒风站在那里很久。

照片是谁送来的？是什么时候放进自己的包里？为什么要给自己一张妈妈的照片？

而街对面，一辆黑色轿车里，一双眼睛藏匿在漆黑的车窗内，温颜看到照片后的反应，全部落入他眼中。

温颜不知道该怎么办好，下意识地求助韩江。

电话还没打过去，韩江就已经拨了过来："颜颜，在哪儿？"

温颜定了定神："在工大门口。"

韩江似乎很兴奋，告诉温颜，刚刚他接到电话，焰离的小主人已经回国，等他安排一下，很快就能见面。

电话里，他觉得温颜似乎没有预料的那么高兴，有点儿担心："怎么了？"

温颜神色凝重："韩江，我想告诉你一件事。"

几分钟后，听她说完，韩江立刻放下手头的事："你站在那儿等我，我马上到。"

韩江是跑过来的，原本十分钟的路，三分钟他就到了。

两人一碰头，韩江没有耽搁，拿到那张照片看了一眼，是印象中向飞鸿的样子，年龄应该在三十几岁，比温颜那些照片里的向飞鸿要稍微成熟一些。

韩江眉头拧紧："你上次翻包是什么时候？"

温颜想了一下："付打车费的时候拿过一次钱包，那个时候还没有。"

"一直到刚刚，都没打开过吗？"

"没有。"

"之后呢，都去过哪儿？"

温颜仔细回忆："在蛋糕店和江嫣聊天，后来就去找你。从你那儿离开后，就来工大了，没有去过别的地方。"

韩江觉得事情严重："颜颜，我们得去找一下宋队。"

上次见面时，宋队留了电话，韩江联系他，把这件事说了一遍。宋队立刻要求跟温颜见面，双方报了地址后，约好一个折中的位置碰面。

他们没有约在任何一家咖啡厅或茶室，韩江今天没开车，两人打车到约定地点后，直接上了宋队的车。

宋队没有寒暄，直奔主题："照片呢？"

温颜递过去。

宋队只看一眼，便从向飞鸿的穿戴服饰及身后的背景判断出这是在云南拍摄的照片。

他问温颜今天都去过哪儿，温颜把刚刚跟韩江说过的话重复一遍。

宋队说：“我们现在出发，从你下出租车的地方开始，一直到发现那封信，把你所有走过的地方重新走一遍。”

第一个地点就是蛋糕店。

这个时间蛋糕店的人比较多，温颜坐过的位置已经有人，宋队环视一圈店内陈设，在房子的左右两侧和收银台上方都发现了摄像头。

宋队不能私自查看商家监控，出去外面给人打了个电话，半小时不到，就有个小便衣送来一张协查通知单。

宋队向店长亮明身份，要求查看监控。

进到办公室时，温颜还有些紧张，在此之前，她从没想过自己身上会发生这样的事。

跟踪吗？

太遥远了，好像小时候看的警匪片，那时她很喜欢其中的几个系列，现在偶尔还会重温。

韩江悄悄牵住她的手。

监控时间调到今天中午。

江嫣先到，点餐后，她一个人有点儿无聊，低着头看手机。

几分钟后，温颜进门。

随后的时间里，两个姑娘聊天，往来客人都很正常，直到温颜去了卫生间。

有人给江嫣打来电话，两人谈得似乎并不愉快，江嫣很烦躁，不停地看向窗外。

此时画面里闪进来一个戴帽子的男人，个头很高，身材很壮，帽檐压低，看不到他的长相。他动作利落，在众人都没留意他的时候，蹲在温颜椅子旁系鞋带。

他拉开拉链，将信塞进去，又迅速恢复原位。

一系列动作，不到两秒。

监控视频一直播放到男人出店门。

宋队立刻询问店长：“门口有没有监控？”

店长说：“原本是有的，但上个月坏了，一直没修。”

宋队没有废话，转身出门。几人跟出去，看到他站在店铺门口左右环顾，随后指着街角的监控对年轻的小便衣说：“你去查一下那台监控的编号，我要调今天中午十二点到一点的记录。”

小便衣走后，宋队说：“你们等我消息，出结果我会通知你们。”

韩江非常不安：“宋叔，会是他们吗？”

这个“他们”指的是谁，大家心知肚明。

宋队很严谨：“查出结果之前，我不会做任何结论。”

盛家兄弟这么多年没有露面，蛰伏许久，难道一直在岳城活动？

如果真是这样，他们又是如何得知温颜与向飞鸿的关系？

宋队觉得，这种可能性非常小，但如果跟盛家无关，又会是谁，出于什么目的，把一张向飞鸿的照片送到温颜手里？

这个晚上，两人都有些失眠。

韩江知道温颜一定也没睡，发了一条信息：我过去，好吗？

此时温颜也顾不得避讳施静，回了一个：好。

没过一会儿，听到对面房间门开了，紧接着韩江轻声进来。

温颜躺在床上没动，韩江把门锁了，走过来掀开被子躺进去，伸手搂住她。

“我抱你一会儿，睡吧。”

温颜很快找到一个舒适的角度，搂住他的腰。

他身子暖呼呼的，温颜趴在他胸口深深舒了口气，小声说：“韩江。”

“嗯。”

“你说，会是盛家的人吗？”

他没犹豫：“不会。”

“为什么？”

“如果是，他们直接就把你弄走了，怎么可能只放张照片。”

温颜说：“可是，为什么要放照片呢？”

是啊，为什么要放照片？

韩江在脑子里将整件事从头到尾过了一遍，还是没想出头绪。

是什么时候开始的？

只要一想到他们在明，有人在暗，韩江就心惊胆战，今天只是送她一张照片，明天呢？

他不敢想。

这个晚上，韩江抱着温颜入睡。

宋队动作很快，第二天下午就联系韩江，让他带温颜去队里看监控。

临出门前，温颜接到阴博的电话。

她并没存过阴博的手机号码，看到的时候还以为是推销电话。

电话那边，阴博声音温和："温小姐，有时间赏脸吃个饭吗？"

就算平常，温颜也不一定会去，她跟阴博只见过几次，并不熟，何况现在有事。

她抱歉地拒绝："不好意思，我还有事，应该去不了。"

阴博笑说："别紧张，我没有别的意思，只是几次跟你见面，都觉得很匆忙，想好好跟你聊聊。听说钟老先生同意搬迁，你在里面也劝了不少，我应该谢谢你。"

韩江已经把车开到楼下，温颜边下楼边说："钟爷爷同意动迁，是他自己的意愿，我左右不了他，"她已经走出楼道，"抱歉，我真的有事，再见。"

说完，她挂掉电话，快速打开副驾驶的门坐进去，系上安全带："宋叔有说结果吗？"

韩江启动车辆，踩油门："没有，只说让我们尽快过去。"

到了地方，宋队将他们带到自己的办公室，调到的监控录像已经导入他的电脑，他三两下调出来，直接把重点指给他们看。那个戴帽子的男人出去后，过马路上了一辆黑色的轿车里。

追踪这辆车的行车路线，从蛋糕店到C大，又从C大到工大，期间有其他人从副驾驶下车进过学校，又出来。

宋队按了暂停："我已经查过，这辆车的车主叫李魏西，但这个人已经近一年不在岳城活动。"

也就是说，并不能确定车上的人是谁。

韩江一直没有说话，他反复观看几遍这些人的行车路线，脑子里忽然有个念头一闪而过。

这次行动，某种意义上说，似乎更像一种试探。

试探温颜，试探她看到向飞鸿照片时的反应。

说出自己的想法后，宋队再一次对韩江刮目相看，这个思考方向跟他不谋而合。

宋队很严肃："我会立刻跟云南那边联系，必要的时候，我们会跟那边合作，试着从岳城入手寻找盛家兄弟。以往范围太大，无从下手，如果他们真在岳城，温颜，你现在非常危险。"

韩江蹙着眉："我们应该怎么做？"

宋队：“没有急事，尽量少出门。这张照片除了试探，还是个警示，也许他们现在并不确定温颜的身份，一旦确定，将会不择手段。”

他说：“如有必要，我会申请派人保护温颜。”

韩江一直紧紧牵着温颜的手，两人手心有汗，不知是他的，还是她的。

“保护总有时限，如果一直抓不到他们，难道温颜要躲一辈子吗？”

宋队说：“盛家盘根错节，情况复杂。上面不会同意我们轻举妄动，暗中布线是迟早的事。”

韩江听出这话的意思：“您是说，这件事，不是短时间能解决的。”

“对。”

“那温颜呢？”

宋队停顿一下，说：“如果真到那一天，最好的方法，就是将她秘密送往国外。直到将他们连根拔起，再也不能死而复生。”

从宋队那儿出来，温颜一直没有讲话。

确切地说，刚刚她一直就没怎么说话，两人走到车边，温颜忽然拉住韩江的手，低着头，将脑袋抵在他胸口，闷闷地说：“韩江，不要把我送走。我不想一个人去国外，谁都不认识，我英语也不好。”

身边也没有你。

韩江心口发堵，抬手揉了揉她的头，抱住她：“我没有说要把你送走。刚才宋队说的那些话，只是猜测，还没有证实，你别担心，也许不是他们。”

温颜知道他在安慰自己。

韩江遇事一向冷静，可刚刚在宋队那里，她明显觉得他有些紧张。

也许看出温颜的焦虑，韩江有些轻松地冲她笑了一下：“一会儿想吃什么？今晚不回家住，我们去紫金公馆好吗？”

他低着头亲她耳朵：“我给你做饭吧。”

温颜还没有说话，韩江的手机响了，是陆非打来电话：“江嫣不见了。”

其实昨晚陆非就一直失眠，一个人在寝室楼道尽头的阳台吸烟。

半夜两点，寒风刺骨，他整个人从里到外都是冰的，脑子里不停想起江嫣最后那句话：我这一次，是真的不喜欢你了。

忽然觉得心里空了一大块。

地上一堆烟蒂。

他怕打扰她睡觉，一直忍到早上七点才给她打电话，但她的号码已经变成空号。

他去女生寝室找江嫣，阿姨当然不会让他进去，叫了一个江嫣的室友下楼，室友说昨天晚上江嫣没有回来住。

连今天的考试，她都没去。

三天后，江振回来替她办了休学手续，顺便去寝室收拾了一下她的东西，全部打包带走。

这期间，温颜联系了江妈妈，江妈妈说江嫣死活不想继续念工大，而且她最近身体一直不好，心脏不舒服的频率越来越高，家里拗不过她，也不放心她一个人在这边，同意暂时休学，先养病再说。

至于江家在武汉的地址，全家人包括江振都已经统一口径，保持沉默。

江嫣不让说，连温颜都不告诉。

直到现在，陆非才真正意识到，江嫣是铁了心要离开他的世界。

他永远都不会再见到她。

今年的除夕特别早。

一月末，小年过去，时间就变得特别快，温颜每天都在网上给江嫣留言，但她的头像永远都是暗的。

自从收到那张照片后，再没其他异样的事发生，生活恢复到以往平静的模样，好像之前的一切都是假的。

韩江放假后就一直在家陪温颜，两人很少出门，通常窝在家里看电影。

这样的大事不敢瞒着韩雪淞和施静，他们知道后也非常紧张，很关注宋队那边的进展。

除夕一大早，全家人就起床大扫除。

这是韩家的老传统，在胡同的时候就有这个习惯，一直保留到现在。

施静收拾厨房，韩江和温颜贴对联。

对联是小山楼统一印制，送给员工和大客户的，烫金绒纸，质量非常好。

温颜拿着胶带指挥韩江："左边高一点儿。"

韩江照做。

她又说："太高了，回来一点儿。"

他又回来一点儿。

韩江两只手都抬高，比量位置，温颜几根手指上各粘了一小段胶带，等着给他用。

她盯着他的背影看了一会儿，忽然觉得他是不是又偷偷锻炼了？

好像身材更好了。

温颜起了点儿玩心，绕到前面，挤进他跟门板之间，仰起头看他："这里好暖和。”

她笑得特别开心，眼睛亮亮的，像小孩子，手上因为有胶带，举在身侧跟小爪子一样。

看得人心痒痒。

韩江没有忍住，顺势低头亲她，手上的横批也掉了。

亲了一会儿，好像姿势不太舒服，他推了一下，把温颜压到门上，捧着她的脸，没有多久就把温颜嘴里含了一半的水果糖搅到自己嘴里了。

他离开一点儿，看着她的眼睛笑：“真甜，什么味儿的？”

“水蜜桃，你吃不出来吗？”

他咬一下她的嘴角：“混了你的味儿，吃不出来。”

温颜掐他胸口一下。

她手里还有胶带，这样一下都毁掉了，有的粘在他衣服上，有的粘在她手指上。

温颜“哎呀”一声：“白弄了，都怪你。”

“你先动的手，还怪我？”

温颜抬头看了他一眼，几秒后，他投降：“行吧，我的错。”

韩江伸手去掏她裤子兜里的胶带，拿到后还特别坏地隔着布料掐她的腿。温颜受不了，痒得直跺脚，两个人边笑边闹，最后就抱到一起去了。

韩江搂住她，低头吻了一下她的额头，觉得这样安静的时光好难得。

电梯门叮一声，韩雪淞从里面走出来，正撞上抱在一块儿的两个人，他拳头压在唇边，咳了一声。

韩江转头看到他，却没松手，一脸淡定。

韩雪淞腹诽，这浑小子，越来越放肆。

他走过来，弯腰捡起地上的横批：“贴对联都贴到地上去了，干什么，对我的小山楼有意见？”

温颜赶紧推开韩江，接过对联，有点儿不好意思：“我们现在就贴。”

她想替韩雪淞开门，但发现门竟然关上了。

刚刚韩江把她推到门上，用了些力。

两个人都没钥匙，同时看向韩雪淞。韩雪淞不舍得说温颜，只瞪了一眼韩江，拿钥匙开门。

最正式的大餐在下午四点左右，韩雪淞亲自下厨，做了六道菜，施静又拌了一道凉菜，炸了一份春卷虾片。

特别接地气的年夜饭，丰盛却不奢侈，别人大概想不到小山楼董事长家的年夜饭是这样的。

其实以前过年时图方便，也出去订过饭店，但一顿饭下来，总觉得缺那么点儿年味，所以后来他们再没出去吃过，每年的年夜饭都是韩雪凇夫妻两个亲自下厨。

这才有家的样子。

今年尤其不同。

施静心中没了秘密，精神放松许多，韩江和温颜谈恋爱，身份转变，她努力适应，立志做个好丈母娘，尽量忍住想揍韩江的心。

饭后是休闲时间，四个人打扑克，春节晚会是背景音乐。

没有一会儿，夫妻两个就回房间自己娱乐去了，韩江坐在沙发靠边的位置，温颜躺在他腿上，侧着身看电视。

韩江的手搭在她腰上。

慢慢蹭着。

温颜顿时涨红了脸，推他胸口："你别闹，这是在家。"

韩江有点儿忍不住，把人用力往自己身上摁："他们也在忙，没工夫管我们，我们小声一点儿。"

"不行。"温颜挣扎着从他怀里逃出来。

不等他答应，温颜就特别狠心地跑回房间，一下把门关上。

韩江有点儿憋闷，又有点儿想笑，一个人冷静了一会儿，最后还是去洗了个澡。

温颜躺在床上反思了一会儿，觉得自己刚才推他的时候好像太用力了，有点儿伤人自尊。

于是她拿过桌上的手机，趴在床上给他发信息：在吗？

韩江没有回复，温颜又发了一条：我那只帅气的男朋友在吗？

过了一会儿，韩江回：帅气的男朋友不在，生气的男朋友倒是有一个。

温颜笑了一下，回复：生气会变丑，不帅我就不要你了。

韩江：你想得倒美。

温颜：票买了吗？

两人说好明天去看电影。

韩江：买了，晚场，最后一排。

说完他发过来一张手机截图，是网上订票的订单号和取票码。

温颜忽然想起两人刚刚在一起时，每天偷偷出门约会，最喜欢看电影。

那个时候都不知道电影演了什么，只记得他总是喜欢趁着四周一片漆黑过来吻她。

两人就这样随意聊天，一直到快要十二点。

韩江说：你开一下门。

温颜咬着唇：我不，你要干坏事。

外面有开门声，韩江好像已经在她房间门口了，他又发了一条：快点儿，一会儿来不及了。

温颜不知道他什么事来不及，但还是跳下床跑到门口给他开门。

怕他趁机挤进来，只打开一条小缝，她的脸探出去："干吗？"

韩江站在门口，低头看手机上的时间。

倒计时三秒时，他忽然伸手扣住她后颈，俯身吻住她。

他口中清甜，刚刚一定吃了糖。

零点钟声响起，韩江压在她耳边说："颜颜，新年快乐。"

大年初一。

韩雪淞一年到头难得清闲，待在家里陪施静，两个年轻人出去玩。

晚场的电影，下午两点多韩江就把温颜带出家门，温颜有点儿奇怪："是不是太早了？"

韩江边开车边说："一会儿你就知道早不早。"

他说得没错。

当温颜发现韩江没有去电影院，而是直接把车开到紫金公馆时，就知道他要干什么了。

昨晚到现在，韩江已经忍了很久，刚进家门，踢掉鞋后转身就把温颜抱起来扔到沙发上。

他单手扯自己的衣服，看着温颜的目光已经冒火。

墙上时钟的长针转了两圈后，两人终于休息。

家里被弄得乱七八糟，纸抽掉在沙发旁，浴室的洗手台和镜子到处都是水渍。

温颜坐在沙发上抱着腿，身上围着一条被子，只露出个脑袋，眼睛转来转去，看刚刚洗完澡的韩江在客厅里来回走。

韩江开始穿衣服，看了一眼时间："你看，不早吧，再来一次，就要迟到了。"他弯下腰，单手撑着沙发扶手吻她唇，"快一点儿穿衣服，乖。"

声音太有蛊惑力，温颜想起刚刚的某一幕，忽然觉得今天他是不是故意没刮胡子，扎得她身上疼。

案发现场恢复原来的样子后，两人穿戴完毕准备出门。温颜伸手拉住他，指了指他脖子，声音特别小：“那里……被人看到不好吧，要不贴个创可贴？”

韩江抬手摸了摸脖子上的“小草莓”，嘴角翘起来：“贴了才此地无银好吧，看到怎么了，这样不是很正常？”

他环着她的腰把人往自己身边搂了一下。

温颜不想跟他说话，使劲儿踩了他一脚自己走了。

合家欢的日子，看电影的人特别多，韩江买了一场动画片，到那儿才发现座无虚席，最后一排也都是满的。

这种情况不方便搞小动作，但今天韩江已经得逞过，所以也没什么好抱怨的，两个人安安静静地看起电影。

中途温颜想去卫生间，走到外面过道才发现韩江也跟出来了。

她看了他一下：“没事的，我就去个厕所。”

韩江说：“我坐累了，出来转转。”

温颜没有说别的，小挎包和手机都递给他，一个人去了卫生间。

她知道，他是在担心。

这些日子，她很少出门，每次出来也都有韩江陪同，他一步都没离开过她。

上次在超市，她只是绕到对面的过道里，韩江就紧张起来，找到她时脸色都变了，一手心的汗。

温颜有些沮丧，不知道这样的日子什么时候是个头。

韩江靠墙站在影厅的通道里，接到了陆非的电话。

陆非的父亲在北京有房产，今年他在北京过年，而且这个假期过后，他就要到父亲的公司实习，毕业前大概都不会回岳城了。

兄弟俩安安静静聊了一会儿，没有像以前一样互损。陆非说他现在天天跟杜远混在一起，北京吃喝玩乐的地方差不多都转遍了，但就是找不回以前那种没心没肺的状态。

心里总有一块地方空落落的，风 打，就透了。

他第一次在韩江面前提了江嫣的名字：“老韩，我有点儿想江嫣了。”

说了这话后，两个人都沉默一会儿，后来还是陆非开口：“不说了，杜远那小子喝多了，我得送他回家。”

挂了电话，韩江想着什么时候再带温颜去一次北京，上次她有好几个想去的地方都没去成，怨了他很久。

忽然发现温颜一直没有出来。

韩江立刻站直身子走过去，走到一半时，宋队打来电话，让他和温颜马上去队里。

盛家兄弟找到了。

第十一章
那时夏天，风很甜

温颜再次有意识，已经是一个小时后。

她并不知道时间过了多久，也不知道自己身在何处，只觉得身体颤簸，浑身冰冷。

脑子里最后的记忆，是她从卫生间出来，有人影在眼前闪过，紧接着鼻端清凉，闻到一股异样的香味，再后来就一点儿印象也没有了。

她有些费力地睁开眼睛，看到环境昏暗，地面还在不停摇晃，似乎在移动。

而自己坐在冰凉透骨的铁皮地板上，手腕被绳子绑住，喉咙干涩，嘴巴也被胶带封住。

视线渐渐清晰，温颜才发现这里不止她一个，对面不远处的一张木头椅子上还有个人。

一尘不染的皮鞋，精致的高定西装，黑色大衣套在外面。

他悠闲轻松地跷着脚，好像在某间格调高雅的西餐厅等位。

看到阴博，温颜非常震惊。

她告诉自己千万不要慌，韩江不在身边，她只能靠自己。

头脑风暴，她将所有可能性都过了一遍，但都被否决，最后剩下那一条……

她不敢相信，怎么可能呢？

阴博依旧面带微笑，表情温和平静，今天他戴了一副金丝边框眼镜。

他俯视温颜，声音温柔：“醒了？”

温颜没有说话，也说不了话，一双黑亮的漂亮眼睛盯着他，手在颤抖但死死攥着自己的衣服，尽量让自己保持镇定。

阴博略弯了腰，撕掉她嘴上的黑色胶布，有点儿抱歉地说："他们太粗鲁，弄痛你了吧。"

温颜觉得他整个人分裂变态，世界上怎么会有这样的人？

她抬起头："你为什么抓我？"

阴博没有回答这个问题，只是有些惋惜地说："其实，我觉得我们很有缘，我很喜欢跟你聊天，你的模样也是我喜欢的类型，我甚至想过，我们两个或许可以发展一下，我不介意你有男朋友。"

他从椅子上站起来，单膝蹲在她面前，抬手捏住她的下巴："可你为什么偏偏是她的女儿？"

阴博说的，都是真心话。

在高尔夫球场，他看到温颜包上挂着的小鱼钥匙扣，手工制作，尾巴绣字。

那个女人有同款，宝贝一样从不离身。当时他有所怀疑，但并不能确定任何事，世界上也许有很多这样的情侣玩意儿。

疑心已起，他送一张照片给温颜，从她的反应确定她一定认识向飞鸿。

他早知道向飞鸿的老家，再次派人前往，顺藤摸瓜，发现温颜竟是她的女儿。

那一瞬间，阴博心底无处发泄的仇恨似乎一下找到出口，体内每个细胞都在叫嚣——

算你倒霉。

温颜已经控制不住自己的声音，恐惧从眼睛里流露出来："你是盛家的儿子。"

阴博有些意外："你还知道盛家？"

温颜立刻意识到自己说错话了，她不能让阴博知道她跟宋队有联系，让他有所防范。

她定了定神："很多年前，我妈妈跟我说过。"

阴博探身过去，伸手抚上她的脸，用手背自上而下轻轻划过："你真漂亮。"

年轻的女孩儿，新鲜水灵，总是让人神往。

他唇凑过去，想吻她。

温颜拼命往后缩，偏过头不敢说话，浑身发抖，眼泪已经掉下来。

她膝盖蜷起护住自己，被捆着的双手用力抵在他胸口。

阴博没有强迫她，但脸色忽变，瞬间阴霾，抬手扯住她的头发："知道这辆车通往哪里吗？

“你这么漂亮，不能让你男朋友一个人享受，在山区，还有很多娶不到老婆的男人，我想，他们一定会好好对你。”

说完，他又恢复绅士模样，替温颜整理头发，温声说：“我还有事，就不送你了。”

他站起来，居高临下看着如同一只惊鹿的温颜：“下辈子，别再被连累了。”

说完这话，他再没看温颜一眼，扬手拍打几下集装车厢的墙壁。车子很快停下，有人把后门打开，阴博跳下车，随后上来一个高壮的男人，把地上的黑色胶布捡起来重新给温颜贴好，车上的货物被全部搬挪到她面前，将她围住。

在下一刻，后门关上，空间恢复一片昏暗。

而同一时间，韩江几乎要疯掉。

他发现温颜不见，立刻联系商场封闭大门，但一无所获，随后赶来的宋队告诉他，阴博兄弟就是当年的盛家兄弟。

韩江当时心就凉了。

不用想，温颜一定是被阴博带走的。

宋队立刻派人追查，并破例让韩江开车跟着，以商场为中心分散寻找可疑目标，通知各方向的郊线公路设置路障，检查所有过往车辆。

韩江身体都是凉的，他没有催促，没有狂躁，整个人沉默不语。

但他几次闯红灯，宋队知道，没人比他更害怕。

不能直接去阴氏地产要人，宋队通过其他体系打探到阴博今天一整天都在办公室，没出去过。

这并不代表这件事与他无关。

他可以不必亲自动手，而且他的办公室没人敢随便进，谁知道中途他有没有暗自离开。

但这已经不是重点，现在最重要的是找到温颜。

离温颜失踪已经超过两个小时，城区几乎已经查遍，韩江逐渐失去理智，为什么要出来看电影？

他在怨自己。

宋队就是在这个时候打来电话的。

通往南边的某条郊线上，路障拦下一辆集装箱大卡车，温颜就在里面。

车队立刻掉转方向，韩江的车冲在最前面。当得知找到温颜的全过程时，他一颗心都要跳出来，心想只要她没事，要他去死都可以。

据说当时检查完车辆并没异样，已经放行，但就在车子即将启动时，后车厢突然一阵巨响，有东西倒塌的声音传出。临检人员立刻要求司机下车再次接受检查，那司机不但不停，还猛踩油门，撞翻了路障，瞬间冲了出去。

交警立刻追上去，一路紧跟，大卡车超速行驶，造成路面严重混乱，行驶到一个十字路口时，为躲避其他车辆，不慎开下主路，撞进树丛中，司机当场昏迷。

交警打开后车厢，发现本来四箱摞起的啤酒已经倒塌，里面露出隐藏空间，一个女孩儿躺在地上，头部受伤，也已经昏迷，身上全是摔碎的玻璃碎片和啤酒。

后来交警分析，应该是小姑娘孤注一掷，踹翻了啤酒箱，制造声响，救了自己一命。

她头部的伤应是撞车造成的。

韩江和宋队赶到时，温颜和司机已经分别被送上救护车，宋队立即展开调查，韩江不关心那些，直接上了救护车。

温颜还在昏迷。

韩江站在那里，有点儿不知所措。温颜身上全湿了，散发着浓重的啤酒味道，好在冬天穿得厚，身体并没被碎片刮伤。

韩江半跪在担架前，伸手轻抚她额头的伤口，眼眶已经红透。

伤口已经被护士简单处理，贴着白色绷带。

他慌乱地把自己的大衣脱下来，裹在她身上，不知道她的伤情，不敢动她。

旁边护士看得动容，说：“您别担心，我们已经检查过，她只有头部受了轻伤，应该没有大碍。”

韩江低下头，闭了闭眼睛，整个人临近虚脱，他嗓音嘶哑：“谢谢。”

救护车开到医院时，温颜终于醒了。

她睁开眼睛，还没有看清眼前的人，第一反应先护住自己胸口，没有说话，但不停挣扎。韩江弯腰抱住她：“颜颜，是我，是我。”

听到他的声音，温颜安静下来。

看到韩江的那一刻，她瞬间崩溃，紧紧搂住他的脖子，整个身体都在发抖，不停叫他的名字。

她浑身冰冷，韩江不敢耽搁，没用担架，直接把她抱起来，护士急匆匆跟在身边为他引路。

医生检查后，确定无其他伤痕，韩江才彻底放心。

温颜躺在病床上已经睡着，身体也在渐渐回暖。

得知消息的韩雪凇和施静匆匆赶来，韩江拜托母亲照顾温颜，一个人去找宋队。

司机的伤势比温颜要严重许多，宋队说："这次温颜侥幸逃脱，阴博不会善罢甘休，她只会越来越危险。"他停顿一下，看着韩江，"我认为应该尽早把人送走，这样才能保证她绝对的安全，你们考虑一下。"

韩江沉默不语，一双眼睛疲惫不堪。他脑子太乱，但有一点很清楚，今天这样的事，如果再来一次，他受得了吗？

宋队说："阴博如今活动范围在岳城，这个案子从今天开始已经移交给我们，我们会尽快立案调查，但绝不能打草惊蛇。对于温颜，派人保护，也是另一种意义上的暴露。

"阴博会有所警觉，如果他停止交易，下次开盘不知是什么时候，那将会对温颜造成永久性的威胁。从现在开始，她身边二十四小时不能离人，没有尽头，操作是否可行先不说，你觉得她会过得开心吗？"

他看着韩江："如果出去，在阴博无法掌控的地方，她可以跟正常人一样工作学习，不会受到任何干扰。

"像坐牢一样每天被人监视，还是秘密出国，接受我们的保护，你觉得，哪个对她来说比较好？"

韩江紧抿着唇，嘴唇干涸，宋队这些话，道理他都懂，但他不愿意松这个口，最后他问："会送到哪里？"

"绝对安全的地方。"

这是机密，宋队不会说。

韩江又问："要多久，一个月，一年？"

宋队眼眸清明："黎明之前，一切都是未知。"

从宋队那儿出来后，韩江返回医院，病床上没有人。韩雪凇说温颜已经醒了，在浴室洗澡，施静在里面陪她。

韩雪凇已经给温颜换了高级病房，有独立卫浴。

"医生说她没大碍，明天就可以出院。"韩雪凇拍拍儿子肩膀，"你也别担心了。"

半小时后，温颜从浴室出来。她换了一身衣服，身上已经没了啤酒的味道，头发刚刚洗过，柔顺地披在肩上，额头也换了一次纱布。

韩江抬手轻触她的额头，低声问："还疼不疼？"

温颜轻轻摇头。

时间已经很晚，医院不能留那么多人，本来施静想留下陪温颜，但韩雪凇给她使眼色：“让韩江在这儿吧。”

直到他们走了，病房里安静下来，终于只剩两个人。

韩江将她抱在怀里，心疼又自责：“对不起，是我没照顾好你。”

温颜趴在他怀里，一声都不吭。

韩江将她拉开一点儿，看着她的眼睛：“医生说你身上没有伤，但我还是不放心，你告诉我，他有没有打你，有没有欺负你？”

温颜摇了摇头：“没有。”

“你不要怕，跟我可以说实话。”

“真的没有。”

韩江略放心些：“那他有说什么吗？”

温颜想说“他想把我送给大山里没有老婆的男人”，但话到嘴边，没说出口。她知道，如果说了，韩江一定会更加崩溃，更加自责，也更后怕。

她现在已经没事，不愿意韩江那么难受。

温颜说：“没说什么，但他承认自己是盛家人了。”

韩江把她拉到床边坐下，喂了一点儿水给她喝：“这个我已经知道。”

他犹豫很久，还是开口：“颜颜。”

温颜抬头。

“宋队说，为你的安全考虑，还是——”

“我不去。”温颜打断他。

韩江未说完的话生生咽回去，温颜没有看他，水杯也递还给他：“我不去。”

其实出事后温颜就已经有预感，上次宋队就有这个意思，但她不想走，她宁可永远不出门也不想离开韩江。

韩江握住她的肩膀：“我也不想让你走，但我真的怕了，颜颜。”

他想抱温颜，但被温颜一下推开，她跳下床直接跑到洗手间，将门关死。韩江追过去拧门把手，门已经反锁。

温颜哭出来，声音隔着门板显得特别闷：“我不要去！我不要一个人待在人生地不熟的地方，你答应过不会送我走的！”

她几乎是喊出来的，韩江没有想到她反应这么强烈，不停地拍门：“颜颜你先把门打开，我们慢慢说。”

温颜已经不愿意再说话，只听得到洗手间里她的哭声。

这件事，韩江本就不坚定，她这个样子，他更没办法，软声软语哄她出来，但温颜不做退步，把自己关在洗手间一个多小时。

直到韩江松口“我答应你，不送你走”，她才开门出来。

韩江一碰到她，立刻把人抱在怀里，眼角已经湿透，哑着声说：“对不起。”

温颜特别委屈：“求求你了，我不想走。”

韩江吻她额头。

离天亮也只剩几个小时，韩江就这样和衣躺在她身边睡了。

第二天上午宋队来录口供，韩江坐在温颜床边的椅子上。

温颜把整件事从头到尾说一遍，条理清晰，细节也很清楚。她说了很多话，韩江倒了一杯温水给她。

当宋队问到阴博还说过什么时，温颜犹豫了，宋队说：“不要有所隐瞒，你的每句话都很重要。”

温颜抿着唇：“他说，要把我送给大山里没有老婆的男人。”

韩江听到这话，一双眼睛惊惧无比，再一次心跳剧烈，从没这样后怕过。

宋队看了他一眼，随即低头记录。

录完口供，宋队拉了把椅子坐在床尾，似乎有话要说。

房间里只有三个人，他回头看了一眼，确定门已经关好才开口：“昨天我已经将我的建议告诉韩江，你们考虑得怎么样？”

温颜的手指紧紧攥着雪白的被子，眼神闪烁。韩江握住她，转头看向宋队：“她不想去，我也不想让她走。宋叔，还有其他办法吗？”

这结果在宋队的意料中，他说：“我办过不止一宗这样的案子，出国对温颜来说，绝对是最安全的选择，而且现在有一个非常好的机会摆在眼前，如果错过，将来再要走，还要重新部署。”

韩江不明白：“什么机会？”

宋队说：“温颜知道阴博的身份，他一定会在警方接触她之前再次动手，这次不仅为报复，还为他不能暴露的盛家身份，所以我今天没有带别人来，对外称，温颜还在昏迷当中。

“我们可以通过医院和警方的配合对外宣布，此次车祸一死一伤，再将温颜暗中送走，阴博得知温颜已死，仇也算报了，一定会放松警惕，到此为止。”

韩江抬眼看宋队：“你们要放长线钓大鱼，又不能轻举妄动，打草惊蛇，时间太久。如果让我爸出马呢？让他帮忙想想办法，说不定可以尽快解决这件事。”

宋队并不赞同这个观点：“首先，我不建议非专业人员参与进来，这很危险；其次，阴博是个非常谨慎的人，不会轻易相信一个人，他身边的人都是从他姓盛的时候就跟着他。而且，”宋队看着他，“小山楼是你爷爷和父亲拼了半辈子挣下的家业，就算你舍得把小山楼拉下水，有想过你父亲吗？”

韩江无话可说。

他浑身上下充满无力感，恨自己羽翼未丰，没有能力保护温颜，也恨全天下所有贩毒吸毒的人，害人害己。

这场谈话，由宋队主导，温颜一直低头静静听着，没有发表意见。这会儿，她忽然抬起头对韩江说：“我想吃蜜杏，能帮我买一包回来吗？”

这个时候，吃什么蜜杏呢？

韩江知道，她有话想单独跟宋队说。他点了头，出去将门关严。

病房里只剩两个人，温颜的脸色很不好，有些苍白，额头上的伤口不严重，但昨天着实被吓坏。

宋队问：“有话跟我说？”

温颜点点头，她抿了抿唇：“宋叔，我想问问，如果我不走，躲起来，阴博找不到我，会迁怒到别人身上吗？”

宋队望向她，点头：“可能会。”

温颜没有说话。

昨晚，她情绪激动，脑子里只有一个念头，不想离开韩江。但后来她躺在韩江怀里时，却怎么都睡不着。

如果因为她而伤到韩家任何一个人，那她永远都不会原谅自己。

施静最开始反对他们在一起，不就是因为这个吗？

宋队没有打扰她，让她一个人安静思考。

过了很久，忽然一大颗眼泪顺着温颜脸颊掉下来，同时她抬起头：“宋叔，我决定了，我愿意配合您，我同意走。

“但是，您能不能答应我一个条件。

“我想跟他过一个情人节。”

宋队从病房出来时，韩江正靠在门旁，手里拿着一袋蜜杏。

宋队跟他对视一眼，什么都没说，拍拍他的肩膀，从消防通道离开。

韩江转身进门。

温颜盘着腿坐在床上，脸上带着笑，冲他伸出手，声音轻快：“蜜杏买了吗？给我。”

她情绪转变太快，韩江有些发愣，但她总算笑了，他的心情也莫名好了一些。

韩江走过去坐在床边，把包装袋拆开递给她一小包：“这么高兴，跟宋队说什么了？”

温颜没有回答，自顾自吃了一块，皱了皱眉：“好酸啊，你要吃吗？”

韩江看她的眼睛。

温颜不等他回答，咬住一小块蜜杏，抬手把他推倒在病床上，压低身子吻住他。

唇齿相撞，她主动把自己送给他。

蜜杏被推到他嘴里。

温颜抬起头笑了一下，眼睛特别亮：“骗你的，很好吃。”

韩江吃掉蜜杏，扣着腰不让她起身，翻身换她在下面，低头亲她。

温颜很少主动，这次却很快进入状态，脸都红了，扯着他的衣领：“门锁了吗？”

她太反常，韩江隐隐有些猜测，但不愿意问，只努力配合她。

门当然锁了。

两人不敢弄出太大声音，也没有很久，韩江顾及她额头的伤口，非常温柔。

温颜轻抚他俊朗的侧脸，在最后一刻搂住他的脖子，嘴唇贴在他耳边说：“我答应宋叔了。”

韩江整个人僵住。

他有心理准备，但听她说出口，心还是绞着疼。

韩江停在那里，很久都没有动，过了一会儿才翻身躺在她身边，扯过被子把人盖严实了，一把搂进怀里。

房间的窗帘是拉着的，阳光从缝隙挤进来，打在床尾的小餐板上，刚才温颜小腿蜷起又伸直，踢到那里好几次。

上面还搭着她的内衣。

“什么时候？”他问。

温颜脸颊紧紧贴着他炙热的胸口，闷声说：“我跟宋叔说，想跟你过完情人节，但是，”她忍不住了，眼眶一点点湿透，“6宋叔说离情人节还有十天，太久了。”

韩江再次低头吻她。

温颜仰起头，温柔回应。片刻，她离开一点儿：“他说可以给我们一天的时间，他也需要时间安排，我们把今天当作情人节一样过，好吗？”

韩江已经红了眼眶，把人搂得更紧：“好，你想要什么礼物，我都买给你。”

温颜笑了一下：“我也不知道，你之前不是还说，要把首饰盒给我填满吗？”

“好，我们把它填满。”

温颜用手指触摸他的脸颊，碰不够一样，想了一下：“还是不要了，你慢慢填吧，说不定等你填满那天，我就回来了。”

之后的时间，一切都有宋队安排操作，下午三点，一死一伤的消息传出。

同一时间，温颜换了衣服，乔装打扮，戴一顶帽子，在其他便衣的陪同下从医院后门离开。

宋队派人直接将她送到郊区的一栋房子里，是韩雪凇名下另一处房产，韩江此时正在里面等她。

门一开，韩江直接把温颜拉进去，送温颜过来的便衣警察就是之前在蛋糕店给宋队送通知单那个年轻小伙，临走时，他说：“我们老大的意思，明天早上，我来接她。”

距离现在，只有十几个小时。

从医院离开之前，温颜已经跟施静和韩雪凇告别过。

韩江把所有事都告诉他们了。

这其中的利弊关系，两人都懂，但施静还是哭得很凶。在她眼里，温颜跟她亲生女儿没两样，让温颜走，舍不得；不让温颜走，又很危险。

韩雪凇和施静把剩下的时间都留给两人，没有跟过来。

客厅中间有两个巨大的箱子，都是施静给温颜收拾出来的东西。

施静说，不知道温颜想带什么，索性都拿过来，让她自己挑。

施静抹着眼泪，不知道她要去的地方远不远、冷不冷，需不需要再给她买几件厚衣服。

韩江伸手替温颜抹了抹湿乎乎的眼睛，笑了一下：“饿不饿？我来的时候顺便买了一些蔬菜和肉，我们吃火锅吧。”

接下来的时间，两人像平常一样，一起洗菜，准备汤底，偶尔聊几句。

以前在紫金公馆，两人经常在家吃火锅，温颜喜欢涮菜，韩江酷爱吃肉，两人谁也不抢谁，一锅东西全都能吃光。

这边厨房用具不全，韩江一口气把所有食材都放进去，一锅煮，温颜在一旁调酱料，厨房里飘满了牛肉的香气，热腾腾的蒸汽把韩江的眼眶熏得潮湿。

他偏过头缓了一会儿，听到温颜说：“要放蒜末吗？”

韩江说：“不放。”

温颜听话地把那头蒜扔到一旁，又跑去冰箱洗了一个苹果和一个橙子切好装盘。

在这方面，她随施静，有强迫症，水果排列整齐，军队一样。

她一回头，看到韩江靠过来，贴着她脖子亲。

今天的亲吻，不需要理由。

温颜把水果刀推到里面一点儿，转过身，手抓着他的腰带。

锅里的水不断沸腾，汤汁快要溢出来，但两人谁都没有去管。

亲够了，韩江松开她，走到锅边淡定地关了火。台子上都是锅里沸出来的水，他随便拿块抹布擦了，把煮好的火锅端到桌子上。

这顿饭，温颜吃了很多肉，韩江吃了很多蔬菜。

饭后，他们没有收拾，任凭锅碗瓢盆凌乱地摊在餐桌上，韩江莫名觉得，这种画面特别有烟火气。有人气，就像一个人在房间时，总喜欢放个音乐或者打开电视。

不一定留意放了什么，就是不喜欢屋子太安静。

晚上九点，两个人窝在沙发上看电视。

韩江在心里默默计算时间。

总得做点儿什么。

他忽然想起一件事，起身打开那两个大行李箱翻了翻，找到一本巴掌大的笔记本。

温颜跟过来，身子依赖地靠着他："是什么？"

她看到封面上的字：情侣间必做的一百件小事。

韩江揽着她肩膀："我们做一下这个吧。"

答应过她的，还有很多没完成。

两人坐回沙发，温颜有点儿兴奋，抱着沙发靠枕听他念那些没有打钩的。

"一起打羽毛球。

"一起去迪士尼。

"一起放孔明灯。

"一起种花。"

念着念着，韩江渐渐停下，这些事情，没有一个现在能做的。

他扔掉笔记本，拦腰将温颜抱起，走去卧室："算了，我们做点儿别的。"

这房子韩江没来过。

陌生的环境，熟悉的人。

他喜欢听她软糯糯地叫他的名字，尤其在情浓时，像娇气的猫咪，越叫越难耐。

他忽然有些后悔。

不应该答应的，以后没她在身边，要怎么过啊。

时间一分一秒地过去，两人都没有睡觉，窗帘也没拉，躺在床上聊天。

聊他们小时候的事，就像初夜那天。

天蒙蒙亮时，温颜靠在他怀里睡着。

韩江用指腹轻轻摩挲她的脸颊，仔细描绘她的模样。

温颜醒来时，是早上七点，韩江已经做好了早餐，是她最常吃的小米粥和鸡蛋。

两人安静吃饭，谁都没有说话。

饭还没吃完，门铃响起。

温颜筷子一顿，但两秒后，她继续剥鸡蛋，没有看他：“一会儿，不要送我。”

不要你送我。

便衣警察站在门口，韩江把昨晚温颜收拾出的一个箱子递给他：“麻烦你。”

便衣警察点了头：“走吧。”

温颜戴着帽子和口罩，走到门口，韩江忽然拉住她，从兜里摸出一个小锦盒塞到她手里：“你落了这个。”

是他送温颜的耳钉。

说好要在清明节那天带她穿耳洞，但今年已经赶不上了。

温颜低着头，紧紧攥着红色的锦盒，帽檐压低，看不到她的眼睛。

韩江抬手摸了摸她的额头：“伤口还没好，这几天先不要碰水，记住了吗？”

温颜拼命点头。

韩江狠狠抱住她。

旁边的人有些着急：“咱们快一点儿，来不及了。”

韩江用力吻她的额角：“你相信我，我一定会把你接回来。”

温颜忽然踮起脚，在他唇上狠狠咬了一口，往他手里塞进一个东西，转身跑掉，再没回头。

韩江看着那辆载着温颜的车驶出小区，逐渐消失在视野里，恍神几秒，想起陆非曾说过，心里像空了一块。

他觉得自己不是空了一块，温颜把他的整颗心都带走了。

他在自己嘴里尝到血腥味。

温颜把他的唇咬破了。

韩江低头看手里的东西，是一根黑色头绳，坠着两朵藏蓝色的布艺小花。

是她军训第一天，绑在他手腕上的那根。

七年后。

二月的岳城总是干冷，今年的雪特别少，偏今天鹅毛纷飞，莫名带着股浪漫气息。

今天是情人节。

小山楼总部办公大楼，最顶层是总经理办公室，透明玻璃隔断内百叶帘落下，看不到里面。

秘书程延浩按了指纹密码锁，自动门打开，他走进去，看到宽大的办公桌前空无一人。

办公室宽敞明亮，被有序划分成几个区域，程延浩走到里面的休息室站定，敲门："韩总，该出发了。"

片刻，休息室传出低沉的男人声音："好。"

程延浩在门口等了一会儿，门被打开，走出一个身材修长、眉眼精致的年轻男人。

他接过程延浩手里的西装外套："我自己去，不用跟着。"

程延浩点了头，说："明天的行程计划已经发到您手机里，今晚您可以好好休息，明早我去接您。"

"好。"

韩江抬腕看了眼时间，晚上六点整。

情人节，晚高峰，自然是堵车的，到会所时，刚好迟到三分钟，已经有人嚷着罚酒。

这间 VIP 套房里，有一个算一个，都是在岳城有头有脸的人物，身上挂着各种好听的头衔。

大家常聚，都比较随意，里边玩牌的没动地方，只打了招呼。

沙发那边一个剃着奇怪发型的小个子男人冲韩江招手："怎么才来，博哥刚才还念叨你。"

韩江走过去，脱了外套搭在路过的椅子上，在阴博对面随意坐了，说："有些堵车。"

阴博靠在沙发靠背上，身边的漂亮女孩儿娴熟地为他点上一根烟，他手里的高脚杯轻微摇晃："开车来的？"

"嗯。"

一旁有人玩笑："博哥也太偏心了吧，要是我迟到，肯定一点儿好脸没有。"

小个子男人说："人家小韩总跟博哥是过命的交情，你是什么东西。"

阴博身边的年轻女孩儿不知情，撒娇地靠在他身上，声音娇俏可人，吵着要听故事。

阴博笑了下，抿一口红酒。

小个子男人倒是来劲，他跟了阴博很多年，知道这事："那年博哥差点儿撞车，是小韩总在后头推了一把，救了博哥一命。为这事小韩总还住了几个月院，右腿差点儿落下病根。"

他转头看向韩江："那会儿你还在读研吧？"

韩江淡淡应了声："研一。"

从那之后，阴博拿韩江当救命恩人，两人时常一起打球健身，关系越来越好。

再后来，韩江研究生毕业，接手家里的产业，两人还曾有过商业上的合作。

小个子男人有点儿感慨："这一晃也有六七年了吧，真快。"

阴博身边的女孩儿惊讶地睁大眼睛："好险，这么帅的小哥哥，要是落下病根多可惜。"

阴博身子向后靠，手臂搭在沙发靠背上，偏头看了一眼身边的女孩儿："怎么，对他有意思？"

女孩儿腼腆地笑了一下，阴博抬了抬下巴："去吧。"

女孩儿名叫邹月，才上大二，在这边兼职已有一阵子。她性格活泼，长得漂亮，阴博挺喜欢，几次过来都点让她陪，不过如果韩江喜欢，他不介意介绍给韩江认识。

命都是他救的，一个女人算什么。

邹月得到允许，心里高兴，但没有表现得很明显，白色蕾丝包臀短裙露出整条大腿，小心翼翼地在韩江身边坐下，给他倒了一杯红酒。

她递过去时，手背故意蹭在他肩上。

韩江没接，甚至没看她。

女孩儿有些尴尬，自己笑了一下，把红酒放回桌上："不想喝吗？我陪你聊会儿天吧。"

对韩江的反应，阴博一点儿都不意外。

这些年，阴博身边女友不断，韩江却一直一个人。

大家都说，小韩总是岳城第一禁欲系 CEO。

阴博说："你好歹给我点儿面子，女孩儿脸小。"

"我开车了。"

"待会儿我叫人送你回去。"

韩江没再说话，端起桌上的酒杯一口喝了，站起来："我去洗手间。"

旁边人说："也就阴总您能说动他。"

韩江的性格大家已经习惯，对谁都不冷不热，对女人也没什么兴趣，只跟阴博比较亲近。

阴博像个老大哥一样操心他的感情问题。

韩江两手撑在大理石台上，看着镜中的自己。

二十八岁的青年才俊，冷峻多金，众星捧月，正是建功立业的好年纪。

但他眼睛里总像缺点儿什么，少了那么一抹年轻人的朝气。

洗手间门被打开，阴博挽着袖口走进来，在韩江边上的水池洗手。

水龙头开到最大，掩盖了部分声音。

"那边怎么说？"

韩江抽出一张纸巾擦手："压价。"

"不行。"

"知道，我在谈。"韩江扔掉纸巾，抬手整理衣领，"我头疼，想先走了。"

阴博把水龙头关了："知道你不爱待在这种场合，只是怕你一个单身汉情人节寂寞，给你找点儿节目。算了，想走就走吧，你在下头等着，我找人给你开车。"

韩江应了一声，出去后没回原来的座位，拿了椅子上的外套直接走了。

情人节，大堂门口临时摆了张桌子，给过往会员分发玫瑰。

美丽的迎宾小姐笑着递给韩江一枝玫瑰："情人节快乐。"

韩江看着那枝玫瑰，有些走神。

对方礼貌地提醒："先生，情人节快乐。"

韩江回神，接了玫瑰花："谢谢。"

已经有门童把车开过来，韩江直接坐进后座。门一关，他立刻露出疲惫神色，今天忙了一天，很累。

他微低着头，用手去按眉心，另一只手捏着玫瑰花枝，碾着转圈。

玫瑰花香味浓郁，很快在车内散开。

没过一会儿，有人打开驾驶门坐进来。韩江本没留意，但他闻到一股比玫瑰花味道还浓郁的香水味，他皱了皱眉，看向前面。

竟然是刚刚那个邹月。

韩江皱眉："怎么是你？"

邹月已经把短裙换掉，穿上了厚衣服。韩江脸色不好，很严肃，她有点儿紧张："阴总吩咐我送您回去。"

韩江说："不用，我自己叫代驾，你下车吧。"

邹月有点儿着急："韩总，阴总再三吩咐我要把您安全送回家，我不敢不听，您就当帮我一个忙可以吗？我以后还要在这儿工作。"

她已经说到这份上，韩江不愿再废话，靠在椅背上："带驾照了吗？"

邹月立刻露出笑脸："带了。"

事实上，邹月驾驶技术还不错，开得比较稳，韩江的担心有些多余，但她太过小心，开得实在太慢，慢到韩江快要睡着了。

车里两种香味混杂，太呛，他睡不着。

车子开到韩江那栋房子时，雪停了。

邹月下车，小跑着过去帮韩江开门，很殷勤懂事的样子。

韩江接过车钥匙："多谢。"

他转身走上台阶，邹月忽然拉住他的袖口，欲言又止。

韩江转身，拨开她的手："你还有事？"

邹月低着头，两只手抵在一起，拇指不停地抠着手心："阴总让我今天晚上照顾您。"

说得很隐晦，但韩江一听就懂。

他没犹豫："我不需要，你走吧。"

韩江再次转身，邹月急了，又拉住他，红着脸说："我……您……"

韩江看着她，不过二十左右的样子，不想太过严肃吓着人。他说："你还在念书吧？"

邹月有点儿意外，但还是点了头："嗯，大二。"

"为什么出来做这份工作？"

邹月又低下头："我需要学费。"她停顿一下，看向韩江，"韩总，我会很听话的，如果我就这么走了，阴总知道一定会生气的。"

韩江没再说别的，从兜里拿出钱夹，摸出一摞现金，两三千的样子，递给邹月："我不会告诉他，你走吧。"

他转身迈上台阶，将邹月关在门外。

世界清明。

房子空，心也空。

客厅陈设简单，跟七年前没有区别，唯一不同的是，东边一整面墙被装上一幅马赛克拼图。

三米宽两米高的世界地图。

连韩江自己都不记得，他是花了多长时间拼完这幅图。

只记得那段日子没日没夜地拼，因为他知道，这地图的某一个地方，有她。

韩江手里还捏着那枝玫瑰，衣服没换，鞋没脱，就这么靠坐在拼图对面的墙壁上，一条腿蜷起。

手边还有上次坐在这里时没喝完的一罐啤酒。

他转了转那枝玫瑰，轻声说："颜颜，情人节快乐。"

谁能想到，那年一别，转眼七年。

韩江常常会想，二十五岁的温颜会是什么样子？一定比以前还漂亮温柔。

她那么好，应该也有男孩子追求吧。

自从那年在这房子里把温颜送走，韩江便搬了过来，一直住到现在。

接手小山楼后，韩雪淞兑现诺言，带着施静周游世界。

施静说，也许会碰到颜颜也说不定。

但他们一直没有碰到过。

有陌生号码打过来，韩江接了："宋队。"

宋队说："在哪儿？"

"家。"

"没出去玩？"

"去了，刚回来。"

宋队问："日子定下了吗？"

"没有，还在谈价，我需要谈到一个阴博满意的价格。明后天吧，我给你消息。"

"好，辛苦。"

两人没继续说话。

过了会儿，韩江没忍住，还是问出口："她好吗？"

宋队言简意赅："好。"

"那——"

"你问了我七年，如果能说，我早就告诉你了。小韩，七年你都等了，现在我们眼看就要成功，你再忍一忍吧。如果顺利，端午之前，应该都结束了。"

这条路如此艰难，阴博太狡猾，想要得到他的信任太难。当年韩江制造车祸救他一命，差点儿把自己搭进去。但付出总有回报，阴博如今越来越信任他，就在去年，新开拓的海外部分便委托他帮忙。

韩江的英语和法语成了他最大的优势。

阴博不放心别人去沟通。

随后，宋队换了个话题："新房装修得怎么样？"

韩江看向窗外月色："差不多了。"

"我没告诉她是你的房子，只说是我一个朋友。我想，以后等她回来，看到你们的新家是她亲手设计，应该会很惊喜。"

韩江想起去年看到的那套设计方案，真的是她的风格。

简约大气，美观与实用兼得，很多地方设计都很巧妙，她真的成了一名优秀的设计师。

宋队传过来的草图上，韩江看到她的签名。字迹没有太大变化，但比以前更大气舒展。

他看了一遍又一遍。

结束这次通话之前，韩江说："端午不行，我会尽量提前谈判时间，一个月内必须收网。"

"不要操之过急，一切稳妥为主。"

韩江说："我这样做有我的原因，有个人知道我和颜颜的关系，他就要回国了。"

"谁？"

"阴戚。"

情人节这天，异国他乡同样热闹。

人们把这一天看得非常隆重，也并不只是年轻人的节日，很多中年夫妻也会相拥着去吃一顿丰盛的烛光晚餐。

温颜住在一个悠闲又浪漫的小镇。

这一天，同样下了雪。

她现在在一家华人开的工作室做设计工作，小伙伴都出去玩了，她没有参加，一个人坐在家附近湖边的长椅上。

这里一年四季都特别美，像画一样。

不远处就是连绵的山峰，山脚下是错落的独栋房子，这里的时间很慢。

夏天时，会有胖胖又爱笑的中年大叔牵着又乖又壮的狗狗从湖边散步走过。

也有年轻的金发情侣坐在草坪上接吻。

今天这里人很少，大家都去热闹的地方约会，或者去滑雪。

每年的这天，温颜都会一个人坐在这里，看着不远处的雪山，想着韩江。

她不喜欢这里的慢生活，想时间快一点儿，再快一点儿。

七年，像过了七十年那样久。

一转眼，她已经二十五岁。

高中生活似乎变得很遥远，但又很近，她常常会梦到江嫣、许沐、蒋旭，甚至凶巴巴的老徐。

不知道老徐是不是还一直跟她女儿留同一种发型？

长椅另一侧忽然坐了个人，温颜看了旁边一下，是工作室的同事崔毅。

他也是华人，跟着父母移居到这边，和温颜同岁。

崔毅是典型的暖男，很会照顾人，是走路都会刻意靠外，让女生在里面的那种。

天有些凉，他搓了搓手："怎么没跟她们一起出去玩？"

温颜转回去，看向结冰的湖面："我不太爱热闹。"

她说这个，崔毅是信的，认识的时间也不算短，温颜一直是这样温温淡淡的性格，独来独往，不太爱跟工作室的小伙伴们活动。

崔毅说："我也不爱热闹。"

温颜偏头看他："你怎么在这儿？"

没记错的话，他家离这里很远。

崔毅笑容阳光："我说我路过，你信吗？"

温颜没有说话。

隔了一会儿，崔毅从兜里拿出个小盒子放在两人中间，往她那边推了推："送你的。"

温颜没有拿："是什么？"

崔毅说："别紧张，不是情人节礼物。"

温颜这才打开看了一下，是一对耳饰。

崔毅说："我见你总戴那一个，换着戴呗，挺好看的。"他解释，"我顺路买的，你不用有压力。"

温颜的耳朵上，常年戴着一款玫瑰金色的耳钉，是钻石侧切面的形状，从没摘过。

温颜默不作声地将盒子扣上，放到椅子上推到他那边："我用不到这个，谢谢。"

"温颜——"

"崔毅。"温颜说，"我有男朋友的，你不要对我这么好。"

崔毅有点儿失望，伸手蹭了蹭鼻尖："其实，你可以直接说不喜欢我的，我承受能力没那么弱。"他看了一下温颜，"咱们认识也有两三年了，你有没有男朋友，我会不知道吗？"

温颜不想跟他解释过多，解释不清，也没必要。她站起来冲他笑了一下：“你不信也没关系，我还有工作没弄完，先回去了，再见。”

椅子上，只留了一枝街口咖啡店送的彩色玫瑰。

温颜住在山脚下一栋三层的房子里，她在顶层阁楼，还有一个小阳台。

门一关，就是自己的舒适空间。

她剪过一次头发，现在又长回原来的长度。她不想剪了，想着万一什么时候可以回国，想让韩江看到她原来的样子。

其实温颜感觉不到自己这几年有什么变化，只是不想让韩江对她陌生。

刚刚只是借口，工作早已经做完，她有点儿无聊，换了衣服躺在床上，抬手拨弄着旁边柜子上摆着的室内设计模型。

客厅里沙发的颜色很漂亮。

她跟宋队一直用电子邮箱联系，去年夏天，宋队发来一封邮件，里面有一份平面设计图纸，三室两厅两卫，格局很不错。

宋队说，是他一个朋友新买的房子，想让温颜帮忙出一份设计方案，需要的数据资料一并在邮件里发过来。

那时温颜问：对方有什么要求？比如喜欢什么风格。

宋队说：朋友太忙，也不懂这个，你看着办。

温颜第一次碰到这种甩手客户，什么都不管的，全凭设计师自由发挥。

最终她还是接下这个工作，按照自己的喜好设计了这套房子。

后来工作室准备挑几个案例做模型，这个就被做出来，温颜很喜欢，展出后就拿回家当摆设了。

其实她还留了一点儿心思，最喜欢的两个创意并没用到这套房子里。

那是她的独家私藏，想以后装修她跟韩江的房子时用。

只是不知道要哪一年才能实现。

她躺在床上，有点儿困了。

温颜戴上耳机，伴着《Flower Dance》入眠。

希望可以梦到那年，她在 C 大校园里，给韩江拉这首曲子。

那时夏天，风很甜。

三月的岳城依旧寒冷，一点儿春的意思都没有。

阴氏地产表面歌舞升平，韩江谈到好价钱，阴博很高兴，只等交易那天大赚一笔。

时间定在明晚八点，维也纳大酒店。

这是阴博一贯的做法，他不喜欢偷偷摸摸，这样正大光明地走进去，别人会以为是普通商业饭局。

韩江是小山楼的老板，不是阴博手下，两人关系平等，是朋友和兄弟。如果在平常，他根本不会出席，但这次涉及海外，阴博身边没有可靠的翻译，一直是他在帮忙沟通，所以这次会一起过去。

这晚在会所，吃过饭后，韩江依旧先走，身旁邹月乖巧地替他拿着大衣，跟他一起出门。

阴博很有成就感，好像终于治好了他的冷漠，在他走到门口时说："今晚好好放松一下，明天还有事要做。"

韩江回了下头，没说什么就走了。

自从那次后，韩江厌烦阴博多管闲事再介绍女人给他认识，索性对邹月表现出满意的样子，来会馆时，偶尔会带她走，在外面找个地方把人放下，给钱封口。

邹月猜不出韩江这么做的原因，有时想他是不是真的有什么毛病。

晚上在家，韩江再次跟宋队确认了时间、地点，宋队也会安排一切，交易的同时，阴氏地产总部，阴博的两处房产，都会同步依法查封。

所有相关人等，一个都跑不了。

韩江失眠了。

明天过后会怎样？

如果成功，颜颜什么时候能回来？失败呢？

他深吸一口气，暗自告诉自己，不会失败，他只有这一次机会。

然而第二天，出现了意外。

原定下月回国的阴戚突然提前回来，韩江知道时，人已经到机场。

他紧急联系宋队，如果阴博见到阴戚，提起今晚的交易，提起他，那么所有部署将全部功亏一篑。

宋队马上联络其他部门，以阴戚疑似携带违禁品的理由将他扣押在机场。

此时离交易时间还有三小时。

韩江的西装烫平熨直，他把自己打理得一丝不苟。

他比阴博晚到十分钟。

阴博已经在二楼餐厅包厢落座，一个黑色皮箱在他脚边放着。

韩江目光扫过皮箱，淡定地喝茶。

桌上已经摆好整套的西餐刀叉，正中间有一盆装饰鲜花。

很有格调。

时间已经过去一个小时。

除了最开始服务生进来添茶水后，房门再没打开过，一张大圆桌，只有阴博和韩江两人坐着，其他人都在一旁恭敬站着。

韩江暗自计算时间，再过半小时，就是跟宋队约定的抓捕时间。

对方没来，阴博似乎并不着急，闲适地靠在椅背上，跷起腿，抱着一只手臂，另一只手端着一杯香茶，茶杯抵在唇边却没喝。

半小时一到，忽然外面一阵嘈杂，包厢大门被人推开，呼啦啦从外拥进十几名便衣警察，将圆桌团团围住。

几名手下躁动起来，阴博忽然抬手大喝："都别乱！"

包间瞬间安静，宋队站在最前面，与韩江对视一眼，随即看向阴博。

自报家门后，宋队说："我们怀疑这里有人进行非法交易，所有人都待在原地不许动，"他亮出证件和搜查令，"请配合检查。"

阴博安静听完，抽出左胸口塞着的手帕淡定擦了擦嘴角，抬头面带微笑："宋雷，宋队长是吧。"

"您不是在开玩笑吧，这里没有任何违法的东西，而且所有人都是我的手下和兄弟，我跟谁交易？"

宋队并不废话，示意手下去搜，这房间就那么大，皮箱位置明显，很快被人找到。

打开一看，里面满满的袋装白色粉末。

整个房间气氛阴霾，没有一个人敢吭声。

阴博竟然笑了，挑眉说："宋队长，这只是普通的面粉，您不会连面粉都不认识吧。"

宋队心内一动，难道出了岔子？

不管怎样，还是要先查再说。宋队挥一下手，立刻有人前去查看，经过仔细核对辨认，他抬起头："老大没错。"

阴博的脸刹那间变了颜色，不敢相信。

几名手下瞬间露出惊恐神色，只有韩江依旧面色平淡。

阴博直接扯开一袋东西亲自检查，这怎么可能？

那批货明明已经被换掉。

就在昨晚，阴博和阴戚通了电话。这些年，阴戚对阴博当年强行把他送出国也颇有怨气，所以从没回来过。

两人每次联系，也多是以吵架结束，阴戚并不知道阴博身边这些人。

而这次通话，阴博提到了第二天的交易，当阴戚听到“韩江”这个名字时，反复确认，浑身的毛孔都在收缩：“哥你记不记得当年有人为那姓温的丫头跟我玩赛车，我就是因为这事被你送走，那人就是韩江啊。温颜从小在韩江家长大的。”

阴博有印象，但那时他得知温颜已死，只觉痛快，对其他人并不感兴趣，也没有留意那些人姓甚名谁。

竟然是韩江？

阴博忽然站起来：“你先挂电话，我还要确定一件事。”

这边挂断，他马上拨通另一个号码：“三年前我让你查韩江的背景，资料还有吗？”

对方说：“有。”

“再给我一份。”

“好，我马上给您送去。”

阴博说：“不用，我现在就要，你拍照片给我。”

几分钟后，他手机上收到了一份资料，他一页页翻看，越看越心惊。

三年前他拿到的那份跟这份不一样，所有跟温颜有关的信息全部抽掉，显然已经被调包。

阴博抱着臂膀站在窗口许久。

跟温颜有如此亲密关系的人刻意接近自己，为什么呢，要为那丫头报仇吗？

这七年，不管韩江出于何种目的，阴博是真拿韩江当兄弟看。

生平最恨被人欺骗，他还有许多话要问韩江。

但在这之前，还有几件事要做，阴博连夜安排，取消交易，并让人提前把货换掉。如果明天有人来查，那韩江一定已经是警方的人。

阴博千算万算，从没想过这箱货竟然是真的。

他忽然抬头看向韩江。

韩江眉眼微动，放下手里的杯子，站起来整理衣领：“你能换，我也能换。”

他不容今天的任务有任何差池，早已提前验货，发现那箱东西是面粉时，心中疑惑，不知阴博搞什么名堂，但他没声张，暗中把货换回来。

不是没想过自己已经暴露，但他管不了那么多。

宋队的人已经把他们全部制住，警车在楼下鸣笛。

阴博动了动肩膀，走到韩江面前：“当年那场车祸，是你设计？”

“对。”

“为了那个姓温的丫头？”

“对。”

果然如此。阴博看着他：“你跟她是？”

韩江直视他的眼睛：“她是我女朋友。”

阴博耸耸肩：“哦，我记得，几次差点儿碰面。”他笑了一下，“你跟我这么多年兄弟，知道我最讨厌什么吗？”

韩江目光如炬，没有说话。

阴博靠近了，眼神忽然变得凶狠，在他耳边小声说：“我最讨厌——被人欺骗。”

话音未落，他猛然抄起桌上的牛排刀，狠狠刺向韩江的腹部。

又是忙碌的一天。

温颜今天新交了一稿设计，对方不太满意，提了很多意见，这让她非常想念那个甩手客户，什么都听她的。

她一一记下需要修改的地方，准备回家加班。

路过花店，温颜买了一束鲜花。

她现在特别喜欢在房间里放一束花，总觉得会睡得更好。

手机忽然响。

温颜拿出来一看，是宋队。很奇怪，宋队从不给她打电话，两人的交流都是通过邮件。

她接起来，听到电话里宋队轻快的声音：“恭喜你，可以回国了。”

第十二章
那年，你来到我家

温颜在三天后动身回国。

直到坐上飞机，她才有些真实感。

辞职时，老板和同事都非常惊讶，觉得突然，老板问是不是发生什么事，如果有需要，他可以帮忙。

温颜只说谢谢大家这几年的照顾，温柔微笑。

她不知道，这种笑容，已经很多年没在她的脸上出现过。

飞机座位靠窗。

温颜看着这个生活了七年的地方越变越小，直到被云层遮掩。

小镇太美，以后一定要带韩江来一次。

温颜想。

下飞机时，温差明显，国内相对要冷一些，温颜只穿一件米色薄外套，跟随人群取行李。

她很着急，跑到传送带最前面等，但传送带偏偏和她作对，转了几圈也没看到行李，温颜抱着手臂，胳膊发凉。

终于等到行李，她来不及从里面找件厚衣服穿，拖着箱子脚步很快。

她特意把微卷的长发绾到耳后，露出耳钉。

隔离区外，她一眼看到韩江。

男人穿着精致合体的深色西装，高大挺拔，眉眼相较少年时，更多一股硬朗英气。

温颜想起从前，她经常幻想他穿西装的样子。

他永远那么夺目。

韩江站在最前面，所有人一出来，第一眼就能看到他。

温颜脚步忽然变慢，她紧张了，下意识地扯了一下衣服，今天够漂亮吗？坐了这么久飞机，一定很疲惫憔悴。

他也看到她。

两人目光碰撞，再没挪开，温颜向前走了几步，两人中间只隔一道护栏。

仿佛按了暂停建，谁都没说话。

身边人像幻影，来去匆匆，一抹痕迹都没留下，他们似乎想把彼此狠狠看进心里去。

默契使然，两人同时转身走向出口。

护栏内外，一步一步，承载七年离别，她咬破他的唇，仿佛就在昨天。

终于走到尽头，韩江在温颜面前站定，她忍着泪，身形微动，韩江忽然伸出手：“欢迎回国。”

像多年挚友重逢，礼貌客气。

温颜怔住。

她望向韩江的眼睛，不知所措，但韩江的手还在空中，她缓慢抬手，韩江握了一下便松开，接过她的箱子：“走吧，宋队在等你。”

直到被他带到停车场，温颜还在懵懂中。

韩江替她打开副驾驶，座位上超大一束玫瑰花，鲜红刺眼。他抱歉地笑了一下：“稍等。”他把花挪到后座，揽着肩头让她上车。

温颜坐在副驾驶上，忍不住回头看那束花。韩江坐上车，系安全带，看到她的目光，嘴角微不可察地弯了一下，说：“系上安全带吧。”

他回头从后座捞起一件男式休闲外套递给她：“冷吧？穿上好一点儿，国内就是比那边冷一些。”

温颜没有接衣服，转头望向他。

是怎么做到这样若无其事的？温颜不知道哪里出了问题。

心里不可控地想，这么多年过去，一个人的感情会变淡，可他是韩江啊。

不是别人。

这些年，温颜虽然跟宋队有联络，但次数不多。她曾忍不住问过韩江，但宋队没有告诉她，只说他一切都好。

在一万种重逢画面中，她没预想过这种。

路上，温颜一直沉默，韩江偶尔给她指一些新的建筑物，这些年，岳城变化不小。

红灯过后，韩江转了另一个方向。

温颜记得这条街：“这不是去宋队那儿的路，我们去哪儿？”

韩江目视前方，专注开车：“先去我新房一下，我拿个东西。”

温颜转过头：“新房？”

韩江笑了一下：“对，我要结婚了，宋队没跟你说吗？”

一瞬间，温颜的心像被什么东西攥住，她愣了很久：“他没说过。”

韩江不再说话。

终于，温颜忍不住了，一路被冷落的委屈似乎要爆发，她扭头看向窗外：“你停车，我自己去。”

韩江没有反应。

温颜努力控制情绪，不让眼泪掉下来，还是舍不得凶他：“停车好吗？”

韩江握紧方向盘：“快到了。”

温颜没有想到，韩江的新房在城市月光。

那年他们在毛坯房里接吻时，这里还没有人住。

而现在，这里已经非常热闹，商圈形成，周围地铁、超市、商场一应俱全。

是当年的胡同，他们原来的家。

从电梯出来，韩江走到门口按指纹开门，忽然回头：“你先进去，我有东西落在车里。”

他把温颜推进去，又转身去按电梯。

温颜站在门口，鞋柜旁，有两双一模一样的情侣拖鞋，崭新没用过的样子。

曾经那么喜欢的粉色也变得刺眼。

她没有心情参观他的新家，准备在这里站着等他，无意抬头一瞥，她愣住。

宽敞的客厅，花房阳台，开放式厨房，沙发背景墙……

她太熟悉，当初设计这套房子，花了她一个星期的时间。

温颜无意识地走进去，站在客厅里，眼泪控制不住地往下掉，最后双手捂住脸颊，肩膀微微颤抖。

忽然闻到一股浓郁的玫瑰香味。

身后有人抱住她，将一大束玫瑰花捧到她身前，嘴唇贴在她耳边，是她熟悉的味道。

韩江哑着声说：“喜欢吗？”

温颜哭得更凶。

韩江捏着肩膀把人转过来，搂进怀里，深深嗅着她的味道，一米八几的大男人，就这么红了眼眶。

好一会儿，温颜才缓过来，她推开他，伸手抹了把眼泪，怀里的花也还给他。

“不喜欢，你给别人吧。”

她想走，一下被韩江拉住：“我给谁？”

“跟谁结婚就给谁。”

韩江用力扣住她的腰，花也掉在地上，他垂着头看她：“本想给你个惊喜，是不是吓到了？”

她哭得太厉害，韩江一阵后悔，好不容易见面，刚刚在机场就应该直接抱住她，现在又把人弄哭。

他忍不住低头去吻她，但被推开。

正推到伤口处，韩江露出痛苦神色，踉跄一下，捂住腹部。

温颜被吓了一跳，慌忙扶住他：“你怎么了？”

韩江脸色发白，额间已经有汗，他伸手摸了摸她的脸：“花了七年时间，折了半条命，才把你接回来，能不能对我稍微好一点儿？”

声音温柔，像哄小朋友。

温颜抱住他，两人渐渐滑坐在地上，她的手都有些发抖：“什么叫折了半条命？韩江，你到底怎么了？”

她慌忙拿出电话，要打 120，被韩江按住手：“用我电话打给程延浩，让他来接我。”

温颜不敢耽搁，也顾不得问那么多，在他兜里找出电话，还没有解锁就看到有来电，正是程延浩。

她接起来，告诉对方小区名字。

说话时，她目光向下，看到他手捂住的地方，隐隐有血迹渗出。

程延浩很快开车过来，看到温颜时愣了一下，他不认识她。

两人一起把韩江扶到车里，路上，程延浩开车又快又稳，但温颜还是不停催促：“麻烦您快一点儿。”

她抱着韩江的手臂，紧紧依靠着他，柔软的手覆在他的腹部：“快到了，你坚持一下。”

韩江唇色发白，一直盯着她的脸，看不够一样：“还生气吗？”

温颜将头靠在他肩上：“还说这种话。”

“我想了很久，见面要跟你说什么，要怎样抱你，怎样亲你，要用什么办法，让今天更难忘一些，”他勉强笑了一下，“但我好像选了最糟糕的一种，弄哭你了。”

温颜手指动了动，与他的手扣在一起：“我不生气，你少说点儿话吧。”

程延浩秉承一个合格秘书兼助理应有的职业道德，少听少看，但还是在心里一阵小激动。

跟了韩江三年，他从没见韩江软声软气地跟哪个女人这样说话。

到了医院，韩江被担架抬进病房，医生为韩江重新处理伤口。

温颜站在门外，看到刚刚赶到的宋队。

两人多年未见，宋队忽然觉得这个老友的女儿长得越来越像她妈妈。

他轻轻拍了拍温颜的肩膀，沉声说：“辛苦你了。”

温颜摇了摇头，又担心地扒着窗口看向里面。

医生拆开带血的纱布，周围皮肤都有血，看不出伤口大小，医生为韩江消毒上药，重新包扎。

宋队说：“他刚手术不久，还在愈合期，医生不同意，但他坚持要亲自接你。”

今天，韩江忍着腹痛，把自己整理得干净利落，买了鲜花，要去接心爱的姑娘。

宋队把当天的情况简单说了几句，怕温颜担心，没有说得很严重。

这几年，韩江所做的事，也一并告诉她，包括当年那场车祸。

“他为了你，差点儿命都没了。”

温颜没有说话，但眼泪一直流。

从下飞机到现在，她就一直在哭。

委屈的，害怕的，窝心的，感动的。

“感动”这个词，根本无法表达现在的心情，太贫瘠，也太空洞。

宋队说：“这里交给你，阴博那边我来处理。你放心，这一次，再也没人能伤害到你。”

温颜点了头，真心感谢。

临走前，宋队说：“等案子彻底结束，程序走完，你可以去看你的母亲。”

温颜猛地抬头：“真的吗？”

“真的。”

多少年了？从她六岁，到二十五岁。

十九年，终于可以见到妈妈。

病房门被打开，医生和护士出来，看到门口的温颜：“你是家属？”

温颜点头：“是。”

“劝着他点儿，再这么任性不遵医嘱，伤口再裂开感染，可不是那么容易好的。”

温颜很快点头：“对不起，他以后不会了。”

医生走后，房间里只剩韩江一个人，温颜站在门口，看到他躺在床上，脸上倦色明显。

他竟然还笑了一下，轻轻拍两下床边：“过来。”

温颜走过去。

韩江拉住她的手，让她坐在床边。他捏她的手指，目光寻到她的眼睛，还没有说话。温颜忽然俯下身，搂住他的脖子。

没过一会儿，温颜的身体微微颤抖，他耳后湿了。

韩江抬手将人抱在怀里，嘴唇干涸：“颜颜，你不亲亲我吗？”

温颜没有犹豫，抬起头，扶住他的脸，吻了下去。

唇舌纠缠，像找到彼此归宿。

眼泪顺着嘴角滑进去，两人同时尝到苦涩的味道，但转瞬回甘。

泪是甜的，爱也是甜的。

许久后，温颜趴在他肩头平息自己，她的头发蹭在韩江的脸颊上，韩江伸手摸了摸：“颜颜。”

温颜没给他说话的机会，又吻上去。

韩江的唇被她堵住，脑子热，身体也热，忘了自己的伤口，抬手就要把人往自己身上抱。

好在温颜还比较理智，摁住他的肩膀：“别乱动。”

韩江浑身难受，伤口也疼，想挪动身体腾出位置让温颜躺在他旁边：“颜颜，你帮我一下。”

温颜的手还覆在胸口：“你要干吗？”

“你躺上来。”

“不行。”温颜没有犹豫地拒绝，“床太小了，挤到你。”

韩江说：“你不困吗？”

温颜摇头：“我挺一会儿，晚上再睡。”

她还在倒时差。

现在，温颜已经不是当初那个什么都听他的小女孩儿，有点儿强势地命令他休息，被子盖好后，又去医生办公室详细问了一下伤势。

医生说没有伤到要害，现在只需要卧床休息等待伤口慢慢愈合，但千万不能再像今天一样擅自跑出去。

温颜很抱歉："对不起，他是为了接我才这样，以后不会了，给您添麻烦了。"

医生抬起头看她："你是他女朋友？"

温颜点头："是的。"

医生笑了一下："你们感情一定很好。"

温颜不太明白，医生说："手术麻醉前，他问过我，会不会留疤。"他好像觉得这件事挺有意思，"我说男人有个疤不碍事，他说不希望有痕迹，将来女朋友看到，会害怕。"

温颜的心又被揉一下，但脸上镇定："谢谢您。"

随后，她又问了一些注意事项才回病房。

推门进来时，正看到韩江站在床边，靠着床尾围栏，捂着腹部，温颜赶紧走过去扶住他，嗔怪："又乱动，这么不听话？"

韩江喉结滚了滚："想去卫生间。"

温颜扶他过去："不能等我回来吗？"

走到门口，温颜打开卫生间的灯，要跟进去，韩江转头："你在这儿等我吧。"

"你一个人行吗？"

他有点儿坏地笑了一下："不行，你帮我？"

想到"帮他"的那个画面，温颜咬了一下唇："我不管你了。"

她把门关上，就靠在旁边的墙角等他。

没过一会儿，有冲水的声音传出来，然后就是窸窸窣窣的衣料声，再后面是洗手的声音，温颜等了一下，韩江没出来，她叩了一下门："韩江？"

"马上。"

等他出来，温颜立刻抱住他的手臂："慢一点儿。"

韩江盯着她的脸看了一会儿，觉得这些年过去，她的相貌几乎没什么变化，皮肤还是那样好，白白嫩嫩的，穿上校服跟高中生没什么两样。

就是状态不怎么好，非常疲惫，已经有些黑眼圈，却强撑着在笑，他牵着手腕把人拉近了一些："坐了那么久飞机，是不是很累？附近有小山楼，我让他们给你开间房，去睡一会儿吧，或者回家睡。"

温颜摇头："我不去。"

"那去洗个澡？"

她还是摇头。

病房里的陪护床并不舒服，韩江本不想让温颜在那儿休息，但温颜坚持不肯走，他只好做出退步，让她在那张窄小的单人床上暂时休息一下。

大抵是太累了，这一觉睡过去，天都黑了。

韩江已经吃过晚饭，特意没让人叫她。

温颜醒后，发现房间里乌漆麻黑，从床上坐起来，一时间有些蒙，有点儿分不清自己在哪儿。

直到闻到医院的消毒水味，才反应过来，自己已经回国，回到韩江身边了。

韩江听到对面声音，很快开口："颜颜？"

"嗯。"温颜下地穿鞋，小跑过去，怕晃到他眼睛没有开灯，"怎么了，想喝水吗？"

韩江握住她的手："没有，问问你是不是醒了。"

"嗯，我好像睡了很久。"

韩江说："饿吗？我让人送饭过来。"

"没什么感觉，吃不下去。"房间昏暗，温颜弯腰才能看清他的眼睛，"你吃了吗？"

"吃过了。"韩江拍拍身边，"陪我躺一会儿吧。"

傍晚吃饭后，他特意挪了一点儿位置留给温颜。

这次她没拒绝，小心翼翼地躺在他身边，韩江伸出一只手臂让她枕着。

"聊一会儿吧。"

温颜轻轻"嗯"了一声："聊什么？"

韩江用拇指蹭她的肩膀："什么都行，你随便发挥。"

随便发挥的话，温颜就不客气了，仰起头："我以前有没有跟你说过，再骗我，就没那么容易原谅你了。"

韩江怎么会不记得，那年他们从北京飞回岳城，他也是要给惊喜，结果把人给委屈哭了。

这次还是一样。

他有点儿无奈，觉得自己似乎不太适合搞这些小动作，没有一次达到预期效果。

韩江说："我没有骗你。"

"怎么没有，你说你要结婚，知道我那时多难受吗？"

韩江低沉开口，重复一遍："我没有骗你。"

温颜不说话了。

她似乎反应过来，知道他这句话的意思。

房间太安静，两人的呼吸声都很清晰，心跳也听得到。

韩江说："颜颜，我快三十岁了，该结婚了。"

温颜今天才刚刚回来，他就提这个，她没想过。

隔了一会儿，没有听到温颜的回应，韩江捏了捏她的手："颜颜，听到了吗？"

"嗯，听到了。"

"那怎么不说话？"

温颜的脸颊在他胸口贴了贴，声音有些低："韩江，我们分开太多年了。这些年，我们长大了，不再是那个十八岁的我和二十一岁的你，我们彼此都有很多变化，我很怕，过些时候你发现我可能跟以前不一样了，怕你觉得还是更喜欢原来的我。"

"颜颜。"韩江打断她。

他把她的肩膀扳正，让她直视自己的眼睛："我知道你的意思，但我想说——"他闭眼缓了一下，觉得心底有无数情绪翻涌，急于寻找突破口。

他睁开眼睛，伸手摸了摸她的眼角，用这辈子最坚定的声音说："我没有变，温颜，不管你是什么样子我都爱你，你呢？"他眼角红了，"你会跟我一样吗？"

温颜眼泪掉得汹涌，拼命点头。

我也爱你，无条件的。

韩江笑了一下，把她的头按过来亲她嘴角："那不就行了。"

两人相拥着躺了一会儿。

几分钟后，韩江还是没有放过这个话题："那，我们结婚？"

这次温颜没有理由犹豫，轻轻点头："嗯。"

韩江有点儿激动："明天领证？"

温颜抬起头，皱眉看他一眼："今天医生刚说完不许你乱跑。"

韩江不敢惹她，缓缓舒了口气，试探着问："那等我出院？"

温颜答应了。

韩江彻底放心，心情好，觉得伤口都不那么疼了。

这件事说定，温颜想起施静："静姨和韩叔现在在哪儿？"

韩江无所谓的样子："谁知道了，他们没什么计划的，这里三五天，那里七八天。如果喜欢一个地方，也许会待上一个月。"

"他们知道我回来了吗？"

韩江说："我还没告诉他们。"

温颜仰起头："为什么不说？"

韩江偏过头："我妈那人你知道的，她要是回来，看到我住院又要担心又要哭，这跟你差不多。还有，她肯定跟我抢你，晚一点儿再说吧，我们过几天二人世界。"

"…………"

之后的时间里，两人聊了一些这几年的经历，多数是温颜在说，韩江听着。

他心里有些难受，她一个人在外面，生病也没有人照顾，就算有，也轮不到自己。

韩江静静听完："所以，那个雪天送你回家的男人喜欢你吗？"

他总是很会挑重点。

温颜顿了一下，想说不是，又觉得没必要："是吧。"

"是就是，还'是吧'，我又不会生气。"

温颜笑着说："你不生气？"

"我为什么要生气，都过去了，这种陈醋我没兴趣吃。"说完他又有点儿不甘心，"你不是说那里很美？找机会我们一起去一次。"

温颜有点儿警觉地看他："你想干吗？"

"不干吗，谢谢那些替我照顾过你的人。"

"你没安好心。"

韩江狠狠亲了她一口："我是没安好心，我得让那些人看看，你男朋友是我这种水准的，一般人就不要惦记了。"

温颜笑着躲他，床本来就小，她动来动去，已经无意间碰到他好几次。

两人盖着一床被子，温颜的脚丫在他腿上蹭了两下。

韩江一下就不动了。

他摁住怀里还在笑的姑娘："你先别动。"

温颜的脸还红扑扑的："什么？"

"也别说话。"

温颜安静了一会儿，发现他越来越不对劲。她有点儿担心，抬手摸他的脸："韩江，你是不是不舒服？是不是我碰到你伤口了，我下去吧。"

说完她就要起身，却被韩江给拉回来，韩江的身体已经有了变化，他忍得很辛苦："叫你别动，我缓一下就好。"

温颜好像意识到什么，靠着他小声说："我也没干吗啊，你怎么这么……敏感。"

韩江一听这个词，更不行了，热得慌，铁青着脸说："你别得意，等我出院。"

温颜自然知道他的意思。

她走了这么久，天知道那么多个晚上他是怎么过来的。

两人就这样静静躺了很长时间，他把人搂在怀里，亲她额头一下："困吗？"

温颜闭着眼睛摇了摇头："不困。"

"那也睡一下吧，明天会很累。"韩江关了灯，把被子拉起来给她盖好。

温颜挣了一下，想从床上坐起来，韩江拽着她胳膊没让动："哪儿去？"

"我去那边睡。"

"就睡这儿吧，陪陪我。"

"我在这儿你休息不好。"

"你不在，我才睡不好。"韩江不松手，"你这么瘦，占不了多大地方。"

他这样坚持，温颜只好重新躺下，但尽量靠床边，怕睡着了碰到他伤口。

两人就这样相拥着睡到天亮，到了每天早上护工来打扫的时间。门被推开，护工阿姨看到床上多了个人，站在门口进也不是，退也不是，最后还是悄悄把门关上。

没有一会儿，程延浩过来送早餐。

病床上，两人的被子只拉到胸口处，胳膊露在外面，温颜靠在韩江肩头，睡意正浓。

韩江已经醒了，伸出手指冲门口嘘了一下。

程延浩只愣一下便点头，退出后在走廊的椅子上等了一会儿。

直到将近八点，程延浩听到里面韩江叫他。

他整理了一下衣服，推门进去。

这会儿温颜已经洗漱完，头发也整理好。她知道程延浩是韩江的秘书，冲他笑了一下："您好。"

程延浩不知道韩江以前的事，对阴博那件案子也一知半解，韩江没跟他说过。

他对这位老板的天降女友非常好奇，但很懂分寸并不多问："您好。"他递过早餐，"我也买了您那份，趁热吃吧。"

温颜忙接过早餐："谢谢。"

餐板已经放下，早餐很丰盛，韩江问："你吃过了？"

程延浩点头："吃过了。"他拿过一个文件夹，"韩总，这里有几份文件必须要您亲自过目，但不着急，您可以下午再看。"

"好。"

公司还有事，程延浩不再多留："那我晚上过来拿，公司那边您放心。"

他走到门口，韩江又叫住他："等一下。"

程延浩回头，韩江说："打个电话，让锦水店开间房，送我女朋友过去。"

小山楼锦水店，就在隔壁街。

温颜正帮他盛粥，听了抬起头看韩江。

韩江说："颜颜，一会儿吃完饭你去洗个澡，好好休息一下，待会儿再过来，好吗？"

温颜下飞机后就没有洗过澡，确实有些难受，她点了头："好。"

温颜并没在那边休息，洗了澡后很快赶回来。

比起舒适的酒店大床，她更喜欢韩江病房那张窄小的陪护床。

接下来这段日子，韩江非常配合医院治疗，每天按时换药，按时休息，身体恢复得很快。

毕竟他有着急的事要做，想早点儿出院。

天气好的时候，温颜会陪他去花园散步。她现在常住医院，已经跟好几个护士小姐姐相熟，沿路不断碰到熟人，她热情地打招呼。

韩江坐在花园的椅子上，身上披着外套，看温颜蹲在前面的花丛边逗弄落在上面的蜻蜓。

她已经很多年没见过这种蜻蜓，在国外住的地方蜻蜓品种比这个要大一些，特别凶，会咬人一样，她不太敢近距离看。

宋队给韩江打来电话。

韩江接起来，得知阴博想见他："大概不甘被骗，始终意难平吧。"

韩江平静地拒绝："那就让他接着意难平吧。"

韩江不愿意见他，宋队也不勉强，说了一些案子的进展，不止在岳城这边，四散在外的原盛家链条的人都已先后落网，这还要归功于近几年韩江为他们提供的准确资料及线索。

这件案子已经在网络上引起轰动，很多网民都在关注案子进展，为保韩江隐私，官方只说确实有卧底，但不会公布其姓名身份。

很多人都在猜这个编外卧底到底是何方神圣。

宋队带着玩笑的口吻说："要不我推荐一下，编外改编内算了，怎么样，有兴趣吗？"

韩江握着电话，目光一直追随温颜的身影，她正捡起掉落在地上的一朵小花放在掌心，恰巧也看过来。

两人目光交汇，相视一笑。

韩江说："还是不了，我年纪大了，比较喜欢平民百姓的生活，太刺激的受不了。”

宋队佯装生气：“臭小子，你还年纪大，变着法骂我老？”

宋队其实真有这个意思，也心明镜似的知道他不会同意，但还是不死心地试探一下，果然如此。

人各有志，不必勉强。

后续程序还有一些需要韩江配合的地方，到时宋队会联系他。

温颜拿着那朵小花跑过来，脚步轻快，蹲在他膝前：“好看吗？”

淡粉色的小花，不知是被谁摘了扔地上，还是自己掉下来，时间不长，尚且鲜艳。

韩江伸手捏捏她的下巴：“好看。”

温颜“哎呀”一声：“我问花。”

“什么花，看不到，我就知道你好看。”

聊不下去了，温颜放弃，把小花塞进他病号服的口袋里，扶他起来，两人在花坛绕了一圈，走回住院部。

温颜说：“今天我问常医生，他说你恢复得很不错，再养几天就可以出院。”

两人乘电梯，韩江按了楼层按钮：“我知道。”

他捏着她的手，有点儿暧昧不清地说：“我的身体我知道。”

温颜还没有细想他这句话的意思，就被人推进病房了。

韩江反手锁了门，握着手腕把人推到墙上，低头吻她白皙的脖颈。

温颜有点儿蒙，轻轻抵着他胸口，不敢用力：“你干吗呀？”

韩江吮她耳垂，含着那枚耳钉，嗓音有些沉：“我问过了，医生说现在不可以做剧烈运动，但正常生活没问题。”他低笑，一只手便把温颜双手都控制住，“我轻一点儿，应该不算剧烈运动。”

温颜被他弄得很热，但还保持一丝理智，躲着他的吻：“韩江，别闹了好吗？当心碰到伤口。”

韩江把头埋在她肩窝，牵着她的手贴在自己伤口处：“你摸摸，真的不疼了。”

温颜柔软的手指触碰到那里，隔着衣服和绷带，看不到伤口现在的样子，但他这几天状态确实很好，日常生活跟正常人没什么两样。

温颜抬手搂住他：“你就不能再等两天吗？”

韩江狠狠吻住她的唇，用力咬几下，直到温颜有点儿痛地哼两声才松开。

“记得当初你把我嘴咬破了吗，我还没算账。”

“小心眼……”温颜只来得及吐出这几个字，唇瓣就再次被堵住。

这次她什么都说不出口了。

温颜倒下去的最后一句话是："别人发现怎么办？"

韩江扯她的肩带："你不叫，就没人发现。"

十八岁和二十五岁确实有些不同。

温颜少了小女孩儿的青涩，添了很多女人韵味。

最关键的是，她似乎比以前要放开许多。

韩江第一次觉得长大也没什么不好。

三天后，韩江出院。

出院这天特别热闹，五六个发小一起来接他，声势浩大，热热闹闹，就差放鞭炮。

其实这些人在他刚做完手术就已经来过，但那时他身体虚弱，不好打扰，所以看一下就走了。

这会儿他身体康复，温颜又回来了，值得庆贺，于是一帮人又都凑过来，说要亲自在韩江家为他做一顿大餐。

这些年，他们都以为温颜不在了。大家从小一块儿玩，伤心是肯定的，但更为韩江担忧，那段时间他状态特别不好，所有人都以为他在怀念温颜，时常抽空来陪他。

韩江研究生快毕业那会儿，有发小给他介绍女朋友，但被他拒绝。

当时那哥们儿心里也挺难受，拍着他的肩膀说："我也想她，但人总要向前看，你总不能一辈子不找女朋友吧？"

现在大家终于知道温颜这些年的境遇，都有些唏嘘，同时也为他们高兴，终于熬到雨过天晴。

一切都会往好的方向发展。

这些人一个个都是半吊子，竟也凑出一桌菜，为了照顾韩江的口味，特地弄了几个清淡的放他面前。

大家仿佛又回到小时候，嬉笑打闹，没有烦恼。

神奇的是，当年那个"悲伤的故事"男主角冬子，那会儿信誓旦旦地说跟在场另外一个女孩儿是铁得不能再铁的哥们儿，如今两人竟然已经结婚，连孩子都有了。

大家的变化都太大了。

这样热闹的场面，可惜江嫣不在。

温颜有些失望。

江嫣是在场的人里最忙的一个，脚不沾地。

她如今已经是娱乐圈当红小花旦之一，非常火，人气很高，前几天韩江已经帮忙联系到她。两个姑娘通上电话，江嫣哭了很久。

结果第二天就上了头条，说某花旦为情所困，与神秘男友感情不和哭到昏厥。

江嫣在国外拍戏不能请假，答应温颜杀青后马上回国。

知道江嫣这些年过得很好，大概是温颜回国后除见到韩江外最高兴的一件事。

吃饱喝足，这些人还算有良心，洗了碗之后才走。

韩江和温颜把他们送到小区门口。

世界终于清静，风很暖，韩江牵着温颜的手：“要不要走走？”

温颜想了一下，还是摇头：“回去吧，你该早点儿休息。”

韩江顺从地搂着她的肩膀，两个人散步一样走得很慢，迎面碰到一个韩江的熟人。

也是个不大不小的老板，两人交集不多，以前在和阴博常去的那家会所碰到过几次。

对方刚从国外回来，并不了解最近发生的事，看到韩江非常热情地打招呼：“这不是韩总吗，这么巧，你住这儿？”

韩江点了下头：“对。”

他准备客套地说几句话，谁知那人特别没眼色，看到他搂着温颜，笑呵呵地说了句：“哟，换人了？韩总艳福不浅啊。”

之前在会所，他看到过韩江带邹月出去。

韩江脸色很不好，盯着他没说话，并且明显感觉到怀里的温颜身体僵了一下。

对面的人看到韩江表情不太对，又看一眼旁边的姑娘，自觉说错话，挺尴尬地说了句“回见”，很快走掉。

温颜一直没有说话。

她在原地站了一会儿，随后说：“走吧。”

韩江跟在温颜身后，一直走到小区水池旁，他拉住温颜，把人扳到自己面前，低着头看她：“你没有什么话想问我吗？”

温颜垂着眼睛，摇了摇头。

"真的？"

温颜沉默一会儿，盯着他胸前那颗扣子："我们分开太久了，如果这中间，你交过别的女朋友，我也不会介意，不会怪你的。"

可怜又委屈，却自以为掩饰得很好。

韩江看了她一会儿。

月光皎皎，她脸上细微的表情他都看得一清二楚。

韩江捧起她的脸，用拇指去触碰她的眼角："那眼眶怎么红了？"

韩江把她搂进怀里："都要哭了，还嘴硬。"

温颜没有辩驳，脸颊压在他衣领的褶皱上，有点儿疼。

韩江偏过头，嘴唇在她耳后蹭了一下，低声说："我哪有别的女朋友，你对我这么没信心吗？"

过了一会儿，温颜才闷闷地开口："你这么好，一定有很多人喜欢你。"

韩江松开一点儿，把遮住她眼睛的一小绺刘海拨开，看着她说："那我问你，有人追你，你为什么不答应？"

温颜眼角湿润，目光望向他喉间那一点凸起，没有说话。

"因为心里想着我，是不是？"韩江双手搂着她的腰，把人圈在怀里。

过了一会儿，温颜轻轻点了一下头。

韩江嘴角弯了一下，低下头，额头抵着她："我也是啊，"他停顿一下，"我心里满满都是你，怎么跟别人谈恋爱？"

温颜抬了一下头，韩江摸摸她的脸，低头吻住她。

唇齿间都是他的气息，温颜身子发软，用力攥住他胸口的衣服。

亲了一会儿，韩江离开一点儿，看着她："他说的那个人，是会所一个女孩儿，我烦阴博总给我安排女人，拿她做了几次挡箭牌，我们什么关系都没有，我碰都没碰过她一下。"韩江牵住她的手，"你如果不信，我们现在去找她，你自己问。"

温颜根本没打算去找那个不知道是谁的会所女孩儿"对峙"，但她抓到一个重点："阴博经常给你安排女人吗？"

韩江顿了一下，没有骗她："嗯。"他解释，"我这个年纪，身边一直没人，他们就会觉得我有点儿……"他斟酌着用词，"另类。"

温颜低着头，抿了一下唇，小心地问："怎么安排啊？"

她的小心思那么明显地摆在脸上，韩江笑了一声，又把她搂进怀里："你确定想听？"

她点了一下头。

韩江想了想："有一回在温泉山庄，我喝醉了，他找了个人去敲我房间的门——"

还没有说完，温颜就使劲儿闭了一下眼睛，好像在赶走什么画面，咬着牙说："算了，还是别说了。"

韩江本来也没打算细说。

他那晚头痛欲裂，思念成狂，但他再醉，也没有认错人。那女人上来就解他的扣子，被他扯着胳膊毫不怜香惜玉地扔出去，非常丢人。

韩江捏了捏她的耳朵："不听了？"

"不听了。"

"那信我吗？"

温颜点了头，往他怀里靠了靠："你说的我都信。"

韩江揽着她的肩膀："回家好吗？给你看样东西。"

温颜仰起头："什么东西？"

"看了就知道了。"

自从温颜回来，就一直陪韩江住在医院，偶尔来这边也只拿了需要的东西就走，没有好好看过这套房子。

这会儿家里清净，只剩两个人，她才仔细打量。

这房子一点儿也不像住过七年的样子。

空空荡荡，物品陈设很少，毫无人气，温颜有些怔然，这几年，他到底过的什么日子？

韩江从冰箱里拿了瓶水递给她："看什么呢？"

温颜转过头："你连一盆花都没有吗？"

韩江说："我只是晚上回来睡个觉，有花也养不活，索性不添那个麻烦。"

温颜走到他面前，扯住他的衣角："明天买一些回来好吗？"

韩江摸摸她的头发："我正想跟你说这个。"

温颜抬起头。

韩江说："这套房子离市中心很远，我想，以后你要去哪儿也不方便，不如我们搬到新房，那里已经装完半年多，可以住了，离爸妈家也不远。"

他都安排妥当，温颜什么意见都没有："我都听你的，我住哪里都可以。"

想了一下，她又问："紫金公馆呢？钟爷爷的东西还在吗？"

"当然在，我有找人定期打扫，有时间我陪你回去看看。"他拉温颜去卧室，“但有一样东西被我拿到这边来了。”

卧室北侧的衣柜，其中一个柜门里是一个家用保险柜，温颜看到他输了密码，是她的生日。

打开后，他从上面那一格里搬出一个见方的盒子，小心翼翼地托着底。

好像很重的样子。

温颜赶紧把桌子上的东西拿开，空出位置。

韩江放好后，示意她：“打开看看。”

温颜带着疑惑将上面扣着的盖子打开，看到里面的东西，她忍不住低声惊呼。

是钟爷爷花了大半辈子心血做的那顶凤冠。

凤冠应该是按时进行保养过，璀璨夺目，崭新如初。

而最中间一直空着的那个位置，此时已经被填满。

焰离安静地躺在那里。

温颜一时间有些说不出话。

回来这段时间，她一直顾着他的身体，没有问过焰离，他也没提过，原来他早就拿到了。

缓过来后，温颜才渐渐激动起来，抓着韩江的手臂摇晃：“你怎么找到的？”

韩江看她笑得这样开心，心也跟着舒服起来。

那年，焰离的新主人刚刚回国，韩江还未来得及联系她，就发生后面那些事，他顾不上，也没有心思顾。

温颜走后不久，韩江就联系了那边。

新主人是个十七岁的小丫头，姓蒋，很难缠，古灵精怪，刚回国没什么朋友，于是盯住韩江，每天不知想多少个怪点子等着捉弄他。

韩江十分耐心，任她怎么闹都不恼。

后来有一天，小丫头一本正经地说，她喜欢上一个人，不能天天陪他玩了，怕她的“准男朋友”吃醋。

哦，原来这么多天是她在陪他玩。

小丫头把焰离给了韩江，连钱都没要。

人家家里有的是钱，不在乎这么一块石头。

温颜听得有点儿愣，觉得那小姑娘挺有意思。

那个时候十七岁，应该只比自己小一岁，现在也二十四岁了，温颜说：“她现在在哪儿？”

其实挺想见见她，说声谢谢。

韩江说：“不清楚，没有联系。”

温颜微微弯了腰去看那枚红宝石。

它真美，好像专为这顶凤冠而生，那么契合匹配。

韩江从身后搂住她，嘴唇贴在她耳垂上：“以后我们结婚，你就戴这个，一定特别好看。”

温颜的脸庞带着一丝红晕，似乎已经想象出那天的画面。

一定很美。

这天后，韩江没有休息，很快恢复忙碌的工作。

之前他说出院就领证，但已经过去几天，他一直没有提过这件事。

温颜是闲不住的人，虽然还没有找工作，但已经开始研究国内室内设计这行的风格和发展趋势，毕竟她是在国外学的设计，多少有点儿水土不服。

她也开始去逛一些家居市场。

中午，她从家居装饰城出来，在肯德基点了一份简餐吃。

对面是一家婚纱摄影馆。

温颜边咬汉堡边想，如果要戴那顶凤冠，应该配一身秀禾服。

吃完后，温颜推开对面婚纱店的门。

店员很热情，看温颜穿着淡雅不俗，为她选了几款简洁大方的婚纱。

温颜说：“我想看看秀禾服。”

店员马上把人往里面请：“秀禾服都在这边，您看一下。”她指了几款，“这些都是今年的新款，您皮肤白，穿秀禾最衬肤色。”

温颜的目光在一排大红色秀禾服中划过，最终停留在正中间最显眼的那件上。

复古盘扣立领，锦缎包边，裙摆垂顺，非常精致。

店员笑着说：“您眼光真好，这款是纯手工刺绣，一件要花几个月才能完工，上午刚刚到货，还没有人试过。”

温颜决定试一下。

从试衣间出来时，几个店员眼睛都亮了。

效果太好。

温颜看着镜中的自己，觉得有些陌生，她从未穿过这样的衣服，有种清末大家闺秀的感觉。

她想起美芝婆婆。

也许当年美芝婆婆比她还要美。

温颜说：“麻烦您，能不能替我照几张照片？”

店员笑着说：“要给男朋友看吗？”

她嘴角弯起，点了下头。

照片拍好后，店员将手机还给她：“您觉得这套怎么样？如果可以，我们还有些优惠。”

温颜换下秀禾，穿回自己的衣服：“我还想问一下我男朋友的意见，不知道他会不会喜欢。”

从婚纱店出来，温颜打车回家，她还没有国内的驾照，不能开车。

出租车开一会儿停一下，有些堵车。

她低着头，一张张翻看刚刚的照片。

头发披着有些不搭，如果盘起来，戴上凤冠发钗，效果应该会更好。

温颜无意看向窗外，发现这里是西郊公园。

她曾两次在这里挂上风铃祈福。

出租车启动，温颜忽然说：“师傅麻烦您停一下，我就在这里下了。”

她付了钱下车，看向公园大门。

这里似乎翻修过，但依稀能看出以前的模样。

温颜走进去，在许愿树近旁停下。

新一届高考即将来临，那里围着许多怀揣梦想的高三学子。

一年一年，延续传统。

挂风铃有没有用？

安心罢了。

风铃摊依旧在，旁边的算命先生却不见了。

温颜想起许多往事。

那年，她和江嫣在这里抽签。

她的签文：始终一幅香罗帕，成也萧何，败也萧何。

她问先生：生恩和养恩，哪个大？

先生只说了两个字：从心。

温颜永远都忘不了，七岁那年，她半夜发高烧，韩雪凇出差不在家，施静一个人把她抱到医院，不眠不休照顾两天一夜。

这么多年过去，施静于她，已经跟亲生母亲没有区别。

她因施静没了家，但施静却还了她一个无忧童年，护她平安长大。

所以，那天她重返回家，在门外听到韩江和父母的对话时，并没质问斥责。

她将秘密掩埋在心底独自消化，最终决定永远都不告诉任何人。

人生一世，难得糊涂。

忽然特别想念韩江。

当温颜意识到她此时此刻特别想他时，没有犹豫，打车去了小山楼总部。

在楼下碰到程延浩，他将温颜送到韩江的办公室。

已经下午两点，他刚忙完，午饭摆在桌上还没有吃。

看到温颜，韩江愣了一下，没有想到她会突然过来，他放下手里的资料，站起来走到门口："你怎么——"

温颜抱住他。

韩江有些蒙，抬手摸了摸她的头发，温声说："颜颜，怎么了？"

温颜将眼泪蹭在他昂贵的西装上，闷声说："我就是，忽然特别想你。"

她忽然这样撒娇，小猫一样黏着他，他的心顿时软得不像话。

他捧起她的脸，替她擦了擦小泪珠："怎么了，现在这么爱哭？"

温颜说："好后悔。"

韩江不明白："后悔什么？"

"早知道房子是你的，就不是这样的设计方案了。"

韩江笑了一下，搂住她："那要怎么设计？"

"左边那半面墙应该拆掉的，还有阳台。我有两个特别好的点子，本想留给我们以后的房子。"

她这么用心，韩江心里暖暖的，很大气地说："那有什么，明儿我找人拆掉，你想怎么改就怎么改。"

温颜轻推了他胸口一下："不要，多麻烦，都装好了。"

"只要你喜欢，怎么都不麻烦。"

温颜想了一下，还是摇头："别折腾了，我再想别的，真拆了，好多东西都要重弄，太浪费。"她仰起头，"你吃饭了吗？"

有高管过来说事，玻璃隔断的百叶窗没拉，将里面腻腻歪歪的两个人看得清清楚楚。

来人脚步顿了一下，左右徘徊几步，最后还是转身走掉。

韩江指了一下桌子："还没来得及吃。"

温颜走过去，用手背试了一下餐盒的温度，皱着眉说："都凉了。"

韩江跟过来，声音淡淡的，好像这是常事："没关系，微波炉热一下就好了。"

温颜心里特别难受，低着头拽他的衣服：“我不想让你吃这个。”

韩雪淞因胃病住了多少次院，她都记在心里，不想让韩江也弄坏了胃。

韩江看着她，很顺从地说：“那你想让我吃什么？”

温颜想了一下，发现竟然没有什么选择。

他的饭菜都是程延浩特地订的，都是合他口味的东西，如果出去买，可能还不如这个，现在回家做也来不及，他本来已经吃得很晚。

斟酌半天，温颜说：“算了，今天你就吃这个吧，我明天给你送好吗？”

韩江笑了一下，身子懒散地斜靠在桌沿上，捏住她衣服上的一根带子，在手指上卷了几圈：“你要给我做什么？”

“两个菜，再做个汤，具体吃什么，你点。”

反正她在家没事，能在中午的时候看她一眼似乎也不错，韩江答应了：“那我明天就等着了。”

温颜帮他把饭菜放微波炉里热了，监督他吃完才走。

刚到门口，韩江忽然说：“晚上早点儿回家，别到处瞎跑。”

温颜回头：“有事吗？”

“听话。”

从小山楼总部出来，温颜慢慢散步，走到天桥中间停了下来，迎面看着往来车流。

左边堵车，右边宽松，对比明显。

温颜想，人生有时跟桥下的状态很像，拥挤与否，全凭个人选择。

但又不全然是这样。

家的方向只有一条，再拥挤，也要回家。

手机里，躺着姑姑温立慧的一条信息，温颜看过后，回复一句“注意身体”。

早在七年前，她刚走不久，韩江回了趟镇上，把温立慧家的欠债全部还清，找人把姑父送去了戒毒所。

他做这些，不为别的，只为温颜。

想让她的牵挂少一点儿，再少一点儿，尽管那时她已经无法知道这件事。

温颜低着头，把手机里最漂亮的一张秀禾服照片发给韩江。

两分钟后，她收到韩江的回复，是一张屏保截图，他已经把那张照片设为屏保。

温颜笑了一下，眼睛弯弯。

心里已经决定好要做一件事。

回家途中路过超市，她买了很多蔬菜和牛肉，调料也买了一些，到家后系上围裙，把所有青菜全部洗三遍，肉摆盘，其他涮菜也一并摆到桌子上。

她不让韩江喝酒，桌子上放了两罐饮料。

之后的时间里，温颜什么都没做，一个人安安静静地坐在桌旁等他。

韩江六点下班。

六点四十分，门口嘀嘀两声，韩江开门进来。

温颜起身跑过去，踮起脚抱住他："你回来了。"

韩江拥住怀里的人，心里忽然一阵酸。

从前那些年，每天回家面对的只有冰冷的墙壁和毫无生机的所谓的"家"。

如今一开门，温香满怀。

韩江抱住她亲了一下："这么乖？"

"嗯。"温颜应了一声，"我准备了火锅。"

韩江把车钥匙扔到鞋柜上，抬手摸摸她的脑袋："我下午两点多才吃的饭。"

"那就少吃一点儿。"

温颜这样说，韩江自然没意见，别说火锅，就算是毒药，只要温颜让他吃，他都能毫不犹豫地吞下去。

韩江洗了手，两人面对面坐着，锅里刚刚添上水，水开还要几分钟。

两个人都没有说话，似乎都有心事。

隔了一会儿，水开了，温颜把肉下到锅里，韩江看着她："颜颜，我有件事想跟你商量一下。"

温颜的手顿了一下，把肉都放进去："嗯。"

"如果我说，我想辞掉小山楼的职位，你怎么看？"

温颜望着他："为什么？"

韩江喉结滚了滚："我还是想考外交部。"

这是他一直以来的梦想。

当年如果不是发生那些事，研究生毕业后，他一定会参加国考，以他的学历、成绩和能力，被录取是必然的。

现在一切都结束，他想将自己的人生轨道扳回原位。

温颜的眼睛看向锅中的沸水，将烫好的肉夹到他面前的碟子里："只要你开心，你做什么决定我都没有意见。"

两人中间雾气蒙蒙，韩江看不清她的眼睛："如果我考上，可能以后要常住北京。”

温颜低头吃了一片青菜：“你去哪儿，我就去哪儿。”

再不需要多余的话。

韩江眼睛向下，嘴角微微上扬，心底无比踏实。

饭后，温颜在厨房刷碗，韩江收拾好餐桌，走去厨房，看到她把最后一个碟子洗干净放回原位。

他拿了纯白色的毛巾，在温颜洗过手后慢慢帮她擦拭。

他低着头，看着她柔软无骨的纤细手指：“颜颜，我还有一件事要跟你说。”

温颜攥住毛巾：“我也有一件事要说。”

韩江说：“那……你先说？”

“嗯。”

温颜把毛巾扔到操作台上，站得笔直，很郑重一样，抬起头看他的眼睛：“韩江，明天是你的生日。”

韩江愣了一下。

他已经很多年不过生日，不是不想过，是身边没有想要一起过的人。

时间久了，连他自己都忘记自己的生日。

温颜像鼓足很大勇气一样，盯着他的眼睛：“我没有准备什么礼物，那么我想，就送你一本结婚证吧。”

她咬了咬唇：“我们明天去领证吧。”

韩江说不清现在是什么感觉。

只觉得窝心又自责。

这样的话，还要她来说出口。

好一会儿，他才慢慢向前走一步，握住她的手，垂着头看她：“你的意思，是要把你自己送给我？”

温颜的耳朵红了，她轻点了一下头。

韩江的眼角有些湿。

但他很快让自己镇定下来，笑了一下：“这件事先放到一边，先说我的事。”

他从兜里摸出一个精致的黑色锦盒，打开给她看。

里面是一枚钻石戒指。

钻石闪亮，比当年他送她的项链上那枚不知大了多少倍。

温颜的唇瓣动了动，有些说不出话。

心跳得特别快。

韩江将她拉近一些，努力控制自己的情绪：“颜颜，本来说好，出院就领证，可我后来想了一下，虽然我早就把你定下了，你这辈子都跑不掉，但有些该有的程序还是要有，不能我轻飘飘地说一句，你就乖乖跟我去领证，也太便宜我了，是不是？

“这枚戒指，是我加急定做的，今天才到，希望没有太晚。”

他单膝跪地，像这个世界上所有虔诚求婚的准新郎一样，握着她的手，与她目光交缠：“温颜，你愿意嫁给我吗？”

那年，他还是个顽皮不懂事的小男孩儿，每天为了甩掉这个小跟屁虫绞尽脑汁。

如今他已快要而立之年，生命中那个人依旧是她。

只是现在，他再也不想甩掉她了。

温颜一边点头一边哭，已经成了个小泪人。

她身上还系着围裙，厨房的操作台一片凌乱，她从没想过，自己会在这种情况下被求婚。

玫瑰红酒，烛光晚餐，美妙的小提琴乐曲，浪漫又优雅。

这些通通没有。

但面前的人是他，在哪里，有没有那些东西，又有什么关系呢？

她有点儿委屈地控诉：“你也太慢了，我以为你要反悔了。”

韩江趁机把戒指套在她手指上，站起来一把将人抱在怀里：“好了，套牢了，再也跑不掉了。”

他亲她耳垂，看到那枚耳钉，她戴了七年。

“明儿换换，你的首饰盒我已经给你填满了，咱们一个月都不重样。”

温颜哭个不停，韩江前一刻擦完，马上又滚出一大颗。

他有些好笑地看着她：“你是水做的吗，这么能哭。”

温颜偏过头不看他。

韩江把她脑袋扳回来，忽然有点儿神秘地说：“你好好看看，我今天有什么不同？”

温颜盯着他的脸看了一会儿，没有不同啊，还那么帅。

随后，她目光向下，看到他的腰带。

温颜的眼睛亮了一下，她从没见过他用。以前他说不舍得。

温颜笑了笑：“真好看。”

韩江牵着她的手按向他腰间的腰带扣，带着她感受那几条复古纹路的沟壑。

他目光很深，话也很深：“知道你第一次帮我系这条腰带时，我当时在想什么吗？”

温颜抬起头：“想什么？”

“我在想，早晚有一天，我要让你亲手把它解开。”

他引领她的手指，摁开搭扣的按钮。

一夜甜蜜，却没耽误韩江早起。

不用闹铃，他睁开眼睛，低头看了一眼怀里的女人，没忍住亲了一下，随后动作缓慢地撤出手臂，把被子给人盖严实。

卧室地面凌乱，韩江把衣服裤子捡起来扔到浴室的竹篓里，出来时看到卫生间门口的腰带。

他扶额笑了一下，昨晚实在闹得太疯。

韩江把腰带捡起来扔到沙发上，去厨房淘了点儿小米煮粥，还煮了两颗鸡蛋。

做完这一切，他回到卧室，温颜还没有醒。

她的长发铺满枕头，侧着脸，脸颊似乎睡觉时被压到，有一块红印。

锁骨下也有红印，当然，这个不是睡觉时压到的。

始作俑者走到床边，单膝跪在床上，压低身子亲她的嘴角：“颜颜。”

温颜有点儿痒，眉头皱了皱，翻身继续睡。

韩江撑着身子在她上方，把人吻醒：“颜颜，起来了，早一点儿去，省得排队。”

这个大忙人，只有上午有时间。

温颜实在太累，睡眠严重不足。

人清醒后，她就一直在跟他生气，洗脸时看到自己有点儿黑眼圈，更生气，举着牙刷口齿不清：“怎么见人！”

韩江顺毛撸了撸她的头发，自知理亏：“抹点粉遮一下，再说人家民政局也会为我们修图。”

温颜不想说话。

但从浴室出来后看到桌上已经准备好的早餐，她又有点儿不好意思。

怎么能全怪他呢？

昨晚明明自己也缠着他来着。

吃饭时，韩江拿出两件白色衬衫给她看：“哪个好？”

温颜两边都看了一下：“好像差不多？”

“领口细节不一样，扣子颜色也不一样。”

好吧。温颜再看一遍，指着右边那件：“这个好一点儿。”

韩江点了下头，去换衣服。

温颜没什么好选的，她只有一件白衬衫。

外面天气特别好。

出来后，闻到新鲜空气，整个人都清爽很多。

两人相视笑一下，默契地一左一右，韩江开车，温颜坐上副驾驶座。

意外的是，这么早民政局就已经排起长队，不知道今天是什么好日子。

两人之前根本没看皇历，反正今天是韩江的生日，对他们来说就是最好的日子。

工作人员业务熟练，一对一对倒也快。

轮到他们时，韩江从兜里摸出一把喜糖递给盖章的大姐。大姐喜笑颜开，眼睛眯成一条缝：“恭喜恭喜。”

机器咔咔两下，大钢印戳上去。

直到出来时，温颜还有点儿蒙，就这么成已婚人士了？

程序也太简单了点儿。

阳光下，韩江拿着两个红本左看看右看看，脸上挂着笑，指着照片里自己的脸说：“有点儿帅。”

这么多年，温颜还是头一回听他夸自己帅。

他又指着温颜：“这是谁家的媳妇，这么好看？”

温颜紧挨着韩江，脸庞靠在他肩上仰起头看他：“你什么时候准备的喜糖？”

韩江一把将人搂到怀里，有点儿得意：“我这个人从不打无准备之仗。”

两人相视笑了一下，韩江看着她的眼睛，语气认真起来：“颜颜，我会一辈子对你好。”

温颜使劲儿点了下头：“我知道。”

她补了一句：“我也是。”

两人在灿烂的阳光下接吻。

二人世界过了一阵子，结婚证也领完了，人生大事尘埃落定，韩江终于舍得通知爸妈。

施静知道这件事时，正跟韩雪淞在芬兰看极光。

电话里，得知温颜回来已经有段时间，施静彻底扔掉身为气质作家的涵养和风度，把亲儿子狠狠骂了一通。听到温颜声音时，她又立刻哭起来，说他们现在马上订机票回国。

温颜回到江边的家，把整个房子重新打扫一遍。

想起当年第一天搬来这里，门对门两个房间，一个阳面带独立卫生间，一个阴面不带卫生间。

施静说女孩子要娇气一点儿，让温颜住了阳面。

韩江无所谓，闷头干活，把她装书装衣服的箱子一个个搬进宽敞的房间。

温颜忽然记起他曾说过，搬家前一晚，他偷偷亲了她。

那是他第一次亲她。

三天后，温颜和韩江去机场接人。

见面时，施静先把自己的随身包砸到韩江怀里，转身抱住温颜，一句话都说不出，哭得比温颜还厉害。

随后韩雪凇也抱了一下温颜："孩子，你辛苦了。"

温颜的脸已经哭花，带着颤音："静姨，韩叔。"

施静握着她的手："不是说已经领证了，还叫静姨。"

温颜紧抿着唇，眼泪大颗大颗地掉，几秒后，柔声叫："妈，爸。"

施静把她搂进怀里。

韩江太了解施静，他之前的预计没错，自从回来后，他们一直住在江边的家。接连好几天晚上，温颜都是跟着施静睡，两人有说不完的话，经常他半夜出来喝水，还能听到对面房间里叽叽咕咕的声音。

常常要到早上施静起床后，他才能偷溜进去抱一抱她。

这一晚，韩家开了一次家庭会议。

韩江正式跟韩雪凇提出自己辞掉职位的意愿。

这些年，两个孩子受了多少苦，韩雪凇心里清楚，他只有两句话：第一，你的人生你自己做主，家里无条件支持；第二，你们两个既然已经成为合法夫妻，以后就要好好过日子，工作再忙，也不可以忽略对方。

对于父亲的理解，韩江非常感激，同时也在愧疚，不能替父亲分担重担。

他问："小山楼以后怎么办？"

韩雪凇笑了，似乎没太把这个放在心上："少不得我先顶一阵，以后的事以后再说，聘请经理人也不是不可以。我跟你妈出去玩了这么久，也该回来过几天安静日子。"

男人关心事业，施静却只操心两人的婚事："听颜颜说，你们暂时不打算办婚礼？"

韩江和温颜对视一下，点了头，这是他们之前就商量好的。

“我马上要准备考试，时间太紧张。”

与其仓促，不如延后。

等时间宽裕再好好准备，他们已经想好，要办中式婚礼，温颜戴着凤冠，身穿大红秀禾喜服，一定很美。

钟爷爷看到了，也一定高兴。

施静本想说，你们做你们的事，其他我来准备，但想了一下还是算了，她那个儿子，一定想亲自筹备婚礼，不会放心别人。

外交部考试十月报名，十二月笔试，现在开始准备，其实已经很晚了，但韩江还是想试试。

这些年，他虽然没有从事语言方面的工作，离开学校也很久，但他没忘记自己的理想，每晚依然会伴着法语入眠。

总有一天会重新捡起这些，他一直都知道。

备考的日子很辛苦。

温颜为了照顾他，没有找工作，每天给他煮汤，做他喜欢吃的菜，也会在傍晚拉他出去散步，不想让他从早到晚一直坐在桌前。

她忽然想起当初自己高考，每天学到后半夜，他也是这样陪在自己身边，给她讲题。

韩江底子好，很快找到感觉，复习进度很快。

两人偶尔也会在午后休闲时间，一起躺在沙发上刷手机。

温颜躺在里面，被他挤在身体和沙发中间，两人的腿交叠在一起，她有时会闹他，用小脚趾挠他痒。

但无一例外，每次闹到最后都是她在求饶。

头条里又有一条江嫣的新闻，最近正在筹备的一部经典 IP 剧，传言说女一号定了江嫣，她一直没有回应，直到官宣后，她才转发一条，一句俏皮话加两个亲亲的表情。

是她的风格。

温颜翻了一下这部剧的演员表，手指在屏幕上滑过去，看到出品公司那一栏，她愣了下：“这个不是——”

韩江偏头看了一下：“嗯，是。”

温颜的脸靠在他胸口，有些感慨。

这两个人，大概前世是冤家。

在阴博被捕七个半月后，案子终于结束。

本来流程只需要四个月左右，但这件案子很复杂，牵涉的人也多，所以拖到十一月。

直到现在，一切才算真正结束。

那天，温颜接到了宋队的电话，通知她可以去看向飞鸿。

韩江看到她的异样，摘了耳机走过去，从身后搂住她："怎么了？"

电话里，宋队还没说完。

韩江拿过电话，才知道发生什么事，他仔细记下地址，又听宋队嘱咐几句，挂掉电话。

韩江把她的身子扳正，指腹蹭了蹭她的脸："这是好事，不哭。"

温颜被他搂进怀里。

一时间，她脑子竟然有些空，不知道到了那里，要说什么。

向飞鸿的身份是不能立碑的。

就算有，也只能是空白碑。

在墓园，温颜看到了那块黑色的无字碑，庄重、深沉。

她缓缓弯腰，在碑前放下一束白菊。

韩江搂了搂她的肩膀："我去那边等你。"

他知道，她一定有很多话要说。

韩江走后，温颜站在原地很久，她目光抬起，看到碑上一点儿细碎的杂草。

她伸手慢慢将杂草拂去，终于开口："妈。"

好久，好久都没有叫过您。

她靠在碑旁坐下，真的像在跟母亲聊天。

"您还好吗？对不起，隔了这么多年，我才来看您。

"坏人都被抓住了，我没有事，您放心。

"妈，我看到您那封信了，我现在已经毕业，也工作了，我是一名室内设计师。"她带着点儿骄傲的语气，求表扬一样，"我还挺厉害的，很早就能独自完成项目了，您高兴吗？"

她的手指轻抚光滑的碑面："妈妈，我结婚了。

"他叫韩江，就是刚刚跟我一起的那个人，您之前应该见过他。您送我去韩家那天，他也在，他特别优秀，长得很好，对我也特别好，您放心吧。"她顿了一下，"静姨和韩叔对我也特别好。"

她断断续续，说了很多。

这些年积攒下的，小女孩儿无处诉说的小秘密，都想一件件跟妈妈分享。

好像怎么都说不完。

但没关系，以后还有很多时间，可以慢慢说。

她站起来，看到不远处的韩江，挺拔健硕，临风而立，他永远那么夺目。

韩江耐心等待，看到温颜起身，立刻走过来牵住她的手："冷吗？"

温颜摇摇头，脸庞靠在他胸口："我们回去吧。"

十二月初，国考笔试。

温颜早早起来为韩江做了早餐，熨烫衣服，整理需要带的证件和笔。

她已经换了国内的驾照，这一次她来开车。

考场外人流涌动，她把车停到稍远的地方，送他到门口。韩江有点儿好笑地摸摸她的脑袋："我又不是小孩儿，你不要这么紧张。"

"嗯。"温颜脸庞冻得红红的，抬手帮他整理衣领，"我知道，你一定可以。"

韩江低头看她："回车里等，外面冷。"

他没说不让等，因为知道就算她同意，也不会走。

温颜踮起脚，轻吻他的唇："老公，加油。"

这么简单的几个字，也能轻易让韩江的心软得一塌糊涂。

温颜听话地回车里等。

思绪飘回多年前那个夏天，她的高考。

那天，他是不是也是这样的心情？翘首期待，比考场里的人还紧张。

人生好像就是会这样轮回。

考试结束前十分钟，温颜下车，走到考场外等他。

她站在最显眼的地方，在看到韩江那一刻就拼命挥手："老公！"

韩江几步跑过来，稳稳抱住她。

他嘴唇贴到她耳朵上亲了一下，皱着眉说："这么凉，不是让你在车里等？"

"我刚出来没一会儿，我们去吃饭？"

"好。"

温颜挽着他手臂，紧紧依偎着他，两人的身影渐渐变小，融进不远处的人群中。

空气里传来她小女生一样雀跃的声音："老公，你什么时候去上班？"

韩江有点儿无奈："还没考完呢。"

"我不管，你肯定没问题的。"

"下午还有，过段时间还有语言测试和面试。"

"那我不管。"

韩江笑了一下，搂住她的肩膀：“好，你说的都对。”
“我们吃什么？”
“你说吃什么就吃什么。”
“我回家给你做个汤吧？”
“来不及。”
“哦，那好吧。”

那年，你来到我家。
你用漂亮的眼睛偷看我。
我就知道。
我们之间，一定有故事。

- 正文完 -

番外·非嫣篇
月明星稀，你在我身边

北京的冬天，寒风刺骨。

已经十二月，大雪下了一场又一场，整个四九城银装素裹，时间一久，人们好像都快忘记，春是什么样子。

落地窗前的跑步机上，陆非的胸口已经被汗水浸湿。

窗外的视野里是繁华的 CBD 建筑，看似峥嵘，但在他眼里，不过是一栋栋死气沉沉的楼房。

还不如工大操场旁那栋老旧的三层小楼。

每年军训，都有人喜欢在休息时间跑到那里乘凉。

他曾躲在楼后，沉默地注视某道身影。

跑步机前方的置物架上，手机开着免提，那头是啰唆的杜远。

“你到底有没有在听我说话？”

陆非已经跑了三十分钟，在调整呼吸：“听着呢。”

杜远说：“要我说，你就趁这次机会，跟你爸和好得了。他岁数那么大，身体又不好，这回要不是他住院，你是不是还不回来？”

陆非没接话。

杜远那头一阵塑料包装窸窸窣窣的声音，估计又在吃东西。

“你们爷俩一个脾气，太犟，多大点儿事儿啊？他让你结婚你不结就是了，他还能硬拉着你入洞房啊，至于闹成这样吗？现在好了，你二十七八还光棍一条，跟你爸一年也见不着几回，啥啥没捞着。”

陆非大学毕业不到半年，陆父陆延君就安排他跟早已定好的未婚妻结婚，陆非不肯，父子两个僵持不下，连带跟对方企业都闹得很僵。

从小到大一向不敢忤逆父亲的陆非那次分毫不让，最后干脆跑到国外分部躲清静。

他很少回北京，每年过年回来也只打声招呼就出门，跟杜远这帮哥们儿整宿整宿打牌唱歌，不怎么待在家里。

这次陆延君生病住院，陆非得到消息提前回国，好说歹说，算是答应暂时留在国内，帮他爸先把公司的事处理一下。

今天是他回国的第三天。

电话里吵吵闹闹，隐约能听到老旧放映机里唱戏的声音，杜远离话筒远了些："奶奶，您把那玩意儿调小点儿声，我这都听不见了。"随后说话声音变大，"怎么着啊，回来还没见面呢，晚上出来？"

陆非抬手将跑步机的速度调慢，用毛巾擦汗："改天吧，今晚有事。"

陆非上大学那会儿，陆延君就分了一些精力在娱乐产业上，旗下注册了个投资公司，专门找项目投资影视剧。

这一点上，不得不说陆延君很有眼光，投资的几个项目都不错，其中一部电影票房二十几亿，狠狠赚了一笔。

今晚的饭局，是陆延君很看好的一部 IP 剧，已经谈得差不多，制片人带着导演和主角，几方人一起碰面吃个饭。

陆非替陆延君去。

关掉跑步机，陆非先去洗澡，换上白色衬衫，紧实的手臂伸进衣袖，戴上手表，刚好遮住手腕内侧的文身。

衣服换好，他拿了车钥匙下楼，准备跟陆延君的秘书鲁俊会合。

他需要提前了解一些项目情况。

两人在约好的饭店门口碰面，鲁俊说："他们五分钟前已经到了。"

"嗯。"陆非应一声，两人边走边说。

鲁俊说："这部电视剧是根据网上很火的一部古装小说改编，粉丝很多，前期网络上的自发讨论量就很大，后期的宣传不是问题。

"导演和制片人在业内口碑都挺不错，男女主演今天也会来，男一号肖凯，当下最火的流量小生，演技也不错。前几天刚刚开播的一部都市剧就是他主演，一天五六个话题上热搜，看样子最终成绩应该也很好。"

鲁俊忽然想起来："对了，他那部剧合作的女演员就是今天这个，算上这次他们应该是第二次合作。"他按了一下电梯按钮，"女一号是新人，叫江嫣，之前一直演一些小角色，这部都市剧是她正儿八经的第一个女一号，势头挺猛。"

在鲁俊说出“江嫣”这个名字后，陆非就再没听到他之后的任何一个字。

陆非脑子轰然炸开，站在电梯口没动，拳头握紧，眼睛盯住前方某一点，似是不敢相信。

电梯门自动关闭，鲁俊不知道自己哪句话说错，忙再次按了开门按钮：“陆总？”

陆非回过身，转头看他：“你刚才说谁？”

鲁俊不知道他要问哪一个，只得都重说一次：“男一号肖凯，女一号江嫣。”

江嫣。

已经很多年没有人在他面前提过这个名字。

也是，他们共同的朋友都不在身边，谁会提呢？

陆非情不自禁地摸向左手腕里侧，也许，只是重名吧。

当初是他先放弃，老天不会怜悯他。

从三楼电梯出来，陆非的脚步不自觉加快，心跳也加快。

但到包间门口，他又止步不前。万一是江嫣呢，要说什么？

这一刻，他不知道自己期待是，还是不是。

鲁俊替他打开包间的门。

里面正热闹说话，超大的圆桌周围坐了几个人，听到门打开的声音，同时向门口看过来。

陆非的目光在那几张陌生的脸上迅速划过，最终停在一张白皙姣好的面容上。

年轻的女孩儿长发垂在肩上，没有特别的造型，很柔顺。

她化了清新的淡妆，水蜜桃一样的唇色饱满诱人。

熟悉又陌生的脸，跟陆非梦里的，一模一样。

真的是她。

陆非的目光定在她脸上后，再没移开。

江嫣也是。

几人起身欢迎，只有她没动，身旁经纪人拉了她的衣服一下，她才缓过神。她慢慢站起来，看向陆非：“您好。”

陆非的手垂在身侧，微微动了动，缓缓抬起：“你好。”

两人握了一下，很快分开。

鲁俊给几人互相介绍后，大家围桌而坐。

制片人在说什么，江嫣听不到。

导演在说什么，陆非也没注意。

两人坐在圆桌两端，长久地望着对方。

已经多久没有想起陆非了？江嫣不记得了。

如今她事业已经有些起色，通告越来越多，她没有时间想年少时的初恋。

江嫣心里，把陆非定位成初恋。

当年一走了之，江嫣告诉自己，这辈子都不要再跟他有任何瓜葛。

混沌的思绪渐渐清明，身旁经纪人的声音传过来："这次机会这么难得，我们一定全力以赴。"她挽了一下江嫣的手腕，"我们江江昨天还说，以前看过那本小说，特别喜欢。"

导演笑着说："江嫣年纪不大，在片场很拼，登高下水都不愿用替身，年轻人很难得——"

话还未说完，江嫣忽然站起来，声音不大，但坚定："对不起导演，很抱歉，我不拍了。"她在众人惊讶不解的神色中穿上黑色羽绒衣，拎起背包，"对不起，您找别人吧。"

说完这句话，她从圆桌另一侧绕过去，走到陆非身边时没有停顿，直接开门出去。

导演愣了下，不知道她唱的哪一出，看向她的经纪人："这是什么意思？"

经纪人崔虹是见过世面的人，并没着急追江嫣，留下来赔不是安抚情绪，给几位倒酒："实在抱歉，江江可能今儿身体不舒服。她不是那个意思，回去我说她，您千万别生气。"

她又给陆非倒酒，生怕得罪这位大财主。

陆非没有说话，但忽然起身，留下句"抱歉"，很快也消失在门口。

陆非在停车场找到江嫣，她背影娇小，穿着臃肿的羽绒衣，纤细的小腿下是黑色的马丁靴。

陆非几步跑过去，一下拉住她的手臂："江嫣。"

江嫣猛然回头，陆非看到她红了的眼角。

他有些控制不住，再次叫她的名字，声音轻柔，怕吓到她一样："江嫣。"

江嫣站在原地，脚下都是雪，有些滑，她今天该穿雪地靴。

她抬起头看了陆非一下，但很快偏过目光："好久不见。"

陆非走近一步，低着头看她："这些年，你去哪儿了？"

江嫣抿了抿唇："你不是看到了，我在北京。"

"一直在北京吗？"

江嫣没有说话。
陆非的手握得紧了一些："我找过你。"
很多次。
每次回国，他都会去武汉。
江嫣目光怔了一瞬，但很快回过神，她笑了一下："找我干什么？"
陆非看着她："那年——"
"以前的事，别提了吧。"江嫣把他的话堵回去。
陆非看了她一会儿，咽下未说出口的话："刚刚为什么说不演了？"
"不想演了。"
"是因为我吗？"
江嫣忽然抬起头："不是，你想多了。"
陆非不再说话。

过了一会儿，江嫣开口："我走了。"
陆非马上说："我送你。"
"不用，我开车了。"她从兜里掏出一个黑色的口罩戴上，上了一辆白色的车。

陆非站在原地，看着车里的人。
她真的没再看自己一眼——他心里一阵荒芜。
直到江嫣的车开到转角时，他才猛然清醒，迅速开车追出去。
一路上，他隔着不远不近的距离跟着她。
天冷路滑，不知道她的驾驶技术行不行。
以前上学时，她就曾经过马路不看车，把他吓得半死。
陆非超了一辆车，紧跟在她后面。
江嫣把车开进了一个中档小区，一车一杆，陆非进不去。
他将车停在小区门口，熄了火，没有开灯，在黑暗里静静坐着。
小区不大，只有四栋高层，陆非隔着车窗看过去，不知道哪个窗子是她的。
他拿出手机，在网上搜她的名字。
原来她是电影学院毕业的。
对照她毕业的时间，应该是那年离开后，转年重新高考，去了电影学院。
那才是她最初的梦想，因为他才放弃。
又在飘雪。
挡风玻璃上落了厚厚一层绵白的雪花。
陆非想，原来老天真的会怜悯他，再次把江嫣带到他身边。

这一次，他不会再放手。

江嫣回到家，正赶上生活助理悄悄把她的零食收起来。

看到江嫣，悄悄慌忙把手里的袋子藏到身后，但意外发现她并没像以前一样扑过来抢走。

演员需要保持身材，江嫣又爱吃，经纪人崔虹虽宠她，但也说过多次，她的小零食不知被没收多少回。

悄悄看江嫣的神色不太对，走去接过她手里的包，有点儿担心地问："江江，你怎么了？不是去见导演和投资方吗，怎么这么早回来？"

江嫣在原地站了一会儿，面容倦怠，很没精神的样子："我先去洗澡了，一会儿虹姐打来电话，就说我已经决定了。"

悄悄颠颠地跟在她身后："你决定什么了？"

"不演了。"

悄悄特别惊讶，睁着一双水汪汪的大眼睛："不演了？《识月》？江江，你没事吧，咱们熬了这两三年，眼见着就火了，这么好的本子为什么不演啊？"

江嫣进了浴室，把悄悄关在外头。悄悄就这么靠在门边，特别着急："江江，你为什么不演啊？多少人求都求不来的角色呢。"

里面是窸窸窣窣脱衣服的声音，随后水声传出，江嫣没有再说一句话。

悄悄觉得奇怪，今天江嫣特别反常，她是那种很随性的人，平时爱玩爱笑，从不摆架子，今天这样不理人的情况还是头一回。

她把干净的睡衣准备好放在沙发上，崔虹果然打来电话。

悄悄接起电话，那边传来虹姐气呼呼的样子："你怎么回事啊，这么大的事不跟我商量一下？"

悄悄顿了顿："虹姐是我，江江在洗澡。"

崔虹憋了半天，不好往别人身上撒气："那你跟她说，洗完赶紧给我回个电话，不回，我就杀到她家去。"

悄悄答应了，那边又风风火火挂了电话。

看来真是气着了。

浴室里雾气蒙蒙。

江嫣站在花洒下，仰着头，任凭急促的水流冲刷自己的脸。

她要自己清醒。

怎么这么没出息？这么多年过去，再看到他，竟然还会心跳加速。

她有些虚弱地靠在墙上，闭着眼睛，脸上全是温热的水流，多到无法分辨其他液体。

这个澡洗了很久，悄悄在外面急促地敲起门来："江江？"

她不放心，江嫣心脏不好，拍戏时爬高跳水她在一旁看着都紧张得要死，但好在没出过事。江嫣自己说，只要不蹦极，不坐过山车，其他基本没问题。

浴室里水声停下，江嫣的声音传出来："没事。"

悄悄放了心，又说："我回家了，你出来时给虹姐打个电话，衣服在沙发上。"

江嫣应了一声："你小心点儿，到家告诉我。"

"知道啦。"

十分钟后，江嫣围着浴巾出来，脸庞干干净净，额间有几滴水珠，两条纤细笔直的长腿露出来，好在北京冬天有暖气，外面再冷，家里也可以穿得很少。

她走到沙发旁按亮电话，给崔虹拨过去，随后开了免提，站在沙发旁穿睡衣。

刚套进一只袖子，电话接通，那边崔虹明显还没消气："你说吧，为什么忽然不想拍，我倒想听听你的解释。"

江嫣穿上睡衣，拿起手机走去卧室："没什么原因，就是不想拍了。拍古装好累，又要弄头发又要看历史资料，而且明年夏天开机，那么热的天穿那么多，我不想拍。"

崔虹根本不信："你别给我找这么多理由，去年一个古装客串你都花了半个月时间学习礼仪。说那些没有用，我就问你，你跟那个陆总是不是之前就认识？"

江嫣沉默一会儿，崔虹催促："别装样子，今天你们俩一见面我就看出来了，绝对有问题，你们什么关系？"

江嫣躺到床上，用被子蒙住半边脸："没关系。"

"不可能。"崔虹直接给她否了，"没关系你看到他就不演了，没关系你一走他就追出去，没关系他跟制片说你不演他就撤资？"

江嫣一下睁开眼睛，愣了愣："你说什么？"

"制片人给我打电话了，说接到那边消息，你不演就撤资，就刚才的事儿。"崔虹有些好奇，"之前怎么没听说你有这么个靠山？早知道咱们还费那个劲干吗？你知不知道为了你这个角色我给人说了多少好话，脸都豁出去了，你说不演就不演。"

江嫣特别抱歉，她从出道起就是由崔虹带着，演小角色时，崔虹就一直鼓励她，说她条件好，科班出身，演技也好，出头是早晚的事，不要着急。

第一个女一号的剧现在才开播不到一星期，反响极好。她微博粉丝肉眼可见地噌噌往上涨，也是因为这个时机好，人家看她有潜力，现在又有话题，才最后定的她，此时说不演，确实很可惜。

电话里，崔虹还在猜测："难不成是前男友？"

江嫣翻了个身，闷闷地说："不是。"

"不是前男友，那可不太好猜了……"

江嫣说："虹姐，我好困。"

崔虹叹了口气："那你先睡吧，这事儿我还得想想怎么办。"她思忖着，"本来你先反悔，我还得跟人家道歉，现在陆总这么一弄，制片反倒来求我们，我还挺不好意思的。你知道，几千万不是小数目，他哪那么容易找。"

她试探着问："江江啊，要不再考虑考虑？机会真的难得，投资方现在又非你不可，别为难人家剧组，这是双赢的事儿。"

崔虹等了一会儿，只听到均匀的呼吸声，江嫣大概是睡了。

第二天是江嫣目前在拍这部戏的杀青戏，结束之后就要正式进入到在播新剧的宣传工作中。

一大早就有车把江嫣送到片场，她那场之前还有两场别人的，等戏的时候她就安静地坐在角落位置看剧本。

工作中的江嫣永远认真。

没有一会儿，有人叫她的名字，到她了。

这场杀青戏剧情其实很简单，是剧中男女主角刚刚确定关系时的一幕，两人拥抱，男主亲吻女主的额头。

拍戏不按戏里的时间顺序来，这场被安排在最后。

昨天还在拍和男主吵架分手闹得撕心裂肺，今天就是你侬我侬郎情妾意，很需要演员们自我调整情绪和状态，比较考验表演功底。

男女主角已经准备好。

第一遍时，导演觉得男主眼神不到位，叫停重拍。江嫣整理衣服，目光随意一瞥，意外地在场外人群中看到陆非。

陆非那么高的个子，长得又好，站在人群中很显眼。

捕捉到江嫣的眼神，陆非一下就笑出来，伸出两根手指晃了晃，不太正经地打招呼。

江嫣目光动了动，没给他什么回应，转头跟男主讲话。

两人沟通了一下，第二遍开始。

江嫣低着头，不敢直视男主的眼睛，手指攥着衣角，小细节满分，将青春期女孩儿羞涩的甜蜜初恋演绎得淋漓尽致。

男主靠近，搂住她的腰把人抱进怀里。

男主的嘴唇贴在她额头上，轻吻一下。

陆非的笑意逐渐凝固。

然而，这遍还是没过。

当陆非第三次看到那狗男人的“爪子”搂住江嫣时，胸中憋闷，又不能发作，索性转身走到角落她刚刚坐过的位置坐下。

眼不见心不烦。

等待过程中，他不可避免地想到一些事。

只是拥抱、亲额头，就已经快要到他的忍受极限，那吻戏呢？

现在拍戏好像都动真格的，没听说有几个借位拍摄的，让江嫣跟别人亲来亲去，将来还要在电视上给全国人民看。

再严重一点儿，床戏呢？

只是稍微想象一下那个画面就……不如让他去死。

陆非正胡思乱想，忽然被一阵欢呼声拉回思绪。

他抬眼看过去，现场所有人都围在江嫣身边，她手里拿着一捧鲜花，头顶还有几片五颜六色的亮片。

是剧组特地为杀青的女一号准备的惊喜。

陆非隔着人群看她，她笑得很开心，一如当年。

简短的庆祝过后，剧组还有其他工作，最后的杀青宴要等全部人的戏份都完成后才有，也就这一两天的事，江嫣等通知就好。

悄悄兴奋地跑过去，把羽绒衣给她披在肩头：“江江快穿上，特别冷。”

片场不关门，里面跟外面没什么区别，江嫣裹着衣服往车那边小跑过去，忽然看到陆非就站在车旁。

江嫣在相隔几米远的地方停下，悄悄一个猛子冲出去，看她没跟上又回去拽她：“看什么呢，走啊。”

江嫣示意悄悄：“你先上车，我一会儿过去。”

悄悄看看江嫣，又看看陆非，好奇却没细问。外面太冷，只这一会儿身体就被风打透，她扔下一句话就跑掉：“那我在车里等你！”

陆非几步走到江嫣身边，抬手将她的帽子扣到脑袋上：“去我车里吧，我有话跟你说。”

江嫣没动：“有什么话就在这儿说吧，他们还在等我。”

陆非没听她的。

“很冷。”说完他牵着她手腕把人带到自己车边，直接塞进副驾驶座。

车里早已开好了暖风。

热乎乎的，很舒服。

两人沉默一会儿，陆非偏头看她：“那部戏，你拍吧。”

他已经了解过情况，这次机会对江嫣很重要，他不愿意因为自己影响到她。

不提还好，一提起这件事，江嫣立刻皱起眉说：“我还没问你，你为什么跟人家说我不拍就撤资？”

陆非面不改色：“这是事实，我确实这样想。”

江嫣特别生气：“你这样说人家会以为我跟你有什么关系，到时会有人说我带资进组，我怎么跟人解释？”

“为什么要解释，别人怎么想是别人的事。”

江嫣偏过头不看他，生气的样子让陆非想起从前。

那时他们两个每次见面三句话不到一定掐起来，她总会说自己有心脏病，叫他让着自己。

陆非轻声问：“你身体还好吗？”

江嫣看着窗外，抿着唇：“挺好的。”

“拍戏时遇到强度大的，不要硬撑，身体重要。”

他忽然说这些话，江嫣心里很不好受。她沉默一会儿，转头看他：“你还有事吗？没事，我走了。”

陆非说：“有。你接那部戏吧，如果不愿意见我，我可以把接下来的事交给别人做，我不参与。”他稍微探过一点儿身子，“行吗？”

他靠过来，身上的气息也越发清晰，江嫣莫名紧张起来，身子往门边挪了挪：“再说吧。”

陆非知道，她这样说，就是答应了。

悄悄打来电话，江嫣接起：“我马上回去。”

挂了电话，她低了一下头，对陆非说：“我走了。”

“等下。”陆非拿过她的手机，三两下把自己的号码输进去，拨通，又问，“微信账号是手机号码吗？”随后又自言自语，“算了，我扫一下吧。”

他一点儿都没有犹豫，江嫣都来不及阻止他。

“你干什么？”

陆非扫码加了江嫣的微信，同意后才把手机还给她。

江嫣一把夺过手机："谁让你加我的，我说给你手机号了吗？你不是说我不想见你就可以不见吗？"

陆非手腕搭在方向盘上，偏过头看她的眼睛："我这个人一向公私分明，以后公事我不会找你，但私人时间——我可能会打扰得多一些，你做好心理准备。"

江嫣望着他，不太懂他这话的意思。

陆非说完，兀自笑了下，下车绕到副驾驶帮她把车门打开："我送你回去。"

江嫣下车后，他再次把帽子帮她戴好，轻柔的白色毛领围了一圈，只露出她那张小脸。

有点儿可爱，陆非看笑了。

陆非把自己的黑色围巾也一并给她缠上。

他拉住她的手准备送她回车里，但她很快甩开他："陆非，你什么意思？"

今天从头到尾，他都很奇怪。

陆非被甩开，也不恼，在原地站了几秒，转身安静地看着她的眼睛，声音带着一丝期待："嫣儿，我想问你一件事。"

带着儿化音叫她的名字，自带一股温柔缱绻。

江嫣鼻子一酸，想起从前温颜最喜欢这样叫她。

"不许你这么叫我。"她后退一步，做出防御姿态。

陆非心口被什么东西狠狠撞一下，但依然坚持问出口："你还喜欢我吗？"

江嫣很久都没有说话。

她脸上没有明显异样的表情，只盯着前方某一处不动。随后，她抬起头望向他："我不明白你为什么忽然问这种话，但我记得七年前我已经跟你说过答案。"

这个回答陆非并不意外。

只是脑子里又不可控地回想那年发生的那些事，她从医院偷跑到图书馆，就为见他一面。

她说以后再也不会缠着他。

最后一次，她说，我真的不喜欢你了。

陆非向前迈一步，站到她身边，低着头看她："我知道，以前我让你受了很多委屈，我不想为自己辩驳什么，只庆幸我能再次遇见你。"

陆非知道这样很突然，但他错过太多年，已经等不及，要跟她倾诉。

他心底酸楚，有些急了："嫣儿，这些年，我一直在找你，也……很想你，如果你愿意——”

“我不愿意。”江嫣打断他的话，很冷漠。

陆非抿紧嘴唇。

江嫣没有看他，目光直视只到他胸口：“我不知道你说这些话是什么意思，也不想知道。这些年我过得很好，不会再想以前的事，也没时间去想。”

她抬起头：“那部戏我会接，希望你遵守承诺，以后没有必要我们不用再见面，你也不要给我打电话，就当我是个陌生人吧。”

她一口气说完这些，把陆非的围巾摘下来塞到他怀里，头也不回地跑掉了。

到了车前，她猛拍几下车门，开门后一下钻进去，身影消失在陆非视线中。

车很快开走。

黑色围巾掉在地上，陆非没有去捡。

她刚刚说了那么多，左一句我不愿意，右一句别再见面。

陆非没有生气，甚至没有沮丧。

这是他应得的，他有这个心理准备。

时间还长，只要她在眼前，总有机会。

车里，江嫣从上车就一直沉默不语，以往杀青，她都是第一个欢呼雀跃，要买好多好吃的庆祝。

悄悄有点儿担心：“江江，你是不是不舒服？”

江嫣摇摇头，衣服盖在身上，戴上眼罩：“我睡一会儿，到了叫我。”

陆非是什么意思？

找她，想她，这些带着特殊意义的词汇从他口中说出，江嫣不愿相信。

长久以来，“陆非不喜欢我”这个认知一直在她心里根深蒂固。

她永远不会忘记，自己当年献出一颗真心，换来的是他一句“我们不可能”。

两人多年未见，昨晚刚刚重逢，今天他就跑来说这些话，愧疚吗？想弥补她？

不需要。

江嫣有些烦躁，翻来覆去，怎么睡都不舒服，路远加堵车，两个小时才到家。悄悄没有跟上去，江嫣安排司机送她回家：“我晚上哪儿都不去，你自己活动吧，出去逛逛街玩一玩。”

这些天，悄悄也累坏了。

天还早，但江嫣不打算再出门，卸妆洗澡，换了睡衣坐在沙发上翻看网上的评论。

昨晚播出的剧集到了一个小高潮，江嫣在剧里的角色狠狠收拾了一顿装柔弱的白莲花女二，观众爽翻，扎堆聚在江嫣最新一条微博下狂欢。

角色和演员也不太分，各种名字乱叫把人夸上了天。

当然不可能全是好听的话，有些不好的评论江嫣自动屏蔽，根本不过脑子。

看了一会儿手机，江嫣接到了崔虹的电话。

“你回家了？”

“嗯。”江嫣躺平身体，小腿高高跷起，搭在沙发靠背上。

“悄悄说今天在片场，有个男人去找你了？是陆总吗？”

江嫣咬了咬牙，那个死丫头，什么都要跟崔虹报告一下。

她说是。

崔虹说：“别的我不管，你要是谈恋爱，必须提前跟我说啊。你现在热度排名已经飙到第三了，你知道吗？随便一件小事都有人盯着，这个时候不能出乱子。”

江嫣叹了口气：“不谈恋爱，谁跟你说我要谈恋爱了。”

江嫣说自己决定接《识月》，崔虹特别兴奋，侃侃而谈，画了好多美好蓝图。江嫣觉得她再这样说下去，自己明天就要拿影后了。

冷静下来后，崔虹才说起这次打电话的正事，交代了接下来几天的安排，江嫣要按照合同配合宣传，发微博，在官博和男主互动，接受采访，还有一些见面会。

“你确定跟那个陆总没关系？那我之前说的事可要安排到日程上了。”

江嫣没反应过来：“什么事啊？”

崔虹嘶了一声：“肖凯啊，现在网上那么多你俩的 CP 粉，这时候放点儿绯闻出去，肯定引起热议。过阵子《识月》一官宣，哇，这两个人又要合作，不火都难。”

这是圈里最常见的一种宣传炒作方式，大家心照不宣，荧屏情侣最吃香，你看那个谁和那个谁现实生活中竟然也是一对！太甜了吧，这什么神仙爱情。

剧一播完就分手，互惠双赢，谁也不吃亏。

崔虹早就提过这事，肖凯工作室方面也有这个意思，只是江嫣一直不太乐意。

说到底，她出道时间不长，不习惯也不喜欢这种营销方式。

但她现在还没到想说不就可以说不的时候，有些事，身不由己。

江嫣只是在做最后的挣扎，想拖一拖，现在看来好像拖不过去了。

想了一下，她说：“那不要弄得太过分，我不去他家，也别让他来我家。”

她愿意松口，崔虹什么都答应：“不去，就一起吃个饭，远远拍两张照片就行。接下来的事交给我，有记者问你就含糊过去，或者否认也可以。”

现在这些人，越否认越不信。

江嫣抿了抿唇：“行吧。”

她马上补了一句：“就这一次。”

这事定下后，崔虹像放下一块大心事，说话都轻松不少。

崔虹是江嫣的经纪人，同时也是她的好友兼闺蜜。崔虹年龄并不比江嫣大多少，一直把她当成小妹妹，两人一起从跑龙套一路走到女一号，感情非常好。

挂了电话，江嫣躺在沙发上，把玩着手机，眼睛看向天花板，脑子里忽然闪过一道人影。

她使劲儿晃了晃脑袋，想把那人甩出去。

手机响了一声，有人发来一条微信。

酒吧街一向晚上最热闹，杜远把陆非弄出来玩，哥俩已经在角落沙发位置干坐了将近一小时。

桌上摆了一堆啤酒瓶。

杜远实在忍不住：“我把你叫出来是让你放松跳舞，可能的话顺带泡个妞，不是让你在这儿发呆喝酒的。”

陆非没理他，又看了一眼手机，五个小时前给江嫣发的微信，她还没有回。

他把面前的啤酒喝完，靠坐在沙发上，忽然来一句：“你说，我是不是活该？”

杜远：“……”

他摸摸陆非的脑门：“也没发烧啊，说什么胡话呢。”

陆非嫌弃地把他的手拍掉：“算了，没事。”

杜远示意陆非：“你看吧台边上那女的，辣不辣，刚才偷看你。”

“人家看你吧。”

“真的在看你！我用人头保证。”

手机响，陆非一秒解锁，发现是一条系统更新提示。

他脸上表情明显，杜远早看出不对劲：“你这是等谁电话呢？今晚一直心不在焉。”

过了会儿，陆非说：“以你多年追女人的经验来看，有没有什么快准狠，”他想了一下，“不行，快准还得温柔点儿，有没有这样的招？”

杜远惊讶：“哎哟，这话你可千万别让章灵珊听见，那丫头太愣，非得灭了我——你要追谁？”

章灵珊，陆非的表妹，跟杜远一样，纯北京胡同长大的孩子，有回被陆非带去吃饭，认识杜远，两人看对了眼，天天狼狈为奸在北京城四处游荡。

陆非打开手机，点进微博搜到一张江嫣的剧照。

杜远一看，乐了：“这妞我认识啊，最近挺火的，我奶奶特喜欢她。”乐完他才觉得有点儿不对劲，跟陆非眼神一对，“你要追她？”

“对。”

杜远差点儿没一口气背过去：“你接你爸那投资公司才几天啊就觉得自己有本钱找女明星当女朋友了？”

陆非真想抽他两个嘴巴：“我真该跟灵珊好好聊聊你那些光辉历史。”

杜远立马求饶：“别，我不说了还不成吗？你怎么看上她了啊，见过真人吗？你是她粉丝？”

陆非顿了顿，想解释两句，又觉得无从下手。

他跟江嫣，不是高中同学，也不是大学同学，更不是前任，当年闹得那么僵，怎么说都不舒服。

想到最后，他只低着头说了一句：“她是我喜欢了很多年的女孩儿。”

杜远愣了下，喜欢多年的女孩儿？

这太不像陆非能说出的话了，杜远特好奇：“不是，你是谁啊，到哪儿都是 VIP 的陆小爷，你还用得着喜欢谁很多年？怎么早没拿下？”

陆非没说话，闷闷地又开了瓶酒。

杜远摁住他的手：“你别光顾着喝啊，那人家喜不喜欢你？”

陆非低着头，想了一下：“喜欢吧。”

“喜欢就喜欢，不喜欢就不喜欢，什么叫‘喜欢吧’？”

陆非皱了眉，烦死他的刨根问底：“以前喜欢，现在不知道。”

“啊——”杜远拉着长声，“我知道了，当初惹的风流债，现在你想回头，人家姑娘不跟你玩了。”

“滚。”

杜远靠在椅背上，伸了个懒腰，斜看眼睛说：“那你确实挺活该的。”

陆非被气到，抬脚就要走，一下被杜远拉回来，赔着笑安抚他：“别生气啊，我逗你玩的，你放心，就凭咱俩这感情，我一定帮你把人追回来。”他手臂撑在膝盖上，揉着脑门思考，“怎么追人是吧——”他一拍桌子，“我知道了。”

陆非坐直身体看向他。

“女孩儿都爱吃醋，你找个美女，两人往她面前一站，她保准绷不住，危机感一上来，没准就答应你了。”

陆非深吸一口气，觉得交友不慎：“你是怕我死得太慢吧，什么馊主意？”

杜远张了张嘴：“不好吗？那我再想。”

“你要都是这种办法，那我还是自己想办法吧。”

陆非身体一动，杜远又拉住他：“哎，你老走干什么呢，急个什么劲儿，我还有一招。”

陆非再次坐下。

杜远说：“女孩儿都容易被感动，要么你假扮个抢劫现场什么的，来个英雄救美，她一准心软。”

“…………”

看着陆非的眼神，杜远舔了舔嘴唇：“也不好？你也太难伺候了吧。”他用牙咬开一瓶啤酒，“那就只剩一招了——搬到她家隔壁去，从早到晚在她面前晃，烦死她。”

说完等了一会儿，没见有回应，抬眼就跟陆非直勾勾的眼神对上了，他心里一突突：“那个，你不喜欢，我再想一个。”

陆非却拿起酒瓶，跟他手里的瓶子重重碰了一下，随后一口喝光瓶中酒，站起来，从钱包里摸出十来张粉色纸币拍桌上：“替我买单，我有急事，先走一步。”

三天后，是江嫣和肖凯“约会”的日子。

早上不到八点，江嫣就被隔壁闹哄哄的声音吵醒，昨晚悄悄没回家，在这边睡的，这会儿已经起床洗漱完，走到江嫣房间叫她：“江江快起来，我给你化个妆。”

江嫣不耐烦地翻了个身，头发睡得乱七八糟，有点儿起床气：“什么声音啊这么吵？”

“隔壁好像要搬走。”

这房子是公司替江嫣租的，她搬过来已经快一年，隔壁是对年轻小夫妻。

整天吵架，还专门挑凌晨吵，一到半夜就跟打了鸡血似的，特别来劲。

江嫣经常凌晨收工回家，好不容易能休息一会儿，还要听隔壁现场演奏。

他们搬走，对她来说算是好事。

江嫣从床上爬起来随便抓了几下头发：“化什么妆啊，麻烦死了，我戴个帽子得了，反正又拍不到近景。”

悄悄已经准备好化妆的东西等在那里：“我就稍微帮你弄一下，哪有女明星不化妆就出门的。”

“我是演员，不是明星。”

拗不过悄悄，洗完脸后，江嫣乖乖坐在那里让她捯饬了一会儿。

悄悄满意了，捏着她的下巴左看右看：“这才好看嘛，去吧，早去早回。”

江嫣比了个“OK”的手势，拿了钥匙下楼。

两人约在一家咖啡馆，江嫣到时，肖凯还没到，她找了个靠窗的位置坐下，摘了口罩，压低帽檐，随意往窗外看了一眼，马路旁并没停什么车，对面的餐馆窗口也没人。

这些人可真不敬业，一个个来这么晚，倒显得她多着急似的。

江嫣心里忽然有点儿怪异感。

一大早就催催催。

约好十点，现在已经十点十五分，肖凯还没来，江嫣不想给他打电话，好像催他似的。

她一个人等得有些无聊，准备先点杯什么东西喝，一直坐在隔壁桌背对着她的男人忽然站起来。

那男人转身走到她对面坐下，顺带把那桌的咖啡和蛋糕一起端过来。

江嫣愣住了。

她有些被吓到，眼睛一直盯着陆非看，一句话都说不出。

陆非喝了一口咖啡，冲她笑了下：“什么眼神，不认识我了？”他用小勺挖了一点儿蛋糕递到她唇边，“草莓蛋糕，我刚尝过了，很甜，你要试试吗？”

江嫣毫不犹豫地拨开他的手：“你怎么在这儿？”

陆非也不生气，顺势递到自己嘴边吃了，将小勺搭在瓷白的碟子旁，身子向后靠了一下：“那你为什么在这儿？”

江嫣看了一眼窗外，催促他：“你先走，我还有事呢，我约人了。”

陆非没动，眼睛盯着她，声音柔了一点儿：“那天我给你发微信，看到了吗？”

江嫣目光向下，只看桌中间那枝玫瑰花：“看到了。”

“为什么不回我？”

“不想回。”

她连敷衍都不愿意，这样干脆。

陆非叹了口气，有点儿无奈似的：“嫣儿，我们能不能心平气和，好好聊聊天？几次见面都很匆忙，我想跟你好好说说话。”

江嫣抬起头："我说了，不许这样叫我。"

陆非直接忽略她这句话，按铃叫来服务生，点了三四样蛋糕，又点了两杯咖啡。

江嫣看他不像要走的样子，又看一眼手机："我等的人要来了，你走吧。"

陆非慢条斯理地吃蛋糕："不用等了，肖凯不会来了。"

江嫣愣了愣："你怎么知道我在等他？"

服务员端来几份蛋糕，陆非示意都放在江嫣那边："你尝一下，他们家蛋糕做得还不错。"

江嫣只皱眉："你说啊，你怎么知道我等谁？"

陆非说："网上把你跟肖凯往一起瞎凑的新闻还少吗？还弄这种东西。我已经跟你公司说过了，宣传方面我们这边会大力协助，不需要搞这些乱七八糟的东西。"

他遵守约定，把这个项目交给鲁俊处理，鲁俊跟制作方开会时无意间听肖凯工作室那边的人说起这事。

鲁俊多精啊，早在晚饭那天就看出小陆总跟这女演员关系不一般，立刻把这件事告诉了陆非。

陆非特别生气，本来最近他在微博搜江嫣的名字，就总是看到别人说她跟肖凯什么天生一对，太配了，夫妻相，太甜了，闷气还没生完，又要搞什么绯闻。

他也气江嫣，怎么能同意这么离谱的事？

陆非看着她："而且我也不喜欢看你跟别的男人有这种牵扯。"

这话暧昧，但江嫣隐去心跳，脸上并没异样神色，只说："计划取消，怎么没人通知我？"

"不知道投资方都是大爷吗？我不让他们告诉你，这么点儿小事，还是能满足我的。"陆非将新点的咖啡推到她那边，"嫣儿，我知道，我约你你不会出来，我这样做，只是想跟你安静坐一会儿，说说话。"

江嫣低着头，没有看他，两手握着咖啡杯，杯体温热，暖了指腹的凉。

她说："我没什么话跟你说。"

"可我有。"他说，"我想知道这些年你都在哪儿、做了什么，或者，我也可以跟你说说我的事。"

"我不想知道你的事。"

江嫣拒绝交流，让陆非很头疼。

他有些烦躁，一口喝掉杯中的咖啡，只觉得异常苦涩，刚刚也没太细看，不知道点了什么咖啡这么苦。

两人就这样坐了一会儿，江嫣心里发闷，坐也坐不住，拿着包站起来："既然肖凯不来，那我走了。"

她戴上黑色口罩，帽子压低，是明星标配。

自从这部都市剧火了后，江嫣上街已经需要这种装备，很多人把她以前的剧集翻出来看，只挑有她的那几集。

她头都没回，直接推门出去。

陆非着急结账，也没看多少钱，往桌上拍了几张纸币就追出去。

跑到外面没看到人，陆非以为江嫣已经走了，正想打个电话，忽然发现停车位角落的位置，那辆白色的车很眼熟。

是她上次开的那一辆。

陆非跑过去。

这边的停车位本就窄小，前头的车又停得太近，地面冰雪未化，车轮打滑，江嫣不敢深踩油门，来回折腾几次也没开出来。

陆非站在一旁，看到她的小眉头皱着，显然已经没有耐心。

直到她气得使劲儿拍了一下方向盘，陆非忍不住笑了。

这暴躁的脾气跟当年一模一样。

他走过去，敲了敲车窗。

几秒后，驾驶位的窗子滑下来，江嫣绷着脸："干什么？"

"下来，我帮你。"

江嫣扭头："不用。"

陆非不由分说地打开车门，捏着胳膊把人拉下来："别逞能，一会儿蹭到别的车。"

江嫣磕磕绊绊地被他拉下车，看到他那张笑容还没收回去的脸，气势汹汹地说："你笑什么？你技术很好吗？"

陆非坐进去，关上门："一般吧，比你强点儿。"

江嫣瞪他一眼："技术好你当年飙车都没飙过阴戚，把颜颜都撞伤了。"

陆非握着方向盘的手顿住，抬起眼睛看向她："你还记得。"

怎么能不记得呢？

那天她坐在副驾驶，出事的那一秒，陆非没办法兼顾后面，但第一时间伸出手臂挡在她身前。

副驾驶的位置永远最危险。

那时温颜撞伤了头，她没时间想这个小细节，但事情过后，她回想起来，心里偷偷甜了很久。

被心爱的人保护的感觉，谁不喜欢呢？

她从没跟别人说过。

江嫣抿了抿唇，没有说话，走开几步："你快点儿吧。"

陆非指挥她："你走远一点儿。"

江嫣照做。

路面确实很滑，陆非单手控制方向盘，回头看后面的车距，他那样认真专注，江嫣无意识地盯着他的脸看。

不知道这些年他是不是一直有在健身？

身体看着比以前结实很多，侧脸棱角明显，比上学那会儿瘦一些。

当她意识到自己在看陆非时，陆非已经把车开出来停好，两人眼神交汇，陆非愣了一下。

她呆呆的，像在走神，但眼中分明含情。

陆非心里一阵悸动，为她那一点点的注视。

江嫣先收回目光。

陆非探身到副驾驶，把门打开，示意她上车。

江嫣回过神，却走到驾驶位那侧："你下来啊。"

"我送你。"

"我不要你送，我自己走。"

陆非向后靠了一下："反正我不下车，你自己看着办。"

江嫣咬了咬唇："你现在怎么这么无赖？"

陆非笑了一下："我以前就很无赖，你应该知道。"

江嫣没有办法，抬脚踢了一下车门，赌气绕到副驾驶那边坐上车，使劲儿拽安全带，唰的一声把陆非吓一跳："你轻点，勒手。"

"你管不着。"

陆非启动车辆，直接开上主路。江嫣说了个小区名字，陆非没应声，也没用指路，将车开得平稳，安全把人送回家。

一车一杆，他终于能进去。

把人送到楼下，江嫣说："靠边停吧，我待会儿再开进车库。"

陆非应了，开门下车，走到江嫣面前低头看她："以后我给你发信息，理我一下，行吗？"

江嫣没有说话。

他挡在她面前，不让人走："就当我是普通朋友，也不行吗？"

江嫣握紧手里的包："再说吧。"

她绕开陆非，转身上楼，刚走到楼门口，身后的陆非忽然说："嫣儿，过几天见。"

她不懂他的意思，回头看过去，他已经走了，背影挺拔。

接下来的几天，陆非没有找她。

江嫣很快把那句话忘掉，她还有很多行程要参加，生活似乎又恢复平静。

隔壁年轻的小夫妻搬走后，很快有保洁过来，把房子里的垃圾收拾得干干净净，紧接着有装修工人来刷漆、铺地板，做一些简单的翻修。

再过几天，一辆大卡车驶进小区，搬家工人把家具电器一件件往隔壁搬。

这些都是悄悄跟江嫣说的。

江嫣不拍戏，有些活动也用不着悄悄跟着，她比以前悠闲很多，经常跑到江嫣家帮她收拾屋子。

悄悄说："隔壁新邻居好像很有品位的样子，我刚刚出去扔垃圾，看到工人往里搬酒柜，一看就很贵的那种酒柜。"

这会儿，江嫣正在后台化妆，她一会儿有个采访。

"有酒柜也不一定有品位，就跟有些装文化的人的办公室后头一墙假书一个道理。"

悄悄噘噘嘴："我觉得不像装的。"

"你看到人了？"

"没。"

"没看到你这么肯定，"江嫣侧了一下脸，配合化妆师的角度，换了一只手拿电话，"没事儿别老出去晃，大冬天也不嫌冷，好奇心这么重呢。"

悄悄说："我这不是提前打探一下嘛，万一住进来个追星的，天天来烦你，你怎么办？"

说得还挺有道理。

时间差不多了，江嫣说："挂了挂了，我要出去了。你什么时候走，我回去要带吃的吗？"

"不用，我给你做，我买菜了。"

"行。"

这次的采访很有分量，对方是一档播出多年的金牌访问类栏目，主持人也很有名，节目邀请的都是当红明星或一些老艺术家，江嫣能被采访，也是栏目组对她的肯定。

虽然不是第一次接受采访，但她还是提前做了很多准备。

江嫣生活中能言善道，拍戏时也很有灵气，但做这种访问类节目时，就显得有点儿安静，不太放得开。

她不会像其他艺人一样讲很多漂亮的场面话，是那种很朴实的风格，有什么说什么，也不会夸大事实，把自己说得多惨多敬业。

主持人很喜欢她。

采访很顺利，结束时，主持人特意加了她的微信，能看出她特别欣赏江嫣。

这位主持人在圈内是很有资历的，不会随便要谁的联系方式。

江嫣心情不错，回来时路过超市，买了很多零食和水果，想到悄悄在家，她又买了悄悄爱吃的百香果，准备给悄悄弄一杯果汁。

公司的人把江嫣送到楼下，她拎着一袋东西乘电梯上楼。

开门时，听到房间里有声音，门口有双男人的鞋。

来客人了？

不会啊，悄悄怎么可能把别人带到家里来。

江嫣换了鞋走进去。

还没等悄悄说话，江嫣就看到坐在沙发上的陆非。

江嫣愣在门口，有点儿看不懂房间里的情况。

这个人怎么会跑到她家里来？

悄悄跑过来接过她手里的袋子：“江江，这位陆先生是隔壁新搬来的邻居，他钥匙落在家里了，正在等开锁师傅，我看楼道里太冷了，就让他到家里坐一下。”

说完，她趴在江嫣耳边小声说：“这个人是不是那天在片场找你的那个？我看着特别像。”

陆非站起来，脸上挂着笑：“你回来了。”

江嫣皱着眉：“陆非，你怎么会在这儿？”

她又转头跟悄悄说：“以后不要随便放这个人进来。”

陆非走到她身边：“别怪这位小妹妹，是我主动要求的，我跟她说我是你朋友。”

江嫣的手指紧紧攥着羽绒衣的侧边，抬起头：“陆非，你到底什么意思，为什么忽然搬到这里？”

陆非直视她的眼睛：“嫣儿，我在追你，你看不出来吗？”

空气一下安静下来，两人彼此对视，都没说话。

气氛有点儿怪怪的，悄悄自觉后退两步："江江，那……我就先回家了。菜已经切好了，待会儿你自己做一下吧。"

她抓起沙发上的衣服和包很快走掉。

客厅中间，两人依旧沉默。

陆非盯着她的眼睛，看到她眼角又在变红。

忽然一阵心疼。

江嫣使劲儿睁了一下眼睛，控制自己的情绪："陆非，你不要总是说这些奇奇怪怪的话，我一句都不会信的。"

陆非走近一步，拉住她的手腕，垂着头看她："我没有骗你，我知道你还在生我的气，没关系，我有耐心，我可以等。"

江嫣低着头沉默一会儿，忽然挣开他的手："可我已经不喜欢你了。"

男人的手垂在身侧，微微动了动，最终没有再次拉住她。

过了一会儿，江嫣听到头顶一道声音，很轻柔——

"可我喜欢你。"

江嫣抑制不住地心跳加速。

她皱了下眉，伸手捂住心口。

陆非想起她的病，慌忙搂住她，有点儿着急："嫣儿，你怎么了？是不是不舒服，家里有药吗？我送你去医院。"

对待这种病，他并没多少经验，很怕耽误时间，他想抱她起来，却被她一把推开。

江嫣用了很大力气："你不要碰我。"

她站在原地，自己平息了一会儿，随后缓缓抬起头，眼眶湿润，硬是没让眼泪掉下来："你不觉得你现在说这些话很可笑吗？

"以前无论我做什么你都不喜欢我，现在隔了几年就喜欢了？

"可怜我吗？

"我不会相信你，你说的话我一个字都不会信。"

江嫣有些激动，抓着他衣服把人推到门口："你出去，以后不要再到我家来，别出现在我面前，我不想看见你。"

陆非伸手按住门板："嫣儿，我要怎么做，你才相信我？"

江嫣不看他，固执地推他："你怎么做我都不会信，你出去，你出去啊。"

陆非投降："好，我出去，你先不要激动，身上有药吗？你吃哪种药，我去给你买。”

江嫣拿掉他挡在门边的手，重重把门关上。

江嫣翻过身靠着门板，一点点滑坐在地上，低着头，终于哭出来。

她忍着不出声，捂着嘴掉眼泪。

少女时代一直梦寐以求的，不就是他这句话吗？

为什么现在听到了，心里竟这样难受？

他太坏了，过了这么过年，她好不容易以为自己终于忘掉了，他忽然又出现，还说这些莫名其妙的话。

他存心折腾她，不让她好过。

陆非身体靠在外面，两人中间只隔一道门。

他隐隐听到里面的人小声哭泣，将额头抵在门板上，身体像无限下坠，没有尽头。

江嫣反应竟这么强烈。

大概当年她是真的伤透心，才会有这样自我保护式的抵触情绪吧。

陆非有些不知所措。

楼道里真的很冷，快要跨年，白天都零下十几度，陆非只穿一件薄衫，向外走了两步，靠在冰冷的墙壁上。

他真的没有钥匙。

开锁师傅说十五分钟到，现在已经二十几分钟，人还没影子。

陆非也没催，就这么在电梯间的风口里站着。

门里，江嫣蹲在地上，哭够了，抹了一把脸上的眼泪，站起来趴在门上顺着猫眼往外看。

陆非抱着手臂，缩在墙角可怜巴巴，眼睛无意识地向前看，不知道在想什么。

过了一会儿，他抬手把衣领往上扯，头低下去，试图遮住半张脸。

江嫣气还没消，眉头皱着，心想有家不回你神经病，喜欢挨冻就冻着吧。

她转身走去厨房，路过沙发时看到扶手上搭着一件深色的男士棉服。

忽然想起悄悄说过，他是没有钥匙过来等。

真的没钥匙？

她还以为是借口。

江嫣在原地站了一会儿，决定不去管他。她走到厨房，悄悄已经把菜切好，准备她一回来就做的。她看了一下几个盘子里的半成品，悄悄是想做滑蛋虾仁、鳕鱼和大拌菜。

江嫣把鳕鱼放回冰箱里，准备先把拌菜弄了。

黄瓜、紫甘蓝、胡萝卜、香菜、小柿子、小白菜什么的乱七八糟切一通，放到一个大容量的盆里，再放点儿专门的拌菜汁和麻酱、沙拉搅拌一下，很简单。

她开了火，想把虾仁煮熟，也放到拌菜里几只。

等水沸的过程中，她盯着锅里一点点冒起的泡泡。

时间真慢。

江嫣看了一眼厨房外面，那件衣服搭在沙发扶手上，他个子高，衣服特别长，有一截儿拖在地上。

烦死了。

江嫣关了火，洗手的时候特别用力，泄愤一样搓个不停，然后走到客厅一把捞起那件衣服，鞋都没换，开门直奔陆非，把衣服用力塞进他怀里，一句话都没说。

门再次被重重关上。

陆非抱着衣服，有点儿蒙。

刚刚她出来又回去，两秒钟不到，好像做梦一样，特别不真实。

陆非低头看了看怀里的衣服，心里漾起阵阵涟漪。

她到底还是关心他的。

江嫣回到屋里，再没心思做饭，躺在沙发上闭着眼睛，不到一分钟手机响了，陆非发来微信：嫣儿，谢谢你。

江嫣盯着那行字看了很久，随后甩开手机，翻身脸冲里，就这么睡了。

醒来时江嫣有些迷糊，感觉睡了很久，但看时间还不到一小时。

她从沙发上坐起来，肚子已经开始抗议，叫个不停。

她随便顺了顺头发准备把菜做了。

目标厨房，走到一半她又转身跑到门口看猫眼。外面空荡荡没有人，大概开锁师傅来过了。

江嫣在门口站了一会儿，随后揉了揉脸，去做菜。

这个晚上，临睡前，江嫣收到陆非发的一条信息：嫣儿，晚安，我睡了。

之后的半个多月，陆非没有打扰江嫣，两人偶尔在门口碰到，他跟她说话，她总是不理。

接近年底，公司的事也很多，陆非的父亲刚出院，还在家休养，陆非白天一直在公司忙，有时很晚才回来。

唯一不变的是，每晚他睡觉前，都会给江嫣发一条微信，告诉她自己要睡了，晚安。

江嫣从没回复过。

这期间，江嫣那部都市剧已经播到大结局，男女主幸福地生活在一起，非常圆满。播出期间几乎每天都有讨论点上热搜，两人在剧里互动的小片段被热心网友做成视频合集，转发量非常高。

陆非就是坐在家里的懒人椅上看到的这段视频。

亲亲，抱抱，举高高。

一个不落。

陆非觉得自己大概有自虐倾向，明知道这种甜甜的都市爱情剧肯定少不了这样的画面，为什么非要去看？

当他再次看到肖凯捧住江嫣的脸时，直接把手机给扔了。

他烦躁得要命，跑到阳台吹冷风，又在寒风中抽了一根烟，回来时看到地板上的手机，很没脸地又捡起来，点进她的微博界面。

最新的一条是今天早上发的：今晚八点直播间不见不散亲亲爱心。

陆非看了眼时间，八点二十，这会儿她应该还在吧。

陆非点进直播间。

意料中的人气爆棚，下面的留言唰唰唰闪过，根本看不清说了什么。

不知道是江嫣自己定的还是公司定的，今晚她直播做菜，一边在厨房忙，一边抽时间跑到手机这边跟大家聊几句。

镜头里，她穿着温柔色调的家居服，头发随便绾了一下，满眼都是笑，眼睛里像有小星星。

陆非有些恍惚，她有多久没有对自己这样笑过了？

记得以前，她最喜欢对着他傻笑。

直播间里有人给江嫣刷礼物，江嫣看到了，歪着头俏皮地说谢谢，还点了那个人的名字。

陆非心里不爽，也去点“送礼”，显示尚未登录。

他退出去，折腾好久才注册了账号，又绑定微信，再进去时，一口气刷了十几个“大宇宙”，几万块砸下去。评论区全炸了，都在讨论这位人傻钱多的大佬是从哪儿冒出来的。

结果陆非砸礼物的时间不太对，江嫣在折腾锅碗瓢盆，根本没看到直播间满屏大宇宙的盛况。

陆非在床上滚了两圈，脸压在床单上，心想，就这样闷死也不错。
手机里又听到江嫣的声音，她已经做好一道菜，正在跟大家展示。
她很随性，看到什么问题也会回答。
“这星期还有一个综艺的拍摄，然后就回家过年啦。”
“年后有两部戏已经定了，名字？先不告诉你，保密保密。”
“喜欢吃什么？什么，都喜欢吃，哈哈。”
“水果啊，柚子吧，最近胖啦，柚子减肥。”

评论里问得最多的还是她有没有男朋友，跟肖凯有没有可能发展，江嫣直接忽略，当没看见。

陆非在床上趴了一会儿，忽然一个猛子坐起来，几步跑到厨房，打开冰箱翻了个底朝天，真被他找到一个柚子。

是家里阿姨昨天过来帮他打扫，看到冰箱空空荡荡，出去买了一些水果蔬菜放进去，嘱咐他要按时吃饭。

柚子很大，陆非给它开了个口，小心将里面的果肉拿出来，白色的皮全部撕掉，掰成小块，又通通塞回去。

然后将“帽子”戴好。

外观上看，还是一个完整的柚子，是他跟家里阿姨学的。

江嫣的直播已经结束，陆非把柚子用一个透明的袋子装好，轻声开门，脑袋先往外探了探，确定没人后才把柚子放在她门口，伸手敲了几下门，然后迅速把自己的门关上。

他耳朵贴在门板听了听，隔壁有开门声，几秒后门被关上。

拿进去了吧？

陆非又听了一会儿，没什么声音，刚想出去看看，突然有敲门声，把他吓了一跳。

他以为是江嫣，紧张地整理了一下衣服才开门，还没看清来人，就被一个大熊抱扑得后退两步。

章灵珊俏生生地喊：“哥！”

章灵珊其人，最没良心一丫头，无事不登三宝殿，除了缺钱从不主动找陆非。

陆非皱着眉把人从自己怀里拽出来：“你怎么追杀到这儿了，谁告诉你我住这儿？”

章灵珊脱了鞋，笑眯眯地往里走，摘了包扔沙发上，自己也躺上去：“我神通广大呗。”

陆非探身看了一眼隔壁，门口的柚子已经不见了。

他关了门走到沙发旁，抬脚蹬了蹬章灵珊：“好好坐，没个女孩儿样子，找我干什么？”

“想你了。”

“别扯没用的，又没钱了？”

“什么没钱啊，我就不能看看你？”

陆非治她只有一招：“我给你妈打电话。”

见他真要去拿手机，章灵珊急了：“别别别，我说还不行吗？”

“什么事？”

“我想……借住一晚。”

陆非差点儿以为自己听错：“什么意思，你怎么不回家住？”

章灵珊盘腿坐在沙发上，抱着抱枕，可怜巴巴：“不想被骚扰。”

“谁骚扰你，”他走过去，“杜远啊？”

章灵珊猛点头：“哥，你那什么同学啊，你怎么把他介绍给我，他太烦人了。”

“你们俩又吵架了？”

“不是又，是一直没停过，”她斜斜躺在沙发上，“他肯定去我家找我。我妈跟他一伙的，就知道说我，反正我今天不走了，他给你打电话就说没看到我啊。”

章灵珊把整个沙发都霸占了，陆非又蹬她一脚：“大半夜孤男寡女怎么住啊，我这儿就一间房。”

“我是你妹，怕什么，我就睡沙发了。”

“不行，我不方便，”陆非拽着她起来，“小区边上就有酒店，我给你开间房。”

章灵珊耍赖：“我不想住酒店。”

陆非站在原地，叹了口气。

章灵珊从小被家里宠到大，让她一个人住酒店确实有点儿不放心。

陆非没办法，只能简单收拾点儿换洗的东西自己去住酒店，临走前特意嘱咐她：“门反锁，别乱动我东西，明儿早上立马滚蛋。”

楼道里，他看向江嫣的门，里面似乎没什么声音，不知道是不是做完直播就睡了？

他进了电梯，给章灵珊的老妈和杜远分别发了一条消息：灵珊在我这儿，放心。

随后，他想了下，又给江嫣发一条：嫣儿，晚安。

江嫣收到这条信息时，正在厨房收拾操作台。

案板上，放着刚刚在门口捡到的柚子，不用说也能猜到是谁送的。

江嫣一边闷闷地擦操作台，一边想，陆非应该也看直播了吧，刚说完柚子，就送来一个。

江嫣偏头又看一眼桌上，咬了咬唇，扯了张纸巾盖到上面。

眼不见心不烦。

收拾完房间，江嫣去洗澡，吹头发时，又想到柚子，总觉心烦。

如果今天不处理掉，大概晚上不用睡了。

江嫣套上一件厚厚的羽绒服，把柚子捧在怀里，深深舒了口气，去敲陆非的门。

响了几声后，门被打开。

江嫣愣在那里。

开门的是个年轻小姑娘，刚刚洗完澡的样子，漂漂亮亮，头上裹着毛巾，身上套着宽大的男式衬衫，两条腿露在外面。

陆非的衬衫。

一时间，江嫣不知做何反应，手指紧紧抠着柚子底部，想转身，但脚步沉重，没办法挪动一步。

章灵珊手还握在门把手上，上下打量一下江嫣："你找谁？"

江嫣语塞："我——"

章灵珊忽然睁大眼睛："你不是那个江、江什么来着，对不起，我忘了你名字，我看过你演的电视剧，你找陆非吗？"

她还想说话，江嫣忽然转身，按自家密码时明显慌乱，几次按错，终于打开门，她慌忙跑进去，一下把门撞上。

章灵珊有点儿纳闷，这小姐姐怎么了？

看到明星，她很兴奋，回去就给陆非打电话："哥，你家隔壁住了个明星你知道吗？真人比电视上还漂亮。"

陆非愣一下："你见着她了？"

"是啊，她来敲门，看见我什么话都没说就走了。"

另一边，陆非二话没说挂了电话，匆忙把衣服裤子套上，抓起手机就往外跑。

他现在只希望章灵珊开门的时候穿得齐齐整整。

路上，他边跑边给江嫣打电话，江嫣没有接。

从电梯间出来，陆非直接去拍她的门：“嫣儿，开下门好吗？我有话跟你说。”

里面没动静。

就在他以为江嫣死都不会出来时，门开了，江嫣一脸愤怒，抱着柚子狠狠砸在他身上。

柚子瓣掉了一地，江嫣要关门，陆非一把拦住：“嫣儿，你听我解释。”

“你走开。”江嫣用尽力气把他往外推，但这次他没让着她，搂着人肩膀直接把她推进门，自己也跟进去，随手把门关上。

江嫣气急：“谁让你进来的！”

陆非握着肩膀不让她乱动：“那女孩儿是我表妹，亲表妹，不是你想的那样。”

江嫣什么都听不进去，拼命挣脱他的束缚：“爱谁谁，跟我没关系。”

陆非看着她：“嫣儿，我不要你误会我。”

江嫣固执地去掰他的手。

陆非看了她一会儿，喉结滚了滚，说：“嫣儿，其实你吃醋，我挺高兴的，起码说明你还在乎我。”

江嫣红着眼眶，抬手把他推到门板上，狠狠踩了他一脚：“谁吃醋了，你做什么春秋大梦呢！”

她力气大，陆非后背撞到门上，又挨了一脚，顿时疼得弓起身子，慢慢下滑坐在地上，手掌捂着自己的脚，闷哼一声。

江嫣挺直腰背低头看他，根本不信：“你别在这儿装可怜，快点儿起来。”

陆非没有抬头，只摆手：“让我缓缓。”

他这个样子，说话都哑着嗓子，受了多大创伤似的。江嫣心下软了一些，但还是忍不住轻轻踢他一脚：“你快起来，别装。”

陆非没有动。

江嫣站了一会儿，看他好像很严重的样子，蹲在地上靠近了看他：“陆非。”

她皱着眉，去碰他的手臂：“真的很疼吗？我没有太用力。”

谁知陆非忽然止住那股哼唧劲儿，攥住她的手，有点儿可怜地说：“要是踩我几下，踢我几脚，能让你舒服些，就来吧。”

江嫣真要信了，还很自责，看到他这副样子，刚刚那股气又蹿上来，用力挣开他的手：“你又骗我。”

陆非没松手，把人拉近了些，将她的手放在自己膝上，嗓音温柔：“嫣儿，我没骗你，真的很疼。”

江嫣目光向下，眼眸微动，没有说话。

陆非去碰她的脸：“她真是我表妹，跟男朋友吵架了躲到我这里。我也没有在家住，我从酒店跑回来的，”他拿出房卡给她看，“就咱们小区边上这家，你看。”

江嫣下意识地往后缩了一下，头一偏，躲开他的手。

她没去看那张卡，站起来把门打开：“跟我没关系，你走吧。”

陆非叹了口气，觉得不知该如何待她才好，他仰起头看她：“那你是不是不生气了？”

两人的房门大敞四开，被电梯里匆匆跑出来的杜远撞个正着。

杜远目瞪口呆地看着自己哥们儿坐在人家姑娘家门口的地板上，心想这人追人已经不要脸到这种地步了？

我让你搬到人家隔壁，没让你耍无赖碰瓷一样坐人家家里的地板上吧。

陆非看到杜远，像见到救命稻草，赶紧掏出钥匙扔给他：“速度点儿，谁家的谁领走，千万别再来找我，以后我们井水不犯河水，各过各的日子，逢年过节我带礼物去看你们俩，再见。”

杜远：“……”

他接了钥匙，开门进去。

里面很快传出章灵珊的尖叫声，但只一小会儿就没动静了。

杜远对付她也只有一招。

往死里亲。

保准老实。

江嫣看着陆非：“你还不起来？”

陆非抿了抿唇，把手递给她：“你拉我一下。”

江嫣非常不耐烦，但还是拽了他一把，两人手掌相握，偏斜角度的那一刻，江嫣看到他手腕内侧的文身。

脉搏附近，简单精致的两个字母。

JY。

江嫣目光定在那里，愣住了。

文身已经有些褪色，显然不是近期文的。

他把她的名字刻在自己生命的节奏中，每跳动一下，都能感受到她的存在。

陆非注意到江嫣的异样，顺着她目光看向自己的手腕。他没回避，也没躲，反而更紧地牵着她的手。

“嫣儿，再信我一次，行吗？”

江嫣心绪复杂，低着头说不出话。陆非走近一步，站在她面前，伸手轻抚她的头发，稍一用力，将她的脑袋按在自己肩上。

江嫣难得温顺，陆非抓紧机会，刚想更进一步，隔壁自己家的门开了。章灵珊已经换好衣服，小鸟依人地窝在杜远怀里。

听到声音，江嫣猛地把陆非推开，逃也似的跑回家，咣当一下把门撞上，声音之大，连楼上楼下走廊里的声控灯都跟着亮。

大好机会被破坏，陆非恨得咬牙切齿，狠狠瞪了章灵珊一眼：“你就作吧，我告诉你，没下回，以后你们两个就是吵到天上去，也千万别来找我，老子不陪你们玩。”

不知是刚刚杜远给章灵珊科普过，还是章灵珊自己火眼金睛，反正她现在已经知道自己老哥在追那个明星小姐姐。

她特别大气地拍了陆非肩膀一下：“哥，别气馁，有什么需要尽管跟我说，别的我不行，女孩儿的心思多少还懂一些。”

陆非面无表情地看着她：“我只需要你离我远一点儿。”

说完这句话，他抬手劈开面前搂搂抱抱的两个人，硬是从他们中间挤过去，关门的时候，声音跟隔壁一样大。

回到家，陆非有些泄气地瘫坐在沙发上。

手机一直在手里转来转去，不知道该跟江嫣说些什么。

一墙之隔的另一边，江嫣在干吗？

陆非没回酒店，坐了一会儿就起身，去阳台拿了扫帚把楼道里一地的柚子瓣收拾干净，回来后关灯睡觉。

卧室变暗的那一瞬，他终于想起要跟她说什么。

陆非：嫣儿，明天我还给你买柚子，晚安。

发完这句话，他本没指望江嫣能回复，把手机扔到床头柜上，闭眼休息。

但五分钟后，手机响了一声。

陆非猛地睁开眼睛，拿过手机，看到江嫣的回复。

江嫣：不要，我不吃。

这是重逢以来，她第一次回复他。

虽然依旧是拒绝，但已经进步很多，陆非有点儿兴奋，很快编辑一条发过去。

陆非：等着我，晚安，睡吧。

一夜好梦。

第二天上午，陆非早早起床，洗澡换衣服，把自己收拾得干净利落，开车去附近的生鲜超市，挑了几个又大又新鲜的柚子，回来后跟昨晚一样，从顶端切开，把里面的皮全都去掉，柚子瓣整整齐齐摆回去。

他捧着柚子，正正衣领，敲了两下隔壁的门。

没有反应。

他又敲两下，还是没人开门，陆非看了一眼时间，早上十点，是没起床，还是不在家？

陆非也没回去，就站在她门口低着头给她发微信：嫣儿，在家吗？

又发一条：我在你门口。

他靠在门上，等了两分钟，江嫣回复：不在家。

至于去哪儿，她没说。

陆非有些郁闷，有劲儿没处使的感觉，回家把柚子好好地放在冰箱里，一块都没舍得吃。

然而直到三天后，柚子已经打蔫快要坏掉，江嫣还是没回来。

陆非跟江嫣公司的人打听后才知道，江嫣这几天去参加了一期综艺拍摄，需要在那边住一晚，接下来一直到过年，她都没什么事，所以直接从那边飞回家休假。

今年过年特别早，一月末，离现在也只有不到十天时间。

不知道过完年，她初几回来。

陆非忽然觉得心特别空。

这段时间住在这里，虽然江嫣总是拿他当空气，但她就在隔壁，陆非心是踏实的，不会像以前一样无所依靠，每天在想她身在何处。

她这一走，好像一朝回到解放前。

一连几天，陆非都没什么精神，接近年底，父亲的病也好了许多，陆非陪陆延君参加年会，很多事他不爱管，直接让鲁俊问陆延君的意见。

他每天给江嫣发很多信息，早晚是固定的，其他就比较随机，有时碰到好玩的事也会给她拍张照片发过去。

江嫣的回复就更随机，时有时无，就算有，也只是简单的几个字，并不啰嗦。

除夕那天，合家欢乐。

陆家人丁兴旺，过年时总是很热闹，陆非被几个亲戚家的小孩儿拉去当提款机，疯狂购物。

小孩子们都热衷的一只小白熊毛绒玩偶，特别可爱，陆非多买了一只，准备送给江嫣。

年夜饭时，陆延君再次提起陆非的婚事，这次虽没指定某个人，但言语间也对他颇为不满，父子俩话不投机，差点儿吵起来。

陆非顾及他爸大病初愈，咽下许多未出口的话，好不容易陪陆延君守岁到钟声敲响，他一个人不声不响，开车去了机场，登上后半夜飞往武汉的航班。

机票是他早就订好的，谁都没告诉。

他想江嫣，非常想。

一分钟都等不了。

除夕夜的北京城太空了，畅通无阻，陆非到机场时还有一个半小时登机。

他一点儿都不困，安检后就安静坐在候车室耐心等待。

他什么东西都没带，只带了那只小白熊毛绒玩偶。

飞机到达武汉时，已经是第二天早上，陆非只睡了一小会儿，脸上都是疲惫倦色，随着人群往外走。

他不是第一次来武汉，这次心境却大不一样。

不知道为什么，没到的时候心里急得要命，现在到了，他反而不着急。

江嫣一年到头难得休息，又是大年初一，陆非忍了一下，没有立刻打扰她，先在机场附近吃了个早餐，简单洗了把脸，随后打车到了一个叫星月广场的地方。

江嫣昨天新发的一条微博，是一张冬日暖阳的图片。

背景就是这里。

陆非不知道她家在哪儿，但她昨天到过这里，所以他也来这儿。

这边没下雪，但依旧很冷，长椅太凉，他靠在扶手上，低头给江嫣发微信，兜里还揣着要送她的小白熊。

陆非：嫣儿，我在星月广场。

没有人回复。

而此时，江嫣正在家睡得昏天黑地。

她家在武汉这边并没有什么亲戚，就算有，走亲戚也都是初二以后的事儿。

大年初一，是休息的日子。

一家四口都没出门，江爸江妈看重播的春晚，江振是个工作狂，说好了不加班，但在接了个同事的电话后还是打开电脑，继续分析整理年后的一件案子。

他现在已经是一位很有名的律师。

只有江嫣在睡觉。

她一年太忙，平时也没什么正经休息日，都是根据档期和通告时间看着安排，有时一个月都休不到一天。

家里知道她累，谁都没叫她。

醒来时已经是下午三点，她早上吃过早饭后就一直睡到现在，屋子里有些凉，她把脚缩回被子里。

习惯性地看一眼手机时间，屏幕亮起时，她吓了一跳。

三个未接电话，十几条未读微信。

全部来自陆非。

她从最上面一条开始看：嫣儿，我在星月广场。

江嫣心里一惊，他来武汉了吗？

她接着看下去。

起初陆非还很镇定，说没别的意思，只是顺路来看看她。

后来大概是因为一直没有收到她的回复，打电话也没人接，他就有些着急，字里行间都透着央求的语气：嫣儿，出来好吗？我就见你一下。

江嫣的嘴角微微扬起来。

他最后一条信息，是在十五分钟前，还配了一张自拍。

照片里，陆非的头发已经被风吹乱，蹲在星月广场上一个比较避风的小亭子里。

还有一句话：嫣儿，我钱包丢了，没有地方去，好冷啊。

星月广场名字听着挺大气，其实很小，一般只有住在附近的人锻炼时才会来。

如果不是江嫣的照片里露出后面的一栋标志性建筑，陆非也看不出这是哪里。

江嫣是十五分钟后到的。

陆非已经顾不上椅子凉不凉，反正他现在浑身上下从里到外都是凉的，他坐在木头长椅上，弓着腰，手掌撑着下巴，眼睛盯着地面的一小块碎石头看了很久。

眼前出现一双黑色的马丁靴，长度到半个小腿，又瘦又有型。

陆非抬起头，看到江嫣披散着头发，一个黑口罩遮住大半张脸，只露出两只漂亮的眼睛。

“很冷吗？”她说。

陆非站起来，腿都有些酸麻，他低低应了声：“嗯。”

“冷为什么不去附近找家店坐一会儿，非得耗在这儿。”

“不想去。”

他说这话，似乎带了点儿赌气的情绪。江嫣抬起头，看到他围巾帽子什么都没有，耳朵冻得红红的，唯有一双眼睛依旧清明。

她还是解释了一句：“我一直在睡觉，刚看到。”

陆非说：“如果一开始就看到，你会马上来吗？”

江嫣没有说话，过了几秒，她越过这个问题，问他：“你干吗跑来这里？”

“想见你。”

江嫣看向他的眼睛，抿了下唇：“什么时候到的？”

“早上。”

江嫣皱眉：“几点的飞机？”

“后半夜。”

“你没在家过年吗？”

陆非说：“过了，敲完钟我就出来了。”

“除了看我，还有别的事吗？”

“没有。”

江嫣不知道说什么了。

两人就这样在原地站了一会儿，江嫣拿出手机：“你是古代人吗？没有钱包就什么都做不了了，手机里没有钱吗？”

“没绑卡。”

江嫣低着头，往他微信里转了一千块钱：“你现在看到我了，晚上找个地方住，明天就回去吧。”

听到他手机有到账的提示音，江嫣把手机塞回兜里，转身想走，但他拉住她。

江嫣停下脚步，陆非说：“嫣儿，我还没吃饭呢。”

他大老远从北京跑过来，江嫣不忍对他太凶，她转过头看他一眼：“一天都没吃吗？”

“嗯。”陆非下意识地回答。说完忽然记起早上下飞机时吃过一个汉堡，他想了一下，没有提这件事。

江嫣叹了口气，转头看向街对面，一排小店，大多是书画装裱，中间夹杂了一个小饭馆。她示意一下：“走吧。”

店面不大，只有四张桌子。两人坐下，江嫣摘掉口罩，把桌子上的菜单推到他那边：“你看看想吃什么。”

陆非只看她：“你帮我点。”

江嫣也没推托，拿过菜单看了一下，点了两个菜，一碗米饭，又要了壶热水。

陆非说："你不吃吗？"

"我不饿。"

"陪我吃一点儿吧。"

江嫣今天对他已经很有耐心，她两手插兜，靠在椅背上，盯着他的眼睛："钱包怎么丢的？"

陆非面不改色："不知道，下飞机就没见过。"

江嫣看不出异样，低下头："回去的机票订了吗？"

热水先上，但两个人都没动。

陆非看着她："嫣儿，这些天，你想我吗？"

"我不想回答这个问题。"

"那就是想。"

江嫣不说话，也没看他，低头摆弄手机。

没一会儿，服务员上菜，陆非低头吃饭。

菜不错，他似乎是真的很饿，没一会儿一碗饭见底。

江嫣说："再叫一碗饭吧。"

陆非摇头，放下筷子："吃饱了。"

这个季节天黑得很早，从小饭馆出来时天已经完全暗下去，陆非坚持要送江嫣回家，江嫣没有拒绝。

她家离这里不远，走路只有十几分钟。

吃过饭，陆非身上暖和不少，两人并排走在小路上，他手垂在身侧，捞了两下，没捞到她的手。他还想牵，但她已经把手放回衣服口袋里。

送到楼下，江嫣说："就到这儿吧，我家里有人，你去不方便。"

陆非看了一眼楼上，没有勉强。他向前走了一步，站在江嫣面前："嫣儿，你什么时候回北京？"

江嫣抬起头看他。

"我想跟你一起走。"

江嫣藏在口袋里的手攥了攥："今天才初一。"

陆非很怕她不高兴似的："我不打扰你，我自己活动。"他顿了一下，"我不想一个人回去，你不在，也没什么意思。"

江嫣沉默一会儿，眼睛盯着他羽绒衣上的拉链："陆非，你走吧。"

陆非有点儿着急，抓住她手腕："嫣儿。"

"你先走，我们的事，回北京再说。我需要时间想一想，你不要逼我这么紧。"

陆非怔了一下，他在思考这句话的含义："你的意思是，你愿意重新考虑我们的事，是吗？"

过了两秒，江嫣点了头。

陆非望着她，没有期待中的兴奋，只觉心里苦涩。他伸手将人搂进怀里，哑着声儿说："谢谢你愿意给我机会。"

他的姑娘始终心软，该高兴吗？

不那么高兴，委屈的那个人，一直是她。

以前是，现在也是。

江嫣忽然推开他，指腹抹了把眼睛，看向他身后："哥。"

陆非回过头，看到楼梯口站着个男人，寸头干净利落，个子很高，眉眼跟江嫣有些像。

陆非一直知道江振，但对他的了解，仅限于他曾追过温颜，给韩江添了很多堵。

两个男人的视线在空中交汇几秒。

江振走下台阶，站在两人面前，先看了江嫣一眼，随即将目光转向一旁："你是陆非。"

陆非有些意外，两人并没见过。

江振对江嫣说："你先上楼。"

江嫣说："哥。"

"听话，上去，妈在等你。"

他语气坚定，不容置疑。

江嫣转头看了陆非一眼，有些不放心他们两个单独在一起。

陆非知道江振有话说，他从兜里摸出那只小白熊递给江嫣："嫣儿，你上去吧，我晚一点儿打给你。"

毛茸茸的玩偶触手柔顺，江嫣把它捏在手里，抬头看了陆非一眼。

走到楼门口，她又回头看，陆非目光一直在她身上，看到她转身，陆非冲她笑了一下。

江振一直观察陆非的表情。

待江嫣从门口消失，他的目光才挪回来，看向江振。

江振说："知道我为什么认识你吗？"

陆非没有说话。

江振："很多年前，我妹妹的手机壁纸、屏保，她书桌上的小相框，她的电脑桌面，都是你。"

他盯着陆非："想不认识都难。"

这些事情，陆非并不知道。

他心底再一次涌起一股很浓烈的苦涩味道，变着花样地翻搅腐蚀他的五脏六腑。

江振是律师，习惯言简意赅，抓重点："我妹妹当年休学，也是因为你吧。"

陆非无可辩解，也不想辩解："是。"

"既然当初没有选择她，就应该彻底消失，我不明白你今天为什么会出现在这里？"

陆非直视他的目光，眼神无畏又坚定："当初是我的错，没有好好珍惜江嫣，现在能再次遇到她，我当是老天给我补偿的机会，我不会再放手。如果她愿意，我会一辈子对她好。"

面对他这番话，江振脸上并没起什么波澜："一辈子？你说得容易。你知道这几年她是怎么过来的吗？"

那年江嫣休学，整个人都变了，非常安静，不爱说话，也不爱交朋友，跟以前完全是两个人。

江振亲眼见证妹妹从那样一个状态，慢慢恢复成现在的样子。

非常不容易。

他心疼。

眼前这个男人是罪魁祸首，一切不愉快的源头。

他怎么忍心让妹妹再次陷进去。

江振不想再继续说下去，临走前，他对陆非说了最后一句话："以前的事已经过去，我再追究也没有意义，现在江嫣过得很好，我不希望她再跟你有任何瓜葛。

"希望你记住我说的话。"

江振回到家，看到江嫣一个人坐在沙发上，盘着腿，怀里搂着那只毛绒玩具。

听到门声，江嫣一下从沙发上跳下来，光着脚跑到门口："哥。"

江振换鞋脱大衣，没理她。

江嫣绕到他面前："哥，你跟陆非说什么了？"

江振把大衣挂到衣架上，转身看着她：“你能不能长点儿记性，为什么还要跟他搅和在一起？”

江嫣低着头：“我没有跟他搅和。”

“我问你，你们两个什么时候又联系上的？”

江嫣抿了抿唇：“去年年底。”

“在哪儿？”

“北京。”

“大年初一，他从北京追到这里，什么意思？”

江嫣没说话。

江振问：“他是后悔了，想追你？”

“我不知道。”

“别跟我说不知道，刚才他什么都跟我说了，你告诉我，你怎么想的？”

江嫣沉默一会儿：“我没想好。”

江振真拿这个妹妹没办法，从小一根筋，喜欢谁，不会轻易改变。

他伸手捏住她的肩膀，低头看她：“哥是为你好，你以前受过的苦，都忘了吗？还想再来一次？他是什么人，陆少爷，如果这次是他心血来潮，一时兴起，你又傻乎乎地陷进去，以后他再伤你的心，你要怎么办？”

江嫣心里很乱，伸手抓住江振的衣服，额头抵在他肩上：“哥，可我总觉得，他这次是认真的。”

这晚临睡前，江嫣收到陆非的信息：嫣儿，我明天回北京了，你好好休息几天吧。我不催你，也不逼你，你慢慢想，想多久都行，我等着你。

随后还有一条：晚安，爱你。

之后的两三天，除了每天的晚安，陆非真的没有再打扰她。

江嫣哪儿都不想去，每天待在家里看书，看剧本，帮老妈做饭。那只小白熊一直放在床头，每晚伴她入眠。

大年初五这天，江嫣的假期提前结束。

因为这天，她上了热搜。

其实江嫣已经不是第一次上热搜，甚至不是第二次、第三次。

但这次是她小有名气以来的第一个负面热搜。

微博由八卦大 V 首发，一众八卦小 V 跟风转发。

六张动图，三张照片，把九宫格塞得满满的。

分别是武汉的小饭馆里，江嫣和陆非一起吃饭，江嫣家楼下，两人拥抱。

放在平时，这顶多算个绯闻，女明星谈恋爱不是什么稀罕事，但这些媒体直接放了原图，没给陆非打码。

本来网上大家讨论得很热闹，都在猜这个帅气的小哥哥是圈内人还是圈外人，不知评论区哪个大神火眼金睛，扒出照片里的男人是某影视投资公司的独生子。

陆非不是圈内人，能认出他的，一定是生活中也认识他的人，但已经无从考证。

有好奇的网友去搜，哦，原来是投资《识月》那家。

联想前阵子有传言说江嫣要演《识月》女一号，大家似乎都很兴奋，觉得自己挖到了一个特别炸的点。

于是谣言四起，都说江嫣背景深厚有人罩，带资进组没实力。

这也就算了。

毕竟这个圈子里带资进组的人不要太多，就算真的带资进组，也不算什么负面新闻。

比较让人头疼的是，不知道是谁在暗中带节奏，开始深挖江嫣的历史。

有她刚刚出道时拍过的青涩小丫鬟，说她演技不行。

有说她倒贴肖凯，拉着他抄 CP，所以现在才这么火。

更有甚者，扒出她原本并不是在电影学院上学，曾在岳城工大读过半年，那时就不太老实，三更半夜和男生在图书馆乱搞被学校发现，受不了流言才退学。

短短两天时间，这条原本不是什么大事的新闻，滚雪球一样越滚越大，江嫣一直以来风评很好，这次受到不小冲击。

公司的人把江嫣找回北京，大家紧急开会研究处理方案。

江嫣刚刚崭露头角，根基不稳，实在受不了来这么一下，公司官微很快发出律师函公告，警告造谣者。

也有人顺着微博评论去查造谣源头，猜测应该是某些看江嫣红得太快，非常眼红的同类型小花竞争对手。

但这些都没有凭据。

他们找人联系网站撤热搜，意外发现已经有人在运作这件事，大家心知肚明，知道十有八九是陆非做的。

一整天，江嫣都在公司待着，她平时虽相对佛系，不太看一些不好的评论，但她出道以来第一次遇到这种事，还是忍不住去翻手机。

不用说，很难听。

她看到有人提在工大图书馆那次的事，就很烦，偏偏这时陆非给她打来电话。

这个罪魁祸首。

她直接按掉。

陆非很快发来一条微信：嫣儿，接我电话。

江嫣没理，他又发一条：网上的事我听说了，你不要着急，我来处理，你现在在北京吗？我想见你。

那边崔虹找江嫣有事，她收起电话过去开会。

陆非知道这件事时，已经是发酵的第二天，牵扯到他身上，有朋友问他，他才知道。

他不怎么上网，消息滞后严重，了解事情始末后非常生气，也第一次见识到这些无聊网友捕风捉影人云亦云的能力。

当年在工大图书馆那件事，折腾到现在竟然传得这么离谱。

他当即让人联系网站撤热搜，删博控评，但没官方发布公告辟谣。

没得到江嫣的允许，他不敢擅作主张，而且娱乐圈的事他也不太懂，不敢确定怎样做对她才好。

直到晚上九点，陆非才在小区地下停车场看到江嫣。

她依旧戴着黑色的口罩，头发绑了一个简单的马尾，几根微微卷曲的刘海耷在额间，只看眼睛，也能感受到她此刻心情有多糟糕。

陆非走到她车前，她看到他，停住开门的手，两人就这么互相对视一会儿，随后她开门下车，直奔电梯。

陆非拦住她："嫣儿。"

出道这几年，江嫣已经很能收敛脾气。

对公司，对其他艺人，对粉丝，甚至对经纪人对助理，对一切外人，她都能很好地控制情绪。

今天在公司，看到那些胡编乱造的言论，心里难受成那样，她也没表现出来。

但一看到陆非，她的所有情绪一涌而出。

如果从上学开始就算入了这一行，到现在也有六七年了。在学校时，她常常跟同学排演话剧，熬到后半夜，身体不舒服就吃片药。

大四开始出来接一些小角色，渐渐走到现在。

危险动作从来不用替身，夏天穿棉衣冬天下冷水，有一回被道具伤到，差点儿刮花脸。

吃了很多苦。

她不愿意告诉别人自己有心脏病，就怕被区别对待，也怕别人嫌她麻烦不找她拍戏。

她几乎是用半条命去经营自己的事业。

当这些努力被人无视，甚至泼脏水时，她就特别难受。

陆非一靠近，江嫣就一把推开他："你能不能离我远一点儿？"

陆非顺势捉住她的手，将人拉到自己身边："嫣儿，我已经找人在处理这件事，你不要着急。"他捏着她的手，"是我的错，给你惹了这么大麻烦，但我不知道会有人拍你，别生我气好吗？"

陆非这样软声软气地哄她，她心底的委屈全被勾起来，忍了一整天的眼泪夺眶而出。她用力推他："你能不能不要总是管我的事，能不能不要总是缠着我，都怪你……"

陆非抱住她，低声说："是，都怪我。"

江嫣还在挣扎："我讨厌你。"

陆非想起江振说过，那些年，她的手机屏保、电脑桌面都是他，心里就难受得不行。

他用力抱住她不放，嘴唇贴在她耳边："我爱你。"

听到这三个字，江嫣瞬间安静下来，但几秒后，她又受惊一般用尽全身力气去推他："你骗人！"

她转身往电梯间跑，但情绪激动，注意力也不集中，不慎崴了脚。她蹲在地上，心里怄死，还没有两秒，身子一轻，整个人被陆非横抱起来。

起先江嫣还不停地挣扎，但陆非力气大，她根本挣脱不掉。

陆非抱着她进了电梯。

江嫣湿着眼眶，去看陆非的脸。

那张脸，承载了她少女时代所有的幻想。没有人知道，她决定把这个人从生命里摘除时，心有多疼。

但他现在就在她身边，他抱着她，说爱她。

江嫣有些无力，脑袋渐渐靠在他肩上。

感受到怀里人的温顺，陆非只觉得心脏被人捏来揉去，恨不能死在她手里，只要她消气。

陆非偏过头，用脸颊蹭着她的额头。

到了他们住的那层，陆非打开自己家门，把人轻放在玄关旁的椅子上。

江嫣一被放下，就想站起来，但陆非按住她的肩膀。

他蹲在她面前，为她脱鞋，两只手握住她扭到的那只脚，轻轻揉捏。

江嫣红着眼眶看着他。

陆非低着头，专注地为她按摩："嫣儿，我知道，我以前让你受了太多委屈，我也知道，你不会那么容易相信我。但是，你能不能给我一次机会，就一次，我会证明给你看，我没有骗你。"

江嫣满心委屈，手指抓着换鞋椅的小垫子："可是，我那么喜欢你的时候，你都不喜欢我。"

陆非手顿住，眼睛却没动。

"喜欢。"他闭了闭眼睛，"我喜欢。"

他睁开眼睛，继续为她按摩："记得那年，你刚到工大，还在军训，有一天你问我，晚上的迎新晚会你有表演，我会不会去看？我那时说，不会去看。"他低笑一声，"其实我去了，你跳了一支舞，对不对？很漂亮。"

江嫣一滴眼泪滑下来："我没有找到你。"

陈年往事，陆非不想去提，提了，好像在推脱责任，但他今天特别想说。

"其实在很早的时候，我爸就给我安排了结婚对象。我爸那个人我最了解，为达目的不择手段，如果我跟你在一起，他一定会想方设法拆散我们，我不怕他，但我怕你受到伤害。

"所以我想，长痛不如短痛吧，我刻意疏远你，每次看到你失望的眼神，我都特别心疼。但是——"

陆非抬起头，目光与她交缠："当我彻底失去你时，我才知道，什么是'长痛'。"

江嫣望着陆非，一时间无法消化这些事，怎么可能呢？陆非不喜欢我的。

起码那个时候是不喜欢的。

她有些蒙。

很久以后，她才小声开口："那，你的未婚妻呢？"

陆非勉强笑了一下："没有什么未婚妻了。毕业后，我爸让我结婚，我不肯，闹了很久，后来我就去国外分部了，一年也回不了几次。"

陆非伸手扣住她的后脑，将她拉向自己，额头抵着她，闭眼沉默了很久："嫣儿，我不想再错过了，给我一次机会，好吗？"

江嫣泪眼婆娑，还没有反应过来，唇就被他吻住。

从唇瓣贴合的那一刻开始，两人就再也无法分开，陆非吻得很凶，将人推到墙上，只觉满腔爱意无处释放。

江嫣的眼泪蹭到他脸上，唇齿相撞，她感受着迟到许久的爱。

她搂住他的脖子。

陆非得到鼓励，忽然一用力，搂着腰把人抱起来，走去卧室。

没有开灯。

房间光线很暗，但两人还是能看清彼此的样子。江嫣抚摸他的脸，眼泪不停地流，带着哭音："陆非，你不能骗我。"

陆非鼻子一酸，哑着声应她："嗯，不骗你。"

他低下头吻她的唇。

爱到什么时候才是头？爱没有尽头。

只有早，或晚，或她以为的晚。

身体彼此贴合，灵魂也贴合，陆非从没觉得哪一刻如此满足过，直到汗水浸湿，直到最后一丝力气用尽，直到她哭到哽咽。

早上，江嫣先醒。

当她发现自己躺在陆非床上时，恨不能掐死自己。

昨晚听了陆非那么一大堆话，人还是蒙的，话还没消化完，怎么就糊里糊涂睡这儿了呢？

她低头，看到自己身上的几处痕迹，腰也疼，腿也酸，这个时候，实在没办法面对他。

转头看过去，陆非的手臂还横在她枕下，整个人挤到床这一侧，再过来一点儿，她就要掉到地上了。

她轻声下床，匆忙套上衣服裤子，鞋都没穿，拎着大衣刚走到门口，忽然听到身后一声："去哪儿？"

江嫣脚步顿住，僵硬地回头，看到陆非已经从床上坐起来，结实的手臂搭在膝盖上。

江嫣一时语塞："我……回家。"

陆非掀开被子下床，江嫣吓得立刻用手捂住眼睛，耳朵里听到窸窸窣窣的声音。过了会儿，陆非已经走到她面前，笑着拿开她的手："好了，我穿好了。"

江嫣慢慢睁开眼睛，发现他的穿好也只是穿了裤子，她抿了抿唇："我先回家了。"

陆非靠近她，搂住她的腰："你休息一会儿，我给你煮粥，吃一点儿再走。"

江嫣有些不自在，后退了一小步，低着头说："陆非，你不要以为我们昨晚……我就是原谅你了。大家都是成年人，这种事很平常，你不用放在心上。"说完，又觉得自己很没有底气，咬着牙补了一句，"反正我又不是没跟人睡过。"

陆非一直盯着她看。

江嫣说完，头更低了。

陆非叹了口气："嫣儿，你不用故意说这种话气我，你是不是第一次，我感觉得到。"

江嫣的耳朵唰地就红了，好像吵架输了一样懊恼，抬手就把自己的大衣摔到他怀里。

陆非稳稳接住，又扔到一边。

江嫣咬着唇说："那我付钱好了。"

昨晚把包落在车里，她把身上的兜翻了个遍，只找到十块钱，用力拍到他胸口："你这种级别的，十块钱够了吧。"

陆非微微皱着眉，发现这么多年过去，她还是有办法一句话就把他惹毛。

"我就值十块钱，是吗？"陆非舔舔嘴唇，"行，这可是你说的。"

他抬手把卧室的门推上，一只胳膊就把江嫣拎起来扔到床上，欺身过去，按住她两只手不让动："在武汉，你给了我一千块钱，你自己算算，够几次。"

江嫣双手被陆非按着，动都不能动。

她有点儿赌气似的盯着他看："那你把钱还我。"

陆非嘴角弯起，低头啄了一下她的唇："不太好吧，我这个人比较小气，进口袋的钱谁都拿不走，不如你算好次数，我一点点还给你。"他目光向下，盯着她的唇瓣，"我比较喜欢这种方式。"

江嫣耳朵又红了，动了动手腕："你起来。"

陆非没动，反而头一低，靠在她肩窝里。

他缓了一会儿，又抬起头，深深看进她眼睛里："嫣儿，你可以打我，可以骂我，也可以说那些莫名其妙的话气我，就是不能走。你不可以再离开我。"

两人对视一会儿，陆非松开她，将人拉起来。

他单膝跪在床上，把江嫣搂进怀里，摸摸她的头发："不闹了好吗？我做一点儿东西咱们一起吃。"

他的大手在她脑袋上胡乱揉几下，低头看她，忽然发现她眼神有些发直。

几秒后，江嫣说："我完了。"

陆非眉头动了下："怎么了？"

“我真的跟投资人睡了。”后知后觉，她意识到这个问题，“以后媒体问我，我怎么说？以前我还能理直气壮怼回去，我现在要怎么说？我不会撒谎。”

她懊恼又委屈，可怜巴巴的样子让陆非忍不住掐了一下她肉肉的小脸。

“这有什么不会的，就说你是我女朋友，我看谁敢有意见，女演员跟投资人不能谈恋爱吗，谁规定的？”

江嫣只摇头：“我不。”

“为什么不？”

“不要公开。”

陆非看着她。

“我还没考虑好呢，万一明天我反悔了，可以悄悄地结束，谁都不知道。”

陆非觉得她现在随便一句话都能左右自己的情绪，他捧着她的脸，低头看她：“嫣儿，你会后悔吗？”

江嫣被他挤成嘟嘟脸：“看你的表现。”

陆非笑了一下：“要怎么表现，我昨晚表现得不好吗？十块钱很超值了好吧。”

江嫣脸一红，推开他。

这个高度，她眼睛可以直视他的腹部。

陆非常年健身，身上肌肉明显，很有型。江嫣眼睛盯着那里看了一会儿，目光不自觉向下挪去，又不太好意思，只一眼就把脸偏到一旁。

陆非立刻把她的脸转回来，笑着说：“想要？”

江嫣唰一下涨红了脸，拿起旁边的枕头砸他：“你胡说什么！”

“你偷看我。”

枕头被夺走扔到地上，陆非拇指摩挲她的眼睛，逗她：“想要直说，都是你的，我随时待命。”

江嫣咬着唇一本正经地说：“陆非，你再乱说，我现在就后悔给你看。”

陆非看了她一会儿。

他声音柔了一些，叫她的名字：“嫣儿。”

她第一次应了他：“嗯。”

陆非有些开心，手掌一直没离开她的头发，碰不够一样：“你笑一笑好吗？自从我们见面，你还从来没对我笑过。”

江嫣眼睛向下，心事重重：“我现在笑不出来。”

陆非知道她在想什么：“那件事你不要担心，我已经在处理了。我们的事，你不想公开也没关系，我都听你的。”

江嫣抬起头看他："你怎么解决？"

"到时你就知道了。"

起个床，起了这么久还没走出房间，陆非是真饿了，把人拉起来："你要不要先洗个澡，我弄吃的。"

江嫣摇摇头："悄悄一会儿过来找我，我得回去了。"

"今天有活动吗？"

"嗯，一个环保宣传片，一天就能拍完。"

陆非牵着她的手，一低头就能看到她发顶，她没有梳头发，有一小撮翘起来。

陆非觉得爱情这个东西真的很神奇，我爱你的时候，连你翘起来的头发都觉得那么可爱。

他抬手将她的头发理顺："我今天要回家一趟，晚上可能晚一点儿回来。"

江嫣很快抬头看他，有些担心："你爸爸是不是知道了？"

陆非不打算瞒她："是。"

"陆非——"

"嫣儿，"陆非说，"从现在开始，你什么都不要管，所有的事我都会解决，你只要乖乖待在我身边就好，知道吗？"

江嫣手指动了动，还是抬起来，从他腰间穿过，搂住他："那你好好说，不要吵架。"

"好。"

两人这样安静拥抱了一会儿，房间里忽然响起熟悉的手机铃声，有人给江嫣打电话。

她满屋找了一圈，没看到，最后还是陆非在床脚的地板上捡到的。

昨晚比较急迫，他把她的衣服扯掉后就随处扔，幸好手机壳减震，不然屏幕都要碎掉。

是悄悄打来电话："江江，你在哪儿？"

江嫣有点儿窘迫："我在家啊。"

悄悄奇怪："我到你家了，没看到你。"

江嫣抿了抿唇："悄悄，你等我一下，我马上回去。"

她接电话的工夫，陆非已经套上一件白色的衬衫，但不好好穿，扣子没扣，中间露出一小片腹肌，他走过去，有点儿发贱地说："你帮我扣。"

江嫣推他："扣什么扣啊，悄悄来了，我得走了，不能迟到。"

她着急地抱着大衣拎着马丁靴推门出去，正和隔壁开门出来的悄悄撞个正着。

悄悄："……"

江嫣："……"

悄悄目瞪口呆地看着一脸刚起床模样头发没梳大衣没穿脚踩拖鞋从隔壁出来的江嫣，身后还跟着衣服扣子都还没扣全的陆非。

悄悄："江江，你——"

话没说完，江嫣按着脑袋就把她推回门里，自己也一溜烟跟进去。

门被撞上。

陆非一个人站在门口，第一次觉得这撞门的声音还挺好听的。

悄悄简直想尖叫。

江嫣一脸淡定地站在她面前，伸手把她的嘴巴堵上："好了，镇定些。"

悄悄眨眨眼，似乎还没从刚刚门口那一幕的震惊中恢复过来，结结巴巴地说："江江，那个人，那个人——"

江嫣说："你不是认识吗？邻居啊，陆非。"

"那，新闻里说的是真的？你们真的在谈恋爱？"

江嫣想了一下，比较严谨地回答："应该说，昨天以前是造谣，今天是真的。"

悄悄惊讶："啊？"

江嫣把她推到里面去："好了，以后再跟你细说，快帮我收拾一下要带的东西，我昨晚没回家住，什么都还没准备。"

悄悄："……"

这么明目张胆的吗？没回家住还说得这么理直气壮！

这一天，两人各忙各的。

陆非收拾好后，先回公司处理了两件要紧事，下午开车回家。

陆延君早已打过电话发了一通脾气，但陆非没跟江嫣说过。

回到家，陆延君坐在客厅里，阿姨准备好了温水，他正在吃药。

看到陆非，他眉毛都没抬，慢条斯理地咽下几片药，指了指对面的沙发："先坐吧。"

陆非走过去，却没坐，就在离他两米远的地方站定："爸，我有事跟您说。"

陆延君冷哼一声："正好，我也有事跟你说。"他抬起头看陆非，"这么多年，你的私事我一向不过问，当年你执意不肯结婚，好，我拗不过你，依着你。但现在你是什么意思，不好好找个门当户对的女人帮扶你，找个戏子！你是故意跟我作对，是吗？"

陆非皱着眉，抬高声音："她不是戏子，她是演员，请您尊重她的职业。"

陆延君冷笑："演员？现在什么人都能当演员，说到底，还不是吃青春饭，靠那张脸。"他眼神锋利，"如果家世过得去，也就算了，她那样平庸的家庭，又有心脏病，连基本的健康都保证不了，还妄想嫁进陆家吗？"

陆非拳头紧握，抿着唇："你查她。"

"打我儿子主意的女人，搞得全网皆知，干什么，逼你承认？我能不查吗？"

从进家门到现在，陆非一直在忍，这么多年，陆延君一丝变化都没有，顽固不化，油盐不进。

陆非抬起头，嗓音沉稳坚定："爸，我跟她，不是您想的那样，是我追她，是我一直缠着她。她好不容易才答应我，她根本对什么陆家一点儿兴趣都没有。

"我们很多年前就认识，我了解她，喜欢她，这辈子除了她我不会跟任何人在一起。"

陆延君说："你太天真，除开外界因素，她有心脏病，生育时十分危险，你是不准备要孩子，还是打算让孩子一生下来就没妈？"

陆非确实没想过这些。

他沉默不语，就在陆延君以为他有些松动时，他忽然开口："我不介意。"他的思维从没有一刻如此清明过，"有心脏病不代表不能生孩子，如果到时她的身体状况不允许，我可以等。就算永远不能生，我也不介意。"

陆延君气得发抖。

陆非不愿意看到父亲这个样子，他叹了口气，语气和缓一些："爸，我希望您能理解我，尊重我，我已经决定了不会改变。

"我不光要跟她谈恋爱，以后我们还会结婚。如果您能接受她，我会常常带她回来看您。她很乖的，我保证您一定会喜欢她。如果您不能接受她，反正我们以后也是自己住，我不让她出现在您面前就是了。我一样会照顾您，孝敬您。

"爸爸，我希望您能好好考虑我的话。"

说完这些，陆非没有再看他，转身走掉。

从家里出来，陆非忽然觉得浑身轻松。

心里的话都说出去，成也好，不成也罢，都不能改变他的决心。

他只后悔没有早些表达自己的意愿。

或许那样，他跟江嫣就不会错过这么多年。

回到住的地方，江嫣还没有回来，陆非在家等了一会儿，天已经黑了，他靠在沙发上给她打电话，被按掉。

没有一会儿，江嫣发来一条微信：怎么啦，我不方便接电话。

久违的俏皮语气，陆非忍不住翘起嘴角。

他回复：没事，我到家了，问问你什么时候回来。

江嫣说：还不知道，可能很晚，你吃饭了吗？不要等我，我跟同事吃过了。

陆非想了一下，问她：你在哪儿拍？我想去接你。

江嫣发了一个定位过来，又说：不用接我，公司会派车送我回去。

陆非没再说话。

鲁俊打来电话："人找到了。"

陆非"嗯"了一声："该怎么办怎么办吧。"

"好。"

挂了电话，他发了会儿呆，随后起身穿衣服，拿车钥匙下楼。

江嫣的工作结束时，已经是晚上十点。

圈子里的人有自己的一套规矩，工作就是工作，谁都没提最近网上那些事，江嫣心底也松了口气，本来还想着怎么应付他们。

完工后，工作人员先撤一批，江嫣回到后台卸妆，她催悄悄："快一点儿。"

匆忙换了自己的衣服，她小跑到外面，准备上公司的车，手刚碰到车门，就听到不远处一声鸣笛。

她看过去，发现陆非的车就停在马路对面。

江嫣有些激动，趴到副驾驶对司机说："不好意思，我看到一个朋友，你先走吧，不用送我了。"

打发走工作人员，江嫣飞快地奔到马路对面。

陆非下车，江嫣一下扑到他怀里："不是说不用来接我吗？"

陆非笑了一下，低头亲她脸颊："我一个人没什么意思，就来了。"

江嫣脸红红的，盯着他看，跟当初那个小女孩儿一模一样："你吃饭了吗？"

陆非看得有些入迷："还没。"

"那我陪你吃一点儿。"

"你不减肥了？"

"我不胖！"

陆非笑开了，一下拦腰把人抱起来，走去副驾驶："先不吃，做点儿别的。"

江嫣搂住他的脖子："做什么？"

“十块一次，买十赠一。”

其实做这种事，陆非一直有顾虑。

好像还听说过有心脏病的人不能太剧烈？

所以接下来的几天，每次亲昵他都很担心，不停地问她，怕自己没个轻重。

开始还好，问多了，江嫣就有些不耐烦：“再问下去！”

陆非不说话了。

回应她的，是隔日的浑身酸痛。

一星期后，网上一个只有几十粉丝的素人账号忽然发了一篇微博，承认有关江嫣的一些不实信息都是自己造谣，并真诚向江嫣道歉，希望得到谅解。

没有多久，各大娱乐博主都开始转发这条微博，网上又掀起一波热度。

知道这件事时，江嫣正和陆非一起看电影。

在陆非公寓的舒适沙发上。

江嫣是第一次来他家，发现这个人太会享受，家里随处可见智能设备，想干吗躺床上说句话就行，除了浴室，客厅、卧室、厨房全部在一个大空间里，宽敞到能遛马，很简约，有点儿 loft 的意思，健身器材随处可见，跑步机就放在落地窗前。

之前窝在她家隔壁那套简装房子里真是委屈他了。

江嫣把手机拿给他看：“是你干的吗？”

陆非瞟一眼：“嗯。”

“你怎么找到的人？”

“技术，钱。”还真是言简意赅。

江嫣窝在他怀里，用手指卷他家居衣服上的带子：“能知道图书馆这件事，应该也是我们校友吧。”

陆非揽着她的腰，有一下没一下地摩挲：“做出这种事，别说校友，亲友也不行，必须拿出来做个样子，免得以后再有人黑你。”

江嫣将下巴垫在他胸口，仰起头笑着看他：“还黑我，你懂得还挺多。”

陆非有点儿无奈：“那怎么办呢，女朋友这么红，我不多掌握点儿技能，万一以后你被人欺负怎么办。”

江嫣小猫一样缩在他怀里，继续滑手机，划过一个她的采访视频，随手点了一下，点完才意识到视频里还有肖凯，她马上又心虚地滑走。

不知道为什么，陆非对肖凯特别介意。

大概是因为这部都市剧是江嫣的第一次演女一号，网上把她和肖凯凑对的新闻太多了。以前她当配角的时候，在戏里也跟别人谈过恋爱，但都没什么人记得。

陆非眼尖，戳了一下又滑回来："干吗不看？"

视频里，主持人轮流问两人问题。本来很正常，都是跟剧情和人物有关，结果越到后面越跑偏，话题转到现实生活中两人的择偶标准。

肖凯坐姿暧昧，身子倾斜到江嫣那一侧，笑出众多迷妹最喜欢的样子。

他说喜欢江嫣这种类型。

陆非一下坐直身体，头顶都要冒火："他这说的什么话？都说你们俩传言多，他这么弄不是摆明对你有好感吗？传言不多才怪。我看他就是故意的。"

江嫣赶紧从沙发上起来把人按住："你别着急啊，这都是套路，宣传期很多人都这么说的，肖凯那么火又那么帅，怎么可能喜欢我。"

本来是为哄他，结果陆非脸色越来越难看。

江嫣一下反应过来，立刻爬起来坐在他腿上，搂着他的脖子狠狠地亲两下："对不起非哥，他没你帅，你最帅。"

陆非是真的很不爽，但这是她的工作，又不能怪她。

就很憋屈。

江嫣还保持那个姿势，坐在他怀里，微微低了头看他："陆非，你这样不行，要学会调整心态。

"我的事业才刚刚有些起色，以后还会拍很多戏，免不了要跟其他男演员合作。如果你见一个吃一回醋，我还怎么安心拍戏？"

陆非眼睛向下，盯着她睡衣上的小熊图案，偏过头，嗓音有点儿低："我知道。"

江嫣把他的脑袋扳回来，两只手揉他的脸，温声细语："好了，我答应你，以后拍戏，再有这种采访，我会跟节目组协调，不要问这些乱七八糟的问题。

"戏外除了对台词，我不跟其他男演员走太近，好吗？"

陆非看着她的眼睛，手抚上她的腰："嫣儿，你要有自己的工作圈子、生活圈子，我不会干涉你交朋友，我就是——"他沉默一会儿，深深舒了口气，"我会调整好自己，你不用管我。"

江嫣忽然搂住陆非。

她整个人趴在他身上，嘴唇贴着他的耳朵："陆非，你知道的，从我们认识到现在，我只喜欢你。"

陆非将人抱紧。

房间安静，只有电视那一处有声音，电影已经放到尾声，两人谁都没看。

陆非轻轻吻她。

过了一会儿，他松开一点儿，让江嫣趴在他的胸口上休息。

“嫣儿，有件事，我想跟你说一下。”

江嫣懒懒地应了一声。

“过几天，我要回一趟国外分部。”

江嫣睁开眼睛，手指在他衣服上抓了抓，坐起来：“要回去了吗？”

陆非点头：“我这次已经回来很久，那边有很多事需要处理。”

江嫣情绪明显低落，比刚才蔫儿了很多。她问：“那你什么时候回来？”

陆非笑着摸摸她的脸：“你想我什么时候回来？”

江嫣有些赌气似的：“随便你，反正我也不是很想你。”

陆非拍了拍她的腰：“你这人有谱没谱，刚才还说只喜欢我，五分钟不到又说不会想我。”

他不再逗她，手臂收紧把人压在自己身上：“嫣儿，我这次回去，除了处理积压的事，还会跟那边做一个交接。”他亲了亲她嘴角，“最多不超过两个月，我调回来，以后再也不走了。”

江嫣隔着很近的距离看他眼睛：“真的吗？”

“真的。”

她心里高兴，但很快又郁闷起来：“可是，我过阵子也要去国外拍戏了，我们要好久都见不到。”

陆非皱眉：“什么时候？”

“过几天进组，国内部分拍完就去国外，大概在四月中旬。”

《识月》之前，她还有一部剧要拍，是早就签了合同的，剧情有很大一部分发生在国外的浪漫小镇，土豪剧组实景拍摄，大概要在那边拍两个半月。

陆非脑子飞速运转，在思考如何分配时间。他斟酌着说：“我争取赶在你走之前回来，或者，到时我去那边找你也行。”

“嗯。”江嫣有点儿依赖地抱着他，“你一定要来找我。”

这场风波过去后，江嫣的名气不减反增，粉丝都很心疼她，也不知道从哪儿得到的消息，知道她身体不太好，每天跑到她微博下提醒她注意身体，不要太拼。

至于江嫣和“视频男子”到底是不是情侣关系，没人给出答案，渐渐便被大众遗忘到脑后。

几天后，江嫣把陆非送上飞机，第二天便进组拍戏。

这部戏中，她依旧是女一号，戏份特别多，夜戏也不少，每次拍完休息，她都能看到手机里陆非的信息。

提醒她喝水，提醒她带药，提醒她吃饭。

好像她是小孩子。

偶尔两人也视频，陆非给她看自己在那边的办公室和家。他的房子很大，院子里有游泳池，仓库里放着一艘私人游艇，这里很多人家都有这个，闲暇时光会跟亲人朋友出海兜风。

陆非说：有机会我带你过来玩，我们去钓鱼。

想是一定会想的。

有时江嫣从梦中醒来，身边没有他，她偶尔会恍惚，是不是做了一个很长的梦？

梦到陆非来到她身边，说爱她。

其实她常常会有这种不真实感，但每次不等她往深处想，陆非就会打来电话或发个信息，啰啰唆唆说个没完，把她那股不真实感冲得一干二净。

四月中旬，江嫣即将跟组出国。

这期间，陆非加快进度，紧赶慢赶，终于在她出国那天上午抵达国内。

两人在机场见到的那一刻，陆非便一把扯住江嫣的手，将她拉到无人角落，拽掉她的口罩，凶狠地吻上去。

江嫣被他紧紧抵在墙边的广告牌上，唇齿间都是他的气息。

陆非狠狠咬了她一口，气息不稳：“在车里，还是回家？”

“回家。”

“好。”

一路两人都没说话，好像默契地抓紧时间一样，江嫣的飞机在晚上。

进了家门，陆非直接把人按在门板上，扯掉她外套，去吻她的脖子。

那天之后，两人继续分隔两地。

虽然不在一起，但江嫣并没什么机会想他，因为陆非隔三岔五就往她那儿跑。

陆非回到国内后，完全接手了影视投资公司，花了一个星期时间了解接下来的项目及计划。工作状态进入正轨后，每到周末，他就准时飞到她那边，跟通勤似的。

剧组现在已经都知道两个人的情侣关系，他们特别欢迎陆非探班，因为陆非每次去都会带超大一堆零食饮料分给大家，有时下个星期过来，上次的还没吃完。

陆非也不打扰江嫣拍摄，到现场放下东西后，跟江嫣打个招呼就自己回酒店忙工作，反正现场那些情情爱爱他也不爱看。

看了也生气。

这个星期五的晚上，他照旧飞过去。

其实很累，来回飞机花掉不少时间，两人真正在一起也只有一个晚上外加白天的一点儿细碎时间。江嫣心疼，不让他来这么勤，但他不肯。

他说大好的周末，他宁愿待在去见她的飞机上，也不愿意一个人在家独守空房。

从机场出来，陆非照例先去超市买些东西准备给剧组带过去，手机开机，先回复了几条工作邮件，刚想点开微信看江嫣的信息，界面上方忽然弹出一条新闻——江某花旦为情所困，与神秘男友感情不和哭到昏厥！

陆非：“……”

江某花旦。

没记错的话，最近荧屏上活跃的女演员里，就这么一个姓江的。

神秘男友也就算了，什么时候为情所困，感情不和，还哭到昏厥？

他打开微信，看到江嫣给他发了一溜表情包，全是一模一样的哇哇大哭系列。最后一条：陆非，颜颜回来了。

陆非愣了一下，又重新看一遍那行字，确定没有看错，他震惊很久。

当年温颜出事，他知道后回过岳城一次，陪韩江待了三天才走。

忽然听到这个消息，他有些蒙。

陆非没去超市，直接去找江嫣，到了片场，今天是外景，还在那条在剧里出现次数特别多满是鲜花的小路上。

江嫣刚刚收工，眼睛还是红的。

大概是因为现场人太多，江嫣比较克制。两人碰面后她直接牵了陆非的手往外走，不远处有一片静谧的淡水湖，之前中途休息时，他们经常在那里散步。

在湖边，江嫣抱住他。

整个人往他怀里拱，有点儿赖皮一样。

陆非笑着摸摸她的脑袋：“眼睛这么红，真哭到昏厥了？你都从来没为我哭到昏厥。”

江嫣忍不住笑了出来，掐他的腰：“你烦不烦人，笑话我。”

那条新闻，她看到都无语了，那些记者也太能编了。

随后，江嫣慢声细语，把温颜的事告诉陆非："我不能请假，等我回国马上去找她。"

"嗯，我陪你去。"

听到这些事，陆非也很感慨，韩江这小子，等于这些年一直在头上悬了把刀，太不容易。

好在一切都结束了。

就像他和江嫣，再难的事都过去了，以后就都是好的。

陆非捧着她的脸仔细看："真哭肿了？"

江嫣揉了揉眼睛："跟颜颜打电话的时候确实哭了，不过这个是刚刚拍戏时哭的。"

陆非看着她笑："正好不用酝酿情绪了，戏里为什么哭？"

江嫣给陆非讲了一下大概剧情，女主被前男友背叛后来到这里，前男友后悔追过来。

陆非"哦"了一声："这是个追妻火葬场的故事。"

江嫣眨着眼睛："火葬场是没错，不过男主不是前男友，是我在这里新认识的一个帅哥，我已经喜欢他了，不会跟前男友走的。"

陆非眼神温柔，一直盯着她看。

江嫣又捏他的腰："你看什么？"

陆非说："连电视剧里都没有谁会永远在原地等一个人。"他低下头，额头抵着她的，"所以我还挺幸运的，是不是？"

江嫣眼睛弯弯的，小声说："你知道就好。"说完，她又有些不服气似的，"应该也让你尝尝追妻火葬场的滋味。"

陆非说："我还不够火葬场？"

江嫣凶他："你火什么葬场啊，天天就知道装可怜，又冷又饿的。"

陆非想了一下，没有反驳："也是。"

他抱着她轻轻摇晃，过了一会儿又问她："你告诉温颜我们的事了吗？"

江嫣摇摇头："没有。"

"为什么没说？"

她们两个那么好，陆非以为她会迫不及待跟温颜分享。

江嫣说："我们俩光顾着哭了，根本没说几句话，哪想得起来说这些，而且我也没脸说。"

陆非不明白："怎么还没脸说？"

"当年走得那么坚决，好像多有志气一样，结果现在又跟你搅和在一起。"

陆非表示不满："什么搅和啊，我不喜欢这个词。"

江嫣抬头："就是搅和，我哥说了，不让我再跟你搅和在一起。"

想起江振那天晚上说过的话，陆非有些担忧："你哥是不是很不喜欢我？"

"你说呢？"

陆非抿了抿唇："那你爸妈呢？"

江嫣想了一下："我爸妈现在还不知道我们的事，不过当年我爸说过想要'会会'你来着。"

会会，一听就不是什么好词儿。

陆非觉得自己前途未卜，未来岳父和大舅子似乎都不太好惹，不知道丈母娘脾气怎么样……

他闷声不说话，江嫣伸手在他眼前晃："想什么呢？"

陆非回过神，牵住她的手："在想要不要给老韩打个电话。"

"想打就打呗。"

陆非搂着她往酒店的方向走："不打了，等回国咱俩一块儿出现在他俩面前，吓死他们。"

"…………"

男人果然都是幼稚的。

两人一起吃了饭，早早回到酒店房间。

今天江嫣收工早，两人时间充足，靠在一起聊了会儿天，又看了一个短片。

晚一点儿的时候，江嫣整理剧本，陆非去洗澡。

没有一会儿，悄悄来敲门："江江救命，我那个来了，你有姨妈巾吗？楼下都是卫生棉条，我用不惯。"

江嫣在箱子里翻出一包送到门口，关门后忽然意识到自己这个月好像还没有来。

她走到床边拿起手机看了一下记录，已经迟到九天。

大概水土不服吧，她想。

陆非的衣服、裤子随便扔在床上，江嫣帮他一件件叠放整齐，放到沙发椅上。

忽然感觉他的衣服兜里有东西哗啦哗啦响，有点儿像口香糖。

江嫣手伸进去，摸出一个小盒子。

是四格的分装药盒，里面两个格子满的，另外两个是空的。

江嫣太熟悉那两种药。

一种速效救心丸，另一种是缓解的，偶尔不舒服她会吃一粒。

这两年她身体状况不错，不常吃药，但还是一直放在身边以备不时之需。

不知道他什么时候留意到自己的药，买了一模一样的带在身边。

江嫣手里捏着药盒，在原地站了很久。

过了一会儿，陆非从浴室出来，身上只围了一条浴巾，正在擦头发上的水珠。

江嫣想也没想，跑过去扑进他怀里。

陆非没有心理准备，被扑得向后退了一步，心里有点儿高兴，忍不住逗她：“干吗，一个星期没见，这么着急？等下我擦完头发，马上来。”

江嫣从他怀里退出来，瞪他一眼：“又胡说八道。”她摊开掌心给陆非看手里的小药盒，“你怎么知道我吃这两种药？”

陆非没想到她看到这个，擦头发的手慢了一些：“有回在你家看到的。”

“怎么没告诉我？”

“这告诉你干吗，最好永远也别用到。”

江嫣鼻子一酸，上前搂住他，声音小了些：“陆非，你是不是很担心我？”

陆非觉得她太傻了，单手搂住她：“你不是废话吗？你是我女朋友，我不担心你担心谁？”

她眼睛在他身上蹭了蹭：“你不要担心，我这几年都没有发病了，已经好多了。”

陆非没说话，亲了亲她发顶：“嗯。”

他低头看她：“去洗澡吧。”

“嗯。”

江嫣把换洗内衣一起拿进浴室。

再出来时，是二十分钟后，她不喜欢穿酒店的东西，穿了自己的睡衣，头发吹得半干。

陆非正靠在床头看她的剧本，脸色有些阴沉。

江嫣从床尾爬上去，挤到他身边：“你又怎么了？”

陆非把剧本甩得啪啪响，特别生气：“你们这什么剧本？搂搂抱抱也就算了，吻戏也太多了吧？再这样我可举报了，扫黄打非了解一下。”

江嫣忍不住笑，抢下剧本扔到一旁：“你又犯病啦，还举报。”

陆非一脸严肃：“别嬉皮笑脸，我很认真的，我只随便翻了几页，就有两个地方要亲，是真亲吗？还是借位？”

“这年月哪有借位的啊，当然是真亲了。”

江嫣意识到陆非好像真的很生气，有点儿无奈，挪了一下身子，趴在他胸口，一只手垫着下巴，试图跟他解释这个行业：“陆非，这是工作，不管是搂抱，还是吻戏，都是工作，跟别人上班一样的。那个时候我脑子里想的是下一个动作，下一句台词，表情好不好看，一点儿感情都不带的。”

江嫣按着他肩膀往前凑，吮住他的唇，辗转许久才离开一点儿，盯着他眼睛看：“感受到了吗？这个才是带着感情的，特别投入的亲吻。”她又补充一句，“只给你的。”

她很调皮，刚刚乱动那几下很快把陆非弄得很热。

他脑子有些犯糊涂，被她哄得根本忘了自己在生气，按住她翻了个身，把自己换在上面，低头吻她。

亲了一会儿，江嫣按住他的手：“陆非，我这两天特别累，太困了，我们今天就安安静静躺着说说话好吗？”

陆非有点儿担心：“你不舒服吗？”

“有一点儿，很乏，睡多少都不够，总是犯困。”

说完，江嫣心中一动，想到什么。

他躺回去，搂住她：“是不是拍戏累到了？”

江嫣有一会儿没说话，陆非以为她太累了，有点儿心疼，亲了亲她的额头：“那早点睡吧，我不吵你。”

陆非这个年纪，让他抱着女朋友素着睡实在太难受，后来他还是忍不住动手动脚了一会儿，但没动真格。江嫣哼唧了一会儿，又嚷着难受，他才停手。

江嫣眼睛都快睁不开了：“陆非。”

“嗯。”

“你该刮胡子了。”

“怎么呢？”

“扎。”

“明早刮……”

第二天，江嫣依旧要开工，陆非收拾东西准备去机场。

分别时，江嫣帮他整理衣领：“你下个星期别来了，这样太折腾了。”

陆非笑着看她：“我喜欢。”

江嫣抿了抿唇：“昨天导演还说进度挺顺利的，可能会提前，大概还有两三个星期就结束了。你别让我着急好不好，我们可以打电话，也可以视频，最多不到一个月我就回去了。”

陆非想了一下，妥协：“回去再看，如果抽不出时间，我就在家等你。”

江嫣点头，又踮脚亲他：“路上小心，下飞机告诉我。”

“好。”

江嫣看着出租车开到转角处。

直到车身消失，她才转身，走进马路对面的药店，买了一支验孕棒。

二十分钟后，她从酒店房间的浴室走出来，手里握着的验孕棒上，有清晰的两道杠。

陆非听了江嫣的话，后面几个星期没有去，而且最近公司这边确实有些忙，又在评估新的项目，这是他接手后做的第一个项目，很谨慎。

最近他觉得江嫣有些奇怪。

两人视频时，她总是无缘无故傻笑，问她怎么了又不说。时间晚了，她还会主动挂电话：“我要睡觉啦！”

陆非隔着屏幕点点她的额头：“这么乖？”

“早睡早起身体好。”

以前总是他催江嫣睡觉，但江嫣有点儿拖延症，一会儿翻翻这里，一会儿玩玩手机，收工早都会被她拖到很晚才睡。

他不去，她倒是学乖了。

这天临挂电话前，江嫣神神秘秘地说：“我有一个很大的礼物要送给你，早就寄走了，大概明天下午到，你一定要在家签收哦。”

陆非有点儿好奇：“什么礼物？”

江嫣眨眨眼睛：“先不告诉你，反正你一定喜欢。”

视频挂断后，陆非嘴角的笑意久久不散，继续翻看桌上的户型图。

现在这套房子没有隔断，没有单独的房间，只适合单身汉住，他准备再买套大一点儿的房子，有些事，要早做准备。

他已经看好了一套房子，阳台超大，可以做花房，放一把吊椅，晚上两人可以一起看星星，江嫣一定喜欢。

第二天上午，陆非先去公司开晨会，忙完直奔售楼中心，目标明确，一平方米十几万的房子，全款现付，奔儿都不打，把售楼处的人给惊着了，端茶倒水拿合同。

办完手续，已经是中午，想到昨天江嫣说有东西寄给他，陆非掉头回家。

其实他在哪儿都是一样的，无纸化办公，很多事情都用邮件沟通。他在家忙到下午两点，刚起来伸个懒腰，给江嫣的两盆花浇了水，门铃就响了。

陆非有些奇怪，他住的小区安保严格，规矩多，快递送餐都不能进楼，需要先打电话联系，这次竟然能直接上来。

他挽了几下袖口，过去开门。

看到外面的人，他愣了愣，话都忘了说。

江嫣穿一身漂亮的红石榴裙子，衬得皮肤越发白皙，整个人朝气蓬勃，特别兴奋地扑到他怀里："非哥！激不激动？意不意外？"

陆非怀里忽然多出个人，下意识地紧紧抱住她，还没有反应过来："你怎么？"

江嫣环住他脖子："我提前回来了，高兴吗？"

"高兴。"缓了几秒，陆非终于有些真实感，心情从震惊转变为兴奋，扣着脑袋用力吻她，直到两人都有些喘，他才松开一点儿，"不是还有半个月吗，导演怎么肯放你提前回来？"

江嫣脚步轻快，踢掉鞋子走进客厅，摘了随身小包扔到沙发上。

"因为我有特殊情况呀，导演把我的戏集中拍摄，我就提前回来了。"

陆非把她的箱子拎进来，关上门，走过去抱她："什么特殊情况？"

江嫣推开他，笑眯眯地原地转了个圈："你看，有没有发现什么不一样？"

陆非上下打量一下："裙子新买的。"

"不对。"

"瘦了。"

"不对！"

陆非笑着说："你不会问我口红色号吧？这个我真看不出来。"他忽然想起，"对了，你不是说有礼物送给我？"

陆非有点儿色色又暧昧地说："你是准备把自己送给我吗？那得先洗个澡，一路回来都成小臭猪了，洗香喷儿的我才签收。"

江嫣跺了下脚："你别胡扯了。"

她向前走了一步，亮着眼睛说："要送你的东西就在我身上，你猜猜？"

刚刚陆非已经猜过一轮，实在弄不清楚，对她投降："嫣儿，我真猜不出来，你告诉我吧。"

江嫣看着他，忽然变得腼腆，拉住他一只手贴在自己平坦的小腹上，轻声说："在这里。"

陆非愣一下，随即笑了："别闹。"

江嫣很认真地说："我没闹，陆非，我们有小宝宝了。"

陆非脸上的笑意一点点敛起。

他看着江嫣，似乎在判断她是开玩笑还是认真的。

过了几十秒，他握住她肩膀，声音有些不稳："你确定，我们有宝宝了？"

江嫣重重点了下头："嗯，我测过两次，都是。"

得到肯定的答复，陆非神情凝重，并没江嫣预料中的喜极而泣。

她心底一阵失望："陆非，你不高兴吗？"

陆非没有说话。

江嫣眼睛有些湿润："你是不是不喜欢小宝宝？"

听到她委屈的声音，陆非缓过神，伸手将她拉进怀里，吻了吻她的额头："嫣儿，不许乱想，我怎么可能不喜欢，我只是……担心你的身体。

"我不知道你现在的身体状况适不适合生宝宝，我不想你有危险。"

陆非有些懊恼，又很自责："都是我不好，你这种情况，我应该克制一些，对不起。"

他们一直都有措施，只有那天。

江嫣说可以，他就没有忍住，抱着侥幸心理，可谁知道，偏偏就中了。

江嫣哭着说："我已经好几年没有发病了，我身体没问题的。"

陆非特别心疼，不停地给她擦眼泪。

江嫣推开他的手，固执地自己擦了一下眼睛："我要这个孩子。"

陆非看着她。

江嫣又重复一遍："我想要这个孩子，陆非，如果你不想要——"

陆非止住她后半段话，一把将人拉进怀里："不许胡说，宝宝听到会生气的。"

她这个样子，陆非实在没办法不依着她，也实在说不出"不要"这两个字。

更何况他也想要。

他跟江嫣的孩子，怎么可能不想要？

陆非低着头亲她脸颊，拇指替她拭掉脸上的泪，温声哄她："对不起，又把你弄哭了。"他亲亲她的嘴角，"不哭了，我们去医院好不好，如果医生说你的身体状况可以怀宝宝，我们就要。"

江嫣在他怀里仰起头："如果不适合呢？"

陆非顿了一下："我们先不要做这种假设，先听听医生怎么说，好吗？你不要总是这么着急，哭得我心里特别难受。"

江嫣不愿意等，也等不及，顾不上休息，两人当天就去医院做了检查。

等结果的过程很煎熬，江嫣很紧张，一直没有说话。

陆非也没说话，刚刚江嫣问，如果不行，要怎么办？他没有回答她。

因为连他自己都不知道要怎么办。

这种抉择简直要人命。

结果很快出来。

意外的是，江嫣的身体状态非常好。

医生的意思，保持这样愉悦的心情和环境，怀孕生产问题都不大，只是不能再有高强度的工作，更不能骑马、跳跃，吊威亚更是不行。

最好从现在到生产期间暂停工作，安心养胎，而且产检的次数也要比普通产妇多。

医生说一句，江嫣点一下头，乖得像个小学生。

陆非不太放心，再三问过，医生给出的都是这个答案。

两人从医院出来，正巧晚霞温柔。

陆非牵着她的手，低头看她："嫣儿，你要想好，要了这个孩子，我是不会让你再去拍《识月》的。"

江嫣没有犹豫："我不拍了。"

对于人生的各种选择，江嫣从未后悔过。

不管是当年放弃梦想，考去工大，还是退学，考到电影学院，她每一步都遵从自己内心真实的想法。

包括这一次。

以后拍戏的机会还有很多，但如果要放弃她跟陆非的孩子，她一定会后悔一辈子。

陆非抱紧她："好，那我们要。"

这件事决定后，两人似乎都轻松许多。

江嫣把这件事通知公司。崔虹简直觉得不可思议，一个上升期的女演员，刚刚火起来，势头大好，眼看就要成为准一线，这个时候，没有人会放弃一切选择结婚生孩子。

但是，江嫣偏偏这么做了。

一连几天，公司的人轮番来劝，但江嫣只是摇头，态度坚决。

最后崔虹没辙，只能依着她。

要是别的演员这么干，公司早恼了，但江嫣不一样，本身她的天资形象、观众缘和演技都是过关的，再加上她未婚夫是投资公司的老板，就算生了孩子再回来也不愁没戏拍。

所以江嫣虽然打乱了公司的计划，公司也看在陆非的面子上没有追究。

这个周末，陆非陪江嫣回了趟岳城。

他们没有去外面，约在韩江家。

两个姑娘一见面，自然是哭个不停，陆非和韩江坐在不远处，没有打扰她们。

两个男人碰了碰酒杯。

陆非说："恭喜，苦尽甘来。"

韩江笑了一下："同喜。"

陆非苦笑："我就算了，还有得磨。"

"怎么？"

陆非看了一眼那边聊得特别起劲儿的江嫣："她家，我家，都不同意。"

这种事韩江没什么经验，施静既是丈母娘又是婆婆，没什么机会感受家庭阻挠。

他拍了拍陆非的肩膀："那我一个人先甜着，你抓紧时间。"

另外一边，江嫣忽然捂着小腹，趴在温颜耳边悄悄说了句话，温颜惊得睁大眼睛："真的？"

江嫣特别小女人地点了点头。

温颜实在太惊讶："你们这速度也太快了。"她捏捏江嫣的脸，"你可以啊，江小妞。"

江嫣脸都红了："你别笑话我。"

"不笑。"温颜挽着她，特别认真地说，"嫣儿，我为你高兴。"

当年江嫣迷恋陆非到什么程度，没人比温颜更清楚。

如今她得偿所愿，温颜怎么会不高兴。

对面的陆非看过来："你们笑什么呢？"

江嫣转过去："不告诉你。"

四个人一起在家吃了顿火锅，他们俩只留宿了一晚，第二天上午便坐上开往武汉的高铁。

温颜大概也知道陆非为什么这么着急，就没留他们，两对在车站分别。

江嫣抱住温颜。

临走前，她对温颜说："你加油，早点有小小韩，我先预订一下，跟我肚子里这个定个娃娃亲。"

温颜抿唇笑了："你怎么知道是一男一女，万一我们是两个男孩儿或者两个女孩儿呢？”

“那就当兄弟姐妹呗。”

温颜想了一下：“那行，我努力。”

高铁准时到达。

江嫣一步三回头，直到走到转角处，温颜还站在原地目送。

陆非一手拎着简单的行李，一手牵着她：“好了，又不是不回来，反正以后你也不用拍戏，我们可以随时回来聚，而且老韩不是在备考吗？等以后他们来北京，你们俩随时能见面。”

江嫣本来还在想温颜，但车一开，离武汉越来越近时，她又开始担忧一会儿的见面。

在这之前，她想让爸妈有个心理准备，提前将自己和陆非的事在电话里说了，怀孕的事瞒不住，索性也一并说了。

意料中，江爸江妈特别生气，让两人赶紧滚回家。

江妈妈从来没发过这么大的火。

下了高铁，回家的路上，江嫣战战兢兢。

陆非握住她的手：“别担心，有我呢。”他望向窗外，“一会儿我先进去，你在外面等着。”

江嫣果然着急：“那怎么行？万一我爸妈打你怎么办？”

陆非笑着揉揉她的脑袋：“怎么可能打我，再说就算打了，也是我应该挨的，你听我的就是了。”

江嫣特别担心：“陆非，你到底想干吗？”

陆非把她搂进怀里，不再说话。

到了楼下，陆非拎着一堆提前准备好的礼物，一个人上楼。

敲门三声，是江爸爸开的门，陆非赶紧自我介绍：“叔叔好，我是陆非。”

江爸爸上下打量他一遍，又看向他身后。

陆非说：“叔叔，我让嫣儿先在楼下转转，我想单独跟您和阿姨说几句话。”

江爸爸松了手：“进来吧。”

陆非进门，自己找拖鞋换了，把拎着的东西都放在门口。

江妈妈坐在沙发上，没有起身，脸色不太好。

江爸爸让他坐。

陆非叫了一声阿姨，江妈妈没有回应，他不介意，也没有坐，就这么站在他们面前：“叔叔，阿姨，我知道你们对我有气，我今天来，一是想道歉，二是想表态。”

江爸爸江妈妈一直不说话，屋内气氛紧张。

陆非低着头，把随身带着的一个黑色文件袋打开，从里面倒出一堆大大小小的证件。

江妈妈和江爸爸对视一眼：“你这是什么意思？”

陆非将那些证件一样样摆在他们面前。

“这是我的准生证，”他拿过其他的，“独生子女证，身份证，从小学到大学所有的毕业证、学位证，一些比赛的证书，驾驶证。”他拿过几本大红本，“这是北京和岳城我名下几处房产的房产证。”他把最后一本放在最上面，“这一本，是我前几天在北京新购置的一套房子，东三环，二百一十平方米，是给我和嫣儿准备的婚房，房产证是嫣儿的名字。”

陆非一边说，一边已经红了眼眶，他那么大个子，往那儿一站，红着眼睛特别招人疼。

“这是我这辈子所有的证件，全部的我，我今天把这些都拿到这里给叔叔阿姨看，就是想告诉两位，我对江嫣，是认真的。

“我和江嫣，上学时就认识，但那时我傻、糊涂，没能好好珍惜她，现在她愿意原谅我，愿意跟我在一起，我已经非常知足。

“至于孩子，是个意外，但就算没有孩子，我也早就决定娶她。

“我们已经问过医生，她的身体状态可以怀孕，我们才决定把孩子留下。

“希望叔叔阿姨给我机会照顾江嫣，我发誓，我会一辈子对她好，爱她，护她，不让别人欺负她。”

陆非这样恭敬、诚心诚意，硬生生把江妈妈肚子里的火气消掉了大半，但她还是很不舒服：“我女儿在你身上栽过一次，好好的学也不上了，白白耽误一年时间，你觉得我会眼睁睁看着她再陷进去吗？”

陆非抿着唇：“阿姨，这一次，是我陷进去了。”他低着头，眼睛看向地面的某一处，“这辈子，除了江嫣，我不会娶别人。希望您成全我。”

他太会说了。

江妈妈叹了口气。

她抬起头：“江嫣怀着孕——”

“我回去马上筹备婚礼，不让她大着肚子当新娘。对于婚礼，我没有任何要求，一切都听您和叔叔的，您说怎么办，就怎么办，只要您同意把江嫣嫁给我。”

江爸爸一直在观察陆非的表情，也看出陆非确实是带着诚意来的。他指着对面椅子：“行了，站着说了这么半天，坐吧。”

陆非看向江妈妈。

江妈妈心里有气，之前准备了一肚子骂人的话，硬生生被按下去，一句都没说出来。

但她不得不承认，陆非这孩子确实有心。

说到底，她也是心疼江嫣，谁让她这个不争气的女儿一条路走到黑，折腾这么多年最后还是选了这个人。

只能认命。

她看着陆非说：“你今天的话，我都记住了。以后但凡你有一点儿对不起江嫣，或者欺负她，别怪我跟你翻脸。”她示意陆非，“把这堆东西收起来吧，你就算有一百套房子，对江嫣不好，我也不能让她嫁给你。”

陆非点头：“是。”

江妈妈没让陆非坐：“下楼去把她叫上来，怀着孕别磕着碰着。”

她这意思，应该就是暂时过关了。

陆非心底松了一口气：“我这就去找她。”

一直到吃完晚饭，江嫣还处于比较迷茫的状态。

她不停地给陆非使眼色，但陆非不给回应。

爸妈跟陆非三个人就像什么事都没发生一样，虽然老妈还板着脸，但偶尔也能跟陆非说上两句话。

饭后，江嫣以散步为由把陆非拉出去。

一下楼，她就迫不及待地问：“你到底跟我爸妈说什么了？”

陆非笑了一下：“嫣儿，这里是不是离星月广场很近？走走吧，我故地重游一下。”

他揽着江嫣的肩膀，走得很慢，真的就是在散步。

路上，陆非受不了江嫣的软磨硬泡，把事情说了一遍。

江嫣笑眼弯弯：“你居然打感情牌。”

陆非看着她：“我说的每一个字都是真的。”

江嫣轻轻应了一声：“嗯，我知道。”

她问：“你家那边怎么办？”

“我之前跟我爸谈过一次，我觉得他已经有些松动，现在你又怀孕了，我想，他应该不会为难你。”

陆非郑重又坚定，让人特别有安全感：“嫣儿，这些事我都会解决，你不要操心。”

两人靠在凉亭的红色柱子上。

陆非牵着她的手。

江嫣忽然想起什么，拨开他的袖口，看到那个文身。

JY。

是她名字的缩写。

“你什么时候文的？”

陆非眼睛望向远处：“不太记得了，三四年前吧。”他想起那天，“我喝醉了，很想你。”

第二天酒醒，他就去文了这两个字母，每次看到，就像她也在。

江嫣眼眶湿润，小声问：“疼吗？”

陆非笑了下：“疼点好，时刻提醒我，当年有多浑蛋。”

江嫣靠在他怀里：“不要这样说，你不是浑蛋。”

陆非眼角微热。

过了一会儿，江嫣忽然踮起脚，亲他的嘴角。陆非搂住她的腰，头一偏，含住她的唇。

两人安静地接吻。

月色温柔。

我爱上你，从不后悔。

即便曾经伤痕累累。

终有一天，月明星稀，你在我身边。

番外·少年篇

岁月静好，青春有你

高二（1）班，下午最后一节课。

开学没几天，大家还没从疯玩的假期里收回心思，有点儿懒散，老师在前面讲课，下面干什么的都有。

韩江虽然学习好，但个子高，所以被班主任安排在倒数第二排。

这星期他靠窗坐。

还有十五分钟下课，他似乎有点儿焦虑，看一眼表，又看窗外。

同桌杜远脑袋趴在桌子上，数学书里夹了本“游戏攻略”看得津津有味。

后面的陆非踢了一脚杜远的椅子：“放学打球。”又踢韩江，“你也去。”

韩江摁两下签字笔：“不去。”

陆非说：“别介啊，我都跟人约好了，你干吗去？”

“回家。”

陆非说：“别闹，你什么时候准时回过家啊。”

杜远回头看陆非：“魂不守舍一天了，没准跟哪个小姑娘约会去，你别跟着瞎掺和了。”

正说着，半截粉笔砸在杜远后脑勺上，数学老师尖着嗓子：“杜远，给我站起来！”

杜远站得歪歪斜斜。

数学老师推了推眼镜：“唠，唠，一整天不够你唠的，给我说说这题答案，错了，到后头站到下课。”

杜远低着头，吭吭哧哧地翻书，都不知道讲到哪一页。

一旁韩江淡定地靠在椅背上，嘴唇没动，声音很小：“C。”

杜远内心澎湃，表面不动声色，清了清嗓子：“C。”

老师瞪他一眼：“坐下吧。”

杜远嬉皮笑脸地坐下，挠挠脖子，同样小声说：“谢了，哥们儿。”

这是他们长久以来练就的本领，说话时嘴唇都不带动的，陆非拿格尺戳了戳韩江的后背：“你到底去不去？”

韩江又看一眼时间：“不去。”

“行吧，那我找别人。”

下课铃一响，韩江三两下收好书包，直接从杜远座位后面跨过去，很快消失在教室门口。

三天前，施静跑去县城看温颜，一直没回来，今早忽然打电话，说下午会带温颜一起回家。

韩江迈上自行车，骑得很快。

路边有卖杧果干的小摊，韩江已经骑过去，又倒回来：“两袋。”

付了钱，他把杧果干扔书包里，拐进不远处的胡同。

还没进院，就听到施静说话，正房门开着，里面的桌子上隐约能看到一个不大的蓝色手拎行李袋。

韩江把车立到一旁，拎着书包进门：“我回来了。”

客厅里，施静正替温颜擦头发。

温颜乖乖站在那里，脑袋没动，但圆溜溜的大眼睛转向他。

她脸庞干干净净，比走的时候黑了一点儿，也瘦了。

但还是好看。

她似乎刚刚洗完澡，施静边给她擦头发边说：“今天这么早？”

韩江站在门口：“嗯。”

施静不满：“嗯什么嗯，没看到颜颜回来了吗？”

韩江看了温颜一眼：“看到了。”随后胡乱扫了几下别的地方，最后又看一眼温颜，“我回去写作业。”

施静也没搭理他，把毛巾扔到桌上，拍拍温颜的小脸：“这才顺眼嘛，你回来，跟你妈说没？”

温颜点点头：“说了。”

施静替温颜整理衣服：“颜颜，以后你就在静姨家住，这就是你的家。你妈每个月给我很多钱，你要买什么都够，知道吗？想要什么，就跟静姨说。”

温颜低着头：“知道了，谢谢静姨。”

施静拍拍她脑袋，笑着说：“谢什么。对了，学校给你定好了，就去三中，升学率很高，老师也不错，韩江就在那儿毕业的。明天我就去给你办手续，初二了，不能耽误课，知道吗？”

温颜又点头。

这次见面，她的话明显见少。

施静心疼，后悔没早去看她，让她一个人在那个地方待一年。

施静站起来：“行了，我去做饭，你去韩江屋里，他有一套书架没用过，你拿去用。”

施静走去厨房，温颜看了一眼韩江的房间。

门是关着的。

温颜犹豫一下，还是走过去敲门。

没有一会儿，韩江的声音传出来：“没锁。”

温颜小心推门进去，看到韩江坐在书桌前，桌子上摊了不少书本卷子，旁边还有两袋杧果干。

她没进去，就站在门口：“哥。”

韩江回头，手里还在转笔：“嗯？”

“静姨说，你有一套书架。”

韩江其实已经听到外面的话，他没说什么，站起来抬手从柜子顶上拿下来一个纸箱，很重的样子，箱子表面是产品的图片，一套组装木质书架。

温颜接过来，抱个满怀，箱子往下坠，她用膝盖顶了顶：“那我走了。”

她刚转身，韩江叫住她：“你会拼吗？”

温颜眼睛动了下：“我试试。”

“拿来吧，我给你弄。”韩江又把箱子接回去，随手推了一下桌上的卷子和书，拆了箱子把里面的零件一件件拿出来。

温颜站在桌旁，一边看他拼，一边很乖地把他乱七八糟的书和卷子整理好，摞成一摞。

这种东西温颜一个人确实弄不好，有两个地方需要上螺丝。

温颜盯着认真组装的韩江看。

他好像还是老样子，不爱笑，话也不多，要说有什么变化，好像……更帅了？

书架拼好了。

温颜挺高兴的，终于笑了一下：“谢谢。”

她走到门口，韩江又叫她：“温颜。”

温颜转身，眼前什么东西划过，一袋杧果干投篮一样准确掉进她怀中的书架里。韩江说："别人给的，我吃不完。"

"哦。"

学校的手续办得很顺利，温颜已经上了两天课。

前两天都是施静接送，今天开始，温颜准备自己坐公交车去。

一大早，韩江吃完早餐，早早出门。

温颜最后喝一口豆浆，背上书包："静姨，我走了。"

施静从厨房出来："钱和饭卡都带了？"

"带了。"

"知道在哪儿下车吧？"

"知道。"

"走路看车！"

温颜笑一下："知道了，放心吧。"

温颜出门，忽然听到不远处一阵自行车铃声，韩江背着书包，单脚撑地，正看向这边。

温颜愣一下："你怎么还没走？"他好像已经出门快十分钟了。

"嗯。"韩江敷衍地回了一句，偏头示意一下后座，"我顺路，送你。"

两个学校虽然不远，但也不太近，温颜说："你来得及吗？"

"你再不上车，就来不及了。"

他这样一说，温颜就有点儿着急，很快走过去，拽着他的衣服坐上后座。

韩江骑车一向很快，逮着空隙就钻，但今天他钻了两个后，发现每次温颜都特别紧张地使劲儿抓他衣服。

他速度放慢了一些。

安全把人送到校门口，温颜跳下车："你是不是要迟到了，快走吧。"

韩江没着急，问她："你几点下课？"

"五点。"

他点了一下头："我五点十分，你在对面书店等我一会儿，一起走。"

"哦，好。"

韩江有晚自习，但学校不强制高二年级，走读生可以不参加。

韩江长腿一蹬，挑了一条小路，骑得飞快。

时间没把握好，早自习迟到三分钟，班主任宠他，但也说了两句："下不为例，去吧。"

韩江回到座位，迎接的是杜远羡慕嫉妒恨的目光：“这要是我，老徐肯定罚站。”

下午放学时，韩江再次放了陆非的鸽子，陆非一肚子火：“我说，你是不是外面有人了，天天脱离组织。”

韩江说：“我得去接一个人。”

“谁啊？”

“一个亲戚。”

说完，他拎着书包头也不回地走了。

到三中门口时，学生已经走得差不多了，对面书店灯火通明，韩江初中时总去那儿买书。

他把车骑到门口，按了几下铃。

没有一会儿，温颜小跑着出来，怀里还抱着书包。

今天施静给她编了头发，特别水灵精神。

韩江把温颜的书包接过来，挂在前边的把手上，温颜跳上后座。

她抓着他的衣服：“其实你不用来接我，我坐公交车也方便的，只有几站。”

“我妈让的。”

“哦。”

这个时间车比较多，韩江有些不耐烦：“你抓哪儿呢，抱着我的腰，一会儿掉下去。”

温颜听了，小心挪了挪，伸手搂住他的腰。

韩江嘴角无声翘了一下，一脚蹬出去。

太快了，温颜的刘海都被吹得飞起来。

快到家时，前边又被堵住，韩江停下来。红灯时间好长，韩江回头看了一眼，温颜正盯着对面的红薯摊。

绿灯亮了。

韩江骑过十字路口，忽然又靠边停下：“你先下来。”

没到家，但温颜还是听话地下车，韩江让出一点儿位置给她：“扶一下。”

温颜扶好：“哥，你干吗？”

韩江没说话，转身跑到马路对面的红薯摊，挑了个大红薯。

过马路时又赶上变灯，他在路边站了一会儿。

他个子高瘦，干净帅气，满脸青春气息，一旁的两个小女孩儿看了他好几眼。

回来时，韩江把袋子递给她。

温颜说：“一会儿回家就吃饭了。”

韩江哼哼两声：“赶紧吃吧，刚才我看你口水都要流出来了。”

温颜笑了，接过来，看到只有一个，问：“你不吃吗？”

“我不爱吃。”

温颜掰了一半递给他：“一起吃吧。”

韩江没接，温颜坚持：“哥。”

韩江看了她一眼，红薯酥脆的外皮把她的手指都蹭上一点儿颜色。

他接过来，两人靠在路边的树上吃。

一人都抱不过来的树，他靠这边，她靠那边。

过了会儿，韩江忽然问：“你叫我什么？”

温颜还没吃完：“哥啊。”

“我是你哥吗？”

温颜偏头看他：“不是一直这样叫吗？”

韩江已经吃完，揉了揉手里的纸袋塞进书包侧面：“现在开始，叫我的名字。”

突然间，莫名其妙。

“叫一声，我听听。”

“哦……”

温颜拿着红薯，低着头，眼睛看向地上他的影子：“韩江。”

高中老师爱拖堂，有时放学了还不下课，每到这时，温颜就会溜达到韩江学校门口等他。

没有多久，韩江的同学都知道他有个亲戚家的小妹。

温颜漂亮又乖巧，看到他的哥们儿，起先还有点儿腼腆，后来熟了，也会主动打招呼。

韩江偶尔放学打球，就把她带到球场，自己和哥们儿的衣服书包都归她管。

天气晴朗，温颜一个人坐在球场旁的石阶上看书。听到场内一阵欢呼声，她抬起头，看到韩江特别兴奋地扯了球衣擦脸上的汗。

一定是又进球了。

她身旁除了一堆校服外套和书包，还有几瓶水和饮料，是刚刚两个漂亮的小姐姐托温颜转交给韩江的。

她其实不怎么愿意，但不太会拒绝别人。

一场结束，场上换了别人，韩江和几个同学跑过来。

他头上汗津津的，还有些喘，拿了温颜手里的水就喝。

温颜说：“哎，这瓶我喝过了，有新的。”她递过去一瓶没开封的水，“别人给你的。”

韩江没接：“给他们吧。”

杜远捞走那瓶：“给我给我。韩小爷洁身自好，不随便喝别人的水，不像我，没人关爱。”

陆非说：“就你这德行，谁眼瞎了关爱你。”

杜远特别不服气：“你还真别说这话，我告诉你，我以后肯定能找个温柔乖巧小花猫一样的女朋友，到时你别羡慕就成。”

陆非逗他：“万一找个母老虎，记得别哭，来哥们儿怀里，哥们儿关爱你。”

“走开！”

玩笑过后，几人各回各家，各找各妈。

韩江依旧骑自行车载温颜，现在她已经轻车熟路，知道怎样坐他才骑得稳。

天刚擦黑，晚风吹过，他刚打过球，温颜闻到他球衣上的汗味。

“你回家快洗个澡吧。”

前头的韩江说：“臭？”

“臭。”

他特别坏地故意抖一下衣服：“那散散味儿。”

温颜笑得车子直晃，抓着他衣服怕自己掉下去：“慢点，慢点。”

到家时，温颜从后座上下来，拎着她鼓鼓的书包，韩江看一眼：“书包里什么东西，塞那么满。”

温颜将书包抱进怀里，有点儿神秘：“待会儿告诉你。”

施静和韩雪淞都不在，温颜进房间放书包的工夫，再出来时韩江已经去洗澡了。

这边虽然不是楼房，但韩雪淞已经把房子内部改装，浴室卫生间都在室内，冬天还有地暖。

其实这里已经快要拆迁，韩家在别处也有房产，但韩雪淞夫妻俩舍不得这边的邻居，所以一直没走，想住到最后，大家一起走。

韩江的球衣被他随便扔在沙发上，温颜折两下，塞进脏衣篮里。

她拿了拖布擦地。

说起来，温颜倒像韩家的亲生女儿，时不时还能帮施静干些家务，反倒韩江像个大爷，有时跷着二郎腿坐在沙发上看电视，还指使温颜拿手机拿遥控器，施静恨不得给他两下。

浴室里，韩江左一层右一层涂了不少沐浴露，弄出许多泡沫。

冲干净后，他闻了闻自己身上，想了下，又涂了点沐浴露，平时洗澡十分钟，这次二十分钟还没出来。

忽然听到外面温颜惊呼一声。

韩江顾不得许多，身上的水还没擦干净，随便套了件睡衣冲出来："怎么了？"

温颜拿着拖布，站在电视柜旁边，有点儿手足无措："完了，我把韩叔的花瓶磕坏了。"

韩江走过去，蹲在地上检查那只花瓶。

是别人送韩雪淞的一只全铜摆件花瓶，造型独特，做工也十分精细，两万多块，韩雪淞特别喜欢。

台子不高，倒是没多大损伤，但有明显磕痕，非常影响整体效果。

温颜很紧张："怎么办，韩叔会不会生气？"

韩江还没说话，施静从外面回来，看两人站在那里，有点儿奇怪："你们俩干吗呢？"

温颜转过身："静姨——"

话没有说完，手腕被韩江扯了一下，他站直身子："我把我爸的花瓶摔了。"

"啊？"施静赶紧走过去，接过花瓶看了一眼，顿时皱起眉，"怎么这么不小心？你爸最喜欢这个，你等着吧，等他出差回来，我看你怎么跟他交代。"

施静又说了几句，韩江全程沉默，一句都没有辩解。

吃晚饭时，温颜特别难受，她想说话，但每次都被韩江瞪回去。

这种难受的感觉一直延续到晚上，她在房间做作业，但迟迟进入不了状态，最后她没有忍住，还是敲了施静的门。

施静正在电脑前查资料。

温颜叫她一声："静姨。"

施静回头："颜颜，有事吗？"

温颜走过去站在桌边，低着头："我想跟你说件事。"

她这样认真，施静推了一下键盘，转身把她拉坐在一旁的床边："怎么了？什么事这么严重？"

温颜咬了咬唇："其实，花瓶是我摔的。"

施静愣一下："不是韩江吗？"

温颜摇头："不是，他应该是怕你说我，才说是自己摔的。"

这件事，施静倒真有些意外。

本来这次把温颜接回来，韩江就一直淡淡的，她还以为两个孩子感情一般，这么看来，韩江对她还是很好的。

施静很欣慰，终于有点儿大哥样子了。

她看温颜很内疚，握了握温颜的肩膀，安慰说：“没事的，一个花瓶而已，不要放心上，你呢？有没有被砸着？那么重的东西，砸一下肯定疼。”

施静对她，总是温柔又包容。

温颜赶紧摇头：“没有砸到我，可是，韩叔会不会生气？”

施静让温颜放心：“没事，他生什么气，你还不了解他，你要喜欢，他都能给你买十个，何况摔这么一下。”她摸摸温颜的脑袋，“别想了，回去做作业，今天作业多吗？”

“不多，快写完了。”

“行，去吧，有不会的问韩江。”

“嗯。”

温颜从施静的房间里出来，终于松了口气。

韩江站在自己的卧室门口，示意一下：“过来。”

温颜走过去，韩江关了房间门：“你跟我妈说了？”

“嗯。”

韩江蹙着眉：“我都承认了，你还告诉她干吗？”

温颜愁容满面：“不行，我不舒服，睡不着觉。”

韩江看她一眼：“她说你了吗？”

温颜摇头：“没有。”她抬起头，“谢谢。”

韩江没有说话。

温颜在原地站了一会儿，忽然想起一件事：“你等一下，我有东西给你。”

她噔噔噔跑回自己房间，不到十秒又跑出来，怀里抱了一袋东西，手里拿着一封信。

韩江还站在门口，温颜侧身挤进去：“关门。”

韩江关了门，看到她把袋子里的东西倒在桌上，全是女生喜欢的小零食。

他走过去：“这是什么东西？”

温颜把手里的信递给他：“今天在篮球场有个小姐姐让我给你的，还给我买了好多吃的，我都没动。”

韩江抱着肩膀看她，特别无奈。

她不是第一次帮他做这种事，甚至有时还很热情，帮他分析，这个小姐姐有点儿凶，那个小姐姐挺文静。

韩江说："你特喜欢干这事儿，是吗？"

温颜摇头："不喜欢。"

"那你还这么听话？让你带你就带。"

"我推不掉啊。她们好会说话，再说这是你的事，我怎么帮你拒绝，万一你愿意呢。"

韩江看她一眼："你还挺为我着想。"

他直接把信扔掉。

温颜觉得他好像不太高兴："你要是不喜欢，不回复就好了，干吗生气？"

她转身想走，韩江叫住她："回来。"

温颜不情不愿地转过身，韩江说："我说我生气了吗？"

"那你凶我。"

韩江回想一下，觉得自己刚才的语气是不太好，再开口时就稍微软了一些："东西你拿去吧。"

温颜摇摇头："我不想吃。"

"干吗不吃，不都是你喜欢的？我不生气。"

"太多了，怕胖。"

韩江笑了下："你不会一次少吃点，拿走吧，反正我也不会吃。"他低着头，把东西重新装进袋子里，递给她，"下次再有人找你，要学会拒绝。"

温颜仰起头看他："怎么拒绝？"

"你说我点坏话什么的，什么不好说什么，让她们死了心就成。"

"我不会说人坏话啊。"

韩江说："你就说我脾气不好，爱发火，爱骂人，总之挑不好的说。"

"这不是事实吗？"

"…………"

韩江一口气憋在胸口，咬着牙说："你还有事吗？没事回去写作业。"

温颜偷笑着跑掉。

这之后，她再也没帮他带过粉红色的信封。

圣诞节这天，学校里气氛浓郁。

校门口很多临时的小地摊，摆满各式各样的圣诞小礼物，最多的是苹果。

红红的苹果被五彩缤纷的玻璃包装纸打扮得漂漂亮亮，是小女生们的最爱。

同学们下课都很积极，铃声一响就迫不及待地往外跑，温颜在座位上收拾书包，有女生叫她："走啊？"

温颜指指桌子："我还没收完，你们先走吧。"

桌上，是同学送她的几个平安果，花花绿绿。

她把今晚要写的作业放进书包，几个苹果放在最上面。

临走前，温颜从书桌最里面拿出一只最大的苹果，包装得很漂亮，是她给韩江准备的圣诞礼物。

韩江每天最后一节课时都会给她发一条信息，定一下是他过来，还是让她去那边等。

今天一直没有消息，温颜走到校门口，给他打了个电话，没有人接。

她想了一下，觉得他可能还在上课，就自己一个人溜达着走到他学校门口。

快到五点半的时候还不见韩江出来，温颜靠在操场外的栅栏边给他发信息：还没下课吗，我在你学校门口？

两分钟后，韩江打来电话："我在对面的诊所。"

温颜怔了一下，生病了？

早上还好好的。

挂掉电话，她飞快地跑过去，诊所的门半开着，里面隐约有不少人。

温颜推门进去，看到一帮男生围着韩江，医生正给他处理脸上的伤口。

他额头、嘴角都是伤，脖子上有血，不知道是不是蹭上去的，外套脱下一半，右手臂露出来，有很长一道擦伤。

带着血痕。

温颜的眼泪唰地就涌出来，控制不住的。

韩江看到她，不动声色地扯了一下披在肩上的衣服，把那只伤到的手臂遮住。

他冲她钩钩手指："过来。"

身边几个哥们儿回头看到温颜，纷纷让出地方。

温颜还站在门口："韩江，你跟人打架了吗？"

杜远看她都要哭了，赶紧过去把人拉过来："别怕啊妹子，没事儿了。他就脸上那两个地方，擦个药就好了。你是不知道啊，你哥今天可牛坏了，一个人打七个——"

陆非丢给他一个眼神："你可闭嘴吧。"

诊所的医生边上药边说："你们几个走远一点儿，到那边等着去，别在这儿围着。"

几个大小伙子也挺听话，走到那边空位上坐了。

温颜的眼泪吧嗒吧嗒地往下掉。

韩江皱着眉："你哭什么，我又没死。"

温颜小声说："是不是很疼？"

韩江下意识一转头，碰到伤口，他没忍住咝了一声，又看她："不准告诉我妈，听见没？"

温颜使劲儿点头。

陆非看不下去了："瞧把人吓的，你就不能说句好话？"

韩江看着小姑娘的脸，她是真的在担心自己，心也软了些："别哭了，这点小伤不算什么。"

不远处，杜远旁边穿橘色衣服的男生说："老韩，你说你去也不告诉我们，有我们在，能让你伤成这样？"

杜远扭头："还不是阴戚不要脸不守规矩，七对一还弄得两人进医院，不够他丢人的。"

韩江不想让温颜听到那些事："我没事，上完药就回家了，你们赶紧走吧。"

杜远说："老韩，你放心，这仇我们一定给你报。"

韩江摆了下手："你们谁都别插手，他们没占到便宜，这事到此为止，被学校知道还要不要毕业了。行了，都散了吧，我这就走了。"

大家起来，杜远说："那行，明儿学校见，我们先撤。"

陆非嘱咐温颜："照顾你哥。"

温颜点头。

没有一会儿，伤口处理完，医生又给开了药："别碰水，别吹风。小伙子身体结实，过两天就好了。"

韩江道了谢，随手把棒球帽扣脑袋上，拎着药袋子出门。

走到外面，他转身看温颜："回家我妈问起来，就说不清楚，记住没？"

温颜说："可是你伤成这样，她一定会看到的，到时怎么说？"

"我自有办法。"他目光向下，看到她手里那个用花花绿绿的包装纸包好的苹果，"那是什么？"

温颜眼角还是湿的："平安果。"

"给我的吗？"

温颜低着头："嗯。"

韩江看了她一会儿，心情转好，冲她伸出手："拿来吧。"

温颜递过去。

韩江接了："走吧。"

温颜跟着他："你的车呢？"

"学校呢，今儿溜达回去。"

"这么冷的天，你身上还有伤呢，干吗走回家？"

"就想走走。"

从这里走回家要半个多小时，温颜不干："不行，我们打车。"

她很少有这么强硬的时候，但今天似乎不给韩江拒绝的机会，拉着他走到路边等车。

韩江低着头，兀自笑了一下，随她。

风很大，韩江只戴一顶棒球帽，耳朵都露在外面。温颜看了一会儿，忽然踮起脚，抬手将他大衣的帽子拽上来，给他规规矩矩地戴好。

"你不冷吗？"

少女身上清新的味道靠近，韩江心跳几乎停滞。

温颜把他的帽子拉紧，冷不防跟他的眼神对上。他额头贴了白色的纱布，嘴角涂了药水，看似狼狈，却依旧掩盖不住英俊的眉眼。

他盯着她看。

两人忽然安静了一会儿，谁都没动。几秒后，温颜悄悄红了脸，松开他的衣领往后退。

路上有雪，她有些站不稳，韩江下意识地捉住她手腕，把人往自己身边拉了一下："小心。"

温颜转身面向马路："哦。"

打车回家，一路两人都没说话。

到家后，施静不在，大概又去江嫣家找她闺蜜聊天。

韩江和温颜各自回房间，过了一会儿，温颜拿了几个苹果出来，在客厅的桌子上拆包装。

同学送得有点儿多，她吃不完，想分给家里人一起吃。

韩江换了件衣服从房间出来，看到一桌子的包装纸和几个大红苹果。

他走过去："这么多？"

温颜拆最后一个："嗯。"

"别人送你的？"

温颜点头。

顿了下，韩江说："我的那个也是别人送你的？"

温颜抬起头："不是，那个是我自己买的。"

几秒后，她又说："挑了最漂亮的一个。"

韩江看她一下，好像有点儿高兴，但嘴角翘了翘又忍住了：“哦。”

他有点儿忘了出来干什么，又转身回去，温颜叫住他：“下次什么时候上药？”

韩江回头：“明早。”

“我帮你。”

“嗯……”

晚上温颜在房间写作业时，听到客厅里施静的声音，好像在问韩江怎么弄伤了。不知道韩江说了什么，施静竟然没发脾气，外面很快没了动静。

温颜做了一会儿题，没忍住，给韩江发信息：你怎么跟静姨说的？

几分钟后，韩江回复：打抱不平，见义勇为。

温颜说：真敢说。

韩江很快回复：我就是在打抱不平啊。

温颜放下手机，专心做作业，没有再回复。

十分钟后，韩江又发来消息：苹果挺好看。

温颜嘴角上扬，笑出两个浅浅的小梨窝，纤细的手指飞快打字：苹果是用来吃的，不是用来看的。

想了下，她又发一条：不过，你可以先看，看够了再吃。

韩江在房间里，看到这条信息忍不住笑了。

他靠在椅背上，舒服地伸了一下懒腰，忘记手臂有伤，痛得龇牙咧嘴。

其实上药时最疼，但温颜就杵在那儿盯着他看，他怕吓到她，也不想在她面前那么娇气。

硬挺。

第二天一大早，韩江还在卫生间洗脸，温颜就早早堵在门口：“医生说不让沾水。”

韩江已经用一只手捧了水准备往脸上扑：“没事。”

温颜走进来，一直背在身后的手伸出来，递给他一块洗好的，还散着热气的毛巾：“用这个擦吧。”

韩江微微弯着腰，保持这个姿势站了一小会儿，随即关了水龙头，接过热毛巾，对着镜子往自己脸上擦了擦。

温颜满意了，又说：“上药吧。”说完转身去他房间。

韩江顺从地跟在她身后，听她摆布，乖乖坐在椅子上。

温颜心细，昨天她一直在看大夫怎么清洁伤口，怎么上药，又剪了一条纱布折成几折贴在他额头的伤口上。

她脑子里回忆步骤，做得有模有样。

擦嘴角时，她用棉签一点点轻碰伤处。

韩江望着她，挺享受，不自觉笑了一下。

嘴角一动，温颜就皱起小眉头，瞪他一眼，有点儿凶："别动。"

他就不动了。

上了药，两人也没什么时间吃饭，准备去学校附近买一点儿带到班里吃。

昨晚自行车没骑回来，两人依旧打车。

这几天韩江手不太方便，天也有些冷，所以最近不打算再骑车上学了。下课前，他给温颜发了信息，让她一个人回家，他自己把车骑回去。

但没想到温颜还是跑过来找他了。

韩江单手推着车，有点儿蒙地看着温颜摘了书包挂在前面的车把上，又接过他的车自己推。

"你干吗？"

温颜说："我带你回去。"

"你会骑车吗？"

两人从小一起长大，韩江很清楚，温颜不会骑单车。

但她点头："会的，在姑姑家时学的。"

她在那里上了一年初中，学校离得很远，没有人会送她，不会也必须学，每天自己骑单车上课。

韩江看她已经迈上车，试了一下又下来，转头说："车座太高了。"

脚够不着。

韩江有点儿无奈，走过去帮她调整车座："你带得动我吗？"

"试试呗。"

车座调低了一些，她再次迈上去，有点儿兴奋："上来吧。"

韩江说："路太滑，摔着你。"

"没事，我小心一点儿就行了，你的手不能用力。"

韩江拗不过她，只好坐到后面，温颜说："扶着我点。"

他犹豫一下，伸手轻环她的腰。

小姑娘太瘦了，他一只手就能搂过来。

事实证明，温颜有些高估自己。

天冷路滑，如果不是韩江的两条长腿时刻做好准备当刹车用，两人估计早摔不止一回了。

但温颜好像兴致很高的样子，把载他当作一件新奇又好玩的事，笑得很开心。

前面黄灯，有辆车急着过去，从温颜身边快速擦过，温颜一紧张，车把不稳，摇摇晃晃，她吓得大叫："啊！我不行了，韩江！"

韩江反应迅速，双脚点地，伸手越过温颜的身子，握住车把捏紧刹车，控制车头方向，轻松将车止住。

他抓住了她的手。

自行车停下，前方红灯亮起。

韩江这个姿势，几乎将她整个人都圈在怀里，温颜惊魂未定，手还被他握着。

温温热热，有点儿暖。

她微微转过头，他涂着药水的嘴角就在眼前。

两人贴得很近。

小小的温颜，第一次听到自己的心跳声。

升到初三，班里的学习氛围忽然紧张起来。

中考虽然不比高考，但也是学生生涯中非常重要的一道关卡。

很多之前比较贪玩的学生也渐渐收敛起来，知道要好好学习了。

但总有那么一两个刺儿头比较另类。

温颜最近有点儿烦。

隔壁班的小霸王，打架厉害，谁也不敢惹，小个不高，眼睛锃亮，每天中午往温颜桌上放一瓶饮料，风雨无阻。

温颜已经跟他说过很多次，不要，人家就是不听。

最近更过分，隔三岔五送封信，放学还会跟她一会儿，声称自己是护花使者。

体育课，两个班一起上，自由活动时，温颜和江嫣沿着学校操场转圈走。

江嫣挽着温颜，小声说："你看，张一泽又偷看你。"

江嫣跟那男孩儿一个班，就为这个，她遭受了不少"诱惑"。张一泽给她买了很多零食，求着她跟温颜说好话，但她不为所动，硬生生挺了过来，还义正词严地说："你离我们家颜颜远一点儿，不要耽误人家中考。"

张一泽不甘心："咱俩一个班，你都不帮我，能不能有点儿亲疏远近？"

江嫣瞪他一眼："我跟温颜六岁就一块儿玩，穿一条裙子长大的，谁亲谁疏？"

两人走到单双杠那边，抬腿一钩，轻松坐到最高的那个双杠上。

不远处一帮男孩儿玩球，张一泽看了一眼这边，疯狂地招手。

温颜叹了口气。

江嫣说："你要真不愿意，咱们跟老师说，让老师收拾他。"

温颜摇摇头："老师知道，肯定告诉静姨，我不想让静姨知道。"

最近施静的一部都市小说改编成电视剧，播出后有几个剧情点比较有争议，很多人将矛头指向原著作者。

她正心烦，温颜不愿这个时候打扰她。

江嫣转过头："那韩江呢，他不是你哥吗？这时候不用什么时候用，你让韩江警告张一泽一下，他就老实了。"

"韩江那个脾气，万一打他怎么办？"

"他肯定有分寸啊，就他平时那个样子，冷着脸往那儿一杵，不用说话准把张一泽吓跑！"

温颜不知道在想什么，目光呆呆的。

江嫣看她那个样子，眼睛转了转，又说："韩江不行的话，要不我把我哥找来，他肯定不会打张一泽。"

温颜舒了口气："不用，我晚上问问张一泽吧。"

韩江已经高三，脑子再好使也不敢松懈，每天吃完饭就回房间复习。

温颜两手撑在下巴上，盯着手机看了一会儿，想给他发信息，又怕说不明白，往门外看了一眼，他房门紧闭。

施静跟韩雪凇已经回房，客厅的桌子上放着一盘水果。

温颜走到餐桌旁，端起水果去敲他的门。

得到允许后，温颜把门推开一条缝隙，看到韩江靠在椅子上，一支笔转得飞快，英语书搭在桌沿，倾斜成舒服的角度。他回头看了一眼："站在那儿干吗，进来。"

温颜已经换了睡衣，帽子上的两只兔耳朵特别夸张。

她把盘子放他桌上："吃葡萄。"

韩江抬头看她："有事？"

"嗯。"

他把手里的书放下："拿来吧。"

温颜眨眨眼："拿什么？"

"不是要讲题？"

温颜摇头："不问题。"

韩江用眼神询问她。

温颜抿了抿唇："是学校的事，江嫣他们班有个男生——"

韩江手里一直转来转去的笔吧嗒掉到桌子上，他眼神冷了："欺负你？"

温颜慌忙摆手："不是，没欺负我。"她有些不好意思，"就是，总缠着我，给我买水什么的，还写信，有时放学也跟着我。我想，"她的手一直在抠桌沿，"你要是有时间的话，能不能去我们学校，跟他说一声，别总来找我。"

她慢吞吞说了挺久，韩江一直没说话。

过了会儿，韩江拿起笔用力在桌上戳了一下，把笔尖缩进去，声音平淡："叫什么名字？"

"张一泽。"温颜赶紧补了一句，"你不要太凶，他也没有恶意，就让他别再找我就好了。"

"知道了。"

温颜没想到，韩江第二天下午就去了。

早早等在学校门口，肯定翘课了。

温颜背着书包看他一眼，又回头看了眼不远处的张一泽。

韩江目光越过她向后看。

张一泽看到温颜有人接，转身想走，韩江长腿一蹬，单车横在张一泽面前，把人堵住。

他淡淡看了眼面前只到他肩膀的毛小子："你是张一泽？"

张一泽毕竟混大的，倒也没怕，梗着脖子："我是啊，怎么着？"

韩江直接把车往旁边的墙上一扔，拽着领子把人往小胡同里带："咱俩聊聊。"

张一泽瞬间毛了："哎哎，这我们学校门口，你想干吗？松手，松手！"

温颜跑过来："韩江！"

两人已经没影了。

胡同里，张一泽被韩江堵到墙角，他本来就矮，这下显得更矮了。韩江一只胳膊撑在他身后的墙上，居高临下地看着他："以后离温颜远点。"

张一泽还不服："你是她什么人啊？"

韩江面无表情道："你看我像她什么人。"

"你不会是她男朋友吧？"他自言自语，"不能啊，没听说她有男朋友——哎哎哎，疼！"

张一泽不老实，偷偷搞小动作，手刚一动就被韩江轻松制住。张一泽抬脚踹，韩江躲了一下，他一脚踩空，整个人扑到地上。

脚崴了，胳膊也蹭破了。

韩江蹲在地上看他："我都没动手，你急什么？"

张一泽肺都要气炸："你到底谁啊？我追温颜关你屁事！"

韩江笑了一下："小屁孩儿毛都没长齐还学别人追女孩儿，你知道什么叫喜欢？"

行家一出手，就知有没有。韩江都没怎么出招，张一泽就知道自己打不过他，索性一盘腿坐在地上："我怎么不知道？我天天想她，看见她我就高兴，她跟我说句话我能乐半天。"

韩江看了他一会儿："你说得没错。"

喜欢一个人，确实会这样。

张一泽开口："那你——"

韩江说："但你知道什么是对她好吗？你现在这样天天找她，会影响她学习。如果她因为你考不上好高中，连带考不上好大学，你会心安吗？这就是你说的喜欢？"

张一泽张了张嘴，没说话。

韩江一把将人拉起来："你要真有种，别打扰她，等她考上大学，到那时你要还喜欢她，我佩服你，你想怎么追我都没意见。"

说完这话，韩江拍了拍自己身上的灰，整理衣领往外走。

身后张一泽缓过神："哎，你到底是她什么人？"

韩江头都没回，消失在胡同外。

校门口，温颜守在韩江的自行车旁。

看到韩江从胡同里出来，温颜有点着急地迎过去："你没打张一泽吧？"

韩江径直走向自己的车："我有那么暴力吗？"

"那你们谈得怎么样？"

韩江跨上车，示意一下后座："他以后应该不会找你了。"

温颜抱着书包跑过去，扶着他的腰坐在后面，有点儿高兴："是吗？你怎么说的？"

"秘密。"

"啧……"

从那以后，整个三中都传开了，三年二班温颜有个特厉害的哥，把张一泽都给镇住了，千万别惹她。

这一年对施静来说，特别不容易。

家里一个要中考的，一个要高考的，光是每天给两个孩子吃什么，就够她愁半天。

从网上找了不少补汤食谱，每天吃得两个孩子都腻了。

韩江已经不满过多次，温颜虽没说什么，但每次看到那些奇奇怪怪的汤也很发愁。

施静为了给他们换换口味，张罗周末在院子里自助烧烤。

他们有现成的烧烤架、炉子和工具，以前就经常自己烤肉，但这一年孩子们纷纷升了初三高三，大家都比较忙，就没心思弄。

施静一张罗，江嫣家立刻响应号召，买了不少牛肉和鸡翅，还有些蔬菜带到韩江家。

今天几个孩子都没课，两家八口人，特别热闹。

妈妈们洗菜切菜，孩子们穿肉，两个爸爸负责烤，分工明确。

这一片拆迁的日子已经定下，大家基本在七月左右就要搬走，韩雪凇感叹以后这样悠闲的日子不多了。

温颜和江嫣坐在小板凳上穿鸡翅。

江嫣压着身子小声说："韩江怎么跟张一泽说的？我看张一泽老老实实的，下课也不去找你了，挨揍了吗？"

温颜把切好的牛肉片穿到竹签上，摇了下头："应该没动手，但我问韩江怎么说的，他不告诉我。"

江嫣哼哼："啧，神神秘秘。"

江振走过来："好了吗？我拿过去一些。"

江嫣手里正好有已经穿好的牛肉和鸡翅，她站起来："我去吧，你在这儿帮颜颜。"

江嫣走后，江振在她的位置上坐了，随手拿起一根签子穿肉："怎么样，还有几个月中考，紧张吗？"

温颜笑了下："还行，没什么感觉，不过应该我问你吧，高考好像更应该紧张来着？"

"我也没什么感觉。"

两人随意聊天，温颜说："你想好报哪所大学了吗？"

江振说："没什么意外的话，应该就是C大了。"

温颜看向他："你也想考C大吗？韩江也是。"

"他什么专业？"

“法语。”

这是韩江早就决定好的。

江振说：“那我们方向不一样，我是法学。”

“你要当律师吗？”

江振把她手里穿好的肉接过来，整齐地摆在盘子里：“对。”

温颜笑着说：“你们两个真有缘，生日同一天，小学初中同校，现在连大学也准备报考同一所学校，锁死了吗？”

“那估计也是孽缘。”

两人一起笑了。

韩江从屋里出来，手里拿着两摞碗筷，正看到这一幕。

有句话怎么说的来着，男女搭配，干活不累。

两人笑得真开心。

他一声没吭，把碗筷放到院子里那张方形矮桌上，转身往门外走。

温颜叫住他：“韩江，你干吗去？”

他没回头：“买饮料。”

温颜立刻拍拍手站起来：“我跟你一起去，我洗手，你等我一下！”

等温颜洗了手从屋里出来，门口已经没了人影。她跑到门外，看到韩江还没走到胡同口，她叫了一声：“韩江！”

韩江回头看她一眼，走得更慢了一些。

温颜小跑着追上他：“你怎么不等我？”

“我买饮料，你去干什么？”

“不是还要买酒吗？我怕你一个人拿不动。”

两家人每次烧烤，男人们都要喝点小酒，有时施静和江妈妈也跟着喝一点儿，只有温颜和江嫣喝饮料。

韩江说：“你不是忙吗？”

“穿得够多了，吃一会儿再继续。”

韩江一脚踢飞地上的小石子：“聊什么笑得那么开心？”

“什么？”

“你跟江振。”

“哦，我说你们俩有缘，江振说他也要报 C 大。”

韩江没说话。

两人走到胡同口的超市，温颜跟着韩江走到饮料区。

“其实你的成绩完全可以去清北，考C大的话，有点儿可惜。”

韩江眼睛扫过架子上的大瓶饮料：“我愿意——想喝什么味儿的？”

温颜说：“橙汁，再拿一瓶雪碧，嫣儿喜欢。”

韩江拎出两瓶让她抱着，又去不远处搬了一箱啤酒。

结账时，温颜又说：“其实你留在岳城，也挺好的。”

韩江的手顿住，两秒后，抽出一张纸币递给老板：“为什么？”

“那样我就可以常常看到你了。”

韩江转头看她。

温颜拿起柜台上的两瓶饮料：“你要是去了C大，我就可以用你的学生卡去图书馆了，早就听说C大的图书馆规模特别大，从没去过。”

她调皮地冲他笑了一下，转身跑掉。

韩江在原地站了一会儿，随后抱着一箱啤酒快速跟上她。

“江振不是也要去C大，你可以用他的。”

温颜没有看他，一个人闷头往前走，到家门口的时候，她忽然说：“我就用你的。”

韩江心里那点别扭劲儿莫名好了一点儿。

院子里已经烤好一拨，施静看到门口的两人，招呼他们：“快点进来，先吃。”

温颜把饮料放桌子上，又进厨房拿杯子。

撸串，就要坐小板凳上才有感觉。

两家人围在一起热热闹闹，天气不冷不热，吹着小风，施静在屋里放了音乐，传到院子里，音量大小适中。

实在太舒服。

一轮小酒过去后，大家的话就多了起来。

两个爸爸凑在一起不知道说什么正经事，施静和江嫣妈妈聊天。

有点儿伤感。

邻居住了这么多年，还有几个月就要分道扬镳。

江妈妈说：“你就准备住江边那套了？”

施静“嗯”了一声：“那套离附中近，以后颜颜上学比较方便。”

江妈妈笑了：“你对颜颜真没话说，小韩现在就在附中呢，也没见你搬家。”

“他一大小伙子，吃点苦不怕。”

江妈妈说：“我看以后颜颜结婚你也得跟着操心，不知道哪个倒霉蛋儿摊上你这么个丈母娘。”

施静跟她碰了一杯，有点儿不满：“我这丈母娘怎么了？我通情达理、善解人意，他只要真心对颜颜好，我们颜颜也喜欢，我就没意见。”

江妈妈玩笑说：“那我给我儿子排个队吧，反正我是挺喜欢颜颜这丫头的。”

“行啊，我没意见。”

“那说定了。”

两人也不知是喝了点酒随便乱说，还是当真了，反正来回这么几句话，把桌对面的几个小辈听得一愣一愣的。

本来几人也在聊天，气氛挺好，对面忽然说起这话，温颜有点儿不好意思，低头吃东西，江振起身去了洗手间，只有韩江对自己老妈特别不满：“能不天天瞎说吗？”

江妈妈说：“看吧，人家哥不乐意了，这事儿你一个人还做不了主。”

这顿饭一直吃到下午一点，买的东西基本都被消灭掉，韩雪凇喝得有点儿多，先回房间休息。

韩江接到电话，让他去老师家拿卷子，是老徐特地给班里几个尖子生弄的一套难度很高的题。

从老师家回来时，已经快到六点，韩江手里拎了个文件袋进家门，看到施静在客厅里铺了张瑜伽垫，正把自己扭到一个特别奇怪的姿势。

听到声音，施静半眯着眼睛：“回来了？”

“嗯。”

“徐老师说什么了？”

“给了两套卷子，又讲了几道题。”

“明天运动会？”

韩江倒了杯水喝：“嗯。”

“学校也不知怎么想的，高三这么紧张，还耽误时间。”

韩江拿了卷子回房间：“高三不出节目，就几个项目找人随便跑跑，意思一下。”

“你跑吗？”

“有个三千米。”

施静睁开眼睛：“你有毛病是不是，跑完还能不能干别的了？”

“没人报，我就报了，我跑三千米没什么难度，没事。”

韩江推门进房间，又转头看了眼外面。

“温颜呢？”

“去江嫣家了。”施静起身，把瑜伽垫收起来。

韩江皱着眉：“去他们家干什么？”

“你姨做了糖醋排骨，让江嫣把人叫走了。”

“不是刚吃完，还吃？”

施静白他一眼：“你中午吃完晚上不吃？”她往厨房走，“晚饭想吃什么，我现在做。”

“不吃了。”韩江扔下这句话，一下把门关上。

施静吓一跳：“莫名其妙发什么火。”

韩江把卷子扔桌上，踢掉鞋往床上一躺，真生气。

中午刚被两个妈妈开玩笑，晚上就去人家家里吃饭，也不知道避讳一点儿。

他翻了个身，眯着眼睛躺了一会儿，没几分钟又坐起来，拿了刚到手的卷子做。

题确实难，连他都有点儿吃力，有道题研究半天也没个思路，再看时间，晚上七点，天都黑了。

韩江扔了笔，脑袋仰到椅子靠背，喉间那点凸起一动一动。不到一分钟，他忽然坐起来，拿起手机毫不犹豫地给温颜拨了个电话。

电话响了三声才被接起。

“喂？”

韩江勉强压着火气：“几点了还不回家？”

电话那边，温颜停顿一下：“好久没逛街了，还想再玩一会儿。”

“你在哪儿？”

温颜说了一个商场名字，离他们家不远。

韩江问：“不是在江嫣家？”

“没有，嫣儿来找我，我不太想去，后来我们就来这边逛了，现在在抓娃娃。”温颜以为韩江在怪她不学习跑出去玩，很快说，“我马上回去。”

韩江似乎是因为冤枉了温颜，语气变得软了一些：“不用，你玩吧，要我接你吗？”

温颜：“……”

这么近的路，接什么接啊。

她说：“不用，我这就回去了。”

挂了电话，韩江通体舒畅，脑子忽然有了思路，刚刚较劲了很久的那道题很快顺利解决。

没有多久，温颜果然回来了，手里捏着两只娃娃。

一只小怪兽，一只小兔子。

韩江正在客厅吃施静给他留的饭菜，看到温颜，冲她钩了钩手指：“吃饭了没？”

温颜走过来：“没，”想了下，“吃了根烤香肠。”

本来江嫣是叫她过去吃饭，结果计划没有变化快，两人一拐弯跑出去玩，江嫣给老妈打电话，让老妈给自己留饭。

“那东西不顶饿，我妈留挺多的，一起吧。”

温颜答应一声，把娃娃放椅子上，去厨房洗手盛饭。

出来时，韩江正在捏那只兔子。

温颜坐到他对面：“可爱吗？给你吧。”

韩江收回手：“当我是你呢，你什么时候见我屋里有这种东西？”

“兔子这么乖，跟你是不太配……小怪兽给你吧？”

韩江面无表情地看着她：“你明天上午有英语测试吧。”

“嗯。”

“那还这么多话，赶紧吃饭。”

“哦。”

晚上临睡前，那只小怪兽还是被温颜强行扔到韩江的床上。

第二天是附中一年一度的春季运动会。

早在半个月前高一和高二就开始热闹起来，报名参赛，排练节目，写广播稿。

很多学校的运动会似乎都有一个不成文的规定，比哪个班被念到的广播稿数量多。

就算是千篇一律的“在这阳光明媚的日子”，只要最后播音员念出自己班级的名字，就很有集体荣誉感。

所以每到这时，班里语文比较好的学生都会被拉去写稿子，长短风格不限，数量至上，这种情况下质量要是好一点儿就更完美了。

韩江被分配了十篇稿子的任务。

他不爱写这东西，但最后一年，他不好拒绝，反正每年来来回回就那些词，也写不出什么新花样，他认真写了三篇，其他就照套路随便写。

高三不用出节目，只要在常规项目出人跑跑就行，班里的人积极性都不太高，勉强有人报了个一百米和二百米短跑，连四乘四接力都是好不容易凑齐的人。

杜远作为体育委员，身兼多个项目，实在跑不动了，好说歹说，求着韩江报了个三千米，总算不太寒碜。

高三十几个班，准备阶段看起来都挺无所谓，可没想到比赛正式开始，一个个都跟打了鸡血似的。

女生们喊加油的声音比对面高二还大，并且现在都无所顾忌了，喜欢谁就去给谁加油。

反正已经快毕业，那点小心思都不想藏着掖着了。

似乎也是对紧张学习生活的一种发泄。

下午跑三千米前，韩江做准备运动，拉伸筋骨。

今早他就有些不舒服，这会儿又开始头疼，他在场地中间站了一会儿，揉太阳穴。

今天天气特别好，万里无云，阳光毫无遮挡，直晒脑门。

杜远跑过来，拍他肩膀："你怎么了，没事吧？"

韩江摇头，倒了一捧矿泉水拍脸上："没事。"

准备哨声响起，运动员按跑道在始发点排成一排。

一声枪响，选手们如离弦的箭，唰一下就没了影。

虽然起了个好头，但毕竟是三千米，前几圈大家都没有太拼，保持体力，到中期时才渐渐拉开距离。

韩江目前在第三位。

场下加油声不断，每到高三座位区，韩江的呼声都最大。

以陆非和杜远为首，扯着嗓子喊。

这届的广播员好像特别喜欢韩江，不止一次在韩江路过主席台的时候大喊加油，他们班的稿子念得也特别多，专门念落款韩江的。

陆非问杜远："那丫头是不是对老韩有意思？"

杜远眯着眼睛看主席台，随后很笃定地说："不是老韩的菜。"

"你怎么知道他喜欢什么菜？"

"你看他一副冷淡脸，我觉得他应该喜欢神仙姐姐那一挂的，两人天天不食人间烟火，一起登仙。"

观众席聊得热闹，场上已经接近尾声。

最后两圈，韩江暗自加速，已经排到第二，和第一差距不大，咬得很紧。

韩江额上全是汗，头越来越疼。

就在他松了一股劲儿，差点儿被第三追上时，跑道外忽然有道熟悉的声音兴奋地大叫："韩江加油！韩江，韩江！"

韩江偏头看了一眼，温颜不知什么时候跑过来，站在那儿连蹦带跳地给他加油。

两秒钟的工夫，韩江已经跑过温颜的位置，她又追了上来，跟着跑。

“韩江加油！”

他脑子里全是她的声音。

只剩半圈，韩江咬着牙往前冲，最后几秒终于超过原本的第一，冲过漂亮的红丝带。

全场欢呼。

韩江直接摔在地上顺带滚了一圈，头晕目眩累到死。

他躺在那里大口呼吸。

陆非和杜远几个哥们儿去终点接他，想扶他起来，他喘着粗气摆摆手：“让我缓缓。”

他闭上眼睛。

没有一会儿，头顶忽然有道声音，离得很近：“韩江。”

他睁开眼睛，看到温颜的脸。

她似乎是蹲在他头顶上方的位置，这会儿脸是倒着的，眼睛笑得眯成一条缝，特别崇拜地说：“你第一哎。”

韩江没动，就这样盯着她看了一会儿。

她细碎的长发扫过他的眼睛。

温颜拿了一张纸巾帮他擦脸：“全是汗，你起来去那边歇会儿吧。”

韩江一个挺身坐起来，身子转了大半圈看她：“你怎么在这儿？”

温颜笑眯眯地说：“我翘课了呀。”

韩江果然皱起眉，温颜得逞似的笑了一下：“逗你呢，我没翘课，我们这节体育，我偷溜出来的，一会儿就得回去了。”

光线下，韩江脸色煞白，嘴唇一点儿血色都没有。

温颜心里一惊，凑过去：“韩江，你是不是不舒服？”

已经跑完了，韩江没有再忍，他点了下头：“有点儿，你扶我起来。”

温颜把人搀起来，韩江有些站不住，整个人靠在她的小身板上，两人磕磕绊绊走到一旁的空地上重新坐下。

韩江说：“你赶紧回去上课，我歇一会儿就好。”

温颜摸摸他额头，有点儿热。

杜远被人叫走，陆非拿了水和毛巾过来：“怎么样，好点了吧？”

温颜转头说：“他好像发烧了。”

陆非惊讶：“啊？”

韩江身体素质一向很好，怎么可能跑个三千米就发烧。陆非碰了碰他的额头，确实有点儿热。

陆非说："你怎么回事，中午我看你就不对劲，是不是之前就不舒服？"

韩江没说话，垂着头很难受的样子。

温颜说："要不送校医院看看吧。"

"不用。"韩江撑着手臂站起来，"你回去上课，我回班里躺会儿。"

他接了陆非手里的水，用毛巾擦一把湿漉漉的头发，一个人往教室走，背影有些疲惫虚弱。

陆非转头跟温颜说："你放心吧，我看着他，你赶紧回去上课。"说完他三两步追上韩江，两人一起消失在教学楼门口。

下午剩下的两节课，温颜有些心不在焉。

放学铃一响，她就迫不及待地给韩江发信息：你在学校吗，还是回家了？

一直到她走到校门口才收到回复：在家。

温颜拦了一辆出租车。

虽然零花钱很多，但温颜一向不乱花钱，韩江有事不能一起回家时，她也是坐公交车，但今天有点儿等不及。

回到家，客厅里没人，桌上有施静留下的字条：我有事，晚一点儿回家，饭菜在锅里，自己热一下吃。

温颜把书包放在沙发上，敲了一下韩江房间的门，没有回应。她把门推开一点儿，看到韩江趴在床上，身上的被子有一角垂在地上。

她走过去帮他把被子盖好，找了几个角度都看不到他的脸，索性直接把手塞进他脑袋和床中间。

脸比下午的时候还烫。

温颜急了，不停地摇他："韩江，韩江。"

其实韩江没睡着，只是身上没力气，不想动，但温颜特别执着，他只好勉强翻了个身："干吗？我没死呢。"

温颜松了口气："你发烧了。"

"我知道。"

"吃药了吗？"

"没吃。"

"饭呢？"

韩江摇了摇头。

温颜皱起眉："这样不行的，去诊所打针。"说着就要扶他起来。

韩江挣扎了一下："你生病那会儿不是还说发烧是体内的抗菌细胞跟感冒

细胞做斗争吗？我挺一会儿，它输了，我再去。”

这个时候还有心情开玩笑，温颜有点儿心疼：“要不先吃饭，再吃退烧药吧。”

韩江嘴唇干涸，摇了摇头：“不想吃饭，你给我找片药吧。”

温颜扭头就跑。客厅的电视柜下有小药箱，她拿了一板退烧药出来，又烧热水。

想了一下，她还是把饭菜放到微波炉里，调好时间。

韩江靠在床头，看着她把热水倒在小碗里晃了几下，取出一粒药递到他嘴边。

他犹豫一下，张开嘴。

温热的唇触碰到她的掌心。

苦涩的药，似乎也变得清甜。

六月过得特别快。

先是韩江高考，紧接着温颜中考。

韩江的成绩先出来，不出意外以绝对优势获得了省状元的头衔。温颜发挥正常，考得也很不错，去附中完全没问题。

韩家双喜临门。

高考成绩出来那几天，韩家特别热闹。

亲友邻居祝贺，媒体记者采访，还有不少高校招生办的工作人员过来凑热闹。

韩江不喜欢这种场面，应付了几次后就再也不想见人，躲在房间装病，或者一大早跟一帮发小出去玩，直到天黑才回家。

有媒体认识施静，知名女作家和高考状元这两个点结合起来，再加上韩家不俗的家境却住在快要拆迁的胡同里，每一个都是能吸引人眼球的标题。

没完没了。

考完试后，大家就进入了疯狂的暑假模式。

一连几天，胡同里的男孩子都一起拉帮结伙去游戏厅和网吧，准备把这些日子少玩的次数统统补回来。

女孩子们就比较规矩一些，通常都窝在家里看剧，看小说，看电影。

傍晚，包括韩江和江振在内的五六个哥们儿从电玩城出来，跑到胡同口那家烧烤店撸串。

这家店他们常来，老板也很熟，经常会送两盘小凉菜给他们。

吃了一会儿，江振说了句：“把我妹和温颜叫过来吧，估计这会儿她俩还没吃饭。”

一旁冬子说：“别叫别叫，她俩来了又要啰啰唆唆，不让喝酒又不准抽烟，麻烦死了。”

有人问江振：“你妹能去附中吗？”

江振说：“估分了，说是刮边，看运气吧。”

那人又问韩江：“你们家那个呢？”

胡同里今年好几个高考的，中考只有她们两个。

韩江说：“差不多吧。”

小胖手脚麻利，一连起开好几瓶啤酒，给韩江递过去一瓶：“你就定了上C大了？”

韩江接了：“嗯。”

小胖说：“你到底怎么想的，放着进京的机会不去去C大？”说完又看一眼江振，“哎，我可不是说C大不好啊，关键这有点儿可惜啊。”

之前韩江说要报C大，大家以为他只是随便说说，现在成绩出来，他还是说会去C大，这就有点儿让人不能理解。

岳城C大和北京的清华北大比，明显不一样。

对他这个选择，佛系的韩雪凇倒是没什么意见，因为C大也不是拿不出手的学校，可施静有点儿不太满意，但她太了解韩江，主意正，决定的事谁都说不动，劝了几次无果，也就随他了。

人生的路自己选择，他不后悔就行。

韩江说：“太远，不想去。”

小胖说：“看不出来，你还挺恋家。行吧，不去也好，咱没事儿还能聚聚。”

再有不到一个月，这里的人就要搬走了，事实上附近的居民已经有不少陆续搬走，只有这个胡同里的人还在坚守。

吃完饭，一行人从烧烤店出来，路过一个小摊儿，都是女孩儿喜欢的小玩意儿。

江振半路停下，弯着腰看了一会儿，选了个小花猫摆件，还会摇头，很可爱。

小胖说：“有哥就是好啊，知道惦记老妹儿。”他贱兮兮的样子，“哥，我也要。”

“要你个头。”

冬子还没玩够，说自己爸妈不在家，张罗大家去他家续摊儿。

大家一呼百应，只有韩江说："你们先去，我一会儿到。"

"你干吗去？"

"买点东西。"

"带两盒烟！"

"知道了。"

同一时间，温颜和江嫣正躺在一张床上聊八卦。

桌上有施静给她们切好的水果和瓜子，两个女孩儿肩并肩趴在床上一起看手机。

太久没关注娱乐圈，江嫣觉得自己真的落后太多："他和她怎么在一起了？"

"她什么时候结的婚？"

"我去，怎么他演男一号啊，简直毁我经典。"她翻了个身，两条腿在空中蹬自行车，"颜颜，你以后想做什么？"

这个问题，温颜还没有认真想过："不知道，你呢？"

"我想当明星，拍戏。"

温颜也翻身平躺，看着天花板："当演员吗？"

"嗯。"

"可是当演员好像很累的样子，听说拍戏很辛苦的。"

江嫣不在乎："做什么不辛苦啊，哪一行都辛苦，小时候我妈还送我去过一段时间少年宫呢。我演过话剧，可有意思了。"她侧身面对温颜，"我就是有点儿担心，万一我去不了附中怎么办？"

"应该不会，老师说今年的分数线跟去年差不多，你估的分比去年的分数线还高五分呢。"

"那也不保准。"江嫣压力有点儿大，"我哥都上C大了，我要是连附中都考不上，以后还怎么理直气壮地欺负他？"

温颜忍不住笑："你哥那是让着你。"

江嫣点点头："也是，我哥还行，不像韩江，老是一副凶巴巴的样子。"

温颜想了一下，还是忍不住替他辩解："其实韩江不凶的，他就是在外面不怎么爱笑。"

"他还不凶呢，我要不是从小认识他，我都不敢跟他说话。"

"至于吗？"

"至于，他脸上就写着四个大字——"江嫣伸手在空中胡乱比画，"生人勿近。"

两个姑娘笑个不停。

江嫣看了一眼墙上的时间，有点儿奇怪：“今天他们怎么这么安静，都干吗去了？”

韩江不在家，她从家里出来的时候江振也不在。

江嫣一下从床上坐起来：“他们是不是又一起看色色的东西去了？”

大家从小一起长大，太熟悉彼此，那帮男生看色色的小说杂志，被江嫣和温颜撞到不止一次。

江嫣说：“走，找他们去。”

她跳下床穿拖鞋，温颜拉了她一把：“去哪儿？”

“肯定在冬子家呢。”

冬子爸妈经常不在家，那里几乎成了他们的一个“窝点”。

江嫣抱着抓包的心，拉着温颜跑得飞快。

冬子家院门没关，在院子里就能听到里面嘻嘻哈哈的声音。

果然在这儿。

两人推门进去的时候，先被屋里的烟味给呛了一下。

温颜扇了扇眼前的烟，看到屋里的沙发和地板上，横七竖八卧着几个人。面前的茶几上，花生米、小瓜子，还有十来个空酒瓶。

韩江坐在最里面，搭在沙发旁的手里夹着一根烟，他有点儿懒散地靠在那里，眼睛盯着电视。

几个人看到突然出现在门口的江嫣和温颜，都吓了一跳。

冬子下意识地拿报纸猛扇屋里的烟：“你们怎么来了？”

江嫣看着乌烟瘴气里的几个人：“这儿怎么跟被打劫过似的。冬子，就你，总带我哥抽烟，明天我就告诉你妈。”

“别呀，小祖宗，”冬子特怕江嫣，一脚踹开沙发上的两个人，空出位置让温颜和江嫣坐下，又把瓜子和水果推到两人面前，“吃吃吃，都是自己人，别客气。”

韩江在看到温颜那一刻就已经把烟头转了个方向直接用手摁灭，但还是被她看到。

两个人互相看了一眼，温颜没跟他说话，走过去坐到江嫣旁边。

挨着江振。

江振给温颜掰了一根香蕉，温颜接了：“谢谢。”

他们倒是没看什么色色的东西，电视里放着正在直播的球赛，两个女孩儿的到来只短暂地影响了一下，没多久大家的注意力就全都聚集到球赛上。

江嫣也爱看球，跟冬子你一言我一语地讨论起来。

温颜看不太懂，没有一会儿就觉得有点儿无聊，低着头扯了一张纸巾铺在桌子上剥瓜子。

她剥了半天一粒也没吃，纸巾上很快攒了一小堆。

沙发上人员超标，她和江振几乎紧挨着。江振今天喝了酒，脸有些红，靠近了小声跟温颜讲话，温颜听完笑了一下，手里还在剥瓜子。

韩江一直没有说话。

只用眼角余光就能看到他们两个在聊天，平时最爱看的球赛似乎也索然无味。

他起来去卫生间。

再回来时，他没坐，站在门口说："我先走了。"

冬子抬头："球赛还没完呢？"

"我回家看。"说完他看了温颜一眼，"你走不走？"

温颜抬起头："走。"她把桌上的瓜子仁用纸包好一起带走。

两人走在回家的小路上。

这里已经快要拆迁，路灯坏了也没人修，前面很黑，两人走得很慢。

很安静。

韩江偏头看她一眼："怎么不说话？"

温颜说："你也没说啊。"

"你好像不太高兴。"

进门后，她看都没看他一眼。

几秒后，温颜抿着唇："你都学坏了。"

"怎么学坏了？"

"我没见过你抽烟。"

以前看到过其他男孩儿抽烟，没见过韩江抽。

路过一段石子路，韩江捏着她手臂怕她摔着。

"男生都会，只是我不常抽。"

"抽烟对身体不好，韩叔都不抽。"

韩江默默叹了口气："行了，我以后不抽了。"

温颜仰起头看他："真的？"

"骗你干吗？"

温颜有点儿高兴，很快塞到他手里一包东西："那这个给你。"

韩江摊开看，是整整一包瓜子仁，她刚刚亲手剥出来的。

暗夜中，韩江嘴角扬起微笑。

走到家门口，韩江叫住她："温颜。"

温颜回头："嗯？"

他想说，我也有东西要给你，但随后目光便定在她垂在身侧的右手上。

她手里握着一个小花猫的摆件，是江振今晚买的那个。

温颜顺着韩江的目光看过去，摊开手里的小花猫："刚刚江振给我的，好看吗？"

韩江没说话，过了会儿他开口："你喜欢？"

温颜点头："挺可爱的，他说买了两个，我和嫣儿一人一个。"

韩江偏过头看向别处。

塞进裤子兜里的手无意识地捏紧。

温颜说："你刚才叫我干什么？"

"没事。"他已经恢复面无表情的模样，先她一步进家门。

温颜跟在他身后："球赛没完呢，还看吗？"

"不看了。"

韩江丢下这句话，一个人回了房间。

门关上后，韩江靠着门板站了一会儿，从兜里摸出个一模一样的小花猫摆件。

他那时想，江振给江嫣买了一个，别人有的，她也要有。

所以他回头买了。

可她现在已经有一个了。

韩江直接把它丢进垃圾桶。

不用复习的日子竟然还有点儿无聊，韩江找出本《基督山伯爵》翻看，但眼睛总是忍不住去看垃圾桶。

过了会儿，他叹了口气，走到垃圾桶旁又把它捡出来，找张纸巾擦了擦，放进最底下的抽屉里。

中考成绩出来后，温颜分数很高，顺利进入附中。江嫣也以超过分数线两分刮边进了附中，两人特别高兴，以后终于又可以一起玩耍了。

接下来的日子，小伙伴们纷纷搬离这个胡同。

明天早上，韩家也要离开这里。

下午的时候，韩江和温颜又去了一趟钟爷爷家，这个顽固的老头儿说什么也不肯走，两个人过去，给老人收拾了一遍屋子，又带去好多吃的。

温颜说："以后我们也会常常来看您。"

老头儿笑眯眯地说："好，好。"

回到家，客厅里摆满了纸箱和行李，施静和韩雪凇已经收拾得差不多了。

看到韩江和温颜，施静说："你们两个看看自己房间，有用的带，没用的都扔了。颜颜，拿个箱子装，你那些书啊什么的都装好，怕碎的东西在外面做个记号。"

温颜接了两个大纸壳箱子："知道了，咱们明天几点搬家？"

"早上八点二十八分。"

韩江回头："还有零有整？"

"那当然了，搬家也讲究吉时的，你们两个别给我睡过头了。"

温颜的房间看着很空，收拾起来却不太容易。

那些书，她看哪本都觉得可能有用，索性一本都没扔，全都摆进箱子里，只扔了一些不太占分量的卷子。

小零碎很多，通通塞进一个小纸箱里，到新家再分吧。

衣服已经被施静整理好了一个行李箱，还有一些旧衣服施静想扔了，但又怕里面有她喜欢的，就留着让她自己收拾。

温颜看到柜子上那把小提琴。

从姑姑家回来后，她一次也没拉过，有点儿生疏了。她踩着椅子拿下来，试了几个音，稍微找了找感觉。

想起刚刚好像有看到琴谱，她弯腰在还没封上的纸箱里翻了翻，还真找到了。

随便翻开一页，是阿桑的《一直很安静》。

有段时间她最喜欢拉这首曲子，记得《仙剑一》刚播出的时候，她天天守在电视前面看。韩江不太爱看电视剧，但也偶尔坐在沙发上跟她看一会儿。

她就是为这首歌买的这本谱子。

温颜把小提琴架在颈间，试着拉了几下，手有点儿生，但还可以。

轻柔舒缓的旋律在房间里回荡。

半首曲子下来，温颜逐渐进入状态，嘴角弯了起来，眼睛睁开一点儿，忽然看到韩江斜斜靠在门边，抱着手臂盯着她看。

琴音停了，温颜有点儿不好意思地笑了一下。

韩江走过来："怎么不拉了？"

“好久没试过，有点儿生疏。”

韩江站在桌前，手指点了点中间一句歌词：“这里音高了。”

“是吗？”她没注意到。

韩江接过小提琴，娴熟地架起，重新给她拉了一段刚刚那个地方。

果然效果更好一些。

温颜有点儿崇拜地看着他，觉得他好像什么事都做得很好。

韩江拎着琴：“还玩吗？”

“不玩了。”

“那我拿走了，你琴盒在我那儿。”

“嗯。”温颜答应一声，“你找我干什么？”

韩江愣了下，才想起自己找她有事。

“我刚去卫生间，看到你有几件衣服还挂着，你收一下，明天别忘了。”

“啊，好。”

温颜跑到卫生间，看到晾衣架上确实有她的衣服，一件外套、一条打底裤、几双袜子，还有……一件文胸。

她脸红了红，不知道他看到没有。

其实两人从小生活在一个屋檐下，这种事情无可避免，但以前都还小，不会想那么多。

现在不一样了。

韩江跨过客厅里重重阻碍回到自己房间。

他的东西特别好收拾，初中以下的书一本不留，全部扔掉，高中的怕温颜以后能用到，都没扔，通通丢进箱子里。

其他比较重要的就是篮球、车模什么的，都放在一个箱子里用泡沫塑料隔开。

在抽屉里，他看到前些天没送出去那个小猫咪摆件，使劲儿弹了它的脑门一下，顺手扔进装杂物的箱子里。

一直收拾到挺晚，他看了一眼客厅，灯还没关，施静不知道在厨房忙些什么。

她总是想把事情做到尽善尽美，锅碗瓢盆包得跟刚从厂家出来一样。

温颜房间的台灯还亮着。

韩江看了一会儿，放下手里的东西，走到她门口，发现她已经趴在桌上睡着了。她手边是一个半开的铁盒，盖子搭了一半，遮住里面的东西，只露出半张照片。

照片有些年头，才几岁的温颜被一个年轻的女人抱在怀里，笑得很开心。

昏黄的台灯将温颜的脸映得格外柔和。

韩江有些放肆地盯着她看。

她睫毛很长，也很浓密，有点儿像书架一角上摆着的那个洋娃娃。

皮肤细腻，特别滑的样子。

右半边脸因为被挤压，有点儿肉肉的，很可爱。

韩江喉结滚了滚，手掌撑在铁盒旁，脑子一热，忽然压低身子，轻轻在她额头印下一个吻。

搬家这天早上，韩江特别不对劲。

在客厅碰到温颜，扭头就走，看都不看她一眼。

温颜拎着毛巾，站在原地愣了一下，生气了？没有惹他啊。

搬家公司过来，工人一趟趟往外搬东西，温颜有两箱东西怕摔，已经在箱子上标了轻拿轻放，但工人似乎也没太在意，手特别重。温颜提醒了一下，没什么效果。

工人又去她房间，韩江说："师傅，这个我自己来。"

搬家工人便转头去搬其他东西，韩江过去把她的东西搬起来，走到门口，温颜站那儿没动。

韩江目光向下："让让。"

"你怎么了？"

"没怎么。"

"那怎么不跟我说话？"

"没有，靠边站。"

温颜往边上挪了一下，韩江抱着箱子出去，稳稳放进车里。

那边施静还在忙，她的书比两个孩子加起来还要多，韩雪凇的许多东西都很贵重，他的助理今天也来帮忙照看。

韩江连温颜准备自己拿的小箱子也没放过，通通帮她搬出去了。

温颜有些奇怪，这人以前不是一向秉承自己的事情自己做这个方针吗？

今天抽什么风？

新家临江。

宽敞又舒适，阳台那里可以直接看到平静的江面。搬过来前，温颜跟施静来过一次，这房子两年前就已经装修好了，一直没住进来，家具电器都是新的，老房子那边有很多都没带过来。

这会儿东西已经搬完，施静给搬家公司结了账，也没让韩雪凇的助理走，准备一会儿大家一起出去吃个饭。

除了主卧和两个书房，另一侧有门对门两间卧室，一南一北。

南边采光好，又有独立浴室，施静说："颜颜住南边吧，女孩子大了，有单独的卫生间比较方便。"

韩江一点儿意见都没有："我都行。"

就这样，他们离开了充满回忆的小巷，来到市区繁华地带居住。

那些热情的邻居分散在这个城市的各个角落。

大家开始了新的生活。

开学后，温颜迎来了人生新阶段，成了一名高中生。

让她惊喜又高兴的是，这一次，她跟江嫣分到了同一个班，而且是前后桌。

江嫣依旧调皮话多，课间经常倒骑着椅子跟温颜和她的同桌聊天。

温颜的新同桌长得特别标致，叫许沐，是个标准的学霸，开学摸底测试轻松拿了个全校第一，听说以前在初中的时候就参加过好多竞赛，得过不少奖。

三个女孩儿很快成为好朋友，经常一起分享零食和八卦。

江嫣总说："你们两个学霸坐我后面，我压力真的很大，家里还有个我哥，颜颜那儿还有一个韩江，我身边学霸怎么这么多？"

温颜把薯片推到她面前："那你也努力变成学霸。"

江嫣说："我不，我要潇潇洒洒自由过日子，当学霸好累，艺术生用不着太高分，够用就行了。"

许沐说："不要小看艺术生，现在娱乐圈又美又学霸的越来越多，大家已经不只看脸了。"

江嫣想了一下："也是。哎呀，我就这么一说，学还是要学的。"

她眼睛转了转，忽然压低身子小声说："沐沐，你发现没，后面那个冰块总偷看你。"

许沐没懂："什么冰块？"

江嫣眼神示意："最后一排的那个罗迹，每次我回头跟你说话他都在偷看你。"

许沐回头看过去，视线跟罗迹碰到的那一瞬，他就转头看向窗外，一副无事发生的样子。

江嫣很兴奋："是不是，是不是？你看他都害羞了。别说，还挺帅的，现在特别流行单眼皮的男生。"

温颜伸手把江嫣的脑袋摆正："你可小点声吧，让老徐听到。"

江嫣声音小了些："沐沐，他是不是喜欢你？"

许沐顿了顿："别瞎说。"

江嫣不信："我直觉一向很准。"

温颜问她："你怎么叫他冰块？"

"他就是冰块啊！你看他平时除了和蒋旭他们几个玩，都不理人的，话特别少，他家是不是很有钱？"

温颜想了一下："好像没有吧，我看他穿得挺普通的。"

"可是我那天在校门口看到有辆特豪华的车来接他，还叫他小少爷呢。只不过他没上车，自己走了。"

许沐翻了几页书，默默听着温颜和江嫣聊天，又回头看了罗迹一眼，他已经趴在桌上睡觉了。

上课铃响，江嫣转回去，又扭头问："放学你们干吗去？"

许沐说："回家。"

温颜拿出课本："韩江在篮球馆打球呢，我去找他。"

"是吗？他怎么跑咱们学校打球来了？"

"离得近吧，他周末在家住。"

江嫣点了下头："那我跟你一起去。"

"行。"

放学后，两人挽着手慢慢溜达到篮球馆。学校的篮球馆本来不让外人进，但韩江在这儿上学时就认识管理员，关系还不错，所以偶尔能过来玩一下。

场上挺热闹，温颜和江嫣随便找了个地方坐。韩江看到温颜，抬手招呼一下，示意她再等一会儿。

温颜冲他点头。

两人看了一会儿，温颜像以前一样拿出书看。期中考试就要到了，高中第一次正式考试，她比较谨慎。

江嫣忽然摇温颜的手臂："颜颜，那个人是谁啊？"

温颜看过去："哪个？"

"跟韩江一队，穿白衣服的那个。"

温颜看清楚了，说："陆非，韩江的高中同学，怎么了？"

江嫣两手托着腮，目不转睛地盯着那边："有点儿帅。"

温颜无奈，掐了掐她的脸："你能不能不犯花痴？"

一场结束，男生们玩得痛快，额头上都是汗。

今天这一小帮都是韩江的高中同学，陆非上了工大，就在C大隔壁，两人依旧经常见面。

杜远家是北京的，高考特别争气地考回北京，再也不用忍受“流放”之苦了。

韩江走过来，拿过温颜手里的水喝了一口：“作业多吗？”

“不多。”

“他们说一会儿去唱歌，你去不去？”

没等温颜说话，江嫣就摇她的胳膊：“去去去，我也想去。”

陆非笑着说：“哟，这是从哪儿冒出来的小丫头？”

温颜介绍：“她是我同学，我能带她一起去吗？”

陆非说：“行啊，我就喜欢漂亮的小妹妹。”

韩江递给他一个眼神：“你正经一点儿，吓着人家。”

到了KTV，这些人轻车熟路，点歌的点歌，点酒的点酒。果盘先上来，又有人给两个女孩儿点了一些鱿鱼丝之类的小零食。

韩江和温颜坐在沙发角落，温颜又在剥瓜子仁。

有人递给韩江一罐啤酒，他摆了摆手：“不喝。”

那人特奇怪：“怎么着，改邪归正了？”

韩江示意一下身边的温颜：“一会儿跟她一起回家，我要一身酒气，我妈能杀了我。”

那边很快有人开始抢麦、玩骰子，屋子里吵吵嚷嚷。

韩江嘴巴靠近温颜的耳朵：“是不是快期中考试了？”

“嗯。”

“觉得怎么样？”

“还行。”

“我这周末都在家，有不会的赶紧问。”

上周末他学校有事，两人已经半个月没见。

温颜点点头，说了句话。

音乐太吵，韩江没听见：“你说什么？”

温颜一只手捂在他耳边，凑过去大声说：“我想去厕所！”

韩江点头，表示听到了。

温颜起身往外走，韩江忽然想起刚刚过来的时候，走廊站着好几个染黄头发的年轻人，不知道哪个包厢的在外面抽烟。

他有点儿不放心，起身跟出去。

两人回来时，江嫣正在唱歌。

是莫文蔚的《电台情歌》。

江嫣性格活泼，很快跟韩江的几个哥们儿熟悉起来，唱得好听还带动作。陆非坐在沙发上，一只手随意搭着身后的靠背，满眼都是笑。

他觉得这女孩儿太有意思了。

唱到后来，大家中场休息，有人提议玩“真心话大冒险”。

一副扑克牌，选牌后大家一人抽一张，抽到相同牌的两个人猜拳，输的人选择“真心话”或“大冒险”，赢的人可以随意提问或让对方做任意一件事。

几局过后，气氛特别热烈，新的一局抽中了江嫣和陆非。

猜拳时，江嫣赢。

陆非想了一下：“真心话。”

江嫣特别勇敢，亮着眼睛问他：“你有没有女朋友？”

众人先是沉默几秒，随后突然炸锅开始起哄。陆非抬手止住大家，饶有兴致地看向对面：“怎么着小妹妹，喜欢我？”

江嫣抬了抬下巴：“懂不懂规矩？我问你，不是你问我。”

陆非舔舔嘴唇，觉得她挺逗的。他回答：“没有。”

江嫣满意了，坐回去喝了一口果汁。

游戏继续。

这次抽中另外两个男生，大侠和胡子。

大侠选了“大冒险”。

胡子说：“转笔，转到谁亲谁一下。”

马上有人拉着长声：“咦——”

玩了就要遵守规矩，胡子在温颜那儿借了一支笔，把桌上的东西往旁边划拉了一下，捏住笔的中间使劲儿一转。

黑色签字笔转了十来圈，最后笔尖指向江嫣。

江嫣眨了眨眼睛。

大侠说：“重来重来，人家小姑娘第一次跟咱们玩，别欺负人家。”

胡子同意：“行，就让你赖一回，下次转到谁必须亲，不亲买单。”

笔又开始转。

这一次笔尖指向温颜。

众人：“……”

温颜：“……”

大侠把目光转向温颜，并且毫不意外地接收到温颜旁边韩江那道阴森森的目光。

他下意识哆嗦一下：“得，我还是买单吧。”

敢亲温颜，大概是不想活了。

大家狂笑。

又玩了一会儿，韩江看了眼时间，差不多该回去了。

他站起来，随手拎起温颜的书包：“我们先走了。”

江嫣是跟着温颜来的，自然也一起走。

其他人还没玩够，知道他带着两个女孩儿，太晚回去不好，就没强留。

韩江出来先把账结了，又多交了两个小时的包房费。

他现在已经有车，但不常开，今天也没开。三个人在路边等着打车，出租车还没到，陆非从里面溜达出来：“还没走？”

韩江“嗯”了一声。

陆非走过来：“我开车了，送你们吧。”

有顺风车，韩江不跟他客气。等陆非把车挪出来，韩江坐上副驾驶，两个女孩儿坐后面。

陆非系安全带，韩江忽然问：“你没喝酒吧？”

“没有啊，喝的橙汁，这点常识我还不知道了？”

路程不远，先到韩家，江嫣家还要再往前挺远。

韩江回头问江嫣：“敢一个人坐他的车吗？”

江嫣说：“怎么不敢。”她扭头叮嘱温颜，“半个小时后，你给我打电话，如果我没接，或者我没到家，你就报警。”

几句话把大家都逗笑了。

星期六，施静跟韩雪凇去外地参加一个朋友的婚礼，只有两个人在家。

临走前施静特地嘱咐韩江：“别吃方便面，不会做菜就去饭店吃，另外颜颜快考试了，趁你在家，赶紧看看她有什么不会的，别整天想着玩。”

从小到大，韩江就像温颜随叫随到的答题器一样，什么不会都可以找他。

好在温颜也是聪明的，基本一教就会，如果是笨笨的那种，不知道他有没有耐心一点点教。

这次期中考试，温颜本身准备就很充分，加上韩江的查缺补漏，她考得特别好。

到了高一下学期，课程的难度渐渐加大，温颜比刚上高中时还要努力，一刻也不敢松懈。

在一个周末，温颜知道了一件事。

韩江可能要出国留学。

其实这事还没定下，因为不是韩江说的，是韩江学校的系主任给施静打来电话，说有两个名额去法国做交换生，机会难得，以韩江的资质，如果报名一定会被选上。

但韩江不知怎么想的，摇头说不去。

主任想让施静劝劝韩江，别放弃这次好机会。

施静道了谢，挂掉电话就开始纳闷，儿子那么喜欢法国，为什么不愿意？

没过多久，韩江从学校回来。饭桌上，施静说了这个事："你们主任挺负责的，说这名额挺多人想要呢。"

韩江低着头扒饭："谁想去谁就去。"

"那你到底怎么想的？"

"没怎么想，就是不想去。"

话题进行不下去，韩雪凇说："行了，先吃饭。"

饭后，韩雪凇找韩江单独谈话，中心主旨是，韩家不缺钱，没了这次机会以后也随时能花钱出国，但凭自己的本事当C大的交换生和自费出国毕竟还是不一样，让他自己考虑。

晚上，韩江一个人站在阳台吹风。没有一会儿，温颜走出来："这么晚了，还不睡？"

视野里，是平静的江面，月亮倒映在水里。

是一弯小月牙。

两人安静一会儿，韩江忽然问："你怎么想的？"

温颜回过神："嗯？"

"我出国，你怎么想？"

温颜沉默一会儿，声音很小："其实，我觉得挺好的，你不是一直喜欢法国吗？到了那边，开拓一下视野，还能增长点阅历经验什么的，对以后应该会有帮助吧。"

韩江紧抿着唇："要去两年。"

温颜手指动了动，攥着栏杆，想说什么，却说不出口。

韩江没再说话。

过了会儿，他转身先走，扔下一句话："我知道了。"

这天过后，没有多久施静就接到通知，韩江报了名，并且已经拿到名额。

施静很高兴。

正好是周末，她把韩江叫回家，准备做几个他爱吃的菜一家人好好吃顿饭。

温颜摆碗筷，一转头撞到身后的韩江，两人都没说话。

温颜抬起头看他："不是不想去吗？"

韩江没有看她："不是你让我去的吗？"

温颜低着头，看他衣服上的扣子。

以前没见你这么听话。

她手机忽然响了，是江振打来电话。

她接起来："江振。"

韩江手指停顿。

电话里不知说了什么，温颜有点儿惊讶，快步走到阳台："你在我家楼下？嗯，好，我现在下去。"

挂了电话，温颜拿了串钥匙换鞋下楼："我一会儿回来。"

施静听到声音，拿着锅铲探出头："就快开饭了，她跑哪儿去了？"

"不知道。"

韩江说完这句话，转身走到阳台看下去。不到一分钟，温颜从楼道里跑出来，江振迎上去。

两人在说话，可他什么都听不到。

他们在楼下站了一会儿，江振指了指小区花园的方向，温颜点头，两人往那边走。

韩江心里有种不好的预感。

忽然想起去年的那个小花猫摆件。

眼看两人已经没了影子，韩江没再犹豫，快步跑到门口换鞋拿手机，连招呼都没打就推门跑出去。

施静听到声音又举着锅铲探出脑袋，有点儿奇怪，另一个怎么也跑了？

事实证明，男人的第六感也很准。

当韩江终于在小花园找到他们俩时，江振的话已经说了一半。

看到韩江，他虽然意外，但并没停止，既然开口说了，就一鼓作气说完吧。

于是韩江听到他说："我的意思你应该也听明白了，温颜，我想让你做我女朋友。”

韩江攥紧拳头。

等了一会儿，那个死丫头为什么还不拒绝？

温颜对这种事并没多少经验，只有那年一个小混混，还是韩江帮她处理的。对于江振，她从没往这方面想过，也根本不知道他竟然对自己存了这种心思。

温颜有点儿不知该如何是好。

于是气氛僵到这里。

一旁韩江忽然冷着脸说了句：“挺好一个人，年纪轻轻就瞎了。”

江振正想打破沉默，冷不防被他泼一盆冷水，就想把他推走：“你别捣乱。”

韩江转身就走：“我妈让我叫你回家吃饭，话我带到了，你爱回不回。”

他步子大，几步就已经走远。

温颜正不知该怎么办，这下终于找到借口开溜：“江振哥，你别开玩笑了，我走了，再见。”

急急忙忙说完这句话，她转身跟着韩江跑了。

两人一路走到楼道口，韩江忽然停下，到底控制不住：“他怎么突然跑来跟你说这些？”

温颜说：“我不知道啊。”

“你怎么不马上拒绝他？”

“我不知道怎么说。”

韩江特别生气：“你以前不是还知道求助我，今天我就站旁边，你看都没看我一眼，你不说话人家以为你默认。”

他那么大声，温颜有点儿委屈：“你跟我嚷什么，我又没有心理准备。”

她一委屈，韩江心里也跟着难受，两人别别扭扭上了楼。

这顿饭，本来施静想全家人开开心心庆祝一番，但两个孩子好像兴致都不高，一顿饭吃得无比沉闷。

韩江吃完饭，放下筷子就要走：“我回学校。”

施静愣了一下：“你不在家住吗？”

“不住了，学校有事。”

韩江没有再看温颜，穿上外套很快走了。

韩江约陆非去了拳击俱乐部。

两人痛快淋漓地打了一场，最后韩江靠在台子角落，陆非觉得他有点儿不对劲：“怎么了你？”

韩江说：“我不想走了。”

陆非被吓着：“没事吧你，你当学校你家开的，这都定好的事，你说不去就不去？”

韩江一副心烦气躁要登仙了的郁闷表情。

陆非摸摸他的脑门：“没发烧啊，你到底怎么了？”

韩江看着对角线另一根柱子：“两年太久了。”

陆非失笑：“怎么着，你怕想我啊？”

韩江闭上眼睛。

最终，他还是办好一切手续，收拾行装，准备前往法国。

临行那天，全家人都去送韩江，还有几个要好的哥们儿也一起去了。

同行还有另外一名同学，他已经跟家人话别，先进了安检口，在里面等韩江。

韩江先跟父母道别，施静平时训他比较多，但这个时候她还是忍不住流泪：“你在那边一定要好好照顾自己，吃饭别糊弄，吃不惯就找中餐馆。我查过了，那个学校附近有不少中餐馆。”

韩江点头：“知道了。”

韩雪淞说：“两年很快，我们在家等你。”

韩江一边一个抱了一下父母。

施静忍不住又嘱咐半天，韩雪淞说：“可以了，让他跟同学聊一会儿。”

韩江走到几个哥们儿面前，忽然抱了一下离得最近的那个。

那哥们儿受宠若惊：“我去，老韩你别搞这套，把我整哭多丢人。”

韩江没有说话，跟他们挨个拥抱，到了陆非，两人击了下拳头。

陆非抱了他一下：“家里这边放心，叔叔阿姨有事就让他们找我。”

“谢了，哥们儿。”

两人松开。

最后一个是温颜。

今天温颜的情绪一直不高，她站在韩江面前，低着头，身子刚动一下，整个人就被韩江给抱住了。

她脸颊贴在他的胸口上，几秒后，听到韩江说：“好好学习，不许偷懒。”

温颜眼角渐渐红了：“知道了。”

韩江停顿一下，又说：“不许早恋。”

温颜怔了怔，过了会儿，她小声说：“嗯。”

得到温颜的回应，韩江似乎笑了一下。他松开一点儿，垂着头看她，抬手温柔地揉了揉她的头发：“记得给我打电话。”

温颜仰起头看他，第一次大着胆子跟他对视这么久：“好。”

韩江看了她一会儿。

总是要走的。

他松开温颜，拉着箱子转身走掉，没有回头。

直到他的身影消失在安检口，大家才转身准备离开。

温颜走在最后。

下楼梯前，她还是忍不住回头望向他离开的方向。

忽然有些后悔。

如果那时她说，不想让他走，他还会走吗？

两年。

好像很长的样子。

她心里默默计算，从现在开始，到离韩江回来，还有整整七百三十天。

番外·蜜月篇
星河璀璨，人间温暖

韩江和温颜蜜月旅行的第一站，选择了她生活七年的浪漫小镇。

韩江一直想看看她曾经生活过的地方，见见她的朋友们。

两人东西不多，温颜只背一个双肩包，韩江一手拉着箱子，一手搂着她。

离开快一年，这里几乎没什么变化，温颜有些兴奋，路过什么都想指给他看，韩江听得很认真。

这里高楼不多，车也不多，似乎刚刚下过一场小雪，街面一层薄薄的雪花，冷风拂面。

春还未到。

住的地方是温颜提前订好的，有点儿民宿风格，家庭套房那种，离她以前住的房子很近。

办入住时，老板娘拿出一枝玫瑰花送给温颜，用有些生疏的中国话说："新婚快乐，旅途愉快。"

温颜订的是蜜月套房。

她有些惊喜，很开心地接了花："谢谢。"

楼梯很窄，有些陡，温颜走两步就回头看一下韩江："小心点。"

房间温馨舒适，意外地好。

因为是蜜月套间，所以酒店提前做了一些布置，桌子上有鲜花和红酒，额外赠送一盘切好的水果，卧室那张大床上铺了很多玫瑰花瓣，地上也有。

这种小心思，让人看着心情就很好。

温颜环视一圈，把背包摘了放在沙发上，走到窗口，这里的朝向可以直接看到不远处的雪山，也能看到那片她熟悉的房子。

她还没有说话，就被人从身后抱住。两人身上都是冷气，但韩江的唇是热的：“累不累？”

温颜的头靠后一些，贴在他身上：“一点点，你呢？”

“我还行，看什么呢？”

温颜指着山下那片高低错落的房子：“我之前就住那里。”

韩江顺着她的指引看过去，很多两层或三层的漂亮房子，之前的积雪还未完全融化，人字形屋顶白茫茫一片，高高的烟囱，很容易让人想起圣诞老人。

以前听她说过多次这个地方，确实很美。

他问：“现在过去？”

温颜摇了下头：“有点儿晚了，先休息一下，明天去吧。”她回头看他，“一会儿吃完饭，我带你在这附近转转。这里有很多精致的小店，一些小玩意儿国内没有的，临走前我们可以买一些带回去给爸妈和嫣儿他们。”

韩江揉了一下她的头发：“好，你安排吧，我跟着你。”他转身走去浴室，发现洗手台的玻璃花瓶里也有几枝玫瑰花，圆形的浴缸旁放了满满一篮玫瑰花瓣。

他笑了一下，已经开始期待温颜躺在铺满玫瑰花瓣的浴缸里的样子。

两人休息一会儿，吃过晚饭后出门散步，天渐渐暗下来，沿街的商铺亮起金闪闪的装饰灯。大概因为情人节刚过去不久，浪漫气氛依旧浓烈。

逛了几个小店，走到路口，温颜默不作声，带他走到另一条街上。

几分钟后，韩江眼前出现一片清澈的湖水。

那张长椅依旧摆放在原来的位置，只是颜色更旧了一些。

温颜走过去坐下，拍拍旁边的位置：“坐。”

韩江皱了下眉：“起来，会着凉。”

“就一会儿，我想跟你说说话。”

韩江走过去把人拉起来，摘了自己的围巾折几下铺在椅子上，这才让她坐下，自己坐在她旁边。

他握住她的手。

湖水静谧，温颜靠在他肩上：“你知道吗，其实我刚来的时候，很不习惯。陌生的世界，陌生的邻居，语言不通，你也不在。”她想起最初那半年，“我每天晚上都睡不着，做梦都想回国。”

她笑了一下，偏头看他：“那时我常常坐在这里，安安静静地想你。”

韩江能想象出那个画面，也知道那几年她一个人在这里有多不容易。他心里有点儿难受，伸手搂住她的肩膀用力抱了一下：“以后我都在。”

“嗯。”温颜拨弄他衣服上的扣子，“房东太太对我特别好，我不会的她都告诉我，还教我做菜，过年的时候还给我包饺子吃。”她笑得眼睛弯起来，“不过，她包的饺子味道怪怪的，不知道从哪里学来的。”

韩江说：“有机会我们给她做一次正宗的中国饺子。”他站起来，顺手把她也带起来，“别坐了，太凉。”

温颜听话地点了下头，把椅子上他的围巾捡起来拍干净，放到怀里焐了一会儿，仔细折好，重新给他戴上。

韩江有些着迷地看着她的小手在他胸前动来动去，想起浴室里那篮玫瑰花瓣，就有点儿等不及：“我们回去吧？”

“你累了？”

他点了头。

温颜挽着他手臂：“那走吧。”

这一晚，韩江没有白白浪费酒店准备的花瓣。

第二天睁开眼睛已经快到中午，温颜有点儿埋怨韩江，韩江一副无所谓的样子：“度假就要随心所欲，又不上班，难道还掐点儿起床吗？”

他翻个身，把她整个人圈在怀里，还想再赖一会儿。

温颜不干，跳下床拉他起来：“回来再睡。”

韩江被她弄起来推到浴室洗漱。

浴室一片凌乱，浴缸里外花瓣弄得到处都是，温颜想起昨晚，有点儿脸红，咬着唇把牙刷塞给他：“你动作快点。”

“…………”

回到房间，温颜从箱子里拿出给房东太太准备的礼物，不是什么贵重的东西，都是带有中国特色的小玩意儿，故宫元素的口红、折扇之类，她记得房东太太最喜欢这些。

两人吃过午饭，已经是下午一点多，从这里走到那边只需要十几分钟，房东太太正在家做吐司面包。

看到温颜，房东太太特别高兴，她的丈夫有一半中国血统，所以她对与中国有关的一切东西都觉得很亲切。温颜在她家住了七年，两人相处得和一家人一样，临走时，她特别舍不得。

意外的是，温颜住的那间阁楼竟然到现在还没有新的租客入住，那些她带不走的东西依旧放在原位，只是阁楼不常上来人，有些灰尘。

房东太太会一点儿中国话，但他们还是用英语交流，韩江对她那些年对温颜的照顾表示感谢，特别认真。

温颜笑着趴在房东太太耳边小声说了句话，房东太太不住地点头，再看韩江的眼神中就带了点丈母娘看女婿的意味，还夸他帅。

趁房东太太去冲咖啡，韩江低声问温颜："你跟她说什么了？"

"我跟她说，你是我丈夫。"

丈夫。

韩江第一次听温颜这样跟别人介绍自己。

两人虽然已经结婚，平时她也常常叫他"老公"，但相比老公，"丈夫"这个词还是要更正式一些，他默默在心底重复这个词，莫名觉得有种神圣感。

房东太太是个比施静还要注重仪式感的人，吃煮鸡蛋要用专门的开蛋器，像只酒盅一样，鸡蛋放进去，用工具从上面开口，拿小勺挖着吃。

面包已经烤好，被她切片放进纯白色的瓷盘里，一盘只摆两片，旁边点缀一些果酱和装饰用的薄荷叶子。

温颜以前最喜欢吃她做的面包，拿了一片蘸一些果酱递到韩江唇边："你试试。"

韩江张嘴吃了，面包松软香甜，确实好吃："果酱也挺好。"

"那回去的时候我们带两瓶。"

"好。"

房东太太看着两人腻腻歪歪的样子，在一旁面带微笑，没有说话。

相处的几年里，她一直觉得温颜是个腼腆害羞的女孩儿，感情方面不怎么开窍，没想到回国不到一年就结了婚，而且对方看起来好像还不错。

家里平时很少有客人来，几人聊天到很晚，房东太太很高兴，要留他们吃饭，两人欣然接受。

房东太太准备食材时，温颜带韩江去了她曾经的房间。

阁楼许久没有人住，角落还堆了不少杂物，温颜找到两条旧毛巾洗干净，两人简单擦了擦桌子和床头，重新铺了床，没有一会儿，房间就透亮许多。

去年温颜走时，只带了一些随身物品和几件衣服，剩下的都整理到箱子里拜托房东太太处理掉，没想到她都没有动过，还一直放在原位。

韩江对温颜那些东西很感兴趣。

她是真的很喜欢收集各种漂亮本子。

纸箱里有很多全新没用过的笔记本，薄的厚的，黑白的彩色的，还有整整一盒彩虹笔，这些东西现在家里也有很多，并且还在逐渐增加。

韩江忽然想起当年那个她随手记东西的本子，后来没有再见到过，不知道她有没有继续写。

再下面就是一些专业书和小说。

看得出温颜很用功，那些专业书都被翻得很旧，边沿有些翘起，韩江随手拿起一本翻了几下，忽然从里面掉出个东西。

是一封信，信封的正中间有三个字：温颜收。

笔尖有力，一看就是出自男人的手。

韩江愣了一下。

回头看过去，温颜正坐在那张小床上摆弄床头的那只玩偶，韩江喉结动了动："颜颜。"

温颜抬起头："嗯？"

"有封信。"

"什么信？"温颜走过来接过信封，正反两面看了一下，她没有印象，"在哪儿看到的？"

韩江说："书里。"

他面色淡淡，但眼睛一直盯着她拆信的手。

温颜打开折成三折的信纸，先看落款，是认识的人，她的同学。

快速浏览了一下信里的内容，温颜有点儿意外，她对那个同学并没多少印象，也没说过几句话，不知道他是什么时候存了这样的心思，又是什么时候把这封信塞进她的书里。

她没见过这封信。

不过温颜现在没有时间思考这个问题，因为眼前有更重要的事需要摆平。

她的老公脸色好像不太好。

韩江抿了抿唇："情书？"

"嗯……"

韩江没再说话。

温颜放下信，靠近一点儿，伸手搂住他："生气了？"

他还不承认："我生什么气，又不是你给别人写。"

她仰起头看他："那你这么严肃干吗？"

"我只是在想，除了雪天送你回家那个，你还有几个追求者没跟我说过。"

“…………”

温颜有点儿无奈，怎么还记得那件事？

“小心眼儿。”

韩江看了她一会儿，忽然低头咬她唇瓣，动作有点儿凶：“明天他会来吗？”

温颜已经告诉她的朋友和同事自己回来的消息，大家很高兴，公司老板决定贡献出自家游艇，明天大家一起出海烤肉。

温颜盯着他：“你想干吗？”

“看看什么人敢追我老婆。”

韩江搂住她的腰，直接把人抱起来，两步走到那张窄小的单人床边，把人扔上去，单膝跪在床上，娴熟地俯身吻她。

一时间，她唇齿间都是他的味道。

韩江的手从她腰间穿过，紧紧搂着她。

“不行，”温颜怕他不分轻重，有点儿担心地推他，“别闹，这是人家家里。”

韩江将头埋在她肩窝，轻轻舒了口气：“我知道。”

他把人挤到里侧，躺在她身边，一只手垫着脑袋，另一只手把她搂进怀里：“床真小。”

“我一个人住够了。”

“冬天会冷吗？”

温颜摇了摇头：“不冷。”

韩江盯着天花板，脑子里不知在想什么，有一会儿没出声，温颜就靠在他怀里，舒服地闭上眼睛。

他身上暖暖的，有点儿像太阳的味道，温颜被这种味道笼罩着，眯着眼睛，睡意袭来。

但没有一会儿，她就撑着身子坐起来，房东太太还在楼下忙晚餐，她想去帮忙。

这个晚上，两人没有回酒店，就挤在这张小床上休息，再次睡在这个房间里，温颜的心境跟以前相比有很大不同，那时她只有自己，如今身边有他。

心里踏实，她睡得也比昨晚好很多。

大概因为这是在别人家，所以韩江很老实，没有动手动脚，两人特别纯洁地牵着手在黑夜中聊天。

床小有床小的好处。

在家里那张大床上，两人可以随意翻滚，早上醒来时常常能看到对方怪异的睡姿，现在可供施展的空间不大，只能规矩躺着。

第二天温颜醒得很早。

意外的是，韩江比她更早，这会儿已经不在房间里。温颜又躺了几分钟，清醒一些后起床下楼，在那个超大的开放式厨房里看到他。

韩江正帮房东太太做早餐，两人似乎已经很熟悉，一边聊天一边热牛奶。

看到温颜，韩江冲她招了招手："过来吃饭。"

温颜走过去，跟房东太太打了招呼，韩江说："洗脸了吗？"

"还没。"

"去洗脸，吃完出发。"

他们已经和温颜的朋友们约好时间，那个海边离这里很远，需要早一些出发。

这里很多人都有自己的私人游艇，只不过大小有区别，一般只是小型游艇，假期时可以带着家人和三五好友一块儿出海游玩。

温颜在码头看到了她的朋友们。

那个工作室本来规模就不大，全部加起来也才七八个，大家都是年轻人，爱玩爱热闹。这次出海，他们带了整套的烧烤用具和钓竿，准备好好聚一下。

互相介绍后，朋友们都很惊喜，本以为温颜是自己回来，没想到还带了个英俊帅气的老公。

朋友们热情似火，韩江很快被围攻。

他难得好脾气，问什么就答什么，丝毫没有不耐烦。

船上空间不大，烤肉装备架起来就显得有些拥挤，大家聊天玩闹，很快烤了不少。

温颜怕韩江拘束，被人叫去聊天没多久就跑回来陪他。

朋友笑着说："原来咱们小温颜谈起恋爱是这个样子。"

温颜给韩江夹了个鸡翅放在他面前的盘子里，歪着脑袋看他："要喝饮料吗？"

"一会儿喝。"他抬手揉了揉她的脑袋，"你去玩吧，不用管我，我给你烤肉。"

"我怕你无聊。"

"没事。"

"那我去啦？"

“去吧。”

温颜没有走远，在靠海的座位那边跟几个女孩子聊天，不时看向韩江那边。韩江正跟另外两个一起烤肉的男同事低声聊着什么，男人之间的友情建立得很快，看起来气氛特别好，她稍稍放了心。

这次出海食材带了不少，但还是被大家一扫而空，温颜想帮着收拾桌子，被几个男人赶走。

“你们女孩儿去玩吧，我们来。”

收拾好后，大家拿出钓竿，纷纷豪言壮语要钓几条大鱼回去煲汤。

这个季节海钓真的考验耐力，风很大，还特别冷，没有多久几个人就撑不住跑回里面避风，只有韩江和温颜还在坚持。

虽然只钓上来几条小鱼，收获不大，但温颜特别兴奋。韩江也随她高兴，大衣敞开把她整个人裹进怀里，两人一起握着钓竿，没有一会儿就钓上来一条比刚刚那几条都大的鱼。

其实温颜不太会，钓竿全靠韩江掌控。

他们以前没有一起钓过鱼，温颜对他的崇拜又多了一层，觉得什么都难不倒他。

韩江心里受用，表面却淡定：“钓鱼而已，又不是什么有难度的事，也值得你夸一次。”

温颜说：“就夸。”

他笑：“行，夸吧，我不嫌多。”

一阵风吹过，温颜打了个寒噤，韩江用衣服裹紧她：“回去吧？”

温颜还没有玩够：“再钓一条。”

“冷。”

温颜转过来靠在船沿，面对他，手伸进他腰间紧紧搂住，有点儿调皮地仰起头：“这样就不冷啦。”

韩江把钓竿固定在船沿，空出一只手从她腰间穿过，有点儿使坏地捏了捏：“钓鱼还是钓你？”

“钓我也行。”

韩江低头含住她耳朵，温热的气息传过来：“你还用钓吗，不是早上钩了？”

温颜的耳朵被他弄得很痒，不停地躲，两人闹起来，谁也顾不上钓鱼了。

温颜头一偏，注意到船舱里出来个人，看到两人在闹又退回去，她赶紧叫住他："崔毅。"

崔毅停了一下，只好转回来："里面太吵。"

温颜从韩江怀里出来，帮他把大衣拉链拉好："刚刚人太多，没有一一介绍，这是崔毅，之前我们是一个小组的，他很厉害，设计的房子拿过很多奖。"

"你好。"韩江有些正式地跟崔毅握了手。

两个男人的眼神在空中交汇几秒。

直到今天，崔毅终于相信，温颜一直说自己有男朋友不是在骗他。

零散地从其他同事口中得知韩江的家庭背景和个人履历，崔毅情绪有点儿低落，原来她喜欢的人，这么优秀。

也对，她那么漂亮，同样优秀，当然需要一个那样的人来配她。

崔毅苦笑一下，认命般叹了口气，靠在栏杆上说："什么时候结的婚？"

温颜说："半年多了。你呢，最近怎么样？"

"我还那样。"

温颜忽然想起一件事："对了，我的模型还在吗？"

那时走得急，没办法带走，又舍不得扔掉，所以温颜把那个设计模型送回了工作室。

崔毅说："还在，好着呢。"

风依旧很大，韩江搂着她的肩膀："是我们家那个模型吗？"

温颜点头："嗯。"

之前她跟他说过，有一个和他们新房一模一样的模型。

韩江有点儿心动："我能看看吗？"

温颜看向崔毅。

崔毅很痛快："能，你随时回去拿，在库房里放着呢。"

有人叫他们进去吃水果，崔毅答应一声，转头说："走吧，挺冷的。"先进去了。

温颜想走，却被韩江拉住帽子不让动："等会儿。"

"怎么了？"

韩江示意一下里面："雪天送你回家的，就是他？"

温颜有点儿惊讶："你怎么知道？"她没跟韩江提过崔毅的名字。

韩江一副你什么都瞒不过我的表情，老神在在地说："直觉。"

好吧，男人的直觉有时候……也很准。

接下来的几天，温颜带韩江逛了逛这个并不大的小镇，她曾经的学校、工作室，她最喜欢的咖啡馆、最爱的蛋糕店、最喜欢的中餐厅，她不开心时常去的地方，想他时喜欢吃的糖。

那些年，没有他的那些时光，一天一天过来的日子，难忘，又想快些忘掉。

她说，特别羡慕十字路口的街角，男孩儿站在复古的路灯下，亲吻深爱的姑娘。

说这话时，两人站在并不繁华的街口。

韩江低头吻住她。

结束这里的旅行之前，韩江和温颜做了两件事。

第一件是给房东太太包了一顿正宗的中国饺子，第二件是去工作室取回那个室内设计模型，打包快递回国。

做完这一切，他们收拾行装，向蜜月旅行的第二站出发。

在法国，两人身份调换，这里是韩江的主场，温颜乖乖听话，什么都听他的安排。

第一天的行程，他带她去了自己曾经就读的学校。

其实温颜对这里并不陌生，早在知道他要去哪所大学时，她就在网上搜过一些学校的介绍和图片，拥有几百年历史的欧式建筑，色彩浓烈，造型精美。

她常常想象韩江在这里读书时的样子。

干净清爽的少年，穿着白色衬衫，背着包走在历史悠久的校园里。

也许还会戴一副细黑框的眼镜。

温颜相信，无论他在哪里，都是让人无法忽视的存在。

时隔多年再次回来，韩江并没感觉到陌生，这里变化不大，也许再过几十年也还是老样子，不同的只是来来往往穿梭在林荫树下的学生们。

酒店就在离学校不远的地方，两人休息了一会儿，去餐厅吃饭。天黑后，韩江把温颜裹得严严实实，围巾、帽子一样不少，带她去了附近一条远近闻名的夜市街。

这里的夜市跟国内有一点儿像，有吃的，有玩的，每个摊位都被装饰得金光闪闪，因为离学校不远，所以一到晚上人就特别多，熙熙攘攘，非常热闹。

温颜今晚比较有口福，看到什么都想吃一点儿，韩江只管在后面付钱，有些小吃在国内也有，只是味道不太一样。

在一个胡子大叔的摊位前有好大一块肉，被穿在烤炉上自动旋转，胡子大叔娴熟地用刀片下最外层烤好的部分，外焦里嫩，看着特别有食欲。

韩江没等温颜说话，半搂着她走到摊位前买了一份：“我吃过这个，还不错，你尝尝。”

温颜不住地点头，忙着消灭刚刚买的其他小吃，没空说话。

这条街的尽头是一个喷泉广场，对面是一个超大的摩天轮，旁边有一些商铺，韩江说：“你在这儿等我，别乱跑，我很快回来。”

那里有家比较有名的香水品牌店，有一款全球限量版的香水国内买不到，他也只是想去碰碰运气，没想到这里真的有。

韩江给温颜买过这个牌子的香水，她很喜欢。

店员贴心地打好包装，把香水放进精致的小袋子里递给韩江。

出来后，韩江看着不远处的摩天轮，想着要不要带温颜去坐一下，但时间好像又有点儿晚，他绕了半个广场，看到牌子上的营业时间，还有不到半小时结束。

今天来不及，他准备明晚再带她来，这里的夜景比白天要漂亮很多，整个城市星光璀璨，灯火辉煌，全落在眼里。

她应该会喜欢。

回到刚刚那个地方，温颜不在，韩江下意识地想给她打个电话，手伸进大衣口袋，一下摸到两部手机。他想起出来时温颜说衣服口袋很浅，怕掉了，顺手把手机塞进他兜里。

韩江沿着这一片找了一会儿，没有看到她的身影。

他有些急了。

当他再次回到那个地方，忽然看到温颜从一排摊位后面的店铺里走出来，手里拿着什么东西。

韩江只觉得心突突地跳，绕过人群快速跑到她身边，一把将人狠狠抱住，他力气很大，温颜有点儿蒙：“怎么了？”

韩江有些生气：“不是告诉你别乱跑吗？”

温颜动了动身子：“我给你买了一顶帽子。”

韩江没有戴帽子的习惯，但今天有些冷，她怕他着凉，看到店里有，就去给他挑了一顶。

韩江慢慢松开她。

温颜仰起头，将黑色的针织帽子撑开，仔细给他戴好：“你干吗这么着急，找不到你我可以借别人的手机给你打电话，而且我没有走远，我知道你一定会在那里等我的。”

韩江抬手将她的脑袋摁到自己肩上，有些赌气，又有些懊恼：“你在这里人生地不熟，万一被别人拐跑怎么办。”

温颜觉得有些好笑，这么大的人，哪那么容易被拐跑？

但他认真的样子让人动容，她忍不住想哄他。

温颜很乖地靠在他身上：“知道了，是我不好，我应该等你回来，我们一起去买的。”

韩江松开怀里的人，把手里的纸袋递给她。

温颜有点儿惊讶：“给我的？”

“嗯。”

她拆开盒子，里面静静躺着一瓶香水，是她喜欢的牌子。

“喜欢吗？”他问。

温颜点了头，很认真地回答他：“喜欢。”她踮起脚，轻轻在他唇边落下一吻，“谢谢老公。”

回到酒店，照例是温颜先洗澡，后来韩江从浴室出来，她又跑进去待了很久。

韩江有些担心，敲了敲浴室的门：“颜颜？”

等了一会儿，里面的水声停了，温颜打开门，脸颊都是湿的，应该是又洗了一次脸。

“颜颜，是不是不舒服？”

温颜摇了摇头：“没有，可能晚上吃了什么东西不对，没事。”

他紧张起来：“严重吗？要不要去看看。”

温颜笑着牵住他的手，两人走到床边，她爬上去钻进被窝：“别紧张，我躺一下就好。”

韩江随后躺在旁边，伸手搂住她：“不舒服要告诉我。”

“嗯。”

这一夜，温颜辗转难眠。

她没有告诉韩江，后来她没吃那袋烤肉，一闻那个味道就难受，刚刚算了下时间，这个月的那个也没有来。

她不知道这代表什么，但没确定之前，她不想告诉韩江，怕他失望。

第二天的计划是去玩滑翔伞。

温颜以前在国外时就很想玩，但一直有点儿怕，没玩过，这次跟他出来，好不容易下定决心要试一下，大概是因为有他在身边，胆子大一些。

韩江醒来时，温颜刚刚从外面回来。

他还不太清醒，趴在床上看她，嗓音有些沙哑：“去哪儿了？”

温颜脸色红润，心情特别好的样子：“散散步，顺便买了个早餐。”

她走过来，压低身子盯着他看，伸手揉了揉他乱乱的头发：“还不起？”

韩江眯着眼睛不太想动，但还是翻了个身：“起。”

吃早饭时，韩江跟她说起今天的安排，温颜抿了抿唇：“老公。”

韩江抬起头：“嗯？”

“我不想玩滑翔伞了，我们去别的地方吧。”

韩江有点儿意外，之前她一直很期待滑伞的。他问：“紧张了吗？没事，有我呢。”

温颜摇头：“等我做好准备再玩吧，国内是不是也可以玩？”

她不想玩，韩江也不勉强：“行，以后再玩，那我们今天去哪儿？”

“想去喂鸽子。”

韩江笑了下，觉得自己是带了个女儿出来。他点头：“好，我们去喂鸽子。”

接下来的几天，两人过着很悠闲的度假生活，早上睡到自然醒，白天韩江带她去一些比较著名的景点，晚上他们就在酒店附近的湖边散步聊天。

温颜问：“老公，如果以后我们有了宝宝，你喜欢男孩儿还是女孩儿？”

韩江说：“都喜欢。”

“不行，只能说一个。”

韩江想了一下：“男孩儿吧。”

“为什么？”

“男孩儿长大了，可以跟我一起保护你。”

蜜月旅行的最后一天，两人收拾行装，准备回国。

飞机准时起飞，商务舱安静舒适，韩江找了个电影跟她一起看。没过多久温颜就有些睁不开眼，韩江侧过头看她：“困了？”

温颜轻声“嗯”了一下，韩江替她盖好毯子：“那不看了，睡一会儿吧。”

之前她不觉得，可一旦踏上回家的路，就觉得特别累，好像终于可以松口气一样。

这一觉睡得很舒服。

醒来时，温颜发现自己正靠在韩江肩上，他也睡着了。

看了眼时间，她睡了将近两个小时。

温颜动了动，想给他拉上毛毯，忽然发现小桌板的杯子下压了张纸，她有点儿疑惑地拿出那张折了几折的纸。

最外面是一行字：老婆收。

韩江的字迹。

温颜怔了怔。

纸张边沿不太齐整，一看就是临时从哪个本子上撕下来的，温颜打开那封信。

老婆：

你睡得很香。

我不困，跟空姐要了纸和笔，给你写下这封信。

不是临时起意，那天在你的阁楼里，看到别人给你的信，我忽然意识到，这么多年，我好像从没给你写过信。

我想，我应该给你写一封，这样等你老了，回想起曾经收到的那些情书，脑海里第一时间想到的是我的信，不是别人的。

我想说一些以前从没跟你说过，以后可能也说不出口的话。

我很早就喜欢你。

很早很早，早到那个时候，小小的你还不知道什么是喜欢。

我故意欺负你，看你听话地围着我转就高兴，每次妈让我去接你放学，我都不情不愿。其实出了门，我会把沾上泥土的球鞋擦干净，头发整理好，我想让你看到最帅的我。

等你长大，真的好难。

你越来越漂亮，越来越优秀，我既高兴又担心，怕自己不够优秀，更怕你喜欢别人。

那年，所有人都劝我应该报名，应该出国，但我只想听你说，你说希望我去，我真的生气了，你都不会想我吗?

没良心的小丫头。

冲动过后，我又开始后悔，两年，那么长。

出国那天，为了抱你，我抱了所有人。

那是我第一次抱你，我永远忘不掉那天，我看到你眼睛里有不一样的目光，猜想你是不是也喜欢我。

我不敢回头，怕一看到你，就不想走了。

那段时间，我常常以检查功课的名义跟你视频，其实我只是想看看你，学习方面，我没夸过你，怕你骄傲，C 大不好考。

我想让你上C大，想跟你读同一所学校，但我从没跟你说过。

可能你有自己心仪的大学，我不想干扰你的选择。

你成绩不稳定，我很焦虑，火急火燎办了手续回国，结果第一天就碰到有人在我面前对你表白。

那天我都气笑了。

我想，忍一忍吧，一切等你高考完再说。

你不知道，你十八岁生日那天，我有多高兴。

你终于长大，成了我的女朋友。我最喜欢偷偷跟你约会的那些日子，喜欢在昏暗的影厅里跟你接吻，喜欢你很依赖地靠在我身上，喜欢为你摆平一切，喜欢那些只属于我们两个的小秘密。

写下这些话时，我又想亲你了。

我从没想过，我们之间会分开那么多年，人生中有几个七年？但为了你，我愿意等。

我想你一定跟我是一样的心思，那些没有彼此的日日夜夜，我们不要再去回想，好吗？在那个小镇，我能明显感觉到你的异样，我知道你一定想起一些不太愉快的回忆。

都过去了，未来可期。

老婆，我们还这样年轻，还有漫长的一生要走，以后我们两个，还有爸妈，我们一家人会很幸福，很快乐。

之前你问我，如果我们以后有孩子，我喜欢男孩儿还是女孩儿，那时我说喜欢男孩儿，因为我和儿子可以一起保护你。现在想想，女孩儿也不错，那样我就可以再次看到小时候的你，她一定跟你一样漂亮乖巧。不过，到时如果有人敢像以前我欺负你一样欺负她，我一定会揍那个人。

或者我们可以生两个？听你的。

生几个我都没意见，你知道的，我很厉害。

你来到我的生命里，是场意外。

也许那时你是不幸的，但我发誓，从今以后，你的人生里再也没有不幸，剩下的，全是爱。

爸妈的爱，朋友的爱，我的爱，还有未来，我们宝宝的爱。

毫无保留，都给你。

婚礼那天，你穿着漂亮的秀禾服，戴着钟爷爷的凤冠，我从没见过那么美的女孩儿。

而那个世界上最好的女孩儿，以后只属于我。

宣读誓言时，你哭得不成样子，你说谢谢我，其实我想说，我才要谢谢你，谢谢你来到我身边，谢谢你陪我成长，谢谢你把一切美好都给了我。

现在，我们飞在万米高空，我在你身边，写下这封信。

我想，未来几十年，直到我们白发苍苍，儿孙满堂，我还是会在你身边，牵着你的手，我们一起享受星河璀璨，人间温暖。

余生有你，足矣。

爱你的老公

几年后。

首都国际机场。

温颜戴着一顶黑色的渔夫遮阳帽，微卷的长发蓬松自然地披散在肩上，依旧背着双肩包，右手牵着一个个头还没到她腰的小男孩儿。

没办法，他太淘气了，不控制一下，一秒钟就能跑没影。

韩江出差法国一个多月，今天终于回来，温颜请了一下午假，带着三岁的儿子航航来接他。

温颜拽了拽他的帽子："航航，一会儿见到爸爸，要说什么？"

航航超大声："爸爸，我想你了！"

"还有呢？"

"妈妈也想你！"

"乖。"

两人等了一会儿，里面渐渐走出来一些旅客，温颜踮脚看，航航急得直跺脚："妈妈，你看到了吗？"

"还没有。"温颜顺手扶正了他的小棒球帽。

航航长得特别精神。

帅。

两只眼睛贼亮，滴溜一转就是个鬼主意。

上幼儿园没几天，就有老师跟温颜说，韩译航已经是后排那一片小孩儿的老大了。

温颜对此非常无奈。

又等了一会儿，韩江终于出现。

他穿一身休闲装，身边带了个超大的黑色行李箱。

看到温颜，韩江立刻把箱子推到一旁，温颜跑过去，直接跳到他身上，被韩江抱起来转了两圈。

韩江使劲儿亲她一下："等很久？"

温颜搂着他脖子，摇了摇头："没多久，你累不累？"

"还行。"

韩江脚下，航航一个猛子扑过去抱住他的腿，急得跳脚："爸爸抱我！爸爸抱我！"

韩江笑着弯腰一把将小东西拎起来抱在怀里："航航乖不乖，有没有欺负妈妈？"

"没有，我可乖了。"航航一板一眼地说，"爸爸，妈妈让我跟你说，她很想你。"

温颜点点他脑门："我是这么说的吗？"

航航点头："是啊，妈妈想你想得晚上一个人躲在被子里哭——"

还没说完，他的小嘴儿就被温颜捂得严严实实："别瞎说。"

韩江略有深意地看了温颜一眼："想我想哭了？视频的时候怎么没说？"

温颜清了清嗓子："你听他胡说，他没一句正经话。"

韩江空出一只手去搂她的腰，有点儿暧昧地说："晚上再跟你探讨这个问题。"

温颜脸一红："你别乱讲话，他什么都懂。"

韩江把航航放在大箱子上："抱着。"

航航听话地抱紧。

韩江一手拖着拉杆箱和坐在上头的航航，一手搂着温颜往外走："爸妈呢？"

"都在家。"

韩江想了一下："今天先回家，明天再去看他们。"

温颜说："你先回家休息好不好，我一会儿要送航航去上跆拳道课。"

"不是周三吗？"

"调课了，本来今天妈要送的，我说带他来接你，接完再去上课。"

韩江点了点头："我跟你一起去。"

"那怎么行，你刚下飞机，赶紧回家休息，再说还有箱子呢。"

韩江一副无所谓的样子："你们不在家我回去干吗，反正就一个小时的课，我陪他上完咱们一起回家，箱子放车上就行了。"

韩江如今已经不在小山楼，如愿考上外交部。

来北京后，他们在陆非那个小区买了房子，温颜在家直接能看到江嫣家的阳台。

后来有了航航，施静和韩雪凇又在北京买了套房子，说是留着养老用，以后来看孙子也方便。

岳城那边不忙时，他们偶尔也会过来住一段时间，帮温颜带孩子。

到了跆拳道馆，一楼左侧整个空间都是少儿组，孩子们已经到得差不多了，航航换了衣服，戴上蓝色的头盔和护肘护膝全套设备，像模像样。

那头有人叫他："老韩。"

韩江看过去，对面女孩儿区域，陆非正蹲着给他家糖糖穿护膝。

糖糖已经戴好头盔，看不到脸，但好像比上次见又长高了一点儿。

糖糖大名陆知甜，比航航大八个月。

孩子们都准备好，跑到场中央集合，陆非绕着墙边走过来："你什么时候回来的？"

韩江看了一下时间："一小时前。"

"啧，慈父。"

温颜看陆非只有一个人，问："嫣儿呢？"

"今天有个什么颁奖典礼，没在北京。"

"获奖了？"

陆非特别自豪："那必须的。"

场中央，孩子们已经开始甩胳膊踢腿做热身运动了，温颜回头看了一下，拉着韩江的手："去那边坐一会儿吧。"

韩江跟着她过去坐下，陆非坐在韩江旁边。

温颜偏头看韩江："你累不累？要不靠我身上睡一会儿？"

韩江捏捏她的手："不用，我看看他这一个月有没有长进。"

前面还好，每个人做动作，踢板子，航航都是最有劲儿动作最标准的一个，但一到后面双人对战，他就蔫了。

今天又是他跟糖糖一组。

韩译航天不怕地不怕，就怕陆知甜。

教练一喊开始，糖糖就连踹带打，步步紧逼，航航只用双手护着前胸稍作防卫，并不进攻，眼看就要退到场外。

糖糖一脚没踢好，差点摔那儿，航航还去扶了一下。

陆非说："看见没？"

韩江说："看见什么，我儿子那叫绅士，不打女生。"

陆非笑着说：“我闺女跟她妈当年一样厉害。”

一节课结束，两个孩子吵着要坐一辆车。

陆非说：“那我可把你儿子拐跑了。”

“拿走，拿走。”韩江直接牵着温颜上车。

门一关，车里只剩两人。没了碍事的小尾巴，韩江就没再控制，直接将人按在座椅上，压过来吻住她的唇。

一时间，车里只剩两人不太平静的呼吸声。

韩江亲够了，伏在她肩头微喘，手握着她手腕向下滑，与她十指相扣：“想我了吗？”

温颜搂住他：“在机场的时候不是说过了？”

“儿子说的不算。”

温颜笑了下：“嗯，想你。”

“哪儿想？”

“你想让我说什么？”

“你知道。”

“我就不说。”

韩江使坏地偏过头咬了她一口：“真想现在收拾你。”

“公共场所，你要注意自己的言行，韩大翻译官。”

“你等我回家。”

温颜故意说：“回家也够呛，最近航航缠着我，必须跟我睡。”

韩江说：“我在家，你看他敢不敢。”

“…………”

陆非在小区门口等了好一会儿，两人都没跟上来，他只好给韩江打电话：“你到底回不回家，不回我把航航带我那儿去了。”

“下车吧。”

陆非回头一看，韩江的车刚停在后面，他转头跟航航说：“你说你爸多烦人。”

航航立刻反驳：“我爸不烦人！”

“行行行，你爸不烦人。”

陆非绕到后面把航航抱出来，车里的糖糖探出小脑袋，奶声奶气地说：“韩译航明天见！”

两个小孩儿在同一个幼儿园。

回到家，航航就跟脱了缰的野马似的在客厅里乱窜，韩江秉承施静养儿子的教育理念，多数时候对他都是散养政策，不太管。但他调皮得太过分时，韩江就会很严肃地看他，他就特别害怕，直接躲到温颜怀里。

“韩译航，去洗澡。”韩江看他把整理好的一箱子玩具通通倒出来，大有玩个通宵的架势，故意板着脸说。

航航可怜巴巴：“爸爸，我想玩一会儿。”

“你自己定时间，玩到几点去洗澡。”

航航掰着手指算了一下：“半个小时，可以吗？”

韩江点头：“可以。”

温颜在厨房热牛奶，今天热了三份。

三个小碗依次排开，给航航的多一点儿，剩下的两碗平分，她叫了韩江一声：“老公。”

韩江走过来，从后面搂住她的腰，亲她耳朵：“干吗？”

“你先洗澡呗，洗完牛奶正好可以喝了，喝完休息。”

他洗澡一向很快，她知道。

韩江有些懒地贴在她身上：“不想喝。”

温颜哄他：“你乖一点儿，快去洗澡。”

“那你呢？”

“我一会儿给航航洗，他睡了，我再洗。”

韩江把她的身子扳过来，摸了摸她的脸：“这段时间辛苦你了。”

温颜眼神温柔，盯着他领口的扣子：“说这个干吗？”

“我近期没有出差的计划，还有几天假期，在家好好陪陪你。”

温颜微微点了头：“嗯。”

韩江洗过澡后没去休息，半小时一到就把小家伙抱到浴室，温颜已经准备好洗澡水，他说：“我来弄，你去歇着。”

“嗯，记得给他用那个儿童专用的沐浴露。”

“知道。”

从浴室出来后，温颜也没闲着，把客厅里航航弄得到处都是的玩具重新收到箱子里，放回他房间，又简单收拾了一下茶几，随后打开笔记本处理本应下午完成的工作。

明天要交两份设计稿，再忙也不能耽误正事。

等她弄完工作的事，才发现浴室里已经没人了。

航航房间的门半敞着，温颜看到韩江正侧躺在床边，航航已经被他哄睡着。

他目光一直停在航航的脸上，有点儿看不够似的，又低头亲了亲，随后轻轻从床上下来，冲温颜摆了下手，告诉她：睡着了。

韩江走出来，把房间门关上，转身直接抱起温颜：“轮到你了。”

温颜推他：“我还没洗澡。”

“我帮你。”

有句话怎么说的来着，小别胜新婚。

韩江到今天才真正深刻了解这句话的含义。

这个澡洗了很久。

结束后，韩江把人抱回房间，关了灯，搂着温颜，特别满足。

“好久没抱你了。”

温颜安静地靠在他怀里：“你这次出去顺利吗？”

“很顺利，而且我还见了几个那边的同学，他们知道我结婚了，给你带了好多礼物。”

“是吗？”她有点儿期待，“带什么了？”

“明天给你看。”

“嗯。”

隔壁房间有声音，温颜条件反射般坐起来，往身上套衣服：“我去看下，你先睡。”

航航虽然有自己的房间，胆子也大，自己睡过几次，但温颜还是不太放心。

过去一看，航航好像没有醒，只是无意识地哼了几声，温颜躺在他身边，温柔地轻拍他的肩。

没过一会儿，韩江跟过来，轻声问：“没事吧？”

温颜摇摇头，无声地说：没事。

航航的床很大，韩江轻躺在另一侧。

两人中间隔着小家伙，借着淡淡的月色，相视而笑。

韩江握住她的手：“老婆。”

“嗯？”

“没事，就随便叫一下。”

我会一辈子做你和儿子的保护神。

愿我们一家人，永远平安顺遂，喜乐无忧。

番 外

她的秘密

某天，施静跟韩江视频聊天。

韩江看她愁眉不展，问："怎么了？"

施静说："颜颜啊，一模考得不太好，英语成绩下滑十几分，我也不敢说什么，怕她心理压力大。我看她这几天心情都不好，饭吃得也不多，天天闷头学习，人都瘦了，真怕她哪天熬坏身体。"

韩江皱眉："不吃饭怎么行，她现在人呢？"

"屋里看书呢。"

"叫她过来。"

施静忙说："过来干什么，你别跟她提这个，她更难受了。先这样吧，我这几天给她好好做几个汤补补身子。"

韩江问："她最近英语不好吗？"

"其实也还好，就是不太稳定，忽上忽下，这次可能掉得猛了点。还有几个月就高考了，不知道她的状态能不能调整回来。"

韩江没有再说什么。

不久后的一个晚上，温颜在韩江房里复习。

前阵子隔壁邻居装修，她那边噪音比较大，施静就让她搬到这边住。

做了一套物理卷子，温颜打开他的抽屉，想找个新的笔记本。

手探到最里面，忽然摸到一个东西，凉凉的。她拿出来一看，是个小花猫摆件，脑袋还会动。

温颜想起自己有个一模一样的小花猫，是几年前江振送她的，现在已经不知道压在哪个箱子底下了。

怎么从没见过他也有这个呢？

正想着，施静在客厅里叫她，温颜走出去：“静姨，怎么了？”

施静刚刚挂断韩江的电话，特别无奈：“那小子说要回来。”

温颜愣了一下：“什么？”

“韩江，不知道抽哪门子风，说不想在那儿待着了，要提前回来，在办手续，过几天就回来了。”

温颜花了好一会儿时间消化这件事。

施静拿她这个儿子一点儿办法都没有，她看了一眼温颜：“没事，我就告诉你一声，厨房里有牛奶，你喝了早点睡。”

“嗯。”温颜转身到厨房倒了一杯施静热好的牛奶，回到房间。

他的桌子上放着好几盆她养的多肉。

温颜在椅子上呆呆地坐了一会儿，没有喝牛奶。

她目光向上，看到书架上那个粉嫩颜色的漂亮本子。

她拿下来，翻到最新的一页。

她低着头，认真地写下一行清秀的小字：

他说要提前回国，有点儿开心。

(全文完)